W0033003

BASTEI
LÜBBE

Von Johannes K. Soyener sind bei Bastei Lübbe Taschenbücher lieferbar:

12586 (mit Wolfram zu Mondfeld) Der Meister des siebten Siegels (Schuberausgabe)
14406 (mit Wolfram zu Mondfeld) Der Meister des siebten Siegels
14416 Teeclipper (Schuberausgabe)
14971 (mit Bartolomeo Bossi) Die Venus des Velázquez (Schuberausgabe)
15557 Der Chirurg Napoleons
15695 Teeclipper

Über den Autor:

Johannes K. Soyener, geboren 1945 in Altötting, wurde bekannt als Autor historischer Romane, insbesondere durch die Bestseller DER MEISTER DES SIEBTEN SIEGELS (1994), TEECLIPPER (2000) und DER SCHATTEN DES KAISERS (2004). Zuletzt erschien in der Verlagsgruppe Lübbe sein Gegenwarts-Thriller DAS PHARMA-KOMPLOTT (2006). Johannes K. Soyener interessiert sich seit Jahren für die Geschichte der Seefahrt und ist selbst leidenschaftlicher Segler: An Bord einer 15-Meter-Yacht hat er den Atlantik mehrfach unter Segeln überquert. Er lebt heute mit seiner Frau Heidi als freier Schriftsteller in Bremen.

Johannes K. Soyener

Sturmlegende

Die letzte Fahrt der Pamir

BASTEI
LÜBBE

BASTEI LÜBBE TASCHENBUCH
Band 15932

1. Auflage: November 2008

Vollständige Taschenbuchausgabe
der im Gustav Lübbe Verlag erschienenen Hardcoverausgabe

Bastei Lübbe Taschenbücher und Gustav Lübbe Verlag in der
Verlagsgruppe Lübbe

© 2007 by Verlagsgruppe Lübbe GmbH & Co. KG, Bergisch Gladbach
Titelillustration: getty images / Ray Dean
Umschlaggestaltung: Bettina Reubelt
Satz: Dörlemann Satz, Lemförde
Gesetzt aus der Adobe Caslon
Druck und Verarbeitung: GGP Media GmbH, Pößneck
Printed in Germany
ISBN 978-3-404-15932-1

Sie finden uns im Internet unter
www.luebbe.de
Bitte beachten Sie auch: www.lesejury.de

Der Preis dieses Bandes versteht sich einschließlich
der gesetzlichen Mehrwertsteuer.

In Gedenken an alle,
die auf See geblieben sind

An Bord der Pamir, 21. September 1957,
Nordatlantik, 13.00 Uhr

»Sie wird kentern!«, brüllt Kapitän Johannes Diebitsch. Rolf-Dieter Köhler, sein 1. Offizier, starr wie eine Gliederpuppe, blickt glasig auf dessen Lippen. Orkanböen verwirbeln die Worte seines Kapitäns. Die Prophezeiung bleibt ungehört.

Gegen die Wand gestemmt, blickt Diebitsch auf den Neigungsmesser am Kartenhaus. Er hat das Scheitern vor Augen! Der Zeiger steht längst am Anschlag der Armatur: 40° Neigung. Wahrscheinlich aber beträgt die Schieflage bereits mehr als 45°.

Vier Masten, so hoch wie zwölfgeschossige Gebäude, ragen wie Kreuze in Schräglage aus der brodelnden See, inmitten einer unwirklichen Landschaft aus riesigen Wasserpyramiden, Kuppeln, tiefen Schluchten und Überhängen, die gegen die Steuerbordseite der Pamir donnern. Die tonnenschweren Wellen kollabieren nicht über dem Deck, sondern an der hoch aufragenden Steuerbordseite. Ein ohrenbetäubendes Knattern entsteht durch die zerfetzten Reste der Mars-, Fock- und Klüversegel, mischt sich in das Kreischen des Orkans. Brecher, die über die Leeseite der Pamir an Deck donnern, häckseln ungesicherte Türen zu Kleinholz. In kurzen Intervallen strömen Wasserfluten durch offene Bullaugen, Gänge und Kammern. In der Dunkelheit unter Deck fließt unaufhörlich die Gerstenfracht nach Backbord. Sie folgt der Schwerkraft. Für die nicht mehr steuerbare Pamir samt ihrer Besatzung ein unsichtbarer Fingerzeig hinab in die Stille der Ewigkeit …

Joe, Henry und Manfred sind auf das Hochdeck der PAMIR gekrochen. Die Freunde klammern sich an die gespannten Strecktaue, um nicht in die brodelnde See nach Lee abzurutschen, die das Deck an Backbord tosend überflutet.

»Wo sind Tom und Jens?« Joes Frage vermag auch auf kürzeste Entfernung das Kreischen des Sturms nicht zu durchdringen. Die fünf Freunde sind durch dick und dünn gegangen, haben sich in schweren Stunden gegenseitig ermutigt, aufgerichtet und verhindert, dass die Torturen der Reise das Herz zerfressen. Joe lauscht dem unheimlichen Kreischen. Es ist der Klagegesang des unsichtbaren Todes …

Das Zentrum des Hurrikans *Carrie* nähert sich indessen unaufhaltsam. Die Bedingungen an Bord haben sich rasant verschlechtert. Die untersten Rahen an den stählernen Masten tauchen schon in die Wellenberge ein. Das Gefühl der Sicherheit weicht der spürbaren tödlichen Gefahr. Riesige Wellenkämme werden abgerissen und verwandeln die Meeresoberfläche in eine weiße Masse aus Gischt. Der anschwellende Lärm des Sturms, das Ächzen des Stahlrumpfes, die ungewohnten Vibrationen, das alarmierende Schlingern des Schiffes leiten das Verhängnis ein.

Die vom Rost zerfressenen Eisenplatten des Rumpfes halten den Verwindungskräften nicht stand. Einige reißen unterhalb der Wasserlinie. Auch der Stahl unter den Planken des Hochdecks und der Poop ist stark korrodiert und hat Leckstellen, durch die nun Massen von Wasser in die Aufbauten strömen. Schwere Orkanböen, die durch das Gewirr der Leinen und Drähte heulen, zerren an Ohren und Nerven, machen lethargisch.

Die Viermastbark holt mehrmals extrem nach Lee über, sodass Rettungsboote durch die Wucht der brechenden Seen aus ihren Halterungen gerissen werden. Kurz darauf sind sie zerschlagen.

Dicht gedrängt, aber ohne Zeichen einer Panik, versucht sich die Besatzung auf dem Hochdeck vor der Naturgewalt zu schützen. Doch Wasser dringt unaufhörlich in die Aufbauten und in den Proviantraum, dazu lässt eine gewaltige Windsee die untersten Rahen der PAMIR auf der Backbordseite immer weiter in die Wellenberge eintauchen.

Kapitän Diebitsch fühlt das Ende. Die Rückreise von Buenos Aires nach Hamburg wird die letzte Fahrt der PAMIR sein, und das ausgerechnet unter seiner Führung. Er hatte sich das Kommando zugetraut, doch er begreift: Er hat versagt. Seine Erfahrung, sein Können, das Vertrauen in ihn – Illusion! Alles löst sich auf wie eine Sandskulptur in der Brandung.

Er träumte davon, als Kapitän des legendären Windjammers endlich den versöhnlichen Abschluss seines schillernden Seefahrerlebens gefunden zu haben. Doch statt eines späten Triumphes erlebt er kurz vor dem Ziel seine Todesstunde.

»So habe ich immer gelebt!«, gesteht er sich ein, als er im Windschatten des Kartenhauses mühsam versucht, auf einem eisernen Schäkel eines Brassblocks sein Gleichgewicht zu halten. Ein Leben nahe am Abgrund. Eines, das nach Befehl und Gehorsam ausgerichtet war und ihn – in der Stunde seines Todes – doch wie ein Flickenteppich anmutet: zerrissen und ausgefranst. Dabei hatte er vom inneren Frieden geträumt, von ein wenig Ruhm und davon, den Rest seines Lebens frei von materiellen Sorgen zu sein.

Mit jenen armen Geistern, die weder sonderlich genießen noch sonderlich leiden, ist Diebitsch nicht gleichzustellen. Im grauen Zwielicht hat er nie gelebt. Er hatte sich immer klar entschieden. Für ein dramatisches Leben auf den Meeren als Schiffsoffizier, verbunden mit vielen Jahren der Trennung von seiner geliebten Frau Auguste, für die NSDAP, für den Einsatz im Sudetenland zur Sicherstellung von Beutegut, als Prisenoffizier auf dem Hilfskreuzer KORMORAN, und die Verleugnung seines Vaters, der kein Major war, wie er angegeben hatte, sondern Schauspieler in seiner Geburtsstadt Magdeburg …

Den Geschmack von Sieg und Niederlage kennt er. Die letzte, die sich nun anbahnt, wird endgültig sein. Sie wiegt aber am schwersten, denn durch Dilettantismus und Ignoranz sind über achtzig Menschenleben gefährdet.

Diebitsch kneift die Augen zusammen und blickt in einige Gesichter. Die jungen Männer zeigen keine Anzeichen von Furcht. Kaum einer von ihnen rechnet offenbar damit, dass das Schiff kentern könnte. Ihre Unkenntnis über die aussichtslose Lage schützt sie vor Panik. Als einer der Letzten lässt sich Diebitsch auf dem Hochdeck die Korkschwimmweste umbinden. Der Zimmermann und der Kochsmaat Karl-Otto Dummer, genannt Kuddel, sind ihm dabei behilflich. Kuddel wird einer der sechs Männer sein, die den Untergang überleben.

Es ist 13.30 Uhr Bordzeit. Diebitsch ist äußerlich völlig gefasst. In Kuddels Augen will er den Anschein erwecken, als habe er noch alles im Griff.

In jenem Moment holt die PAMIR zwei, drei Mal stark über. Ein Ruck! Die Besatzung beginnt in dieser extremen Situation die tödliche Gefahr endgültig zu begreifen. Das Schiff legt sich auf die Seite, das Deck steht fast senkrecht. Rufe, Schreie – Leiber stürzen in die kochende Leeseite. Andere versuchen sich mit letzter Kraft an der Leeverschanzung des Oberdecks festzukrallen.

Dann hört Kuddel die letzten Befehle aus dem Munde des Kapitäns: »Jetzt! Los, lass dich fallen!«

Im nächsten Moment donnert eine schwere See gegen die Luvseite. Die brechende Welle drückt die PAMIR in ihren Untergang. Das Deck scheint jeden Moment umzuschlagen. Gruppen von Menschen fallen in die brodelnde Tiefe. Dort bildet sich ein Wirrwarr aus Leinen, Trümmerholz und Köpfen. Diebitsch hängt an der Obermars-Außengording, Kuddel an der Innengording. Die nächste Monstersee legt den Windjammer vollends auf die Backbordseite.

Diebitsch hält sich an der Gording fest. Die Leine ist nass.

Er sieht, wie sich sein Kochsmaat am senkrecht stehenden Deck abwärts ins Wasser gleiten lässt. Er will es ihm gleichtun. Doch er kann sich nicht mehr halten und fällt in die brodelnde Tiefe. Neben Kuddel klatscht er ins Wasser und taucht unter. Seine Kapitänsmütze tanzt auf den Wellen.

Gewaltige Orkanseen bringen die Bark in Sekundenschnelle zum Kippen. Diebitsch kann sich aus Leinen, Trümmern und Menschen, die jetzt in Panik um ihr Leben kämpfen, nicht mehr befreien. Einmal noch taucht er kurz auf, schnappt nach Luft, schluckt Wasser. Beim Umschlagen des Rumpfes gerät er unter das Deck der PAMIR. Die Planken werden für viele, die nicht freikommen, zu einem riesigen Sargdeckel. Nach wenigen Augenblicken schwimmt die Viermastbark kieloben …

Die PAMIR kentert auf der Position 35° 57' N, 40° 20' W, etwa 600 Seemeilen westsüdwestlich der Azoren im Sturmfeld des Hurrikans *Carrie*.

Rathaus Lübeck, 20. Dezember 1957

Zwei Sachverständige schickten sich an, das ›Kommissarenzimmer‹ zu verlassen. Sie hatten den Herren des Seeamtes Lübeck das Stabilitätsgutachten zum Untergang der PAMIR präsentiert. Als sich die Türen hinter ihnen schlossen, wurde es still und die Stimmung eisig. ›*Master next God!*‹, das wäre Johannes Diebitsch, Kapitän der gekenterten PAMIR, wohl gern gewesen. Nun war es raus. Er hatte nie das Zeug dazu gehabt.

Der Vorsitzende spielte fingerfertig mit seinem Füllfederhalter. Dabei fokussierten seine Augen die Holzmaserung des Sitzungstisches, als hätte sich die Lösung seines Problems zwischen den Jahresringen versteckt. Mit ihm starrten seine Beisitzer – drei Kapitäne und ein Seefahrtsoberlehrer – auf die lange Tischplatte. Es hieß, sie wären loyal. Auf den ersten Blick ein verschworenes, auf sich selbst zurückgezogenes Gremium. Erst auf den zweiten Blick sah man unterschiedliche Reaktionen in ihren Gesichtern. Das Spektrum reichte von fassungslos bis teilnahmslos. Einer der Beisitzer zeigte äußerlich überhaupt keine Reaktion. Doch gerade dieser Mann saß wie auf glühenden Kohlen. Er fuhr sich über die Stirn und fühlte die Nerven schon, wenn seine Finger das Haar zur Seite strichen. Er sollte Einfluss nehmen. Einfluss auf Geheiß. Doch wie konnte er, nach diesen vernichtenden Tatsachen?

Über Nacht war der Mann wieder zum alten, zuverlässigen Zuträger geworden. Ein Spitzel alten Schlages. Der Gesichtslose war stolz darauf, Fritz, seinem honorigen Kameraden aus alten Zeiten, einen Dienst erweisen zu können.

Traditionen und Interessen schweißen zwar überall auf der Welt die Menschen zusammen, doch im Fall ›PAMIR‹ war der ungebrochene Gehorsam der Nachkriegsseilschaften besonders gefordert, denn Kapitän Fritz Dominik, Scharnier zwischen der Reederei Zerssen und der *Stiftung PAMIR und PASSAT*, hatte ein hohes Interesse daran, was im Kommissarenzimmer in jenen Stunden entschieden wurde. Schließlich war er für die Auswahl von Diebitsch als Kapitän der PAMIR mitverantwortlich gewesen. Sein Ruf und der der Reederei standen auf dem Spiel. Die Hinterbliebenen der achtzig Toten, die auf See geblieben waren, konnten zu einem gefährlichen Potential für eine zivilgerichtliche Klage heranreifen. Die Kritik der Presse und der Öffentlichkeit gegenüber der Reederei und den Verantwortlichen wuchs von Tag zu Tag. *Die PAMIR musste nicht kentern!*, titelten inzwischen die großen Zeitschriften.

Es galt, auf allen Kanälen Einfluss auf das Seeamt zu nehmen. Fritz zweifelte nicht an der Vasallentreue seines Zuträgers. Sie garantierte ihm, dass er rasch Kenntnis davon bekam, was im Kommissarenzimmer verhandelt und entschieden wurde. Und dieses ›Wissen‹ war äußerst wichtig. Wichtig für ihn, die Reederei, die Stiftung und für ihre Anwälte.

Immerhin war es ihnen gelungen, die sechs Überlebenden von der Presse weitestgehend abzuschirmen. »Wäre doch gelacht«, machte sich Fritz Mut, »wenn man auf die Gutachter des Seeamtes nicht weiteren Einfluss nehmen könnte!«

Doch auch der Vorsitzende wusste, dass es ebenso eine Gruppierung gab, die vehement darauf achten würde, dass der auf See gebliebene Kapitän frei von persönlicher Schuld blieb. Schließlich gab es vonseiten der Anwälte von Stiftung und Reederei Versuche, auf die vom Seeamt bestellten Gutachter im Vorfeld massiv Einfluss zu nehmen. Für beide Gruppierungen war klar: Gutachter würden über den Hergang des Untergangs richten.

Hebelarmkurven, Stabilitätsfragen, Funkstörungen, Segelstellung, Wind- und Seegang – darüber würden sie am Ende ihr Papier ausschütten. Das Verhalten der Besatzung während der Reise bis zur Annäherung des Hurrikans fände nur marginal Berücksichtigung. Gutachter dürfen zwar das unausweichliche Ende beglaubigen, doch nach den Regeln des Seeamtes darf eine Schuldfrage offiziell nicht festgestellt werden …

Der Vorsitzende nahm sich alle Zeit. Die Spannung wurde unerträglich. Der Verräter am Sitzungstisch ahnte nicht, was für ein Bild der Ereignisse sich im Kopf des Vorsitzenden festgesetzt hatte. Jedenfalls schien es so mächtig, dass es kein Abweichen mehr davon gab.

»In diesem Beladungszustand hätte die PAMIR Buenos Aires erst gar nicht verlassen dürfen!«

Dem Spitzel schoss die Röte ins Gesicht. Das Muskelzucken seiner rechten Wange war nicht zu stoppen. »Herr Vorsitzender, das kann man so nicht sagen. Ich mache darauf aufmerksam, dass Kapitän Diebitsch, was den Beladungszustand anbelangt …«

»Sparen Sie sich Ihre Worte!«, unterbrach ihn der Vorsitzende barsch und schlug mit der flachen Hand auf den Tisch. Der Spitzel fühlte sich geplättet. Das war also die Richtung!

Mit schneidender Stimme nordete der Vorsitzende seine Beisitzer ein für alle Mal ein: »Meine Herren! Die Unklarheiten sind beseitigt, die Beweislage ist eindeutig. Stellen wir fest: Alle Marssegel und einige mehr der PAMIR standen noch, als das Orkanfeld des Hurrikans mit voller Wucht den Segler traf. Vielleicht sogar auch noch die Fock. Der Tieftank konnte nicht geflutet werden. Das bezeugt die mangelnde Vertrautheit des Kapitäns mit den besonderen Segel- und Stabilitätseigenschaften der PAMIR. Die Gerstenfracht ist infolge der Schräglage übergegangen, dazu drang auch noch Wasser in die nicht überall verschlossenen Aufbauten. Die Bark musste unter diesen Umständen kentern! Das Stabilitätsgutachten und die Aussagen der Überlebenden schließen jeden Zweifel darüber aus.« Entschlossen blickte er in die Runde. Seine Stimme klang gepresst: »Menschliches Versagen! Kapitän Diebitsch allein, Gott sei seiner Seele gnädig, trägt die Verantwortung dafür!«

Der Zuträger wusste nun, dass es nur *ein* Urteil am Ende der öffentlichen Sitzung im kommenden Januar geben konnte. Der Untergang der PAMIR wäre – dem Gutachten folgend – vermeidbar gewesen. Höhere Gewalt daher ausgeschlossen. Und das war in den Augen des Vorsitzenden zwingend, denn sonst würde mit dem Untergang der PAMIR auch das Ende der frachttragenden Segelschulschifffahrt in Deutschland gekommen sein …

Bis auf einen bekundeten alle durch Nicken ihre Zustimmung. Damit war das Urteil des Seeamtes vor der eigentlichen Verhandlung bereits festgelegt. Eine Ungeheuerlichkeit, doch der Vorsitzende zeigte sich zufrieden. Erleichtert ergriff er erneut das Wort.

»Meine Herren! Niemand darf nach den Grundsätzen unserer Rechtstaatlichkeit schuldig gesprochen werden, wenn er sich nicht gegen Schuldvorwürfe verteidigen kann. Diebitsch ist auf See geblieben. Wir können daher die Schuldfrage nicht in der öffentlichen Verhandlung im Januar erörtern. Die Spruchformel wird davon reingehalten. Dafür werden wir aber in der Urteilsbegründung klarstellen, wer die Verantwortung für die anderen neunundsiebzig Toten trägt.«

Wiederum bekundeten die Beisitzer durch ihr Nicken ihre Zustimmung. Über das Gesicht des Vorsitzenden huschte ein falsches Lächeln. Er hob die Sitzung auf. Sein Spagat war ihm bewusst. Sorgenvoll wandte er sich an seinen Beisitzer zur Rechten. Er ahnte nicht, dass er seine Beklemmungen einem Verräter anvertraute. »Da wir uns einig sind, frage ich mich: Wie können wir die Sache in der Verhandlung etwas beleben?«

Man trennt sich. Im Rathaus wartet Kapitän Fritz Dominik, verantwortlich für die Auswahl Diebitschs zum Kapitän der PAMIR, auf seinen Gewährsmann. Aus dessen Munde erfährt er, was gerade ›verhandelt‹ wurde …

Erstes Kapitel

Master next God

In Gedenken an den Ort ›35 Grad Nord, 40 Grad West‹,
etwa sechshundert Seemeilen südwestlich der Azoren,
wo der Tod alle Schuld, jegliches Versagen bezahlte.

Friedrich-Wilhelm-Straße 38, kurz vor neunzehn Uhr. Auguste-Elisabeth bereitet das Abendbrot. Im engen Korridor klingelt das Telefon. Es ist der zweite Anruf an diesem Abend.

»Gehst du ran?«

Ihr Mann sitzt im Wohnzimmer und blättert gedankenverloren im ›*Der Weg*‹. Eine deutsche Emigrantenzeitschrift in Buenos Aires. Sein Freund Herbert schickt sie ihm regelmäßig aus Argentiniens Hauptstadt. Sie waren 1914 zusammen auf der PAMIR gefahren. Später, zu Beginn des Zweiten Weltkrieges fuhr Herbert auf der ADMIRAL GRAF SPEE. Als das Kriegsschiff durch Selbstversenkung bei Montevideo sank, baute sich Herbert später in Buenos Aires eine neue Existenz auf.

Johannes legt die Zeitung weg, brummt ein »Ja«, erhebt sich und nimmt den Hörer von der Gabel: »Diebitsch!«

»Guten Abend, Dominik am Apparat!« Die Augen des alten Kapitäns fixieren die weißen Zahlen auf der schwarzen Wählscheibe: drei – zwei – eins …

Er ahnt, er hofft.

»Die Entscheidung ist gefallen. Sie segeln die PAMIR von Hamburg nach Buenos Aires und zurück!«

Johannes hat Mühe, seine freudige Erregung zu dämpfen. Jetzt ist es offiziell. Er steckt seinen zitternden Zeigefinger in die Wählscheibe, dort wo sich die Null befindet. »Als Kapitän?«

»Aye, aye, Master next God.«

»Ich danke für das Vertrauen, das mir die *Stiftung Pamir und Passat* und die Reederei Zerssen entgegenbringt.«

»Ja, das Vertrauen …«

Diebitsch holt Luft. Er empfindet Dominiks Bemerkung als Widerworte und schluckt. Auguste kommt aus der Küche. Neugier treibt sie. Ihr Mann verzieht das Gesicht zu einem Grinsen, reckt den Daumen in die Höhe und spricht in die Muschel: »Wann geht es los?«

»Auslauftermin ist der erste Juni. Dr. Wachs, der Präsident der Stiftung, und ich erwarten Sie übermorgen gegen zehn Uhr in Hamburg, Ballindamm 25. Sie kennen ja Herrn Dr. Wachs.«

»Wir sind uns schon begegnet.«

»Also, übermorgen 10 Uhr.«

Johannes lässt den Hörer auf die Gabel fallen.

Die Stiftung kaufte vor etwa zwei Jahren die beiden Viermastbarken, die 1905 und 1911 bei Blohm & Voss auf Kiel gelegt wurden, von der Schleswig-Holsteinischen Landesbank. Diese wiederum hatte sie 1954 aus der Konkursmasse des Reeders Heinz Schliewen erworben. Ein Konsortium von 41 Reedern, unter der Federführung der Reederei Zerssen & Co., tat sich daraufhin in der *Stiftung Pamir und Passat* zusammen, um die alten Traditionssegler zu erhalten. Damit sollte die finanzielle Basis für die Ausbildung des Nachwuchses auf den beiden frachtfahrenden Segelschulschiffen für die Zukunft gesichert werden. Nach außen hin auch ein einmaliger Schulterschluss der Hafenstädte Bremen, Hamburg und Kiel, der Stabilität versprach …

Mit seinem Kapitänskollegen Dominik, Inspektor der *Stiftung Pamir und Passat*, pflegt Diebitsch erst seit der Jahreswende Kontakte. Aufgrund seiner Stellung im *Verein zur Förderung des seemännischen Nachwuchses e. V.* in Bremen erörterten sie Grundgedanken zur Ausbildung des Nachwuchses auf Fracht- und Segelschulschiffen, diskutierten Einstellungsbedingungen von Bewerbern sowie die Koordination von Ausbildungsplänen.

Johannes klatscht in die Hände, stampft gleichzeitig mit dem Fuß auf den Boden, geht auf seine Frau zu und umfasst sie bei den Schultern. Begeisterung prallt auf Melancholie. »He Auguste! Hast du gehört? Es ist offiziell! Unser Freund hat Wort gehalten. Ich hab das Kommando auf der PAMIR! Als Kapitän!«

Etwa eine Stunde zuvor hatte ihm ein Freund aus der NS-Zeit die Entscheidung bereits mitgeteilt. Er, Diebitsch, würde Eggers auf der Reise nach Buenos Aires und zurück ersetzen, denn der müsse endlich sein Rheuma auskurieren. Aber nun war es offiziell.

Johannes fragte seinen Freund, was mit von Gernet sei. Dominik hatte den doch ursprünglich für das Kommando der PAMIR vorgeschlagen.

»Hat er«, sagte sein Freund, »aber der wird jetzt Kapitän Grubbe während seines Urlaubs vertreten. Von Gernet wird im August die Ausreise der PASSAT von Hamburg nach Buenos Aires übernehmen. Dann muss er wieder zurück zur Marine. Grubbe wird ihn auf dem Luftwege ablösen.«

»Ist Dominik mit allem einverstanden?«

»Sagen wir so, er sieht sich jetzt als mein Erfüllungsgehilfe, denn ich habe deine Berufung durchgesetzt. Übrigens, Grubbe ist nicht dein Freund. Er meint, du seist für das Kommando ungeeignet.«

»Dieser Scheißkerl! Grubbe hat schon immer viel geredet …«

»An anderer Stelle hat er versucht, über dich und deine Vergangenheit auszupacken. Nebenbei spekuliert er auch auf den Posten von Dominik und zieht über ihn her.«

»Ist der noch zu retten?«

»Keine Sorge! Ich habe das alles im Keim erstickt. Wie auch immer. Intern musste ich harte Überzeugungsarbeit leisten, wie du dir denken kannst! Wenn du nach Hamburg kommst, halte dich an Eggers. Er handelt zwar manchmal etwas eigenmächtig, aber er kennt die Besonderheiten der PAMIR am besten. Du musst ihn nur richtig fordern.«

»Ich werde es dir nie vergessen!«

Der Mann an der anderen Seite der Strippe sagte noch etwas von Adressen, die Johannes bekommen werde, sobald die PAMIR Hamburg Richtung La Plata verlassen würde …

Spontan drückt Johannes seine Auguste fest an sich. Sie zeigt keine Regung. Langsam sinkt ihr Kinn auf die Brust. Sie hat viel Zeit in ihrem Leben damit verbracht, über den verschlungenen Lebensweg ihres Mannes nachzudenken. Zu viel Zeit. Johannes gab ihr trotz seiner sechzig Jahre immer wieder Rätsel auf. Sie selbst war sieben Jahre älter. 1920 hatten sie geheiratet. Ein Bund fürs Leben, in der der Pegel an Gemeinsamkeiten von heute auf morgen abgesenkt wurde wie durch das Öffnen eines Schleusentors. Meist geschah dies durch fremde Hand. Wie jetzt auch. Es gab Jahre, in denen sie sich mehr als Witwe fühlte denn als Ehefrau. Besonders in den Jahren des Zweiten Weltkriegs, als ihr Mann für das Naziregime schon früh im Sudetenland eingesetzt war und später als Prisenoffizier zur See fuhr. Er war zwar Mitglied in der NSDAP, doch das hatte sich nie ausgezahlt. Im Gegenteil. Die wahren Hintergründe über seine Einsätze, auch auf dem Ostindienfahrer GNEISENAU und später auf dem Hilfskreuzer KORMORAN, erfuhr sie erst Jahre nach dem Krieg.

Seine Parteizugehörigkeit sowie die Kriegseinsätze auf See wurden später eher zum Makel. Schöne gemeinsame Ehejahre mit ihrem Mann waren gezählt. Allein die neun Jahre Trennung durch den Krieg standen auf der Sollseite ihres Lebens. Geprägt von Ungewissheit und Einsamkeit. Davon sieben Jahre Gefangenschaft ihres Mannes. Und das im fernen Australien …

Sie blickt zu ihm auf. Da ist er wieder, denkt Johannes. Dieser Gesichtsausdruck! Voll Bitternis, umrahmt von ergrautem

Haar. Schon dem jungen Matrosen Diebitsch war dieser Ausdruck vertraut. Seit seinem ersten Abschied von ihr, damals Ende Juli 1920, als er vier Monate nach ihrer Eheschließung auf der LUCIE WOERMANN angeheuert hatte, war ihm diese Miene im Gedächtnis haften geblieben. Aber diesmal ist ihr Mienenspiel das einer Mater dolorosa …

Zweifelnd fragt sie: »Fühlst du dich denn dieser Aufgabe gewachsen?«

Johannes stellt sich in Positur: »Schau mich an! Das wird doch eine Kaffeefahrt. Es geht doch nur nach Buenos Aires und wieder zurück. Kap Hoorn werde ich also nicht umrunden!« Seine Worte klingen zwar überzeugend, doch in Wahrheit hat er vor dem Kommando richtig Bammel. Beruhigend legt er seinen Arm um ihre Schultern und versucht sie mit optimistischen Blicken aufzuheitern. Dann wird er plötzlich ernst. »Sieh mal, außerdem kann ich Karl endlich ausfindig machen. Vielleicht ist das die Gelegenheit, unser Auskommen bis an unser Lebensende zu sichern.«

Auguste reagiert ablehnend, indem sie seinen Arm von ihrer Schulter streift: »Davon will ich nichts wissen! Die Zeiten haben sich geändert. Es ist gefährlich, darin rumzustochern, und außerdem brauchen wir das dreckige Geld nicht.«

»Dreckiges Geld!«, ruft er aufgebracht. »Ich hab es mir verdient! Er ist es mir schuldig geblieben!«

»Ich bin zufrieden, wie es ist. Seit du hier in Bremen im Verein zur Förderung des seemännischen Nachwuchses deinen Dienst versiehst, geht es uns doch gut. Du bist den Gefahren des Meeres nicht mehr ausgesetzt, ich brauche mir endlich keine Sorgen mehr um dich zu machen, und wir können die Zeit, die uns der Herrgott hoffentlich noch reichlich schenken wird, endlich gemeinsam verleben.«

Johannes reagiert energisch: »Die Reise dient unserem Vorteil, und für mich ist sie die Krönung meiner Laufbahn.«

Auguste blickt enttäuscht und verschwindet in der Küche.

Johannes lässt sich in den Sessel fallen, atmet tief. Er sieht zur Wand. Dorthin, wo zwischen zwei Madonnenbildern ein geschnitzter Christus am Kreuz auf ihn herabblickt. Das Malen von Marienbildern hatte er auf der PAMIR begonnen. Damals, während des Ersten Weltkrieges, als sie auf den Kanaren festlagen. Erinnerungen an alte Zeiten. Den Christus schnitzte er, als er auf dem Vergnügungsdampfer GNEISENAU monatelang ausharrte. Er schließt die Augen und erinnert sich an die Pier von Gotenhafen …

2 *Gotenhafen, April 1940*

Sturmböen trieben tief hängende Regenwolken über Gotenhafen. Das polnische Gdynia gab es nicht mehr, hieß jetzt Gotenhafen. Die Gewalt des Krieges hatte nicht nur Grenzen, sondern auch Namen polnischer Städte gewandelt. Dabei hatte der ›Feldzug‹ längst die normalen Bahnen des friedlichen Lebens gesprengt. Entlang der Küsten löschte der eskalierende Krieg unerbittlich das Feuer der Leuchttürme und in fast allen deutschen Ostseehäfen die Lichter. Dunkles Schweigen lag nachts über den Piers. Gotenhafen dagegen, ein Marinestützpunkt an der Westseite der Danziger Bucht, nahe der Halbinsel Hela, erstrahlte wie im Frieden.

Der Ostasienschnelldampfer GNEISENAU lag seit zwölf Stunden wieder vertäut an der Pier des Beckens fünf, im letzten Zipfel des Hafens. Der Pott trug den gleichen Namen wie das Furcht erregende Schlachtschiff. Man hatte den eleganten Vergnügungsdampfer als Versorgungs- und Truppentransporter umgebaut. Nun fuhr der ehemals friedliche Musikdampfer des Norddeutschen Lloyd Bremen unter Kriegsflagge. Auf Anordnung der Seekriegsleitung wurde die GNEISENAU als Truppentransporter dem Marinegruppenkommando Ost zugewiesen und sollte während der militärischen Aktion ›Unternehmen

Weserübung‹, Deckname für die Invasion Norwegens, 3000 Soldaten von Hamburg nach Stavanger transportieren. Daher hatte man ihr im März einen grauen Tarnanstrich verpasst. Einen Tag vor dem Auslaufen übernahm sie noch ein Dutzend geheimnisvoller Metallkisten. Diebitsch war für die Sicherheit der Kisten an Bord verantwortlich.

Vor vier Tagen hatte der Truppentransporter mit Schlepperhilfe vom Pier abgelegt. Kurz vor Mitternacht, gleich nach dem Passieren von Kap Arkona erhielt das Schiff einen Funkspruch der Admiralität, der die sofortige Rückkehr nach Gotenhafen befahl. Der Kapitän ließ auf Gegenkurs gehen. Einen Tag später, gegen Mittag, erreichte die GNEISENAU wieder Gotenhafen-Reede. Zwei Stunden später lag sie am alten Ankerplatz. War der Admiralität das Risiko eines Verlustes des hochwertigen Schiffes zu groß gewesen? Über die Entscheidung ließ sich nur spekulieren. Jedenfalls musterten überzählige Mannschaftsteile eilig auf Befehl der Admiralität ab.

Johannes Diebitsch, Leutnant zur See, blieb auf Befehl an Bord, denn er hatte als 1. Offizier noch eine besondere Aufgabe zu erfüllen. Ihm war mulmig zumute. Wie sollte es weitergehen? Der eskalierende Krieg drohte dem schmucken Ostasienfahrer täglich mit der Versenkung durch Seeminen. Und das Risiko, ›erwischt‹ zu werden, wuchs von Tag zu Tag.

Der Wind heulte um die Aufbauten, und dicke Regentropfen prasselten waagerecht an die Scheiben der Kommandobrücke. Diebitsch blickte gedankenverloren hinaus in die stürmische Nacht. Perlenketten von erleuchteten Bullaugen und Deckslampen illuminierten die Reede vor Gotenhafen. Mehr als zwanzig Schiffe lagen dort vor Anker. Meist Schweden, die auf ihre Abfertigung warteten. Man hatte die ganze schlesische Kohleausfuhr von Danzig nach Gotenhafen verlagert. Da die inneren Hafenbecken der Kriegsmarine zugeteilt waren, wurden die Kohlefrachter von der Reede einzeln an die Verladepier geholt. Die Schlepper waren daher Tag und Nacht im Einsatz.

»Idealer Liegeplatz!«, brummelte Diebitsch. Hier war mit keiner Überraschung zu rechnen. In diesem Hafen war es ein Leichtes, für die Geheimhaltung und Bewachung der Fracht zu sorgen. Der Kapitän allerdings wäre sowohl die brisanten Kisten als auch Diebitsch lieber heute als morgen losgeworden, ließ doch sein 1. Offizier bei jeder Gelegenheit durchblicken, dass er eine spezielle Aufgabe an Bord zu erfüllen habe. Und das konnte der Kapitän bei seiner Ehre nicht akzeptieren.

Doch Diebitsch fehlte die wichtigste Information. Es gab etwas, was ihn elektrisierte und worüber er gern mehr wissen wollte. Seine ganze Aufmerksamkeit wurde von einem Spezialtresor im Bauch des Schiffes gefesselt, der von ihm auf Befehl der *Führungsdienststelle Nachschubabteilung Ostsee* rund um die Uhr bewacht werden musste. Diebitsch hatte zusammen mit Herren der Reichsbank, des Wirtschafts- und Finanzministeriums sowie der Wehrmacht und des Marinegruppenkommandos die Aufsicht geführt, als metallene Kisten darin eingelagert worden waren. Die edlen Behälter trugen die Aufschrift ›*Reichskreditkasse-Reichsbank Berlin*‹ und waren bestimmt für die zukünftige Militärverwaltung in Norwegen.

Diebitschs Anwesenheit bei der Verladung war kein Zufall.

»Sie können sich auf mich verlassen!«, erwiderte er strammstehend dem B. S. O., Befehlshaber der Sicherung der Ostsee, als dieser ihn in Kiel auf strenge Geheimhaltung verpflichtete. Als verlässliches NSDAP-Mitglied seit der Machtergreifung im Jahre 1933 hatte er seine erste Belehrung über Geheimhaltung militärischer Dinge und Spionageabwehr schon im September 1938, kurz vor seinem Einsatz bei der Besetzung des Sudetenlandes, erhalten. Nun war er für den Sondereinsatz ›Unternehmen Weserübung‹ auf die GNEISENAU befohlen worden und hatte für die Sicherheit und Geheimhaltung der speziellen Fracht an Bord zu sorgen.

»Bald wird man mir mehr Verantwortung übertragen«, murmelte er in Gedanken vor sich hin. Sein ersehntes Ziel war die

Beförderung zum Oberleutnant zur See. Doch jegliches Zeichen einer anstehenden Rangerhöhung fehlte. Was ihn obendrein irritierte, war die Wortkargheit der maßgeblichen Zivilisten wie die der hohen Militärs. Sie hüllten sich in Schweigen und ließen seine Fragen über den Inhalt der geheimnisvollen Behälter unbeantwortet.

Der Tresorraum befand sich im C-Deck, drei Stockwerke unter dem oberen Promenadendeck. Wenn Diebitsch nachts aus einer schwer fassbaren Unruhe aufwachte, wanderten seine Gedanken unwillkürlich drei Deck tiefer. Die Fragen marterten sein Gehirn: Was befand sich in diesen Kisten? Gold? Juwelen? Geld? Warum wurden Kapitalien in das zu besetzende Norwegen transportiert? Von dort wurde doch eher etwas ab- als hintransportiert. Dem Ganzen fehlte es an Logik.

Er lauschte auf das Brummen des Generators, und es kam ihm vor, als würde unter ihm ein Ungeheuer atmen. Dann warf er einen Blick auf den Decksplan. Seine Augen fixierten das Sonnendeck mit der Kommandobrücke. Dort befand sich im rückwärtigen Teil des Steuerhauses auch der private Salon des Kapitäns. Er wusste, dass kurz vor dem Auslaufen für ihn eine versiegelte Instruktion im Safe des Kapitäns deponiert worden war. Er war sich sicher: Durch sie würde das Geheimnis endlich gelüftet werden. Jedenfalls brandete die Neugier unaufhörlich in seinem Kopf. Als die nächste Wache aufzog, entschloss er sich, einen zusätzlichen Kontrollgang unter Deck vorzunehmen …

3

Diebitsch wurde am anderen Morgen durch ein kräftiges Klopfen aus dem Schlaf gerissen. Als er die Kabinentür öffnete, knallte der Wachoffizier die Hacken zusammen. »Der Kapitän erwartet Sie im Raucherzimmer auf dem Promenadendeck!«

Dann hob er die Hand: »Heil Hitler!« Diebitsch schmerzten die Ohren.

Als er sich wieder auf die Bettkante setzte, fühlte er unter dem Gesäß das Vibrieren des Generators. Seine Stimme knarrte: »Der Unterschied zwischen Mensch und Maschine ist unüberbrückbar. Generatoren kennen keine Strapazen.«

Die Morgenmüdigkeit bewirkte, dass er von kurzen Sehstörungen befallen wurde. Er kannte diesen Zustand. Für einen kurzen Augenblick sah er seine Kajüte verschwommen. Sie befand sich auf der Steuerbordseite im oberen Promenadendeck direkt unter dem Steuerhaus. Von dort hatte er freien Blick bis vor zum Bug.

Langsam erhob er sich, kniff die Lider zusammen und blickte durch das Kajütfenster in das fahle Morgenlicht. Im Hafen herrschte erschreckende Betriebsamkeit. Er dachte an all die feindlichen Minen und Torpedos da draußen. Wenigstens sind in unserem Becken keine zu erwarten, ging es ihm durch den Kopf. Dann pellte er sich rasch aus seinem Schlafanzug, klatschte sich eine Handvoll Wasser ins Gesicht, hängte sich die Kette mit dem Tresorschlüssel um den Hals und schlüpfte in seine Uniform.

Zur Kontrolle blickte er in den Spiegel. Die Gesichtszüge seines längst verstorbenen Vaters traten immer stärker hervor. Fast schien es, als wolle Vater ›Oskar-Arthur-Victor‹ in seinem eigenen Gesicht wieder lebendig werden. Der heranwachsende Johannes wollte nie werden wie Oskar-Arthur-Victor. Sein Vater war Schauspieler in Magdeburg gewesen und stand auch im normalen Leben immer auf der Bühne. In den unterschiedlichsten Rollen: herrisch aufbrausend, melancholisch mutlos, seelenwund oder lebenssatt, schrecklich oder herzbewegend tränenreich. Dabei immer zu Späßen aufgelegt. Seine tief religiöse Mutter verzweifelte an ihrem Mann, und der kleine Johannes schämte sich vor seinen Mitschülern, da sie ihn wegen des Berufs des Vaters ständig hänselten.

Prägend war für ihn daher nicht der Vater, auch nicht die Offiziere in den riesigen Kasernen entlang der Turmschanzenstraße in Magdeburg-Friedrichstadt, wo er geboren wurde, sondern die Kapitäne der Elbschiffer. Besonders die der Fahrgastschiffe SAXONIA und FREIHERR VOM STEIN. Diese trugen im Gegensatz zu den Kohle- und Holzkapitänen der Schleppdampfer helle, saubere Uniformen und beförderten auf ihren weiß gestrichenen Schiffen die feine Gesellschaft zum Stadtpark. Wenn der kleine Johannes auf einer der vielen Sandbänke der Altelbe stand, schloss er die Augen und träumte davon, von der Kommandobrücke der SAXONIA herab Befehle an seine Matrosen zu geben …

Einen Vater als Schauspieler zu haben war auch während der NS-Herrschaft keine gute Voraussetzung für eine Karriere, weder in der Partei noch bei der Marine. Jenseits der Adoleszenz ließ daher Kadett Johannes Diebitsch den Beruf seines Vaters im Dunkeln und beförderte ihn in seinem Lebenslauf kurzerhand zum Major, wenn es um seinen Vorteil ging.

Schließlich kämmte sich der vierundvierzigjährige Leutnant zur See die Haare. Dann kehrte er seiner Kabine den Rücken.

4

Drei Zivilisten und der Kapitän warteten im Raucherzimmer. Als Diebitsch in den hohen, hellen und behaglichen Raum eintrat, kam es zu einem unerwarteten Intermezzo. Noch bevor der Kapitän seinen 1. Offizier vorstellte, erkannte Diebitsch einen der Männer auf Anhieb wieder. Auch sein Gegenüber war sofort im Bilde. Der Zivilist war ein Hüne von Gestalt. Er schielte mit dem linken Auge. Sie gaben sich die Hand. Der Hüne hieß Karl Wörmann.

Sie waren sich während der Besetzung des Sudetenlandes Anfang Oktober 1938 mehrmals in Aussig begegnet. Diebitsch war mit einer größeren Marineeinheit für die Bewachung und Bewertung möglicher Prisenobjekte an Land und auf dem Elbabschnitt von Tetschen bis Aussig abkommandiert worden. Wörmann dagegen war bei der Militärverwaltung und zuständig für requiriertes Beutegut. Er hatte sich damals, im Herbst 38, wie ein Generalstäbler gebärdet. Es ging um die Besetzung eines Ortes jenseits der Demarkationslinie, einer auf tschechischem Boden gelegenen Ortschaft, auf der sich eine Fabrik befand. Für Wörmann ein lohnendes, sehr verlockendes Beutegut, denn er feuerte die Marinesoldaten mit den Worten an: »Fragt nicht lang! Blickt auf die Landkarte! Finger drauf! Das gehört euch!«

Diebitsch war begeistert vom Willen Wörmanns, die deutsche Reichsgrenze auf eigene Faust nach Osten auszuweiten. Warum nicht gleich bis zur polnischen und ungarischen Staatsgrenze? Tollkühn stimmte er zu: »Besetzen wir den Ort! Das deutsche Volk benötigt die Wirtschaftskraft dieses Raumes!«

Am Abend war man sich einig, die Fabrik samt dem Ort, quasi im Alleingang, am nächsten Tag dem Reich einzugliedern. Im letzten Moment wurde die Plünderung am Rande von ›ganz oben‹ gestoppt.

Wörmann zeigte sich Diebitsch gegenüber trotz der abgeblasenen ›Eroberung‹ großzügig und versorgte ihn und seine Männer mit Delikatessen und Zigaretten. Diese wiederum zollten ihm Respekt, waren dankbar und voller Bewunderung gegenüber dem edlen Spender.

Wenige Tage später beobachtete Diebitsch, wie Wörmann einen Konvoi mit Beutegut in Richtung Dresden befehligte. Diebitsch sicherte mit seiner Marineabteilung die Elbbrücke in Aussig. Als Karl Wörmann die Brücke passierte, brüllte er zynisch einen gängigen Reim der Sudetendeutschen vom LKW herab: ›*Wir heben unsre Hände, aus tiefster, bittrer Not: Herrgott, den Führer sende, der unsern Kummer wende, mit mächtigem Gebot!*‹ Diebitsch war sich sicher. Der Mann auf dem LKW hatte den lukrativsten Posten, der im Reichsgau Sudetenland zu haben war. Hier flossen Milch und Honig …

Nun standen sie sich wieder gegenüber. Über die jüngste Vergangenheit wurde im Moment des Wiedersehens geschwiegen. Wie sich herausstellte, hatte Wörmann den Auftrag, die metallenen Kisten in Empfang zu nehmen. Dabei erwähnte er beiläufig: »Ich bin mitverantwortlich für die Kontrolle der polnischen Nationalbank!«

Diebitsch nickte respektvoll.

Dem Hünen stand ein Mann zur Seite, der sich mit seiner zernarbten, mageren Hand das Kinn rieb. Seine Persönlichkeit flößte Vertrauen ein. Er war von der Reichskreditkasse in das besetzte Polen abkommandiert. Der dritte, ein kahl geschorener Mann, war vom Devisenschutzkommando, einer Sondereinheit des deutschen Zolls. Er bekam seine Order direkt von der Reichsfinanzverwaltung Berlin.

Man nahm in bequemen Sesseln Platz. Ein Messesteward servierte Kaffee. Der Kapitän überreichte Diebitsch das versiegelte Kuvert, das er seinem Safe zuvor entnommen hatte, trank hastig seinen Kaffee und verließ stumm den Rauchsalon. Als sie unter sich waren, breitete sich im Quartett eine eigenartige Unruhe aus. Diebitsch brach das Siegel und öffnete das braune Kuvert. Der Hüne beobachtete ihn mit wachsamen Augen, während er sich sorgfältig eine Zigarre anzündete. Obwohl Diebitsch das Ziel seiner Aufgabe kannte, waren ihm die detaillierten Pläne des Marinegruppenkommandos unbekannt. Er lehnte sich im Sessel zurück und begann das Anschreiben zu lesen. Unter dem Punkt: ›Verhalten bei Abweichung des Planes‹ erfuhr er, was zu tun war. Aus dem Augenwinkel sah er, dass der Hüne ihn durch den Rauch seiner Zigarre beobachtete.

Diebitsch nahm zur Kenntnis, dass die Instruktionen vertraulich und ausschließlich für ihn allein bestimmt waren. Das Papier sollte danach vom ihm sofort verbrannt werden. Es folgten detaillierte Anweisungen über die Übergabe der Metallkisten, die genauestens befolgt und protokolliert werden sollte. Diebitsch reichte das Protokoll über den Tisch. Der Hüne nahm es an sich. Dann verfolgte er mit Erstaunen, wie Diebitsch sein Sturmfeuerzeug zückte, das Papier mit den Instruktionen über den Aschenbecher hielt und vor aller Augen in Flammen aufgehen ließ.

»Keine Kopie für mich?«, fragte Wörmann überrascht.

Diebitsch selbstbewusst: »Nein! Ist nur für mich bestimmt!« Zu seiner Verwunderung enthielt das Schreiben keinen einzigen Hinweis über den Inhalt der Kisten. Diebitsch machte eine Geste mit der Hand, zum Zeichen, dass man an die Übergabe gehen könne. »Die Prozedur ist Ihnen ja bekannt.«

Sie verließen den Rauchsalon, durchquerten das Schreib- und Lesezimmer des Schnelldampfers, öffneten eine Stahltür und stiegen hinter dem Maschinenschacht hinab bis auf das C-Deck zum Tresorraum. Was folgte, war für Wörmann Routine, für Diebitsch eine Geduldsprobe.

Es gab zwei Tresorschlüssel. Einen hatte Wörmann in Besitz, den anderen Diebitsch. Beide passten. Gemeinsam schwenkten sie die schwere Panzertür zur Seite. Die Metallkisten reflektierten das starke Licht der Lampen. Der Hüne blickte in das Übergabeprotokoll. Dann zählte er die Kisten. Es waren zwölf. Daraufhin gab er dem Kahlgeschorenen vom Devisenschutzkommando Order, die Männer der Transporteinheit an Bord zu befehlen. Im selben Augenblick sprang der Hauptgenerator wieder an. Die Vibrationen im Rumpf nahmen zu. Das Ungeheuer begann wieder zu atmen.

Es gibt keine größere Unruhe als jene, die von Unkenntnis gespeist wird. Diebitsch fühlte sie bis unter seine Haarwurzeln. Der Zwang sie zu dämpfen war unwiderstehlich.

»Was befindet sich in den Kisten?« Seine Stimme klang belegt.

Der Hüne erwiderte ohne zu zögern: »Mit dem Inhalt

werden wir die norwegischen Finanzressourcen für unsere kriegswirtschaftlichen Zwecke erschließen!«

Diebitsch verstand kein Wort. »… was soll damit erschlossen werden?«

»In den Kisten befinden sich RKK-Scheine. Reichskreditkassenscheine!«

»Mhm! Ich verstehe …« Diebitsch kannte das Zahlungsmittel, das in besetzten Gebieten Verwendung fand, doch ihm fehlte das Wissen über die tieferen Zusammenhänge.

Der Hüne registrierte Diebitschs Unsicherheit. »Jeder glaubt zu verstehen. Die wenigsten tun es wirklich.«

Diebitsch akzeptierte die Antwort stillschweigend. Während Wörmann das Protokoll stehend ausfüllte, fuhr er fort: »Wissen Sie, die Wehrmacht hält sich strikt an die Haager Landkriegsordnung. Plünderungen gibt es nicht. Was wir uns auch nehmen, wir stellen keine Requisitionsquittungen mehr aus, sondern wir bezahlen mit RKK-Scheinen. Sowohl den Sold für unsere Soldaten als auch Löhne für norwegische oder polnische Arbeiter, die in unseren Diensten stehen. Auch alle Waren, die wir für die Armee einkaufen, sogar die Investitionen für den Unterhalt der Kasernen. Schlichtweg alle Besatzungskosten der Wehrmacht. Alles wird mit diesem Geld bezahlt.«

Diebitsch hielt das Ganze für ein Märchen: »Was ist, wenn sich Norweger oder Polen weigern, die RKK-Scheine als Zahlungsmittel anzunehmen?«

Wörmann darauf süffisant: »Handel und Privatleute hier in Polen akzeptieren die RKK-Scheine, denn die Banken und Sparkassen sind per Dekret gezwungen, die Scheine in polnische Zloty einzutauschen.«

»Und was passiert danach mit den RKK-Scheinen?«, insistierte Diebitsch.

Karl Wörmann wandte sich an seinen Begleiter von der Reichskreditkasse. »Was sagen Sie dazu? Das ist doch hohe Finanzpolitik. Ihr Ressort!«

Der Angesprochene erwiderte emotionslos: »Die Scheine werden von den polnischen Banken sofort an uns weitergereicht. Später einmal werden wir alles mit den Polen, Dänen oder Norwegern verrechnen ...«

Diebitsch begann zu begreifen, wer in diesem Kreislauf der Zahlmeister sein würde. Treffsicher formulierte er: »Ein Umtauschanspruch, der von unseren Bajonetten durchgesetzt wird?«

»Die Polen oder Dänen sehen kein einziges deutsches Bajonett in ihren Banken. Die sind doch froh, wenn sie uns auf RKK etwas verkaufen können!«, ergötzte sich Wörmann.

In diesem Augenblick betraten die Soldaten des Transportkommandos den Tresorraum. Als die letzte Metallkiste aus der Stahlkammer expediert worden war, sagte Wörmann lächelnd: »Dann wollen wir einmal den Empfang bestätigen.« Er unterschrieb Original und Kopie und reichte das Protokoll Otto. Ohne einen Blick darauf zu verschwenden, setzte dieser zügig seine Unterschriften darunter. Der Mann vom Devisenschutzkommando folgte seinem Beispiel. Es fehlten nur noch die Unterschriften von Diebitsch. Schon wollte er seine Unterschrift daraufsetzen, als ihm eine dramatische Unregelmäßigkeit ins Auge stach. Er blickte zu Wörmann, als hätte ihm dieser ein versalzenes Omelett zum Frühstück vorgesetzt. Er tippte auf das Protokoll, seine Stimme vibrierte: »Zwölf! Es waren zwölf Metallkisten!«

Wörmann setzte eine überlegene Miene auf, lächelte und fragte seine beiden Begleiter: »Wie viele Kisten haben wir in Empfang genommen?«

»Elf!«, bestätigte Otto.

»Elf!«, erwiderte auch der Kahlgeschorene und behauptete: »Auch das Marinegruppenkommando Kiel avisierte uns nur elf Metallkisten!«

Diebitschs Gesicht wurde wachsweiß. »Das ist eine Lüge!«

»Sie haben sich einfach verzählt.« Wörmann reagierte gelassen, zog seine Ausweiskarte aus der Innentasche seines Sakkos und hielt sie Diebitsch unter die Nase. Dieser las: ›*Sicherheitsdienst (SD) der NSDAP, Referat IV D2 (Besetzte polnische Gebiete)*‹. Wörmann ergriff die Gelegenheit schnell und scharfsinnig beim Schopfe: »Vergessen Sie nicht Ihre Pflichten gegenüber der politischen Polizeiarbeit.« Daraufhin räusperte er sich. »Außerdem habe ich eine Beurteilung über Ihre politische Zuverlässigkeit abzugeben.«

Diebitsch wusste in diesem Augenblick, welche Folgen das auf seine Offizierslaufbahn haben konnte, sollte er sich querlegen. Bevor er etwas erwidern konnte, tippte der Hüne auf das Protokoll und sagte im Befehlston: »Genosse Leutnant! Ihre Unterschrift!«

Als Gegenleistung glaubte Diebitsch ein Anrecht auf Gehör zu haben. Der hagere Mann von der Reichskreditkasse schien seine Gedanken lesen zu können. »Leutnant Diebitsch! Männer wie Sie werden gebraucht. Sie haben sich gerade um das Vaterland verdient gemacht.«

»Ich warte schon lange auf meine Chance«, erwiderte er.

Wörmann blickte ihn gönnerhaft an. Diebitsch konnte nicht ausmachen, ob ihn das schielende Auge fixierte. »Man wird auf Sie aufmerksam werden. Ich werde Sie für eine weitere Spezialaufgabe vorschlagen.«

Diebitsch salutierte. Sie kehrten an Deck zurück. Sein Auftrag war beendet.

Wörmann und seine beiden Begleiter begaben sich zur Landungsbrücke, die steil vom Deck der GNEISENAU zur Pier hinabführte. Der stark bewaffnete LKW-Konvoi stand längsseits der Steuerbordseite. Eskortiert von Wachsoldaten, stieg Wörmann in einen schwarzen PKW, einen Mercedes. Als sich der Konvoi in Bewegung setzte, stand Diebitsch auf dem Achterdeck. Er ließ seinen Blick über den Hafen schweifen. Es war wie ein Ritual. Er sah sich schon als Kapitän der GNEISENAU. Kurz darauf verschwand der letzte LKW des Konvois zwischen zwei großen Lagerhäusern.

Er konnte nicht ahnen, dass von nun an der Schatten Karl Wörmanns ihn begleitete, der skrupellos sein Schicksal steuern würde.

5 *Hamburg, Mai 1957*

Johannes sitzt in Hamburg-Altona am Frühstückstisch seines Freundes, Rechtsanwalt Heinrich Dersch. Er ist mittendrin, sich auf seine neue Aufgabe als Kapitän vorzubereiten. Dr. Otto Wachs, Präsident der *Stiftung Pamir und Passat*, Kapitän Fritz Dominik als Inspektor, und vor allem Hermann Eggers, Stammkapitän auf der Pamir, sind seine Gesprächspartner.

Die Themen kreisen zunächst um die Erwartungen, die Diebitsch als neuer Kapitän der Pamir zu erfüllen hat. Schon am ersten Tag ist klar: Die wirtschaftlichen Interessen der Stiftungsmitglieder stehen im Vordergrund. Er bekommt Wind von handfesten Problemen, mit denen sich die Stiftung konfrontiert sieht. Krasser noch, sie steht durch die aufgelaufenen Defizite der Pamir und Passat unter erheblichem finanziellen Druck. Dominik deutet ein Defizit von rund 400000 DM an, das derzeit nicht gedeckt sei. Negativ wirke sich vor allem auch die Streichung des Zuschusses von 65000 DM der Hansestadt Bremen vom vergangenen Jahr aus. Man befürchtet, dass Hamburg und auch Schleswig-Holstein diesem bedauerlichen Beispiel folgen könnten. Auch der Bund könnte dann seine Unterstützung versagen. Ein Desaster …

Daran wäre wohl die Stiftung selbst schuld, erwidert Diebitsch ohne Hemmungen. Nach seiner Auffassung liegt die Ursache im unbefriedigenden Leistungsbild der Mannschaften. Die Ausbildung auf den Seglern ließe zu wünschen übrig, wie man liest und hört. Kadetten, Jungmänner, Leichtmatrosen und Matrosen, die nach jeder Fahrt ihr Können während der Abschlussbesichtigung unter Beweis stellen sollten, überzeugten nicht. Das hatte sich herumgesprochen. Kapitäne aus Bremen sahen sich beim letzten Mal zu einem folgenschweren Urteil gezwungen: nicht ausreichend!

Ursache für das vernichtende Urteil war die Abschlussbesichtigung auf der PASSAT nach ihrer dritten Reise am 10. Januar desselben Jahres. Grubbe war der verantwortliche Kapitän. Diebitschs gründliches Aktenstudium hatte sich gelohnt. Schriftstücke und Protokolle bekam er von seinem Vorgesetzten, der im Auftrag des Bundesministeriums für Verkehr an Vorstandssitzungen der Stiftung teilnahm. Genüsslich las er Dominiks Aktennotiz an die Herren Dr. Wachs und Schuldt von Zerssen & Co.

Für Diebitsch sind sie das Zeugnis einer völlig unzureichenden seemännischen Ausbildung!

Das stellen beide Herren sofort in Abrede, obwohl sie es besser wissen. Diebitsch, gut präpariert, da er ein Protokoll vom April letzten Jahres im Kopf hat, kontert. Der Geschäftsführer seines Arbeitgebers in Bremen, des Vereins zur Förderung des seemännischen Nachwuchses, nahm damals selbst an der Sitzung teil.

Diebitsch sagt, er habe andere Informationen.

»Raus mit der Sprache!«, fordert Wachs.

»Der Beweis liegt in Ihrer Ablage! Blicken Sie in eines Ihrer Protokolle vom April letzten Jahres. Wenn Sie dort von einer Überwindung von Kinderkrankheiten sprechen, die auf den ersten Reisen der PAMIR und PASSAT im Ausbildungsbereich festzustellen waren, dann hat sich auch nach der vierten und fünften Reise im Grunde nichts geändert.«

Der Präsident sieht ihn verdutzt an und verstummt. Er bittet Diebitsch um einen überarbeiteten Ausbildungsplan und einen Wochenplan zur See, der Aufschluss über Wachzeiten, Arbeitsdienst, Unterricht und Freizeit gibt. Diebitsch öffnet seine Tasche und reicht beides prompt über den Schreibtisch. Er hat es wohl geahnt.

Tage darauf wühlt sich Johannes mithilfe von Eggers durch Kapitäns-Order der Reederei Zerssen, macht sich vertraut mit Schiffsplänen, technischen Daten, Stabilitäts- und Beladungsfragen, dazu studiert er Listen, die Aufschluss über die Ausrüstung der PAMIR geben. Schließlich folgen Personalakten, Logbücher, See- und Hafenkarten. Außerdem grübelt er über nautische Besonderheiten der Reiseroute. Sein Notizbuch füllt sich täglich mit neuen Fragen, die er mit Eggers diskutiert. Darunter ist auch Eggers' Bericht aus Montevideo, den er am 21. Februar an Dominik abgeschickt hatte. Unter Punkt sechs ist aufgeführt, dass die Laderäume der PAMIR entrostet und konserviert werden müssen. Diebitsch entschließt sich, den Punkt zu ignorieren und abzuwarten.

Dominik kommentiert Eggers' Bericht: … *der Einsatz einer Firma in Hamburg oder Bremen ist außerordentlich teuer. Es muss überlegt werden, ob nicht vor Übernahme der Ladung die Räume gemacht werden müssen. Falls die Laderäume nicht gemacht werden, laufen wir Gefahr, dass die Behörden in Argentinien das Schiff bei der nächsten Reise ablehnen …*

Einen weit riskanteren Mangel brachte Eggers unter Punkt sieben zum Ausdruck. Die Brisanz, Bedeutung und Tragweite des maroden Zustandes des Hochdecks war Diebitsch beim Lesen allerdings nicht bewusst geworden.

Eggers' Bericht: *Das Hochdeck leckt an den verschiedensten Stellen stark. Teilweise gehen die Decksplanken bei Regen direkt hoch. Grund: Das unter dem Holzdeck liegende Stahldeck ist sehr stark korrodiert, und das Holzdeck selbst ist von unten wegen der stets unter dem Holz stehenden Feuchtigkeit stark angegangen, sodass durch Einziehen einzelner neuer Planken und durch Kalfatern das Deck nicht mehr dicht zu bekommen ist.*‹ Dominik kommentierte: ›*Wegen der sehr hohen Kosten wurde bei den Klassearbeiten von der Erneuerung des Hochdecks Abstand genommen. Wie der Bericht des Kapitäns zeigt, wird diese Arbeit jetzt anscheinend akut …*

»Wir werden sehen!«, kommentiert Diebitsch das Gelesene. Kurz darauf erregt Kapitäns-Order Nr. 21 seine besondere Aufmerksamkeit. Betreff: *Funkabkürzungen in Sonderfällen …*

Im Klartext gegebene Funkmeldungen in besonderen Fällen bergen stets die Gefahr in sich, dass die Presse ohne unser Wissen Meldungen bringt, die unnötige Unruhe in der Öffentlichkeit stiften. Wir ordnen daher an, dass im Funkverkehr in besonderen Fällen die unten aufgeführten Funkabkürzungen angewandt werden.

Es folgt eine komplette Seite mit Verschlüsselungszeichen, unter anderem: **laaaa** = Mann über Bord und verloren, **laccr** = Ladung übergegangen, **lacct** = Schiff ist leck, **laccs** = 30 Grad Schlagseite …

Beim letzten Satz ballt er seine Hand zur Faust: *In Fällen von Seenot sind selbstverständlich die internationalen Seenotzeichen usw. sowie jeder offene Text zu verwenden!*

»Zum Teufel, was sagen Sie dazu?«, macht er Eggers auf den Widerspruch aufmerksam.

»Den Letzten beißen die Hunde! Die Reederei sichert sich auf unsere Kosten ab. Bei dieser widersinnigen Order haben wir als Kapitäne die Arschkarte!«

Am Tag, bevor er zurück nach Bremen reist, um seine persönlichen Angelegenheiten zu regeln, bittet ihn Wachs in sein Büro.

»Ich habe mit großem Interesse Ihren Wochenplan studiert. Dabei ist mir aufgefallen, dass Sie den Unterricht an Bord zulasten des Arbeitsdienstes ausweiten wollen.«

»Die Ausbildung der Mannschaft hat in meinen Augen Vorrang. Dem hat sich alles andere unterzuordnen, zumal die Stiftungsreeder, wie Sie wissen, besonderen Wert darauf legen.«

Wachs bringt es mit aller Willenskraft fertig, Diebitsch nicht in die Schranken zu weisen. Die Probleme würden sich in seinen Augen dadurch nur potenzieren. Breit lächelnd erwidert er daher: »Also schön, bringen Sie das mit sich in Einklang. Jedenfalls gelten alle Kapitäns-Order ohne Abstriche. Die

Instandhaltung der PAMIR hat für uns als Stiftung und vor allem für die Kassen der Stifter-Reedereien Priorität.«

»Darin sehe ich keinen Widerspruch.«

Wachs schiebt den Stuhl zurück und versucht sich an den Gedanken zu gewöhnen, dass er der falschen Auswahl zugestimmt hat. »Ich kann mir vorstellen, dass das, was ich Ihnen jetzt als zusätzliche Anweisung mit auf die Reise gebe, Sie dazu zwingen wird, Ihren Wochenplan ein wenig zu modifizieren, ohne dass die Qualität der Ausbildung darunter leiden muss.«

»So ist das Leben an Bord, Herr Dr. Wachs. Disponieren, modifizieren: jeden Tag, jede Stunde, jede Minute ...«

Wachs rutscht wieder an seinen Schreibtisch heran und knetet seine Finger, bis sie blutleer sind. »Na schön! Der Rost an den Innenbordwänden der Laderäume muss abgeklopft und der gesäuberte Stahl konserviert werden. Sie haben während der Hinreise dafür genügend Zeit einzuplanen. Wenn wir schon ohne Fracht segeln, dann müssen wir die besondere Chance für diese Instandhaltungsarbeiten nutzen.«

Wachs macht eine Pause, während Diebitsch im Stillen die wertvollen Stunden rechnet, die ihm für den Unterricht verloren gehen.

»Denn neben dem romantischen Wert der Reise«, fährt Wachs fort, »haben wir auch die Realität im Auge zu behalten. Wir sparen dadurch erhebliche Summen, die sonst durch Werftliegezeiten anfallen würden. Ein ungemein wertvoller Lehrgegenstand, neben Spleißen und Knoten, Segelnähen, Takelarbeiten, Segelkunde und Bootsmanövern. Außerdem macht harte Arbeit Lust auf Kopfarbeit.«

Diebitsch hätte ihn am liebsten gekielholt. Über seine Kenntnis von der drohenden Ablehnung der PAMIR durch die Behörden in Argentinien schweigt er.

Abends begibt er sich in die Wohnung seines Freundes. Heinrich Dersch besitzt ebenfalls das Patent A6 und war im Krieg Navigationslehrer der Luftwaffe. Sie kennen sich seit

1930. Zusammen segelten sie auf dem Schulschiff DEUTSCHLAND. Heinrich als Schiffsjunge, Johannes als 1. Offizier. Damals war es dem ›Ersten‹ gelungen, aus dem halben Kind einen harten, seefesten Jugendlichen zu machen. 1953 trafen sie sich in Hamburg wieder. Johannes zog Heinrich bei seinen Vorbereitungen für den Expeditionstörn auf der Yacht XARIFA mit Hans Hass als Berater heran. Damals fuhr Diebitsch für knapp zwei Jahre als Kapitän auf dem Gaffelschoner.

Nach dem Abendessen bespricht er mit seinem Freund die neuesten Erkenntnisse. »Die finanzielle Situation der Stiftung ist dramatisch. PAMIR und PASSAT sind ein einziges Verlustgeschäft. Dabei haben die Reeder mit Gewinnen gerechnet. Sparmaßnahmen genießen daher oberste Priorität. Ich habe Order, dafür zu sorgen, dass die Mannschaft bis Buenos Aires die Bordinnenwände der PAMIR vom Rost befreit und konserviert.«

»Das sind doch lupenreine Werftarbeiten!«, stellt Heinrich fest.

»Gestrichen!«

»Eine Schweinearbeit für die gesamte Besatzung.«

»So ist es! Alles unter Deck. Dazu die Hitze in den Mallungen.«

Heinrich ironisch: »Viel Vergnügen!«

»Sie wollen eine gute Ausbildung sicherstellen und ordnen gleichzeitig stupide, zeitraubende Instandsetzungsarbeiten an, die nur eine Werft ordentlich erledigen kann. Beides zusammen ist nicht zu vereinbaren. Aber alle erwarten, dass sich die Qualität der Ausbildung verbessert. Die Wahrheit bleibt sowieso auf der Strecke«, sagt Johannes verbittert.

»Mach dich nicht verrückt. Zieh dein Konzept einfach durch.«

»Das wird unter diesen Bedingungen unmöglich sein. Wie würdest du denn die Sache angehen?«

»Fordere weitere Fachoffiziere an. Wenn du genügend Unterricht geben willst, dann brauchst du mindestens noch einen zusätzlichen nautischen Offizier. Besser zwei. Dann kannst du die Wachen unterteilen und mehr Unterricht zur gleichen Zeit geben.«

»Mensch, Heinrich! Das ist *die* Idee. Einen ›überzähligen Ersten‹ setzte ich bei Dominik bestimmt durch …«

In der Woche darauf erhält Johannes die Zusage für einen weiteren nautischen Offizier. Die Auswahl gestaltet sich wegen der kurzen Frist schwierig. Hätte Diebitsch gewusst, wer als ›überzähliger Erster‹ an Bord kommt, er hätte gern verzichtet …

6 *Hamburg, Donnerstag, 30. Mai 1957*

St. Pauli. Dort, wo dem Seemann jedes Bordell und jeder Anlegedalben auch in dunkelster Regennacht vertraut ist, liegt Hamburgs Hafen. Gleich gegenüber den Landungsbrücken befindet sich die Halbinsel Steinwerder und dahinter der Kuhwerder Hafen. Darin ragen in jenen Maitagen vier markante Masten in den Himmel. Die PAMIR. Sicher vertäut liegt sie in diesen Stunden noch an den Dalben. Einer der letzten noch existierenden Laeisz-Segler, aus der Reihe der legendären ›P-Liner‹. P-Liner deshalb, da die Namen der Laeisz-Segler alle mit ›P‹ beginnen, wie PEKING, POTOSI, PRIWALL oder PREUSSEN …

Kapitän Johannes Diebitsch stellt seine Tasche ab. Stolz zeigt er nach Süden. »Sieh nur, die gelben Masten. Dort drüben liegt sie!«

»Ja, die Masten …«, erwidert Auguste einsilbig.

Johannes denkt an die vergangenen Jahrzehnte. Ihm ist, als habe er Dutzende Leben hinter sich, alle einander ähnlich, doch keines wiederholenswert. Seine erste Reise auf der PAMIR erscheint ihm wie etwas, wovon er schlecht geträumt hat. Chile, eine Legende aus grauer Vorzeit, Kap Hoorn – vergessen, La Palma – nur mehr eine ferne Insel. In seinen fieberhaften Träumen hatte er damals die PAMIR auf ein Riff gesteuert, in Brand gesteckt und einen Sprengsatz gezündet. Doch die wüsten Träume wurden im Laufe der Jahrzehnte seltener …

»Ich gehe schon voraus«, sagt Freund Heinrich einfühlend. Das Ehepaar Diebitsch hat in den letzten Tagen bei ihm in Hamburg logiert, und es war für ihn selbstverständlich gewesen, Auguste und Johannes zum Hafen zu begleiten.

Johannes' Augen glänzen. »Der Traum erfüllt sich!«

»Hoffentlich …«, erwidert Auguste resignierend.

Johannes sieht die Bitternis in ihrem Gesicht. Ihr Leben ist wie ein langsames Versinken, denkt er. Noch einmal versucht er, sie in überzeugendem Ton aufzumuntern: »Auguste! Die PAMIR ist ein gutes, starkes und glückhaftes Schiff.«

Johannes weiß, dass dies eine Lüge ist, denn seine erste Reise auf der PAMIR als Matrose, im Jahre 1914, geriet für ihn zum Desaster. Auf dem P-Liner fand er damals die Bedeutung von Tod und Leben heraus.

Auguste hatte das Drama, das ihr Mann 1914 auf der Bark durchlebte, nicht vergessen. Man schrieb das Jahr 1919, als sich die beiden Magdeburger in Hamburg kennen lernten. Der Erste Weltkrieg war vorüber, und es waren gerade einmal zwei Jahre vergangen, dass ihr Geliebter nach Deutschland heimgekehrt war. Sie erinnerte sich an den Tag, als sie beide auf einer Bank an Hamburgs Binnenalster saßen und verliebt turtelten. Sie glaubte erst, er wolle ihr ein schönes Erlebnis von seiner ersten Reise nach Südamerika erzählen. Doch sie bekam eine Horrorgeschichte zu hören …

Unter Kapitän Max Jan Heinrich Jürs segelte ihr Angebeteter am 1. März 1914 als Matrose auf der PAMIR Richtung Kap Hoorn. Gut dreißig Mann zählte die Besatzung. Sie hatte Stückgut in ihrem Bauch. Die Zielhäfen hießen Valparaiso und Taltal in Chile. Von dort sollte das Düngemittel Salpeter in Säcken nach Hamburg gebracht werden. Es wurde die längste Reise der PAMIR …

Das erste Unglück geschah auf der Hinreise am 16. März, gerade als sie Lizzard Point und den Kanal hinter sich gelassen hatten. Als junges, seefernes Magdeburger Fräulein verstand sie erst gar nicht, was Johannes ihr da erzählte …

»Der Wind drehte plötzlich von West nach Nordwest in Stärke sechs bis sieben. Bester Wind für die PAMIR, doch die hohe See ließ das Schiff schwer in den Wellen arbeiten. Da der Sturm in der Nacht Stärke neun erreichte und zunehmend böig wurde, gab unser Käpt'n gegen ein Uhr nachts den Befehl zur Halse. Beide Wachen wurden an Deck gerufen. Die Wellenberge rollten schräg von Steuerbordbug auf uns zu. Das war brutal. Unsere PAMIR stampfte und nahm viel Wasser über. Gegen 03.30 Uhr krachte es in der Takelage. Steuerbord war die Vorobermarsschot gebrochen, sodass das Segel aufgegeit und die Rahe heruntergefiert werden mussten. Im selben Moment erbebte der ganze Rumpf. Zwei schwere Sturzseen brachen über Back und Vorschiff. Mein Freund Hans Madsen und der Leichtmatrose Arthur Grymel wurden nach Backbord hin einfach über die Reling gewaschen. Unser Erster rief zwar sofort: ›*Mann über Bord!*‹, doch allen war klar, wir würden die beiden Kameraden in dunkler Nacht aus tobender See nicht mehr retten. Zwei Bojen, darunter eine Leuchtboje, warfen wir gleich hinterher. Der Käpt'n ließ die Bark so schnell wie möglich halsen. Mich schickte er in den Großmast, um die Leuchtboje im Auge zu behalten. Aber ich sah überhaupt nichts. Die brechenden Wellenkämme verschlangen alles. Wir segelten das Revier auch bei Tagesanbruch noch einmal ab. Umsonst. Armer Hans! In Stiefeln und Ölzeug in der eiskalten See – keine Chance.«

Johannes traf keine Schuld. Auguste, die sehr in ihren Seebären verliebt war, zeigte sich erleichtert, konnte sich aber des Eindrucks nicht erwehren, dass bei seinen Worten Begeisterung mitschwang. Als er mit den Worten schloss: »Das macht hart!«, war sie mehr als irritiert und fragte: »Warum bist du eigentlich Seemann geworden?«

»Ich wollte raus aus Magdeburg, Seeluft und Abenteuer schnuppern, die Weite der Meere genießen, und – Kapitän werden …«

»Und deine Eltern?«

»Meinem Vater war es egal. Meine Mutter trauerte. Doch ich ließ mich von nichts und niemandem aufhalten.«

»Hattest du eine romantische Vorstellung von der Seefahrt?«

»Ein wenig schon. Ich ahnte aber auch von den Entbehrungen, aber ich war bereit, sie auf mich zu nehmen.«

»Wann bist du das erste Mal rausgefahren?«

»Ich war fünfzehn. Ich kam im April 1911 als Schiffsjunge auf das Segelschiff RIGEL. Während der eineinhalb Jahre machte ich drei Reisen auf ihr. Dann war ich Matrose. Danach habe ich mich für die PAMIR anheuern lassen. Auf ihr wollte ich mein Offizierspatent als Nautiker machen. Damit kann man überleben. Und da mach ich jetzt weiter.«

»Was hast du während des Krieges gemacht?«

»Ich blieb zunächst auf der PAMIR. Doch ich gestehe, ich lebte in den vergangenen Jahren keineswegs ein besseres Leben. Im Gegenteil …«

Sie blieben auf der Bank sitzen. Johannes legte seinen Arm um ihre Schultern, und Auguste rutschte ein wenig enger an ihn heran. Neugierig geworden, forderte sie ihn auf: »Erzähl weiter!«

»Es war der 2. September 1914. Wir befanden uns auf Heimatkurs. Zwei Tage zuvor hatte unsere PAMIR den Äquator passiert, als ein auf Gegenkurs liegender französischer Segler durch ein Flaggensignal mitteilte, dass zwischen Frankreich und Deutschland der Krieg ausgebrochen sei.«

»Habt ihr dem Franzosen nicht geglaubt?«

»Niemand an Bord. Erst als wir dreizehn Tage später dem Dampfer SOMMERDIJK begegneten. Am Flaggenstock wehten die niederländischen Farben. Plötzlich änderte der Dampfer seinen Kurs und hielt direkt auf uns zu. Kurz darauf wurde die Flagge eingeholt. Die holländische Fahne war nur Tarnung gewesen. In Wirklichkeit waren wir dem Hapag-Dampfer MACEDONIA begegnet.«

Auguste reagierte besorgt: »Was hätte passieren können, wenn der Dampfer ein Franzose gewesen wäre?«

»Beschlagnahmung, Gefangenschaft! Wir hatten schwachen Wind. Wir hätten ihm nie entkommen können.«

»Wie ging es weiter?«

»Jürs ließ Peter Kleist, unseren 1. Offizier, mit dem Beiboot übersetzen. Danach waren wir im Bilde. Deutschland hatte mobilgemacht. Unsere Salpeterladung war kein harmloser Dünger mehr, sondern Sprengstoff. Englische Kriegsschiffe kreuzten im Nordatlantik und nahmen alles ins Fadenkreuz, was deutsche Farben führte. Ein Glück, dass wir nicht schon vorher aufgebracht worden waren.«

»Wie hast du diesen Schlag verkraftet?«

»Schwer! Mit dieser Fracht konntest du nur untergehen. Jeder Sack ein Grabstein. Das setzt sich im Kopf fest.«

»Was habt ihr gemacht?«

Johannes empfand die Erinnerung daran wie eine große Leere. »Kapitän Jürs entwickelte einen Plan. Er sprach sich schnell an Bord herum. Er wollte mit der PAMIR in einen neutralen Hafen flüchten. Der nächste lag rund achthundert Seemeilen vor uns: Die kanarische Insel La Palma. Vierzehn Tage darauf, exakt am 1. Oktober, konnten wir die Bucht von Santa Cruz de la Palma anpeilen. Wir hatten unverschämtes Glück.«

Auguste atmete befreit durch: »Gott war mit euch!«

»Bis dahin. Aber wir waren lange noch nicht in Abrahams Schoß. Die Kanaren waren uns völlig unbekannt, und wir verfügten über keinerlei geografische Kenntnisse. Die Hafenbeamten wollten aber um jeden Preis ihre Neutralität wahren und drängten unseren Kapitän, Santa Cruz auf Teneriffa anzulaufen, da dort schon andere deutsche Handelsschiffe Zuflucht gefunden hatten. Aber unser Käpt'n ahnte, dass gerade dies englische Kriegsschiffe anlocken musste.«

»Und, lag er richtig mit seiner Vermutung?«

»Goldrichtig! Das zeigte sich schnell. Die MACEDONIA ankerte inzwischen ebenfalls in unserer Nähe. Einige unserer Seeleute wechselten noch hastig hinüber, als sich herumsprach, dass der Hapag-Dampfer versuchen würde, nach Hamburg zu entkommen. Ich war nahe daran, den gleichen Fehler zu begehen. Die MACEDONIA versuchte am 28. September tatsächlich den Durchbruch. Aber die Royal Navy war wachsam. Wie wir später erfuhren, wurde die MACEDONIA schon kurz danach vom englischen Kreuzer GLOUCESTER gekapert und unter Bewachung nach Gibraltar gebracht. Damit war klar, dass die PAMIR samt ihrer Besatzung auf der Insel der Seligen für unbestimmte Zeit festliegen würde.«

»Was habt ihr die ganzen Jahre an Bord gemacht?«

»Kleist gab an Bord Unterricht. Er versuchte uns Matrosen so gut wie möglich auf die Prüfung an der Seefahrtsschule vorzubereiten. Wir taten alles, um dem Müßiggang die Stirn zu bieten. Daraus entwickelte sich eine regelrechte maritime Kunsthandwerkszene an Bord, die uns einen lebhaften Tauschhandel an Land erlaubte. Ich versuchte mich im Malen und in der Schnitzkunst.«

»Und?«

»Na ja. Ich malte Marienbilder und schnitzte Kruzifixe. Gar nicht übel, wie man mir sagte.«

»Und wie bist du wieder ins Reich gekommen?«

»Per Schiff, zu Fuß, per Bahn, auf Straßen und Schleichwegen. Ich habe es auf der PAMIR nicht mehr ausgehalten und suchte Arbeit an Land. Jürs wollte uns halten, doch ich musterte mit meinem Freund Karl Schulberg im Spätsommer 1917 ab. Kurz darauf entschloss ich mich, mich nach Deutschland durchzuschlagen. Weihnachten war ich schließlich wieder zu Hause.«

Auguste löste sich sanft und blickte Johannes in die Augen:

»Und wie bist du während der Kriegswirren nach Deutschland gekommen?«

»Das reinste Abenteuer. Erst mit dem Schiff nach Cádiz. Von dort schlug ich mich durch bis Barcelona. Ich wanderte durch die Pyrenäen und wagte mich durch Feindesland bis ins Elsass. Bei Breisach schlich ich über die Grenze. Mitte Dezember war ich dann wieder in Magdeburg …«

Die Worte des jungen Matrosen bedrückten Auguste. Angst, Verzweiflung, Niederlagen, Demütigungen und bittere Erfahrungen schienen seine Seele nicht mehr zu berühren.

Im Frühling 1919, auf der Bank an der Binnenalster, wäre auch Johannes gern wieder der gewesen, der er vorher gewesen war. Unbefangen, einfühlsam und sensibel für alle menschlichen Empfindungen. Doch die erste Reise auf der PAMIR hatte eine harte Schale um seine Seele wachsen lassen …

Nun ist der Zeitpunkt gekommen, an dem Johannes mit der PAMIR zum zweiten Mal in Richtung Südatlantik aufbrechen wird. Vielleicht würde es ihm gelingen, die Schale der Vergangenheit zu sprengen. Spontan nimmt er Auguste in seine Arme. Der Duft von 4711 dringt in seine Nase.

»Ich mache mir große Sorgen«, flüstert sie in sein Ohr.

Das lässt ihn, wie immer in solchen Situationen, auf einen schnellen Abschied drängen. »Musst du nicht!«

Ihre Antwort kommt ohne zu zögern: »Du hast noch nie das Kommando über einen Segler dieser Größe gehabt.«

»Ach was, Auguste! Ob auf der DEUTSCHLAND, XARIFA oder auf der PAMIR. Segeln ist segeln! Ich bin bestens vorbereitet. Ich habe allein mit Eggers fast drei Wochen alles durchgekaut, was für mein Kommando wichtig ist. Außerdem war ich doch schon jahrelang Matrose auf der PAMIR. Ich kenne jeden ihrer Spanten mit Vornamen!«

»Du magst ja recht haben. Aber das war doch alles vor über dreißig Jahren! Du bist einfach nicht mehr derselbe.«

Sie weiß immer noch nichts über meine Sehnsüchte, wundert er sich. Ich habe immer die schmalen, beschwerlichen Pfade im Leben genommen. Ich werde das Ende meiner Laufbahn zur See als Kapitän auf der PAMIR krönen.

Er nimmt Auguste fest bei den Schultern. »Ich weiß, das Meer ist keine alte Frau in einem Schaukelstuhl.« Entschlossen greift er nach der Tasche. »Ich muss jetzt rüber!«

Sie küssen sich flüchtig. Als er das Gebäude des Elbtunnels betritt, postiert sich Heinrich neben ihm. Sie drehen sich noch einmal um und winken. Auguste weint.

7 *Freitag, 31. Mai 1957*

Kurz nach Mitternacht schlurft Joe, ›der Respektlose‹, mit geschultertem Seesack über die Gangway auf das erleuchtete Deck der PAMIR. Er lässt den Sack lässig von seiner Schulter gleiten und blickt zu den Masten und Rahen empor, die sich im funkelnden Nachthimmel verlieren. Eine beeindruckende Kulisse. Die Wache nimmt den Jugendlichen aus Hamburg, mit Lederjacke und Zigarette im Mundwinkel, am Ende der Gangway in Empfang.

Der Moment der Wahrheit ist für Joe gekommen. Noch kann er zurück. Obwohl erst 17 Jahre alt, wirkt er eher wie ein Zwanzigjähriger. Er gibt sich überzeugend ›halbstark‹ und kleidet sich wie James Dean: Röhrenjeans und nietenbesetzte Lederjacke. *Denn sie wissen nicht, was sie tun* hat er sich im Kino gleich dreimal angesehen, und Bill Haley ist sein Idol. Provozierend langsam zückt er das Telegramm. Daraus geht hervor, dass Joe auf der PAMIR anheuern kann. Einer prüft die Depesche, die beiden anderen beäugen neugierig ihren zukünftigen Kameraden in der schwarzen Lederkluft. Für sie ist das, was Joe trägt, ›super‹. Sein Name wird feierlich in die Liste eingetragen.

»Jetzt gehörst du dazu!«

Für Joe klingen die Worte wie eine Anklage: schuldig!

»Such dir ein nettes Eckchen.«

Eine Hängematte ist zu dieser späten Stunde nicht mehr zu ergattern. Joe geht auf die Backbordseite, spuckt gegen den Wind und nimmt den Aufgang zum Hochdeck. Mit der Faust klopft er dreimal gegen den Großmast. »Scheiße! Wie vier Monate Knast! Joe, du wirst auch das überleben …«

In der Segelkammer findet er schließlich ein Schlafplätzchen. Eine seiner Taschen stellt er vorsichtig ab. Ein Plattenspieler und schwarze Scheiben mit den neuesten Rock-Titeln befinden sich darin. Das wird Stimmung machen.

Morgens weckt ihn ein alter Mann. Es ist der achtundsechzigjährige Bootsmann Richard Kühl. Breitbeinig steht er vor ihm, die schmalen Fäuste in die Hüften gestemmt. Über die Schulter des Bootsmanns blickt ein zweites Gesicht auf Joe herab. Trotz seines wachen Blickes vermittelt er einen ausgemergelten Eindruck. Der fünfundsechzigjährige Segelmacher Julius Stober hat den Bootsmann auf den seltsamen ›Fund‹ in seiner Segelkammer aufmerksam gemacht.

Kühl will Joe schon Wind von vorn geben, doch als dieser sich erhebt, überragt er den alten Mann um einen ganzen Kopf. Der Bootsmann registriert das neue Gesicht an Bord. Joe klopft seine Lederjacke glatt: »Mitternacht hat hier alles gepennt.«

»Okay. Dann mal los zum Kapitän.«

An Deck herrscht schon Betriebsamkeit. Männer in festem Arbeitszeug und Jungmänner in Jumper und Wollmütze sind dabei, die Pamir seeklar zu machen. Joe kommt es eher vor, als würde der Hausputz eines Wohnblocks anstehen. Allerdings sind ihm die Gerüche fremd. Ein Gemisch aus Teer, öligem Brackwasser, faulendem Fisch, durchzogen von Tabakdunst und Schweißgeruch. ›Richie‹, wie der Bootsmann vom Segelmacher angesprochen wird, geht voran. Sie befinden sich innerhalb des Deckhauses, was auch ›Mittschiffs‹ genannt wird.

Es befindet sich in der Mitte des Schiffes und trennt die Back von der Poop. Das Dach des Deckhauses bezeichnet man als das Hochdeck, auf dem sich auch das Kartenhaus und der Ruderstand befinden. Man erreicht es durch die Niedergänge sowohl von innen als auch über Vor- und Achterdeck. Das Deckhaus selbst ist entlang der Steuerbord- und Backbordseite von zwei langen Fluren und einem Quergang durchzogen. Entlang der Gänge gruppieren sich die Kammern der Offiziere und Unteroffiziere. Ebenfalls die Kammern der Stewards, des Kochs und der Kochsmaate. Auch beide Offiziersmessen und fast alle Funktions- und Versorgungseinrichtungen wie Funkbude, Pantry, Trockenraum, Toiletten, Waschräume, der ›Leinenschrank‹ für die Bettwäsche sowie die Segellastkammer, in der alle Segelgarnituren und Ersatzsegel gelagert werden, ferner die Kombüse und die Proviantkammer mit dem Niedergang zum großen Proviant- und Gefrierraum.

Um einiges edler wohnt die Schiffsführung auf der PAMIR. Achtern Mitte und Steuerbord außen befinden sich der Salon und die Kabine des Kapitäns. Ebenso die des Reeders. Nebenan das Weindepot des Reeders, auf das auch der Kapitän Zugriff hat.

Joe folgt dem Bootsmann durch den Gang nach achtern. Richie zeigt auf die rechte Seite. »Die erste ist meine Kammer. Gleich nebenan liegt der Spökenkieker in der Koje, und hier hat Oldsails sein Gemach!« Er meint damit den Zimmermann und den Segelmacher. Als sie eine weitere Gangtür passieren, spricht Richie plötzlich mit gedämpfter Stimme: »Die Einzelkabinen der 1. und 2. Offiziere und der beiden Bordingenieure.« An einem Quergang bleibt er stehen, zeigt auf die erste Tür auf der rechten Seite. Bedeutungsvoll hebt er die Augenbrauen und flüstert: »Der Salon des Käpt'n!«

Joe kann mit der Bemerkung nichts anfangen. Der ›Salon‹ entpuppt sich als eine Kombination aus Wohn- und Arbeitsraum. Pompös die dunkel getäfelten Wände. Davor ein langer

Kajütstisch mit je einer plüschrot gepolsterten Bank auf der Längs- und den beiden Stirnseiten. Gegenüberliegend befindet sich in einem Halbrund noch ein rotes Plüschsofa. In der Nische hängen Porträts von Ferdinand Laeisz und des Stammkapitäns der PAMIR, Eggers. Davor befindet sich ein Tisch. Nebenan befindet sich ein kleiner, aber edler Schreibtisch. Auf ihm stapeln sich Ordner, verschnürte Mappen, Bücher und Seekarten.

Drei Offiziere befinden sich im Salon. Der alte Bootsmann weist etwas steif auf den Mann in der Mitte. Joe tritt einem mittelgroßen, stämmigen, doch vornehm wirkenden Herrn mit Oberlippenbart gegenüber, der unübersehbar das meiste Gold an seiner Uniform trägt. Ein Händedruck bleibt aus. Stattdessen taxiert Kapitän Diebitsch mit vorgeschobenem kantigen Kinn und schiefem Mund sein Gegenüber von oben bis unten. Ein Vakuum entsteht. Ein alter Mann mit erloschenen Augen und seelischen Untiefen, geht es Joe durch den Kopf. Er spürt instinktiv eine Abneigung gegen diesen Menschen. Diebitschs Fragen nach seiner Herkunft und Ausbildung beantwortet er pflichtgemäß.

Überraschend streckt sich ihm daraufhin eine andere Hand entgegen. »Gunther Buschmann! Willkommen an Bord der PAMIR!«

Der Mann lächelt und macht einen fröhlichen, unbekümmerten Eindruck auf Joe. Spontan lächelt er zurück. Der andere, links neben Diebitsch, sieht sich offensichtlich genötigt, auch etwas zu sagen. Seine Stimme klingt herablassend. »Rolf-Dieter Köhler. Ich bin der 1. Offizier an Bord!« Köhler weicht dabei jedem Augenkontakt aus. Er hätte auch sagen können: »Ich bin nicht hier, das ist nur mein Abdruck!« Er ist also ›de Groot‹, das heißt der große, erste Steuermann. Demnach ist Buschmann, als 2. Offizier, ›de Lütt‹.

»Alle Kadetten an Bord?«, richtet Diebitsch seine Frage an den Bootsmann.

»Zwei fehlen noch, Käpt'n. Dann ist die Mannschaft komplett.«

Ohne etwas darauf zu erwidern, dreht sich Diebitsch um und lässt seine Hand schwer auf den Tisch fallen. Das Zeichen, dass die Vorstellung beendet ist. Joe hört noch beim Hinausgehen die gereizte Frage des Kapitäns: »Wann kommen Eggers und die Gäste mit ihren Weibern?«

Als Joe und Richie das Achterdeck betreten, schüttelt Diebitsch den Kopf und bemerkt bitter: »Diese Jugend! Armes Deutschland.«

»Wie meinen Sie das?«, fragt Buschmann freiheraus.

»Das sieht man doch auf den ersten Blick«, erwidert Köhler ungefragt. »Allein diese Nietenjacke. Typisch halbstark!«

Buschmann geht Köhlers unterwürfige Art auf den Geist. »Rolf, ich hatte meine Frage an unseren Kapitän gerichtet.«

Dieser versteift sich, stiert ein paar Sekunden Buschmann ins Gesicht, bevor er mit knarrender Stimme erwidert: »Falls Sie es noch nicht bemerkt haben sollten: Deutschland wird wieder eine Marine aufbauen. Dafür werden richtige Seeleute gebraucht. Den Russen aber reicht bei dieser Jugend ein nasses Handtuch, um sie von den Meeren zu verjagen. Und die Amis wollen doch nur, dass unter dieser Negermusik und ihrem Whisky unsere Jugend verweichlicht. Ich habe in Bremen erlebt, wie sie unter diesem amerikanischen Gejaule sogar die Besinnung verlieren.«

Buschmann erwidert provokant-charmant: »Ich verliere lieber einmal bei Elvis und Bourbon die Besinnung als die halbe Verwandtschaft an der Ostfront und das Familienerbe im Bombenhagel der Alliierten.«

Diebitsch schluckt: »Unter meinem Kommando wird es keine Laschheiten geben. Ich erwarte, dass Sie mein Regime an Bord unterstützen. Es wäre doch gelacht, wenn wir aus dem Haufen Halbstarker keine brauchbaren Männer machen.«

An Deck und Masten herrscht hektische Betriebsamkeit. Joe beobachtet, wie Kapitän Diebitsch auf dem Hochdeck geladene Gäste der Stiftung und der Reederei Zerssen empfängt.

Joe ist der ›Steuerbordwache I‹ zugeordnet. Die Einteilung in Backbord- oder Steuerbordwache ist, wie er gelernt hat, für einen funktionierenden Wachplan notwendig. Beide Wachen sind unterteilt, sodass sich vier Gruppen roulierend abwechseln können. Der Tages- und Wochenplan diktiert den Takt: Wach-, Bereitschafts-, Unterrichts-, Dienst- und Freizeiten liegen fest. Ein gerechtes System, gültig für den Hafen und auf See.

Am frühen Nachmittag gibt es ein großes Hallo an Deck. Eine Ausrüstungsfirma hat endlich die Uniformen für die Kadetten angeliefert. Chef der Firma ist der Vater des 2. Offiziers, Buschmann. Die Anprobe verläuft stürmisch wie auf einem Geschenkbasar der Caritas nach dem Krieg. Jeder schnappt nach einem Teil, sodass sich der Bootsmann gezwungen sieht, durchzugreifen.

Stolz mustern sich die Jungmänner gegenseitig. Auf den Ärmeln der gut sitzenden Uniformjacken glänzen hell die Streifen ›PAMIR‹.

Manfred, ein flachsblonder Kerl mit stark geröteten Wangen von der Steuerbordwache I, blickt auf die Uhr. »Was sagt der Plan?«

»Backbordwache I schiebt Wache, Steuerbordwache II hat Bereitschaft, und wir haben frei«, antwortet Jens.

»Dann auf zur Reeperbahn!«

»Super!«, ruft Tom.

»In dieser Aufmachung?«

»Klar! Die Mädels stehen drauf.«

»Super!«, tönt Tom erneut. Damit wird er zum ›Super-Tom‹.

Henry und Jens kriegen mit, was läuft. Das ist von Manfred auch beabsichtigt. Henry hebt den Daumen. Er und Jens wollen ebenfalls ihren letzten Freigang für einen Kiezbummel nutzen. Joe, der sich mit ihnen angefreundet hat, schließt sich an. Uniformen sind ihm ein Gräuel. Seiner Abneigung gegenüber der Montur folgt die Tat. Vorbei am ›Hospital‹ des Schiffsarztes Dr. Heinz Ruppert steigt er achtern den Niedergang hinab, durchquert die Steuerbord-Logis, öffnet seinen Spind und wirft seine Uniform auf den Seesack.

Wachkameraden kramen in Taschen und Koffern, versuchen Ordnung in ihren Spind zu bekommen. Flugs schlüpft Joe in seine genietete Lederjacke. Er sieht sich einer spartanischen Einrichtung gegenüber. Die Logis besteht im Wesentlichen aus Tischen, Bänken und Spinden. Eine Kränkung für das Auge. Nur Gott mag wissen, wer diese Tristesse überleben kann. Nachts muss das Inventar den Hängematten weichen. Morgens wird wieder aufgebaut. Das nennt man ›Backschaften‹.

Ein ›Männerwohnheim zur See‹, ein einziger Raum, in dem sich das Privatleben der gesamten Mannschaft abspielt. Hier schläft man, zieht sich um, isst und verbringt seine Freizeit, erträgt jeden Spaß und alle Gemeinheiten, die untereinander ausgeheckt werden. Das soll den Charakter formen. Die Backbord-Logis, spiegelbildlich angeordnet, bietet den gleichen ›Komfort‹. In beiden wird es viel zu eng, wenn alle sich darin tummeln.

Die Stiftung sieht das sicher anders, überlegt Joe. Wenn sie könnte, würde sie auf die Hälfte der Sitzgelegenheiten glatt verzichten. Schließlich befindet sich ja immer eine Hälfte der Gruppe auf Wache.

»Wenn die PAMIR wieder zurück ist, werde ich abmustern«, sagt er im Gehen …

Die bevorstehende Seereise liegt wie Mehltau über seinem Gemüt, denn der Weg nach oben ist eisern vorgegeben: Seefahrtschule, dann aufs Schiff, dann wieder Seefahrtschule, dann wieder Schiff. Acht Monate auf See sind für einen Kadetten auf der PAMIR Pflicht. Danach kann er zum Jungmann befördert werden. Nach weiteren acht Monaten zum Leichtmatrosen und nach weiteren zwölf Monaten kann er zum Matrosen und Offiziersanwärter aufsteigen. Damit eröffnet sich die Chance, insgesamt fünfzehn Monate auf verschiedenen Schiffen der Reederei eingesetzt zu werden. Ohne diesen Fahrplan keine Aussicht auf ein Offizierspatent, um danach sein Dasein selbst zu bestimmen. Am besten, man zieht das Ganze in einem Rutsch durch.

Dabei könnte Joe richtig stolz auf sich sein. Hatte er sich doch gegenüber neunzig anderen Bewerbern, die alle auf der PAMIR oder PASSAT segeln wollten, durchgesetzt. Seine Eltern waren erleichtert. Die Fahrt auf der PAMIR würde ihn sicher von diesem ›Amigeheule‹ kurieren und ihm zeigen, dass es für Beruf und Leben besser war, sich unauffällig und angepasst zu verhalten.

Für Manfred, Jens, Henry und Tom ist es der erste Reeperbahnbesuch in ihrem Leben. Allen Warnungen und Schmuddelstorys zum Trotz, die sie im Laufe ihres Provinzlebens über die sündige Meile gehört und gelesen haben, sind sie besessen davon, ihre Neugier vor dem Auslaufen zu befriedigen. Gehört das nicht dazu? Seeleute sind so. Jungmänner sowieso. »Super!« Kein Wunder, Tag und Nacht erfüllt der Irrsinn der Wollust ihre Vorstellungen und Träume.

Joe kann seine Fantasien schon modellieren und kennt die Spannung zwischen ihr und der Realität, während die der anderen noch unkonkret und bilderlos sind. Dafür ist die Vorfreude auf das Nackte äußerst erregend. So machen sie sich auf zu den Schauplätzen prickelnder Legenden.

Als Joe einige Schritte zurückbleibt, nutzt Henry seine Chance auf mehr Durchblick. »Sag mal, was geht denn da so ab auf dem Kiez?«

»Auf der Herbertstraße kommst du dir vor wie auf einem Dorf. Eine enge, kurze Gasse mit niedrigen Dächern. Die Mädchen sitzen zu zweit oder zu dritt hinter Glas wie Hühner auf der Stange. Du guckst auf die Figur, Busen und Gesicht, und wenn dir eine gefällt, dann klopfst du an die Scheibe.«

»Was passiert dann?«

»Die werden dich erst mal ankobern.«

»Ankobern?«

»Nummern schieben, auf den Wackel gehen, sich prostituieren. Und es geht ums Geld. Für einen Zwanziger bekommst du eine echte Nummer oder ein Vorspiel.«

»Vorspiel?«

»Mensch Henry – französisch oder Tittenfick!«

Henry wird rot. Verlegen senkt er den Kopf.

Joe amüsiert sich und legt nach: »Wenn du die Dirnen nackt haben willst, zahlst du dreißig. Für dich kommt doch sicher nur nackt infrage!«

»Dreißig? Und ganz nackt?«

»Rock und Höschen kommen runter. Aber ohne Büstenhalter kostet immer extra.«

Henry steht der Mund offen.

Jens, an der Spitze des Trupps, forciert das Tempo. Aus einem prüden, spießigen Elternhaus stammend, ist er hin- und hergerissen zwischen Verlangen und Verdrängen. Für einen Moment denkt er an das Mädchen, das am Ende derselben Straße wohnte, in der er aufwuchs. Angeblich hatte sie schon Mitschüler aus der Klasse in ihr Zimmer gelassen. Er träumte von ihr, hatte aber nie gewagt, zu ihr zu gehen. Sie ist für ihn immer noch ein hübsches, unerreichbares ›*girl*‹, umgeben von freizügigen Vorstellungen.

Hinter Jens gehen Manfred und Tom. Manfred ist froh, endlich der ewigen Kontrolle seiner Mutter entkommen zu sein. Er pflegt seine Illusion von der Freiheit käuflicher Liebe mit Genuss. Obwohl er dafür keine einzige Mark erübrigen kann. Tom wird es mulmig bei dem Gedanken daran, worauf er sich gerade einlässt.

Manfred tönt lautstark, als würde er sich in diesem Milieu auskennen: »Wenn schon Puff, dann wenigstens richtig schmutzig und nicht bürgerlich-verklemmt-intellektuell.«

Ein Typ wie ein zweiter Hardy Krüger. Blondes Haar, wasserblaue Augen, offener, einnehmender Blick, athletische Figur, über die sich die neue Uniform spannt. Er lässt sogar die Hurenherzen in der Herbertstraße höherschlagen.

Der Himmel färbt sich langsam rot-orange. Ein Krankenwagen rast die Reeperbahn entlang, als sie in die Davidstraße einbiegen. Nach ein paar Metern schwenken sie rechts ein und stehen vor zwei bordeauxrot gestrichenen Eisentüren. Ein Relikt aus der Nazizeit. Manfred liest laut: »Zutritt für Jugendliche unter 18 Jahren verboten, Frauen unerwünscht.«

Manfred zeigt auf die Zahl achtzehn und macht sich lustig: »Tom! Ab nach Hause zu Mutti!«

Alles johlt. Keiner schert sich drum. Kurz darauf stehen sie auf dem Katzenkopfpflaster der Herbertstraße. Sie macht bei Tageslicht einen grauen und nüchternen Eindruck. Der Andrang zu dieser Zeit ist mäßig. Manfred blickt fragend zu Joe. Der macht eine lässige Handbewegung: »Erst einmal rauf und runter bummeln. Mal sehen, was im Angebot ist.«

Kaum haben sie den Eingang passiert, als plötzlich, wie von Geisterhand, hinter manchen Scheiben die weißen Gardinen zur Seite geschoben werden. Die Zeichen stehen gut, um endlich die verbrämten Codes der verführerischen Heimlichkeiten zu knacken. Die Jungs tauchen ein in die Welt der verbotenen Früchte. Schon zeigen sich einige Mädchen, geschmückt mit schwarzen, lila oder knallroten Korsagen. Manche sind so tief ausgeschnitten, dass den Jungs der Atem stockt.

Die unsichere junge Truppe bleibt in der Mitte der Straße, als ob links und rechts die Pest herrschen würde. Sie schlendern auf und ab, und Joe klärt die anderen auf: »Dort steht das älteste Haus: Puff Nummer 27. In der Nummer 7 da vorn hausen die alten, abgewrackten und versoffenen Huren! Die verdienen sich hier nur noch ihr Gnadenbrot.« Dann bleibt er stehen und zeigt auf die Nummer 10. »Der soll am gemütlichsten sein. Ein schöner, plüschiger alter Puff mit hübschen Mädchen!«

Die Blicke der Jungmänner wandern zum Koberraum der Nummer 10. Dort wird ihre Aufmerksamkeit von zwei jungen Schönen hinter den Scheiben gefesselt. Die eine ist hochwüchsig, steckt in einer engen, knallroten Korsage, die ihre atemberaubende Oberweite zur Geltung bringt. Sie heißt Kiki. Mariposa, die andere, wirkt zierlich, hat einen Pagenkopf und trägt ein kurzes schwarzes Kleid, das eher wie ein Nachthemd aussieht. Mou-Mou, das dritte Freudenmädchen, sitzt noch teilnahmslos im Hintergrund auf einem hochbeinigen Barhocker mit einem Schaffell als Sitzkissen. Alle drei rauchen. Vor ihnen steht ein kleines Lacktischchen. Darauf drei Sektgläser und ein randvoller Aschenbecher. Die Huren halten den abschätzenden, interessierten, wachen, unsicheren und hungrigen Blicken der Jungmänner stand.

Mou-Mou auf dem Barhocker amüsiert sich: »Schau an, die Kadetten machen einen Betriebsausflug ins Freudenhaus.«

»Ja, Milchgesichter in Uniform. Ich schätze, die haben noch keinen einzigen Sturm abgewettert!«, erwidert Mariposa.

Kiki in der knallroten Korsage tritt ans Fenster und taxiert das Rudel Kadetten. Ein blond-wogender Typ wie Marilyn Monroe, die Schutzheilige aller Blondinen. Lange Augenwimpern, dunkler Liedschatten, aufreizend, mit leicht geöffneten Lippen, die Zigarette affektiert zwischen Zeige- und Mittelfinger haltend.

Joe kommentiert: »Sackzement, die ist gut! ’ne irre Nummer!«

Kiki öffnet das Fenster. Routiniert kobert sie den Kadetten mit dem hungrigen Blick an. Es ist Manfred: »Na, du Kapitän? Hol dein Reep raus! Mal sehn, wie lang es ist! Bei mir kannste festmachen!«

Manfreds großspurige Selbstsicherheit ist wie weggeblasen. Sie beugt sich weit hinaus und gibt großzügig Einblick auf ihr übergewichtiges Unterbewusstsein.

Eine Woge aus Gefühlen flutet bei Manfred an, die sich blind mit allem vermischt, was das Auge zu fassen bekommt. Kikis Blick lässt ihn an Katzenaugen denken. In seinem ist nur noch Schüchternheit, denn öfter als erwartet schlägt er bei den prallen Tatsachen die Augen nieder.

Jens und Henry ergeht es nicht anders. Nur Joe und Tom geben sich souverän. Doch alle begehren sie die käufliche Liebe und deren Nacktheit, die sich noch vor ihren Augen verhüllt. Gleichzeitig schrecken sie zurück.

Manfred nimmt seinen ganzen Mut zusammen: »Was – verlangst …«

»Zwanzig, wie immer!«

»Und sonst?«

Kiki lächelt wissend: »Sonst haben wir 's nett, wie immer!«

Mariposa tritt ans Fenster: »Kommt rein, Jungs! Jeder von euch darf mal. Einer nach dem andern.«

Unerfahren wie sie sind, betreten sie den Koberraum. Als Joe und Tom Preise auszuhandeln beginnen, schiebt die Realität alle Fantasien beiseite. Kikis Hand nestelt nebenbei an den Knöpfen von Manfreds Hosenschlitz. Peinlich berührt weicht er zurück.

»Was ist, Blonder? Wohl noch nie gevögelt, was? Na komm schon – ich bring's dir bei!«

Das Jungmann-Rudel johlt aus Verlegenheit. Für Manfred ist das alles eine Nummer zu groß und viel zu üppig. Das letzte Angebot macht Kiki, die eine verführerische Pose einnimmt, indem sie ihr rundes Hinterteil auf und ab senkt. Ihre schwarzen Strapse spannen sich über den Pobacken. Den Jungs gehen die Augen über: »Für den knackigen Blonden mach ich 's nackend für zwanzig. Die anderen können zugucken und sich einen runterholen! Zehn Mark pro Schwanz, und ihr seid dabei.«

Joe klopft Manfred in den Rücken: »Was für ein Angebot!« Dann ahmt er Mannis Stimme nach und sagt zu Kiki: »So richtig schmutzig und nicht bürgerlich-verklemmt-intellektuell?«

Bevor sie antworten kann, skandieren die Freunde: »Manni! Manni! Manni!« Kiki geht voran, die Treppe nach oben.

»Nee, Scheiße, lass mal …« Manfred versucht sich ein letztes Mal vor dem Anstößigen zu drücken, wird aber von seinen Freunden die Treppe hoch in den Beischlafraum geschoben. Er ist in ein zartrosa Licht getaucht. Der Geruch von schwerem, süßem Parfüm hängt wie ein Nebel in der Luft. Die fensterlose Abgeschlossenheit wird beherrscht von einem großen, rot bezogenen Bett. An der Wand, auf Höhe der Polster, ist ein riesiger Spiegel angebracht.

»Das ist ja ein richtiges Nest zum Vögeln!«, belustigt sich Joe.

Manfred ist wie gelähmt. Was ihn zusätzlich irritiert, ist ein Familienfoto von Kiki im silbernen Rahmen auf dem Ecktisch, gleich neben dem Lotterbett. Verlegen sieht er auf das verwaschene Grün des Teppichs und versucht für einen Moment das Muster zwischen den Flecken auszumachen, als wünschte er sich, darin abzutauchen. Kiki schlüpft aus ihrem Höschen. Ihre üppigen Brüste lassen den Atem der Jungs stocken. Alle warten darauf, dass sie nun auch ihre Korsage abstreifen würde. Doch nichts geschieht …

»Runter mit dem Fummel!«, fordert Joe.

»Das kostet einen Zehner extra!«

Joe blickt in die Runde. Einer nach dem anderen schüttelt den Kopf. Mehr Kohle ist nicht drin. Joe zeigt sich großzügig. »Geht auf meine Rechnung, Jungs.« Joe zückt den Schein. Dann stupst er Manfred ins Kreuz: »Jetzt zeig uns 'ne richtig scharfe Nummer, wenn wir schon für dich bezahlen.«

Kiki steht nur noch mit ihrem Hüftgürtel, Strapsen und Strümpfen, alles in Schwarz, vor ihnen. Wie auf Kommando spannen sich die Hosen der Voyeure, die sich auf das konzentrieren, was da gerade abgeht.

Kiki legt sich aufs Bett, die Schenkel geschlossen. Sie weiß, dass all diese Jungmännerprahlereien und die Zwanglosigkeit, mit der sie untereinander über Pufferfahrungen reden, reine Fantasien sind. Sex bedeutet ihnen in diesen jungen Jahren zu viel – und dennoch nicht genug. Sie besuchen die Herbertstraße, um sich Frauen anzuschauen, um zu träumen und zu masturbieren. Die männlichen Jungfrauen sind oft bereit, diese seltsame Art von Intimität zu teilen.

Man sieht Kiki an, dass sie bei dem, was sie tut, Spaß hat. Sie räkelt sich auf dem Bett, zieht die Beine an und lässt das Parallelogramm ihrer Schenkel von links nach rechts pendeln. Manfred fühlt sich davon ins Bett gewunken. Die Kameraden gruppieren sich um die Liebesinsel. Kiki, dominant, gurrt: »Komm, kleiner Kapitän. Wirf deinen Anker in meine Bucht!«

Die Freunde im Chor: »Los! Anker in die Bucht werfen!«

Manfred streift seine Uniformjacke ab und lässt den Rest auf den Teppich rutschen. Dünner dunkler Flaum zieht sich vom Bauchnabel bis zu den Genitalien. Seine Männlichkeit ist voll erweckt. Stocksteif steht er vor Kiki, als sie ihm das Kondom überstreift. Das Weib fasst Manfreds Hand und zieht ihn auf sich. Ihre Hand fährt in seinen Schritt. Ihm ist, als hätte er seine Seele an diese erfahrene Hand verpfändet. Sie spreizt ihre Schenkel, zieht ihn heran. Es gibt kein Entrinnen …

Die Kameraden blicken mit betont ausdruckslosen Gesichtern auf das hinab, was sich vor ihren Augen vollzieht. Kiki hat die volle Kontrolle über das, was die Jungs an sich selbst verrichten. In wenigen Augenblicken ist alles vorüber. Verlegen macht ein Taschentuch die Runde.

Kiki setzt ein breites, strahlendes Lächeln auf, legt die Arme um Manfreds nackte Hüfte und schnurrt ihm ins Ohr: »Wovon träumst du?«

Ohne eine Antwort abzuwarten, sagt sie: »Komm wieder, Käpt'n. Du hast dir eine zweite Chance verdient!« Dann schiebt sie ihn lächelnd beiseite. »Jungs, die Party ist zu Ende.« Ihr Blick ist ins Leere gerichtet, als sie sich abwendet und rasch wieder ankleidet.

Unendlich weit entfernt von jeglicher Poesie und glühenden Zärtlichkeiten verlassen die Kadetten kurz danach das Freudenhaus Nummer 10. Ihre Fantasien eilen der Realität immer noch weit voraus. Die dunstige Sonne ist aus der Gasse verschwunden.

Als sie in der Abenddämmerung zum Hafen zurückkehren, bleibt Manni auf den Landungsbrücken stehen. Seine Kameraden frotzeln sich gegenseitig vergnügt den Steg entlang. Manni hat Skrupel. Er glaubt, er habe seine ganze Seele preisgegeben und seine Moral weggeworfen. Wie in Trance blickt er hinüber zu den Masten. Das Gesicht von Inge, seinem Schwarm, taucht plötzlich schemenhaft auf. Tom ruft provozierend: »He! Käpt'n! Haste etwa deinen Anker verloren? Oder willste nicht mehr mit?«

Manni zögert. Soll er im letzten Moment noch abmustern? Die Landungsbrücken schwanken. Er blickt auf das dunkle, ablaufende Wasser der Elbe. Für den Moment sind die Selbstzweifel darin versunken. »Ich komm schon!«

Eine Barkasse wartet auf Passagiere. Wie abgesprochen, mimen die Kadetten plötzlich wetterharte, sturmerprobte Kerle. Jedenfalls sollen das die Landratten denken, die auf den Landungsbrücken flanieren. Der alte Steuermann der Barkasse blickt nur auf ihre neuen Uniformen und ihre gepflegten Hände. Der in der Wolle gefärbte Hamburger bringt es auf den Punkt: »Wohl das erste Mal auf Reise!«

»Ach was!«, juxt Henry, der seine angeborene Zurückhaltung in den letzten Stunden unerwartet schnell abgelegt hat. »Zweimal Kap Hoorn, dreimal entmastet!«

Tom zeigt stolz hinüber nach Steinwerder: »Zur Pamir!«

Keiner von ihnen sieht ehrfürchtig zu dem Veteranen der Meere auf, dem drei Finger an der rechten Hand fehlen. Dieser weiß nur zu gut, dass das Feiern bei Seemännern meist nur an Land geschieht – das Pech aller, die zur See fahren. Schließlich legt er ab und bringt die Jungs hinüber zum Kuhwerder Hafen.

»Freunde! Jetzt beginnt das, wonach wir uns alle schon lange gesehnt haben!«, ruft Jens befreit.

»Ja, nix wie zurück zu Kiki!«, versetzt Henry. Und im Brustton der Überzeugung: »Freunde, glaubt mir, ich hätte sie geentert. Vom Bug bis zum Heck!«

Joe spottet: »Angeber! Die hätte dich kielgeholt, bis du nicht mehr gewusst hättest, wo oben und unten ist.«

9

Am Ende der Gangway nehmen die Kameraden der Backbordwache das Kiez-Rudel in Empfang. An den Rahen sind inzwischen alle Segel angeschlagen. An den Winschen und Luken wird noch gearbeitet, und die Kochsmaate Karl-Otto und Ingo sind noch mit der Übernahme von Proviant beschäftigt. Das Hochdeck wimmelt von aufgeputzten Männern in Marineuniformen, dazwischen Zivilisten und Frauen. Darunter auch Gäste aus England, Besatzungsmitglieder jenes englischen Motorschiffs, die bei der letzten Reise der Pamir bei einer Schraubenhavarie geholfen haben. Sechs Engländer und zwei aus dem Kreis der vielen Damen werden bis Spithead, Portsmouth, mitsegeln. Auffällig sind die Frauen allemal. Sie stecken in neumodischen Kleidern, deren seltsame Schnitte an Säcke oder Maiskolben erinnern.

Die beiden Stewards Alois und Hans-Peter schwimmen wie Fische durch die bunt schillernde Woge von Menschen, die sie mit Getränken, Käse-, Fisch- und Wursthäppchen versorgen.

Über allem liegt ein Lachen und Stimmengewirr aus unterschiedlichen Landesdialekten.

Diebitsch führt mit Kapitän Eggers auf dem Brückendeck, gleich neben dem Aufgang, ein Gespräch über dessen Reiseerfahrungen auf der PAMIR, als eine abfällige Bemerkung an seine Ohren dringt: »Noch so 'n Opa!«

Joe, der Respektlose, macht die Feststellung. Das Kiez-Rudel bricht darüber in schallendes Gelächter aus. Was er frech herauslässt, ist nicht einmal gelogen. Hatte er am Morgen an Bord nicht die Bekanntschaft mit dem Bootsmann Richard Kühl und dem Segelmacher Julius Stober gemacht? Der eine 68 der andere 65 Jahre alt?

Während Eggers über das Gehörte schmunzelt, erstarren Diebitschs Gesichtszüge. Sein wütender Blick hinunter auf das Deck lässt das Gespräch verstummen. »Junge Schnösel ohne Schliff und Respekt!«, zürnt er. Dann sieht er nur noch die Rücken der Kadetten, wie sie sich zum Heck hin bewegen. Als sie den Niedergang zur Mannschaftslogis erreichen, sind sie aus dem Blickfeld der beiden Kapitäne verschwunden.

Eggers ist froh über die Unterbrechung, empfindet er die vorangegangene Unterhaltung mit seinem Nachfolger wie immer als sehr strapazierend. Besonders die sich immer wiederholenden Fragen über Wind-, Segeleigenschaften und Stabilitätsverhalten der PAMIR erwecken den Eindruck, dass sie aus einer tiefen Unsicherheit heraus motiviert sind. Fürsorglich zieht er Diebitsch vom Aufgang weg.

»Nehmen Sie das nicht so wörtlich! Wir haben doch auch über unsere Kapitäne gespottet, als wir jung waren.«

»Niemals in dieser Art!«, knurrt Diebitsch. Auf dem Schulschiff DEUTSCHLAND, geht es ihm durch den Kopf, hätte diese Frechheit härteste Bestrafungen nach sich gezogen. Damals! Damals vor fünfundzwanzig Jahren hätte er auch sofort darauf reagiert. Sogar während seiner Gefangenschaft vor zehn Jahren auf Schloss Dhurringile, Victoria, Australien, hätte es keinen

Pardon gegenüber denen gegeben, die es gewagt hätten, so über ihre ehemaligen Vorgesetzten zu lästern.

»Die jungen Menschen haben heutzutage jeden Respekt verloren! Die wissen doch nichts von dem, was wir alle in den letzten zwanzig Jahren durchgemacht haben!« Seine Worte klingen bitter.

Eggers teilt Diebitschs Einschätzung nicht. Zwar wird er selbst von seiner Stammbesatzung wegen seiner Herrschernatur ›Don Pampero‹ tituliert, doch das hat ihn nie gestört. In den letzten vier Jahren hat er als Kapitän der PAMIR fünf erfolgreiche Südamerika-Reisen nach Argentinien und Brasilien hinter sich gebracht und dabei einige unangenehme Überraschungen gemeistert. Davon weiß auch Diebitsch. Er weiß auch, dass sich Offiziere wie Mannschaften über Eggers' Fähigkeiten als Kapitän einig sind. Ihr Urteil: »Eggers ist der richtige Mann am richtigen Platz!«

Allerdings wurden innerhalb der Stiftung hinter vorgehaltener Hand Vorbehalte gegenüber dem ›richtigen Mann‹ geäußert. Eigenmächtigkeiten werden von keiner Reederei toleriert.

Nun zwingt Eggers' Rheuma die Stiftung, das Kommando über die PAMIR – zumindest vertretungsweise – Diebitsch zu übertragen. Dieser empfindet es aber als eine Schmach, als ›Ersatzmann‹ zu gelten.

Gichtanfälle und Rheuma plagen auch Richie. Der 1. Bootsmann weiß nicht mehr, wie oft er sich in seinem langen Seefahrerleben nass in seine Koje gerollt hat. Jetzt, im hohen Seemannsalter, kann er dies und das nicht mehr bewegen. Trotz der vielen Portionen Rizinusöl geht nichts mehr klar. Richie, der beste ›Seemann‹ an Bord, versteckt seine Wehwehchen. Hat er nicht viele Kapitäne mit Rheuma überlebt? Eggers überlebt er auch noch. Eine Pause kann er nicht gebrauchen. Steife Knochen? Quälende Schmerzen? Bei ihm? Gibt's nicht! Das wäre auch gegen seine Prinzipien. Er wird gebraucht mit seiner Erfahrung. Ersatz gibt es keinen.

Eggers winkt den Steward heran. Der kleine, untersetzte und doch zierlich erscheinende Daiser flitzt heran. »Alois, bring uns zwei volle Gläser!«

»Bier, Wein, Sekt?«

»Letzteres!«

»Sofort Käpt'n.« Mit fröhlicher Miene und einer devoten Verbeugung eilt er zum Kartenhaus, wo seine improvisierte ›Bar‹ aufgebaut ist. Diebitsch mustert ihn von oben bis unten. Es ist offensichtlich, dass er schwul ist. »Auch das noch!«, seufzt er stumm. Außerdem ist er darüber verwundert, dass Eggers ihn duzt. Ein Kapitän hat seine Untergebenen nicht zu duzen. Das ist gegen alle Vorschriften und Tradition. So etwas wird es unter seiner Schiffsführung nicht geben.

Kurz darauf ist Alois wieder zur Stelle. Mit beiden Händen nimmt Eggers vorsichtig eines der Gläser vom Tablett und reicht es Diebitsch. Dieser blickt verwundert. Eggers klärt sein Gegenüber auf: »Ich kann das Glas mit meinen Fingern nicht mehr richtig greifen. Auf eine glückliche Fahrt und eine gesunde Heimkehr in Gottes Namen!« Eggers' Blick ist auf die Planken gerichtet. Er denkt im selben Moment an seinen Bericht an Dominik, das durchgerostete Stahldeck unter seinen Füßen und überlegt, wie lange das wohl noch gut gehen wird. Im Grunde genommen dürfte das Schiff in diesem maroden Zustand nicht auslaufen …

»… eine gesunde Heimkehr«, erwidert Diebitsch halbherzig. Insgeheim empfindet er es als einen Affront, dass Eggers, trotz seines Rheumas, als Supercargo bis England mitreisen wird. Als ›SC‹ ist Eggers als ein zur Besatzung gehörender Experte anzusehen, der die Interessen der Reederei Zerssen, in dessen Auftrag die PAMIR Gerste von Buenos Aires nach Hamburg bringen soll, wahrzunehmen hat.

In der Mitte des Hochdecks, querab Großmast steuerbord, stehen ein Dutzend Herren im Kreis, etliche davon in dunklen Anzügen, die locker miteinander plaudern. Einer davon winkt

Eggers heran. Langsam beginnt auch Diebitsch zu bemerken, dass in dem scheinbar planlosen Gewimmel durchaus so etwas wie Ordnung existiert. Die beiden Stewards kreisen um die Gruppe wie Trabanten um ein Zentralgestirn. Werftbesitzer, altgediente Kapitäne, Honoratioren der Stadt Hamburg, Vorstand und Reeder der *Stiftung* PAMIR *und* PASSAT, – die Gehirne, Herzen und Geldbörsen der Viermastbark.

Ein einflussreicher Reeder aus Hamburg, gekleidet in einen schwarzen Anzug, öffnet den Kreis und lässt Eggers wie Diebitsch in die Kette treten. Es ist Harald Schuldt, der Vorstand der Korrespondentreederei Zerssen. Schuldt blickt hoch zur Groß-Royalrah. Dann hebt er sein Glas und dröhnt: »Was sagen Sie, Eggers? Der unstetige Rasmus hat doch selbst Schuld, wenn die Reeder ihm heutzutage keine Fracht mehr anvertrauen!«

Mit Rasmus meint er den Windgott, dem man von jeher einen Schluck vom Hochprozentigen opfert, indem man ihn ins Segel kippt, damit er mit gutem Wind eine schnelle Reise garantieren möge.

Eggers kontert geschickt: »Das kommt nur daher, weil die Crews auf Anordnung der Reeder heutzutage trocken segeln müssen!«

Schallendes Gelächter ist das Honorar für Eggers treffende Antwort. Das lenkt ab von den Bedenken des Reedereikonsortiums, das große finanzielle Sorgen plagt. Für die Hinfahrt nach Buenos Aires war erneut keine geeignete Ladung aufzutreiben. Die bittere Konsequenz daraus: wiederum Verluste, da die Bark mit Ballastwasser und 1000 t wertlosem Sand im Bauch nach Argentinien segeln muss. Obendrein wird die Gewinn- und Verlustrechnung zum 31. März, für das abgelaufene Geschäftsjahr, dazu führen, dass gleich zehn Stiftungsreeder teils vorsorglich, teils endgültig zum 19. Juni die Haftungserklärung kündigen werden …

Schuldt suggestiv: »Kapitän Diebitsch, unter Ballast werden

Sie doch sicher eine schnelle Reise nach Buenos Aires hinbekommen!«

Diebitschs Erwiderung ist eingeübt: »Herr Schuldt, ich mache die Reise nicht um des sportlichen Ehrgeizes willen, sondern um eine gesunde und glückliche Heimkehr der Pamir zu gewährleisten.«

Harald Schuldt im schwarzen Anzug lächelt, macht mit seinem Glas in der Hand eine Kreisbewegung und erwidert süffisant: »Davon gehen wir alle aus. Leider muss meine Reederei auch rechnen. Jeder Tag und jede Tonne Fracht zählt, da wir nur auf diese Weise das finanzielle Defizit der Pamir mindern können. Es sollte Ihnen gelingen, beides in Einklang zu bringen.«

Diebitsch ist darüber informiert, dass eine Reihe Stiftungsreeder ihre Mitgliedschaft kündigen werden, was die Umlage der Defizite nach oben treiben wird. Gegen eine Umlage wehren sich aber die restlichen Stiftungsreeder, da sie sich nur bei den jährlich zu leistenden Zuschüssen in der Pflicht sehen. Eine Verlustdeckungspflicht über den Betrag hinaus lehnen die meisten rundweg ab. Diebitsch reagiert bewusst wirklichkeitsfern: »Hat für Sie nicht die Ausbildung der Kadetten Vorrang?«

Schuldt versetzt: »Klar! Darauf wird es ankommen. Eine seemännisch gut geführte und eingeschworene Mannschaft war schon immer der Garant für eine schnelle und sichere Passage.«

Ohne seine Antwort abzuwarten, wendet sich Schuldt an einen Reeder, der ihm gegenüber steht: »Emil, was machen wir diesmal mit dem Tieftank?«

Ein anderer Kapitän im erlauchten Kreis, Fritz Dominik, sucht beim Stichwort ›Tieftank‹ mit Sorgenfalten auf der Stirn den Blickkontakt zu Eggers. Beide erinnern sich im selben Moment an die letzte Reise, als die Pamir in Antwerpen rund 12000 Fässer Methylalkohol für Montevideo gebunkert hatte. Die Episode ging als ›Alkoholreise‹ in die Annalen der Stiftung und der Korrespondentreederei Zerssen ein. Nachdem der Segler Antwerpen verlassen hatte, geriet Kapitän Eggers in einen starken Südweststurm. Er spürte schon bei den ersten Wellen, dass die Stabilität der PAMIR schlecht war, was er auf das geringe Ladegewicht von nur 2500 Tonnen zurückführte. Die sofortige Rollperiodenmessung bestätigte seinen Verdacht. Dabei krängt ein Schiff rhythmisch um seine Längsachse, erst zur einen, dann zur anderen Seite – in gleicher Weise wie bei einem Pendel. Rollbewegungen können durch verschiedene Einflüsse ausgelöst und verstärkt werden, in der Hauptsache aber durch Einwirkung der Wellen. Jedenfalls war die Rollbewegung der PAMIR mit ihrer Fassladung miserabel. Die Schlagseite war zu groß, und die Bark drehte viel zu langsam zurück. Die gestoppte Zeit lag über zwanzig Sekunden. Eggers handelte sofort. Er ließ die Royalrahen herunternehmen, um die Toplastigkeit zu vermindern. Doch auch bei der anfänglich harmlosen Windstärke von 3 bis 4 krängte die PAMIR immer noch fast 15 Grad über. Das reichte Eggers. Ohne Rücksprache mit der Reederei ließ der unfehlbare *Master next God* halsen, ging auf Gegenkurs und steuerte Falmouth an. In der Reederei mag manch einer über diese Selbstherrlichkeit geschäumt haben. Jedenfalls musste Dominik daraufhin von Hamburg nach Falmouth fliegen, um sich zusammen mit dem britischen Stabilitätsexperten Dr. Noble über die möglichen Ursachen zu beraten. Danach flog Dominik wieder nach Hamburg, um die Ergebnisse mit dem Dipl. Ing. Seefisch vom Germanischen Lloyd zu diskutieren. Die errechnete Rollbewegung von 24 Sekunden bewies den desolaten Ladungszustand der PAMIR und zwang sie zu Konsequenzen. Wieder zurück in Falmouth, schritten er und Eggers zur Tat. Da der Ballasttank mit Methylfässern beladen war, konnte der Tieftank nicht zur Verbesserung der Stabilität geflutet werden. Um ihn fluten zu können, wurden 3000 Fässer gelöscht. Nach dem Verschließen der nun leeren Tanks konnten 1700 Fässer wieder gestaut werden. Der Rest blieb an Land. Als der Ballasttank mit 760 Tonnen Seewasser geflutet war, ergab die erneute Messung der Rollperiode zwar einen verbesserten, doch keineswegs guten Wert von 16,5 Sekunden. Eggers und Dominik hatten richtig gehandelt. Das Problem war behoben, und die Segeleigenschaften der PAMIR waren wieder hervorragend. Trotzdem ließ Eggers, aus Sorge um die Stabilität, die stählernen, tonnenschweren Royalrahen – eigenmächtig, wie er nun mal war – bis Montevideo an Deck festzurren …

Emil, von Schuldt direkt angesprochen, spreizt seine Beine wie einen Zirkel auseinander und macht eine überlegene Miene. Er versteht etwas von Rahseglern und ihren Stabilitätsproblemen, obwohl er selbst nie zur See gefahren ist. »Gerste hat ein höheres spezifisches Gewicht als Methylalkohol. Außerdem fasst der Bauch der PAMIR rund 4300 Tonnen Gerste. Das Füllen des Tieftanks mit Gerste dürfte daher kein Problem sein.«

»Emil, das hört sich gut an.«

Ein anderer Stiftungsreeder wendet sich an Diebitsch: »Käpt'n, Sie segeln zwar zur besten Jahreszeit nach Buenos Aires, doch wir hoffen, Sie haben früher ausreichend Schlechtwetter-Erfahrung auf dem Segelschulschiff DEUTSCHLAND hinter sich gebracht! Wann war das eigentlich?«

Diebitsch reagiert indigniert: »Habe oft genug schlechtes Wetter erlebt, um mir eine Vorstellung vom schlechtesten machen zu können. Und das sowohl auf der DEUTSCHLAND als auch auf der XARIFA. Nach Möglichkeit werde ich aber jedem schweren Sturm ausweichen. Die Sicherheit von Schiff und Besatzung ist mir das Wichtigste! Außerdem kenne ich meinen Schubart in- und auswendig!« Der von Diebitsch zitierte ›Schubart‹ ist Autor des Standardwerkes der ›Orkankunde‹.

Schuldt reflektiert: »Der gute alte Schubart. Sehr löblich, damit sind Sie ja bestens gerüstet. So besehen können Sie in Buenos Aires auch den Tieftank getrost mit Gerste füllen.«

Die anwesenden Reeder der *Stiftung PAMIR und PASSAT*, unterstreichen ihren lebhaften Zuspruch durch eifriges Kopfnicken. Sie sehen es gern so. Manch einer rechnet nur noch die Kosten und sieht in der Stiftung ein Fass ohne Boden. Ein weiterer Kapitän in der Runde raunt seinem Nachbarn zu: »XARIFA? Ist das nicht die Segelyacht von diesem Tiefseetaucher Hass?«

Der Angesprochene flüstert zurück: »Ja! Eine Segelyacht. Kein Vergleich zur PAMIR!«

»Und Schubarts Orkankunde hilft nur in der Theorie, aber kaum in der Praxis. Mein Gott, wem haben sie da nur das Kommando übertragen …«

»Es liegt am verdammten Krieg. Die Kontinuität ist dahin. Es mangelt an allen Ecken an erfahrenen Kapitänen und nautischen Offizieren.«

Eggers bemerkt währenddessen Rolf-Dieter Köhler. Der große, schlanke, doch stämmig wirkende Mann von neunundzwanzig Jahren betritt das Hochdeck. Erst im Mai des vergangenen Jahres hatte der Dresdner auf der PAMIR als 2. Offizier angemustert und unter Eggers die Reise nach Montevideo mitgemacht. Davor war er als 4. und 3. Offizier nur auf Küstenmotorschiffen gefahren. Von einem erfahrenen ›Tiefwassermann‹ war er noch weit entfernt. Da aber der bisherige 1. Offizier zum Besuch der Kapitänsschule abmusterte, rückte Köhler zum ›Ersten‹ auf. Eggers hatte ihn, den ›lieben Jungen‹, wie er aufgrund seines Verhaltens von der Stammbesatzung eingeschätzt wird, für die vakante Position empfohlen. Doch die alten Seeleute trauten ihm nicht viel zu. Sie registrierten, dass während der letzten Reise Eggers bei jeder kniffligen Situation an Deck stürzte, seine Anordnungen gab, die Köhler dann ausführen ließ. Unter dem dominanten Eggers gab es daher auch keine einzige Situation, die Köhler wirklich gefordert hätte. In der Konstellation: Problem vorhanden – Eggers löst es – Ausführung durch Anordnung der Offiziere, war es schwer für Köhler, die eigenen seemännischen Erfahrungen zu erweitern. In seiner Offizierslaufbahn fehlte einfach die harte seemännische ›Konfrontationstherapie‹.

Jimmy Stober, der alte Segelmacher, brachte es auf den Punkt, als er am Ende der letzten Fahrt zu seinen Kartenbrüdern sagte: »Eggers lässt doch keinen ran. Schaut euch de Groot und de Lütt an. Diese Art zu herrschen ist Don Pamperos größter Fehler, denn offensichtlich merkt er nicht, dass er seine Offiziere zu Befehlsempfängern degradiert.«

Umso mehr täuscht Köhlers offene, freundliche Art über seine eigene Unsicherheit hinweg. Eggers ahnt wohl, was auf den neuen ›Ersten‹ zukommt. Täglich muss ›de Groot‹ mit Richie die Arbeiten besprechen, die erledigt werden müssen. Der Bootsmann teilt danach die Leute ein, gibt das Werkzeug und die Arbeitsmaterialien aus und beaufsichtigt die Arbeiten. Was aber, wenn de Groot der Überblick fehlt? Wie die Anordnungen begründen, wenn Klarheit fehlt? Richie dagegen kennt den Zustand jeder Leine.

In seinen besten Zeiten flitzte Richie besonders zwischen Deckshaus und den Logis hin und her, um die Interessensgegensätze zwischen Schiffleitung und Mannschaft zu kompensieren. Früher war er auch immer mehr ein Mannschafts- statt ein Reederbootsmann gewesen. Doch das war einmal …

Schon steuert Eggers auf Köhler zu. In seinem Gesicht arbeiten die Kaumuskeln. Er zieht ihn zum Kartenhaus. Seine Stimme klingt beschwörend: »Der neue Käpt'n ist unsicher. Tu dich mit de Lütt zusammen! Der hat hier an Bord die meiste Erfahrung.«

Köhler fühlt schon seit Tagen, dass die kommende Reise zum Prüfstein seiner Qualitäten werden wird. Seit er von der Entscheidung ›Diebitsch‹ Wind bekommen hat, sieht er sich des Schürzenzipfels Eggers beraubt.

»Die Last der Verantwortung wird auf deinen Schultern liegen!«

Köhler fühlt, dass Eggers' Prophezeiung einem Steven gleicht, der das Schleusentor zu seinem Inneren rammt.

Eggers blickt sich um. »Wo ist Buschmann?«

Köhler zeigt nach vorn: »Der kümmert sich um die Groß-Oberbramwinsch. Sie ist immer noch defekt. Die Reparaturarbeiten werden sich noch einige Stunden hinziehen.«

»Dann sollten wir morgen miteinander reden.«

Auf einmal bricht es aus Köhler heraus: »Käpt'n, Ihre Einschätzung bekam ich heute schon bestätigt. Der ganzen Stammbesatzung fehlt das Vertrauen in den Neuen. Wer hat ihn nur zu Ihrem Nachfolger auserkoren?«

»Das entzieht sich meiner Kenntnis. Aber die Wahrheit ist: Sie haben keine Auswahl, und außerdem ist seine Berufung ein Politikum.«

Am Großmast blickt Schuldt auffällig lange auf seine Armbanduhr. Eggers bricht das Gespräch mit Köhler ab. Die Besucher bewegen sich zur Gangway. Morgen, wenn die Pamir ablegen wird, werden viele von ihnen wieder auf der Pier stehen. Eggers, die englischen Gäste und die Damen suchen ihre Kabinen auf. Bevor Dominik die Pamir verlässt, nimmt er Diebitsch zur Seite. Er ist gereizt: »Ich bin immer aufrichtig und ehrlich zu Ihnen gewesen.«

Johannes schürzt die Lippen und weicht dem Blick des Inspektors aus. »Das hoffe ich doch«, erwidert er unsicher.

»Einige von denen, die heute da waren, trauen Ihnen wenig zu. Sie sollten alle Lügen strafen.«

»Die Herren sitzen in ihren warmen Büros, telefonieren und schicken sich Telegramme hin und her.«

»In manchen Telegrammen heißt es, dass der Klabautermann schon hinter dem Großmast steht.«

»Ich werde ihn verscheuchen. Doch glauben Sie mir, in Wahrheit denken die Herren nur an ihre Frachtraten und an den Profit, den ich mit dieser unerfahrenen Besatzung heraussegeln soll. Ich habe aber in erster Linie die Mannschaften auszubilden. Kosten und Zeitverlust sind mir daher egal.«

»Sie haben aber den Befehl über ein frachtfahrendes Segelschulschiff! Sie können daher den Aspekt der Wirtschaftlichkeit nicht einfach ausblenden. Ohne die Stiftung wären PAMIR und PASSAT doch schon längst abgewrackt.«

Diebitschs Antwort ist hart und präzise: »Ich darf Sie an die Worte unseres Bundespräsidenten erinnern, als er bei der ersten Probefahrt hier an Bord zugegen war: *Menschen auszubilden ist wichtiger als Arbeitsplätze anzuheuern …!*«

»Heuss sprach damals auch nur über die glänzende Seite der Medaille.«

Diebitsch lenkt ein: »Herr Dominik, ich habe Sie verstanden. Danke für Ihre Offenheit. Die Mannschaft wird den Rost in den Laderäumen rausklopfen und trotzdem eine gute Ausbildung erhalten. Ich werde die Skeptiker Lügen strafen!«

Dominik lächelt das erste Mal, seit er an Bord der PAMIR weilt. Er blickt verklärt in das ablaufende Wasser der Elbe, in dem die Lichter des Hafens glitzern. »Ich habe einem einflussreichen Herrn mit Ihrer Ernennung einen Gefallen getan. Das sollten Sie wissen.«

Diebitsch sieht sich um. Niemand kann mithören. Eiskalt erwidert er: »Sie tun der alten Garde keinen Gefallen! Sie ist sich selbst verpflichtet! Sie dient einem höheren Interesse. Vergessen Sie das nicht! Besonders in dieser außergewöhnlichen Epoche, die die Menschheit, und, vom Schicksal dieser Welt untrennbar, auch unser Vaterland durchlebt.«

Dominik spürt, woher der Wind weht. Diebitschs Mix aus ewig arrogantem Nazi-Jargon und Vaterlandsliebe widert ihn an. Er will von Bord und macht es kurz: »Im Übrigen bekommen Sie zur Verstärkung ab Portsmouth noch einen überzähligen Ersten.«

Diebitschs Instinkt rät ihm zur Vorsicht. Er brummelt ein »Mhm!«.

Dominik lässt die Katze aus dem Sack: »Kapitän Alfred Schmidt!«

»Wie bitte?«

Doch Dominik lässt sich auf keine Diskussion ein, sondern

blickt auf die Uhr. Es wird Zeit! »Hier meine Anweisung zum Ladebericht. Die Rollperiode ist mit 17,8 Sekunden zu lang. Sie sollten den Sandballast aus dem Zwischendeck in den Unterraum trimmen!« Dann wendet er sich ab und eilt zur Gangway.

Diebitsch schluckt die Kröte. Kurz darauf kocht Zorn in ihm hoch. »Ich brauche keinen Buchautor an Bord! Ich brauche einen fähigen Offizier!«

Wie kann die Stiftung nur so eine Entscheidung fällen? Hat Dominik im Frühjahr nicht selbst erzählt, welch finanzieller Flurschaden der Stiftung durch Gerüchte und Zeitungsartikel entstanden ist? Die Streichung des Zuschusses durch Bremen gründete auf der Meinung, dass der seemännische Nachwuchs auf PAMIR und PASSAT nichts Vernünftiges lernen würde außer ›Rostklopfen‹ …

Schmidt plaudert außerdem schon seit Jahren unentwegt darüber, dass er gern ein neues PAMIR-Buch schreiben möchte. Ein zweiter Heinrich Hauser will er offenbar werden. Diebitsch denkt an die rostigen Bordinnenwände. Ein Schreiberling an Bord kann sich die Stiftung seiner Auffassung nach auf dieser Fahrt überhaupt nicht leisten. So einer verqueren Entscheidung muss widersprochen werden. Er nimmt sich vor, in aller Frühe Dominik anzurufen, um ihn auf die drohende publizistische Gefahr hinzuweisen.

Dann begibt er sich auf das Vordeck zur Schmiedewerkstatt. Buschmann, der 2. Ingenieur Erich Halbig und zwei Matrosen sind noch mit der Reparatur der Groß-Oberbramwinsch beschäftigt. Gerade als er sich nach dem Fortschritt erkundigen will, eilt ein Kadett der Wache herbei und überreicht ihm ein Kuvert. »Käpt'n! Das wurde für Sie gerade abgegeben.«

Diebitsch betritt durch das offene Türschott den Steuerbord-Mittelgang unter dem Hochdeck. Er bewegt sich nach achtern. Linker Hand befinden sich die Kabinen des Kochs und die des Kochsmaats. In der nächsten befindet sich die Funkbude seine Offiziers Wilhelm Siemers, und gleich daneben logiert der Schiffsarzt Dr. Heinz Ruppert. Rechter Hand liegen Küche und die Unteroffiziersmesse. Aus ihr dringen Stimmen auf den Gang. Gleich am nächsten Aufgang zum Hochdeck befindet sich ein Quergang, der hinüber zur Backbordseite führt. Von diesem Gang aus betritt man auch die Offiziersmesse. Die Tür steht offen. Auch dort wird noch lebhaft diskutiert.

Diebitsch macht sich davon. Sein Kapitänssalon liegt, vom Bug kommend, am Ende des Mittelganges. Gleich davor befindet sich die Reeder-Kabine. Sie ist von Eggers belegt. Diebitsch öffnet die Tür zum Salon. Seine Schlafkabine ist durch eine weitere Tür vom Salon abgetrennt. Nachdem er sie hinter sich geschlossen hat, fetzt er das Kuvert auf. Sein Blick überfliegt das Schreiben. Weder Absender noch Datum kann er entdecken. Ebenso fehlen Anrede und Unterschrift. Dafür findet er Namen und Adressen in Buenos Aires, auf die er so lange gewartet hat. Synchron erinnert er sich an den Anruf vor vier Wochen, als gerade entschieden war, dass er Kapitän auf der PAMIR sein würde. Eine befehlsgewohnte Stimme am anderen Ende sagte: »Wenn du unseren gemeinsamen Weggefährten in Buenos Aires aufgetrieben hast, telegrafiere mir. Es reicht ein Wort.«

»Was für eines?«, fragte er zurück.

»Gefunden!«

Gedankenverloren faltet er den Brief und steckt ihn in seine Brieftasche. Mit gerunzelter Stirn begibt er sich wieder in den Arbeits- und Wohnbereich. Dort lässt er sich auf ein bequemes Polster nieder, reibt sich die Augenlider. Gespenstische Umrisse tauchen auf, ein verschwommenes Gesicht wie auf einem vergilbten Foto. War es Karl? Oder doch nicht?

Ermattet öffnet er die Augen. Schließlich greift er nach der Tasche und beginnt auszupacken, was ihn für einen Moment von bohrenden Gedanken befreit. Sein Blick wandert umher. Platz genug. Die Instandsetzungs- und Umbauarbeiten vor sechs Jahren verschafften allen Offizieren ein wenig Bequemlichkeit an Bord. Kein Vergleich mit den Zuständen vor mehr als vierzig Jahren. Heute hat jeder Offizier seine eigene Kabine. Kapitän und 1. Offizier verfügen dazu über eine eigene Waschgelegenheit und Toilette. Diebitsch überlegt. Einige Monate wird er dennoch auf all die kleinen Gewohnheiten verzichten müssen, vor allem auf jene, die ihn an den ermüdenden, doch angenehmen Kreislauf des Lebens in der Friedrich-Wilhelm-Straße 38, Bremen, fesseln.

Sein Blick schweift über den kleinen Schreibtisch. Auf der rechten Seite die Kapitäns-Order der Reederei. Obenauf liegt die Aktennotiz, die ihm Dominik zugesteckt hat, bevor er von Bord ging. Er nimmt sie in die Hand: … *nach Einsichtnahme in den Ladebericht und den Stauplan wurden Herr Kapt. Diebitsch und der 1. Offz. Herr Köhler darauf hingewiesen, dass meines Erachtens die Rollperiode von 17,5 Sekunden zu lang ist. Der Schiffsleitung wurde angeraten, zwecks Erreichung zuverlässiger Stabilitätsverhältnisse und besserer Segeleigenschaften so viel Sandballast aus dem Zwischendeck in den Unterraum zu trimmen, dass eine Rollperiode von höchstens 15 Sekunden erreicht wird.*

»Gute zwei Sekunden! Na und? Aufregung um nichts!«, murmelt er vor sich hin, zückt den Bleistift und will zu rechnen beginnen. »Ach was! Muss das heute Nacht sein? Soll Buschmann das machen. Der ist schließlich Ladungsoffizier.« Daraufhin legt er die Notiz wieder auf den Stapel …

Mitternacht ist vorüber, als er ausgepackt hat und die persönlichen Dinge endlich ihren Platz gefunden haben. In der Koje liegend, kreisen seine Gedanken wieder wirr durcheinander wie Fledermäuse in einer Felsenhöhle. Schwere Gedanken hängen wie Brutnester unter seinem Schädeldach. Seine Gedanken vollführen Rösselsprünge. Von einem Schauplatz zum anderen, mit unterschiedlichen Geschichten. Bedrückender als die Geschichten sind aber die Menschen, um die es geht. Kameraden, die abgetaucht waren, ohne die noch offenen Rechnungen zu begleichen, Sterbende, die das Meer verschlang, ehemalige Freunde, die sich ihm verschlossen und jeden Kontakt mieden …

Nun hat er es mithilfe eines echten, verlässlichen Freundes geschafft, die Spur eines für ihn wichtigen Mannes zu verfolgen. Sie führt steil hinab in die Vergangenheit. Johannes glaubt daran, die Spur in Buenos Aires wieder aufnehmen zu können. Danach wird es ihm besser gehen. Finanziell, versteht sich.

Auf dem Kurs nach Argentinien und zurück wird er allen zeigen, was in ihm steckt. Die jungen Kadetten liegen ihm am Herzen. Seine Überzeugung: ohne Drill, Ordnung, Schulung und harter Bordroutine keine Aussicht auf gute Ausbildung. Der ewige Kampf des Menschen gegen seine Bequemlichkeit. Das Ringen mit Sturm, Wind und Wellen eingeschlossen. Die richtige Gesinnung würde sich schon von selbst einstellen. Er ist sich sicher: In den kommenden Wochen werden auf der PAMIR wieder echte deutsche Seemänner geboren …

»Zum Teufel!«, ruft er in die Dunkelheit hinein und fasst einen Entschluss. Ab dem Moment, in dem die Landleine losgeworfen wird, werden die Kadetten lernen, wie man sich einem Kapitän gegenüber zu verhalten hat.

»Noch so 'n Opa!« Daran kaut er lange herum. Es wird ein bitterer Brei daraus. Diebitsch benötigt noch eine gute Stunde, bis ihn der Schlaf erlöst.

10 *Samstag, 01. Juni 1957*

06.30 Uhr Wecken! Heute gilt noch der Hafenwachplan.

Joe und seine Freunde pellen sich aus ihren Hängematten. Das schrille Pfeifen und die prompt einsetzende Hektik bilden einen perfekten Zusammenklang von Abenteuer und Weite, von Fernweh und vorwärts drängender Begeisterung. Noch verschwenden die jungen Kerle keinen Gedanken daran, welche Härte sie da draußen erwartet: jene der See, die unerbittlich zuschlagen kann, und jene der Menschen, denen sie an Bord nicht ausweichen können.

06.35 Uhr Hängemattenmusterung. Danach heißt es ›Reinschiff‹. Joe betritt das Deck, blinzelt müde in die Morgendämmerung. Der Respektlose friert, stolpert plötzlich wie ein Betrunkener über einen Haufen Werg, greift nach einer Leine, die nicht belegt ist und daher keinen Halt bietet. Schließlich fällt er zwischen Farbtöpfe, die jemand auf den feuchten Planken gestapelt hat. Jahrhunderte hindurch müssen Seemänner morgens derart an Deck gestolpert sein.

»Im Katechismus der Seemannschaft steht nichts von unkontrolliertem Hinfallen!« Ein frischer und gut aufgelegter Buschmann blickt vom Laufsteg, der das Hochdeck mit dem Poop verbindet, auf ihn herab.

»Aber vom Aufklaren des Decks vor dem Sonnenuntergang!«, versetzt Joe.

»Wie hoch ist Ihr Nenner?«

Joe versteht nicht, streicht sich das lange Haar zurück, betastet das schmerzende Knie mit beiden Händen und will nicht antworten.

»Wie hoch?«, vernimmt er die freundliche Stimme erneut.

»Wie soll ich das verstehen?«

»Der Nenner ist die Zahl, welche angibt, in wie viele Teile die Einheit zerlegt ist.«

Auf so viel Intellekt ist er nicht gefasst. »Nehmen Sie mich als ganze Zahl. Als eine Einheit!«

»Das beruhigt mich. Guten Morgen, Kadett Joe!«

Joe ist erstaunt, dass der Zweite ihn beim Namen nennt. »Guten Morgen, Herr Buschmann!« Er ist froh. Der 2. Offizier führt also die Steuerbordwache.

Jetzt erst bemerkt Joe, dass der Schiffsarzt mit einer Filmkamera auf ihn zielt. »Was soll das denn?«

Der achtunddreißigjährige Dr. med. Heinz Ruppert aus Kaiserslautern verschwindet in seinem Lazarett.

Volker, Matrose in der gleichen Wache, zeigt sich mitteilsam: »So ist er, unser Badegast.«

»Was für ein Gast?«

»Unser Schiffsarzt ist kein Seemann. Daher ›Badegast‹. Er geht keine Wache und nimmt auch keinen Tampen in die Hand.«

»Dafür aber die Kamera.«

Volker höhnisch: »Der Doktor will während der Reise einen Dokumentarfilm drehen. Geplanter Titel: ›Schiffe von gestern – Kapitäne von morgen‹. Jetzt bist du sein Statist. Ein Spezialist für Stolperszenen. Darauf kannst du stolz sein. Wenn er die Wackelbilder verkaufen kann, dann wirst du berühmt wie Dick und Doof!«

»Was für ein Glücksfall!«

»Bilde dir nichts ein! Der Stolperer war ja nun wirklich nichts Filmreifes.«

»Vielleicht will der Doktor gern den Fußtritt eines Schiffsjungen in den Arsch eines Matrosen filmen! Halte dich für die Szene bereit!«

Joes Antwort ist ein Affront. Der Matrose Volker merkt sich den ›Arsch‹.

Die Bordroutine beginnt zu greifen …

07.20 Uhr Aufklaren, Frühstück.

07.40 Uhr Backen hochschlagen, fegen, klarmachen zur Musterung.

07.50 Uhr Antreten zur Musterung.

08.00 Uhr Flaggenparade, Wachwechsel, Backschafter zum Dienst.

Zur selben Stunde befällt Fieber die Bark. Ein Erreger, der in Masten, Decks, Messen, Kabinen und Kojen zu grassieren beginnt und rasch große Teile der Besatzung infiziert. Die Symptome sind bei allen Männern die gleichen: akute Nervosität, große Augen, aufgeregte Eile, laute Zurufe …

Diebitsch steigt mit Eggers das Hochdeck des P-Liners empor. Die Gäste zieht er wie eine Schleppe hinter sich her. Die Brust zu maximaler Verdrängungskraft aufgepumpt, das

Kinn eckig wie ein Ziegelstein. Seine neue Uniform hebt sich deutlich von der ab, die Eggers trägt. Das großartige Gefühl der Macht kriecht in ihm hoch. Mit steinernem Gesicht zeigt er sie. Diebitsch fiele es leicht, den Menschen zu erklären, wie es ist, nur 1. oder 2. Offizier an Bord zu sein.

»Es wird ernst!« Manni sagt es zu Tom. Der gibt es weiter. Die komplette Freiwache verzichtet auf ihre Pause. Sechsundachtzig Seeleute bevölkern das Ober- und Hochdeck. An der Pier des Kuhwerder Hafens drängen sich Angehörige und Neugierige.

10.15 Uhr! Die Leinen werden losgeworfen. Kreischende Möwen an Bug und Heck scheinen dies verhindern zu wollen. Die Pamir ist bereit für ein erneutes Rendezvous mit dem Ozean. Sie löst sich vom Festland, wird zu einer schwimmenden Insel. Eine Welt für sich, regiert von einem unangefochtenen Kapitän, dem nur noch der Herrgott über die Schulter blickt. Was er sagt, ist Gesetz. Unter seinem Kommando, mit seinem Wissen und seiner Erfahrung soll sich der Viermaster seinen Weg über die See bahnen, dem Sturm die Stirn bieten, der Härte der See erfolgreich begegnen, soll die Besatzung das Steuer und die Segel meisterhaft führen und das Schiff sicher über die Meere bringen. Von einem *Master next God* kann man das erwarten …

Die Schlepper Bugsier 7 und Fairplay XIV übernehmen die Trossen, drehen die Viermastbark und ziehen sie in das Fahrwasser der Elbe.

Auf dem Hochdeck sitzen die Uniformjacken der Offiziere tadellos und die Hosen besonders stramm. Diebitsch überwacht das Geschehen mittschiffs vom erhöhten Kompass-Stand herab.

Die beiden Damen halten mit Lavendel angespritzte Spitzentaschentücher in ihren Händen. Eggers steht neben dem Ruder, unterhält sich scheinbar ganz sorglos mit den alten Unteroffizieren über den tückischen Charakter der Elbe, ihre Sandbänke und Tide. Dann geht er zu Diebitsch und fragt ihn etwas. Dieser steht wie ein Denkmal und richtet seinen Blick elbabwärts.

»Ja«, antwortet er. Und noch einmal: »Ja.«

Supercargo Eggers hat das Handeln an Deck übernommen.

Querab der Landungsbrücken hört die Besatzung den Jubel der Menschenmenge. Auch Auguste ist darunter. Johannes kann sie nicht ausmachen. Ihre Tränen auch nicht. Matrosen und Kadetten schwenken als Antwort ihre Mützen. Rasch geht es die Elbe abwärts. Der Kuhwerder Hafen einschließlich der Werften verschwindet im milchigen Licht.

Die PAMIR liegt etwas hoch im Wasser, da sie nur mit Sandballast ihre Reise nach Südamerika antritt. Kein idealer Anblick. Unverständlich nur, dass ein Frachtsegler von Hamburg unbeladen auf eine weite Reise gehen muss. Reeder und Stiftung, teilweise stur wie Felsen, haben es nicht geschafft, geeignete Fracht aufzutreiben. Den Menschen am Ufer ist das egal. Sie begeistern sich an der Silhouette einer der letzten großen Rahsegler. Er trägt außenbords den traditionellen Anstrich der Laeisz-Schiffe: über der Wasserlinie der Rumpf in Schwarz, darunter ein etwa zweieinhalb Meter breiter weißer Wasserpass, und das Unterwasserschiff in rot leuchtendem Mennige.

Diebitsch blickt gebannt auf den Bug. Dann hört er eine weibliche Stimme neben sich. Er komme aus Magdeburg, erzählt er der jungen Dame, habe in jungen Jahren sein Zuhause empfunden wie die Enge einer Gruft im Dom. Täglich habe er fortgewollt, habe von den Weiten der Meere geträumt und sei daher vor vielen Jahrzehnten mit Leib und Seele Matrose geworden.

»Davongehen und nie nach Magdeburg heimkehren?«

»Turmschanzenstraße? Kasernen? Nein!«, sagt Diebitsch erschrocken. »Dann lieber der Tod auf See!«

Joe und Jens haben die Back auf der Steuerbordseite erklommen, um den Blick auf das Elbufer und die Chaussee zu genießen. Menschen säumen die Ufer, und Fahrzeuge scheinen die PAMIR die Elbe entlang begleiten zu wollen. Joe winkt Henry und Tom auf die Back. Sie nähern sich Blankenese. Drüben liegt die Schiffsjungenschule. Dort hallt ein Ruf durch die Gänge: »Die PAMIR!«

Der Nachwuchs an Land lässt alles liegen und eilt ins Freie. Der Hauch des uralten Geschehens fasst ihn an. Am liebsten hinüber und fort, fort, fort …

Sehnsüchte, Träume fressen sich ins Gemüt der jungen Seelen. Sehnsucht, das oberste Gesetz der Unvernunft, wird verstärkt durch den Anblick der vier turmhohen Masten. Schade nur, dass die Segel noch nicht gesetzt sind. Eines Tages aber werden die Fantasien durch die Realitäten verscheucht sein, spätestens dann, wenn die Schüler von der kühnen Idee überzeugt sein werden, dass sich die Ungewissheiten der Meere messen und berechnen lassen.

Als die Bark querab liegt, lässt der Erste die Flagge dippen. Drei kräftige ›Hurras‹ der Besatzung schallen hinüber. Ein großartiger Moment hüben wie drüben.

Eggers auf dem Hochdeck ordert ein Glas Wasser für seine Gesprächpartnerin. Seine Finger- und Handgelenke schmerzen. Am liebsten würde er den Schmerz aus der Zeit löschen. Morgens kommt er nur schwer aus seiner Koje. Er fühlt sich steif wie ein Brett. Es war ein Fehler, in diesem Zustand mitzusegeln, geht es ihm durch den Kopf. Doch Dominik lag fast auf den Knien. Jetzt knöpft ihm morgens der Steward das Hemd zu, die Schuhe bindet er ihm auch. Der Gang zur Toilette will überlegt sein. Er lässt sich nichts anmerken.

»Ungewiss ist nur das Wetter, Madame!«, doziert er gegenüber der Frau eines englischen Schiffingenieurs, die bis Portsmouth mitreist. Interessiert an einer tieferen Konversation, stellt sie ihm die knifflige Frage: »Sagen Sie mir, was ist in Ihren Augen das Ungewisse am Wetter?«

»Die unbekannten Wahrscheinlichkeiten, Madame.«

»Das ist mir zu vage.«

Eggers kramt ernsthaft in seinem Gedächtnis: »Etwas ist ungewiss, wenn unsere Information korrekt ist und ein Vorkommnis nicht eintritt, oder wenn unsere Information inkorrekt ist und ein Vorkommnis eintritt.«

»Ist die Ungewissheit des Wetters nicht der letzte metaphysische Staub, den sich die Meteorologen krampfhaft aus den Augen zu wischen versuchen?«

Eggers unterdrückt seine Ungeduld: »Madame, es gibt keine Hemmungen mehr, die Unbekannten des Wetters zu erforschen. Und das ist gut so.«

Alois bringt das Glas Wasser. Eggers fühlt sich befreit, wandert zum Schanzkleid auf der Steuerbordseite und versucht die Steifheit seiner Fingergelenke durch Strecken und Beugen zu überwinden.

Schiffsarzt Dr. Ruppert beobachtet die schmerzhaften Versuche und steuert auf ihn zu. Mit gedämpfter Stimme fragt er: »Haben Sie Ihre Tabletten eingenommen?«

Eggers nickt.

»Nehmen Sie morgens, eine Stunde vor dem Aufstehen, zwei zusätzlich. Und wenn Sie wieder zurück sind, unterziehen Sie sich am besten einer Gold-Therapie.«

Ob Ruppert in seinem Giftschrank noch andere Schätze vorrätig hielte? Platin, Rubine, Diamanten etwa?

Der Doktor nimmt es heiter: »Zweifellos nein! Den neuen Schatz Prednisolon bekommen Sie in der Universitätsklinik in Hamburg. Im Vergleich Gewicht gegen Wert, sicher zehnmal teurer als Gold. Die Chance, dort Ihren Anker zu werfen, haben Sie allerdings gerade verpasst.«

»Willkommhöft querab«, plärrt der Erste.

Kuddel, der Kochsmaat, blickt auf die Uhr. Exakt 13.00 Uhr. Ihm fällt ein Teller aus der Hand: »Scherben bringen Glück!«, murmelt er vor sich hin und beseitigt sie. Tag und Uhrzeit merkt er sich. Er weiß nicht, warum.

»Der beste Ort der Welt, um schick Kaffee zu trinken«, sagt der Doktor.

Eggers findet, dass sein langjähriger Freund Behnke dort drüben seinen Kaffee und den Kuchen immer viel zu teuer verkauft. Er habe Otto-Friedrich schon gedroht, nicht mehr zu kommen, wenn sein Geldbeutel von ihm derart geschröpft werde. Er meint damit den Besitzer des Schulauer Fährhauses, in dem es eine Schiffsbegrüßungsanlage gibt.

Ein wahres Volksfest scheint bei Behnke im Gang zu sein. Am Elbufer, auf dem Dampfersteg und der Terrasse drängen sich die Menschen, die der PAMIR und ihrer Besatzung unentwegt zujubeln. Über einen Lautsprecher ertönen die Nationalhymne und technische Daten der auslaufenden PAMIR. Währenddessen senkt sich die Hamburger Flagge am 40 Meter hohen Mast zum Gruß, und das internationale Signal für ›Gute Reise‹ wird aufgezogen.

»Flagge dippen!«, kommandiert der Erste.

Henry blickt angestrengt hinüber: »Meine Eltern stehen da drüben.« Er winkt wie wild, in der Hoffnung, von ihnen erkannt zu werden. Doch nach einer ausgetrunkenen Kaffeetasse sehen die jubelnden Menschen die Bark nur noch von achtern.

Auf der Höhe Stader Sand kommen zwei Herren vom Hydrographischen Institut längsseits, um den Peilkompass zu überprüfen. Drei Drehkreise werden gefahren, um den Peil-, Notruderstand- und Steuerkompass zu kompensieren. Die Missweisung wird mit dem Manöver festgestellt, damit die Offiziere ihren Kurs stets richtig berechnen können.

Eggers sagt an die Adresse der englischen Lady: »Damit unsere Offiziere das messbare Risiko ausschalten und nicht raten müssen, ob der Kurs gewiss oder ungewiss ist.« Insgeheim hätte er aber gern mit Maßband und Sextanten die Formen der Lady vermessen.

Anschließend werfen die Hafenschlepper die Trossen los. FAIRPLAY XIV wird entlassen, BUGSIER 7 durch den Hochseeschlepper BUGSIER 15 ausgetauscht und die Ausreise über Feuerschiff ELBE 1 fortgesetzt.

Die erste Nacht bricht an. Diebitsch schreitet über das Hochdeck wie ein viktorianischer Gentleman. Sein Blick ruht wohlgefällig auf dem, was sich vor seinen Augen tut, und seine

Ohren lauschen den Anstrengungen an Fallen und Schoten. Die Abendwache ist dabei, diese steif durchzusetzen. Diese abendliche Übung nennt man ›stritschen‹ und dient dazu, das langsame Ausrecken des Tauwerks zu verhindern. Ein messbarer Erfolg ist kaum auszumachen, dafür lernen die Kadetten sehr schnell mit viel rhythmischem Geschrei so zu tun, als ob sie Schwerstarbeit verrichten würden.

Diebitsch wandert über die Laufbrücke vor zur Back. Sein Blick bleibt an der gewienerten Schiffsglocke hängen. Im Licht der sinkenden Sonne glänzt sie wie Gold. Seine Hand berührt das kalte Metall.

Richie staunt, als er die Worte seines Kapitäns vernimmt: »Ich habe sie schon vor vierzig Jahren berührt. Ob damals oder heute, es ist immer Jetzt!«

11 *Sonntag, 02. Juni 1957*

07.00 Uhr, Sonntag. Die PAMIR gleitet mit Schlepperhilfe in die Deutsche Bucht. »Rise, rise!«, tönt es plötzlich von achtern. Fünf Minuten später tritt die Mannschaft zur Hängemattenmusterung auf dem Achterdeck an. Der alte Richie blickt auf seine Uhr: »Der Seetörn greift.«

Die Wachablösung findet um 4 Uhr, 8 Uhr, 12.30 Uhr, 18.30 Uhr und 24 Uhr statt, um auf diese Weise von Tag zu Tag einen Wechsel der Wachzeiten zu erreichen. Die Backbordwache logiert auch tatsächlich auf der Backbordseite und wird vom 1. Offizier geführt. Dagegen ist die Steuerbordwache von alters her die Wache des Kapitäns, obwohl der 2. Offizier sie in der Regel selbstständig führt.

Um 07.20 Uhr stellt Manfred in der Kadettenmesse die wichtigste Frage zum Sonntag: »Was gibt es zum Frühstück?« Das Thema Nummer eins an Bord lässt keinen kalt.

»Kümmere dich«, erwidert Super-Tom prompt.

Joe schlägt mit der flachen Hand auf den Tisch: »Kommt schon! Fassen wir an!«

Ein Blick zu Jens genügt, und er schließt sich an. Da das Kiez-Rudel in der Mannschaftsmesse frühstückt, muss auf langen Servierbrettern das Frühstück mittschiffs aus der Kombüse geholt werden. Und das möglichst für die ganze Freiwache, rund 27 Mann. Danach ist man immer gut über das informiert, was die Küche sonst noch den Tag über liefert.

Einer von denen, der den Inhalt des Themas bestimmt, ist groß, schlank, hat blondes Haar, mit einem Rotstich darin, und einziger Bartträger an Bord: Kuddel, der Kochsmaat. Er zeigt an allem Interesse, bis hin zum Kadettenunterricht. Einer, der aus freien Stücken gern auch mit in den Mast geht und am laufenden Gut, dank seiner Körperkraft, bei jedem Manöver eine echte Hilfe ist. Jedenfalls ist unter Eggers' Kommando seine breite Verwendung bisher kein Problem gewesen. Außerdem pflegt er einen regen Gedankenaustausch mit den Mitgliedern der Stammbesatzung. Kuddel ist beliebt und bei allen akzeptiert.

Joe und der Kochsmaat verstehen sich auf Anhieb. Auf die Servierbretter werden Kannen mit Kaffee, Tee, Kakao und Milchsuppe gestellt, dazu zwei Eier pro Nase und zwei Rundstücke, frisch gebacken. Obendrein die tägliche Ration für jedermann: Butter, Marmelade, Honig, Käse, Corned Beef und 600 g Mischbrot. Dazu gibt es ›Albert-Ballin-Gedächtniswurst‹, eine Art Dauerwurst. Albert Ballin war der Reeder des Kaisers, der Gebieter über ein Handelsschiff-Imperium wurde. Damit verbunden ist die Wirtschaftsgeschichte Hamburgs und die des Deutschen Kaiserreiches, deren Erfolg ohne Albert Ballin so nicht hätte stattfinden können. Nicht umsonst residiert die Reederei Zerssen ›Am Ballindamm‹. Die Schiffsjungen interessiert das wenig. Wenigstens bleibt der Name als Dauerwurst im Gedächtnis haften.

Joe und seine Helfer nehmen erst mal alles mit. Spätestens morgen wird dann jeder für sich seine Wahl treffen.

Gerade zum Abtransport bereit, schallt es durch ein Bullauge: »Was gibt's denn heute?« Der Mann duckt sich sofort weg. Kurz darauf wiederholt eine andere Stimme: »Was gibt's denn heute?«

Kuddel greift sich eine Pellkartoffel, die er in Griffnähe lagern hat, und schleudert sie zielsicher durch das Bullauge. Dann zwinkert er mit den Augen: »Das ist eines von den Sonntagsritualen hier an Bord. Es kennt keine Grenzen!«

Nachdem Koch Eggerstedt den Kadetten das Mittags- und Abendessen verraten hat, geht es zurück nach achtern ins Zwischendeck. Die sonntägliche Morgenstimmung in der Kadettenmesse ist ausgelassen. Kleine Grüppchen, die sich vor dem Auslaufen zusammengefunden haben, mischen sich nun an Tischen und Bänken. Plötzlich steht der Leichtmatrose Helmut in der Messe. Er ist zwanzig, der Steuerbordwache zugeordnet und kommt aus Braunschweig. Sein Habichtsblick kreist um die Tische. Dann macht er einen Vorschlag: »He, Jungs, lasst uns einen Sweepstake auflegen!«

Tom ruft vorwitzig: »Erklär uns die Schweinerei!«

Helmut missbilligt insgeheim Toms Ton. Das hat sich ein Schiffsjunge gegenüber einem Leichtmatrosen nicht herauszunehmen. Er fixiert Tom für einen Moment, um sich sein Gesicht einzuprägen. »Jeder schätzt die Reisedauer nach Buenos Aires. Der Einsatz ist fünfzig Pfennig. Wer die tatsächliche Reisedauer am besten schätzt, bekommt den gesamten Topf.«

Manni klopft Joe ins Kreuz: »Nicht schlecht! Wenn ich gewinne, dann gehen wir alle zusammen wieder …«

Joe kann die Vollendung des Satzes mit einem Stoß in Mannis Rippen gerade noch verhindern. Am Ende machen alle Kadetten mit. Helmut holt den Topf und die Liste. Die Matrosen haben ihren Einsatz schon geleistet und ihren Tipp mit Tag und Stunde in die Liste eingetragen. Der geschätzte Zeitraum liegt zwischen vierzig und sechzig Tagen.

Manni pinnt seine Atlantikkarte an das schwarze Brett. Auf

ihr werden zur Kontrolle der Kurs, der Tag und die versegelte Strecke eingetragen. Er tippt auf 44, Joe 51, Henry 48, Tom 50 und Jens auf 54 Tage.

Der Leichtmatrose blickt auf die Uhr. »Backen hochschlagen! Fertig machen zur Wachablösung!« Dann gibt er dem vorwitzigen Tom lächelnd Anweisung: »Der Kochsmaat benötigt Unterstützung beim Kartoffelschälen. Schiffsjunge Tom: ab in die Kombüse!«

Tom zeigt ein betretenes Gesicht. Er fühlt sich unter Hausarrest gestellt. Während der Wachwechsel vollzogen wird, begibt sich der Rest auf die Reinschiffstationen.

Um die Mittagszeit, querab ELBE 2, ist der Auftrag des Schleppers BUGSIER 15 ebenfalls beendet. Was kommt, ist für alle enttäuschend, denn es herrscht Totenflaute. Sie gestattet keinerlei Segelmanöver. Die See wirkt ölig glatt. Rumpf und Masten spiegeln sich dafür in reinstem Blau. Doch in der Welt der Viermastbarken hat sich Gravierendes geändert. Der Hilfsmotor im Bauch der PAMIR ist der Beweis dafür. Angetrieben durch einen Sechszylinder-Dieselmotor schafft sie bei guten Bedingungen vier bis sechs Knoten. Durch den nachträglichen Einbau mutierte das reine Segelschiff allerdings zu einem ›Auxiliarsegler‹. Die Bezeichnung für die Kombination von Segel und Hilfsmotor.

Oldsails, der alte Segelmacher, steht mit Hermann, dem Zimmermann, an der Steuerbordreling und schlürft seinen Kaffee. Hermann ist nicht nur Hüter der ungeschriebenen Gesetze, sondern auch der ›Spökenkieker‹ an Bord. Das kommt daher, weil man ihm eine besondere Fähigkeit zur Zukunftsvorhersage nachsagt. Nur Oldsails darf ihn auch ›Holzwurm‹ nennen.

Die Untätigkeit zerrt an den Nerven. Oldsails spuckt in die See und kratzt sich am Kinn: »Ein Hilfsmotor im Windjammer verdirbt die Mannschaft.«

»Wie das denn?«

»Null Manöver. Dafür vermehrt Gammelstunden.«

Holzwurm sieht ihn eine Weile an. »Ja«, sagt er dann, »vermutlich. Es wurde sowieso viel zu viel an ihr herumgebastelt.«

»Die Umbauten gehen doch in Ordnung«, meint Oldsails.

»Das tut einem Schiff selten gut. Erinnerst du dich an 1952, als die PAMIR wieder unter deutscher Flagge fuhr?«

»Klar doch!«

»Paul Greiff war der erste deutsche Kapitän auf ihr nach dem Krieg. Damals sind wir auch unter Motor hinaus auf die Nordsee geschippert. Auf dem Atlantik verloren wir dann beide Flügel der Antriebsschraube. Ich hab's damals geahnt.«

Oldsails nickte. »Waren unmittelbar an der Nabe abgebrochen. Ein Materialfehler, wie sich herausstellte.«

»Das Schiff hat sich schon damals dagegen gesträubt«, stellt Spökenkieker lakonisch fest.

»Hat sie! Und wir haben darüber ausgelassen gefeixt. Die Bark wollte keine Maschine und hat die Schraube wie einen Fremdkörper abgestoßen!« Oldsails freut sich, als wäre es erst gestern gewesen. Resignierend fährt er fort: »Aber nicht für lange. Greiff ließ ihr damals in Rio de Janeiro eine neue verpassen.«

Nach einer Pause sagt Spökenkieker: »Was ich damals für viel gravierender gehalten habe, war der Riss in der Außenhaut. Das macht mir heute noch ein ungutes Gefühl, wenn ich daran denke.«

»An den Riss kann ich mich auch noch erinnern. Wir konnten ihn durch einen Zementkasten abdichten. Nach der Rückkehr gab's in Bremen eine Untersuchung. Schweißspannung war die Ursache. Darüber hat man an den Stammtischen heiß diskutiert.«

»Was gab's da zu diskutieren?«

»Die Außenhaut unserer PAMIR ist genietet. Damals, bei der Erneuerung von Außenhautplatten, hatte man diese aber geschweißt.«

»Ist das verboten?«

»Es gibt Schiffsbauer, die halten nichts davon, beide Verfahren miteinander zu kombinieren. Sie befürchten Spannungen.«

»Dann haben sie also recht mit ihrer Theorie?«

»Theorie? Die Praxis hat's bewiesen. Man kombiniert schon mal beide Verfahren. Aber nie bei der Anbringung von Außenhautplatten.«

»Haben sie das an den anderen Stellen wieder rückgängig gemacht?«

»Nicht dass ich wüsste.«

»Mal ehrlich: Segeln wir etwa mit Rissen in der Außenhaut?«

»Vielleicht, vielleicht auch nicht«, erwidert Oldsails ausweichend.

Spökenkieker schließt für einen Moment die Augen. Dann sagt er: »Ein schrecklicher Irrtum, das mit den Platten. Schwachstellen der Außenhaut gibt es demnach mit Sicherheit.«

Oldsails erwidert nichts darauf. Etwas später dreht er sich um und versichert sich, dass niemand ihn hören kann: »Sag mal, was hältst du eigentlich von unserem Ersten?«

»Köhler? Der Lavendel-Leutnant geht mir auf den Sack! Unter Eggers war's noch in Ordnung. Aber diesmal haben wir einen Kapitän, der noch nie auf einem P-Liner das Kommando hatte und vor Jahrzehnten Kadetten über die Planken der DEUTSCHLAND scheuchte. Dieser Schulschiff-Käpt'n hat keine Erfahrung, und der Erste hat's noch nicht drauf. Das macht mir Sorgen.«

12 *Montag, 03. Juni, im Kanal*

Die Offiziersmesse füllt sich. Zu Eggers' Abschied und als freundschaftliche Geste gegenüber den mitgereisten Gästen lädt Diebitsch zum Käptens-Dinner. Nach Mitternacht sitzen nur noch zwei am Tisch: Eggers und Diebitsch. Sie wechseln mit einer Flasche Wein in den Salon. Die Zigarren qualmen.

Eggers blinzelt durch den Dunst. »Die Dinge sind, wie sie sind.« Es geht um den Offiziersnachwuchs auf PAMIR und PASSAT.

»Wie meinen Sie das?«, fragt Johannes, der gerade das Glas erhoben hat und in der Bewegung innehält.

»Ich habe bemerkt, dass Ihnen unser Schmidt Sorgen macht.«

»Das kann man wohl sagen.«

»Seine Auswahl ist für mich der Beweis für die Richtigkeit meiner Analyse«, sagt Eggers.

»Wie fällt sie aus?«

»Im Vertrauen: Die Stiftung hat keinen einzigen Patentinhaber, dem die Qualifikation zum Erzieher und Ausbilder zugesprochen werden kann. Sie, Herr Diebitsch, sind eine rühmliche Ausnahme. Schmidt dagegen ist ein Notnagel, ein fauler Kompromiss gegenüber Ihren berechtigten Forderungen.«

»Das hilft mir wenig.«

»Die Stiftung ist aber im Moment froh, wenn sie überhaupt irgendwelche Patentinhaber an Bord schicken kann, damit die Schiffe fahren können.«

»Das verstehe ich nicht. Die Großreedereien haben doch in ausreichender Zahl befähigte Offiziere. Warum gelingt es der Stiftung nicht, sie auf die Segler zu verpflichten?«

»Aus eigener Kenntnis weiß ich, dass Wachs und Dominik nichts unversucht gelassen haben. Der dringende Appell an die 41 Stiftungsreedereien, wenigstens *einen* Offizier zu stellen, blieb aber ohne jeglichen Erfolg.«

Diebitsch reagiert empört: »Es ist eine Schande!«

»Nein, purer Egoismus! Das Geschwafel, dass Erziehung und Ausbildung am besten auf Segelschulschiffen klappt, nimmt uns doch kaum noch jemand ab. Die jungen Leute sehen in der Verkürzung der Beförderungszeiten oft das Hauptmotiv, sich für Fahrten auf PAMIR und PASSAT zu bewerben. Doch in ihrem Herzen wollen alle so schnell wie möglich auf neuen Dampfern ihre Ausbildung fortsetzen. Das gilt verstärkt für unsere Offiziere. Dennoch, die Sache ist diffizil.«

Diebitsch fragt neugierig: »Wie diffizil?«

»Die Situation ist für die Stiftung in Wirklichkeit noch viel schlimmer. Ich will keine Namen nennen, aber von den Offizieren, die sie für die beiden Viermastbarken in Aussicht haben, erfüllt kein Einziger die Anforderungen.«

Diebitsch schüttelt den Kopf. »Das verstehe einer. Wie steht es nach Ihrer Kenntnis mit denen, die im Einsatz sind?«

»Das ist heikel. Die Frage sollten Sie Dominik direkt stellen.«

Johannes beißt sich fest: »Was ist heikel?«

»Nach meinem Kenntnisstand wird stark abgemustert.«

»Wann und wo?«

»Nach Ihrer Reise!«

»Das wissen Sie heute schon?«

»Ich bin Stammkapitän auf diesem Schiff. Ich muss das wissen. Es reicht nicht mehr, auf das Meer zu blicken und mit den Ohren dem Sturm zu lauschen. Heute muss man mindestens eines davon an Land lassen.«

Diebitsch lacht. Plötzlich wirkt Eggers auf ihn sympathisch. Dann stoßen sie endlich an.

Eggers steht kurz auf, klopft sich Zigarrenasche von der Uniform und nimmt wieder Platz. »Wie Sie sehen, habe ich ein großes Problem am Hals. Spätestens nach Ihrer Rückkehr.« Dann saugt er genüsslich an seiner Zigarre und nebelt sich erneut ein. »Andere Frage: Was haben Sie eigentlich gegen unseren Schmidt?«

»Erahnen Sie meine Sorgen?«

»Ehrlich gesagt, nein«, erwidert Eggers.

»Es geht um viel Geld. Geld, das der Stiftung verloren gehen wird, sollte Schmidt alles das, was sich an Bord abspielen wird, niederschreiben und veröffentlichen.«

»Jetzt verstehe ich. Ich denke, es gibt für dieses Problem eine

Lösung. Schmidt hat doch keine Ahnung vom Ausbildungswesen. Diese Eignung muss sogar *ich* ihm absprechen. Sie sollten ihn aus diesem Grund ablehnen und in Portsmouth zurücklassen. Sie dürfen mich ruhig zitieren, wenn es um die Eignung von Schmidt geht. Außerdem können Sie sich noch auf drei andere Kollegen berufen.«

Diebitsch überlegt: »Mich wundert nur eines: Dominik ist weder blind noch taub. Der müsste das doch längst wissen. Aber Schmidt zurücklassen? Das steht nicht in meiner Macht.«

»Dann versuchen Sie es wenigstens.«

»Sie meinen, ich könnte Dominik noch umstimmen?«

»Es ist zumindest einen Versuch wert. Dann sind Sie abgesichert, sollte er der Stiftung mit seinen geistigen Ergüssen schaden.«

»Gut, ich werde mit Ihnen morgen an Land gehen und mit Dominik telefonieren.«

Eggers lächelt. »Sie blicken drein, als stehe ein Unwetter bevor …«

»Ich bin entschlossen. Das habe ich Ihrer Offenheit zu verdanken.«

»Und jetzt?«, fragt Eggers.

»Wenn wir schon dabei sind, uns die Wahrheiten zu sagen, dann bitte ich Sie noch einmal um einen Rat. Einen Moment …« Diebitsch öffnet eine Schublade und entnimmt einer ledernen Mappe die Kapitäns-Order Nr. 21 ›Funkabkürzungen in Sonderfällen‹. Er reicht sie Eggers. »Wir haben uns in Hamburg schon einmal darüber unterhalten. Doch die Order bereitet mir Kopfzerbrechen. Wie würden Sie das Ihrem Funker beibiegen?«

»Ich würde sie Siemers ohne jeden Kommentar geben.«

»Ohne eine einzige Erklärung?«

»Reichen Sie die Order einfach an ihn weiter. Der Funker hat seine klaren Anweisungen im Notfall. Davon wird er nicht abrücken.«

Diebitsch blickt erst skeptisch drein, dann fixiert er Eggers' Augen: »Sie sollten wissen, dass ich mir keine Illusionen mache. Ich habe eine unerfahrene Mannschaft an Bord, und meine Offiziere genügen nur in begrenztem Umfang den Anforderungen einer Viermastbark. Noch ungünstiger liegen die Verhältnisse bei den Voll- und Leichtmatrosen. Obendrein habe ich widersprüchliche Order und eine Rostlaube als Schiff, das in diesem Zustand in Buenos Aires garantiert nicht mehr beladen wird. Wenn der Rumpf der PAMIR schon derart marode ist, dann stellt sich für mich die Frage ihrer Seetauglichkeit. Daher bitte ich Sie um ein offenes Wort: Ist sie seetauglich?«

Eggers fährt sich mit der Hand mehrmals durchs Haar. »Unsere PAMIR segelt seit mehr als fünfzig Jahren auf den Meeren. Ihr Rigg ist okay. Doch nicht von ungefähr mussten am Rumpf in den vergangenen Jahren einige rostige Platten ausgetauscht werden. Erst vor zwei Jahren haben sich wieder Rostlöcher in die Platten eingefressen, die durch Aufschweißen ausgefüllt worden sind. Und vor einem Jahr mussten bei Blohm & Voss nochmals einige Platten aus dem gleichen Grund erneuert werden.«

»Wie mir Dominik sagte, hat trotz notwendiger Reparaturen der Germanische und Britische Lloyd die höchste Klassifizierung um vier Jahre verlängert.«

»Was soll ich dazu sagen? Die Korrosion schreitet manchmal schneller voran, als die Tinte auf den Zertifikaten trocknet. Die Stiftung versteckt sich für mich hinter den Gutachtern beider Klassifikationsgesellschaften.«

»Ihr Fazit!«

Sie sehen sich in die Augen. Eggers denkt mehr an das verrostete Hochdeck, durch das Wasser eindringt, wenn die See hoch geht, und sagt: »Ich bin froh, wenn ich diesmal in Portsmouth von Bord gehe.«

Diebitsch zeigt sich betroffen. »Danke für die ehrliche Antwort!«

»Und jetzt, mein lieber Diebitsch?«

»Jetzt wird ausgetrunken. Auf uns wartet der Matratzenhorchdienst!«

»Sie haben das Kommando. Dem muss man Folge leisten.«

Sie waren sich noch nie so nah.

13 *Dienstag, 04. Juni, Spithead-Reede*

Die Besatzung hat sich durch die Flaute der letzten Tage nicht deprimieren lassen. Friedlich und faul hat die Mannschaft die seltsamen, zum Segeln gänzlich ungeeigneten Tage genossen. Trotzdem gab es auf dem ölglatten Meer die ersten Seekranken.

Neben dem regelmäßigen Wachdienst und dem anlaufenden Unterricht stand die Einweisung der Kadetten in das stehende und laufende Gut auf dem Plan. Ergänzend dazu Takelarbeiten, Hilfsdienste beim Segelmacher und beim Koch und das allabendliche Deckwaschen.

Joe und seine Freunde werden heute durch ›Richie‹ und von Volker, Matrose und Toppsgast der Steuerbordwache I, an der Nagelbank am Großmast eingewiesen. Eine starke Holzbohle, beidseitig der Masten fest installiert, auf der rund fünfzig Leinen festgemacht werden. Alle nach einem logischen System angeordnet. Die Holzbohle ist mit Bohrungen versehen, in denen Belegnägel stecken. Mit ihnen werden die Leinen belegt. Die Bank und die Holzpflöcke sind das Manual des Seemanns.

»Wie ein perfekter Orgelspieler solltet auch ihr nie danebengreifen!«, fordert Richie. Das bedarf Zeit und Übung.

Die ›unbefahrenen Schiffsjungen‹ rangieren in der Bordhierarchie noch unter den Jungmännern. Richies Abstufung ist einprägsam: »Ihr müsst alles und dürft nichts! Vor allen Dingen dürft ihr bei Sturm nicht an Deck, solange euch noch keine ›Seebeine‹ gewachsen sind.«

Nun ja, so hat jeder Seemann irgendwann begonnen.

Der Blick der ›Unbefahrenen‹ geht sehnsüchtig in die Takelage, doch auch dort dürfen sie noch nicht hinauf. Taue eigenhändig loswerfen schon gleich gar nicht. Richie sagt beschwörend: »Merkt euch! Die Vielfalt der Seile ist verwirrend. Die falsche Leine gegriffen und losgeworfen kann euren Kameraden oben auf den Rahen das Leben kosten.«

»Was darf dann der Jungmann?«

Richie lakonisch: »Muss alles, darf wenig. Auch der befahrene Jungmann darf nur auf Anweisung handeln!« Dann kommen Rahsegler-Philosophien über seine Lippen: »Aber ab heute könnt ihr euch ›deep water sailors‹ schimpfen!«

Das ist immerhin mehr als ein Schlickmatrose, der nur an den Küsten der Nord- und Ostsee unterwegs ist. Darunter gibt es dann nur noch die Frischwassermatrosen, jene, die auf den schmutzigen Flüssen schippern.

Richie bekommt plötzlich glänzende Augen: »Und merkt euch für den Rest des Lebens: Auf Dampfschiffen lässt sich keine richtige Seemannschaft erwerben. Mut, Entschlossenheit und Tatkraft, diese notwendigen Eigenschaften eines tüchtigen Seemanns und Offiziers sind die Früchte eines Segelschiffs, aber niemals einer Dampferausbildung! Die Ruhmeshalle der Seefahrenden ist gefüllt mit Menschen unseres Schlages.«

Noch beherrschen Joe und seine Freunde die ›Segeltechnik‹ der PAMIR nicht, doch sie beginnen das logische Prinzip mit all ihren Spills, Winden, Winschen und Taljen zu verstehen.

Nicht an allen Masten und Nagelbänken funktioniert die Einweisung reibungslos. Manch ein Leichtmatrose hält sich schon für einen Bootsmann, verwechselt aber selbst noch die Leinen und zeigt sich mit dieser Aufgabe überfordert. Dafür treiben sie mit der Unerfahrenheit der Kadetten ihre Späße: »He! Geh mal runter in den Laderaum das Kielschwein füttern. Und du holst den Schlüssel zum Kompass-Aufziehen!« Einem anderen gibt er den Auftrag, beim Bootsmann das Notenbuch fürs Nebelhorn zu holen …

Bevor die Ankerkette vor Portsmouth ausrauscht, präsentiert sich Rasmus versöhnlich. Auf der Spithead-Reede, zwischen der Insel Wight und dem Festland gelegen, frischt der Wind auf. Drei bis vier Windstärken, schätzt Eggers. Für Diebitsch die letzte Chance, um in Anwesenheit von Eggers zu überprüfen, wie eingeübt der Stamm der Mannschaft ist.

16.30 Uhr. Er wagt den Vorstoß: »Ich schlage vor, Sie führen unseren englischen Gästen ein Wendemanöver vor!«

Eggers prüft den Wind, schätzt die Abstände zur Isle of Wight an Backbord und Southsea Castle, gleich gegenüber auf dem Festland an Steuerbord. Die Prise ist für eine Wende zu schwach. Da bei diesem Manöver der Wind zeitweise genau von vorn kommt, schlagen die Segel back. Damit würde er sich ›eine Eule fangen‹. Der Bug wäre kaum durch den Wind zu bringen. Die Wende würde misslingen. Erfolgversprechender ist in diesem Fall eine Halse. Das heißt, das Schiff dreht mit dem Heck durch den Wind. Außerdem kann Eggers die Halse mit einer relativ kleinen und auch untrainierten Mannschaft sicher ausführen. Eine Wende kommt unter diesen Verhältnissen für Eggers also nicht infrage. Die Nase rümpfend blickt er zweifelnd zu Diebitsch. »Eine Wende sagten Sie? Bei diesem Wind?«

Als Diebitsch darauf nichts erwidert, entscheidet er: »Machen wir eine Halse!«

Köhler, Buschmann und einige Unteroffiziere, die sich unter diesen Bedingungen ebenso für eine Halse entschieden hätten, grinsen sich eins.

»Segel setzen!«, ertönt das Kommando. Die Toppsgäste entern auf und besetzen die ihnen zugewiesenen Rahen. Ein Teil der Matrosen, Leichtmatrosen und Jungmänner, die schon ihre zweite Reise auf der Pamir machen, folgen ihnen.

»Rahen auf zwei Knoten vorbrassen, alle Segel los!«, kommandiert Eggers.

Endlich, im Spithead beginnt für einen Teil der Mannschaft

der echte Alltag auf dem großen Segler: eine Hand für das Schiff, eine Hand für den Mann!

»Segel los!«, tönt es von oben.

»Aye, aye!«, antworten die Matrosen an Deck.

Die Toppsgäste werfen die Beschlagzeisinge los, mit denen die Segel auf den Rahen festgebunden sind. Joe, Manfred, Jens, Henry und Tom ziehen auf Anweisung an den Fallen der Nagelbank am Großmast. Das erste ›Orgelspiel‹ in ihrem Leben.

Die PAMIR breitet ihre Schwingen aus, als wollte sie zum Flug ansetzen. »Ein teures Mädchen, unsere PAMIR. Allein die Garnitur ›Wäsche‹ an Rahen kostet ein Vermögen«, klärt Eggers seine englischen Passagiere auf.

Zwanzig Minuten später sind 4600 Quadratmeter Tuch gesetzt. Der weiße Dom aus Segeltuch lässt die Gäste auf dem Hochdeck in Begeisterungsrufe ausbrechen. Die Pracht des Anblicks wird zum perfekten Trugbild. Schönheit, Reinheit und Weite, das Verhältnis des Menschen zur See – ein unlösbares Rätsel. Dahinter verbirgt sich in Wahrheit die Verlassenheit der Weite, die Drohung im kraftvollen Spiel der Wellen, der Tod hinter der Maske der alles zerschlagenden Orkane.

Die Kameras der Gäste klicken unentwegt. Die eingefangenen Momente werden wie immer dazu beitragen, die Wahrheiten zu verschleiern.

Joe beobachtet wie alle anderen Kadetten jedes einzelne Manöver. Die Stammbesatzung zeigt, was sie kann.

»Stagsegel! Besan und Besan-Toppsegel wegnehmen!«

»Großsegel aufgeien!«

Eggers gibt das Kommando zur Halse. Das Steuerrad muss herum. Der Rudergänger ist ein Kraftpaket. Ungeheuerlich drückt die See gegen das Ruder. Langsam, doch merklich dreht das Heck durch den Wind. Eggers und Diebitsch beobachten mit großer Spannung Kompass, Segel und Kielwasser.

Joe beobachtet die Jungmänner an Deck, wie sie in kleinen Gruppen auf Anweisung an den vielen Taljen zerren. Immer im gleichen Rhythmus, kommandiert von der lautesten Stimme: »A-ha, o-ho, e-he, reißt daran! Kräftig! Noch ein Pull! Und noch ein Zutsch, und noch einmal, und ein' für'n Käppen, und ein' für'n Koch. Und noch ein zum Belegen, und ein' allerletzten. Wat seggt he?«

Der Wachoffizier: »Fast so!«

»Belegen! Is Fast!«

Die Halse, das erste Segelmanöver der Reise, gelingt.

»Besanschot an!« Das berühmte Kommando erschallt mittschiffs Hochdeck. Für alle Fahrensleute klingt die Weisung wie Musik in den Ohren. Bedeutet sie doch, dass sich der ›Stamm‹ sein Gläschen Rum als Lohn für besondere Arbeit beim 1. Offizier holen kann.

Nach dem Ankermanöver kommt eine Barkasse längsseits. Die Stammbesatzung, ein geübter Shanty-Chor, intoniert zum Abschied das ›PAMIR-Lied‹. Die Gäste verlassen die PAMIR, Eggers auch. Offiziere salutieren, Damen reichen die Hände, die Mannschaft winkt. Diebitsch begleitet die illustre Reisegruppe an Land. Wegen Alfred Schmidt, des ›Überzähligen‹, ist er gereizt. Und Eggers will er unbedingt noch sagen, dass er jetzt alles viel besser verstehe …

Am Abend, als die Positionslichter brennen, singt ein Matrose, einer alten Tradition gehorchend, auf der Back aus: »Auf der Back ist alles klar und die Lichter brennen!«

14 *Mittwoch, 05. Juni, Portsmouth*

»Dominik am Apparat!«

»Diebitsch, Portsmouth! Moin, moin!«

»Na, den ersten Abschnitt haben Sie ja geschafft. Wie ging's?«

»Der Wind hat sich verkrochen, mit dem Motor ging's langsam. Sonst aber gut. Bis auf die geplante Einschiffung von Kapitän Schmidt.«

»Warum?«

»Muss es denn gerade dieser Schmidt sein? Ich habe da meine Bedenken.«

»Herr Diebitsch, ich verstehe Sie nicht. Sie haben eine dringende Bitte an uns herangetragen, und wir haben sie mit der Berufung von Herrn Schmidt erfüllt. Nun kommen Sie auf einmal mit Ihren Bedenken.«

Diebitsch hört ein Grollen durch den Draht. Er bleibt unbeeindruckt. »Wenn die Stiftung weitere Streichungen von Zuschüssen verkraften kann, dann lassen Sie zu, dass Herr Schmidt durch seine Veröffentlichungen die Auffassung der Bürgerschaft in Bremen bestätigt. Warum gehen Sie mit ihm ein unnötiges Abenteuer ein?«

Dominik fühlt sich getroffen. Ein Herr Bund hatte in einer Bürgerschaftssitzung Bremens behauptet, die Jungmänner auf PAMIR und PASSAT würden nur *›Rostklopfen‹* lernen. Prompt strich das Land Bremen den Zuschuss von 65 000 DM für das laufende Jahr. Dominik ist überrascht, dass Diebitsch davon genauere Kenntnis hat. Er will das ›Abenteuer‹ aber nicht auf sich sitzen lassen. »Hören Sie! Schmidt ist einer *unserer* Kapitäne. Bei *unserer* Berufs- und Standesehre, ich halte ihn für loyal! Eine Verunglimpfung Schmidts weise ich daher im Namen der Stiftung zurück.«

Diebitsch reagiert ruhig: »Ich habe auf der einen Seite Bedenken gegenüber einem Skribenten auf dieser Reise, auf der anderen Seite geht es mir auch um seine schlechte Qualifikation als Ausbilder. Diese wird Herrn Schmidt auch von Eggers und drei weiteren Kapitänen aus *unseren* Reihen abgesprochen.«

Dominik platzt der Kragen: »Herr Diebitsch! Jetzt hören Sie mir gut zu! In der Frage der Personalausstattung haben wir uns speziell für Sie stark engagiert. Mehr als bei jedem anderen Ihrer Vorgänger! Herr Schuldt persönlich hat Kapitän Schmidt gebeten, sich an Bord der PAMIR zu begeben. Und damit Sie das richtig bewerten können, möchte ich Sie an dieser Stelle davon in Kenntnis setzen, dass wir uns bei der Rekrutierung von nautischen Offizieren äußerst schwertun. Die Situation ist dramatisch: Kapitän Eggers beabsichtigt aus Gesundheitsgründen zu kündigen. Außerdem sind die Ansichten über seine Qualifikation als Schulschiffskapitän bei uns geteilt. Davon wird er Ihnen natürlich nichts erzählt haben. Ihr Erster, Herr Köhler, muss von Bord, weil er die Schule für sein Patent A 6 besuchen will. Er hat diesen Termin schon mehrfach hinausgezögert, um uns und Sie nicht im Stich zu lassen. Ihr überzähliger ›Zweiter‹, Buscher, muss zur Bundesmarine zurück. Buschmann hat bereits vor dieser Reise gekündigt und ist nur auf äußerstes Drängen für diese Reise an Bord geblieben! Wir haben sogar über eine Zeitungsannonce versucht, für Sie einen weiteren Offizier zu finden. Quasi direkt von der Straße. Ohne Erfolg. Ich hoffe, Sie wissen es nun zu schätzen, wie wertvoll Kapitän Schmidt für Ihre Unterstützung ist.«

Diebitsch steht mit gesenktem Kopf, als hätte er gerade die Lektion seines Lebens erhalten. Von einem Personalnotstand von diesem Ausmaß hatte er keine Ahnung. Verunsichert durch die Offenbarung, ringt er um die richtigen Worte. Doch Dominik signalisiert ein enges Zeitfenster. Termine drängen.

Wieder an Bord, bringt Diebitsch seine Rechtfertigungen für den Anruf bei Dominik zu Papier. Den Brief schickt er am nächsten Tag ab.

Portsmouth, 6. 6. 57

Brief No. 1.

Betr.: Telefongespräch vom 5. 6. über die Einschiffung Kapt. Fred Schmidt.

Die Veranlassung, Ihnen nochmals meine Bedenken gegen die Einschiffung des Herrn Kapt. Fr. Schmidt telefonisch zu wiederholen, beruht auf der Erfahrung der Folgen einer Rede des Herrn Bund in einer Bürgerschaftssitzung in Bremen. Die Behauptung des sehr ehrenwerten Herrn Bund, dass auf der PAMIR *und* PASSAT *die Jungens nur Rostklopfen lernen und die Stiftung ein rein kommerzielles Unternehmen ist, genügte für das Land Bremen, den Zuschuss von ca. 60000.– DM zu streichen.*

Das Abenteuer, was Sie mit Herrn Schmidt als Skribenten an Bord eingehen, könnte für die Stiftung noch nachteiliger werden. Die notwendigen Instandsetzungsarbeiten in den Unterräumen während dieser Reise könnten unter Umständen anderen Ortes die gleiche Veranlassung geben wie seinerseits die Instandsetzungsarbeiten im Allgemeinen.

Dass Sie sich für die Berufsehre des Herrn Kapitän Fr. Schmidt einsetzen, nehme ich erfreut zur Kenntnis, doch muss ich den darin liegenden Vorwurf, Herrn Schmidt in irgendeiner Form angegriffen zu haben, zurückweisen.

Ich halte es lediglich aufgrund meiner Sachkenntnis für meine Pflicht, Ihnen als Reeder eine Konduite über die Eignung dieses Herrn speziell für die fragliche Stellung an Bord der PAMIR *zu geben. Wenn vier honorable Kapitäne mit Erfahrung im Ausbildungswesen Herrn Schmidt diese Eignung absprechen, so bleibt es Ihnen als Reeder letztlich immer noch selbst überlassen, sich darüber hinwegzusetzen.*

Die Berufs- und Standesehre des Herrn Fr. Schmidt wird davon in keiner Weise berührt, wenn im eigenen Haus auf eine Frage eine klare Antwort erfolgt und die Konduite wie üblich vertraulich behandelt wird.

Hochachtungsvoll
gez. Kapt. Joh. Diebitsch

Johannes erwacht. Er glaubt, den Rest der Nacht hindurch schlecht geschlafen zu haben. Kein Albtraum, keine unüberwindbaren Probleme machten ihm zu schaffen. Trotzdem rast sein Puls. Eine ganz bestimmte ›Verwundbarkeit‹ ist dafür verantwortlich. Erinnerungen aus der Vergangenheit. Eine einfache Wiederholung. Nicht oft. Doch zählbar. Er ist sich sicher, doch irgendwo in seinem Gehirn gibt es ein Zentrum für die Ortung gefährlicher Situationen. Lebensgefährliche hat es genug gegeben. Dieses Zentrum, so glaubt er, ist für sein Überleben in der Vergangenheit verantwortlich …

Doch diesmal mischt sich Angst mit ein. Nicht die Angst, die eine Schutzfunktion hat, nein, es ist eine bedrohliche, irgendwie vernichtende Angst. Die Lage ist überzogen und damit voll von Schwierigkeiten. Er gesteht sich ein: »Ich kann nicht mehr zurück! Ich muss die Reise durchstehen.«

Etwas treibt ihn an. Unausweichlich! Etwas Zwanghaftes lässt ihn zu Papier und Tinte greifen. Danach bestellt er sich eine Barkasse. Sie steuert auf sein Geheiß Portsmouth-Harbour an.

»Ich glaube, das hat es in der Geschichte der seefahrenden Kapitäne noch nie gegeben«, meint eine Angestellte des deutschen Konsulats zu Diebitschs Hinterlegung.

Als Johannes das Gebäude verlässt, stellt sich bei ihm ein Hochgefühl ein. Er denkt an Auguste. Hat er doch sein Testament für sie hinterlegen können …

Zweites Kapitel

»Fahr wohl, du stolzes Schiff Pamir!«

Letzter Satz des Taufspruches anlässlich des Stapellaufs 1904

Ein windstiller Tag. Über der Spithead-Reede liegt ein muffiger Geruch von Tang. Diebitsch beobachtet die Arbeiten an Deck. Die Ankerzeit wird genutzt, um ein letztes Mal Frischwasser zu übernehmen. Eine Barkasse nähert sich. Johannes richtet den Feldstecher auf das Boot. Ein Gefühl der Abneigung durchzieht ihn, als der ›überzählige Erste‹, Alfred Schmidt, das Deck betritt. Er trägt Zivilkleidung. Diebitschs Abneigung verstärkt sich.

Alfred Schmidt, ein kleiner, unscheinbarer Mensch, Seeschriftsteller mit Kapitänspatent, hat rein äußerlich rein gar nichts von einem Seemann. Der 57-Jährige ist in seinem Leben fast ausschließlich auf Dampfern gefahren. Anfang der 50er hatte er einmal unter Eggers an einer Reise auf der PAMIR teilgenommen. Das ist seine ganze Erfahrung auf einer Viermastbark. Nun hat man ihn quasi als Verwalter angemustert, um dem Ganzen Plausibilität einzuhauchen.

Zum Abendessen – Lammkeule aus Sussex mit Kartoffeln und Brokkoli – erscheint Schmidt wiederum in ziviler Kleidung. Diebitsch unterbricht die Gespräche: »Meine Herren, wie Sie feststellen können, haben wir Verstärkung bekommen. Ich begrüße Kapitän Alfred Schmidt als überzähligen 1. Offizier an Bord unserer PAMIR. Herr Schmidt, wir haben uns darauf verständigt, dass die Offiziere zu den täglichen Mahlzeiten in Uniform erscheinen.«

Schmidt ironisch: »Ich verstehe! Der Deutsche trägt wieder Uniform. Ich hoffe, ich habe nicht vergessen, meine einzupacken.«

Alles lacht.

»Dann müsste ich Sie in Portsmouth zurücklassen!«, erwidert Diebitsch eisig. Nach dieser Antwort ist die Stimmung am Boden. Stumm nehmen alle ihre Plätze ein. Bei Tisch informiert Diebitsch die Offizierscrew über die Aufgaben von Schmidt. »Herr Schmidt ist eine willkommene Verstärkung für einen qualitativ verbesserten Unterricht hier an Bord.«

»Das gefällt mir«, sagt Buschmann. Dann wendet er sich breit lächelnd an Schmidt: »Ich habe da eine Frage: Wussten Sie davon, bevor Sie an Bord kamen?«

Dieser blickt verwundert zu Diebitsch: »Ich will keinen Hehl daraus machen, aber der wahre Grund meiner Anmusterung ist ein Buch, das ich über die PAMIR schreiben will. Mein Vorhaben imponiert Herrn Direktor Schuldt, den Sie ja alle kennen.«

Diebitsch widerspricht: »Meine Herren, Herr Schmidt will während seiner Reise über die heldenhaften deutschen Offizierstugenden berichten. Zweifellos ist das aber der zweite Grund für seine Mitreise!«

Was ihn aber wirklich ärgert, ist Buschmanns provozierende Frage, die, so meint er, seine Autorität untergräbt. 1951 war Gunther Buschmann als Jungmann auf die PAMIR gekommen und schon ein Jahr später zum Leichtmatrosen befördert worden. Im Januar 1952 stieg er auf die PASSAT über, wo er als Vollmatrose Dienst tat. Nachdem er im Jahr darauf das Patent A 5 erworben hatte, kehrte er auf die PAMIR als 3. Offizier zurück. Eggers hatte ihn auf der letzten Reise, aufgrund seiner hervorragenden Leistungen, zum 2. Offizier befördert. Diebitsch hat sich Eggers' Beurteilung in den frühen Morgenstunden noch einmal durchgelesen: *Er ist ein umsichtiger Offizier, der die Gabe besitzt, die Jungen für ihren Beruf zu begeistern. Als Wachoffizier ist er sehr zuverlässig. Besonders beim Segeln ist er durch seinen Überblick und schnelles Erfassen in jeder Lage ausgezeichnet.*

Noch ärgerlicher für Diebitsch ist die Tatsache, dass er ihm nichts in den Weg legen kann, denn Buschmann verzichtet auf die Erwerbung seines Kapitänspatents. Nicht ohne Grund. Gunthers Vater ist Schiffsausrüster in Hamburg, dessen Firma vor der Ausreise auch die PAMIR mit allem Notwendigen versorgt hat. Kein Wunder, dass sich sein Vater wünscht, sein Sohn möge endlich in das stark expandierende Geschäft einsteigen. Nach dem Telefonat mit Dominik hatte Diebitsch sofort verstanden: Mit dieser väterlichen Option im Hintergrund ist sein ›Zweiter‹ wirtschaftlich völlig unabhängig. Der tiefere Grund seiner Kündigung und für seine aufmüpfigen Bemerkungen …

Nach dem Essen bietet Diebitsch Cognac an, um die Situation bei Tisch zu entspannen. »Na, wie ist er?«, fragt er gönnerhaft die Runde.

»Passt!«, erwidert der Funker Siemers als Einziger. Willi ist verheiratet mit Martha, die in Glückstadt drei Kinder zu versorgen hat. Zwei davon stammen aus ihrer Ehe. Das dritte Kind ist seine Stieftochter.

Diebitsch spendiert noch ein zweites Glas, ehe sie sich trennen.

Allein in seiner Kabine beginnt er zu grübeln, wie er seine Offiziere auf sein Konzept einschwören könnte. Er weiß aus Erfahrung, wenn es nicht um aufgerüschte Banalitäten geht, geht es meist um Gehässigkeiten gegen den Offiziers-Rivalen der anderen Wache. Die nautische Offizierswelt ist von so atemberaubender Machtgier und Hetzlust beherrscht, dass ein Großteil des Lächelns in der Messe zur Lüge wird. Er weiß aber auch, dass der Betrieb an Bord reformiert werden muss, schon allein um den angeschlagenen Ruf der Stiftung wiederherzustellen, als Institution für die Ausbildung des seemännischen Nachwuchses. Verteufelt nur, dass die Probleme guter

Ausbildung und Kosteneinsparung wie unter einem Brennglas untrennbar gebündelt sind.

Am späten Nachmittag begibt er sich nach achtern in die Mannschaftslogis. Er ist auf Suche! Auf Suche nach den Jungmännern, die sich am Abend vor der Abreise respektlos benommen haben. Sein Gespür sagt ihm, dass die fünf Kadetten mit großer Wahrscheinlichkeit der Steuerbordwache angehören.

Die jungen Kerle sind überrascht, ihren Kapitän in der Messe zu sehen. Seine Fragen über Behandlung, Sorgen und Nöten werden gern gehört, doch keiner wagt es, sich über irgendetwas zu beschweren. Dafür sind die Tage auf See auch wenig ereignisreich gewesen.

Dann wendet sich Diebitsch mit kantigem Gesicht an Joe, der sich völlig unbeteiligt gibt. »Wie steht es mit Ihnen?«

»Man wird sehen«, erwidert Joe in verräterischem Ton.

Die Antwort reicht Diebitsch. Er ist sich sicher: Der frühreife Halbstarke ist einer aus der Gruppe der Respektlosen.

Abends schreibt er einen Brief an seine Frau. Er fügt die Abschrift seines Testaments bei. Ansonsten ein belangloser Bericht über die vergangenen Tage, in dem er seine Sorgen verschweigt. Der Lotse wird den Brief mitnehmen.

2 *Pfingstmontag, 10. Juni, Lizzard Point*

10.00 Uhr. Gestern Morgen hat die Pamir ihren Ankerplatz mithilfe eines Lotsen verlassen. Der Kompass zeigt 210 Grad, Kurs Kanaren. Umlaufende Winde aus NO ermöglichen eine Weiterfahrt nur unter Segel und Maschine. Richie kontrolliert das Deck. Der scheußliche Hafendreck ist beseitigt, jede Spur von Land weggespült. Eine peinliche Sauberkeit, die der Pamir etwas ›Feiertägliches‹ verleiht …

Kapitän Diebitsch erwartet auf dem Hochdeck seine vier nautischen Offiziere: Köhler und Schmidt, diesmal in Uniform, sowie Buschmann und Buscher. Die Goldstreifen am Ärmel blitzen in der Vormittagssonne. Diebitschs Stimme dröhnt, als ob ein Grizzly in eine Regentonne brummt. »Meine Herren, folgen Sie mir in die Messe!«

Die Offiziere blicken verdutzt. »Zweites Frühstück!«, raunt Buschmann Köhler zu.

»Ja, ein Pfingstochse wird filetiert!«, flachst dieser zurück.

Diebitsch schreitet voran, neugierig beobachtet von der Wache. Die kleine Prozession verschwindet im Deckhaus. Gunther Buschmann, mit 27 Jahren der jüngste Offizier an Bord, verfügt über Selbstbewusstsein und Instinkt. Er spürt, dass etwas Wichtiges in der Luft liegt. Schmidt mutmaßt ein Problem.

Rolf-Dieter Köhler hält dem Kapitän in devoter Haltung die Tür zur Offiziersmesse auf. Trotz seiner 29 Jahre hatte das Meer bei Köhler noch lange nicht alles Mittelmäßige herausgewaschen. Außerdem, so vermutet Diebitsch, scheint an seinem Ersten ein persönliches Problem zu nagen. Köhler und Buschmann segelten bereits auf der PAMIR während der letzten Reise unter Kapitän Eggers. Die ersten Tage an Bord zeigten Diebitsch, dass sich die beiden gut vertrugen.

Auf Anordnung des Käptens haben sich auch der Schiffsarzt Dr. Heinz Ruppert, der Funkoffizier Wilhelm Siemers und beide Bordingenieure Kurt Richter und Erich Halbig eingefunden.

Johannes Buscher betritt als Letzter den Salon und schließt die Tür. Der ›überzählige Zweite‹ sieht überhaupt nicht aus wie ein Mariner und lebt an Bord mit dem Makel, dass man ihn hinter vorgehaltener Hand als einen ›Rheinischen Quiddje‹ bezeichnet. So werden an Elbe und Alster Fremde bezeichnet. Und es gibt Quiddjes, die sind schon deshalb Quiddjes, weil sie gar nicht merken, dass sie Quiddjes sind …

Als Letzter tritt Buscher in den Halbkreis seiner Kollegen.

Diebitschs Augen blitzen, und seine Stimme braust wie ein harter Nordwind. »Meine Herren, die Zeit drängt! Ich kann daher auf Feiertage keine Rücksicht nehmen. Der Zeitpunkt ist gekommen, Ihnen mitzuteilen, dass wir gezwungen sind, Plan, Form und Inhalt der Ausbildung unserer Mannschaft zu reformieren. In der Stiftung gibt es niemanden, der davon überzeugt ist, dass die bisherige Ausbildung auf PAMIR und PASSAT den Ansprüchen der Reeder gerecht wird. In vertraulichen Gesprächen bin ich darauf verpflichtet worden, diesen Missstand auf dieser Reise zu beseitigen. Meine unermüdliche Sorge und Aufmerksamkeit gilt daher den treuen Helfern der Stammbesatzung.« Diebitschs Diktion schließt Zwischenfragen aus.

»So sieht Gott die Welt!«, sagt Köhler stumm zu sich selbst.

Eine Hand zur Faust in die Hüfte gestemmt, fährt Diebitsch fort: »Meine Beobachtungen in den letzten Tagen haben bestätigt: Die Disziplin der Kadetten und auch der Stammbesatzung lässt zu wünschen übrig.« Daraufhin atmet er tief ein, um seiner Stimme mehr Druck zu verleihen. »Meine Herren! Ich bin der Kapitän dieses Segelschulschiffs der Handelsmarine. Die PAMIR kann ihren für die gesamte Seeschifffahrt so unverzichtbaren Zweck, der Erziehung und Ausbildung eines charakterlich und seemännisch hervorragenden Nachwuchses, nur dann erfüllen, wenn wir als Erzieher und Ausbilder nicht versagen. Deshalb meine Forderung: Ich erwarte, dass jeder Offizier unter meinem Kommando in Haltung und Lebensführung ein Vorbild ist. Das beginnt beim sauberen Haarschnitt und Tragen einer ordentlichen Uniform und hört erst auf, wenn wir sicher sein können, dass jeder, vom Schiffsjungen bis rauf zum 1. Offizier, sein Handwerk zu hundert Prozent beherrscht.«

In der Messe ist es totenstill. Die Feiertagsstimmung ist im Eimer. Diebitschs Blick wandert für einen Moment hinaus auf die See, dann bebt seine Stimme wie das Grollen eines nahenden Gewitters: »Wir haben 56 Seekadetten und Jungmänner an Bord, doch von ernsthaftem Streben und Begeisterung für die

Ausbildung habe ich bis auf den heutigen Tag nichts bemerkt. Das muss sich ändern! Meine Forderung: Kadetten und Jungmänner sollen nach dieser Reise wissen, welches Leben sie auf ihren weiteren Reisen auf See erwartet. Ohne Disziplin und Ordnung werden sie das nie erfahren!«

Die Offiziere fühlen sich, als hätte sie eine eiskalte Welle von hinten erwischt. Der Kapitän fährt mit harter Stimme fort: »Barfüßige Männer an Deck und in der Takelage, die nur mit einer Hose bekleidet und dem Bordmesser im Gürtel herumlaufen, werden ab heute nicht mehr geduldet. An Deck will ich keinen einzigen Seemann mehr mit freiem Oberkörper sehen. Es sei denn beim Frühsport! Außerdem haben der Koch, Kochsmaat und Schlachter immer saubere Schürzen und Kopfbedeckungen zu tragen.«

Köhler will es genau wissen: »Frühsport? Freiwillig oder angeordnet?«

»Angeordnet! Sofort nach dem Wecken. Bei jedem Wetter. Bewegung ist das halbe Leben! Nur kein Moos ansetzen. Das hat auch für mich, damals auf dem Schulschiff DEUTSCHLAND, sehr zur Ertüchtigung beigetragen.«

Diebitschs Anweisung bleibt ohne Widerspruch. Mit knarrender Stimme fährt er fort: »Ich ordne an, dass während des Dienstes einheitlich ›blaue Päckchen‹ zu tragen sind. Außerdem: Einige der Matrosen tragen ihr Haar so lang, dass man meinen könnte, Weiber hätten sich an Bord geschlichen. Sorgen Sie für einen kurzen, adretten Haarschnitt und für die Rasur der sprießenden Bärte. Ferner ist das grässliche Fluchen zu unterlassen, das bei jedem Manöver zu hören ist, und das Absingen selbst gebastelter und unmoralischer Lieder, die uns Offiziere verhöhnen. Schluss auch mit der Kumpanei an Bord. Jeder Kadett, Jungmann und Matrose ist von Ihnen mit ›Sie‹ anzusprechen. Die Wachen sind in Divisionen einzuteilen, die Wachoffiziere demnach Divisionsführer!«

Diebitsch greift hinter sich. Die Missbilligung in den Augen seiner Offiziere entgeht ihm. Aus einer Aktentasche zieht er einen kleinen Stapel Papier und legt ihn neben der Tasche ab. Seine Arme stützt er auf dem Tisch ab – wie ein Falke, der seine Beute mit abgespreizten Flügeln misstrauisch mantelt. Dann nimmt er das Deckblatt und weist Köhler an, den Rest zu verteilen. »Meine Herren, Sie halten den neuen Wochenplan in Ihren Händen, der ab sofort Gültigkeit besitzt!«

Die Offiziere überfliegen die Tabelle.

»Wie Sie daraus entnehmen, habe ich mehr Unterrichtsstunden eingeplant. Wir müssen daher die Wachen noch einmal unterteilen. Das heißt, dass auch Sie mehr Unterricht zu leisten haben.«

»Warum das?« Buscher rätselt.

»Unbedingt notwendig, weil wir bis Buenos Aires den Frachtraum vom Rost befreien und konservieren müssen. Wir können uns weder eine Kürzung des Unterrichts leisten noch der Zeiten, die für Instandhaltung und Pflege der PAMIR eingeplant sind. Wenn wir die Sanierung des Laderaumes bis zum La Plata nicht schaffen, wird die PAMIR ohne Gerstenfracht nach Hamburg zurückkehren müssen. Wie mir Eggers offenbarte, werden die Behörden dort nach seiner Einschätzung das Schiff in diesem rostigen Zustand nicht mehr annehmen. Wie Herr Köhler sicher bestätigen kann, gab es schon während des letzten Aufenthalts in Buenos Aires massive Beanstandungen.«

Köhler nickt zustimmend.

»Oben hui, unten pfui!«, kommentiert Buschmann.

In der Messe herrscht Grabesstille. Diebitsch räuspert sich. Er ignoriert Buschmanns Äußerung. »Ich sage Ihnen: Wir haben für die Ausbildung des Nachwuchses hervorragende Segelschiffe, um die uns die seefahrenden Nationen der ganzen Welt beneiden. Wir haben aus sämtlichen Seemannsschulen immer nur die Besten der einzelnen Lehrgänge an Bord. Eine Elite, die es kaum in irgendeinem Lehrlingsbetrieb der Industrie gibt.

Und ich habe Sie! Sie werden diesen jungen Menschen den richtigen Schliff verleihen. Ich erwarte daher die Ausführung meiner Anordnungen!«

»Ich habe eine Frage«, meldet sich Schmidt. »Verstehe ich Sie richtig? Liegt das Hauptaugenmerk dieser Reise bis nach Buenos Aires auf Rostklopfen und Unterricht?«

»Natürlich werden wir auch Segelmanöver durchführen, wann immer sich dazu Gelegenheit bietet! Also, bringen Sie die Mannschaft auf Trab, und beginnen Sie mit der Einübung der Manöver, damit die Jungs tüchtige Seeleute und gute Schiffsoffiziere werden. Noch Fragen?«

Keine einzige wird gestellt. Bis auf Schmidt verlassen alle Offiziere die Messe, um sich auf ihre Stationen zu begeben. Der baut sich vor Diebitsch auf. »Ich muss Sie davon in Kenntnis setzen, dass ich keine Erfahrung im Unterrichten von Kadetten habe. Nicht, dass ich mich sträube, doch ich müsste mich erst einarbeiten.«

»Sie sind Kapitän, und Sie haben Ihr Patent. Unterrichten Sie Mathematik: Addition und Subtraktion, Gleichungen ersten Grades mit zwei Unbekannten, Quadratwurzel ziehen und so weiter. Das beherrschen Sie doch wohl, ohne dass Sie sich großartig darauf vorbereiten müssen. Ich brauche Sie jedenfalls für den Unterricht.« Und in süffisantem Ton: »Ihre Erfahrungen aus diesen Unterrichtsstunden werden Sie sicher in Ihre Kapitel einflechten, die dann dazu beitragen, dass Ihr Buch ewige Berühmtheit erlangen wird.«

Schmidt schluckt.

Diebitsch sattelt drauf: »Bei aller Verschiedenheit der maritimen Literatur berichten Sie doch letztlich immer dasselbe: schwere Arbeit – harte Pflichten – knappe Rechte – frühe Verantwortlichkeit. Das Motto ist ebenfalls uralt: lang die Wachen – kurz die Ruhe – karg das Lob. Eine harte Lehre ist's, aber sie machte noch jeden zum Mann …«

»Ich habe schon mitbekommen, dass Sie von meiner Anwesenheit an Bord nicht begeistert sind. Doch es wird ja nur für eine halbe Reise sein.«

Diebitsch stutzt: »Gehen Sie in Buenos Aires von Bord?«

»Nicht ich. Sie!«

Diebitsch grinst breit. Gelassen sagt er: »Wir werden sehen.«

Köhler und Buschmann unterhalten sich währenddessen auf dem Laufsteg, der das Hochdeck mit der Poop, dem hinteren Aufbau am Heck, verbindet. Dort kann sie niemand belauschen. Rolf-Dieter hält Gunther den Wochenplan unter die Nase. »Was meinst du dazu?«

»Alles ist nur Fassade. Die Würfel sind längst gefallen. Glaub mir, mein Vater ist da besser informiert. Hinter den Kulissen führen die Stiftung und die Reederei ganz andere Gespräche. Die verhandeln schon über neue Schiffe. Offiziell hörst du zwar nichts, aber PAMIR und PASSAT werden sicher bald aufgelegt. Die neue GORCH FOCK ist schon im Entstehen.«

»Und dieses Theater hier?«

Gunther zeigt nach unten. »Sein Reformanspruch ist eine Art Kostümprobe für den bunten Auftritt nach der Reise. Den Stiftungsreedereien geht's doch nur um die Penunzen.«

»War doch von Anfang an klar«, meint Rolf-Dieter.

»Nichts war klar. Nur Versprechungen. Wirf einen Blick unter Deck. Gähnende Leere. Dass wir ohne Fracht, dafür unter Ballast reisen müssen, ist doch ein Skandal. Jeder Tag kostet dreitausend Mark. Auch Diebitsch kann sich dem Kostendruck nicht entziehen, obwohl er immer verkündet, ihm geht es um keine schnelle Reise, sondern um die Sicherheit und Ausbildung der Mannschaft.«

»Was für ein Unterschied zu Eggers. Ich habe dessen Manöver noch vor Augen, als er in Montevideo trotz starken Windes unsere PAMIR ohne Schlepperhilfe zum Kai verholte, damit am nächsten Morgen gleich mit dem Löschen begonnen werden konnte.«

»Ich erinnere mich. Nur mit Klüver, Besan und Motor. Eine

starke Bö, und die PAMIR hätte an der Kaimauer geklebt. Eggers hat seinen Leichtsinn auch noch nach Hamburg berichtet.«

»Und?«

»Beifall haben sie ihm gezollt für die Einsparung der Schlepperkosten.«

Köhler blickt auf die Uhr. »Zeit, die Stammbesatzung und die Backbordwache mit den Neuigkeiten zu beglücken.«

Gunther legt seine Hand auf Rolf-Dieters Unterarm. »Einen Moment, Rolf. Vorhin hättest du Diebitsch bremsen müssen.«

»Was meinst du mit bremsen?«

»Du hättest seinen Ansichten über Haarschnitt, Rasur, Kopfbedeckungen widersprechen müssen. Unsere Einstellung dazu hätte sich artikulieren müssen. Die Gelegenheit ist verpasst.«

»Ach was! Dagegen kannst du nicht anstinken. Wem nützt es? Ich muss da durch. Du haust nach der Reise in den Sack, aber ich will noch mein Patent machen. Das ist mir wichtig. Ich habe keine Lust, mich mit diesem Schulschiffskapitän und seinen Marotten auseinanderzusetzen. Jetzt werde ich der Mannschaft die Neuigkeiten verkünden.«

»Heute ist Pfingstmontag! Mach das morgen.«

Mittags gibt es Hühnchen. Ein halbes für jeden. Tom, Manni und Joe haben in dieser Woche ›Backschaft‹ in der Unteroffiziersmesse. Die Freunde sind blass. Schon während des Frühsports an Deck rebellierte ihr Magen. Vielen in der Wache ging es ebenso. Ihre Blässe verstärkte sich mit dem zunehmenden Wind und der Atlantikdünung. Der Essensgeruch gibt ihnen den Rest. Der Mageninhalt wird verwirbelt wie durch eine Schiffsschraube. Tom und Manni verschwinden Richtung Toilette und ›opfern‹. Der erste Gedanke danach: nie wieder auf ein Schiff!

»Rolling home, rolling home, rolling home across the sea!«, stimmen die Unteroffiziere freudig an.

Das ›Opfern‹ wiederholt sich in Abständen von zwanzig Minuten. Mit unbändiger Kraft türmt nun der stetige Wind die Wellen und zwingt das Schiff zum Geigen. Tom hat es schlimm erwischt. Er hat somit reichlich Gelegenheit, sich in dem stöhnenden und krächzenden Choral der Blöcke und Pardunen seiner Seekrankheit hinzugeben. Ein Trost, dass andere das Schicksal mit ihm teilen …

3 *Dienstag, 11. Juni, Atlantik,* PAMIR *Position: 48° 12' N, 6° 38' W*

06.30 Uhr! Wecken!

Der Tagesablauf: Hängemattenmusterung, Frühstück, Wachwechsel, Aufklaren und Reinschiffmachen, Wache, Unterricht, Instandsetzungsarbeiten, das abendliche Stritschen der Leinen und Deckwaschen werden zur Routine. Das Wetter ist mild, der Wind ideal. Bretthart stehen die Segelpyramiden an den Masten. Fast alle Seekranken haben sich an das Bocken, Stampfen und Wiegen der PAMIR gewöhnt. Alles spricht für ein feines Leben an Bord …

Buschmann ruft die Steuerbordwache I und II zur Musterung an Deck. Diesmal erscheinen alle in robuster Arbeitskleidung, dem ›blauen Päckchen‹.

»Das blanke Muskelspiel an Deck beschränkt sich ab sofort auf Frühsport und Freizeit! Im Klartext: Im Dienst bleiben die Muckis verhüllt. Bei jedem Wetter!«, verkündet Buschmann. Daraufhin gibt der Zweite den neuen Wochenplan bekannt. Das Mehr an Unterrichtsstunden wird begrüßt. Dass die Freiwache dafür um eine Stunde gekürzt ist, fällt niemandem auf. Wer sagt's denn …

Buschmann meistert auch den heiklen Teil. »Genau wie Mutti die Wohnung in Stand hält, reinigt und pflegt, so müssen wir das Schiff betriebsfähig halten, das aber – wie *Sie* sich denken können – einem viel größeren Verschleiß ausgesetzt ist.

Sie können sich die Arbeit aussuchen. Welche Wache will in den ersten zwei Wochen als Erstes das Tauwerk labsalen und danach im Laderaum Rost stechen? Oder umgekehrt?« Das Labsalen ist keine reine Freude. Das laufende Hanf-Gut wird mit bloßen Händen mit ›Labsal‹, bestehend aus Leinöl und Holzteer, einbalsamiert. Bald werden sie alle schwarzbraun sein. Niemand in der Steuerbordwache hat eine Vorstellung von dem, was da in den nächsten Wochen verlangt wird. Lediglich das ›*Sie*‹ in Buschmanns Instruktionen wird erheiternd registriert. In der Aufteilung ist man sich schnell einig. Steuerbordwache I entscheidet sich im ersten Schub für die Pflege des laufenden und stehenden Gutes. Das Kiez-Rudel bleibt zunächst an Deck in der frischen Luft.

»Was steht heute im Unterricht auf dem Programm?«, will einer wissen.

Buschmann erwidert: »Allgemeine Dienstverordnung, Benehmen an Bord, Reiseweg und Windverhältnisse, und wenn die Zeit reicht, gibt es noch ›Schiffskunde PAMIR‹!«

Buscher, auf dem Vordeck, nordet die Stammbesatzung auf die neue Kleider- und Haarschnittorder ein. Als er sich entfernt, ist die Reaktion einhellig: »Nicht mit uns!«

Matrose Rolf trumpft mit einer Idee auf. Am Ende sagt er: »Unser Geburtstagsgeschenk für den Alten.«

»Morgen früh?«

»Na, was denn?«

»Genial!«, meint der Rest.

18.00 Uhr. Joe hat Freiwache. Die richtige Zeit für Alfred …

Kapitän Alfred Schmidt, nahe sechzig, wird von der Stammbesatzung nur ›Fred‹ genannt. Er kommt gut an. Auch zur Steuerbordwache ist durchgesickert, dass er ein bekannter maritimer Buchautor sein soll und nur als ›außerplanmäßiger 1. Offizier‹ mitreist, weil er ein neues Werk über das Schiff schreiben will.

Schon nähert sich der ›außerplanmäßige Erste‹ Joe mit

einem Notizblock. Geschrieben habe er schon immer, vertraut Fred ihm an. Noch vor dem Abendessen beginnt er von der Bitternis seiner Jugend zu erzählen. Er habe den Ersten Weltkrieg kaum verkraftet, den Zweiten noch viel weniger. Sein Leben bestehe aus Entbehrungen. Dann prasseln Fragen auf Joe nieder. Das ›Sie‹ ist vergessen: »Erzählst du mir Episoden, die dich während der Reise beeindrucken? Beschreibe mir deine Empfindungen: Darf ich deine Meinung zu bestimmten Ereignissen notieren? Es wäre mir wichtig.«

»Klar doch!«, gibt sich Joe verbindlich. »Ich sah gegen Mitternacht Gespenster in den Masten turnen. Mit dem Klabautermann hatte ich einen intensiven Gedankenaustausch!«

Fred sieht ihn ungläubig an. »Du nimmst mich auf den Arm!«

»Das will ich so nicht sagen. Aber ich werde darüber nachdenken. Gleich während meiner Freiwache.«

Ob er nicht bereit wäre, einige Fragen zu beantworten?

»Nicht vor dem Abendbrot und nachher auch nicht. Meine Freiwache ist mir heilig.« Dann verschwindet Joe grinsend Richtung Heck zur Mannschaftsmesse.

»So ist die Jugend von heute!«, zischt Fred durch die zusammengepressten Lippen.

20.00 Uhr Wachwechsel. Buscher hat als Wachoffizier Dienst. Diebitsch erscheint auf dem Hochdeck.

»Lassen Sie die Royals festmachen!«

Buscher erwidert fassungslos: »Käpt'n, wir haben idealen Wind!«

»Runter mit den Royals!«, befiehlt Diebitsch barsch. »Keiner turnt mir nachts da oben rum. Wir haben keine Eile. Ich will eine sichere Reise machen!«

Buscher zeigt Verständnis. Keine Frage, sie haben viele noch unerfahrene Jungmänner und Leichtmatrosen an Bord, und Diebitschs Vorsicht zu Beginn der Reise sieht er als gerechtfertigt. Dennoch bleibt ein Rest von Zweifel. Eggers hätte bei dieser herrlichen Fahrt nie die Royals wegnehmen lassen.

4 *Mittwoch, 12. Juni, Golf von Biskaya,* PAMIR *Position: 46° N, 6° West*

Tiefblaues Atlantikwasser, überzogen mit unzähligen weißen, schaumgekrönten Wellen, beruhigen die Sinne. Johannes macht seinen ersten Morgenspaziergang in seiner hellen Sommer-Uniform über das Vordeck. Achtern wird Frühsport getrieben. Er erklimmt die Back und blickt nach Osten. Flüchtige Augenblicke seines Lebens drängen sich in sein Bewusstsein, um schnell im gleißenden Licht der aufgehenden Sonne wie Schatten zu vergehen. Heute ist sein einundsechzigster Geburtstag.

Köhler hat Wache. Als Diebitsch sich über die Laufbrücke dem Deckhaus nähert, verschwindet der Erste in das Kartenhaus und gibt über die Sprechverbindung dem Funker Signal.

Die gesamte Offiziersriege versammelt sich daraufhin in der Messe. Der Frühstückstisch wurde durch den Koch festlich hergerichtet. Nun warten sie alle auf den Moment des Erscheinens ihres Kapitäns.

Diebitsch betritt die Offiziersmesse.

»Happy Birthday!«, schallt es im Chor.

Johannes zeigt sich gerührt. Beifall wird geklatscht. Köhler überreicht ein Geschenk im Namen der Stiftung und der Reederei. Siemers, der Funkoffizier, legt die inzwischen eingegangenen Glückwunschtelegramme auf den Stuhl des Käptens. Einer nach dem anderen tritt heran, um zu gratulieren. Ein Plattenspieler wird in Gang gesetzt. Hans Albers' Stimme ertönt: ›Nimm mich mit, Kapitän, auf die Reise …‹

»Ich danke Ihnen allen! Mir ist, als wäre ich heimgekehrt. Ein herrliches Segelschiff, unsere PAMIR, die man – wie ein schönes Weib – eigentlich nie wieder verlassen möchte. Ich werde mich heute Abend mit einem Geburtstagsdinner revanchieren.«

»Die Mannschaft ist auf dem Achterdeck angetreten!«,

meldet der Bootsmann. Seine Stimme klingt unsicher. Als Köhler ihn ansieht, nimmt er die Hand vor den Mund und richtet seinen Blick vielsagend himmelwärts.

Diebitsch erblickt seine Stammbesatzung, seine Augen werden glasig. Die Köpfe sind kahl geschoren. Auf Kommando des Bootsmanns dröhnt es wie aus einer Kehle: »Herzlichen Glückwunsch zum Geburtstag, Herr Kapitän!«

Diebitsch schluckt, wendet sich ab und verschwindet im Deckhaus.

»Wegtreten!«, vernimmt er des Bootsmanns Stimme im Rücken. Dann dringt ein schadenfreudiges Gekicher an seine Ohren. Die Meinung unter den Offizieren ist eindeutig: ein Affront gegen den Alten und seine Neuerungen!

Diebitschs gute Geburtstagslaune verlischt, seine Gesichtsfarbe wird fahl. Nach dem Frühstück befiehlt er Köhler fauchend: »Lassen Sie den Bootsmann auf dem Hochdeck antreten!«

»Käpt'n, ich werde mit ihm reden!«

»Sie werden gar nichts!«

Richie, der älteste Mann an Bord, betritt das Hochdeck. Er ist irritiert, denn Diebitsch lächelt ihn an. »Übermitteln Sie der Stammbesatzung meinen besonderen Dank für den Geburtstagsgruß! Aber auch meine besonderen Wünsche für das Gelingen aller Segelmanöver zu Ehren meines Geburtstages.«

Der Bootsmann wird mit einer Handbewegung entlassen. Diebitsch winkt Köhler zu sich. »Unsere Stammbesatzung! Die beste von allen Windjammern, die auf den sieben Meeren fahren.« Sein Blick wandert langsam am Großmast hoch. Dann beginnt er zu schwadronieren: »Der Tag ist mild, der Wind ideal. Ich wünsche mir zu meinem Geburtstag die Abdeckung aller Kurse der Kompassrose durch die hohe Kunst des Segelns. Schicken Sie die Kahlköpfigen an Taljen, Brassen und Masten!«

Köhler weiß die Bedeutung der Worte zu deuten. Der Käpt'n ›wünscht‹ sich eine Wende, Halse und Backhalse. Hintereinander weg! Von den Strapazen abgesehen, eine unkluge Bestrafung des Kapitäns, denn die Stammbesatzung hat den von ihm selbst angeordneten Kommisshaarschnitt nur allzu wörtlich genommen.

Die Nagelprobe ist gekommen. Niemand kann dem Ersten die Arbeit abnehmen. Köhler kennt sein Los: Wenn etwas schiefgehen sollte, wird er die Verantwortung dafür tragen müssen. Er denkt an das Gespräch mit Gunther. »Warum habe ich ihm nicht widersprochen?«, zischt Rolf ärgerlich vor sich hin …

Als Köhler Richie mit der Kapitäns-Order konfrontiert, reagiert der sauer: »Die PAMIR ist kein Schulschiff! Auf der DEUTSCHLAND kann er das machen! Da hat er drei Mann für jeden Handgriff zur Auswahl! Das hätte es unter Eggers nie gegeben!«

»An die Brassen!«, bellt Köhler.

Richie fühlt: Das ist der Tag, der das Zusammenleben an Bord verändern wird. Die PAMIR segelt mit Vollzeug, das heißt, alle Segel sind gesetzt. Ein Teil davon muss vorher aufgegeit und geborgen werden, wenn die Bark sicher über Stag gehen soll. Doch bei der Knappheit an erfahrenen Seemännern bleibt es ein Wagnis, gleich drei Manöver hintereinander zu fahren.

Richie gilt als ›sanfter‹ Führer. Ein Bootsmann, wie er im Buche steht, aber nur im Buch über Dampfer. Bei Arbeiten, die es nur auf einem Segelschiff gibt, benötigt er Anweisungen. Das war auch unter Eggers nicht anders. Richie ist zwar seit sechs Jahren an Bord, doch in Sachen Seemannschaft immer noch ziemlich unbedarft. Der Tribut an das Alter. Dafür hat er die Herzen der Kadetten im Sturm erobert. Ein ›verständnisvoller, prima Mensch‹, bekommt man in der Mannschaftsmesse über ihn zu hören.

Buschmann und Buscher stehen bereit, mit anzupacken. Mehr als eine Geste. Kuddel erscheint mit gleichem Vorsatz an

Deck. Doch Diebitsch ist seine Selbstlosigkeit ein Dorn im Auge.

»Der Kochsmaat hat bei einem Segelmanöver nichts verloren! Er soll sich um die Kombüse kümmern!«

Der Zimmermann, Spökenkieker genannt, kennt viele Geschichten über Kapitäne. Matrosen haben immer gewusst, was sie auf See erwartet: Härte der Natur, die unerbittlich zuschlagen kann, und Härte der Kapitäne, die sich seelenlos verhalten können. Kapitäne, die ihre Besatzungen ohne Not überfordern, gehören zu der Sorte.

Spökenkieker repariert gerade zwei Taljen-Blöcke am Großmast und beobachtet die Kommandos. Kurz darauf herrscht Chaos an Deck. Die Wende misslingt. Es wird eine Backhalse daraus. Der zweite Versuch scheitert erneut. Ein zu frühes Brassen ist verantwortlich für das Misslingen. Wieder muss eine Backhalse gefahren werden. Sie dauert ewig und beansprucht durch das Backfallen der Segel die Takelage stark. Einige Blöcke brechen. Die Stammbesatzung ist schon nach der zweiten Backhalse fix und fertig. Buschmann gibt nun die Kommandos. Im dritten Anlauf gelingt das Manöver endlich.

»Theater ist teuer!«, sagt Spökenkieker ironisch. Oldsails und der Schiffsarzt neben ihm nicken. Oldsails brummt: »Dem Neuen fehlt das Gefühl für das Schiff. Der Erste funktioniert nicht ohne einen Paten, Richie ist unsicher, und auf unseren erfahrenen Zweiten hört der Käpt'n erst, wenn nichts mehr geht.«

Darauf Spökenkieker: »Diese Schinderei kann man doch nicht Arbeit nennen. Das nimmt kein gutes Ende.«

Seine Weissagung bleibt Oldsails und dem Schiffsarzt nachhaltig im Gedächtnis. Sie ahnen, dass die Schikane eine aggressive Stimmung gegenüber den Offizieren aufbauen wird.

Das Für und Wider dessen, was an Deck passiert, ist *der* Gesprächsstoff vom Bug bis Heck. Nur zwei kümmert das alles wenig: Funkoffizier Wilhelm Siemers und Schlachter Ingo

Hamburger. Der Funker, ein 52 Jahre alter, vierschrötiger, mittelgroßer Mann, der so richtig in das Bild eines unerschütterlichen Fischdampfer-Jantjes passt, brütet über seinen Zahlenkolonnen. Neben seiner Tätigkeit als Funker ist er auch der Zahlmeister an Bord. Willi hasst den Papierkram, erledigt ihn aber mit Mühe. Mühsam, wie gegen ein schweres Gewicht ankämpfend, wendet er die Seiten hin und her. Die Zahlenkolonnen verschwimmen vor seinen Augen. »Abrechnungen, Gutschriften, Belege überprüfen und Pfennige addieren! Nichts für einen Funker! Sollen das doch die Pfennigfuchser von der Reederei machen. Die sparen sich noch auf meinem Rücken gesund. Für die wichtigen Aufgaben ist kaum noch Zeit!«, flucht er seinem Freund Ingo was vor.

Der gut dreißig Jahre jüngere, untersetzte Schlachter sitzt gebeugt vor Willi, was seinen krummen Rücken noch betont. Er ähnelt Quasimodo, dem verwachsenen Glöckner von Notre-Dame. Wegen seiner eingedellten Nase wird er ›Boxernase‹ genannt. Kein Geheimnis – Ingo ist schwul. Einige Male versuchte er Alois, den Steward, anzumachen, doch dieser lehnte seine Avancen brüsk ab. Enttäuscht über diesen herben ›Korb‹, wandte er sich dem Funker zu. Die Klagen Willis verleiten ihn zum Sticheln: »Für einen Funker von deiner Qualität ist es ein grober Fehler, sich auf diesen Kram einzulassen.«

»Schlaumeier! Kannst dich ja selbst reinhängen.«

»Ein Metzger von meiner Qualität? Das ist etwas für Erbsenzähler!« Ingo zieht an seiner Zigarette und blinzelt durch den Qualm: »Ich hab da 'ne Idee.«

»Raus damit!«

»Der Doktor hat doch fast nichts zu tun. Außerdem ist der so ein Erbsenzähler. Neben Fotografieren und Filmen kann er sich ruhig ein bisschen nützlich machen.«

»Erzähl!«

»Klar, der kann dich doch locker von einem Teil deines Papierkrams erlösen.«

Willi lacht. »Gute Idee. Ich funke für ihn jede Woche mehrmals Grüße in die Heimat. Der Käpt'n würde das unterbinden, wenn er Wind davon bekäme. Ich bin sicher, unserem Badegast wird es eine Ehre sein.«

Willi und Ingo, so ein Gerücht, verbindet eine gemeinsame Zeit auf einem Fischdampfer. Viele rätseln über diese seltsame Freundschaft. Wann immer Ingo eine Chance entdeckt, sich ›abzuseilen‹, hockt er bei Willi in der Funkbude.

Er ist stinkfaul, drückt sich vor der Arbeit, wo er nur kann. Mit Ausnahme am ›Seemannssonntag‹, da will er wegen der besonderen Verpflegung von allen Seiten gelobt werden. Unergründlich aber, warum er seine Unordentlichkeit nicht in den Griff bekommt und seine Angst vor reinigendem Wasser nicht überwindet. Kuddel verbannte ihn daher kurzer Hand aus der gemeinsamen Kabine. Ein Glück, dass die Koje der Nachbarkabine nicht belegt ist …

Ingo wechselt das Thema: »Was sagt das Wetter?«

Willi lapidar: »Der Wind soll in den nächsten Tagen etwas auffrischen. Nichts Aufregendes.«

Ingos Frage entspringt einer herben Enttäuschung, da seine Vorliebe dem Zeichnen von Wetterkarten gilt. »Für Eggers habe ich täglich eine Wetterkarte anfertigen dürfen«, sagt er schmollend.

»Warst deswegen auch beliebt bei ihm. Der Neue verzichtet darauf. So ist das Leben. Kein Lob von oben, mein Lieber. Wirst es überleben.«

Ingo äfft Diebitsch nach: »Was soll das? Wetterkarten von einem Schlachter? Wie passt das zusammen? Dafür ist der Funker verantwortlich.«

Willi energisch: »Ich lehne als Funker die Erstellung von Wetterkarten genauso ab wie die geisttötenden Buchhalteraufgaben. Wetterfunkdaten kann der Alte aber haben, so viele, wie er will. Ich hole ihm alles aus dem Äther. Aber wie du siehst, ist sein Interesse daran gering.«

Der Funkdienst läuft nach Vorschrift. Sie verpflichtet Siemers, auf See einen Hördienst von täglich mindestens acht Stunden wahrzunehmen. Da lauscht er zwar rein, ist aber selbst keine ›Quatschtüte‹. Seine Funkwachzeiten sind 00.00–02.00 Uhr, 12.00–14.00 Uhr, 16.00–18.00 Uhr und 20.00–22.00 Uhr. Es zwingt ihn nichts, von sich aus Wetterberichte und andere für die Schifffahrt wichtige Nachrichten aufzunehmen. Es sei denn, der Alte gibt Order. Willi hat bisher keine einzige bekommen. Und Wetterkarten fordert der Neue auch nicht ab. Das war unter Eggers anders. Gut für Willi. Mehr Zeit für 'n Klönschnack …

Willis Verhalten ist für einen Funker ungewöhnlich. Normal sind sie an Bord die ›Klatschtanten‹. Halten gern Kontakt mit Angehörigen, Stiftung, Reederei, Wetterstationen und mit allen Schiffen, die sich in der Gegend befinden. Und das unabhängig von den Pflichthörzeiten. Das geschieht immer, wenn sich ein Schornstein oder eine Mastspitze am Horizont zeigt. Daher sind Funker immer mit neuesten Informationen gespickt, nach denen die meisten an Bord gieren. »Wie wird das Wetter? Was gibt's Neues in der Heimat? Was hast du von den anderen Schiffen erfahren?«

Keine aufreibende Arbeit – eher angenehm und immer im Mittelpunkt des Interesses. Genauso sieht es die Reederei. Willis Aufgaben sind weit weg von der harten Routine an Deck. Die Funkbude im Deckhaus ist daher eine Oase. Der beliebteste Treffplatz für Neugierige und Tratsch. Jeder Funker ist sich dieser Sonderstellung bewusst. Willi hat das schon frühzeitig begriffen. Er mag Tratsch über andere. Nicht jeder findet aber Einlass. Willi wählt sich seine Lieblinge wie Pralinen aus einer Konfektschachtel.

Die Stimmung ist geladen. Aggressionen werden frei. Die Offiziere haben zu tun, den Brand im Keim zu ersticken. Diebitsch und Köhler stehen sich im Kapitänssalon gegenüber. Der ›Erste‹ hat das Gespräch gesucht. »Die Stammbesatzung ist sauer. Reine Willkür, diese endlosen Manöver.«

»Tagesgeschäft! Kein Kommentar!«

»Kein Kommentar?«

»Weil die Tatsachen für sich sprechen. Halten Sie im Logbuch fest: Selbst bei idealem Wetter bekommen die Herren Matrosen keine Wende hin! Und Sie haben sich dabei auch nicht gerade mit Ruhm bekleckert.«

»Sie wissen es besser. Wir haben zu wenig erfahrene Matrosen an Bord, und die Jungmänner sind noch nicht so weit.«

»Ich will Ihnen etwas sagen: Wir hatten im Frühjahr 1914 nur 32 Mann Besatzung auf diesem Schiff und haben bei schwerem Wetter zweimal Kap Hoorn umrundet. Die Manöver klappten auf Anhieb, obwohl nicht alle Vollmatrosen waren.«

»Dafür hat Rasmus von Jürs' Mannschaft gleich zwei Matrosen über die Reling in Neptuns großen nassen Keller geholt!«

Diebitsch fühlt sich getroffen. »Herr Köhler! Sie tun im Moment alles dafür, dass ich Ihnen bescheinigen muss, dass Sie zu den Offizieren gehören, die man nur in Notfällen im Hafen aufpickt! Ich vermisse Ihre Loyalität. Reißen Sie sich zusammen, sonst gehören Sie nach der Reise zum Heer der verpfuschten Existenzen!«

»Ihre Anordnungen haben nichts mit meiner Loyalität zu tun!«

»Sie irren! Sie vertreten die Stammbesatzung. Das ist Ihre Aufgabe. Merken Sie denn nicht, dass die mit Ihnen macht, was sie will? Ihnen fehlt es an Erfahrung und Entschlusskraft. Das haben Sie heute offenbart.«

Diebitsch zeigt die Aura einer schwarzen Wolkenwand, hinter der sich die zersetzende Macht eines schweren Sturmes verbirgt. Köhler atmet schwer, schweigt ein paar Sekunden und senkt den Kopf. Ungerechtigkeiten dieser Art brechen einen Mann. Köhler fühlt das nahe Bersten einer Schale des Zorns. Aber er kann und darf es sich nicht leisten, die Fassung zu verlieren. Nicht unter diesem Kapitän. Sein Offizierspatent wäre gefährdet. Köhler schluckt die Kröte.

Ein schicksalhaftes Leben, weit entfernt von einem glücklichen Dasein. Seine Familie leidet unter den harten Schlägen der Nachkriegsjahre. Die Mutter Valeska lebt in der Ostzone in Dresden. Er unterstützt sie aus Heuer und Sparguthaben, ebenso seinen Bruder, der in Leipzig Tiermedizin studiert. Den Vater hat Rolf-Dieter nie richtig kennen gelernt. Er war schon vor dem Krieg ausgewandert und besaß in Costa Rica eine große Schlachterei. Als er starb, war Rolf-Dieter acht Jahre alt. Seine Mutter als Witwe mittellos. Der Bruder seines Vaters hatte sich um seine Erziehung gekümmert und die Kosten für seine Schulbildung übernommen, da der zweite Mann seiner Mutter kurz nach der Heirat im Krieg fiel. Jetzt ist sie das dritte Mal verheiratet. Ihr Mann hat selbst zwei Kinder aus erster Ehe zu versorgen.

Köhler denkt an seine Mutter und seinen Bruder. Allein schon ihretwegen darf er eine Machtprobe mit Diebitsch nicht einmal im Ansatz wagen …

Geistesabwesend murmelt er: »Käpt'n, Sie können sich auf meine Loyalität verlassen!«

Grinsend erwidert dieser: »Wissen Sie Köhler: Flüche, Lästerungen und Klagen sind ein Tedeum der See, und sein Echo darf uns Offiziere nicht beeindrucken. Ich erwarte Sie zu meinem Dinner!«

Köhler verlässt den Salon.

6

Es ist, als habe Buschmann das Gespräch seines Freundes mit dem Kapitän belauscht. Gunther fasst nach: »Hast du 'nen Rückzieher gemacht?«

Sein Freund druckst herum.

»Warum redest du nicht?«

»Das verstehst du nicht.«

»Die Mannschaft erwartet von dir, dass du die Schikanen des Alten eindämmst.«

»Ich tue, was in meiner Macht steht.«

»Und?«

»Du hast gut reden. Du musterst ab. Ich brauche mein A6-Patent. Also hör auf damit, Öl ins Feuer zu gießen!« Köhler wendet sich ab.

»Rolf! Warte …«

Köhler schüttelt den Kopf. »Hass wird in Eimern über uns ausgegossen. Ich werde das bei Tisch zur Sprache bringen.«

Rolf-Dieter dreht sich um und setzt Gunther den Zeigefinger wie einen Dolch auf die Brust. »Nein! Für heute ist Schluss. Überlass das mir!«

»Aber schieb es nicht auf die lange Bank. Und du weißt – du kannst immer auf mich zählen.«

»Was glaubst du denn, was ich hier aushalte?«

Köhler hat Angst. Das A6-Patent ist seine Zukunft.

7

Diebitsch spielt vor dem Dinner den Gutgelaunten, parliert mit beiden Bord-Ingenieuren, dem Schiffsarzt und dem Funker. Es sind die Unbeteiligten des Tages. Gegenüber seinen Offizieren gibt er sich jovial, als wäre nichts geschehen.

Diebitsch winkt Siemers zu sich. Dieser ahnt seine Frage. »Funker, was macht das Wetter in den nächsten Tagen?«

»Gleich bleibend bis zu den Kanaren, Käpt'n. Stetiger Wind drei bis fünf. Das Azorenhoch zeigt sich stabil.«

»Das sind doch zur Abwechslung einmal gute Nachrichten!«

Wetterberichte können in diesen Breiten noch übers Radio empfangen werden. Bier wird gereicht. Badegast Ruppert animiert zum Anprosten. Nach dem ersten Schluck kommentiert Fred Schmidt ironisch: »Höhepunkte meines Lebens sind immer die Tage gewesen, an denen ich meinen Geburtstag auf hoher See habe feiern dürfen!« Sein Bekenntnis kommt bei Diebitsch nicht gut an. Die Stimmung ist gedämpft.

Buschmann meldet sich ab. Nicht ohne Grund. Er hat sich bereit erklärt, für Fred die Wache zu übernehmen. Damit entkommt er dem ›Geburtstagsdinner‹ und zeigt Charakter. Bevor er aber den Salon verlässt, gibt Diebitsch grinsend Order: »Lassen Sie den Stamm zum Messingputzen antreten und die Fallen noch einmal stritschen!« Und darauf mit gespieltem Ernst: »Ich erwarte von jedem Einzelnen, dass meine Befehle ohne Besinnen so schnell ausgeführt werden, als hinge das ewige Heil von Mutters Seele davon ab!«

Seine Anordnung trägt eindeutig den Charakter einer Strafarbeit, denn wegen der herrschenden Dunkelheit kann man ohnehin nicht erkennen, ob die Arbeiten erfolgreich sind oder nicht. Köhler will sich erheben, doch Schmidts Hand legt sich schwer auf seinen Unterarm. Als sich ihre Blicke begegnen, wiegt Fred, unbemerkt von Diebitsch, verneinend den Kopf.

»Der Alte treibt es noch so weit, dass er sich bald nicht mehr an Deck trauen kann«, zürnt Buschmann, als der die Luvseite des Hochdecks erklimmt. Er ruft Richie zu sich. Erneut tritt die Stammbesatzung an.

Unter ihm in der Messe tragen die Stewards das Essen auf. Schwäbische Flädlesuppe, Steak mit pikanter Pfeffersauce und zum Nachtisch Kirschkompott. Dazu französischer Rotwein aus dem Depot des Reeders.

Wie an den vergangenen Abenden ist Diebitsch begierig, alles über seine Offiziere zu erfahren. Eine Eigenheit, die weit über das normale Interesse eines Kapitäns hinausgeht. Sein Credo: »Ich frage im Vertrauen, und jeder kann gewiss sein, dass nichts nach außen dringen wird.«

Köhler fragt sich, ob jemals der Tag kommen würde, an dem Menschen miteinander reden, ohne sich anzulügen. Er zwingt sich auf Linie und macht aus dem brennenden Tagesproblem kein Thema.

Nach dem Dessert gibt es Schaumwein. Die Zungen lockern sich. Diebitsch mimt den guten Zuhörer. Fred Schmidt hebt das Sektglas und erzählt: »Es geschah an einem Dienstag im Oktober des Jahres 1853, in East Boston, auf der Werft des wohl berühmtesten Schiffbauers des letzten Jahrhunderts, Donald McKay! By Jingo – dort gab es etwas zu sehen! Ein Clipper! Und was für einer. Der größte und schönste, den Menschenhände bis zu jenem Tage geschaffen hatten. Vollendete Linien, schlanker Rumpf, elegant geschwungene Verschanzung, bis hinab zur Wasserlinie. Das Unterwasserschiff, mit Kupferplatten beschlagen, in nie gesehener Schärfe zum Steven hin. Dagegen ist unsere PAMIR, mit Verlaub, ein bauchiges Entlein. Vom Heck leuchtete hell der Adler Amerikas mit ausgebreiteten Schwingen. Darunter prangten Name und Heimathafen: GREAT REPUBLIC, Boston. Vor der Galion, über dem Vorsteven, äugte kühn ein Adlerkopf herab.«

Seine Zuhörer lauschen gebannt. Fred ist reich an Geschichten und gilt im Reigen seiner Offizierskollegen inzwischen als ein spannender Erzähler. Bis auf zwei Ausnahmen: Siemers und Diebitsch.

Des Käptens Aversionen verstärken sich umso mehr, je höher Fred bei Kollegen und Mannschaften in der Beliebtheitsskala steigt. »Zurück zur Taufe!«, fordert er ungehobelt.

Fred fährt unbeeindruckt fort: »Jeder erwartete, dass die Taufe, wie in alten Zeiten, von einer Frau vollzogen werden würde. Sie sollte jenem Manne ergeben und in Liebe verbunden sein, der das neue Schiff auf See hinausführen sollte: die Mutter, die Braut oder das Weib des Schiffsführers. Stattdessen trat für den Adler der GREAT REPUBLIC zum Schrecken aller der Diakon Moses Grant ins Rampenlicht. Eskortiert von einem vertrockneten Sittlichkeitskomitee, eine Horde alter Schachteln. Ein abgenutztes Mannsbild, für Wein, Weib und Gesang längst verloren, ein Überfälliger auf der Route des Lebens …«

»… und kein Champagner!«, drängt Siemers auf das Ende der Geschichte.

»Richtig! Nach der Tradition nahm man immer das Beste! Den Stoff, der dem Helden die Kraft stählt, dem Philosophen die Weisheit vertieft, dem Künstler das Auge schärft …«

»… dem Liebenden die Seele befeuert!«, ruft Buscher.

»… den Göttern die Seligkeit erhöht!«, ergänzt Fred. »Aber, meine Herren, das Trankopfer der Schiffstaufe symbolisiert seit jeher nur die Ergebenheit gegenüber den Gewalten, denen Wolken, Wind und Wasser Stärke verleihen. Getauft wurde im biblischen Sinne nicht auf den Namen des Täuflings, sondern auf den Namen des dreieinigen Gottes. Dass man den Schiffen zugleich einen Namen gibt, entstammt einer viel späteren Zeit …«

Siemers steht auf und geht zur Toilette. Anschließend schleicht er sich in seine Funkbunde. Ihm gehen Freds Geschichten auf den Geist.

Dieser fährt begeistert fort: »Ja! Und dieser Diakon, kläglichstes Stück Menschheit, dem man auf trockenem Land begegnen kann, hielt in seinen dürren Händen hinterhältig eine Buddel Wasser. Vielleicht wollte er in Boston der Abstinenzbewegung Auftrieb geben.«

»Ach was«, belustigt sich Diebitsch, »die Vorarbeiter werden den ganzen Champagner weggesoffen haben!«

»Wie auch immer, die Begeisterung der Menge, die ihre Hüte schwenkte und deren Jubel zum blauen Herbsthimmel emporstieg, wurde mit einer lächerlichen Dusche kalten Wassers verhöhnt! Punkt zwölf Uhr hallten die Schläge, fielen die Stopper, die GREAT REPUBLIC kam ins Gleiten. Klirrend zerbrach die Flasche am Steven, traurig plätscherte das Wasser kielwärts, duftlos und fade. Übrigens war Ferdinand Laeisz, Vater von Carl Laeisz, der die PAMIR bauen ließ, damals in Boston unter den Jubelnden.«

»Und das Finale?«, fragt Buscher.

»Die GREAT REPUBLIC wurde nach New York geschleppt. Donald McKays Bruder Lauchlan überwachte dort das Riggen der Masten und Rahen und überprüfte die Funktion der Takelage. 5500 Tonnen ihres Laderaums wurden kurz darauf mit Weizen gefüllt. Fast das Doppelte von dem, was unsere PAMIR übernehmen kann. Die Arbeiten waren abgeschlossen, da brach in der Novelty Bakery in der nahe gelegenen Front Street ein Feuer aus. Funkenflug setzten die Segel der GREAT REPUBLIC in Brand. Auch einige andere Schiffe fingen Feuer. Schlepper zogen den lichterloh brennenden Clipper hinaus auf den Hudson River. Dort brannte er noch zwei volle Tage, bis er sich auf die Seite legte und samt Ladung auf den Grund des Hafens von New York sank. Donald McKay achtete seit diesem Tag persönlich darauf, dass nur noch liebende Frauen mit Champagner seine Schiffe tauften …«

»Weißt du eigentlich etwas Genaueres über die Taufe der PAMIR?«, fragt der Doktor.

»Natürlich!«, erwidert Fred, »sie wurde ja im Auftrag der Reederei F. Laeisz bei Blohm & Voß gebaut. Am 29. Juli 1905 war ihr Stapellauf. Hermann Blohm wählte seine Nichte Emmi Westphal als Taufpatin aus. Sie nahm die Sache sehr ernst. Sie übte ihre Rede, um ihrer zarten Stimme einen überzeugenden Ausdruck zu verleihen. Aber als es so weit war, konzentrierte sie sich mehr auf den Wurf als auf ihre Rede und schmetterte die Schaumweinflasche mit solcher Wucht gegen den Bug unserer PAMIR, dass ein Glassplitter ihrem Verlobten ein Loch in den Zylinder riss!«

»Kein gutes Omen!«, meint der Schiffsarzt.

Kurt Richter, der Bordingenieur, sagt zu Diebitsch: »Man könnte meinen, die Episode weissagt ein Leck im Rumpf. Gab es so etwas schon einmal in der Vergangenheit?«

Diebitsch mimt den Ahnungslosen. »Nicht dass ich wüsste …«

»Und wenn, das Schicksal hat es bestimmt schon vergessen!«

»Wir sollten Spökenkieker fragen. Der weiß alles über die dunklen Seiten der PAMIR«, regt Köhler an.

Diebitsch leicht ungehalten: »Nichts als Seemannsgarn! Als ich mit dem Schulschiff DEUTSCHLAND vor 27 Jahren über den Teich ging …«

Seine Offiziere lehnen sich zurück. Sie wissen, dass seine Ausführungen bis spät in die Nacht hinein dauern würden …

Auf Vor- und Achterdeck verteilt sitzen übermüdete junge Männer mit schmerzenden Rücken und brennenden Händen, sinnieren über den verflossenen Tag und über das, was noch kommen mag. War man auf einem Höllenschiff?

Nach der schikanösen Arbeit haben sich Spökenkieker, Richie, Oldsails und Wilfried, der zweite Zimmermann, vorn auf der Back zum Klönen ausgestreckt. Die Nacht ist mild, und der Wind weht lau mit drei bis vier aus Nordost. Oldsails bringt es auf den Punkt: »Der Nachwuchs muss so schnell wie möglich in die Masten. Erst dann werden wir entlastet.«

»Aber wenn der Alte noch mehr theoretischen Unterricht einplant, dann geht uns wieder wertvolle Ausbildungszeit für die Praxis verloren und auch Zeit für die Instandsetzungsarbeiten am Rigg«, stellt Richie fest.

»Das können wir doch deichseln. Nehmen wir die Kadetten einfach härter ran. Das wird dem Alten recht sein«, schlägt Oldsails vor.

»Klar. Sonst sind sie erst in den Mallungen so weit, dass sie aufentern können. Aber so schaffen wir das mindestens ein bis zwei Wochen früher«, stimmt Richie dem Vorschlag zu.

»Trotzdem sollten wir nicht übertreiben. Das Rostklopfen unter Deck wird wegen der Hitze schon ab den Kapverden heiter werden«, gibt Spökenkieker zu bedenken.

»Das ist sowieso eine große Schweinerei!«, wirft Wilfried ein. »Entrosten des Rumpfes ist ganz klar 'ne Sache für die Werft.«

»Stimmt. Das, was wir machen, ist doch allemal nur Kosmetik«, antwortet Spökenkieker.

»Wie meinst du das?«, fragt Wilfried.

»Hat Käpt'n Grubbe rausgelassen. Als die PAMIR im September 1951 bei den Kieler Howaldtswerken eingedockt wurde, hatte er dem Schiff noch einen guten Allgemeinzustand attestiert. Das änderte sich, als 1000 Tonnen nasser Sand, den sie jahrelang als Ballast im Laderaum hatte, herausgeholt wurden. Übelster Rostfraß! Alle Stahlplatten wurden zur Kontrolle angebohrt. Fast vierzig mussten daraufhin erneuert werden. Besonders schlimm sieht es unter den Planken des Hochdecks aus. Eggers war entsetzt, als ich ihm während der letzten Reise den Rost und die Pfützen zeigte, als ich eine Planke austauschen wollte. Da gibt es sicher einige Leckagen, durch die Wasser eindringt, wenn wir Lage schieben. Rost, Rost, Rost! Ein rostiges Fass ohne Boden. Und ich sag euch: Das ist bei einem Orkan nicht ungefährlich.«

»Wenn das so ist, dann sollten wir zur Sicherheit immer ein Rettungsboot hinter uns herschleppen!«, juxt Wilfried.

Spökenkieker hebt den Zeigefinger als Zeichen, dass er etwas Wesentliches zu sagen gedenkt. »Ganz gleich, wie man Rasmus ein Opfer bringt, so bot man früher auch jenen Unsichtbaren ein Geschenk an, die sich im Innern des neuen Seglers regen würden.«

»Eine Jungfrau …«, albert Richie.

»Döskopp! Wenn es so weit war, dass der Großmast eingesetzt wurde, dann legte man in die Höhlung der Mastspur ein blankes Goldstück hinein, dorthin also, wo der Fuß des Mastes ruhen sollte. Tief unter der Wasserlinie im Herzen des Bodengebälks ruhte dann der Goldfuchs, behütet vom gewaltigen Druck des Mastes und von jenen Unbekannten, die keiner bisher sah und die doch so mancher Seemann spürt, wenn er in tosender Sturmnacht das Ruder umklammert.«

»Wir haben Stahlmasten, und ich vermute auch kein Bodengebälk dort unten«, hakt Richie nach.

»Ganz recht. Als der Mast 1951 angehoben wurde, war zwar eine Vertiefung zu sehen, aber das Goldstück fehlte.«

»Hat man wieder eines hineingelegt?«

Spökenkieker winkt ab: »Die Stiftung ist sehr arm …«

8 *Montag, 17. Juni, querab Kanaren, PAMIR Position: 28° 5′ N, 12° 27′ W*

Joe ist schon vor dem Wecken wach. Die PAMIR läuft mit Motor. Unter seiner Hängematte rumort es, als würde in der Tiefe ein Dampfhammer seine Arbeit verrichten. Er zieht das Foto von Heidi aus seinem Kissen, küsst es, schließt die Augen. Der sommerliche Hauch der See steigert seine Sehnsucht nach ihrer Weiblichkeit. Er stellt sich vor, mit ihr in die See zu springen, um ein Morgenbad zu nehmen. Er gibt sich seinen Gefühlen hin.

Sein Blick schweift entspannt hinüber zum geöffneten Bullauge. Sein rundes, ganz privates Stückchen Meer begrüßt ihn mit einem rhythmischen Rauschen. Die hereinströmende Luft ist mild und schmeichelt dem Körper.

Joe träumte in den letzten Nächten von großen Fußwanderungen. Im Reich der Fantasie bewegten sich seine Beine durch Wälder, über Hügel und Berge. Vielleicht lag es daran, dass sie an Bord weniger belastet werden als die Arme. Muskelkater macht sich dort bemerkbar, die Schulter schmerzt. Zum ersten

Mal hat die komplette Steuerbordwache bei zwei Manövern voll mitgemacht. Der Wind hatte sich mit allen Richtungen verheiratet, was ein ständiges Nachtrimmen der Segel erforderlich machte. Sterne tanzten vor seinen Augen, das Herz schlug gegen die Rippen, als er seine ganze Kraft an die Brasswinden verschwendete …

Das Schiff schläft noch. Seine Kameraden liegen wie tot in den Hängematten. Unsere PAMIR ist ein Dorf, denkt sich Joe. Hier unten erscheint es geschlossen, zufrieden und sich selbst genug.

Er entschließt sich, an Deck zu gehen. Ein schöner, ruhiger Morgen empfängt ihn. Der Wind ist völlig abgeflaut. Eine Dünung läuft aus dem Norden nach. Manchmal rollt die PAMIR wie eine Kugel ohne Schwerpunkt. Er blickt nach Osten in die aufgehende Sonne. Ein Tag zum Träumen, wären da nicht die Pflichten …

Köhler und der Bootsmann haben gerade den Tagesplan besprochen. Sie zeigen sich zufrieden. Endlich, der Dienst auf dem Großsegler wickelt sich mit der Präzision eines Uhrwerks ab. Morgensport, Frühstück, Reinschiff – Diensteinteilung und Wache nach Plan.

»Wann findet das Bordsportfest statt?«, fragt Richie.

»Auf Anordnung des Käptens am Nachmittag, gleich nach dem Wachwechsel.«

Richie grimmig: »Na schön!«

Bordsportfest! Ein ›Fest‹ mit Boxen, Ringen und Turnen an Reck und Ringen. Kraftproben ohne Ende …

»Das hat es auf der DEUTSCHLAND auch gegeben. Bei den Kadetten damals erfreute sich das Bordsportfest großer Beliebtheit«, begründet Diebitsch seine Neueinführung.

»Hauptsache, er glaubt selbst daran!«, kommentiert Buschmann Diebitschs Beschluss.

»Wie schön, dass sich Praxis und Theorie stetig abwechseln …«, meldet sich Fred Schmidt, der sich an Deck ein

Plätzchen sucht, um sich auf das Unterrichtsthema ›Notfälle und besondere Manöver‹ vorzubereiten.

Die spezielle ›Praxis‹ aber wird dem Kiez-Rudel von Tag zu Tag zunehmend verhasster. Die Hände sind beim Frühstück noch derart steif, dass sie weder Brot noch Messer halten können. Kaum denken die jungen Kerle, dass sie mit einer Sache endlich durch sind, kommt einer der Matrosen und bietet eine neue Auswahl von Drecksarbeiten an.

›Auswahl‹ ist stark übertrieben, denn egal, was die Jungs anpacken, alles reduziert sich auf die Dreifaltigkeit: Braunteer, Farbe und Rost!

In der Passatregion soll zusätzlich die gesamte Takelage gründlich überholt, instand gesetzt und teilweise erneuert werden. Außerdem sollen in den nächsten Tagen die Segel geschiftet werden, das heißt, die schweren, robusten Sturmsegel werden gegen leichtere Passatsegel ersetzt.

»Spätestens dann«, sagen die Matrosen zu den Neulingen, »turnt ihr im Rigg wie die Affen.«

Richie hat seine Matrosen eingeschworen: »Das Ausbildungstempo und die Arbeiten auf und unter dem Deck müssen beschleunigt werden, erst dann wird es für uns Entlastung geben!«

Noch hat von den jungen Kerlen keiner eine Vorstellung von dem, was auf sie zukommt. In den letzten Tagen spüren sie aber einen erheblichen Druck, der von den Unteroffizieren auf sie ausgeübt wird. Die Bereitschaftswache wird inzwischen routinemäßig zu zusätzlichen Arbeiten herangezogen. Die Matrosen scheuchen die Jungs:

»Los packt mit an!«

»Hol mir dies und das …«

»Ja, Mister!«, ist die gängige Antwort. Zweiundfünfzig Kadetten und Jungmänner spüren, dass etwas faul ist …

Mittags erschallt plötzlich der Ruf des Wachtpostens auf der Back: »Alle Kadetten an Deck!«

Die Freiwache tritt mit an. Diebitsch erscheint in weißer Uniform auf dem Hochdeck. Ein Schmunzeln ziert sein Gesicht. Sein Blick schweift über die Köpfe der jungen Männer. Ob ihre Hände von der Sonne oder vom Teer braun sind, lässt sich nicht mehr feststellen.

Buscher meldet: »La Palma Backbordbug voraus!«

Diebitsch befiehlt: »Toppsgäste in die Masten!« Nach einer Pause: »Welcher Kadett erkennt als Erster den Pico de los Muchachos?« Und kurz darauf: »Alle Kadetten in die Wanten!«

Mit großem Gejohle, als wäre der Startschuss zu einer sportlichen Kletterpartie gefallen, entern sie die Webeleinen hoch und folgen den Toppsgästen hinauf in die Mastspitzen.

»Eine Hand für das Schiff, eine für den Mann! Und immer nach oben blicken! Nie nach unten!«, brüllt der Bootsmann.

Ein Teil der Steuerbordwache, und mit ihm das Kiez-Rudel, entert den Großmast. Henry und Manni haben es rasch bis hinauf zur Groß-Royal geschafft. Joe, Jens und Tom bleiben auf der Höhe des Groß-Oberbramsegels. Als sie nach unten blicken, fährt ihnen der Schreck in die Glieder. Sie sehen nichts als Wasser. Durch die Schräglage ist der Rumpf plötzlich nach Luv verschwunden. Ein irrer Anblick …

Es ist das erste Mal, dass sie sich mehr als fünfzig Meter über dem Deck befinden. Eine andere Welt, so weit vom Deck entfernt, dass man glaubt, der Rumpf hätte die Größe eines Schuhs. Der Blick geht hinüber zur Insel La Palma, die aus dem Dunst heraus näher rückt. Plötzlich bockt die PAMIR in einer Welle. Ein Zittern läuft durch das Schiff, bis hinauf in die Groß-Royalstenge. Hände krallen sich fest. Joe deutet hinauf zur Groß-Royalrah: »Stellt euch vor, wir segeln um Kap Hoorn, die Wanten und Masten sind vereist, die Leinen vor Frost stachelig wie Igel, und wir müssten im Orkan da oben auf die Rah hinaus, um das Groß-Royal zu bergen.«

»Vergiss den Seegang nicht!«, ruft Manni.

»Ich glaube, der Mast schüttelt dich in dieser Höhe ab wie ein Baum sein Laub im Herbst«, erwidert Tom.

Darauf Joe sarkastisch: »Schwund ist bei jeder Sache – alles in der Kalkulation mit drin.«

Jens zeigt nach unten: »Wenn du da unten aufschlägst, bist du platt wie ’ne Flunder!«

Tom zitiert: »So nimmt das Leben seinen Lauf – Bootsmann, mach die Klappe auf. Da liegt er nun in guter Ruh – Bootsmann, mach die Klappe zu!« Dann pfeift er durch die Finger: »An die Arbeit, Jungs!«

»Pico de los Muchachos!«, ertönt es von der Vor-Royalrah.

Richie steht mit Oldsails auf der Poop. Der Segelmacher rät zur Vorsicht. »Glaub mir, wenn sie fünfzig Meter über Deck auf der tanzenden Rah stehen und versuchen, das schlagende Tuch zu bändigen, werden sie schon nach einer Wende fix und fertig sein.«

»Mag sein, doch du siehst, wir machen Fortschritte …«

Das ›Sportfest‹ beginnt pünktlich. Acht Kadetten und Jungmänner bilden jeweils eine Mannschaft, und eines der Teams soll den ›Pamir-Pokal‹ holen. Die ›Sportfront‹ ist klar: Backbord- gegen Steuerbordwache. Das hat Methode. Am Ende kommt der spannendste Wettbewerb, bei dem allein die Muskelkraft siegt. Da kann man sich identifizieren. Da herrschen klare Verhältnisse. Sieg oder Niederlage? Hauptsache Prestige. Klimmzüge an den Ringen sind bei allen beliebt. Da kann man zusehen, mitzählen, und niemand mogelt.

Die Ausscheidung läuft. Artfried, Leichtmatrose an Bord, ist wie erwartet der Stärkste der Backbordwache. Dank seiner Statur und Schlagkraft genießt er uneingeschränkten Respekt. Joe ist Sieger bei den ›Steuerbordern‹. Beide haben seit Hamburg nur wenige Worte gewechselt. Zu groß sind die Unterschiede. Artfried liebt Shantys und Segeltuchhosen, Joe steht auf Bill Haley und Nieten-Jeans.

Niemandem gelang es bisher, gegen Artfried zu gewinnen. Eine Herausforderung, bei der es offenbar nur einen Sieger geben kann. Bis auf diesen Nachmittag …

Das Los fällt auf Artfried. Er muss beginnen. Jens fragt Joe in ironischem Ton: »Eh, Joe! Denk dran, unsere Ehre steht auf dem Spiel!«

Joe reagiert lässig: »Bin doch kein Spielverderber. Der Kraftprotz lebt von seinen Muckis!«

Artfried legt 51 Klimmzüge vor. Das Gejohle schmerzt in den Ohren, das Deck bebt, das Meer ist dabei, sich aufzutun, als Joe bei 48 Klimmzügen ankommt. Offiziere und Stammbesatzung fiebern mit. Joe übertrumpft Artfried mit dem 52sten.

Diebitsch tritt heran, um Joe zu gratulieren.

Joe grinst beiden ins Gesicht: »Eigentlich hat Artfried gewonnen. Ich habe mich bei den letzten Klimmzügen leider verzählt.«

Diebitsch zieht brüskiert seine Hand zurück …

9 *Montag, 17. Juni, Annapolis, Maryland, USA*

Sechs Stunden später. Jack Harper ist früh unterwegs auf der Greenbury Point Road zur traditionsreichsten Langwellen-Funkstation der Welt. Die gigantischen Antennen haben ihren Standort auf einer schmalen Halbinsel am nordöstlichen Ufer des Severn-Flusses, direkt gegenüber der US-Marine-Schule Annapolis, Maryland. Das U. S. Weather Bureau hat einige Langwellen- und starke Kurzwellensender erneuern lassen, und Jack will sich davon einen Eindruck verschaffen. Zeitsignale, Wettermeldungen, Hurrikan-Warnungen und Zeitungsnachrichten, die von hier in die Welt gesendet werden, kennt auf dem Erdball jeder Funker.

Das Betriebszentrum und die Empfangseinrichtungen seiner Hurrikan-Warnzentrale, mit dem Funkzeichen Washington-NSS, liegen etwa dreißig Meilen von der Halbinsel entfernt in Washington, D.C., nahe dem Potomac-Fluss. Dort ist Jacks eigentlicher Arbeitsplatz. Seine Wettermeldungen sind bei allen Funkoffizieren wohlbekannt und wegen ihrer Zuverlässigkeit geschätzt.

Harper hat Meteorologie studiert, besitzt alle Funkpatente und ist Chef der Abteilung für Wettervorhersagen und Hurrikan-Warnungen. Er ist stolz darauf, den größten Teil seines Lebens in den Dienst der Sicherheit der Menschen auf See zu stellen. Das hat Auswirkungen auf sein privates Leben. Es ähnelt dem Chaos eines Wirbelsturms. Zwei Ehen sind schon gescheitert, und in seiner dritten herrscht Sturm. Um seine Kinder kann er sich nur telefonisch kümmern. In seinen Gedanken ist er mehr in der brodelnden Atmosphäre und auf den Meeren zu Hause …

Unzählige mutige Seefahrer machten sich in der Vergangenheit auf, die Ozeane zu überqueren. Und immer, wenn sie die Küste hinter sich ließen, umfing sie ein banges Gefühl der Einsamkeit, denn es gab keine Verbindung mehr zum Land. Was blieb, war die Hoffnung auf eine glückhafte Reise und eine gesunde Wiederkehr.

Mit der Inbetriebnahme dieser Funkstation vor mehr als fünfzig Jahren erfüllte sich der tiefe Wunsch eines jeden Seefahrers nach einer Verbindung zum Land und nach daheim.

Heute, im Jahre 1957, kann jeder Funker und jeder Kapitän sicher sein, sollte er einmal auf den Hauptrouten der Ozeane in Seenot geraten, dass von Washington-NSS alle Schiffe, die sich in der Nähe befinden, über Funk zur raschen Hilfeleistung aufgefordert werden. Wenn auch das Risiko eines ungewissen Ausganges bestehen bleibt, so ist es doch möglich geworden, mit jedem Funker auf See sicher zu kommunizieren. Das ist Harpers ganzer Stolz.

Jacks besonderes Interesse gilt den tropischen Wirbelstürmen. Innerhalb der Funkstelle gilt er als der Hurrikan-Spezialist.

Nicht von ungefähr. Geboren in Baton Rouge, Louisiana, hatte er schon als Kind Hurrikan-Erlebnisse gesammelt. Später versuchte er die tropischen Stürme zu lesen, ihre Zugbahn vorherzuahnen, ihre Charaktere zu verstehen. Er redete über Wirbelstürme wie über Menschen, er taufte sie. Sie hatten komplizierte Persönlichkeiten und machten leider nicht immer das, was Jack sich dachte.

Harper kennt inzwischen ihre richtigen Namen. Egal ob sie vor zwanzig oder dreißig Jahren geboren wurden, er verfolgte akribisch ihre Wege von der Wiege bis zur Bahre, recherchierte, was sie auf ihren Zugbahnen an Schiffen und an Land vernichtet hatten. Vor wenigen Jahren ist Jack das erste Mal durch einen Hurrikan geflogen. Das zyklopische Auge und die gewaltigen Energien im Augenwall haben ihm Respekt eingeflößt. Nur das Sterben der Monster, meist über kalten Gewässern, ist ihm nicht mehr wichtig …

Es ist zehn Uhr. Jack passiert das Wachtor zum Greenbury Point, das auserwählte Gelände für die Ostküsten-Hochleistungssender. Im selben Moment greift der Wachhabende zum roten Hörer. Auf der anderen Seite meldet sich ein Mann von seiner Funkstelle. Jack soll sich umgehend in seinem Büro melden. Es wäre dringend.

Jack ruft sofort in der Warnzentrale zurück. »Was gibt's?«

»Einige Schiffe und Hurrikan-Flugzeuge haben uns einen tropischen Wirbelsturm in der Karibischen See gemeldet.«

»Was wissen wir? Welche Daten liegen vor?«

»Einhundertfünf Meilen Windgeschwindigkeit bei einem Luftdruck von 970 Millibar!«

Jack skeptisch: »Um diese Jahreszeit? Das ist außergewöhnlich früh!«

»Seine Existenz wurde inzwischen mehrfach bestätigt. Wie es scheint, ein ausgewachsener Hurrikan!«

»Wie taufen wir ihn?«

»Vorgesehen ist Audrey.«

»Hübscher Name.«

Um die Kommunikation zwischen den Meteorologen und der Öffentlichkeit zu verbessern und die Vorhersagen und Warnungen zu vereinfachen, hat sich das U. S. Weather Bureau vor vier Jahren entschlossen, den tropischen Wirbelstürmen Frauennamen zu geben. Da ein Hurrikan eine Woche oder länger unterwegs ist und da in der Vergangenheit mitunter zwei Wirbelstürme zur selben Zeit auftraten, verringerten Namen die Gefahr einer Verwechslung.

Jack fragt: »Was wissen wir über die Zugbahn von Audrey?«

»Sie bewegt sich auf den Kanal von Yucátan zu und wird dabei den Westen Kubas treffen. Was sollen wir tun?«

»Ich bin in spätestens zwei Stunden zurück. Gebt inzwischen für das Seegebiet und den Golf von Mexiko Hurrikan-Warnung.«

Der Mann am anderen Ende flachst: »Ich glaube, die Dame hat ganz schön Temperament!«

Harper macht seine Rundfahrt in Begleitung eines Technikers, der ihm die Verbesserungen der neuen 1200 Fuß hohen Goliath-Antennen erklärt. Jack steuert seinen Wagen bis zur Südspitze der Halbinsel, dann verlassen sie ihn. Einer der gigantischen weißroten Masten ragt hier in den blauen Himmel. Die neue Sendeanlage wird die verlässliche Funkverbindung nach Europa weiter absichern helfen.

Harper blickt hinaus auf die Chesapeake Bay. Unsichtbare Fäden vernetzen sich von hier über den Atlantik mit den wichtigsten Funkstationen rund um den Mittel- und Nordatlantik. Das Netz verbindet alle Warnzentralen der westlichen Hemisphäre der Nordhalbkugel wie San Juan auf Puerto Rico, die Wetterzentrale Palm Beach Florida, die Hurrikan-Warnzentrale des U. S. Weather Bureau, die Warnzentrale Washington D. C. und die geschätzte Funkstelle Washington-NSS. Diese wiederum stehen in ständigem Kontakt mit den Sendern Horta auf den Azoren, Portishead Radio am Bristolkanal, Saint Lys

Radio in Frankreich, Norddeich Radio und mit allen Schiffen, die sich in diesem Seegebiet befinden.

»Wie sind Sie zur Funkerei gekommen?«, fragt sein Begleiter.

»Ich wollte mit der Welt sprechen und sie gleichzeitig belauschen. Wenn es aber in Louisiana Vulkane gegeben hätte, dann hätte ich mich sicher für Vulkane interessiert. Stattdessen gab es in der Gegend ab und zu Hurrikane.«

Sein Begleiter lacht. Jack zeigt besorgt in den Süden: »Ich muss zurück nach Washington. Dort, weit im Süden, wird gerade ein Monster-Hurrikan geboren ...«

10 *Freitag, 21. Juni, nördlich der Kapverden,* Pamir *Position: 22° 36' N, 21° 45' W*

Die Pamir rauscht mit Vollzeug dahin. Schwärme von fliegenden Fischen begleiten das Schiff. Sie sind die Spatzen der Meere, und es scheint, als wollten sie mit der Pamir um die Wette fliegen. Aus den Bordlautsprechern ertönt spanische Musik.

Der Wind hat vor drei Tagen aufgefrischt. Auf 25° 2' N, 20° 8' W wurden die ersten nördlichen Ausläufer des Nord-Ost-Passats erreicht. Entgegen den jahreszeitlichen Gegebenheiten weht ein frischer Passat mit Stärke fünf, der Tages-Etmale über 200 Seemeilen ermöglicht.

»Das nennt man eine schnelle Reise!«, sagt der Wachoffizier zum Rudergänger. Die Kadetten und die Matrosen freuen sich über den Wind. Die Schwitzerei hält sich damit in Grenzen. Verflucht sei des Käptens Order: ›Blaues Päckchen!‹

Für sie steht das Bergen, Beschlagen und Trimmen der Segel auf dem Ausbildungsplan, begleitet von Themen wie ›Sicheres Arbeiten in der Takelage‹.

Die Handgriffe haben die Kadetten zwar schon am Takelmast an Land während ihrer Ausbildung auf der Seemannsschule gelernt, doch zu den Dimensionen und Zugkräften der Pamir auf See lässt sich kein Vergleich ziehen. Bei der herrschenden Windstärke verrichten Joe und seine Freunde Schwerstarbeit, aber sie haben Spaß dabei, denn so haben sie sich das niemals erträumt.

Buschmann hat ihnen beim Unterricht eingebläut: »Eine schnelle, sichere und reibungslose Reise ist nur möglich, wenn das Schiff jederzeit willig und schnell auf Ruderbewegungen reagiert. Die Bedingung dafür ist, dass das Schiff gut ausgetrimmt ist, das heißt, dass die Segel so gestellt sind, dass sie die Windenergie in ein Maximum an Antrieb verwandeln! Und genau das werden wir an den Brassen üben.«

Manni schreibt während des Unterrichts ein halbes Heft voll. Joe hört dagegen konzentriert zu. Manchmal fällt es ihm schwer, sich zu sammeln. Allein das Thema ›Brassen‹ könnte in einem Seefahrerlexikon ein Kapitel füllen. Eigentlich einfach, überlegt er, wenn man begriffen hat, dass darunter das horizontale Bewegen der Rahen zu verstehen ist, bis sie einen bestimmten Winkel zum Wind einnehmen. Doch es geht offenbar auch komplizierter …

Abends, als sie unter sich sind und über ihre Ausarbeitungen brüten, knallt Manni plötzlich sein Heft auf die Planken. »Blöde Zungenbrecher!«

Henry guckt: »Das Heft kann doch nichts dafür!« Spöttelnd fährt er fort: »Ich! Also – ich will alles über die letzten Nuancen dieser weiß geblähten Hügel an den Rahen wissen.«

Jens verdreht die Augen: »Für dich gibt es eine spezielle Lösung. Pass auf!« Er notiert: *Anbrassen-auf-bei-zurück-back-gegen-backholen-legen-rund-herumbrassen, Großrah-gegenbrassen-backlegen, Fockrah-backlegen-aufbrassen!* Den Zettel reicht er Manni: »Auswendig lernen!«

Manni liest und gibt das Blatt kichernd an Joe weiter. Der grinst: »Das macht uns zu Menschen, die in der Seefahrt gleich nach ganz oben katapultiert werden. Wir als zukünftige Tankerkapitäne werden ein Leben lang davon profitieren!«

Jens gluckst: »Ich verspreche dir, am Ende deines Lebens werde ich dich noch mal abfragen!«

Ein Sonnenaufgang wie aus dem Bilderbuch. Gleich nach der Bordroutine beginnen die praktischen Übungen. Schnell wird klar, dass alle Rahen ein zusammenhängendes System bilden. Es kommt auf die gute Zusammenarbeit an: Ein Teil der Kadetten ›fiert‹ die Leinen, der andere Teil ›holt‹ sie, was nichts anderes bedeutet, als dass ein Teil der Leinen losgelassen und gleichzeitig auf der anderen Seite straff gezogen werden müssen. Und das möglichst parallel. Besonders bei starkem Wind.

Richie liebt den Drill. Nach einer Stunde tauschen die Jungs ihre Positionen. Die Sonne brennt, die Handflächen auch. Die Augen tränen durch das grelle Licht, das von den hellen Segeln zurückstrahlt.

Diebitsch erscheint plötzlich auf dem Hochdeck. Er blickt grimmig. Irgendein Segel hatte nicht ganz richtig gestanden – eine Schot war um einen Fuß zu viel gefiert. »Die Rahen am Großmast müssen fächerförmig stehen!«, reibt er Köhler unter die Nase.

Der gibt den Anschnauzer an Richie weiter. »Also, das Ganze noch mal …«

Der Toppsgast verkündet am Ende der Übungen: »Morgen werden wir mit dem Schiften der Segel beginnen. Dabei lernt ihr das Bergen und Beschlagen der Segel.«

Nachmittags gibt es für das Kiez-Rudel Unterricht, und danach geht es wieder unter Deck zum Rostklopfen …

Für die Backbordwache heißt es Webeleinen ausbessern, Racks, Gleitschienen, Scheibgatten schmieren und nach Schäden suchen. Nichts als Maloche, Tag für Tag.

Der nächste Morgen beginnt wieder mit einer Spezialarbeit. Alle Fußperden werden nach und nach an Deck gegeben und dort mithilfe des Gangspills auf Zugfestigkeit geprüft, bei Bedarf ausgetauscht und mit Braunteer gelabsalbt. Ebenso müssen die Brassen einzeln an Deck überholt und geschmiert werden. Das übrige kilometerlange laufende Gut wird an Ort und Stelle mit der stinkenden Brühe getauft. Übelste Schmierarbeiten für weitere Wochen …

Durch das wochenlange Labsalen kriegen die Kadetten den Teer nicht mehr von den Händen, denn es werden bei Arbeiten in der Takelage keine Handschuhe getragen. Stattdessen gehen einige mit Handschuhen in die Hängematte, um wenigstens das Schlafzeug und die Decken vom Geruch des Braunteers freizuhalten.

Diebitsch lässt auch die Offiziere in die Masten steigen, damit sie die erledigten Arbeiten, bis hinauf zu den Royalrahen, kontrollieren. Er selbst zeigt sich in einer Khakihose und hellem Hemd.

Alfred Schmidt ist gerade wachhabender Offizier. Bei Sonnenuntergang gibt Diebitsch wie jeden Abend Befehl: »Lassen Sie die Royals festmachen!«

Seine Offiziere schütteln darüber nur die Köpfe. Oldsails zuckt ebenfalls mit den Schultern und blickt zu Spökenkieker.

»Ich glaube, dem Alten geht der Arsch auf Grundeis, dabei haben wir stabiles Wetter, segeln einen idealen Kurs und machen eine schnelle Reise.«

»Der hat die Hosen voll – ist doch klar. Frag mal Badegast. Vielleicht hat der eine Medizin dagegen.«

11 *Sonntag, 23. Juni, querab Kapverden, PAMIR Position: 17° 8' N, 16° 9' W*

Der Wind flaut ab, die ›Rossbreiten‹ sind spürbar. Diese windschwachen Zonen tragen ihren Namen aus der Zeit der alten Seefahrt. Kam ein Segelschiff längere Zeit nicht voran, wurde oft das Trinkwasser knapp. Das zwang die Kapitäne, den Wasserverbrauch drastisch einzuschränken. Vieh und Pferde gingen in diesen Breiten kurzerhand über Bord.

Zeit, das Segeltuch an den Rahen zu wechseln. Die Pamir bekommt wieder ihr ausgebleichtes und geflicktes Passatkleid verpasst. Aus der Segelkammer, durch die Segellastluke und über eine Rolle werden die Passatsegel heraus- und die Sturmsegel hineingeschafft. Die Arbeit ist kein Sportfest. Daher auch keine Zuschauer, jede freie Hand packt mit an. So war es jedenfalls früher! Sogar seine Allmächtigkeit, der Herr Kapitän, fasste einmal mit an, wenn es galt, eins der tonnenschweren Untersegel an Deck klar hinzulegen. Eggers war so einer. Der war immer dabei.

Diesmal gibt es Zuschauer. Diejenigen, die auf Anordnung von Diebitsch nicht dürfen. Das Ab- und Anschlagen ist eine kräftezehrende Angelegenheit, denn auch das Tuch der Royals ist noch zentnerschwer und oft steif wie ein Brett. Dreitausendfünfhundert Quadratmeter Segelfläche sind auszutauschen.

Diebitsch beobachtet die Arbeiten vom Hochdeck aus. Plötzlich beginnt er Köhler zu maßregeln: »Sehen Sie die beiden Kadetten auf der Kreuz-Untermarsrah?«

»Ja!«

»Sorgen Sie endlich dafür, dass meine Anordnungen befolgt werden.« Diebitschs Stimme dröhnt über das Hochdeck. Er bemerkt nicht, dass Joe, seine Freunde und ein Großteil der Steuerbordwache gerade das riesige Großsegel aus der Segellastluke zerren. »Wenn so ein Pfannkuchen vom Mast fällt, ist es mir ganz gleich. Die Hauptsache ist, er hat ein Lifebändsel um, damit wir keine Scherereien mit der Seeberufsgenossenschaft haben! Wenn er gleich weg ist, haben wir wenigstens keine Scherereien mehr mit ihm! Haben Sie jetzt verstanden?«

Köhler verschlägt es die Stimme. Die jungen Menschen blicken sich fassungslos in die Augen. Köhler gibt mit Verzögerung die Anweisung seines Kapitäns weiter. Wie ein Lauffeuer spricht sich Diebitschs Entgleisung herum. Empörung schlägt den Unteroffizieren entgegen. Die Offiziere nehmen sie zur Kenntnis.

Fred Schmidt lässt sich am Abend in der Mannschaftsmesse blicken und versucht die jungen Männer zu beruhigen. Er ist inzwischen akzeptiert. Seine ›SOS-Hefte‹ kennt jeder, der zur See fährt.

Joe ist bereit, Fred seine Erlebnisse in den Schreibblock zu diktieren. Eine kritische Auseinandersetzung mit den Zuständen an Bord. Als Fred die Mannschaftsmesse verlässt, wandelt er auf einem Teppich der Sympathie hinaus aufs Deck. Er ist amüsiert. Die jungen Kerle haben den Käpt'n umgetauft. Sie nennen ihn jetzt: ›Ali Pfannkuchen!‹

12 *Mittwoch, 26. Juni, Pamir Position: 8° N, 23° W*

Die Pamir befindet sich etwa siebenhundert Kilometer südlich der Kapverden, auf Höhe Freetown, westafrikanische Küste. Während der letzten Nacht ist sie in den Kalmengürtel eingelaufen. Gegenüber den Rossbreiten ein nahezu windstilles Gebiet. Der Kalmengürtel liegt im Bereich des Äquators, zwischen dem zehnten Nord- und Südbreitengrad. Besatzungen von Segelschiffen fürchteten schon immer diese extrem schwüle und windarme Region, da sie oft monatelang in der Flaute festsaßen. Das wurde in der Geschichte der Seefahrt vielen Seglern zum Verhängnis.

Die Bark läuft wieder einmal unter Motor. Der Fahrtwind spendet ab und zu ein laues Lüftchen. Eine kleine Wohltat. Das tropische Klima macht allen schwer zu schaffen. Vor allem die mühseligen Rost- und Konservierungsarbeiten unter Deck werden zur Tortur, da sie auf Anweisung des Käptens in voller Arbeitsmontur durchgeführt werden müssen. Der Schweiß rinnt den jungen Männern in Strömen den Rücken hinab. Die Luft im Laderaum ist stickig, und manch einer ist bei dieser drückenden Schwüle der Ohnmacht nahe. Niemand nimmt Rücksicht. Der Wellengang ist schwach. Ideal also, um die Arbeiten am rostigen Innenleben der Bordwände rasch fertigzustellen. ›Geklopft‹ wird jetzt in vier Schichten.

»Das gehört zur Kultur eines Ausbildungsschiffes!«, sagt Diebitsch. »Arbeit schändet nicht. Da wächst der Zusammenhalt!«

Bei den Offizieren liegen die Nerven blank, da während des Tages kaum ein ruhiger Ort zu finden ist, an dem man sich vor der dröhnenden Orgie des Rostklopfens zurückziehen kann. Weder der Aufenthalt unter noch auf dem Deck bietet Schutz vor dem höllischen Lärm. Das Hämmern, Metall auf Metall, wird von den Spanten übertragen und dringt bis in die letzten Winkel des Schiffes. An eine Konzentration auf den Unterrichtsstoff ist kaum zu denken. Diebitschs Ziel einer Top-Ausbildung ist noch weit entfernt. Aber es bleibt sein Ziel. Weder die Zahl noch die Qualität der Stammbesatzung reicht für eine effiziente Betreuung und Ausbildung der Kadetten. Offiziere und Matrosen sind von dem, was man von ihnen verlangt, längst überfordert.

Der ›Erste‹ zeigt Mut. Köhler glaubt, der richtige Zeitpunkt ist gekommen, um eine Änderung zu erzwingen. Er baut auf die Unterstützung seiner Offizierskollegen. Als er Diebitsch beim Mittagessen über das mangelhafte Wissen der Unteroffiziere in Mathematik, Gesetzes-, Schiffs- und Wetterkunde aufklärt, schüttelt dieser mit vollem Mund den Kopf. »Und?«

Darauf blickt der Kapitän prüfend in die Runde, um zu sehen, wer Köhlers Vorstoß unterstützt. Bis auf Buschmann und Schmidt senken alle nacheinander den Kopf. Diebitsch triumphiert: »Natürlich sehe ich die Notwendigkeit einer Korrektur«, erwidert er wohlwollend, um gleich darauf in scharfem Ton fortzufahren: »Sie werden daher der Stammbesatzung ab sofort in den genannten Fächern Nachhilfe erteilen.«

»Das schaffen wir nicht«, sagt Köhler.

Diebitschs Willenskraft, sich durchzusetzen, erglüht geradezu in der Hitze der äquatorialen Breitengrade. »Unsinn!«

»Wir sind völlig ausgelastet!«

»Sie? Oder alle?«

»Ich bitte um Verständnis. Die Männer leisten bereits Übermenschliches.«

Diebitschs Faust knallt auf den Tisch: »Wer von Ihnen glaubt, seinen Aufgaben nicht gewachsen zu sein?«

Die Luft ist noch drückender geworden. Köhler fühlt, wie ihm der Schweiß in die Schuhe rinnt.

»Darum geht es nicht!«, wagt Buschmann zu sagen. Buscher, beißt sich vor Erregung auf die Unterlippe.

Diebitsch stiert ein paar Sekunden in den Raum, bevor seine Donnerstimme durch Mark und Bein geht: »Ein deutscher Seeoffizier kämpft und leidet für die gute Sache! Es liegt an der Einübung der Handgriffe! Üben Sie! Ü – ben – Sie! Bis Himmel und Erde vergehen, werde ich nicht ein Tüpfelchen meiner Anordnungen zurücknehmen. So wahr ich Kapitän der PAMIR bin!«

Seine Lautstärke verschüchtert seine Offiziere. Köhler befällt Existenzangst, da er auf eine gute Beurteilung am Ende der Reise angewiesen ist. Er hat Angst um sein A6-Patent.

»Ich erwarte Ihren Einsatz bis zum Äußersten!«, setzt Diebitsch noch einen drauf. Und an Köhler gerichtet: »Bis morgen wünsche ich von Ihnen ein Konzept, das die Verbesserung der theoretischen Kenntnisse unserer Unteroffiziere sicherstellt!«

Köhler schluckt. Keiner seiner acht Offizierskollegen widerspricht.

»Noch jemand, der anderer Meinung ist?« Niemand rührt sich. Die Tür hinter Diebitsch schließt sich knallend …

Manni und Tom verbringen ihre Freizeit auf dem Achterdeck. Sie sind hundemüde, aber in der Schwüle ist an Schlaf nicht zu denken. Sie wissen, dass sich der Arbeitseinsatz an Bord eher noch verschärfen wird. Es steht zu befürchten, dass außerhalb der Wachzeiten zusätzlich Segelmanöver angeordnet werden, denn die Jungmänner sind nun so weit ausgebildet, dass sie endlich sicher in die Masten aufentern und auf den Rahen stehen können.

Doch viele von ihnen leiden. Durch die schweren, ungewohnten Arbeiten schmerzen die Glieder. Der Holzteer greift durch das Labsalen der Taue die Haut der Hände an. Sie reißt ein, schmerzt teuflisch und beginnt sich zu entzünden. Kommt Salzwasser hinzu, glaubt man, glühendes Eisen anzufassen. Die Haare verkleben unweigerlich von dem braunen Teersaft, da die Leinen von oben triefen. Es wird unerträglich, da zur Reinigung nicht ausreichend Süßwasser zur Verfügung steht. Der ›Blonde‹ ist inzwischen zum ›Braunen‹ mutiert.

Alle kämpfen sie mit den gleichen Härten. Doch keiner beklagt sich. Es gehört zum Bordleben nun mal dazu. Viele leiden unter Heimweh. Seit zwei Wochen ist Manni in Gedanken täglich bei seiner Familie. Wie mag es den Eltern, seinem Bruder und vor allem seiner kleinen Schwester gehen, die in wenigen Wochen neun Jahre alt wird? Er macht sich große Sorgen, denn sein Vater hat erhebliche Verluste hinnehmen und Konkurs anmelden müssen. Die Verpflichtungen sind für die Familie strangulierend. Diese finanziell miserable Situation schloss auch für ihn ein Studium an der Technischen Hochschule aus. Darum fährt Manni jetzt zur See. Die Kosten für seine Ausbildung und auch die für die Kleiderbeschaffung haben Verwandte übernommen. Er wird nach seiner Rückkehr mit einem Teil seiner Heuer die Schulden begleichen müssen.

Insgeheim zählen sie alle die Tage bis Buenos Aires. Das Gerücht kreist um den Großmast, dass Eggers dort ›Ali Pfannkuchen‹ ablösen wird. Beim Verlassen des Schiffes in England hatte er sich angeblich gegenüber seinem ›Stamm‹ entsprechend geäußert.

Niemand aus dem Kiez-Rudel kennt Eggers näher. Keiner konnte sich in den wenigen Tagen seiner Mitreise bis Portsmouth ein genaueres Bild von ihm machen. Was seine Schiffsführung betrifft, dürfte er wesentlich mehr draufhaben, und im

Umgang mit der Besatzung, so sagt man, sei er menschlicher und nicht so selbstherrlich wie Diebitsch.

Aber erst einmal steht die ›Äquatortaufe‹ bevor.

Joe setzt sich zu Tom und Manni. »Kalmen, Mallungen! Hört sich an wie Hautausschlag und Flatulenzen …«

»Ich träum gerade vom kühlen Norden, garniert mit Schneesturm und angenehmen zehn Grad minus«, erwidert Manni und hebt die Arme. »Hier klebt sogar die Luft am Körper. Hoffentlich gibt Ali jetzt keinen Alarm.«

Tom blickt nach achtern. »Schaut euch das an! So etwas hab ich noch nie gesehen. Das Wasser glatt wie ein Spiegel, und am Horizont sieht es aus, als gebe es keinen Übergang zwischen Wasser und Himmel. Wölkchen oben und Wölkchen unten. Nur die, die sich unten spiegeln, bewegen sich im Spiel der Dünung.«

»Ja, die Spiegelung ist grandios«, sinniert Joe.

Plötzlich rümpft Tom die Nase. »Was stinkt denn hier so bestialisch?«

Manni zeigt auf ein Fass: »Fullbrass!« Er meint die Tonne, in der alle möglichen Abfälle gesammelt werden. »Das ist für die Äquatortaufe. Wenn uns der Diesel ausgeht und das Fass bis dahin nicht überläuft, gibt es in vier Tagen wieder frische Luft.«

Tom ist ahnungslos. »Was hat das Fass damit zu tun?«

Manni lacht: »Das werden wir zusammen auslöffeln müssen.«

Schon zwei Wochen vor dem eigentlichen Ereignis fiel an Bord der Startschuss für die Vorbereitungen. Ein Taufkomitee wurde gebildet, in dem natürlich nur Taufscheinbesitzer aufgenommen wurden. Die Getauften der Stammbesatzung brauchte man nicht lange zu bitten. Die Mehrheit bot sich, nicht ohne Grund, als Täufer an. Die geilsten Böcke wurden so zu Gärtnern. Am Ende bestimmte das Los, wer sich als kreativer Handwerker und Requisiteur verdingen durfte. Das hat Tradition …

Die Taufkommission beurteilt zuerst die Täuflinge. In Spalten werden Kreuze gemalt, die mit Wortbedeutungen wie Geizkragen, Kameradenschwein, Neidhammel, Negativist, ›Radfahrer-Liebesdiener‹, Ungehorsamer, aber auch Vorbild, Musterschüler, Lernwilligkeit und Großzügigkeit belegt sind. Je nach Belieben und Sympathie wird für den Täufling eine Sonderbehandlung festgelegt. Den ›Böcken‹ aus der Stammbesatzung geht es aber vor allem um ein ausgiebiges, kostenfreies Saufgelage. Auch das hat Tradition! Und das Kiez-Rudel bekommt durchgängig gleich mehrere Kreuze in der Spalte ›Geiz‹. Je näher der Termin rückt, desto häufiger tagt das Komitee …

In der Messe hängt Artfried, der Leichtmatrose, eine Liste mit den Namen der Täuflinge aus. Die Bedeutung wird schnell klar. Die ›Täufer‹ denken sich allerlei Schikanen aus, deren Nichtbefolgung einen Strich auf der besagten Liste nach sich zieht. Es beginnt mit Harmlosigkeiten wie »Kannst uns mal 'n Bier holen?« und steigert sich bis zum Reinigungseinsatz der Matrosen- und Offizierskammern.

Das Kiez-Rudel weigert sich standhaft gegen ›Sklavendienste‹ aller Art und hat innerhalb weniger Tage schon ein beträchtliches Konto an Minusstrichen angehäuft. Für die ›Böcke‹ bedeutet jeder Strich eine Kiste Bier. Tom hat ausgerechnet, dass selbst bei strammen Säufern der Gerstensaft eine Reichweite bis zur Ankunft in Hamburg im Herbst haben würde.

Die vielversprechende ›Ernte‹ soll demzufolge auch eingefahren werden. Offen wird mit einer ›Sonderbehandlung‹ am Tag der Wahrheit gedroht. Die Äquatortaufe ist also für jeden kleinen Sadisten ein freudiger Tag. Unter dem enormen Stress an Bord steigert sich die Lust an widerlichen Dingen. Das 200-Liter-Fass, welches seit Tagen an Deck in der Hitze steht, füllt sich mit neuen Essensresten der Besatzung …

Die Schwüle im Salon treibt Diebitsch gegen Mitternacht an Deck. Er benutzt den Aufgang, der direkt in das Kartenhaus führt. Die Zugänge auf das Hochdeck sind geöffnet. Die schwache Luftbewegung ist eine Wohltat. Auf einer kleinen Couch macht er es sich bequem. Seine Gedanken kreisen um die Geschehnisse der letzten Tage. Sie bringen ihn endgültig um den Schlaf.

Die Stammbesatzung kritisiert hinter vorgehaltener Hand seine Schulschiffmethoden, und die Kadetten ignorieren ihn absichtsvoll. Inzwischen hat er mitbekommen, dass man ihm in der Mannschaftsmesse den Spitznamen ›Ali Pfannkuchen‹ verpasst hat. Einerseits fühlt er sich herausgefordert, andererseits macht ihn die unterschwellige Missachtung seiner Person zornig. Das lässt den bibelfesten Diebitsch an Mose denken, der auf den Felsen schlägt: *Das Volk murrte gegen Mose. Sie sagten: Warum hast du uns überhaupt hierher geführt? Mose schrie zum Herrn: Was soll ich mit diesem Volk anfangen? Es fehlt nur wenig, und sie steinigen mich …*

Mose hörte tief in sich die Antwort. Er deutet sie als Stimme Gottes: *Viele reden über dich und geben dir an allem Schuld. Lass dich durch sie nicht blockieren. Geh an ihnen vorbei. Schau nach den Weitblickenden, den Ältesten aus, und nimm sie zur Seite. Sie sind nur wenige, aber sie haben aus Erfahrungen gelernt und können dir zur Seite stehen.*

Die Antwort wird Diebitsch niemals in sich hören, die Ältesten nimmt er nicht zur Seite, denn er hat schon am Felsen daneben geschlagen. Den Durst seiner Besatzung nach Zuversicht kann er nicht löschen. Unter seinem Kommando gewinnt sie keine neue Kraft für ihre Reise durch die Wasserwüste. Er glaubt sich in der Verantwortung, dem seemännischen Nachwuchs mit Härte den rechten Weg weisen zu müssen, und ist überzeugt davon, dass mit Zimperlichkeit derselbe nicht zu beschreiten ist …

Johannes macht die Beine lang und hofft darauf, dass ihn der Schlaf übermannt. Doch kaum dass er sich ausgestreckt hat, beginnen seine Gedanken um seinen letzten Kampfeinsatz in diesem Seegebiet zu schweifen ...

Plötzlich ist Diebitsch hellwach, erhebt sich, greift sich das Logbuch und blickt auf die letzte Positionsbestimmung. Dann nimmt er die Seekarte, um etwas zu überprüfen. Kein Zweifel! 7° 8' N, 23° 3' W. Ein Zufall? Damals vor sechzehn Jahren war er an der Tragödie der AFRIC STAR beteiligt, die sich im selben Seegebiet ereignete. Diebitsch blickt durch die Scheiben in die Schwärze der Nacht ...

Es war der 29. Januar 1941. Ebenfalls ein brütend warmer Tag. Dunst lag auf dem Wasser. Keine klare Kimm war zu sehen. Er war damals als Prisenoffizier auf das ›Schiff 41‹ abkommandiert worden. Hinter der nichtssagenden Zahl ›41‹ verbarg sich der Hilfskreuzer KORMORAN, auf dem Kapitän Theodor Detmers das Kommando hatte. Ein HSK, wie diese Einheiten gemäß ihrer Zweckbestimmung, als **H**andels-**S**tör-**K**reuzer zu operieren, kurz genannt wurden. ›Staatspiraterie‹ auf höchstem Niveau. Ein solcher Einsatz wurde von allen Regierungen in Kriegszeiten sanktioniert, und Diebitsch versah als 1. Prisenoffizier, quasi als ›oberster Staatspirat‹, seinen Dienst auf dem deutschen Kaperschiff.

Sein mit fremder Flagge getarnter Hilfskreuzer befand sich damals im gleichen Seegebiet auf Suchkurs. Ein Himmelfahrtskommando, und ihr Einsatz auf See konnte sich auf Jahre hinweg erstrecken. Das hat er aber erst erfahren, als ›Schiff 41‹ schon auf hoher See war. Das hatte ihm Karl Wörmann eingebrockt.

Anfang September 1940 versah er in Gotenhafen, auf dem von der Marine requirierten Vergnügungsdampfer GNEISENAU, immer noch seinen Dienst. Ihre Bestimmung war ungewiss, denn Norwegen war inzwischen besetzt. Dafür hielt ihn Wörmann auf Trab. In seinem Auftrag pendelte er zwischen Danzig und Gotenhafen hin und her. Die Durchführung von

Kurierdiensten und Überwachung wichtiger ›Transporte der Reichsbank‹ lagen für Diebitsch zwar etwas weit abseits, doch fiel nebenbei einiges ab, was für den persönlichen Aufbau einer besseren wirtschaftlichen Existenz durchaus hoffen ließ. Mitunter waren die zugesteckten Kuverts sogar mit Dollarnoten bestückt …

Kleinere Kisten mit dem Empfänger ›Diamanten-Kontor GmbH, Berlin‹ bedurften einer Sonderbewachung. Es gab aber auch größere Transporte mit antiken Möbeln, Teppichen und Gemälden, die Johannes nach Hamburg weiterleiten musste. Manch Päckchen ging direkt an eine Privatadresse in Hamburg. Instinktiv hegte er den Verdacht, dass Wörmann Schiebergeschäfte in großem Umfang auf eigene Rechnung tätigte. Ein hieb- und stichfester Beweis fehlte ihm allerdings …

Ab August 1940 wurde es in der Marinebasis hektisch, jedoch Gotenhafen war sicher. Mit Feindeinwirkung war nicht zu rechnen. Immer häufiger erprobten daher Marineeinheiten auf diesem Stützpunkt die Tauglichkeit ihrer neuen Kriegsschiffe, drillten Mannschaften für Feindfahrten und ließen Magazine auffüllen.

Zweimal in der Woche meldete sich Johannes auf der Marine-Station. Nichts war in Erfahrung zu bringen. Er solle sich gedulden. Vor seinem zukünftigen Einsatz schob sich dichter Nebel. Er kam sich vor wie ein alternder Seemann, der immer wieder den Heuerbaas um eine Chance anging.

Beim nächsten Auftrag von Karl wurde Johannes deutlich. Die Zeit war reif, Forderungen zu stellen. Endlich, Anfang August, traf er Wörmann in Rostock. Dieser übergab ihm ein Schreiben. Darin wurde mitgeteilt, dass er sich umgehend bei der Operationsabteilung 1, der Seekriegsleitung, beim Stab von Konteradmiral Gerhard Wagner in Hamburg zu melden hatte. Auf die Frage, was das für ihn bedeutete, erwiderte Wörmann euphorisch: »Mensch, Diebitsch! Jetzt sind Sie ganz oben angekommen! Aber nur deshalb, weil ich meinen Einfluss für Sie geltend gemacht habe.« Im Flüsterton fuhr Wörmann fort: »Der Operationsabteilung 1 unterliegt die Planung für die großen Seekriegsunternehmungen, und ihr unterstehen auch die im Handelskrieg eingesetzten Flotteneinheiten. Ich habe Sie, aufgrund Ihrer Verdienste, für eine spezielle Verwendung vorgeschlagen.«

»Was für Flotteneinheiten sind das, und für welche Verwendung haben Sie mich vorgeschlagen?«

»Streng geheim! Nur so viel: Darunter befinden sich Schiffe für geheime Aufgaben mit hohem Wirkungsgrad …«

Diebitsch war so schlau wie vorher. Als sie sich trennten, steckte ihm Karl einen braunen Umschlag zu. Anzüglich bemerkte er: »Mit oder ohne Ihre Frau, davon können Sie sich einen gepfefferten Urlaub leisten. Mit allem Drum und Dran, was das Herz und der Mann begehrt!«

Wörmann schien Wort zu halten, denn der Personal-Adjutant der Kriegsmarine-Dienststelle Hamburg rief an. Er solle sich am nächsten Tag auf der KMD-Hamburg melden. Auf die Frage, was der Grund sei, reagierte der Adjutant vage. Er dürfe nichts Genaues sagen, doch in Kürze sollte es an die Front gehen. Johannes war fest davon überzeugt, endlich ganz oben angekommen zu sein. Eine Woche später saß er in der Justizabteilung des Prisenhofes in Hamburg und büffelte die Prisengerichtsordnung vom August 1939. Damit lernte er alles über die Nachprüfung der Rechtmäßigkeit deutscher prisenrechtlicher Maßnahmen zur See …

Johannes lebte in diesen Wochen zusammen mit Auguste in der Eiffestraße 464 in einer netten kleinen Wohnung. Für Anfang Oktober hatte er noch einmal Urlaub eingereicht. Knapp zwei Wochen Chiemsee waren fest gebucht.

Als Diebitsch danach seinen Dienst in Hamburg wieder antrat, wurde er gleich zu Beginn neuerlich zur strikten Geheimhaltung verpflichtet. Es ging um seine zukünftige Aufgabe. Erst zwei Tage vor seiner Abreise erfuhr Johannes, dass er als 1. Prisenoffizier auf einen Hilfskreuzer abkommandiert war. »Ihnen sind vier weitere Prisenoffiziere unterstellt. In Gotenhafen werden Sie auf ›Schiff 41‹ erwartet. Melden Sie sich bei Kapitän Theodor Detmers!«

»Wieder Gotenhafen«, stellte er erstaunt fest. »Mein Schicksalshafen!«

Am 27. Oktober nahm er Abschied von Auguste. Es war ein Abschied für mehr als sechs Jahre …

Morgens um sieben Uhr fuhr Johannes zusammen mit Leutnant Willi Bunjes, der als 3. Prisenoffizier auf den HSK abkommandiert war, nach Gotenhafen. Am Abend, nach elf Stunden Fahrt, meldeten sie sich an Bord bei Kapitän Theodor Detmers. Die KORMORAN war ein umgebautes Handelsschiff. Groß, viel Platz, aber leicht verwundbar. Glück und Zufall würden über Erfolg und Misserfolg der Mission entscheiden …

In den darauf folgenden Wochen wurde auf der Ostsee die ›Klarschiffausbildung‹ gedrillt: Rund 420 Mann Besatzung übten das Zusammenwirken aller Waffen im Gefecht mit Störungen und Ersatzmaßnahmen jeglicher Art, bis hin zur Ölversorgung auf See.

Ende November kam Großadmiral Raeder nach Gotenhafen, um der Besatzung Lebewohl zu sagen. In der Offiziersmesse herrschte eine Feierlichkeit, als ob ein Kardinal Hostien an seine gläubige Gemeinde verteilen würde. Dann wünschte Raeder das Übliche: »Viel Glück und Erfolg und eine gute Heimkehr!«

Nachts, am 4. Dezember 1940, lief die KORMORAN in aller Stille zur Feindfahrt aus Gotenhafen aus …

Laut Operationsbefehl waren als Gegner die Staaten zu behandeln, denen das NS-Regime den Krieg erklärt hatte. Einschließlich ihrer Kolonien. Das waren 1940 nicht wenige. Das Oberkommando wünschte hohe Versenkungsziffern. Jedoch durch die relativ schwache Bewaffnung war eine erfolgreiche Staatspiraterie nur durch geeignete Tarnmaßnahmen sicherzustellen …

Trotz Vollmond-Periode und zahlreicher englischer Kriegsschiffe im Seegebiet gelang der Durchbruch in den offenen Atlantik, nahe der Treibeisgrenze Grönlands, völlig unbemerkt.

Der Januar 1941 gestaltete sich sehr erfolgreich. Schon am 6. Januar wurde der griechische Kohle-Dampfer ANTONIUS aufgebracht und versenkt. Zwölf Tage später der englische Tanker BRITISH UNION, der von Gibraltar kommend nach Trinidad unterwegs war. Schade nur, dass er unter Ballast fuhr, sonst hätte er für Detmers und Diebitsch eine besonders wertvolle Prise abgegeben.

Am frühen Nachmittag des 29. Januar jaulten endlich wieder die Alarmsirenen durch die Decks der KORMORAN. Diebitsch befand sich auf der Kommandobrücke. Das Wetter war diesig. Es wehte der Harmatan, ein Wind, der zwischen Dezember und Februar tageweise von der afrikanischen Küste herüberbläst. Da seine Luft wesentlich kühler ist, entsteht auf See oft Dunst. Diebitsch nahm seinen Feldstecher. Die Umrisse eines anständigen Brockens mit markanten Aufbauten entschlüpfte dem Schleier. Ein Frachter. Zwar nur mit einem Schornstein, dafür einer von der dicken Sorte. Mindestens 10000 BRT. Die KORMORAN lief annähernd gleichen Kurs, drehte aber langsam auf ihn zu.

Im Funkraum herrschte höchste Anspannung. Der Funker lauschte in den Äther. Eine der wichtigsten Maßnahmen in dieser sensiblen Phase. Denn bei Verdacht würde der Kapitän des Frachters sofort den Angriff eines ›Raiders‹ melden und fortlaufend seine Position funken. Die KORMORAN würde schnell vom Jäger zum Gejagten werden.

Noch war keine Flagge auszumachen, doch die Heckkanone war so gut wie der Union Jack. Eine britische Visitenkarte.

Plötzlich drehte der Dampfer ab. Detmers befahl Maschine volle Kraft voraus und hielt auf den Briten zu. Gleichzeitig ließ er die KORMORAN enttarnen, indem er die Kriegsflagge setzen ließ. Der Frachter bekam den obligatorischen Schuss vor den

Bug, der ihn zum Stoppen aufforderte. Der Funker morste ihn dreimal an: ›*Stop, no wireless!*‹ Doch ohne Wirkung. Der gegnerische Kapitän setzte auf Flucht und ließ Notmeldungen funken.

Sofort antwortete die KORMORAN mit ihrer Artillerie. Bereits die dritte Salve lag im Ziel. Knapp fünf Minuten später ließ der britische Kapitän stoppen und auch den Funkverkehr einstellen. Diebitsch sah noch, wie die Beatzung drüben Hals über Kopf in zwei Rettungsboote flüchtete.

Auf das Zeichen des Kapitäns machte er sich und sein Prisenkommando zum Übersetzen fertig. Als sie etwa auf 2000 Meter Wasserkorridor heran waren, wechselte Diebitsch in das Motorboot. Als er und sein Prisenkommando den Dampfer enterten, entdeckten sie noch einen Mann an Bord. Er gestikulierte und war offenbar verwirrt. Diebitsch ließ ihn festsetzen und nahm unverzüglich seine Arbeit in Angriff. Die Untersuchung der Brücke, des Funkraums, Kapitäns- und Offizierskajüten waren die ersten Ziele seiner Mission. Ein Stapel wichtiger Dokumente und Unterlagen konnte sichergestellt werden. Darunter ein *Merchant Navy Code* mit einer vollständigen Entschlüsselungstafel. Johannes ließ das Klavier aus der Offiziersmesse mitnehmen und die Schiffsglocke der AFRIC STAR, um sie Detmers als Andenken zu überreichen. Die Funkstation blieb für die Zeit der Inspektionen mit einem eigenen Funker besetzt.

Als die Räume durchsucht worden waren, meldete Diebitsch an Kapitän Detmers: »Das Schiff ist der britische Dampfer AFRIC STAR, Größe 11900 BRT mit einer Ladung von 5708 t Gefrierfleisch und 634 t Butter, unterwegs von Buenos Aires über Sao Vicente nach Liverpool!«

Eine fette Beute, da es sich um das zweitgrößte Kühlschiff der Welt handelte.

Inzwischen mussten die Geretteten an Bord der KORMORAN gekrochen sein, da eine seltsame Anweisung zur AFRIC STAR gemorst wurde: ›Kleider und Wäsche für zwei Ladys sind aus deren Kabinen mitzubringen!‹

Unter den Geretteten des Kühlschiffes befanden sich tatsächlich zwei Damen als Passagiere. Sie waren nur mit Badeanzügen bekleidet gewesen und tranken ihren Tee, als der Angriff erfolgte. Eine der jungen Damen war die Frau eines englischen Kaufmanns, mit dem sie nach England zurückkehren wollte, die andere eine Stenotypistin, die ihre Stellung in Buenos Aires aufgegeben hatte.

Als Diebitsch und sein Prisenkommando wieder an Deck der Kormoran standen, zeichnete sich die Tragödie schnell ab. Der Frachter mit seiner wertvollen Ladung konnte nicht als Prise nach Hause geschickt werden, da er durch den Artilleriebeschuss derart beschädigt war, dass Detmers nichts anderes übrig blieb, als ihn zu versenken. Kein einziges Pfund Fleisch und Butter konnte übernommen werden, da die eigenen Kühlräume noch bis obenhin voll waren.

Also begaben sich der Sperrwaffenoffizier und seine Sprengmeister mit dem Motorboot hinüber zum Kühlschiff. Keine leichte Arbeit, einen Dampfer mit vielen kleinen wasserdichten Kühlabteilungen zum Sinken zu bringen. Als die Explosionen die Ruhe des Meeres erschütterten, stellte man fest, dass die angebrachten Sprengladungen nicht ausreichten. Das Kühlschiff trieb auf seinen vielen wasserdichten Abteilungen. Ein Torpedo besiegelte schließlich das Schicksal des Riesen. Er versank nach gut drei Stunden Todeskampf senkrecht über das Heck in die Tiefe. Bunjes, Diebitschs alter Weggefährte aus Hamburg, hatte Tränen in den Augen und wandte sich ab …

Der Name des versenkten Schiffes wird als Erinnerung sichtbar in der Offiziersmesse mit Datum, Name und BRT unter die anderen aufgebrachten Schiffe an die Stirnwand gepinselt …

Die Pamir befindet sich in diesem Moment über dem nassen Grab der Afric Star. Diebitsch lächelt in die Dunkelheit hinein. Was wissen meine Offiziere und Kadetten heute noch von unseren heldenhaften Taten für Ehre und Vaterland?

Als Bunjes am Morgen danach den Namen der AFRIC STAR an der Wand sah, sagte er verbittert zu ihm: »Wir verwandeln das Meer in einen Ort voller Grauen …«

14 *Donnerstag, 27. Juni, Cameron, Louisiana, Hurrikan-Warnzentrale der Sendestelle Washington-NSS.*

Ángela Jiménez, Marktfrau in Cameron, Louisiana, blickt zum Himmel. Sorgenvoll schaut sie auf ihre Tragekörbe. Sie sind voll gestopft mit Fisch und Grünzeug. Soll sie jetzt schon einpacken? Von ihrem kargen Verdienst ist eine vielköpfige Familie abhängig.

Die Sonne ist nur noch ein vergehender, schemenhafter Kreis. Ihre Ohren schmerzen vom Donner, der vom Meer her grollt, ähnlich Salven eines schweren Artilleriefeuers. Eine kolossale Brandung bricht sich am Strand, prallt gegen Dämme. Cameron ist ein Küstenort am Golf von Mexiko, zwischen Baton Rouge und Houston gelegen. An dieser Stelle wird *Audrey* an Land gehen …

Von ihrem Platz aus blickt Ángela zwischen zwei Gebäuden direkt auf die etwa zwei Kilometer entfernte Flussmündung. Ein Boot, das darin geankert hatte, ist plötzlich verschwunden. Eine brodelnde Dampfwolke wälzt sich darüber. Über das trübe Wasser des Flusses nähert sie sich in rasender Schnelligkeit dem Ortsrand von Cameron. Es wird finster. Palmen krümmen sich bis auf die Erde, gewaltige Sturmböen bringen die Glocken der Kirche zum Läuten. Der Sturm kreischt plötzlich um die Ecken der Gebäude, fegt augenblicklich die Gassen leer, saugt den Marktplatz ab.

Ángela wirft sich auf ihre Tragekörbe mit Salat und Fischen, greift raffend um sich, versucht zu retten, was zu retten ist. Sie rettet nichts. Sie hängt am Korb. Er schleift sie mit, hebt sie in die Höhe …

»Herr, erbarme dich!« Jack Harper knallt den Hörer auf die Gabel. Die Verbindung nach Cameron ist unterbrochen.

Nach Minuten des Schweigens fängt er an zu toben: »Warum haben sie nicht auf uns gehört? Warum hat der Idiot von Gouverneur all unsere Warnungen ignoriert? Warum?«

Jack hatte gerade ein Telefongespräch mit der Stadtverwaltung von Cameron geführt. Stanley Fox, der Mann am anderen Ende, sah im selben Moment eine haushohe Flutwelle auf die Stadt zurollen. »Mein Gott!«, schrie er noch. Dann brach die Verbindung ab …

Die Hurrikan-Warnzentrale Washington-NSS und die von Palm Beach, Florida, hatte den Landgang von Hurrikan *Audrey* an den Küsten Louisianas, beim Calcasieu Lake, vorhergesagt. Auf einer schmalen Landzunge zwischen dem Meer und dem See liegt die kleine Stadt Cameron, und Jack ist sich sicher: Exakt dort lässt die Dame jetzt ihre Kleider fallen …

Nigel, Jacks Freund und Kollege, beruhigt ihn: »Du hast alles getan. Der Gouverneur wird die Verantwortung dafür übernehmen müssen.«

»Zum Teufel! Das nützt den Toten wenig!«

Jack kann es immer noch nicht fassen. Dabei waren die Anzeichen an den Küsten Louisianas nicht zu übersehen. Außerdem meldete der Hurrikan-Pilot aus zehn Meilen Höhe eine blütenweiße Wolkenscheibe mit einem Loch in der Mitte. Friedlich anzusehen, doch der Albtraum versteckt sich im Schaumgebirge rund um den Krater, bis hinaus auf seine Windbahnen. Kein Zweifel, *Audrey* ist ein ausgewachsener Hurrikan. Der allgewaltigste Sturm der Erde.

Durch seinen meteorologischen Beobachter vor Ort war Jack gut im Bilde. Noch vor dreißig Stunden war das Wetter als gut zu bezeichnen. Der Himmel war klar, der Horizont ohne jedes Anzeichen eines Sturms. Dann rollte, sichtbar für alle, eine immense Dünung langsam, lautlos, dafür stetig, auf die Küste zu. Zehn Stunden später türmten sich die Wellen schon zu blau-grünen Bergen, der Himmel begann sich rasch einzutrüben …

Der Gouverneur wollte es einfach nicht wahrhaben: »Harper! Im Juni ist es doch für einen Hurrikan viel zu früh. Im August könnte ich mir so etwas hier vorstellen. Aber jetzt? Unmöglich!«

Jack beschwor ihn: »Sir! *Audrey*, das Monster, klopft bereits an Ihre Haustür. Lassen Sie die Städte entlang der Küste sofort evakuieren! Ihnen bleibt nur noch wenig Zeit. Unsere Flugzeuge haben im Sturmfeld Windstärken von über 150 Meilen gemessen.«

»Harper, hören Sie mir jetzt gut zu! Sie sitzen in Washington in Ihrem bequemen Sessel und telefonieren mit mir, wir aber leben hier am Golf von Mexiko. Wie wollen Sie unsere Situation aus dieser Entfernung beurteilen? Kommen Sie hierher, und schauen Sie hinaus auf das wunderbare Meer. Wissen Sie, dass mich Ihre Empfehlungen politisch den Kopf kosten können, wenn ich auf Verdacht hin die Küsten evakuieren lasse?«

»Gouverneur, kein Verdacht, der Hurrikan kommt!«

»Warten wir noch 24 Stunden. Dann werden wir hoffentlich Gewissheit haben.«

»Ich lese hier nicht im Kaffeesatz! Ihre Ignoranz wird Hunderte das Leben kosten, wenn Sie nichts unternehmen!«

»Erzählen Sie das dem Präsidenten!«

»Sie müssen die Entscheidung treffen, nicht der Präsident!«, brüllt Harper, doch der Gouverneur unterbricht die Leitung.

Niemand kann sich ausmalen, welchen Todeskampf Ángela in diesem Moment durchsteht. *Audrey* und ihr ausgedehntes zyklonales System beeinflussten inzwischen ein Gebiet von einer Million Quadratkilometern. Das Meer explodiert an Land und verwandelt Cameron in ein Atlantis …

15 *Sonntag, 30. Juni, kurz vor der Äquatorlinie,* PAMIR *Position: 1° 49' N, 23° W*

Die Luft steht. Es regnet unaufhörlich. Feuchtigkeit dringt überall hin. Im Spind fängt die Kleidung an zu schimmeln.

Der Äquator rückt näher. In das Fass wirft einer zur besseren Gärung etwas Hefe. Andere werden dabei beobachtet, wie sie Zigarettenkippen, Schmiere, Fischreste, faule Eier, Kaffeesatz und andere Widerwärtigkeiten hinzutun. Der bestialisch stinkende Sud bewirkt augenblicklich Brechreiz. Das Unwohlsein der Täuflinge nimmt zu.

»Morgen ist es so weit!«, hört man in der Mannschaftsmesse. Horrorgeschichten über die bevorstehende Äquatortaufe machen immer öfter die Runde. Von denen, die schon getauft sind, weiß jeder noch Ekelhafteres, noch Grausameres über das Ritual auf See zu berichten. Das schlägt aufs Gemüt.

Konnte man vor Tagen die Stimmung an Bord gegenüber den Täufern noch als aufmüpfig bezeichnen, so hat sich dies bei fast allen ›Delinquenten‹ zusehends geändert, je näher der Äquator rückt.

Komplette Essensrationen wechseln überraschend die Tische. Die zu Taufenden bieten den Täufern das Fleisch oder die Süßspeise an. Man könne ja auch mal verzichten. Manche sind kriecherisch zu Diensten. Gibt es was zu flicken? Dürfte die Kammer nicht gereinigt werden? In der Mannschaftsmesse steht eine ›Spenden- und Vermächtnisschachtel‹, in die jeder Täufling, je nach Angstpegel, einige Gaben und sein Vermächtnis in Form handgeschriebener Zettel einwerfen kann. Hier kann der Täufling kundtun, was er bereit ist zu spendieren, um Wassergott Neptun gnädig zu stimmen.

Manni muss ohnehin jede Mark für die Familie bunkern. Auch Tom legt jeden Taler auf die hohe Kante. Er will seinem Vater, der als Lehrer Unterricht gibt, nicht mehr zur Last fallen. Seine Eltern sind geschieden. Seine Mutter hat das Sorgerecht für seine vier Geschwister, blieb aber nach einem schweren Autounfall behindert. Von seinen Geschwistern ist nur noch Henning, sein jüngster Bruder, bei ihr. Elke, die zweiundzwanzigjährige Schwester, studiert, sein siebzehnjähriger Bruder Jens lebt in einem Lehrlingsheim. Thorsten, inzwischen sechzehn Jahre alt, wohnt bei einer Quäker-Familie, die auch Tom insgesamt fünf Jahre lang in England großgezogen hat …

Die Höhe der Spende? Ob eine Schachtel Zigaretten, eine Flasche Bier oder einen ganzen Kasten und vielleicht noch eine Flasche Schnaps aus der Transitlast obendrauf, nein, dem ›Neptun‹ im Mensch ist nichts genug!

Das Kiez-Rudel ist sich einig. Sie verweigern sich jeglicher ›Spende‹ und wissen, dass sie dafür nicht ungeschoren den Gürtel der Erde übersegeln werden. Ein Großteil der gesparten Heuer würde sonst dabei draufgehen, obwohl sie eigentlich für Mitbringsel aus Argentinien für die Daheimgebliebenen gedacht war …

Joe pflegt seinen Kontakt auch mit dem Koch. Der ist eine Leseratte, und Joe hat sich bei ihm ein Buch über die Rituale der Seefahrt ausgeliehen. Darin steht, dass es bereits vor fünfhundert Jahren üblich war, dass der, der mit dem Schiff reiste und erstmals die unsichtbare Linie des Äquators überquerte, eine Taufe über sich ergehen lassen musste. Um 1557 segelte Johannes Lerius von Frankreich nach Brasilien. Er schrieb: *… als wir den Gürtel der Welt überfuhren, haben die Schiffsleute mit großer Festlichkeit ihren Brauch gepflegt. Sie banden diejenigen, die zuvor diese Linie noch nicht überquert hatten, an ein Seil und warfen sie vom Schiff ins Wasser, wo die Taufe erfolgte!* Die wahre Tradition! Dagegen ist der heutige Ritus abartig …

Jens flüstert Henry, Manni und Joe während einer gemeinsamen Wache zu: »Die Alten sprechen zwar von Tradition, doch in Wirklichkeit missbrauchen sie die Götterwelt für ihre niederen, hirnlosen Instinkte und verpacken es als eine schützenswerte, uralte Seefahrertradition. Dabei ist die Idee der Taufe gar nicht schlecht. Seit wann weiß man denn überhaupt von einer Erdkugel?«

Joe überlegt: »Aristoteles! Es lebte im 4. Jahrhundert vor Christus. Der hatte eine andere Vorstellung. Er beobachtete wie alle Menschen auf Erden die Mondfinsternisse. Und er stellte fest, dass der Mond an sich unverändert bleibt. Er entdeckte, dass er nur von einem Schatten verdunkelt wird. Und diese Verdunkelung muss durch den Lauf der Erde verursacht sein, denn durch die Sonne wirft die Erde ihren Schatten auf den Mond.«

»Und wie kam er auf die Kugelgestalt der Erde?«, fragt Henry.

»Aristoteles wusste, dass sich die Erde dreht, und sah, dass der Schatten auf dem Mond immer kreisförmig war. Die Erde musste also die Gestalt einer Kugel haben.«

»Gut, dass ich das kapiert habe. Seinetwegen bin ich jetzt bereit, diesen Mist zu ertragen.«

Tom zeigt hinüber zur Tonne: »Es gibt Schlimmeres!«

Der zweite Kochsmaat stellt ein zusätzliches Holzfass Salzheringe in die Sonne. Für welchen Zweck, ist jedem klar. Ingo schmunzelt. Richie ordnet an, dass sich niemand den Fässern nähern darf. Alle Täufer sind aufgerufen, die ›Schätze‹ von Stund an vor den unwürdigen Täuflingen zu schützen.

Joe lästert: »Ich wusste schon immer, dass der Heilige Gral an Bord der Pamir deponiert ist!«

Die Spezialwache zieht auf.

Joe ruft: »He, ihr Gralsritter, bringt den Kelch mal rüber, er soll Glückseligkeit und ewige Jugend spenden!«

Richie ist das zu viel. Er versteht nichts und brüllt: »Freiwache antreten! Los, ihr müden Säcke!«

Der Spökenkieker und Oldsails lassen Holzstreben und altes Segeltuch heranschleppen. Das Tuch wird mit Holzteer imprägniert, und mithilfe der Streben wird wenig später ein provisorisches Schwimmbecken gebaut. Ein Deckswaschschlauch wird gelegt, und dann heißt es Wasser marsch, um die Dichtigkeit zu überprüfen. Das Meerwasser sickert zwar durch manch alte Naht, aber der Ozean ist voll davon, und so kann man ja jederzeit nachpumpen. Nein, nicht zum Vergnügen ist das Becken bestimmt, alles gehört zum erwarteten ›Ritual‹, und am Abend vor Erreichen des Äquators nimmt das Elend seinen Lauf.

Vor Sonnenuntergang befiehlt Oldsails alle Ungetauften in Badehose auf das Achterdeck. Mit Galgenhumor nehmen die Täuflinge Aufstellung. Auch einige Leichtmatrosen sind darunter, die, obwohl schon getauft, ihre Urkunde nicht eingepackt hatten. Seefahrtsbuch und Beteuerungen helfen nicht. Sie werden die Prozedur ein zweites Mal durchstehen müssen. Auch ›Badegast‹ Dr. Ruppert befindet sich unter den Täuflingen …

Diebitsch und seine Offiziere blicken vom Hochdeck auf das Geschehen. Er hat schon immer auf den Selbstreinigungseffekt einer Besatzung gesetzt, denn nach seinem Empfinden nisten sich Egoismus, Rücksichtslosigkeit, Feigheit und Geiz während einer jeden Reise ein, wo doch Hilfsbereitschaft, Anständigkeit und Solidarität vonnöten sind. Er hat sich das Taufprogramm vorlegen lassen und bei manch einem ›Behandlungs-Vorschlag‹ eine Verschärfung empfohlen. Besonders bei den Täuflingen der Steuerbordwache. Er steht voll hinter seiner Tradition …

Oldsails gibt bekannt, dass der Funker ein Telegramm folgenden Inhalts bekommen hätte: *Jedermann soll, sofern vorhanden, seine Äquator-Taufurkunde vorlegen, damit die Gültigkeit derselben überprüft werden kann.*

Die meisten können keine Taufurkunde vorweisen. Plötzlich ertönt ein lautes Getöse im Deckhaus. Aus dem Steuerbordgang stürzt ein finsterer Geselle, eskortiert von vier schwarzhäutigen Wilden in Leinenröcken. Es ist Triton, Sohn des Fluss- und Meeresgottes Neptun. Die Wilden sind seine Polizisten, die sich mit Stöcken bewaffnet haben. Joe und Manni haben große Mühe, bei dem gebotenen Anblick ernst zu bleiben. In seiner grotesken Aufmachung gleicht Tritons Auftritt einer schrägen Zirkusnummer.

Mit theatralischer Geste entrollt er eine Klopapier-Rolle: »Herr Kapitän! Verehrte Täufer, Seeleute Neptunis – ihr Drecksäcke und Stinker! Ich, Triton, Großadmiral seiner Majestät Neptun, des ersten und einzigen schwimmfüßigen Beherrschers aller Meere, Flüsse, Teiche, Tümpel, Pfützen, Ballast- und Trinkwassertanks, gebe folgenden Aufruf des Allgewaltigen bekannt: Wie wir durch unsere Späher erfahren haben, ist es Ihre Absicht, den Äquator zu überqueren. Etwas verspätet erfuhr seine Meeresgottheit Neptun, dass auf diesem Schiff Geschöpfe mitfahren, die es wagen wollen, ungetauft seine äquatorialen Gewässer zu besudeln. Alle verdreckten Bewohner der staubigen Nordhalbkugel, die beabsichtigen, die strahlende Reinheit der äquatorialen Gewässer auf dem Wege ins südliche Paradies zu durchqueren, müssen sich laut der unterseeischen Einwanderungsbehörde – Erlass vom 11. 11. 1111 anno Neptunis – einer gründlichen Kadaverreinigung unterziehen. Erschwerend wirkt sich für euch Stinktiere aus, dass ihr alle bereits gegen unsere Gesetze verstoßen habt. Seit einiger Zeit ist unsere Jauchenschutzpolizei unermüdlich dabei, die Kloake, die ihr als Kielwasser hinterlassen habt, zu entgasen und zu klären, um die Reinheit des Äquators wiederherzustellen. Die entstandenen Unkosten gehen zu Lasten der Ungetauften, Konto: ›Notleidende Täufer‹.«

Ein Neger reicht ihm die Pappschachteln mit den Spenden und Vermächtnissen.

Triton hebt sie hoch: »Ich hoffe, dass eure Vermächtnisse und Hinterlassenschaften, die ich hiermit versiegelt in Empfang nehme, ausreichen werden, um alle unterseeischen Gläubiger zu befriedigen. Nach überstandener Taufe wird von unserem Hof eine Urkunde auf Lebenszeit ausgestellt, die ein gefahrloses Passieren des Äquators in Zukunft garantiert. Die Behandlung ist gebührenpflichtig, zahlbar in Bierkästen oder Schnaps, und wird mit der Kirchensteuer von unserem versoffenen Hofpastor gleich von der Heuer einbehalten. Die Höhe der Gebühren richtet sich nach dem Verschmutzungsgrad der einzelnen Dreckfinken.

Gebt acht, ihr verfilztes Lumpenpack! Morgen, am 1. Juli 1957 gegen Mittag, wird Neptun mit seiner Gemahlin Thetis und Gefolge auf diesem verrosteten und zerschlissenen Segler erscheinen, um die ordnungsgemäße Durchführung der Taufprozedur zu überwachen, damit ihr Stinker nach altem Brauch und Ritus gereinigt und für die südliche Halbkugel hoffähig gemacht werdet.«

Daraufhin blickt Triton zum Hochdeck. »Sollten Sie, verehrter Herr Kapitän, unsere schwere Arbeit durch ein aufmunterndes Wässerchen unterstützen wollen, so ist Ihnen unsere Hochachtung gewiss. Wir werden uns morgen die größte Mühe geben, damit Ihr verrostetes Schiff nicht länger als nötig mit dem Makel verdreckter Seeleute behaftet ist. Im Sinne einer gründlichen Taufe überbringe ich Ihnen die besten Wünsche des Meeresgottes Neptun, des Herrschers über die Tiefseen dieser Erde.«

Kapitän Diebitsch hebt gönnerhaft die Hand zum Zeichen seiner Spendierfreudigkeit.

Nach seiner Rede fordert Triton den Aufmarsch der Täuflinge. Eine kurze Inspektion ergibt, dass diese schmutzigen, unwürdigen und traurigen Gestalten wahrlich nicht vor Neptuns Angesicht treten können, ohne vorher gehörig gereinigt und geläutert zu werden. Inzwischen hat jeder der schon bereits Getauften ein Tampenende ergriffen, sollten sich die Täuflinge nicht schnell genug über Deck bewegen. Sie haben ihre ›Lieblinge‹ im Visier, die bisher wenig oder noch gar nichts gespendet haben.

Kaum ist die Kontrolle vorüber, kommen Pumpen und Waschschläuche zum Einsatz.

»Wenigstens eine erfrischende Abwechslung!«, kommentiert Joe den Auftritt Tritons.

Die Täuflinge spielen mit. Um den Schlagstöcken und den Tampenhieben zu entgehen, flitzen die jungen Männer an Deck mit Gejohle hin und her. Schließlich werden sie über alle möglichen Hindernisse hinweg auf das Vordeck getrieben, wobei sie auch hier ständig unter Wasser gehalten werden. Joe und die anderen sorgen dafür, dass die Wasserfontänen die Richtung ändern, sodass auch die Täufer etwas davon haben. Es gibt massig blaue Flecken, die aber nicht groß auffallen, da keiner die alten gezählt hat.

Eine gelungene Wasserschlacht, meint das Rudel, doch die meisten sind erst mal froh, dass der vorabendliche Auftakt zur Taufprozedur vorüber ist.

Triton ergreift wiederum das Wort: »Ihr verlauste Saubande! Seid euch bewusst, welche Ehre es bedeutet, getauft zu werden! Ihr habt den ganzen Abend noch Zeit, in euch zu gehen und Buße zu tun. Der Gedanke an die Taufe darf euch die ganze Nacht nicht schlafen lassen, und gedenkt immer Neptuns Worten: *Wer nicht freigiebig ist, der wird sein blaues Wunder erleben!* Und nun kniet nieder und tut Buße, denn der Tag der Erlösung naht. Sprecht mir nach: O holde Thetis, erlöse uns von dem Elend, wirf dein goldenes Netz über uns, damit wir aus dem endlosen Meer des Geizes gefischt werden. Befreie uns aus dieser Kloake!«

Triton und seine Polizisten ziehen sich zurück und überlassen die Täuflinge sich selbst …

16 *Montag, 01. Juli, Äquator,* PAMIR *Position 24° 3' West*

Das Frühstück schmeckt Joe nicht wie sonst. Sein Kopf ist noch schwer von der schlaflosen Nacht. In beiden Wachen wurde darüber spekuliert, was der neue Tag bringen mag.

»Viel Luft um nichts«, sagt Joe zu Manni, »aber ich habe gehört, dass die Täuflinge geteert werden sollen.«

Tom grinst: »Vielleicht ist es besser, wir schmieren uns vorher mit Maschinenfett ein.«

Joe geht zu seinem Spind: »Nehmt meinen Vorrat an Nivea.«

»Das sollten wir für die Haare lassen«, sagt Manni. Und zu Tom: »Komm hinunter in den Maschinenraum!«

Ein Gerücht macht die Runde: Kuddel soll sich frühmorgens darangemacht haben, die vergammelten Heringe zu verarbeiten. Angeblich hat er sie erst durch den Wolf gedreht, die Fischmasse anschließend mit Currypulver und einigen Handvoll Cayennepfeffer gewürzt und danach mit einer Unmenge Salz, Mehl und anderen geheimen Zutaten zu Brei vermischt. Aus dem Gemenge hat er dann fast eiergroße Kugeln gedreht und kurz gebacken. Heraus kam die Äquator-Pille! Durch die kontrollierte Einnahme dieser Arznei sollen alle Täuflinge von der heimtückischen ›Nordhalbkugelkrankheit‹ geheilt werden.

Die Täuflinge spüren an jenem Morgen von allen Seiten eine merkwürdige Ablehnung. Auch einige Jungmänner und Leichtmatrosen, die sich gestern noch umgänglich benommen haben, scheinen ihr Verhalten über Nacht geändert zu haben. Das schüchtert ein …

Wie erwartet, erscheinen bald die schwarz bemalten Polizisten, diesmal begleitet vom pickelhaubenbewehrten 2. Zimmermann Wilfried. Dieser stellt sich in Positur: »In Kürze wird Neptun an Bord eintreffen. Ab in die Kadettenmesse, damit ihr sein Auge nicht beleidigt!«

Irgendjemand hat die Bullaugen und Schotten verschalkt. Der Stahl ist heiß. Die Temperatur steigt schnell auf über fünfzig Grad. Das Vorspiel beginnt …

Vorsorglich ziehen die Täuflinge wieder ihre Badehosen an. Um 12.30 Uhr wird das Schott aufgerissen. Der Moment ist gekommen: Neptun und seine liebliche Gemahlin Thetis sind aus der Tiefe über die Ankerkette an Bord gekommen. Thetis gefällt vielen an Bord. Das kommt von den Entbehrungen. Die Illusion der Weiblichkeit erscheint an Deck. Bei der Auswahl ihrer Lieblichkeit hat Alois das Rennen gemacht. Er bewegt sich perfekt in seinen grellen Frauenklamotten. Sein Kopf ist unter einer groben blonden Perücke aus Hanf verschwunden. Der rosafarbene BH stammt aus seiner Requisitenschachtel, und die Zehennägel hat er sich rot bemalt …

Eine Schwadron Bordpolizei tobt durch die Messe, um die Täuflinge auf das Achterdeck zu treiben. Auf dem Hochdeck empfängt Diebitsch indessen Neptun und Thetis samt Hofstaat. Darunter Triton und seine schwarzen Helfer, den Prediger, einen Tiefseedoktor, den Gerichtsdiener und einen Barbier. Die Bordpolizei umzingelt die Täuflinge.

Nachdem drei Gläser Schnaps gekippt sind und der goldene Schlüssel übergeben ist, beginnt der Pastor Quatsch zu predigen: »Neptunus deus Oceanum, Mare Äquatoralis, PAMIR Phallus Minimalis! Liebe Taufgemeinde! Heute, am denkwürdigen Tage ultimo deklinatis neptunis äquatoralis, haben wir uns hier auf dem stolzen Rostschiff PAMIR versammelt, um nach altem Brauch das Fest der Freude und das Fest des Leidens würdevoll nach alter Tradition zu begehen. Seine Ozeanische Majestät Neptun, der Beherrscher aller Meere, Seen, Tümpel, Flüsse, Bäche …«

»Und Pissrinnen …!«, flüstert Tom.

Die gesamte Reihe grinst und gluckst. Der gekünstelte Ernst ist für den Moment dahin.

»… kniet nieder, legt euer Haupt auf Luke zwei, und verneigt euch ehrfurchtsvoll«, hören sie wie von fern den Quatschprediger. Erste Hiebe durch die angetrunkene Bordpolizei verleihen der Anordnung Nachdruck.

»Sollen wir auf den Großmast stiften gehen?«, flüstert Tom.

»Wenn du berühmt werden willst, dann mach's!«, flüstert Henry zurück. Als alles auf den Knien liegt, fährt der Pastor fort: »Der Leitspruch und Gedanke der heutigen Predigt steht auf dem Längengrad 24 Grad, 3 Minuten West: ›Befreie uns von unserem Geiz, denn der Zorn Neptuns wird fürchterlich sein. Er lässt das Meer toben und den Wind jaulen. Und ist da einer unter euch, der ungetauft über den Äquator schleicht, so kennt der Dreizackfürst keine Gnade! Denn eher flitzt ein Kamel durch ein Nadelöhr denn ein Geizhals über den Äquator! Prost!«

»He, der säuft ja jetzt schon!«, zischt Manni.

»Die haben doch schon alle einen in der Birne!«, spottet Tom.

Der Pastor predigt wiederholt von viel Schmutz, Gestank, Krankheiten und unkontrolliertem Haarwuchs, der beseitigt werden müsse. Die Wurzel allen Übels: der Geiz …

»Fehlende Bierflaschen!«, zischt Joe.

»Wir wollen euch den rechten Weg weisen und mit gütiger Gewalt die Gebefreudigkeit in euch wecken, auf dass eure Signaturen viele Spendenzettel zieren mögen. Vertraut auf die Macht der Spenden! Prost!«

Wieder schlagen Bierflaschen aneinander …

»Fidelitas in delirium tremens!«, sagt Joe lautstark. Kaum einer versteht seine Worte.

Der Pastor liest die letzten Zeilen: »… ist der Täufling zu seinen Vorgesetzten immer freundlich gewesen und hat er nie ein vorlautes Maul gehabt, so wird er sich der Gunst Seiner Königlichen Majestät gewiss sein können. Ist er aber aufsässig und vorlaut gewesen, so wird ihm Neptuns Zorn unvergesslich bleiben für alle Zeit! Wir alle, die wir hier versammelt sind, wollen jedoch hoffen, dass niemand verstoßen wird und alle geläutert in das südliche Reich der Tiefe hinübersegeln können. So frage ich Euch denn, hehrer Neptun: Wollt Ihr in Eurer unbeschreiblichen Güte und Barmherzigkeit diese unwürdigen Gestalten nach erfolgter Taufe aufnehmen in Eure große Fischgemeinde?«

Neptuns Antwort geht im Gejohle der Taufhelfer unter. Joe verspürt stechende Schmerzen auf Gesäß und Rücken. Die Schläge der Tampen wirken wie Peitschenhiebe. Joe und die anderen Täuflinge werden ins Kabelgatt getrieben. Eng und heiß ist es darin, der Gestank nach faulen Eiern unerträglich. Das Atmen fällt schwer. Keiner weiß, wie lange sie dort eingepfercht stehen.

»Braucht der Mensch solche Besinnungszeiten?«, fragt Tom nach Luft ringend.

Dann werden sie in Gruppen herausgeholt. Das Kiez-Rudel bleibt beisammen. Es muss in den ›Schweinestall‹, eine Abfallkammer, geräumig wie ein Kleiderschrank. Dreizehn Täuflinge werden mit Gewalt hineingepresst. Auch der ›Badegast‹ und der zweite Steward befinden sich darunter. Der Boden ist mit klebrigem, gärendem Unrat präpariert. Er stammt aus der Tonne. Schweißgebadet glaubt man, nach wenigen Augenblicken darin ersticken zu müssen. Der Steward übergibt sich, zwei weitere folgen …

Der Verschlag öffnet sich. Draußen ist es 35 Grad heiß, doch der Schwall Luft ist eine wahre Erfrischung. Eine Gruppe von fünf Mann wird herausgeholt.

»Die Nächsten sind wir!«, sagt Joe.

Tom ist der Ohnmacht nahe. »Ich stifte das Bier!«

»Keine einzige Flasche! Denk an unsere Abmachung.«

Tom zittert am ganzen Körper: »Wir müssen was anbieten, sonst bringen sie uns um!«

»Ziegenmilch! Wie ausgemacht. Du sagst immer nur: Ziegenmilch! Hörst du?«

»Ziegenmilch – gut …«, keucht er.

Der Verschlag öffnet sich, sie stürzen ins Freie. Zusammengebunden werden sie dem Pastor vorgeführt. Joe ist an der Reihe.

»Dein Leben ist verpfuscht«, hört er aus der Ferne, die Missetaten von der Liste nur schwer zu tilgen. Der ›Pastor‹ empfiehlt dem ›Doktor‹, an diesem Täufling eine Generaluntersuchung vorzunehmen. Helfer packen Joe auf den ›Operationstisch‹ und binden ihn fest. Sein Kopf wird fixiert. Leichtmatrose Artfried, alias ›Doktor‹, stellt die Diagnose: »Starke Magenverstimmung mit extremem Mundgeruch, heimgesucht von der Nordhalbkugelkrankheit, dazu extremer Geizbefall kombiniert mit der lebensbedrohlichen Verweigerungsinfektion.«

Das bedeutet fast die Todesstrafe. »Was will der Täufling Joe zur Abwendung des Vollzuges tun?« Zehn Finger würden helfen. Jeder Finger für einen Kasten Bier …

»Ziegenmilch! Für dich eine Flasche Ziegenmilch!«

Das hat noch keiner gewagt! Der Gerichtsdiener notiert.

Das wollen wir doch sehen! Joe spürt, wie ihm die ›Pille‹ zwischen die Zähne gepresst wird. Ein Trichter bahnt sich hart den Weg zwischen seine Lippen. Flüssige ›Medizin‹ per Schöpfkelle. Der Sud. PAMIR-Auslese 57! Von der Sonne verwöhnt …

Joes Finger wollen sich nicht rühren. Der Trichter bleibt länger stecken als gewollt. Dem ›Pastor‹ nebendran wird's mulmig: »Zieht ihn raus!«

Joe ›opfert‹ die eklige Brühe im hohen Bogen.

»Ah! Der Mundgeruch entweicht!«, doziert der Doktor. »Wie viele Fingerlein haben wir denn?« Sein Blick geht zu Joes Hand. Sie wird zur Faust.

»Der hat auch noch die Pest!« Der ›Doktor‹ fordert von seinem Helfer erneut den Trichter. Eine Schöpfkelle voll Sud verschwindet darin, die zweite ergießt sich über Joes Gesicht. »Na, wie viel?«

Die Zeit verrinnt. Joes Körper bäumt sich auf. Der Trichter steckt …

»Genug!«, brüllt Buschmann vom Hochdeck. Ein Helfer reagiert besonnen und entfernt den Trichter.

»Verdammt! Das ist mein Geschäft«, knurrt der ›Doktor‹.

Diebitsch ermutigt die Akteure vom Hochdeck aus: »Das hat sich der Kerl redlich verdient!«

Ein Ansporn. Schon freut sich der ›Barbier‹ auf den Unbeugsamen.

Joe wird aufgerichtet, übergibt sich erneut. Die Richtung stimmt, trotz verklebter Augen. Der Schwall trifft den ›Doktor‹. Von zwei Bordpolizisten bewacht, um die Füße eine Schlinge, die nur kleine Schritte erlaubt, wankt Joe zur nächsten Station. Hinter sich hört er Toms Stimme sagen: »Ziegenmilch!«

Der Barbier reicht Joe in versöhnlichem Ton eine Flasche: »Spül nach, wird dir gut tun.« Meerwasser mit Curry sprenkelt auf das Deck. Der Befehl folgt prompt: »Bugsiert ihn auf den Thron!«

Ein Brett über dem ›Swimmingpool‹. Einschmeichelnd klingen die Worte des Barbiers: »Ihre Lieblichkeit Thetis legt Wert auf dein Aussehen! Erzähl mir deine Wünsche!«

»Dauerwelle!«

Ein Quast klatscht in sein Gesicht. Die schaumige Masse darauf, ein Mix aus ranziger Butter, Seife, Farbe, Öl und Teer. Mit der Klobürste wird der Dreck über Haare, Gesicht, Hals und Rücken verteilt. Schon geht es ab in die Tiefe. Ein begeistertes Täuferteam erwartet ihn. Hier zahlt sich auch die Schlinge um die Füße aus. Vor dem ersten Eintauchen hört Joe noch die Frage: »Wie groß ist denn deine Spende?«

Beim Luftholen zürnt er: »Eine Flasche Ziegenmilch!«

»Was?« Die Lust zu quälen quillt beiden Taufmatrosen aus den Augen. Sadismus necesse est!

Joe ist passionierter Taucher. Er hat ein immenses Lungenvolumen. Die ›Täufer‹ haben davon keine Ahnung. Nach dem dritten Tauchgang treibt er reglos unter Wasser. Der Sadismus weicht der Angst. »Raus mit ihm! Er ist vom Staub gesäubert!« Es klingt fast wie eine Entschuldigung.

Joe grinst in sich hinein. Ungebeugt geht er zur letzten Station, zu Thetis, der wundersamen Schönen. »Mein Meer sei dein Haus! Küss mir den rechten Fuß!«

Der Fuß steckt in einer Taucherflosse, die in einem Bottich mit einer undefinierbaren zähen Masse versunken ist.

»Knie nieder!«, hört er Thetis kratzende Stimme.

Mit spitzen Lippen nähert er sich ihrem Fuß. Doch die Taucherflosse schlägt ihm, wie allen anderen Täuflingen, das Gemisch ins Gesicht. Es lebe die Tradition!

Krönung und Abschluss ist die Aushändigung des Taufscheins durch Neptun. Am Ende versuchen die schwer Gedemütigten noch einen tieferen Sinn darin zu finden. Vielleicht in den verliehenen Fischnamen wie Seegurke, Knurrhahn oder Wasserfloh? Vergeblich. Die urkundlich beglaubigte Tortur wird zum ranzigen Gedenken an die PAMIR.

Neue Gräben tun sich zu den alten auf. Am schlimmsten hat es den ›Badegast‹ und den zweiten Steward erwischt. Es riecht nach einem Eklat.

Joe, Manni, Jens, Henry und Tom haben dagegen ihr Ziel erreicht. Man hat ihnen brutal zugesetzt, und sie haben mit ›Ziegenmilch‹ dagegengehalten. Sie sind stolz darauf. Ihre Standhaftigkeit wird zum Siegel für Kameradschaft, Zusammenhalt und Verlass. Joe geht in die Messe. Er hat für diesen Augenblick vorgesorgt. Mit Korn und fünf Flaschen Bier kommt er zurück. Die Schnapsgläser werden gefüllt.

»Auf Poseidon, den wahren Gott des Meeres, Bruder des Zeus, und auf seinen kristallenen Palast in der Tiefe, in den wir eingeladen sind.«

›Neptun‹ und seinen Komödianten fehlen die Worte. Begriffen haben sie nichts …

Während sich die Täuflinge den üblen Schmutz im Mannschafts-Waschraum abspülen, dringen wüste Schimpfworte durch die Bulleyes: »Alter Pisser! Du Wichser! Geh doch auf dein Schulschiff DEUTSCHLAND – du – du – Menschenschinder!«

Manni starrt Joe ein paar Sekunden an. »Da beweist einer gerade Mut«, sagt Joe.

Manni darauf: »Komm, lass uns sehen, wer es ist.«

Ein Matrose, sternhagelvoll, wird von seinen Kameraden durchs Schott bugsiert. »Das wird ihn Kopf und Kragen kosten, wenn wir wieder zurück in Hamburg sind«, meint ein Kamerad sorgenvoll.

17 *Dienstag, 02. Juli, PAMIR Position, 2° 40' S, 24° 52' W*

Überraschend kommt Wind auf. Ungewöhnlich in diesen Breiten. »Lassen Sie die Royals festmachen!« Die obligate Anordnung des Käptens bei Sonnenuntergang.

Buschmann, der erfahrene Offizier, gerät wegen der Segelführung mit Diebitsch wieder einmal in die Wolle! Sein Temperament schwillt diesmal auf Starkwind an: »Käpt'n, ich habe auf einer segelnden Bark und auf keinem Motorschiff angeheuert!«

»Führen Sie meinen Befehl aus! Festmachen!«

»Eggers hätte sich über dieses Lüftchen gefreut. Maschine Stopp und doch vier Knoten Fahrt! Ist das etwa nichts?«

»Behalten Sie Ihre Weisheiten für sich. Es reicht mir! Entweder Sie führen meine Befehle aus, oder ich entbinde Sie Ihres Kommandos! Dann können Sie als Matrose die Rückreise antreten!« Diebitsch verschwindet darauf blitzschnell im Kartenhaus.

Buschmann fängt sich schnell wieder. »Meine Noten werden immer besser!«, sagt er amüsiert zu Helmuth Lütje, dem 2. Bootsmann, der an Bord ›Krabbenfischer‹ genannt wird, da er aus Büsum kommt. Er ist 20 Jahre, fährt seit März 1954 zur See, davon sechs Monate auf der PAMIR. Eggers hat ihn auf der letzten Reise wegen vorzüglicher Bewährung vom Matrosen zum 2. Bootsmann befördert.

»Bei dem Käpt'n ball ich schon beim Nachdenken die Fäuste, als müsste ich ständig einen Feind besiegen.«

»Helmuth, was soll's! Er benimmt sich so, wie er kann. Ein Mann der Masten und Segel aus dem reinen, unbefleckten Verein zur Förderung des seemännischen Nachwuchses.«

»Für den die See eine schiffbare Möglichkeit darstellt, aber nie ein vertrauter Gefährte sein wird.«

»Damit liegst du richtig«, sagt Gunther. »Aber ich garantier dir: Sein Kurs endet endgültig in Hamburg.«

Buschmann sieht sich nicht allein. Fast alle Offiziere haben sich inzwischen Notizen gemacht, denn in den letzten Wochen wurde allen klar: Diebitschs Sicherheits-Attitüden sind reiner Vorwand. Dem ›Alten‹ fehlen schlichtweg die Erfahrung und das Zutrauen.

18 *Freitag, 05. Juli, Hurrikan-Warnzentrale, Washington-NSS*

Jack Harper studiert auf der Seekarte die Hurrikan-Zugbahn. Dann redet er Klartext: »Ein Reiter hätte mit *Audrey* die letzten drei Tage Schritt halten können!«

Einer seiner Mitarbeiter betritt das Büro und reicht ihm die Washington Post. Die Schlagzeile springt ihm ins Gesicht. Jacks Lippen werden schmal wie Bleistiftminen. *Hurrikan* Audrey *fordert 400 Menschenleben!* Darunter liest er: *Experten rechnen mit Wiederaufbaukosten von bis zu 2 Milliarden US-Dollar.*

Draußen vor dem Eingangsportal sind Kameras aufgebaut. Für Jack ein sicheres Indiz dafür, dass wieder einmal nach der Schuldfrage geforscht wird …

Hurrikan *Audrey*! Drei Wochen zuvor nur ein Name, ein paar Daten, aber kein Gesicht. Nun besitzt er eine schreckliche Identität. Eine tödliche. Seit US-Meteorologen 1950 begannen, den Wirbelstürmen Namen zu geben, hat *Audrey* die meisten Todesopfer gefordert.

Sein uneingeschränktes Mitgefühl gehört dem Leid und Elend der Menschen und den Angehörigen der Toten, sein

Zorn aber richtet sich gegen den Gouverneur. Jack wird kein Blatt vor den Mund nehmen. Hurrikane und ihre Zugbahnen sind von allen Naturkatastrophen am besten vorherzusagen. Es ist daher eine bittere Ironie, dass *Audrey* genau an dem Punkt an Land gegangen ist, den NSS und seine Abteilung vorhergesagt hatten. Und nun fanden derart viele Menschen den Tod. Der Grund: Alle Warnungen wurden von Louisianas oberster politischer Stelle ignoriert. Eine rechtzeitige Reaktion darauf hätte sicher vielen Menschen das Leben gerettet. Die Welt muss die Wahrheit erfahren …

Erst als sich die vordere Kante des riesigen Wolkendiskus über die Kimm schob und weiter nach Norden vordrang, Wolkenfetzen knapp über das Meer heranjagten, eine ungeheure schwarze Front sich grollend heranschob, unter fauchende Böen Wellenberge auf die Küste zuwalzten, begannen die Menschen ins Hinterland zu flüchten. Zu spät. Das Meer war längst bereit zum Sprung, sie sich zu holen.

Der Himmel zerbrach und spuckte Feuer. Erst Bündel, dann Wände von gleißenden Blitzen. Die ersten Wellenberge donnerten heran. Unter ihnen zerbrachen die Dämme. Die riesige Flutwelle dahinter stieg an Land.

Die triefnassen Wolken öffneten ihre Schleusen, und das Wasser stürzte herab wie bei den Niagarafällen. Dabei war das Ganze eine Sache der Luft. Nichts als verwirbelte Luft …

»Mein Gott …!« Jack ist, als höre er die letzten Worte des Meteorologen ganz nah bei sich.

19 *Sonntag, 14. Juli, Südatlantik, PAMIR Position: 33° 2' S, 52° 6' W*

Sonntag ist Waschtag. Die Decks der PAMIR bieten ein lustiges Bild. Auf Poop und Back wehen unzählige Wäschestücke im Wind. Der wichtigste Sonntag überhaupt seit der Reise, denn wenn die Brise weiter konstant aus Nordnordwest weht, dann wird die PAMIR in zwei oder drei Tagen in der La-Plata-Mündung vor Anker gehen. Letzte Chance, die Ausgehklamotten zu waschen und Briefe an die Daheimgebliebenen zu vollenden.

Das nahe Ziel und die Freude darüber, es bald zu erreichen, beherrscht den Tag. Henry beugt sich am Klüverbaum nach vorn, um den Bug zu beobachten, wie er die Wellen teilt. Er tut es mit dem ganzen Körper, als hoffe er, durch diese Haltung die Fahrt der Bark zu beschleunigen.

»Schneller! Schneller!«, ruft er hinunter, als würde eine Regatta ausgesegelt. Dann schließt er die Augen und saugt tief Luft ein. Das Klima ist ungewöhnlich mild, obwohl die Monate von Juni bis August in diesen Breiten wie auch in Buenos Aires als Winterzeit gelten und erst ab September der Frühling wieder beginnt.

Joe erscheint auf der Poop. Er hat sich seinen Schreibblock unter den Arm geklemmt und entdeckt Jens.

»Herrje! Hamburg ist weit weg! Gut, dass es Luftpost gibt.«

»Hannover ist auch nicht in der Nähe!«

Joe will für sich allein sein. »Wenn ich es recht bedenke, dann ist der allernächste Platz für mich dort hinten am Notruder.«

»Dann mach's dir drüben nett.«

Erich, Jungmann in der gleichen Wache wie Joe und Jens, entert die Poop. Ebenfalls bewaffnet mit einem Schreibblock. Er macht ein ernstes Gesicht. Das Ansehen des Kapitäns und der nautischen Offiziere, bis auf Buschmann, Schmidt und Buscher, haben bei ihm einen neuen Tiefstand erreicht. Erich besitzt ein sehr ausgeprägtes Ehrgefühl und ist ein Feind von Ungerechtigkeiten. In seinem Urteil ist er vorsichtig und sachlich. Zügig bringt er seine Gedanken zu Papier. Daraus wird ein Briefentwurf an seine Eltern: *Auf unseren neuen Kapitän ist kaum einer gut zu sprechen. Von der Kriegsmarine haben wir, Gott sei Dank, nur einen Offizier bekommen. Er ist ein tadelloser Kerl, der früher bei der Handelsmarine fuhr. Er war drei Jahre auf der* DEUTSCHLAND *als Kadett. Unser 1. Offizier ist ein äußerst gebildeter Mensch. Er hat sehr viel anerkannte Marineliteratur geschrieben. Auch einige der bekannten SOS-Hefte, von denen ich viele zu Hause habe, wurden von ihm geschrieben.*

Seine Hand zittert ein wenig vor Erregung, als er einen zweiten Absatz beginnt: *So schön uns allen die vorige Reise gefallen hat, unter dem neuen Kapitän (der alte macht Urlaub) herrschen hier an Bord jetzt grauenhafte Zustände. Der alte arrogante Hund macht Äußerungen, von denen ich einige schildern möchte: Koch, die Hauptsache ist, dass das Essen für die Offiziere warm gehalten wird. Die Kadetten können ruhig kalt fressen.*

Darauf erinnert er sich an den Vorfall an der Segellastluke und notiert Diebitschs Ausspruch: *Wenn so ein Pfannkuchen vom Mast fällt, ist es mir ganz gleich. Die Hauptsache ist, er hat ein Lifebändsel um, damit wir keine Scherereien mit der Berufsgenossenschaft …* Ohne Rücksicht auf eine moderate Wortwahl bringt er seine Empfindungen über erlebte Schikanen zu Papier: *Bei der Handelsmarine ist es üblich, dass Offiziere und Mannschaft das Gleiche essen. Das alte Schwein führt ein, dass die höheren Dienstgrade extra gutes Essen erhalten. Die schwere körperliche Arbeit leisten wir aber. Einen Backschafter, der die kalten Karbonaden zur Kombüse bringt, um sie aufzuwärmen, schickt er kühl lächelnd zurück. Nach zehn Stunden Nachtwache lässt man unsere 2. Wache nicht zum Frühstück gehen. Sie müssen erst die Segel festmachen, obwohl wir an Deck sind. Wir müssen dabeistehen und zugucken. Nach einer halben Stunde pfeift der Wachoffizier die Leute zusammen und sagt: Leider können wir das Festmachen nicht fortsetzen, da der 1. Offizier die Segel wieder setzen will, aber wir werden in nächster Zeit unser Spiel fortsetzen. Dabei grinst er sich eins. Ja, so ist es auf dieser Reise. Schön, was?*

Jens strickt an seinem chronologischen Bericht an seine Lieben in Hannover. Die Äquatorwärme hat er bestens vertragen und nimmt sich vor, erst mal seine Beobachtungen über das

Seegetier in diesen Breiten zu schildern: *Wohlig, warm und sonnig waren die Tage. Wir ließen uns braun brennen und beobachteten vielerlei Seegetier: Fliegende Fische sind uns nun alltäglich geworden, Wale, Seehunde neben Möwen und Delfinen, Schweinswale und Haie, die sich dicht an der Bordwand aufhalten, sahen wir schon. Gestern umschwärmten uns einige riesige Albatrosse, die wir mit einem Locheisen zu angeln versuchten. Es gab aber auch harte Tage. In tropischer Wärme mussten wir in den Laderäumen Rost stechen und malen. Dazu hatten wir viel Unterricht, und der neue Kapitän hielt alle in Atem durch ständige schikanöse Neuerungen. Der Alte (früher Kapitän auf Hans Hass seiner XARIFA) ist sehr unbeliebt und verschwindet hoffentlich in Argentinien …*

Einige Meter entfernt von ihm sitzt Karl, ein Jungmann, der sich ebenfalls seinen Frust von der Seele schreibt: *Die Offiziere haben durch die lange Zeit auf See schon alle einen Leichten an der Hacke. Die Verhältnisse an Bord zwischen Offizieren und Mannschaft sind auf dieser Reise sehr schlecht, sodass in Hamburg der ganze Stamm abmustern wird …*

Joe, dem jegliche Übertreibungen und Aufbauschungen von Ereignissen verhasst sind, schreibt seinem Schulfreund Wolfgang nach Winsen. Eine seiner Schilderungen der Vorkommnisse während der Reise: *Die gute alte Bark PAMIR war für mich eine große Überraschung, denn auf ihr fahren neben einigen Pfeifen echte Seeleute, wie man nur noch wenige hat. Wenn unser Schiff mit vollen Segeln leicht krängend durch die blaue See pflügt, sind alle gut gelaunt. Ist gerade schlecht Wetter, wie zum Beispiel in den Mallungen, dem gefürchteten Teil des Ozeans, dann sind alle sauer. Auf dieser Reise ist es besonders schlimm, da unser neuer ›Alte‹ früher einmal auf der DEUTSCHLAND, einem schnittigen kleinen Vollschiff, gefahren ist. Die DEUTSCHLAND ist nur halb so groß wie unser Schiff, hatte aber die doppelte Besatzungsstärke, also ein reines Sonntagsschiff. Die Kadetten immer nur im ›Weißen Päckchen‹ und hundert Mann für jedes kleine Manöver. Das Schiff hatte keine Laderäume und segelte immer so, wie der*

Wind am günstigsten stand. So ein Schiff ist natürlich großer Mist, und jeder richtige Seemann muss es aus tiefster Seele hassen. Denn auf ihm kann kein Seemann ausgebildet, sondern nur zu einem Salon-Offizier erzogen werden.

Dieser Kapitän kam nun an Bord und sollte uns über den Ozean führen. Behangen mit allen Vorurteilen, die wir gegen den ›Deutschland-Betrieb‹ hatten. Nach Lizzard Point sahen wir ihn erst wieder in der Biskaya an Deck. Als er dann bei schönem Wetter einmal in weißer Uniform, mit viel Gold daran, an Deck erschien, musste er wohl einen starken Herzanfall bekommen haben, als er die Herren Offiziersanwärter sah, die er von Hamburg her nur in schmucker Uniform kannte. Mit verwegenen Vollbärten, alten, verschmutzten Päckchen oder nur mit Hose bekleidet, barfuß, im Gürtel ein Bordmesser stecken, laut fluchend ein notwendiges Manöver fahrend, meinte er wohl, der Kapitän eines Piratenschiffs zu sein. Der ›Alte‹ war entsetzt. So etwas war ihm neu. Er fühlte in sich scheinbar einen zweiten Luther erwachen, und bald begannen seine Reformationen. Die Wachen wurden in Divisionen eingeteilt und wir als Jungmänner mit ›Sie‹ angeredet. »Joe, schießen Sie bitte den Tampen dort auf!« – einfach lächerlich. Barfußlaufen wurde verboten, wir mussten einheitlich ›Blaues Päckchen‹ tragen, und mit freiem Oberkörper durfte keiner an Deck, trotz tropischer Hitze. Dann fing er an, wild sinnlose Manöver zu fahren. Segel wurden weggenommen und wieder gesetzt, bei günstigem Wind verschenkten wir kostbare Zeit. Essen wurde getrennt für achtern und mittschiffs gekocht. Eine Verschlechterung unseres Essens blieb nicht aus. Als wir nun in die Gegend der Windstillen, der mörderischen Hitze, der tagelangen Regenschauer und plötzlichen Sturmböen kamen, stieg achtern die Stimmung bis kurz vor den Siedepunkt. Der Alte merkte es, doch er wollte uns schon klein kriegen. Der Teufel ritt ihn scheinbar, als er eines Nachts in den Mallungen, es regnete fürchterlich und kaum ein Windhauch blähte die nassen Segel, einen Rettungsring mit Leuchtboje über Bord warf und rief: »Mann über Bord!«

Sofort wurde ›All Hands on Deck‹ befohlen. In Schlafanzügen und Unterhosen wurde ein wildes Manöver gefahren. Ein Rettungsboot wurde ausgesetzt, und in der nicht gerade ruhigen See ruderten wir hinter dem Ring her und nahmen ihn auf. Aber unsere Bark war nicht mehr zu sehen. Erst gegen Morgen wurde das Boot mit den erschöpften Seeleuten wieder an Bord genommen. Die ganze Nacht durch hatten wir Manöver gefahren, um jeden Windhauch auszunutzen. Die Mannschaft wusste noch nicht genau, ob das Ernst oder nur eine Übung war. Als alles wieder in der Reihe war, durfte die Freiwache sogar schlafen gehen, doch sie gingen nicht in die Koje, sondern blieben in kleinen Gruppen, wild debattierend, an Deck stehen. Als der Alte nun den ausdrücklichen Befehl gab zu verschwinden, platzte die Bombe. Es wurde offen gemeutert. Wir schrien ihn an und verlangten unseren alten Kapitän wieder. Noch einige Male versuchte man uns zu beruhigen, doch ohne Erfolg. Wie die Mäuse verkrochen sich Kapitän und Offiziere in den Mittschiffsaufbauten, verrammelten Türen und Bullaugen. Doch wir blieben ruhig und gingen zur Koje. Folgen wird das nicht hinter sich ziehen, da man klug genug sein wird. Doch wir hatten keine glücklichen Stunden mehr an Bord. Die Offiziere rächen sich an uns. Auf einer zweimonatigen Seereise können sie uns fertigmachen. Du kannst dir nicht vorstellen, was das bedeutet …

Manni hat es sich auf der Ladeluke bequem gemacht. Er ist dabei, seinem Vater einen zweiten Brief zu schreiben. Er weiß, dass sein Familienoberhaupt auf dem Standpunkt steht, dass Kritik an Ausbildern die einfachste Sache der Welt ist. Manni trägt dem Rechnung: *Lieber Vati, ich muss mir mal alles von der Seele schreiben. Mit Aufzug dieses neuen Kapitäns ist hier ein Stil an Bord gekommen, der die ganze Reise über unsere und der übrigen Besatzungsmitglieder ›Opposition schürte‹. Es war teilweise in der Stammbesatzung so weit gekommen, dass sie sich einfach nur noch zutörnten und tagelang betrunken waren. Bei der Äquatortaufe hat man dem Alten und dem 1. Offizier Worte an den Kopf geworfen, natürlich in betrunkenem Zustand, dass einer in Hamburg einen*

Sack bekommen wird. Wodurch kommt das nun alles? Ganz einfach, weil der Kapitän mit dem begeisterten 1. Offizier ein echtes Schulschiff aus der PAMIR *machen will und immer auf die Schwierigkeit stößt, dass wir ja ein Frachtschiff sind. Es fing an damit, dass ein Unterrichtsplan ausgearbeitet wurde, nach dem jetzt jeden Tag vormittags und nachmittags für alte Jungs, für neue Jungs und Stamm abwechselnd Unterricht ist. Zur Folge hatte das, dass der Bootsmann fluchte, dass seine Arbeit nicht fertig wurde. Dann mussten wir die ganze Reise lang, wenn wir mal keinen Unterricht hatten, in der Luke arbeiten. Es wurde dort mit einer Farbe gearbeitet, die irgendwie giftige Dämpfe entwickelte, nach einigen Stunden liefen einem immer die Tränen aus den Augen, und wenn man an die Luft kam, kam ich mir vor, als sei ich betrunken. Als endlich einer zusammenklappte, wurde die Arbeit mit mehr Lüftung und einer einviertelstündigen Pause durchgeführt. Als Ersatz wurde uns dann noch mehr geistige Nahrung geboten, da das Essen bedeutend schlechter war als auf der vorigen Reise. Jeder Offizier musste nacheinander in der Woche einen Vortrag über ein Thema halten, das mit der Seefahrt zusammenhängt. Ich finde, dass diese Vorträge teilweise wirklich sehr nett und lehrreich sind. Dann kam aber wieder mal die ganz kalte Dusche, als der Kapitän selber einen Vortrag hielt über die Ausbildung und das Leben auf See. Er produzierte dabei so viele Widersprüche, dass seine Rede ins Lächerliche geriet. Kurz darauf folgte Anordnung auf Anordnung. Wir mussten in den Tropen bei 40 Grad im Schatten mit langer Hose und blauem sauberen Jumper an Deck erscheinen. Einer erhielt eine Eintragung ins Schiffstagesbuch, weil er kein Lifebändsel im Topp umhatte. Kurz darauf ist ein Stagsegel weggeflogen, weil derjenige, der das Segel festmachen sollte, sich weigerte, ohne Lifebändsel hinaufzusteigen. Der Eingetragene wurde für seine Verfehlung mit einer Monatsheuer bestraft. Dann wurde angeordnet, dass man den Offizieren und dem Kapitän besseres Essen gibt als der Mannschaft. Na, lieber Vati, ich könnte noch mehr Seiten mit den Reformen auf SS* PAMIR *füllen. Wir sind nicht mehr die alten Jungs, sondern die 2. Division, wir haben sogar einen Divisionsoffizier. Wir müssen groß den Namen auf unserer Brust tragen, jeden Tag gab es neue Überraschungen, und die Gang wird immer saurer …*

20 *Dienstag, 16. Juli, Patagonien und über den Pampas Argentiniens*

›Das Ende der Welt‹ liege im rauen, südlichen Patagonien, sagen die Menschen in Buenos Aires. Von dort ist es zwar ein weiter Weg bis in den Nordosten Argentiniens, doch ein ›Pampero‹ schafft die rund zweitausend Kilometer in einem guten halben Tag. Mit bis zu 180 km/h in den Höhen rast der Sturm über die baumlose Pampa Richtung Norden, denn kein Gebirgszug bremst ihn auf seiner Rennstrecke ab. Schnell, böig, kalt, trocken und staubig kommt er daher. Staub nimmt er aus den Weiten der Regenschattengebiete entlang der Anden auf. Damit pudert der Orkan auf seinem Weg unentwegt die riesigen Getreidefelder der Pampaprovinzen und sorgt seit ewigen Zeiten für schnelle Wetterwechsel am Rio de la Plata.

Meist tritt er auf der Rückseite eines südhemisphärischen Mittelbreitentiefs auf, ähnlich einer europäischen Nordwestwetterlage. Je nachdem kann ein trockener, feuchter oder schmutziger Pampero heranbrausen. Ein trockener sorgt für eine ordentliche Abkühlung, ein feuchter geht mit schweren Gewittern einher, und ein schmutziger Pampero führt mit seinen Wolkenbänken zusätzlich große Staubmengen aus dem Süden mit. Das Windphänomen lässt sich gut vorhersagen, denn im Wintermonat Juli dominiert der ›feuchte‹ Pampero. Nach einigen Tagen Nordwind steigt am Rio de la Plata zwar das Thermometer, doch der Luftdruck fällt. Dabei ist es ungewöhnlich mild, die Tauben gurren endlos auf den Plazas, und an der Küste verschwinden die Vögel.

Ein erfahrener Nautiker erkennt jedenfalls die Vorboten und wird sich auf seine Ankunft gehörig vorbereiten …

21 *Südatlantik,* Pamir *Position: 34° 5' S, 53° 1' W, vor der La-Plata-Mündung*

Der erste Hai hat in den Haken gebissen. Der Fang frischt die Gemüter auf und lässt die Härten für einen Moment in den Hintergrund treten.

Mit Oldsails Hilfe wird das vier Meter lange Exemplar an Deck geholt und nach altem Brauch mit Handspake, Messer und Beil gekillt. Eine blutige Abwechslung in Tagen mit schwachem Wind. Der Tradition gehorchend nagelt ein Matrose die Schwanzflosse auf das äußerste Ende des Klüverbaums.

Spökenkieker gibt Anweisung: »Akkurat Querschiff! Hörst du?«

»Warum ausgerechnet quer?«

»Is för gooden Wind!« Darauf kontrolliert er die Arbeit. »Aal's Best!«

Spökenkieker hat keine Lust auf viele Worte. Das ist etwas für die langen Abende …

Galeassen, Galeeren und ägyptische Daus trugen am Bug oft ein Hörnerpaar. Die Form der Flosse auf dem Klüverbaum symbolisiert das Hörnerpaar des Stiers von Babylonien, der die Sonnenscheibe trägt. Das Symbol richtet sich gegen alle feindlichen Mächte des Meeres, die dem Schiff gefährlich werden können. Früher trug manch ein Seemann das Symbol aus Koralle um den Hals, und im Orient bildet man versteckt mit dem Zeige- und kleinen Finger das Zeichen des Hörnerpaares, wenn sich ein gefürchteter Widersacher in der Nähe befindet. Spökenkiekers Geheimnis: Er macht das Zeichen konsequent, wenn er Diebitsch an Deck begegnet …

Oldsails blickt indessen sorgenvoll hinauf zu den Rahen. Das wochenlange Flappen, Schlagen und lose Hin- und Herscheuern an Stagen und Pardunen in der Kalmenzone hat das Segeltuch mehr strapaziert, als es ein stetig wehender Sturm vermag. Die angeordneten Segelmanöver während der Flaute, die nur der Knechtung der Mannschaften diente, strapazierte obendrein unnötig das stehende und laufend Gut.

Momentan herrschen, Gott sei's gedankt, ideale Bedingungen. Wind und Wetter passen. Die jungen Männer nutzen jede Stunde, um an Deck zu sein. Auf Back und Poop sitzen die Kadetten der Freiwache wieder in fröhlicher Runde. Einer spielt gekonnt Akkorde auf der Gitarre, und es dauert nicht lange, dann stimmen die jungen Kerle einen ›schrägen‹ Shanty an. Ein textlich abgewandelter Song über die berühmte ›*Flying-P-Line*‹: »Lustig ist die Reederei, sie verdient viel Geld dabei. Ist der Kasten noch so alt, wird er wieder angemalt …«

Darauf folgt die zweite Strophe: »Sie schifften sich nach Hamburg ein und schlugen dem Reeder die Fenster klein. Drum, holder Jüngling, merk dir das: Seemannsleben ist kein Spaß …«

Richie, unterhalb der Back, gibt unterdessen Werkzeug und Material an die Diensthabenden aus. Er ist nur noch ein Schatten seiner selbst. Rheumatismus macht ihm zu schaffen. Schuld an seinem Zustand sind in Wahrheit aber die ›Neuerungen‹ an Bord. Sie führen dazu, dass er mit seiner Arbeit nicht mehr klarkommt. Nötige Reparaturarbeiten gehen nur schleppend voran. Seine Psyche leidet. Die Zahl der ›Hands‹ pro Wache lässt sich nicht mehr richtig überprüfen, denn bei allen großen und kleinen Manövern ordnen die Offiziere auf Geheiß des Käptens an, die Freiwache mit einzuspannen.

Köhler, Richies letzte Hoffnung auf eine Änderung der Zustände, mutiert völlig zum Sprachrohr des Käptens. Zwischen dem ›Ersten‹ und der Mannschaft fühlt er sich aufgerieben. Dazu die Eskalation von Emotionen unter den Kadetten. Vor allem wegen der Verschlechterung des Essens. Dafür wird Mittschiffs, auf Anweisung des Käptens, ›edler‹ gekocht.

Der auffällige Alkoholkonsum unter der Stammbesatzung fällt ebenfalls auf Richie zurück. Außerdem ziehen einige Verfehlungen Eintragungen ins Schiffsjournal nach sich. Einzelnen Kadetten und Matrosen droht die Streichung des Landgangs. Das ergibt eine teuflische Steigerung von Missfallen bis zum blanken Hass. Das Einzige, was die Besatzung auf Besserung hoffen lässt, ist das Ziel Buenos Aires. Morgen würde die PAMIR in der La-Plata-Mündung ihren Anker werfen. Zwei Tage noch, dann gibt es wieder Land unter den Füßen …

Als die Abendwache zur Ablösung an Luke I Aufstellung nimmt, dreht der Wind von Nordost nach West. Der Wachhabende Offizier ist Fred Schmidt. Oldsails und Richie haben die Winddrehung in der Unteroffiziersmesse mitbekommen. Die PAMIR krängte für einen Moment leicht nach Backbord. Oldsails spürte die Neigung mit der Pobacke, Spökenkieker rutschte der Kaffeelöffel einige Zentimeter nach Lee. Sie sehen sich an. Beide ahnen, was kommt.

»Das ist ja eine feine Begrüßung, so kurz vor dem Ziel. Don Pampero wäre jetzt schon an Deck«, sagt Richie lakonisch. Er meint damit Eggers, der ein untrügliches Gespür für diese Art Sturm besitzt.

»Wir aber auch!«, erwidert sein Freund.

»Ach was. Der Alte soll zusehen, wie er zurechtkommt. Er weiß doch angeblich alles über Stürme. Und wenn ich ihn so tönen höre über Kap Hoorn und so, dann könnte man glauben, er schläft noch heute mit Schubarts Orkankunde unter dem Kopfkissen.« Und süffisant fährt er fort: »In der nächsten Stunde kann Ali Pfannkuchen endlich allen zeigen, was er draufhat.«

Oldsails flüstert über den Tisch: »Vergiss es! Wenn, dann jetzt. Alles andere ergibt ein wüstes All-hands-Manöver!«

»Ist mir völlig egal.«

»Mir aber nicht. Don Pampero hätte in diesem Moment schon alle Segel aufgeien lassen. Wer weiß, wie viel zerfetztes Tuch ich morgen abschneiden darf.«

»Abschneiden? Bei einem ausgewachsenen Pampero entert die nächsten Tage niemand mehr auf.«

Oldsails erwidert beruhigend: »Wenigstens sind die Royals schon eingepackt.«

»Ja, aber nur, weil der Alte die Hosen voll hat …«

»Siehst du, Richie, hat doch alles seine guten Seiten …«

Joe schiebt an Deck Wache. Mit ihm ist der ›Ausguckposten‹ besetzt. Die Sicht ist gut, die Luft glasklar. Er bemerkt ebenfalls, dass der Wind plötzlich aus westlicher Richtung kommt, direkt von Land her. Seine Kameraden beginnen die Rahen in die Windrichtung zu brassen. Die PAMIR segelt sofort ein, zwei Knoten schneller. Die Wellenhöhe nimmt rasch zu. Angestrengt blickt Joe in die Dämmerung. Steuerbord voraus müsste bald die La-Plata-Mündung auftauchen. Er achtet auf die Färbung des Meeres. Die 220 Kilometer breite Mündung führt schlammig gelbes Wasser, welches sich angeblich noch mehr als hundert Kilometer weit draußen auf See vom Meerwasser unterscheiden lässt. Das Stromsystem des La Plata ist nach dem Amazonas das größte in Südamerika.

Gleichzeitig hält er Ausschau nach dem Feuerschiff PRÁCTICOS RECALADA. Dort heißt es »Fallen Anker« und »Löschen Ballast«. Danach wird der Lotse an Bord kommen, und ein Schlepper würde sie endlich in den gelobten Hafen schleppen. Eine Sache von wenigen Stunden, denkt er sich, dann müsste er das Feuerschiff sichten.

Richtung Land verfinstert sich plötzlich der Himmel. Drohend schwarz schieben sich über die Kimm Wolkenbänke heran. Dazwischen zeigt sich im Südwesten ein starkes Wetterleuchten. Joe meldet seine Beobachtung. Das Wetterleuchten gerät rasch zu einem furiosen Schauspiel.

Fred Schmidt lässt den Käpt'n an Deck holen.

Diebitsch steht für einen Moment fassungslos daneben. Im selben Moment taucht der Klüverbaum in ein tiefes Wellental. Die erste hohe Dünung der anrollenden Sturmsee wird vom Bug der PAMIR durchschnitten. Eine kühle Bö fegt eine mächtige Gischtfontäne über die Back. Die PAMIR legt sich ächzend auf die Seite.

Joe klammert sich im letzten Moment am Eisengeländer der Back fest. Das überkommende kalte Seewasser durchnässt ihn vollständig. In seinem Rücken hört er Ali Pfannkuchen auf dem Hochdeck brüllen: »Alle Mann an Deck!«

Eine zweite harte Bö reißt den Außenklüver in Fetzen. Die Stagsegel knattern wie Maschinengewehre.

»Abfallen!«, brüllt Diebitsch. In letzter Sekunde werfen die Männer das Ruder herum. Das Schiff gehorcht und segelt nun vor dem Wind. Damit reduziert sich wenigstens die relative Windgeschwindigkeit um die Fahrtgeschwindigkeit des Schiffes.

Diebitsch und der wachhabende Offizier zeigen sich vom blitzartigen Überfall des Pamperos überrascht. Barometer und Thermometer sind stark gefallen. Doch noch immer droht Gefahr, dass alle gesetzten Segel zerfetzt werden. Doch ein Wunder, weitere Böenwalzen bleiben aus. Dafür gießt es unerwartet wie aus Eimern. Ein Zeitgeschenk des Himmels, da die Maßnahmen zur Reduzierung der Segelfläche wesentlich früher hätten getroffen werden müssen …

Joe und die Jungs der Steuerbordwache entern jetzt vor dem Aufgeien der Segel den Großmast auf und warten auf den Salingen, um im günstigen Augenblick auf die Rahen auslegen zu können. An Deck werden in Eile die Lose aus den Brassen geholt, damit die Rahen nicht schlagen. Das wäre für jeden, der auf den Fußperden steht, lebensgefährlich. Fußperden sind mit Garn bekleidete Drähte, auf denen der Seemann steht, wenn er dort oben arbeitet. Kurz darauf hängt die halbe Mannschaft über den Rahen. Ungeheuer zäh und langsam gestaltet sich in kaltem Regen und Wind das Segelbergen von Luv nach Lee. Von weiteren Sturmböen bleiben die Jungs in den Masten verschont.

Joe blickt fasziniert zum Heck. Die stark phosphoreszierende See hinterlässt im Kielwasser eine hell leuchtende Spur, und die brechenden Wellenkämme blinken wie unzählige Sterne …

Die Kombination aus Windgeschwindigkeit und Richtungsänderung in rascher Folge hätte der PAMIR extrem gefährlich werden können. Wären die Segel backgeschlagen, und die Bark zudem auf das Wasser gedrückt worden, sie hätte sich nicht mehr von allein aufgerichtet …

Das Glück stand allen bei. Dennoch wurde auf den Rahen bis zur Erschöpfung geschuftet. Inzwischen ist es pechrabenschwarz. Bis auf zwei Stag- und Marssegel am Vor- und Großmast sind alle geborgen. Da niemand mehr in den Masten turnt, atmen nicht nur die Offiziere durch.

Dennoch, Joe fühlt, dass mit dem Kurs etwas nicht stimmen kann. Er beobachtet die drei Matrosen am Steuerrad. Sie haben Mühe, den Kurs zu halten. Immer wenn eine Hecksee anrollt, will die PAMIR nach Luv oder Lee ausbrechen …

Richie hat sich ins Kartenhaus verzogen. Auch ihm ist bei diesem Kurs mulmig. Er ahnt, dass das dicke Ende erst noch kommt. Als Oldsails den Niedergang hochkommt, zitiert er bedeutungsvoll einen Reim: »Kommt der Wind vor dem Regen, ist Marssegel setzen nicht verwegen. Aber erst der Regen, dann der Wind, Marsfallen klar auf Deck geschwind!«

Kaum dass er seinen Spruch los ist, bricht ein Gewittersturm los.

»Du hättest Hellseher werden sollen!«, raunt Oldsails.

In wenigen Minuten baut sich eine grobe See auf. Das Inferno heult Furcht erregend in der Takelage. Die PAMIR lenzt, was bedeutet, dass sie mit geringer Fahrt vor Wind und See abläuft. Lenzen in hoher See ist schon bei Tage sehr gefährlich, da das Risiko des Querschlagens wächst. Bei Dunkelheit ist der Kurs jedoch fatal, da man die Heckseen nicht sieht und die Männer am Steuerrad nicht rechtzeitig darauf reagieren können. Joe und seine Kameraden bekommen den Befehl, unter Deck zu bleiben. Sie ahnen nichts von den drohenden Gefahren.

Joe ist aber von der Gewalt der See begeistert. Das erste Mal, dass er in seinem Leben zehn, fünfzehn Meter hohe Wellen erlebt. Er will seine Nase in den Sturm halten. Mit nacktem Oberkörper wagt er sich auf das Achterdeck und riskiert einen Blick über die Verschanzung. Das Auge gewöhnt sich schnell an die Dunkelheit. Die Schaumkronen der Wogen fluoreszieren. Plötzlich weiten sich seine Augen. Haushoch über dem Heck bricht sich ein Berg von einem Kaventsmann. Mit einem Hechtsprung rettet er sich hinter das Schott. Sekunden später donnert der Brecher über die Poop. Die Pamir erbebt unter der Wucht des Anpralls. Die Massen von Wasser, die sich über das Achterdeck ergießen, hätten Joe glatt über die Verschanzung gewaschen …

»Mars- und Stagsegel bergen! Sturmklüver und Sturmbesan setzen!«, kommt das längst überfällige Kommando vom Hochdeck.

Richie hebt im Kartenhaus den Daumen. Oldsails darauf: »Teufelskerl!«

Wieder heißt es in die Masten klettern. Diesmal sind es ausschließlich Matrosen der Stammbesatzung, die aufentern. Sie leisten Schwerstarbeit.

Als die Sturmbeseglung steht, lässt Diebitsch beidrehen. Die Rahen werden hart angebrasst und das Ruderblatt nach Luv gelegt. Der Wind fällt nun schräg von vorn, aus Westsüdwest, ein. Die Pamir treibt wie gewünscht nach Lee ab, ohne dabei Fahrt vor- oder achteraus zu machen. Ihr Bug schneidet die Wellen nicht mehr, sondern wird von der See angehoben. Da die Wogen unter ihrem Rumpf hindurchlaufen, ist sie in dieser Lage vor zerstörerischem Seeschlag weitestgehend geschützt, und trotz starken Rollens hält sie jetzt selbstständig ihren Kurs.

Fred Schmidt kontrolliert am Ende seiner Wache den Krängungsmesser. Bei Wellenhöhen bis zu zwölf Metern steht er durchschnittlich bei 20 Grad. Die Rollbewegung tut ihr Übriges, um die Decks tanzen zu lassen. In der Mannschaftsmesse sieht es aus wie nach einem Bombenangriff. Hier muss jeder allein zusehen, wie er zurechtkommt. Alles fliegt durch die Räume. Flaschen, Teekannen, Teller, Eimer, Klamotten. Die Backschafter werden zu Artisten. Nur wenigen gelingt es, das Essen aus der Kombüse durch den langen Gang und über das Achterdeck heil in die Mannschaftsmesse zu transportieren, denn die PAMIR vollführt wahre Bocksprünge. Das Gute: Die wenigsten verspüren bei diesem Seegang Appetit.

In der Mannschaftsmesse blickt Manni starr auf die Wand. »Schweinerei!«, ruft er aufgeregt. Ihm gegenüber hängt die Seekarte, auf der Kurs, Etmal und Reisetage eingetragen sind.

»He! Was ist los?«

»Meine Wette! Bis gestern lag ich auf Siegeskurs!«

»Liegst halt wie immer falsch! Dafür komm ich der Sache schon näher!«, feixt Tom.

Henry fragt Joe: »Wie steht's mit dir?«

Joe trocknet sich ab, stemmt sich breitbeinig an die Wand und erwidert: »Könnte hinkommen mit meinen 51 Tagen. Ich erwarte aber nicht, so etwas wie Glück auf diesem Schiff zu finden.«

»Da bist du nicht allein. Ich hab aber gelesen, dass Glück kein Geschenk des Schicksals ist. Man soll es sich erkämpfen.«

»Erkämpfen? Na gut, was schlägst du vor?«

Henry prompt: »Lass uns in Buenos Aires verduften!«

»Träumer!«

Henry rubbelt sich das Salz von der Stirn. Der Boden unter ihm tanzt. Er kann sich kaum auf der Sitzbank halten. »Ich leg mich in die Hängematte! Dort ist es noch am sichersten.«

»Ich komme mit!«

Es scheint, als haben fast alle die gleiche Idee gehabt. Die Hängematten pendeln die Bocksprünge der PAMIR sanft aus. Jedenfalls die meisten …

Während sich Joe und Henry in den Schlaf träumen, treibt die Viermastbark mit rund zwei Knoten Geschwindigkeit im Sturm nach Lee. Wenigstens kann man auf keine Klippen treiben. Zwischen PAMIR und Afrika liegt ausreichend Seeraum …

23 *Sonntag, 21. Juli, treibend im Südatlantik*

Der Pampero peitscht unvermindert weiße Gischt über die aufgewühlte See. Unglaublich steile Seen türmen sich pausenlos übereinander. Gigantische Wogen rollen Tag und Nacht unentwegt wie Gebirgsketten heran. Das ruppige und unbeständige Wetter scheint nicht enden zu wollen.

In der Enge der Mannschaftsunterkünfte lebten in den vergangenen Wochen völlig verschiedene Welten zusammen. Jede Wache war darauf bedacht, ihre Eigenart zu bewahren. Doch das Sturmerlebnis ist für alle gleich belastend, wirkt bedrohlich und peinigend. Aber jede Gruppe hat in dieser engen, abgeschotteten Welt ihre eigenen Gründe, warum sie so oder so empfindet. Ebenso jeder Einzelne. Die Wandlung überrascht. Nur Rücksicht und gegenseitige Hilfe zählen plötzlich, lassen dafür Worte verstummen und Egoismen verkümmern.

Kaum ist Wachablösung, hilft die Freiwache den erschöpften Kameraden aus ihrem durchweichten Ölzeug, bringt Tee und schleppt Essen heran. Im Moment, wo Rücksicht und Zusammenhalt nicht von irgendjemandem gepredigt werden, funktioniert es von ganz allein.

Die wichtigste Frage, wenn einer vom Deck kommt, lautet: »Was macht das Wetter?«

Man macht sich Mut: »Heute scheint es wieder etwas wärmer zu sein, mein Lieber. Ich glaube, der Wind flaut langsam ab.«

»Wird besser von Wache zu Wache! Wirst sehen …«

»Was sind schon hundert Meilen Abdrift? Das kostet uns doch höchstens einen halben Tag …«

Jeder gibt sich so viel Mühe, wie er nur kann, um die Situation erträglicher zu gestalten. Besonders die Gemütslabilen bedürfen der Unterstützung ihrer Kameraden. Manch einer hat seine geröteten Augen nicht dem Salz des Meeres zu verdanken …

Der Bordalltag scheint eingefroren. Die Normalität existiert nicht mehr. Tom schafft es immer weniger, seine Ängste zu bekämpfen. Vor allem seine Vorstellung, die PAMIR könnte leckschlagen, will nicht weichen. Er fürchtet sich davor, in tosender See ertrinken zu müssen. Während andere Kameraden sich an die reale Angst schnell gewöhnen, gerät Tom bei jedem Brecher, der gegen die Bordwand donnert, in Panik. Für ihn kaum fassbar, dass manch einer Lust auf Angst zeigt. Buschmanns Ausspruch während des letzten Wachgangs lässt ihn frösteln: »Die Überwindung von Ängsten ist immer mit Genuss verbunden. So was kann man lernen, Junge!«

Tom flüchtet sich stattdessen ins Gebet. Unter seiner Decke faltet er die Hände und bittet Gott inbrünstig um Beistand: »Herr, ich will dir meine Angst gestehen. Führe mich heraus aus dieser Wasserhölle, ich will nicht darin umkommen. Verzeih mir, wenn ich egoistisch wirke, aber mach, Herr, dass ich hier nicht untergehe. Das Schiff hat im Rumpf wunde Stellen. Ich hab es mit eigenen Augen gesehen. Lass nicht zu, dass irgendetwas bricht, reißt oder sonst wie Schaden nimmt. Nicht dort unten. Herr, schütze unsere PAMIR – unser Haus – vor den Gewalten. Amen!«

Andere Jungs in den Hängematten erträumen sich ein paar Brüste und Frauenbeine. Ingo schlüpft in die Funkbude zu Siemers, Oldsails in seine Segelkoje, der Koch versucht in seinem Buch zu lesen, und Kuddel macht ständig Kontrollgänge durch die Kombüse, um nachzusehen, ob alle Kochtöpfe festgelascht sind. Routinemäßig wirft er auch immer einen Blick in den Ofen, um zu kontrollieren, dass darin nichts mehr glimmt.

Diebitsch hat es sich im Salon in der kleinen Sitzecke gegenüber dem Tisch bequem gemacht. Einen Fuß gegen den

Tisch gestemmt, und schon ist man gegen jede überraschende Schiffsbewegung gefeit. Der ›Badegast‹ und Kurt Richter, der 1. Ingenieur, bilden heute seine Abendgesellschaft. Das liegt am spendierten Wein. Dafür führt nur einer das Wort. Im Gegenzug lauschen die Gäste höflich seinen Erzählungen aus Kriegszeiten. Sie folgen Diebitschs innerem Kompass, der sie diesmal auf den Indischen Ozean führt.

»Bis zum November 41 hatten wir mit der KORMORAN elf Schiffe aufgebracht.« Johannes schwenkt sein Rotweinglas: »Rund 68 000 Bruttoregistertonnen. Prost meine Herren!«

»In welchem Seegebiet operierten Sie?«

Johannes serviert seine Geschichten wie zartes Rindfleisch, das aber niemand essen würde, wenn man einen Blick in die schmutzige Küche werfen würde.

»Der ganze Indische Ozean war unser Operationsgebiet. Ein prachtvolles Gewässer. Leider waren Kaperungen rar geworden.«

Badegast Ruppert hämisch: »Hat sich wohl wegen der Großdeutschen Marine niemand mehr aufs Meer getraut, was?«

»So würde ich das nicht sehen. Der internationale Schiffsverkehr lief in Kriegszeiten nördlich der Linie Kalkutta-Palkstraße-Ceylon-Seychellen und weiter durch den Mozambique-Kanal. Da durften wir aber nicht operieren, denn wir mussten unsere Polizeiaufgabe mitten im Indischen Ozean erfüllen.«

»Das verstehe ich nicht«, wirft Richter ein.

»Ganz einfach: Durch unsere Präsenz wurde der Gegner gezwungen, große Umwege zu machen.«

»Und? Hat es trotzdem jemand gewagt?«

»Ein Grieche. Er war gleichzeitig unsere letzte Beute. Von Ceylon kommend, gingen wir auf Südkurs und bewegten uns auf das Chagos-Archipel zu, um es in einem großen Bogen zu umrunden. Ziel war das Arabische Meer. Ähnlich wie in allen Kalmenzonen war die Luft am Äquator feucht und schwül. Ein Tropenregen setzte ein, wie ich ihn bis dahin nicht erlebt hatte. Ungelogen – pflaumengroße Tropfen prasselten herab. Das tat richtig weh, wenn sie Kopf und Schulter trafen. Von der Back war die Brücke nicht mehr auszumachen. Aber wir tummelten uns an Deck und genossen die himmlischen Brausebäder. Als wir das Archipel umrundet hatten, pirschten wir nordwestlich weiter. Die Sicht wurde von Tag zu Tag besser, und wir konnten wieder unser Bordflugzeug zur Seeaufklärung einsetzen.«

»Was heißt wieder?«

»Die Dinger konnten nur bei ruhigem, schönem Wetter eingesetzt werden. Ansonsten war das Flugzeug völlig unbrauchbar. War es einmal in der Luft, sahen wir es gern. Ein Seegebiet von hundertachtzig Seemeilen rund um unseren Hilfskreuzer hielten wir damit unter Kontrolle.«

»Was geschah mit dem Griechen?«, drängt Ruppert.

»Es war Nacht. Wir liefen ihn stur an, ohne Positionslichter. Der Grieche fuhr mit allen Lichtern. Ein wahrer Christbaum schob sich vor uns her. Das konnte eigentlich nur ein Neutraler sein, so vermuteten wir. Aber weder Hoheitszeichen noch eine neutrale Flagge waren zu entdecken.«

Wieder schwenkt Johannes bedächtig sein Weinglas und genehmigt sich gemächlich einen Schluck daraus. Damit zieht er seine Zuhörer quasi über den Tisch. Er ist ein guter Erzähler und kennt sich aus in den Regeln der kleinen Dramaturgie. Mit knarrender Stimme erzählt er seine Geschichte weiter: »Wir hatten die Stamatios G. Embiricos aufgebracht. Ich hielt mich mit meinem Prisenkommando bereit. Als wir nahe genug dran waren, funkten wir sie an. Unseren Stoppbefehl und das Funkverbot befolgte der Hellene prompt. Er glaubte, ein englisches Schiff kontrolliere ihn. Der Moment war gekommen, an dem ich übersetzen musste.«

»Ganz schön dreist!«, bemerkt Richter.

»Dummheit! Nichts als Dummheit. In den Weiten des Ozeans verliert manch ein Kapitän offensichtlich seinen Instinkt und ignoriert selbst seine eigenen auferlegten Vorsichtsmaßnahmen.«

Der Badegast drängt wiederum: »Wie ging's weiter?«

Johannes lächelt verbindlich. Dann wird seine Stimme feierlich: »Erst als ich mit meinem Untersuchungskommando die Brücke geentert hatte und meine Männer die wichtigsten Stationen besetzt hielten, wurde dem Kapitän klar, wen er vor sich hatte. Er fuhr in englischem Auftrag! Meine Herren, das Husarenstück konnte nur gelingen, weil wir uns alle als verantwortungsvolle Mitglieder einer Familie fühlten.«

Ruppert kann sich des Eindrucks nicht erwehren, als wolle Diebitsch den Glanz eines einzigartigen Sieges aufleuchten lassen.

Plötzlich erscheint Siemers im Salon. Eine Wolke Mief drängt nach draußen. Er reicht Diebitsch ein Telegramm. Dieser fühlt sich gestört: »Was erzählen sich denn die Quasselstrippen mitten in der Nacht auf den gottverlassenen Meeren?«

Siemers hat gerade seine Pflichthörzeit abgesessen. »Die Reederei meldet uns, dass gewalttätige Streiks in Buenos Aires ausgebrochen sind. Das Militär greift mit Schusswaffen ein. Die Nachricht wurde von unserem Handelsagenten in Buenos Aires direkt nach Hamburg übermittelt.«

Diebitsch überfliegt den Zettel. »Gut so! Dann haben wir ja keine Zeit verloren. Bis wir bei den Getreidesilos festmachen, ist der Spuk vorüber.«

Plötzlich sackt das Schiff ab wie ein Stein. Dann läuft ein Zittern durch den ganzen Rumpf. Siemers scheint für einen Moment zu schweben, dann knallt er mit der Schulter gegen die Eingangstür, wird von unsichtbaren Mächten auf den Boden geworfen. Planken knarren, Stahlverbände ächzen.

Die Schräglage ist bedrohlich. Mit einem gewaltigen Schlag gegen das Vorschiff kommt die PAMIR für einen Moment wieder auf ebenen Kiel. Dann neigt sie sich wieder zurück in ihre alte Schräglage. Die Gläser sind in ihren Halterungen heil geblieben, nur der restliche Wein folgte den Fliehkräften bis weit in den Salon hinein.

Erst jetzt bemerkt Johannes, dass er sich mit seinem Fuß derart abgestemmt hatte, dass ihn das Knie schmerzt. Ruppert und Richter haben sich die Köpfe angeschlagen. Der Doktor reibt sich die Stelle. »Verdammt! Was war das?«

Diebitsch erwidert: »War sicher ein Kaventsmann. Einer von der üblen Sorte. Herr Ruppert, stellen Sie fest, ob noch alle an Bord sind.«

Siemers zieht sich zurück. Nach einer halben Stunde kommt Ruppert vom Hochdeck zurück. Der Wind hat sein Gesicht in kurzer Zeit gemeißelt, seine Wetterhaut ist vom Salzwasser gerötet. »Keiner von der Besatzung fehlt. Ernsthaft hat sich niemand verletzt. Ein Schaden am Schiff konnte wegen der Dunkelheit nicht festgestellt werden.«

»Na denn …« Diebitsch ließ inzwischen vom Steward aufwischen und eine zweite Flasche Roten öffnen. Genüsslich schenkt er selbst die Gläser voll.

»Der Grieche war übrigens eine völlige Enttäuschung«, nimmt er unvermittelt den Faden wieder auf. »Er war auf dem Weg von Mombasa nach Colombo und fuhr unter Ballast wie unsere Pamir.«

»Keine wertvolle Prise also für das Reich? Wie sind Sie mit der Besatzung und dem Schiff verfahren?«

»Die Versenkung ging reibungslos vonstatten. Ich erinnere mich. Es war fast auf der Äquatorlinie. Nur die Besatzung mussten wir am nächsten Tage aus ihren Booten retten. Sie setzten Segel und versuchten im Schutz der Dunkelheit zu fliehen. Die wollten doch glatt auf die Seychellen entkommen.«

»Alles Griechen?«

»Ach was. Kunterbunt! Ägypter, Kroaten, Bessarabier, Portugiesen, Filipinos, Türken, Letten, Brasilianer, Madegassen, Norweger, Schweden und natürlich auch Griechen. Wir brachten sie im Vorschiff unter. Wenn sie an die Luft durften, nannten wir das ›Ball der Nationen‹.«

Ruppert blickt unbemerkt auf die Uhr. Noch ein Glas, überlegt er, dann ist Schluss. »Wie kam es zur Begegnung mit dem australischen Kreuzer SYDNEY?«

»Nicht so hastig, mein lieber Doktor! Erst wurden wir noch durch unseren Versorgungsdampfer KULMERLAND mit allem versorgt, was das Herz begehrt. Er kam direkt aus Japan. Eine Meisterleistung aller Beteiligten. Koordinaten und Zeitpunkt des Treffens auf hoher See waren vorzüglich gewählt. Sieben Tage dauerte das Rendezvous. Die Gefangenen wurden abgegeben, und unsere KORMORAN nahm Kurs auf die westaustralische Küste. Dort wollten wir die Gegend der Shark Bay, nördlich von Perth, überprüfen und vielleicht sogar mit Minen verseuchen.«

»Zu welcher Jahreszeit spielte sich das ab?«, fragt Richter interessiert.

»Das war im November. Der schicksalhafte 19. November. Bußtag!«

»Nomen est omen!«, orakelt Ruppert.

»Mir ist, als wäre es erst gestern gewesen. Ich stand auf dem Signaldeck, wo das Fernglas auf dem Artillerieleitstand montiert war, denn jemand rief, ein Segler sei voraus in Sicht. Unsere PAMIR fuhr damals unter australischer Flagge. Ich wollte sichergehen, ob sie es tatsächlich ist. Kurz darauf kam aber schon Detmers herauf. Ihm gefiel die Sache absolut nicht, denn schnell wuchsen am Horizont die Umrisse eines australischen Kreuzers der Perth-Klasse.«

Ruppert reagiert spontan: »Kehrt um! Marsch, marsch zurück!«

»Schön wär's gewesen, mein lieber Doktor, aber an ein Entkommen war in dieser Situation nicht mehr zu denken. Unsere KORMORAN hatte inzwischen starken Bewuchs am Rumpf. Maximal 16 Knoten wären drin gewesen. Der Kreuzer schaffte aber genau das Doppelte.«

»Wie entschied sich Detmers?«

»Detmers pokerte. Und er tat es mit Bravour. Wir mussten Zeit gewinnen, um so nah wie möglich an den Kreuzer heranzukommen. Das Überraschungsmoment war unsere einzige Chance. Als wir mit einem unbekannten Code angemorst wurden, reagierten wir nicht. Plötzlich morste der Gegner Klartext: ›*What ship?*‹«

Diebitsch nippt nervtötend lange an seinem Glas.

»Na und? Was haben sie zurückgemorst?«, treibt Richter ihn an.

»Nach meinen undatierten Erinnerungen ließ Detmers mit Flaggen antworten. Ein braves Handelsschiff macht das immer mit Flaggen. Langsam und sinnig. Ich glaube, er machte es wie seinerzeit Admiral Nelson, der einmal das Flaggensignal setzen ließ: ›Ich sehe Ihr Signal wohl, aber ich kann es nicht erkennen‹!«

»Und? Haben sich die Australier darauf eingelassen?«

»Na ja, unser Signalmaat machte seine Sache hervorragend. Erst bekam er nicht alle Flaggen auf die Leine, dann vertörnte sie sich wie von selbst am Signalmast, und der gegnerische Kapitän zeigte offensichtlich Verständnis für unseren nervösen Handelsschiffsjantje.«

»Wie lange ließ er denn mit sich Katz und Maus spielen?«

»Wir mussten natürlich irgendwann Farbe bekennen und taten es auch in der Hoffnung, dass unsere Tarnung Anerkennung finden würde. Wir signalisierten frech: ›Holländer, STRAAT MALAKKA‹!«

Ruppert drängt auf ein Ende: »Das war's dann wohl!«

»Noch nicht. Wir lauschten auf seinen Funker. Es fand aber kein Funkverkehr statt. Der Gegner ließ unsere Angabe nicht überprüfen. Zu unserer eigenen Überraschung morste er ›Verstanden‹ und fragte, was unser Bestimmungshafen wäre. ›Nach Batavia‹, gaben wir Antwort. Inzwischen hatte sich der Kreuzer so weit angenähert, dass er in die Reichweite unserer Artillerie geriet. Dann wollte er noch wissen, welche Art von Ladung wir im Bauch hatten. Detmers entschied sich für Stückgut. Wieder verstrichen quälende Minuten. Plötzlich wurden wir wieder angemorst: ›Geben Sie Ihr geheimes Erkennungssignal!‹ Die Prozedur mit den Flaggen wiederholte sich zäh und langsam. Das reichte. Der Kreuzer SYDNEY lief jetzt an Steuerbord, fast parallel zum Kurs unserer KORMORAN. Ein Teil der SYDNEY-Besatzung stand an der Reling, um den ›Dutchman‹ zu begaffen. Es war fast wie im tiefsten Frieden. Das war für Detmers der Moment. Er ließ ›enttarnen‹. Die deutsche Kriegsflagge wurde hochgezogen. Dann gab Detmers Feuerbefehl. Die Relinge klappten weg, Luken flogen auf, und auf Hebebühnen kamen die Geschütze zum Vorschein. Sechs Sekunden nach Detmers Befehl feuerten wir aus allen Rohren.«

Richter zeigt sich begeistert: »Ein Wunder an Schnelligkeit!«

»Das kann man so bezeichnen. Im Sechssekundentakt schossen wir unsere Salven. Die erste traf offenbar die Feuerleitzentrale des Kreuzers, denn die Geschütze drüben schwiegen. Einer unserer Torpedos traf die Vorderkante von Turm A des Kreuzers. Aus den beiden vorderen Türmen fiel daraufhin überhaupt kein Schuss mehr. Auch Turm D schwieg nach kurzer Zeit. Nur Turm C schoss noch gut und schnell. Eine Granate traf uns mittschiffs und setzte den Maschinenraum in Brand. Dieser gemeine Treffer bedeutete auch das Ende unserer KORMORAN. Ein einziger Treffer hatte genügt. Das Feuer konnte nicht gelöscht werden. Das Gefecht dauerte noch eine gute Stunde. Die SYDNEY war bald nur noch ein lichterloh brennendes Wrack. In der Dämmerung verloren wir sie schnell aus den Augen. Kurze Zeit später sahen wir einen hellen Feuerschein. Sie war wohl explodiert und mit Mann und Maus gesunken.«

»Überlebte jemand?«

»Kein einziger. Rund 650 Mann fanden den Tod. Das haben wir aber erst viel später erfahren.«

»Was wurde aus der KORMORAN?«

»Die Mannschaften gingen in die Boote. Wir hatten viele Minen an Bord, die eine große Gefahr darstellten. Der Sperroffizier brachte die Sprengladungen an, und kurz nach Mitternacht versank die KORMORAN nach einer gewaltigen Explosion in den Fluten.«

»Wie viele haben überlebt?«

»320 Mann. Achtzig fanden den Tod.«

Ruppert insistiert: »Gerieten Sie danach nicht in Gefangenschaft?«

Diebitsch winkt ab. »Ja, für sechs Jahre. Ich verbrachte sie in Dhurringile nördlich von Melbourne. Aber das ist eine andere Geschichte …«

Als Diebitsch allein ist, beginnen sich die Szenen in seinem Kopf zu ändern. Das wirkliche Leben auf der KORMORAN war keine Folge von zusammenhängenden Ereignissen. Das Bewusstsein über die Sinnlosigkeit des Auftrages wuchs, kaum dass sie wussten, auf welche ›Reise‹ man sie geschickt hatte. Bunjes, sein Freund und 3. Prisenoffizier auf der KORMORAN, formulierte später in seiner Angst den sinnlosen Satz: »Wir sind abgeschnitten!« Das war, nachdem sie das Kap der Guten Hoffnung gerundet hatten. Gleichwohl teilten die meisten Offiziere an Bord seine Worte und auch sein Angstgefühl.

Johannes spürte die gleiche Angst, was er aber nie nach außen hin zeigte. Auguste, die Frau an seiner Seite, das weiß er heute, ist die größte Leidtragende in diesem Drama. Seine Ehe, die Geschichte zweier Menschen mit zwei Stimmen, die sich nur befristet unterhielten, und vier Hände, die sich nur in Intervallen berührten. Ihr Leben bestehend aus Trennung, Wiedersehen und Gefangenschaft, ohne dass ihre Zuneigung je erlosch.

Bunjes dagegen trug sein Herz auf der Zunge: »Sag mir mal, was ist denn das für eine wichtige Sache, für die wir hier im Indischen Ozean unsere Zeit verplempern und dazu noch unser

Leben aufs Spiel setzen? Wo verlaufen die Grenzen des Großdeutschen Reiches? Nur zu! Zeig sie mir! Die lassen uns doch fern jeglicher Front verrecken. Niemand wird wissen, wo wir eines Tages absaufen.«

Seelische Verletzungen werden totgeschwiegen. Detmers erwartete, dass auch die Prisenoffiziere zeigen sollten, was für klasse Burschen sie seien. Haltung war angesagt und Zweckoptimismus. Echte Lebensfreude wollte sich aber nicht mehr einstellen. Sie verschwand spurlos, und es gab keine Entschädigung dafür. Das Risiko, ›erwischt‹ zu werden, stieg dagegen von Tag zu Tag. Jedes Schiff, das am Horizont auftauchte, konnte ein Kriegsschiff sein. Man vermied es, darüber zu reden, doch eine solche Begegnung bedeutete für einen Hilfskreuzer oft das Ende. Was sich aber viel schlimmer auswirkte, war die Tatsache, dass man sie auf die Meere hinausgeschickt hatte, ohne eine Perspektive, jemals wieder nach Hause zurückkehren zu können. Es gab keine Briefe aus der Heimat, keine Zeitungen und kein Radio. Ein Kommando, das eines Tages unweigerlich scheitern musste. Man erwartete, dass jeder bereit war, für Führer und Vaterland in die Hölle zu fahren. Ihre Hölle befand sich im Indischen Ozean. Die Frage, die sich täglich aufdrängte: »Wann werden wir dort ankommen?«

Die einzigen Abwechslungen an Bord waren wöchentliche Tonfilm-Vorführungen, das Schwimmbad, die Bordkapelle, das Klavier von der Afric Star und das Haifischangeln …

Was Johannes jedoch nicht verschmerzen konnte, war, dass er durch eine Lüge, durch ein falsches Versprechen bis in den Indischen Ozean verfrachtet wurde. Immer wieder sah er in seinen Träumen Karls Gesicht. Eine ewige Fratze unergründlicher Motive. Es gärte in ihm, wenn er nur daran dachte, welches Vertrauen er in diesen Menschen gesetzt hatte. Offenbar war er zu einer Gefahr für Karl und seine Machenschaften geworden. In Wirklichkeit kannte er kein einziges Detail. Geld, Devisen, Schmuck? Um was ging es eigentlich wirklich? Jedenfalls um Transaktionen in bedeutendem Umfang. Was nutzte ihm diese Erkenntnis? Nichts! Im Gegenteil, er war zum vermeintlichen Mitwisser geworden, den man am besten durch ein Himmelfahrtskommando loswerden konnte.

Das POW Camp Dhurringile, Victoria, etwa 100 km nördlich von Melbourne gelegen, bildete für Johannes die persönliche Endstation des Zweiten Weltkriegs. Mehr ein Schloss als ein ›Camp‹. Idyllisch gelegen und im toskanischen Stil erbaut, hätte jeder Urlauber seine Freude daran gehabt. An diesem Ort der Gefangenen potenzierten sich die Qualitäten der Menschen. Die guten wie die schlechten. Der strenge Tagesablauf ließ keinen Spielraum zu. Die stupide Arbeit in trostlosen Hallen stumpfte die Menschen ab. Eine Kalamität, in der sich keine Tugenden fabrizieren lassen. Die Insassen mutierten zum Kollektiv, der Einzelne bestenfalls zum Faktor, herabgewürdigt zum Objekt, nur noch in seiner ihm zugeteilten Funktion existent, nicht aber als Mensch.

Auch in den sechs langen, zermürbenden Jahren seiner Gefangenschaft konnte sich Johannes vom Dämon ›Karl‹ nicht befreien. Sein missionarischer Eifer, Karl eines Tages zu finden, bildete am Ende das Fundament, auf dem er überlebte. Ein Wechselbad aus Trotz, Wut und Resignation. Es gelang ihm, die Erinnerung an das, wofür die KORMORAN stand, wachzuhalten. Er hoffte, Karl eines Tages zur Rechenschaft ziehen zu können …

Ein heftiges Auf und Nieder der PAMIR bringt ihn wieder in die Gegenwart zurück. Er denkt an die zahlreichen Auseinandersetzungen in den vergangenen Wochen. Was wussten die jungen Kerle im Achterdeck schon über seine Aufopferung für Volk und Vaterland? Was über Rechtlosigkeit, das Gefühl völliger Unsicherheit, das Bewusstsein des totalen Ausgeliefertseins, die nicht absehbare Dauer einer Gefangenschaft?

Zu Beginn des Jahres 1947 kam die Erlösung. Am 21. Januar betrat Johannes – und mit ihm alle Überlebenden der KOR-

MORAN – das Deck des Dampfers ORONTES. Nach sieben Jahren, fern vom besiegten Reich, ging es endlich zurück in die Heimat.

Als Johannes auf die gegenüberliegende Seite der Pier blickte, traute er seinen Augen nicht. Dort lag der holländische Dampfer STRAAT MALAKKA!

24 *Montag, 22. Juli, 10.50 Uhr, Lotsen- und Feuerschiff PRÁCTICOS RECALADA, 35° S, 55° 5' W*

Die Kette des Backbordankers rasselt Funken sprühend durch die Klüse. Für einen Moment verschwindet der Bug in einer Wolke von Roststaub. Der Anker gräbt sich in den Schlick und kommt schnell auf Zug. Die Ankerlampen werden nach Vorschrift gesetzt, und zur Kontrolle wird in regelmäßigen Abständen eine Ankerpeilung durchgeführt.

Nach 51 Tagen, 23 Stunden und 38 Minuten endet die Reise von Hamburg an den Rio de la Plata. Joe kann sein Glück nicht fassen. Er hat den Sweepstake gewonnen!

»Das kostet aber 'ne Runde!«, meldet Jens Ansprüche an. Er hat sich mit 54 Tagen knapp verschätzt. Manch ein anderer hätte den Gewinn bitter nötig gehabt. Joe nimmt den Geldtopf sofort an sich und vermeidet strikt, sich die ›Spendierhose‹ aufnötigen zu lassen. Stattdessen hüllt er sich in Schweigen.

Diebitsch, mittschiffs, folgt dem Ritual der Kapitäne. Er geht ins Kartenhaus und zieht sich aus dem Schiffsjournal die Daten für seinen Reisebericht an die Reederei Zerssen heraus: Distanz 6996 Seemeilen, reine Segelstunden 794, reine Maschinenstunden 251, Maschinen- und Segelstunden 95. Es folgen Positionsangaben, vermischt mit kargen Windangaben. Das Ganze passt auf eine DIN-A4-Seite.

Mehr kommt nicht infrage. Nicht im ersten Bericht. Er käme sehr in Schwierigkeiten, würde er sich zu dem äußern, was wirklich los war. Seine wichtigsten Offiziere werden abmustern, haben ihre Entscheidungen durch nachvollziehbare Motive verpackt. Dennoch wird er im Einzelfall Kritik üben müssen. Am besten im Rahmen der persönlichen Beurteilungen, die er zu Papier bringen muss, denn Verräterbriefe könnten per Luftpost nach Hamburg vorauseilen. Wer weiß schon, was in den Gehirnen seiner Offiziere und vor allem denen der Kadetten ausgebrütet wird. Und die motzen immer! Doch wer glaubt schon jungen Männern, die die Härte des Lebens auf See das erste Mal erfahren? Niemand wird darüber ernsthaft nachdenken …

Johannes ist allein im Kartenhaus. Sein Blick wandert steuerbord voraus. Im Dunst ist die Küste Uruguays mit seiner Hauptstadt Montevideo auszumachen. Gedankenverloren zieht er Bilanz. Der schwierigste Teil der Reise liegt hinter ihm. Im Laderaum ist der Rost passabel abgeklopft und übertüncht, sodass die Argentinier keinen Anlass haben werden, sich zu weigern, das Schiff zu beladen. Die Schulung der Stammbesatzung und der Kadetten war belastend. Die Fortschritte lassen zu wünschen übrig. Wer soll auch die Seemannschaft mit den Kadetten einüben, wenn es den Matrosen und Unteroffizieren selbst an Übung fehlt? Das wird sich auf der Rückreise drastisch ändern müssen. Die Besichtigung durch die Kommission muss ein Erfolg werden. Daran würde er, als Schulschiffkapitän, in erster Linie gemessen werden.

Seine Offiziere waren sich untereinander nicht grün, was er als Vorteil empfindet. Köhler frisst ihm endgültig aus der Hand, Schmidt stört, und seine Aufzeichnungen über die Ereignisse an Bord sind ein Risiko für Stiftung und Reederei. Buschmann, der freche Hund, wird abmustern. Über Matrosen und Unteroffiziere macht er sich keine Gedanken. Das hat Zeit …

Die Besatzung hat jedenfalls eine konkrete Vorstellung von dem, was noch zu tun ist, bevor es an Land geht. Vier Meilen südlich des Lotsen- und Feuerschiffes PRÁCTICOS RECALADA gehen sie daran, den Sandballast der PAMIR über Bord in das gelbbraune Wasser des Rio de La Plata zu schaufeln. Eine Prozedur, die bei gutem Wetter zwei weitere Tage in Anspruch nehmen wird. Das Löschen der tausend Tonnen Ballastsand geht aber hurtig voran, da jede Schaufel die Zeit bis zum ersten Landgang verkürzt.

25 *Dienstag, 23. Juli, 11.30 Uhr, Zwischendeck, Luke II*

Viele Menschen beten um Regen, Sonnenschein, Wind oder Gesundheit. An Bord der PAMIR ist es Normalität, für das Glück zu beten. Auch dafür, dass nichts Unvorhersehbares mehr passieren möge, was die Ankunft in Buenos Aires weiter verzögern könnte. Vor allem das Herz von Jungmann Eckhard schlägt wie wild, denn er erhofft sich alles von seinem Glück …

Vielleicht ist das leichte Schwanken der PAMIR, das Eckhard für einen Moment aus dem Gleichgewicht bringt, am Ende sein großes Glück.

Keinen einzigen Laut gibt er von sich, als er in das schwarze Viereck der Ladeluke kippt. Joe erfasst Eckhards Sturz aus den Augenwinkeln heraus. Sein Atem stockt, das Entsetzen weitet seine Augen. Dumpf schlägt Eckhards Körper vier Meter tiefer auf. Die gelaschten hölzernen Getreidelängsschotten, die seinen Aufprall dämpfen, machen nur ein Bruchstück seines wahren Glücks aus. Doch das wird er erst viele Wochen später wissen.

Schiffsarzt Ruppert diagnostiziert einen Unfallschock. Eine ernstere Verletzung ist vor Ort zunächst nicht feststellbar. Auf einer Trage lässt er ihn aus dem düsteren Rumpf mittels einer Talje emporhieven. Der Rücken schmerzt zwar höllisch, doch der Jungmann kann seine Arme und Beine bewegen. Eckhards

Unfall beschleunigt die Arbeiten, denn auf Anweisung des Doktors soll er so schnell wie möglich zur Röntgenuntersuchung in das Deutsche Hospital eingeliefert werden.

Siemers bekommt die Anweisung, entsprechend der Kapitäns-Order Nr. 21, die Reederei über den Unfall zu informieren. Der Funkoffizier wählt aus der Liste die beiden Verschlüsselungscodes: ›1aaaf« und ›1aaag‹.

Die Funkabkürzungen stehen für ›*Mann abgestürzt, komplizierte Brüche*‹ und ›*laufen Hafen an, um Verletzten abzuliefern*‹ …

26 *Freitag, 26. Juli, Handelshafen Puerto Madero*

»Anker auf!« Als sich der Bug genau über dem Anker befindet, bricht dieser aus dem Grund. Schwere Trossen hieven ihn aus der Tiefe. Die Ankerkette antwortet mit einem dumpfen Echo, als hätte sie gesiegt.

Der Ballastsand wurde in Tag- und Nachtschichten über Bord geschaufelt. Die PAMIR befindet sich dadurch in einem höchst instabilen Zustand. Daher werden ihre Royalrahen aus 55 Meter Höhe an Deck gegeben, damit sie in einem neuerlich aufkommenden Pampero nicht kentert.

Felipe Maissonare und Salvadore Lombardo, die beiden Lotsen, sind gestern noch an Bord gekommen. Kaum einer an Bord schlief. Die Lichter von Montevideo verschwanden noch während der Nacht steuerbord achtern.

Die silberschuppigen Wellen des Südatlantiks sind längst verschwunden und der Geruch des Meeres auch. Die jungen Männer, die das erste Mal in den Trichter des Rio de la Plata hineinfahren, träumen von indianischen Gesängen und einer tropischen Exotik von Mulattinnen. Was man sich nicht alles in diesem aufregenden Alter erträumt!

Die PAMIR hat jetzt Stagsegel und ihren Besan gesetzt. Zur Sicherheit läuft der Motor mit. Nach Anweisung der Lotsen wird die Pamir durch die Fahrrinne gesteuert. Ohne Ballast ragt sie hoch aus dem Wasser.

Kapitän Diebitsch steht auf dem Hochdeck und beobachtet die Lotsen voller Sorge, wie sie durch die schmale Fahrrinne der La-Plata-Mündung navigieren. Seine Sorge ist berechtigt, da die Pamir während der letzten Reisen in diesem Gebiet fortgesetzt Grundberührung hatte. Der Kanal ist zwar mit Tonnen markiert, doch er ist schmal und mit Untiefen gespickt.

Backbordbug voraus sind im Dunst Industrieschlote und hell erleuchtete Wolkenkratzer auszumachen. Das Traumland der jungen Männer ist zum Greifen nahe.

Bei Tonne 63 wird im Morgengrauen geankert. Warten auf den Schlepper …

Joe zu Buschmann: »Wird er heute noch kommen?«

»Wenn nicht, wird gerudert!«

»Ich bin dabei.«

Manni ruft: »Ich schwimm an Land, wenn er nicht kommt!«

Der Lotse Ricardo Gill kommt an Bord. Kurz darauf nähert sich der Schlepper Vengador und übernimmt die Schlepptrosse.

Einer ruft: »Das war's, Freunde!«

Jubel bricht an Deck aus, als durchsickert, dass der Schlepper auch gleich die Post aus der Heimat mitgebracht hat. Was für ein Tag! Wie auf Bestellung ertönt Tangomusik aus den Bordlautsprechern. Buschmann hatte die Idee.

Die laufenden Deckarbeiten gehen allen leicht von der Hand. Schnell werden noch Zigaretten an Bord gekauft. Ein heißer Tipp vom Bootsmann: Chesterfield gehen an Land am besten. Sie lassen sich mit hundert Prozent Gewinn verkaufen. Denn das Geld ist knapp unter den Jungmännern. Damit werden dicke Geschäfte drin sein, denken sich viele …

Schon erkennt man die mit Palmen bewachsene Uferpromenade, auf der dichter Verkehr herrscht. Weiße Prachtbauten zieren die Küste. Schwere 4-motorige Wasserflugzeuge starten in Richtung Uruguay. Als sie dem Hafen näher kommen, entdecken sie deutsche Schiffe. Ein erbauliches Gefühl. Die Segel werden hafenfest gezurrt. Gegen 08.45 Uhr macht die PAMIR im Handelshafen Puerto Madero, an Darsena D, direkt vor den kolossalen Getreidesilos, fest.

Was für eine Überraschung! Kein Aufruhr, kein Militär, nur die Zollbeamten sind am Anlegeplatz zu sehen. Vielleicht verlaufen die Wahlen und Streiks ja inzwischen friedlich. Links und rechts der Pier aber bejubeln Menschen die Ankunft der imposanten Viermastbark.

Diebitsch steht in weißer Uniform auf dem Hochdeck und winkt von der Steuerbordreling der jubelnden Menge zu, als hätte er Glaube, Hoffnung und Liebe für Argentinien geladen. In Wirklichkeit befindet sich unter seinen Füßen nur eine gähnende Leere. Der feuchte Sand ist entfernt, für eine gefährlich glatte, staubige Fracht …

Drittes Kapitel

Buenos Aires

Die Angst der Menschen ist das Schlimmste heutzutage – die Umarmung in einem Tango rettet uns davor.

Omar Viola

1 Samstag, 27. Juli – Freitag, 09. August 1957, Buenos Aires, Handelshafen, Darsena D

Morgens, 06.30 Uhr. Johannes durchquert seinen Salon. Von Unruhe getrieben, sucht er nach einem verlegten Schreiben, das kurz vor der Abreise in Hamburg an der Gangway für ihn abgegeben wurde. Es bindet seine ganze Konzentration. Wie in Trance unterhält er sich mit Köhler, Buschmann, Dr. Ruppert und Siemers. Seine Offiziere konzentrieren sich dagegen auf ihre unterschiedlichen Aufgaben. Da ist der verletzte Jungmann, Handelsagenten und Inspektoren der Behörden, der drohende Streik der Hafenarbeiter, das Frachtgut Gerste, Telegramme der Reederei, der Hafenwachplan, die Übernahme von Proviant und Wasser, Einladungen, Feste, Gäste und hochoffizielle Besuche von deutschen Botschaftsangehörigen. Wie soll zeitlich verfahren werden?

Der Käpt'n ist nicht bei der Sache. Stumm zählt er die Briefe und Telegramme auf dem Tisch, äugt hinüber in seine Kajüte zum kleinen Schreibtisch, auf dem drei Aktenordner stehen, befühlt die Lehne des Stuhls, stützt sich darauf ab, grübelt, wo er das Schreiben mit der Kontaktadresse in Buenos Aires verwahrt haben könnte. Irgendwo im Hafen schreit ein Lautsprecher einen Tango hinaus: *»Más tarde las cartas de pulso febril mintiendo que no, jurando que si …« ›Später die Briefe von fiebrigem Puls, lügend das Nein, schwörend das Ja …‹*

Buschmann packt das Gefühl, die Zeit brenne unter seinen Händen. »Herr Kapitän! Ein Inspektor des *Instituto National de Granos y Elevadores* wird in wenigen Minuten an Bord kommen. Er möchte die Laderäume auf Sauberkeit überprüfen.«

»Überprüfung ist immer gut …«

»Luke II ist ladebereit. Wir könnten beginnen.«

»Beginnen Sie! Was ist mit den Luken drei und vier?«

»Sie werden in einer Stunde zum Beladen fertig sein. 700 Tonnen Gerste könnten wir heute noch übernehmen. Wir benötigen Ihre Entscheidung!«

Diebitsch gereizt: »Sie sind der Ladungsoffizier!«

Fred Schmidt erscheint im Salon. Diebitsch blickt geistesabwesend zu ihm auf. Schmidt schießt los: »Eine deutschsprachige Zeitung hier in Buenos Aires möchte eine Reportage über die PAMIR bringen. Sind Sie einverstanden, dass ich mit ihnen rede?«

»Reden Sie, reden Sie!« Gefangen in seinen Gedanken, registriert er die Frage nur mit halbem Ohr und ahnt nicht, was für einen Gefallen er Schmidt damit erweist. Johannes kennt das Blatt. Er bekommt es nach Bremen geschickt. ›*Der Weg*‹ ist eine deutsche Emigrantenzeitschrift, die es sich in den zehn Jahren ihres Bestehens zum Hauptanliegen gemacht hat, die Kontinuität der Gedankenwelt der NSDAP über das Jahr 1945 hinaus aufrechtzuerhalten und zu verbreiten. Und dies nicht nur in Argentinien.

Buscher meldet: »Der Inspektor wartet an der Gangway!«

»Nehmen Sie ihn in Empfang!« Und an Buschmann gerichtet: »Wenn sein Zertifikat auf dem Tisch liegt, beginnen Sie sofort mit dem Beladen.«

Gunther bahnt sich seinen Weg durch das Gewusel von jungen Männern. Sie machen die Ladeluken klar und erledigen die üblichen Deckarbeiten. Richie, dessen Gesundheitszustand sich in den letzten Tagen rapide verschlechtert hat, versucht ihren Einsatz zu überwachen, was ihm aber nicht gelingt.

Der Samstag ist auch ohne ihn mit Arbeiten voll verplant. Die Mannschaft ist motiviert, denn wenn alles klargeht, heißt es für die Backbordwache noch heute und für die Steuerbordwache spätestens morgen: runter vom Schiff. Endlich, ›Seemannssonntag‹ in Buenos Aires!

Diebitsch legt den Kopf in den Nacken, als wolle er damit einer Halsstarre entgegenwirken. Er verharrt darin und wendet sich an Dr. Ruppert: »Wie geht es dem Verletzten?«

»Er ist auf dem Transport zur Röntgenuntersuchung in das Deutsche Hospital.«

»Wenn Sie eine Diagnose haben, fertigen Sie umgehend einen Bericht für die Reederei an. Ich möchte keinesfalls, dass wegen dieses Zwischenfalls in der Heimat Unruhe entsteht.« Dann läuft er in seine Kabine, nimmt den Reisebericht der Pamir von Hamburg nach Rio de la Plata vom Schreibtisch und reicht ihn Siemers. Johannes hat ihn noch vor dem Frühstück fertiggestellt. »Tippen Sie ihn und dann ab damit nach Hamburg. Per Luftpost. Heute noch! Die Telegramme beantworten wir bis Montag.«

Siemers nimmt die Anweisung stoisch ruhig entgegen. Als er den Salon verlassen will, ruft Diebitsch hinterher: »Stopp! Die Proviantlisten zur Ergänzung der Vorräte benötige ich bis Montag!«

»Bis Montag …«, wiederholt Siemers einsilbig.

Und an Köhler gewandt: »Sie kümmern sich um den Handelsagenten der *Agencia Maritima Sudocean*. Wir müssen wissen, wie viel Gerste wir in den nächsten Tagen übernehmen können. Erst wenn wir im Bilde sind, können wir unsere Zeit mit Weisheit einteilen.« Unwillkürlich zeigt auf einen Stapel Briefe: »Wenn ich nur die Einladungen überfliege, könnten wir hier zwei Wochen am Stück durchfeiern.«

»Es wäre vielleicht günstig, wenn Sie als Kapitän direkt …«

»Herr Köhler! Erledigen Sie meine Anweisungen. Ich habe mich mit genügend Schriftkram zu beschäftigen. Sollten Sie Probleme bekommen, lassen Sie es mich wissen. Und noch etwas: Ich erwarte, dass die Streichung des Landganges für

Kadetten, Jungmänner und Matrosen, die sich während der Reise fehlverhalten haben, heute schon greift.«

»Ich plädiere dafür, dass wir die Strafen aussetzen. Die Reise war doch mehr als hart.«

»Wollen Sie nicht verstehen? Das hat nichts mit Härte zu tun, sondern mit der Charakterbildung zukünftiger Handelsoffiziere. *Ich* erwarte von Ihnen, dass Sie *meine* Anordnungen mit Nachdruck durchsetzen!«

Köhler kocht die Galle: »Herr Diebitsch, die Mannschaften haben langsam genug von dieser Art Charakterbildung. Nehmen Sie das von Ihrem 1. Offizier endlich einmal zur Kenntnis!«

»Wenn ich das tue, dann sind Sie die längste Zeit 1. Offizier gewesen! Das sollten *Sie* endlich zur Kenntnis nehmen!«

Köhlers Magen verkrampft sich. Kreidebleich und wortlos verlässt er den Salon. Er kann weder auf Diebitschs Entscheidungen Einfluss nehmen noch sich gegen ihn durchsetzen. Mit Bitterkeit in der Stimme murmelt er: »Das hier ist die Hölle, und ich bin verdammt dazu, des Satans Fackel anzuzünden.«

Diebitsch fühlt Genugtuung. Allein im Salon, macht er sich sofort an die Suche nach dem verlegten Schreiben. Schließlich findet er das Papier fein säuberlich gefaltet in seiner Brieftasche zwischen Geldscheinen.

Erleichtert macht er sich über die Post her. Ein Brief von Dominik ist darunter. Er lässt durchblicken, dass die finanzielle Situation der Stiftung zu großer Sorge Anlass gibt, und führt aus, dass entsprechend sparsam gewirtschaftet werden muss. Im nächsten Absatz wird vorgeschlagen, dass bei der Heimreise auch die Ballasttanks mit Gerste gefüllt werden sollten, um die Reise der PAMIR rentabler zu gestalten. … *die Entscheidung bleibt natürlich Ihnen überlassen! Senden Sie uns Ladebericht, Stauplan und das Formular ›Belastungsmeldung‹ noch vor Heimreise der PAMIR per Luftpost!*

Johannes liest den Satz mehrmals. Er spürt, dass Dominik fordert, wie er sich zu entscheiden hat. Er weiß, dass es in früheren Zeiten auf der PAMIR auch ohne Ballasttank gut lief. Auch andere Schiffe sind ohne diesen ominösen ›Tieftank‹ ausgekommen. Über das Für und Wider kann er sich in Buenos Aires mit niemandem unbefangen unterhalten. So gibt Johannes dem Drängen Dominiks nach …

Spökenkieker ist mit Buschmann und dem Inspektor hinab in die Laderäume gestiegen. ›Sonnenbrenner‹, starke Lampen, sind aufgestellt. Sie leuchten die Laderäume taghell aus. Auch der Aufbau der bis zum Deck hinaufreichenden Getreideschotten ist abgeschlossen.

»Sauber ist es ja hier unten, aber sonst – alles Tünche!«, sagt sich Spökenkieker, als seine Hand über die mit Farbe konservierten Wände streicht. Willkürlich drückt er seinen Daumen auf eine kleine Wölbung. Die Farbe blättert sofort ab. Der Zimmermann hat eine Rostblüte getroffen. Er kann es nicht fassen, dass der PAMIR trotz ihrer 52 Jahre die höchste Klasse des Germanischen und des Britischen Lloyds zugebilligt worden ist. Für ihn ist klar, der Rost frisst schneller, als die Tinte auf den Lloyd-Zertifikaten trocknet.

Oben an Deck betritt der Agent für die Gerstenladung der argentinischen Maklerfirma *Agencia Maritima Sudocean* die PAMIR. Der Mann zeigt deutlich seine Übermüdung. Köhler und der Agent kennen sich von der letzten Reise mit Eggers. Der Argentinier überreicht dem Ersten die *Ordinanza maritima*, eine behördliche Genehmigung für Getreideschüttladungen. Sie beinhaltet alle Sicherheitsvorschriften einschließlich der Schutzschotten, die das Verrutschen der Ladung verhindern sollen. Gerade dieses Dokument hat keinerlei Relevanz, denn es definiert in keiner Weise, wodurch das Risiko einer geschütteten Gerstenladung bestimmt ist. Doch das bleibt Köhler verborgen.

»Wie viel Gerste können wir am Montag übernehmen?«

»Rund achthundert Tonnen, wenn nicht gestreikt wird.«

»Wie schätzen Sie die Situation ein?«

»Was morgen sein wird, kann Ihnen in Buenos Aires niemand genau sagen.« Dann lächelt er und verbreitet Optimismus: »Wir versuchen alles. Vielleicht sind Sie in einer Woche schon wieder auf See.«

Buschmann geleitet den Inspektor in den Kapitänssalon. Diebitsch spricht Spanisch. Das freut den Beamten. Ohne irgendetwas zu beanstanden, setzt er seine Unterschrift unter das Zertifikat. Nach einem Gläschen Brandy verabschiedet sich der freundliche Mann: »Buen viaje, Capitán!«

»Gracias, Señor Silva!«

Diebitsch fühlt sich gut. Die Hürde ist genommen. Diesmal gibt es keine Beanstandungen wegen Rostbefall in den Laderäumen. Er wendet sich an Buschmann: »Sobald die siebenhundert Tonnen im Bauch sind, lassen Sie die Ballasttanks lenzen und reinigen.«

Buschmann stutzt. Beschäftigt er sich doch schon seit längerer Zeit mit Stabilitätsberechnungen von Schiffen. Es ist zwar eine Wissenschaft für sich, doch er ist der Auffassung, dass jeder Kapitän wissen muss, was eine Rollperiode aussagt und wie man Hebelarmkurven berechnet. Beides gibt Aufschluss darüber, wie stabil oder instabil sich ein Schiff in bewegter See verhalten wird. Buschmann ist überzeugt davon, dass ein Fluten der Tieftanks immer eine Verbesserung der Stabilität mit sich bringt und sie somit keinesfalls beladen werden sollten. Ein wichtiger Trumpf, um im Falle einer schlechten Rollperiode wirksam nachtrimmen zu können.

Buschmann versucht seinen Kapitän umzustimmen: »Herr Diebitsch, geschüttete Gerste kann nach meinen Erfahrungen im Tieftank nur schwer richtig getrimmt werden. Das gilt für die gesamte Ladung. Wir haben nicht einmal geeignete Schaufeln an Bord. Die Mannschaft wird das im Tank per Hand machen müssen. Dagegen können geflutete Tieftanks das Gleichgewicht unserer PAMIR erhöhen. Wir sollten ihn daher besser *nicht* lenzen.«

»Herr Buschmann! Ihr Gequassel über Stabilitätstheorien halte ich für maßlos übertrieben. Als ich mit der PAMIR um Kap Hoorn segelte, hatte sie noch gar keinen Tieftank. Ich will Ihnen mal was sagen: Wer das Gefühl für Stabilität nicht im Hintern hat, sollte lieber nicht Kapitän werden. Lassen Sie den Tieftank lenzen!«

Buschmann spürt Diebitschs Unkenntnis. Er war niemals als Kapitän oder als verantwortlicher Ladungsoffizier auf frachtfahrenden Seglern gefahren. Mit Stabilitätsblättern und deren Berechnungen hat er sich nie beschäftigen müssen. Außerdem wurde zu seiner Zeit der Salpeter in Säcken transportiert. Eine stabil gestapelte Fracht. Buschmann knapp: »Ihre Entscheidung!«

»Ich verlasse mich darauf, dass ordentlich gestaut wird. Darauf sollten *Sie* achten!«

Buschmann reagiert trocken: »Ich verlasse mich darauf, dass wir mit einem stabilen Schiff die Heimreise antreten, denn das steht in Ihrer Verantwortung!«

Diebitsch barsch: »Die werden Sie mir auch nicht abnehmen. Also – an die Arbeit.«

»Es ist grotesk!«, schimpft Buschmann vor sich hin. »Auf der PAMIR haben wir einen guten Sicherheitsstandard, und dieser Master next God setzt ihn einfach außer Kraft.«

Stauer mit Atemmasken sind an Bord gekommen. Sie blicken nach oben. Eine Art Rüssel, durch den die Gerste in die Laderäume verfrachtet wird, neigt sich vom mächtigen Getreidesilo wie der Kopf eines Seeungeheuers auf das Deck nieder und verschwindet im Viereck von Luke zwei. Kurz darauf wird der Schieber geöffnet. Schnell, glatt, wie Brei strömt die Gerste aus dem Rüssel in den Bauch der PAMIR. Auf dem Boden des Laderaums bildet sich kaum ein Haufen. Gerste fließt. Fließt in die Breite, schiebt sich anfangs geschmeidig in alle Ritzen und Ecken. Sie ist gepudert mit Staub und knochentrocken. In wenigen Sekunden hat der feine Staub der Anden die Männer eingehüllt. Ohne Atemmasken müssten sie dort unten ersticken …

Oben an Deck blicken die Männer der Backbordwache immer häufiger auf ihre Uhren. Um 17.00 Uhr, am Ende des Dienstes, steht für alle noch eine Unterrichtsstunde auf dem Plan. Eine Pflichtübung, wie es scheint, eine Belehrung zum Thema ›*Gesundheit und Vorbeugung*‹. Danach heißt es: Backen hochschlagen, Reinschiff, Urlaubsmusterung und runter vom Schiff. Kadetten und Jungmänner haben bis Mitternacht, Leichtmatrosen bis ein Uhr und Matrosen bis zum Wecken Landgang.

Punkt 16.00 Uhr pfeift Richie die komplette Besatzung in die Mannschaftsmesse. Die Vollzähligkeit wird festgestellt. »Ein wichtiges Thema steht an!«, raunt man sich augenzwinkernd zu.

Dr. Ruppert erscheint frohgelaunt mit einem kleinen Karton unter dem Arm. Lütje, der zweite Bootsmann, spricht in Vertretung des erkrankten Richie die einführenden Worte: »Jungs! Sperrt eure Ohren auf! In dieser Stunde geht es um das wichtigste Teil des Mannes. Wenn wir wieder auf die Heimreise gehen, will ich keinen an Bord haben, der sich mit ›Syph‹ oder einem ›Tripper‹ angesteckt hat. Klar?«

»Jawohl, Herr Bootsmann!«, kommt es wie aus einer Kehle.

Ruppert stellt den Karton auf dem Tisch ab, zieht ein rundes, gelblich erscheinendes Etwas aus seiner Uniform, setzt es an seine Lippen und bläst es zur maximalen Größe auf. Es hat die Form einer aufgeblasenen, durchsichtigen Wurst.

Beifallsbekundungen lassen das Achterdeck vibrieren. Ruppert hat die Aufmerksamkeit seiner Zuhörer im Handstreich gewonnen. »Meine Herren, wir kommen zu meinem Lieblingsthema: Das Hemd der Venus! Das Präservativ! Für die Gebildeten unter uns: abgeleitet aus dem spätlateinischen ›preservare‹ oder aus dem französischen ›préserver‹: heißt so viel wie achtgeben, aufpassen, verhüten, bewahren!«

Wie sich herausstellt, ist der ›Badegast‹ auch Spezialist für Geschlechtskrankheiten. Ruppert betreibt seine Praxis in Kaiserslautern und kennt die Probleme und Folgen der freien Liebe aus der ungeschminkten Realität. Er vermutet, dass viele der jungen Männer, die vor ihm sitzen, noch nie einen Beischlaf vollzogen haben, doch er formuliert seine Belehrungen derart, als wären sie schon alle richtige Männer. So erfahren sie auch einiges aus der Geschichte der Kondome: »Schon die Ägypter haben verhütet, und sogar der unanfechtbare König aller Verführer, Giacomo Casanova, hat den ›englischen Reitrock‹ oder eine ›Sicherheitshaube‹ über seinen Penis gezogen, denn er wollte sich weder mit einer Geschlechtskrankheit anstecken, noch wollte er eine Schwangerschaft der Angebeteten. Wenn ich Sie so betrachte, dann schlummert doch in jedem von Ihnen ein Casanova. Einer, der verhütet!«

Das Gejohle darauf ist frenetisch. Am Ende kommt er zu den Fragen.

Einer der Jüngsten grinst verschmitzt: »Was ist, wenn mir einer platzt?«

Ruppert antwortet mit einem Reim: »Hast ohne Gummi du geliebt und keine Vorsicht ausgeübt – desgleichen, ist dir solch ein Ding geplatzt –, so wasch dich, sonst bist du verratzt!«

Eine Lachsalve donnert durch die Messe. Als keine Fragen mehr offen sind, beendet Ruppert seine Belehrung und deutet auf den Karton: »Auf dass er geschützt steht – und ihr vor Wonne vergeht …«

Fünf Minuten später ist Rupperts Karton geleert und kurz darauf die Backbordwache in Ausgehuniform in Reih und Glied zur Urlaubsmusterung angetreten.

›Krabbenfischers‹ Befehlsstimme schallt über das Deck: »Hände vorzeigen!«

Diebitsch beobachtet die Prozedur vom Hochdeck aus.

Der 2. Bootsmann wandert die Reihen ab, bleibt bei dem einen und anderen stehen und befiehlt: »Waschen! Fingernägel reinigen! Waschen …! Fingernägel …!«

Er tut sich schwer mit der Auswahl der Opfer, da die Haut der Hände ausnahmslos durch Labsalbe, Farbe und Schmierstoffe geschädigt ist. Von den Fingernägeln ganz zu schweigen …

Als sie nach einer halben Stunde nutzlosem Reinigen wieder vollzählig sind, beginnt Krabbenfischer mit der Aufzählung der sieben Namen, die den Landgang aus disziplinarischen Gründen gestrichen bekommen haben.

Die Betroffenen zeigen feuchte Augen, beginnen sie abzuschirmen wie im Kino, wenn eine gruselige Szene gezeigt wird. Diebitsch zeigt sich zufrieden und verschwindet im Kartenhaus. Lütje und Köhler beobachten die Szene aufmerksam.

Joe und die anderen Kameraden trösten die Jungs. Einer der Betroffenen ballt die Faust. »Ich erwürge Ali Pfannkuchen, wenn ich ihn zu fassen bekomme!«

Joe stößt ihm in die Rippen und zischt: »Still! Kein Wort mehr! Sonst kannst du Buenos Aires völlig abschreiben!«

Sie drängen die Verzweifelten in die Mannschaftsmesse, um sie zu beruhigen.

Volker kommt hinzu. Er kennt sich mit der Knacknuss ›verbotener Landgang‹ aus. »Hört mal her, ihr Transusen! Ich stell jetzt fest, wer heute Nacht an Deck Wache schiebt. Alles andere wird sich zeigen.«

Hoffnung keimt auf. Die Jungs der Steuerbordwache spekulieren indessen, wer morgen alles mit der Streichung des Landganges zu rechnen hat. Am späten Nachmittag wird ein Sack voller Briefe abgeholt, die per Luftpost nach Deutschland geschickt werden. Umgekehrt wird ankommende Post entgegengenommen. Die Frage aller Fragen: »Ist einer für mich dabei?«

Gelesen werden die Briefe ein Dutzend Mal.

Köhler zieht sich in seine Kabine zurück. Er setzt sich an sein kleines Schreibpult und beginnt den Brief seines Onkels zu beantworten, den er gestern erhalten hat.

Ich habe jetzt einen verteufelt schweren Stand, und meine Position geht fast über mein Können. Ich habe nicht nur Ärger mit den Kadetten, sondern auch noch mit den Offiziers-Kollegen. Zwei sind zehn, bzw. zwanzig Jahre älter als ich, ganz besondere Typen, die sich zum Teil nicht für ein Schulschiff eignen. Ich werde hier auf dieser Reise seelisch und nervlich sehr beansprucht und werde immer schmäler vor Ärger. Ich freue mich nur noch auf die Heimreise und werde dann abmustern. Ich bitte noch hier um Ablösung. Eigentlich wollte ich noch eine Reise mitmachen, aber keinesfalls unter diesen Zuständen. Vielleicht hänge ich die Seefahrt bald ganz an den Nagel, obwohl ich eigentlich erst jetzt beginnen wollte, denn ich hatte noch vor, mein A 6 zu machen.

2 *Sonntag, 28. Juli, ›Seemannssonntag‹*

Tom reagiert aufgebracht: »Ist das die Zukunft, die uns auf See erwartet? Kann es sein, dass dir einer verbieten kann, an Land zu gehen?«

Jens darauf sarkastisch: »Klar! Das ist so, als wenn hinter dir der Aufseher auf Anordnung des Richters die Gefängnistür schließt. Du hast leider das Pech, vor keinem Gericht Gehör gefunden zu haben.«

Vor einigen Minuten war die Spannung noch zum Zerreißen, denn die Steuerbordwache hatte sich gleich nach der Flaggenparade ebenfalls der Urlaubsmusterung zu stellen. Einige rechneten damit, um den ehrlich verdienten Landgang gebracht zu werden, denn für sie hat sich mittschiffs eine Intrigantengesellschaft gebildet, die nur ihre Welt und ihren Ehrgeiz kennt, nicht aber die Bedürfnisse und Wünsche der Jungs im Achterdeck.

Trotz allem, ein Wunder war geschehen. Niemand aus dem Kiez-Rudel wurde mit einer Ausgangssperre belegt. Dafür hat es fünf andere aus der Wache getroffen. Ein Kamerad hat wegen einer Lappalie gleich dreifachen Landgangsstopp. Das Jammern darüber hält sich aber in Grenzen, denn die Arrestanten aus der Backbordwache ›verholten‹ noch in der vergangenen Nacht wie die Katzen, mithilfe der Brassleinen, komplett in die Stadt, ohne dass die Schiffsleitung etwas merkte. Diszipliniert kehrten sie pünktlich um 22.00 Uhr wieder an Bord zurück, warteten eine knappe Stunde in ihren Hängematten und waren kurz darauf wieder auf dem Weg. Die Gangwaywache spielte mit …

Das Beispiel wirkt sich auf die neu hinzugekommenen Delinquenten doch sehr beruhigend aus. Zudem wächst der Mut, sich darüber hinwegzusetzen, da das Gerücht die Runde macht, der Dienstplan würde in der kommenden Woche für Ausflüge in die Stadt kaum Spielraum hergeben. In fünf Tagen soll die Pamir mit Gerste beladen sein. Fraglich, ob man mehr als einmal an Land kommt …

Gott sei's gedankt, der Handelshafen mit seinen Getreidesilos liegt nahe der Stadt. Günstig, um sich schnell in das Vergnügen zu stürzen. »Wenn die Nächte in Buenos Aires im Winter nur nicht so lausig kalt wären. Hier frierst du dir glatt einen ab!«, verkündeten die Spätheimkehrer. Die Temperaturschwankungen sind enorm. Bis zu 25 Grad Celsius bei Tag, Minusgrade bei Nacht.

Schnell werden noch Tipps und Adressen ausgetauscht. Joe ist bester Laune, denn er hatte sich auf der Liste der Delinquenten vermutet. Zur Feier des Tages behält er seine Ausgehuniform an. Das passt zum Himmel mit seinem unwahrscheinlichen Blau. Manni stürmt wieder einmal voran mit einer Stange Chesterfield unter den Arm geklemmt. »Na los! Kommt schon! Setzen wir unsere Füße endlich wieder an Land!« Unten angekommen, kniet er sich nieder und küsst den Boden.

Auf der Pier recken Verwandte und Bekannte die Hälse und zeigen erwartungsvolle Gesichter. Die meisten von ihnen sind deutschstämmig. Namen werden nachgefragt. Zur Überraschung aller: Ein Mitleid erregender Deutscher bietet seine Dienste an. »Suchen Sie ein Hotel? Haben Sie Koffer zu tragen? Brauchen Sie einen Dolmetscher?« Er scheint nur einer von vielen Landsleuten zu sein, denen es offensichtlich dreckig geht. Vier oder fünf betteln sogar um Essen. Die Jungs blicken sich fragend an. Eine Breitseite deutschen Emigrantenelends haben sie nicht erwartet.

Das Kontrastprogramm dazu bilden dicke amerikanische Autos, die auf der Pier parken. Darunter auch ein Mercedes. Jetzt sieht man es, wenn auch erst auf den zweiten Blick: Nicht wenige deutsche Emigranten haben es in Argentinien doch zu etwas gebracht. Tom ist der Einzige im Kiez-Rudel, der Verwandte in Buenos Aires hat. Gleich bei der Ankunft hat er per Expressbrief eine Einladung von seiner Tante Herta bekommen. Sie lebt in Rio Ceballos, knapp achthundert Kilometer nordwestlich von Buenos Aires. Er soll unbedingt kommen. Sie will jemanden schicken, der ihm die Reise mit dem Bus erklärt und die Hin- und Rückreise bezahlt. Nun hofft er darauf, morgen für einen Besuch bei seiner Tante noch einmal das Schiff verlassen zu dürfen …

Die Wirklichkeit des Hafenviertels wirkt ernüchternd. Angefangen vom gelben, schlammigen Hafenwasser, das die Pamir umgibt, über zersauste Büschelkronen der Palmen entlang der Hafenstraße, bis hin zu den indianisch aussehenden, kurzbeinigen Flaniermädchen, angetuscht und mit Stimmen wie rostige Sägen. Daneben ärmlich aussehende Menschen mit Bauchläden voller Tabakwaren, Rasierklingen, Caramelos, Schokolade, Pfefferminzrollen und Toilettenartikeln. Die ersten Häuserzeilen bestehen aus heruntergekommenen Wohnblöcken, deren Fassaden durch orangefarbene und kornblumenblaue Männerhemden auf Trockenleinen etwas farbiger erscheinen.

Buenos Aires ist offenbar mit dem Rücken zum Rio de la Plata erbaut worden, denn kaum dass die jungen Männer die Avenida Córdoba erreichen, blenden weiße Fassaden im prächtigen Kolonialstil die Augen. Die Straße führt schnurgerade nach Westen durch die Stadt. Ihr Ende ist nicht auszumachen. Eine Tranvia rumpelt vorbei, als läge die Stadt unter Artilleriefeuer. Wahrscheinlich hat man im Straßenbahndepot vergessen, die Achsen zu dämpfen und die Räder zu schmieren. Nach Wochen auf See ist der Lärm jedoch der reinste Genuss. Schon sind die jungen Männer von fliegenden Händlern umringt. Zungenflink reden sie durcheinander. In wenigen Minuten hektischer Preisverhandlungen haben die Zigaretten ihre Käufer gefunden. Die vorhergesagte Gewinnspanne war nicht zu hoch gegriffen.

Das Ziel der Jungs ist die breiteste Prachtstraße der Welt, die Avenida 9 de Julio. Joe hat sich schon vor der Abreise einen groben Stadtplan des Zentrums von Buenos Aires besorgt. Die Orientierung fällt leicht. Joe stellt fest: »Also, verlaufen können wir uns in diesem rechtwinkligen System unmöglich!«

Buenos Aires ist eine klassische spanische Kolonialstadt und somit nach dem Schachbrettgrundriss erbaut, aufgelockert durch unbebaute Areale, die Plazas.

Je näher sich die Gruppe dem Zentrum nähert, umso mehr nimmt das Gedränge auf dem Gehweg zu. Alles scheint sich an diesem Sonntagmorgen in Richtung ›Centro‹ zu bewegen. Das Auffallende ist, dass sich nur wenige Frauen im Strom der Passanten mitbewegen, einzelne hingegen fast gar nicht. Nur Paare. Geht man an ihnen vorüber, glaubt man eine unmissverständliche Glut in ihren Augen zu entdecken. Erwidert man die Blicke, wird schnell der Blick gesenkt. Das allein schon pflegt die Eitelkeiten der Jungs in ihren Marine-Uniformen.

Plötzlich biegt ein Korso von klapprigen Lastkraftwagen aus einer Seitenstraße ein. Auf den Ladepritschen sitzen Männer, ein jeder die argentinische Nationalflagge schwingend. Außer der goldenen Maisonne zeigt sie zusätzlich eine braune Stange mit roter Jakobinermütze und zwei zum Händedruck vereinten Armen, umgeben von einem Lorbeerkranz mit einem blauen Band. Die Menge skandiert und jubelt den Streikenden spontan zu. Keiner von den Kadetten versteht den Sinn der Parolen.

Joe würde sich gern mit den Menschen unterhalten, doch es fehlt an spanischen Sprachkenntnissen. Plötzlich verspürt er den unbändigen Wunsch, allein in die Stadt einzutauchen. Die Chancen wären dann ungleich größer, mit Einheimischen in Kontakt zu treten. Die Gelegenheit bietet sich unverhofft an der nächsten Kreuzung. In der Nebenstraße reihen sich Schaufenster an Schaufenster, voll mit Tand und Kuriositäten. »Geht schon mal vor zur Avenida 9 de Julio, ich besorge inzwischen schnell ein paar Mitbringsel für zu Hause.«

»Verlauf dich bloß nicht in den Quadraten!«, scherzt Tom. Manni blickt enttäuscht. Sicher würde auch er gern spontan Geschenke für seine Familie einkaufen. Doch das will noch einmal überdacht werden.

Joe bewegt sich in die Seitenstraße hinein. Neugierig starrt er in eines der Fenster. Farbenprächtige Ponchos und bemalte Wandteller füllen das kleine Geschäft bis auf den letzten Quadratzentimeter. Der nächste Laden quillt über mit geschnitzten Köpfen aus Holz, Marienbildern und Spitzentaschentüchern. Eine hübsche Señora in einem schwarzen, eng anliegenden Kleid und grellrot geschminkten Lippen bittet Joe in Englisch mit überschwänglicher Gestik, er möge doch ihr Geschäft betreten. Die Köpfe sollen Evangelisten, Päpste und große Conquistadores darstellen. Jeder Kopf kostet hundert Pesos.

»Mañana, Señora! Mañana!«

Ein paar Geschäfte weiter bekommt Joe große Augen. In einem der Fenster entdeckt er übergroße Reitersporen aus Silber, die zwischen asiatischen Lackwaren, europäischen Wappenschildern und Meerschaumpfeifen platziert sind. Im anderen Fenster sind Uraltmodelle von Messern, Pistolen, Säbeln und Zaumzeug neben tibetanischen Gebetsmühlen zu bestaunen. Doch seine Aufmerksamkeit wird von zwei Gürteln mit Silberconchos, auf denen die Köpfe berühmter Gauchos abgebildet sind, und einer Schmucktasche aus Kolibribälgen gefesselt.

Ein schlauchartiger Eingang, dunstig von Brodem und Rauch, führt in das Geschäft. Joe entschließt sich einzutreten. Der Laden ist überhitzt durch einen befeuerten Stahlofen. Der grauhaarige Besitzer hockt auf einem Schemel. Seine Stirn glänzt vor Schweiß, und die Augen flitzen in seinem Gesicht hin und her wie kleine schwarze Käfer. Die einzige Bewegung darin. Er trägt eine schmierige Pyjamajacke, in der die Motten Hochzeit gehalten haben und unter der sich Brusthaare wie Dornengebüsch kräuseln. In regelmäßigen Abständen priemt er und spuckt auf den Boden. Der Mann spricht ein wenig Deutsch. Wie selbstverständlich serviert er einen argentinischen ›Schwarzen‹.

Joe will die beiden Gürtel und die Tasche kaufen. Einen für sich, denn er passt ideal zu Jeans und Lederjacke. Der andere ist für seinen Vater, die Schmucktasche für seine Mutter. Zunächst zeigt er aber kein Interesse daran. Zum Schein verhandelt Joe erst einmal über den Preis eines verzierten Messers. Seine Absicht ist es, die möglichen Preisabschläge zu ergründen. Nach einigem Hin und Her glaubt er alles herausgeholt zu haben. Am Ende verzichtet er aber resignierend. Schon im Hinausgehen begriffen, fragt Joe wie beiläufig nach dem Preis für die Gürtel und Tasche. Dabei spielt er seine Rolle gut. Alles, was nichts kostet, setzt er ein: sein Lächeln, sein Vertrösten auf morgen oder übermorgen. Das Morgen aber kann bei einem Seemann nur eines bedeuten: nie! Das weiß auch der Verkäufer.

Nach einem weiteren Schwarzen hat Joe einen fairen Preis ausgehandelt. Der Mann spuckt zur Besiegelung des Kaufes reichlich auf den Boden und schlägt mit der Hand ein. Dann packt er alles seefest ein. Joe sieht das Gesicht seines Vaters vor sich. Ob er seinen Geschmack mit dem Gürtel getroffen hat?

Plötzlich benimmt sich der Besitzer sonderbar. Ohne ein Wort nimmt er Joe beim Arm und zieht ihn in eine Ecke. Der Mann bückt sich hinter einen kleinen Tresen und kramt im Dunkeln. Als er sich aufrichtet, hält er seine Hand verdeckt.

Dann spricht er bedeutungsvoll: »Etwas Besonderes für Sie. Einmalig in Buenos Aires. Bekommen Sie nur bei mir!« Langsam kommt seine Hand zum Vorschein. Joe weicht zurück. Der Schreck fährt ihm in die Glieder. Etwas Spukhaftes schaukelt vor seinem Gesicht. Eine mumifizierte, faustgroße Trophäe, von Hirn und Knochen gelöst, mit langem, seidigschwarz glänzendem Haar, der Mund vernäht. Eine vom Leben verbliebene Gesichtshaut eines indianischen Mädchens mit Skalp.

»Eine Chiriguanoi …«, flüstert der Mann beschwörend, als würde das Mumiengesicht nur schlafen. »Gibt viel Kraft im Leben! Nicht unter vierhundert Pesos!«

Joe schüttelt den Kopf. Der Grauhaarige blickt fassungslos mit seinen Käferaugen. Beide schweigen. Joe hebt die Hand zum Abschied und bewegt sich auf den Ausgang zu. Draußen holt er tief Luft. Der Alte steckt seinen Kopf durch die Tür und flüstert Joe zu: »Geh ins La Boca!« Dabei zeigt der Ladenbesitzer auf Joes Ärmelstreifen und lässt seine Augen hin und her flitzen: »Viele schöne indianische Mädchen! Sie lieben deutsche Matrosen. Und auch die Calle Florida lohnt sich. Mädchen wie sonst nirgendwo …«

Joe kennt das Stadtviertel und die Straßennamen nur von Erzählungen der Matrosen, die angeblich während der letzten Reise dort gewesen sein wollen. Vorbei an Geldwechslern, Streikenden und einem unentwegt palavernden Volk nähert er sich der Avenida 9 de Julio. Sein Blick wandert auf die gegenüberliegende Seite. Dort, vor der Einmündung auf die Prachtstraße, reiht sich eine Kaffee-Konditorei an die anderen. Diese erste ist offenbar eine spanische, denn über dem Eingang baumelt, von Glühlampen umrahmt, ein gewaltiger Stier. Sie ist gestopft voll mit jungen und alten Männern, die ihren ›Schwarzen‹ trinken. Räume voller Radau. Das nächste Café ist dem Emblem nach ein Budapester, und zwei Eingänge weiter entdeckt er ein italienisches.

Man sagt, die Ursache der unfassbaren Anhäufung der Cafés liegt im Zustrom von Einwanderern aus Europa. Heimwehkranke, die nach Ansprache suchen, Landsleute, die nicht traurig in die Kaffeetasse starren wollen.

Vor den Cafés tobt sich das Leben aus. Seinen Mund aufzumachen und den anderen zu übertönen, denkt sich Joe, wird hier wohl als gottgefällige Tugend betrachtet. Auf der Prachtstraße ist die Hölle los. Anscheinend der Laufsteg des Protests. Joe orientiert sich erst nach Norden. In fünffachen Reihen rollen die Autos im Schritttempo dahin. In den Parkbuchten stehen Chauffeure in Paradeaufstellung vor den polierten Kühlern.

Ein Herr im hellen Flanieranzug, Hut und blauem Halstuch, gute fünfzig Jahre, das Gesicht hart und trocken wie ein Stein, überzogen von einer braunen, faltig pergamentartigen Haut, löst sich aus der Menge und steuert direkt auf Joe zu. »Guten Tag, junger Mann!«

Hupen und Signalhörner erschweren die Verständigung. Lautstark erklärt sich der Unbekannte: »Schön, einem jungen Matrosen aus der Heimat hier zu begegnen. Und dazu noch von der legendären PAMIR!« Darauf zieht er seinen Hut und streckt seine Hand aus. »Darf ich mich vorstellen? Jorge! Juan Jorge.«

»Joe! Joe aus Hamburg.«

»Joe? Klingt amerikanisch. Ist aus Deutschland inzwischen auch eine den Yankees nacheifernde Zivilisation geworden?«

»Glaub ich nicht. Aber ich finde es gut, allem Neuen gegenüber aufgeschlossen zu sein. Rock 'n' Roll, Filme mit James Dean und so …«

Der Mann blickt sich um. »Interessant! Kommen Sie, ich lade Sie ein.« Seine Hand zeigt auf eine Konditorei. »Ein deutsches Café. Da kann man schön sitzen.«

Joe willigt ein. Ein Hauch stiller Eleganz erinnert an ein altes österreichisches Kaffeehaus. Sie nehmen an einem runden Marmortischchen Platz. Das Café ist klein, luxuriös und runtergekommen, stark frequentiert und im Stich gelassen, denn die Stuckdecke über ihnen ist teilweise abgeplatzt.

Einige Europäer sitzen an der deckenhohen Fensterfront. Offenbar für sie reserviert. Im hinteren Bereich schwatzende Männer, noch gedrängter zusammen als anderswo. Sie unterstreichen ihre Worte mit theatralischen Gesten. Mit einem Blick auf sie meint Jorge ironisch: »Jeder von ihnen ist ein Revolutionär. Leider gibt es nicht so viele Revolutionen, wie von den Leuten nachgefragt werden. Sie schmecken vor lauter Umsturzgedanken nicht einmal mehr den guten brasilianischen Kaffee.« Jorge bestellt einen paraguayischen Caña, der aus Zuckerrohr und Honig gewonnen wird. Joe entscheidet sich für einen eisgekühlten Ananassaft. Sofort ist ein Schuhputzer zur Stelle. Ein steinalter, tätowierter Indio. Seine Stimme krächzt wie aus einem Blechtopf heraus. Jorge stellt einen Fuß auf den Schemel, ohne den alten Mann groß zu beachten, und beginnt ohne Umschweife zu erzählen: »Wissen Sie, manchmal ist die ›gute Luft‹ hier zu dünn für dickes rheinländisches Blut. Und statt rheinischer Trinklieder gibt's hier Tango ohne Ende. Die Menschen sind süchtig danach. Das soll verstehen, wer will. Manchmal, junger Freund, sehne ich mich zurück nach Deutschland mit seinen Liedern, Weinbergen, Kastanien, Buchen und dem Duft der Lindenalleen im Juni.«

»Demnach sind Sie Emigrant.«

»Ja. Aber nur wer seine Familie um sich versammelt hat, ist kräftig genug, hier zu überleben und sich durchzusetzen.« Und zynisch fügt er hinzu: »Im Übrigen leben wir hier in den Stadtvierteln wie Belgrano oder Palermo Chico feudal in abgezäunten Siedlungen wie im Urwald: Kirche, Schulhaus, Kegelbahn und Gesangverein! Dafür stehen unsere Häuser auf Grundstücken wie auf Goldadern. Wir feiern sogar die Sonnenwende und manche von uns auch des Führers Geburtstag!« Dabei schlägt er sich auf den Schenkel.

»Interessant …«

»Junger Mann, wie sieht es denn in Hamburg aus?«

»Gut! Es wird viel getan. Der Hafen wächst. Der Wiederaufbau ist in vollem Gange. Die Trümmergrundstücke werden zusehends weniger. Schade nur, dass ich den Auftritt von Bill Haley verpasse.«

»Ist das alles, junger Mann? Was macht die Politik? Wird Konrad Adenauer im September wieder die Wahlen gewinnen?«

»Ich kümmere mich nicht um Politik. Aber was man so hört, wird sich politisch nichts ändern.«

»Dafür ändert sich gerade Argentiniens politische Landschaft. Seit Perón gestürzt worden ist, geht es hier drunter und drüber. Es fehlt die starke Hand. Das Militär ist unfähig zu regieren. Das Volk streikt und will freie Wahlen erzwingen. Perón in seinem spanischen Exil hat alle Wähler Argentiniens aufgerufen, in diesen Tagen nur leere Stimmzettel abzugeben. Alle Deutschen in Buenos Aires sind sich sicher: Er wird bald zurückkommen!«

»Wer weiß …«

Darauf folgen Ratschläge über Ratschläge: Er solle sich weiter unter Menschen mischen. Alle, die so aussehen als ob, beißen am wenigsten. Vor allem sollte er so schnell wie möglich stadtkundig werden. Leider könne er als Seemann dies nur in einer verspuckten Bazillenkutsche, einer Tranvia, tun. Die wichtigsten Straßen und Plätze sollte er sich merken. Bankhäuser und Pfandhäuser sowieso. Ein junger Mann wie er käme durch Buenos Aires am weitesten, wenn er nie mehr als achtzig Pesos in der Tasche habe, aber wie ein Millionär aufzutreten verstehe …

Joe sieht den Moment gekommen, sich für die Einladung zu bedanken, um die noch verbleibende Zeit für weitere Entdeckungen zu nutzen. Auf der Avenida hält er erst einmal nach seinen Kameraden Ausschau. Zu spät!

Einige Minuten später erregt ein Plakat seine Aufmerksamkeit. Ein Tanzpaar ist darauf zu sehen. Die Frau wirkt in ihrer gewagten Pose sehr erotisch, während der Mann wie abwesend zur Seite blickt. Das Plakat hat eine eigenartige Ausstrahlung. Man könnte meinen, das Paar tanzt mit-, aber auch gegeneinander. Der Aufdruck darunter schafft Klarheit. Der Tango-Club ›*El Viejo Correo*‹, in der Avenida Diaz Velez, veranstaltet eine Nachmittags-Milonga.

Joe nimmt die Tranvia. Eine flanierende Menge staut sich vor dem Tango-Club und glotzt durch eine breite, weit geöffnete Tür in das Lokal hinein. Schwermütige Klänge eines Bandoneons, eines Knopfakkordeons, dringen nach außen. Den Anstoß zum Verweilen geben wohl Melodie und Text. Die Menschen kommen von ihr nicht mehr los. Manche singen sie mit, manche summen sie, manche sind erregt davon. »*Quién sois, que no puedo salvarme, muñeca maldita, castigo de Dios …*« ›Wer bist du, dass ich mich nicht befreien kann, Puppe verdammte, Strafe Gottes …‹

Einige der Wartenden blicken auf Joe. Kurz darauf sind es alle, als würde der junge Mann in seiner Marineuniform von einem anderen Stern kommen. Eine Gasse öffnet sich, und viele Hände drücken ihn lachend hinein in den Laden des Vergnügens. Joe fühlt sich unwohl in seiner Uniform. In seiner Lederjacke wäre er hier kaum aufgefallen …

Die Melodie des Bandoneons ist ihm fremd, die Sprache sowieso. Doch Musik und Text klingen sentimental und versetzen die Menschen in Melancholie. Ein tanzendes Paar ist durch einen dichten blauen Gazeschleier auszumachen. Die Frau, gekleidet in ein feuerrotes, eng anliegendes Kleid, das auf der Seite geschlitzt ist, zieht seine Blicke magisch auf sich. Ihr Tanzpartner greift sie um ihre Taille und biegt sie hintenüber, bis ihre langen schwarzen Haare fast den Boden berühren. Carajo, was für ein Weib. Zwei schlanke, biegsame Körper mit magischem Koordinationsvermögen. Weich und fließend wirken ihre Gesten.

Joe bemerkt die Dutzend Verehrer nicht, die in der ersten Reihe vor der Tanzfläche sitzen und die schlanken Beine der

Tänzerin mit glänzenden Augen bewundern. Als die Frau ihre Beine wie ein Klappmesser zwischen die Beine des Tänzers hindurchschiebt und hinter seinem Rücken kokett hochwirft, knistert die Luft vor Erregung. Natürlich gieren die Verehrer nach der Berührung, nach jenem Geheimnis, das diese Beine verheißen, nach dem Augenblick des Innehaltens, des spannungsvollen Abwartens, in dem sich mitten im Musikstück der Spieler über jegliche Takte und Tempi hinwegsetzt und einen Ton ins Unendliche ausdehnt, bei dem sich die Frau endlich hinzugeben scheint …

Joe erlebt den Tango zum ersten Mal in seinem Leben. Noch nie sah er einen Tanz, in dem Pausen so erotisch zelebriert werden. Und es scheint, als entlocke der Spieler nur in dieser Tonsequenz seinem Bandoneon ein letztes Seufzen und Ächzen mit derartiger Hingabe. Und ebenso scheint das heiße Blut des Verehrers um die Frau zu kreisen wie der Strudel um sein Zentrum, ohne dass man es ihnen unbedingt ansieht.

Die Zuschauer geraten indessen in einen Rausch, welcher fast einer kultischen Entzückung gleicht. Und die Pausen, die sie lieben, sind die voller Spannung, Erwartung und Sehnsucht …

Genauso lange warten die Tänzer am Ende des Stückes, bevor sie sich freigeben. Noch liegt ihr Arm elegant auf seinem und seiner auf ihrem Rücken. Sie vermitteln Joe das Gefühl, dass sie sich nur höchst ungern loslassen. Erst als sie sich trennen, merkt man, dass die Nähe und eine große Intimität sie nur für kurze Zeit verband.

Wieder beginnt der Ton des Bandoneons zu fliegen. Joe bewegt sich zum Ausgang hin. Die auffordernden Blicke der Tänzerin hat er nicht bemerkt.

Draußen auf der Straße fühlt er sich, als käme er gerade aus einer Märchenwelt. Er lenkt seine Schritte hinüber zum Parque del Centenario und nimmt auf einer Bank Platz. Ein kleines Mädchen setzt sich zu ihm. Es erzählt lustig drauflos. In ihren

Augen steht der Inhalt der Geschichte geschrieben. Joe lächelt zurück. Vielleicht kann auch das kleine Mädchen seine Geschichte daraus ablesen. Es ist die Geschichte eines Moments. Wie die Umarmung in einem Tango …

Kurz vor Wachantritt kehrt Joe zur PAMIR zurück. Unter dem Arm die Geschenke für seine Eltern, eine Tango-Schallplatte und sechs Kilo Apfelsinen. Die Realität der PAMIR fasst ihn wieder an. Der Geruch von Brackwasser lastet wie eine Wolke über dem Hafenbecken. Salzig und voller Tang-Geruch.

Als er das Deck betritt, hört er die Meldung des 2. Bootsmanns an den wachhabenden Offizier: »Tieftank gelenzt, gereinigt und ladeklar!«

3 *Mittwoch, 31. Juli*

Der Morgen begrüßt die Jungs mit einem Rumpeln von Stahltrossen und einem ohrenbetäubenden Quietschen der Laufkräne. Ein Kühlschiff macht gegenüber fest, und aus einem Frachter wird Stückgut entladen. Inzwischen haben fast alle schon einen Begriff von den ›Frigorificos‹ und dem Geruch der zu Exportfleisch zerhackten Rinderherden, denn die Schlachthöfe liegen nur etwas südlicher, jenseits der Getreidesilos.

Während des Frühstücks geht es in der Mannschaftsmesse hoch her. Erlebnisse der letzten Nacht werden ausgetauscht. Fred Schmidt hat bei den Mannschaftsgraden sehr an Ansehen gewonnen, denn er zeigte beim ›Zapfensteich‹ seine menschliche Seite. Obwohl viele sich erst in den Morgenstunden an Bord schlichen, gab es nicht einmal eine Ermahnung. Ein strenges »Ab in die Hängematte!« war alles, was man zu hören bekam. Ein feiner Mann! Dafür lieben sie ihn geradezu. Hätte Köhler Wachdienst geschoben, wäre die Sache anders gelaufen. Da sind sich alle einig, denn noch am Montag gab er vor Anker Alkohol frei. Als zwei Leichtmatrosen von ihm jedoch in leicht angetrunkenem Zustand angetroffen wurden, drehte er prompt den Hahn zu. Für alle! Erstaunlich nur, der Alte bekommt von alledem scheinbar nichts mit. Erstaunt sind auch die Kadetten, mit wie wenig Schlaf sie in diesen Tagen auskommen …

Trotz Wahlen und Streiks ist das Interesse der Bevölkerung an der PAMIR ungebrochen hoch. Vor allem bei den Emigranten, die das ›Deutschtum‹ in Argentinien pflegen. Hoch im Kurs stehen daher Einladungen von deutschen Familien, Vereinen und Geschäftsleuten. Ein Herrenmodengeschäft lädt sogar zu einer Besichtigung mit Stadtbummel ein. Vor allem der Seemannschor der PAMIR kann sich vor Terminen kaum retten. Morgen ist er von einem deutschsprachigen Radiosender eingeladen. Der Auftritt soll über Bordlautsprecher an Deck mitgehört werden können.

Die Wachzeiten dienen nun der Regeneration, in denen unter den Kameraden intensiv ›Erfahrungen‹ ausgetauscht, Ausflugs- und Einkaufstipps gegeben werden. Natürlich wird dabei auch nicht zu knapp Seemannsgarn eingewebt. »Den größten Asado, argentinischer Braten, so groß wie einen Klodeckel, bekommst du im La Boca bei Sanchez Lopez!« Und in einem Punkt besteht kein Zweifel: In den deutschen Vereinen und bei privaten Einladungen kommt man am schnellsten mit Mädels in Kontakt …

Die Steuerbordwache schiebt heute Hafenwachdienst. Joe blickt am Großmast empor. Der Dunstschleier über der Stadt ist verschwunden, die Luft klar und der Himmel hellblau. Von dort oben müsste man einen guten Blick über die Stadt haben. Besonders nachts müsste es dort oben wunderschön sein. Der Gedanke gefällt ihm. Joe erklimmt die Back. Die Kais liegen wie ein Panorama vor ihm. Heute wimmelt es darauf von Menschen, die auf irgendwen und auf irgendwas warten. Darunter Stauer, geschultert mit Lasten, eingehüllt in braune Jutesäcke, die sich seltsamerweise im Schneckentempo bewegen. Ebenso rapide verstummt plötzlich der Arbeitslärm im Hafengelände.

Auch an den Luken zwei, drei und vier der PAMIR geht offensichtlich nichts voran. Bis heute Morgen, so ist zu hören, sind insgesamt erst rund 2000 Tonnen Gerste in ihren Rumpf geschüttet worden. Gut die Hälfte dessen, was sie in die Heimat transportieren sollen.

Köhler ist sauer. »A desgana! A desgana! Verdammt, ich bin auch lustlos!« Aufgrund eines gewerkschaftlichen Beschlusses, so wird Köhler mitgeteilt, arbeitet die argentinische Trimmgang mit ›Unlust‹. Das hat Folgen, denn das Stauerei-Unternehmen will unter diesen Umständen die Arbeiter nicht mehr an die Luken lassen. Es kostet einfach zu viel.

Bis zur Mittagszeit werden nur 195 Tonnen Gerste geladen. Während des Wachwechsels kommentiert Buscher die Lage: »Viel Freizeit, viel Landgang, viel Kosten, viel Verzögerung! Ab in die Stadt!«

4

Erwartungsvoll zwängt sich Diebitsch in seine neue Ausgehuniform. In seinem Kopf jagen sich die Gedanken. Wo steckt Wörmann? Ist er hier in Buenos Aires? In irgendeiner verschlafenen Provinz Argentiniens oder gar in einem anderen südamerikanischen Staat? Werde ich am Ende des Tages wissen, woran ich bin?

Johannes hat sich den Nachmittag frei geboxt und will den Rest des Tages nutzen, um der Sache auf den Grund zu gehen. Noch schnell ein Blick in den Spiegel. Gutes Aussehen ist von Vorteil, denkt er sich, wenn der Erfolg von einer einzigen Begegnung abhängt.

Im Grunde seines Herzens kommt ihm die Verzögerung durch den Streik sehr gelegen, denn die Hafentage waren ausgefüllt mit Empfängen an Bord, Verwaltungskram und geschäftlichen Einladungen. Immerhin konnte er zwei davon annehmen, ansonsten war seine Präsenz an Bord dringend erforderlich. Nach Informationen der Maklerfirma wird sich der Streik in den nächsten Tagen verschärfen. Nur die Götter wissen, was daraus werden wird. Eine zügige Beladung mit Gerste erscheint jedenfalls für diese Woche mehr als fraglich, wenn überhaupt. Das treibt die Kosten, und jeder zusätzliche Tag an Liegezeit schmälert den Gewinn der Reederei. Funkoffizier Siemers hat gut zu tun. Der Telegrammwechsel zwischen Hamburg und Buenos Aires ist rege.

Das Manko versuchte Johannes im Alleingang wettzumachen. Auf seine naive Frage, an die Adresse des Chefs der *Agencia Maritima Sudocean* gerichtet, ob wenigstens eine Kostenteilung vereinbart werden könne, kassierte er als Antwort ein schallendes Lachen: »Ich teile alles mit Ihnen, mein Kapitän, sogar die Ochsenherde meines Vaters, doch dann müsste ich mit allen und jedem teilen. Es bliebe von meiner Agencia nichts mehr übrig.«

Das war mehr als deutlich. Diebitsch hätte ihn für die pampige Antwort erwürgen können. Vielleicht hat der Chef der Agentur gespürt, dass seine Erwiderung Respekt vermissen ließ, denn die Kompensation folgte auf dem Fuße. Der Argentinier spendierte einen feuchtfröhlichen Abend im edlen Stadtteil Palermo, den er sich etwas kosten ließ. Das Trostpflaster zog.

Dessen ungeachtet, hat die Episode seinem Gedächtnis einen Tritt versetzt, seine Lebensgeschichte während und nach der Nazizeit wieder wachzurufen. Er sieht sich immer nur für andere schuften, wie einer, der am Klondike nach Gold schürft und im Augenblick des unerwarteten Glücks um seinen Anteil betrogen wird. Heute will er beginnen, das einzufordern, was ihm längst zusteht. Der versprochene Anteil als Entschädigung für seine Loyalität und für das Himmelfahrtskommando auf der KORMORAN. Sieben lange Jahre auf See und in der australischen Gefangenschaft hatten andere Kontrolle über sein Leben ausgeübt, ihn die Jahre hindurch als Werkzeug missbraucht. Der einzige Lohn für die verlorenen Jahre war das EK II, ein Orden, das der Besatzung der KORMORAN vom Marineoberkommando noch während der Kriegszeit verliehen wurde. Johannes hat ihn nie getragen. Umsonst!

Diesmal aber navigiert er selbst und bestimmt allein den Kurs seines Lebens.

Seine Haltung zeigt Entschlossenheit. Zu seinen Gesichtszügen würde statt der Kapitänsuniform besser ein Kampfanzug passen. Johannes prüft den Sitz seiner Uniform, streicht sich über den Oberlippenbart, entfaltet noch einmal das Schreiben, prägt sich die Adresse ein und verlässt das Schiff. Köhler vertritt ihn an Bord. Auf der Pier wartet das Taxi. Johannes spricht Spanisch. Das macht ihn bei seinen Nachforschungen unabhängig. Er nennt dem Fahrer sein Ziel: »Belgrano, por favor.«

»Dónde se quiere bajar?« ›Wo wollen Sie aussteigen?‹

»Quisiera ir a Parque Sarmento, Calle Manzarino.«

Der Mann, der ihm bei seiner Suche nach Karl den entscheidenden Hinweis geben soll, bewohnt nach Angaben seines Schirmherrn in Hamburg eine Art Palais in dem altvornehmen Stadtviertel Belgrano. »Ein einflussreicher Mann. Auch heute noch. Er zählt zu den Veteranen der Nazischlepper Peróns! Das solltest du wissen«, bekam er von ihm mit auf den Weg.

Während und nach dem Zusammenbruch des Nazi-Regimes flüchteten viele NS-Parteigänger mithilfe von Peróns Fluchthilfezentrale in der Casa Rosada, dem rosaroten Amtsitz Peróns in Buenos Aires, über eine der ›Argentinischen Auswanderungszentralen‹ in Bern, Genua, Rom und dem Vatikan nach Südamerika. In diesen Filialen bekamen sie eine argentinische Einreisegenehmigung, ausgestellt auf einen falschen Namen. Damit konnten die flüchtenden Nazis vom Roten Kreuz ein auf denselben Namen ausgestelltes ›Reisedokument‹ bekommen. Derart ausgestattet, kehrte der zukünftige Einwanderer in das argentinische Konsulat zurück, um ein Einreisevisum zu beantragen. Unter Peróns Regime war das im großen Stil möglich, denn er teilte zwei Grundsätze mit den Nazis: eine pathetische Verachtung der demokratischen wie der kommunistischen Alternative sowie die feste Überzeugung, dass ein Dritter Weltkrieg unmittelbar bevorstünde. Das gab vielen Nazis Hoffnung, denn sie sahen eine glorreiche Rückkehr in ihre alten Positionen voraus, wenn diese erneute Umwälzung in Europa erst einmal geschehen sei …

Nazi-Agenten bezahlten den Transfer ihrer Kameraden mit angehäuftem Kapital von geraubten Devisen, Gold und Juwelen. Das Netzwerk funktionierte vortrefflich. Natürlich war mit eigenem Geld die Sache zu forcieren, vorausgesetzt, man hatte genug davon. Der Zustrom erreichte im Jahre 1948 in Argentinien seinen Höhepunkt.

Wörmann wurde der Boden im Nachkriegsdeutschland offenbar zu heiß. Ihm drohte die Entdeckung durch die Entnazifizierungswelle. Es gab fünf Kategorien, auf die das Gesetz wirkte: Hauptschuldige, Belastete, Minderbelastete, Mitläufer, Entlastete. Wörmann galt allemal als ›belastet‹. Sein Schlupfloch öffnete er sich aber selbst durch falsche Angabe seines Hauptwohnsitzes. Eine Stadt, deren Rathaus durch Krieg zerstört war. Dadurch konnten seine Angaben nicht anhand der Akten, die ja ebenfalls zerstört waren, kontrolliert werden. Doch das Risiko wuchs Tag für Tag, da ihm alte Kameraden immer häufiger nachstellten, die finanzielle Unterstützung forderten. Äußerst gefährlich für seine Sicherheit, da sie die Wahrheit über seine beispiellosen lukrativen Aktivitäten in Belgien und Holland wussten. Denn als Beamter des Reichswirtschaftsministeriums sorgte er für die rabiate Öffnung und Überwachung der belgischen und niederländischen Märkte, die zum Ausverkauf an Deutschland, mittels Reichskreditkassenscheinen, freigegeben wurden. Kriegskorruption wurde für ihn zur Passion. Aufgrund seiner Verbindungen nach Berlin transportierte er Teppiche, Antiquitäten und Käseräder en gros an den nordwestdeutschen Zollfahndungsämtern vorbei, ohne auffällige

Spuren zu hinterlassen. So bereicherte er sich persönlich, wo immer sich ihm dazu eine Möglichkeit bot. Johannes saß in dieser Zeit schon als Gefangener im ›*Dhurringile Internment and POW Camp*‹, Tatura, Victoria.

Sicher wusste Wörmann auch von der Versenkung der SYDNEY durch die KORMORAN, von der Internierung des ›Prisenoffiziers‹ Diebitsch in Australien, seiner Repatriierung als ›POW‹ nach Deutschland und das Datum seiner Ankunft …

Sollte Karl auffliegen, waren die vorgesehenen Strafen sehr hart: Ihm drohten Vermögensentzug und Arbeitslager. Das hätte für ihn tödlich enden können. Über die Schweiz oder Italien, welche Route Karl auch immer gewählt haben mag, er ist jedenfalls noch im selben Jahr aus Deutschland spurlos verschwunden.

Am 28. Februar 1947 betrat Johannes dann, nach 7-jähriger Gefangenschaft in Australien, in Cuxhaven zusammen mit den Überlebenden der KORMORAN wieder deutschen Boden. Geschlossen wurden sie als POWs per Bahn nach Munsterlager transportiert, wo sie ihrer ›Entnazifizierung‹ entgegensahen. Obwohl der Wiederaufbau der Städte schon längst im Gange war, versetzte das Ausmaß der Zerstörungen allen einen Schock. Was war vom Tausendjährigen Reich nur übrig geblieben?

In Munster holte ihn seine ›Nazi-Karriere‹ wieder ein. Sie war nicht abzustreiten. Unleugbar war er als Prisenoffizier mit Sonderaufgaben betraut gewesen. Entlastungszeugen aufzubieten, die das Gegenteil behaupten würden, gab es nicht und wären in seiner Situation auch zwecklos gewesen. Die Dokumentation über seine Nazizeit war lückenlos. Ohne Aussicht auf einen ›Persilschein‹, mit dem man sich aus der Affäre hätte ziehen können, kämpfte Diebitsch um die Einstufung als ›Minderbelasteter‹.

Anfang Mai endlich wurde Johannes in die Freiheit entlassen. Auguste war überglücklich. Es schien ihr wie ein Wunder, ihren Mann nach den vielen Jahren der Trennung wieder bei sich zu haben. Ein Jahr der zähen Aufarbeitung begann …

Gleichzeitig existierte die drängende Notwendigkeit, in den Alltag eines Berufslebens zurückzufinden. Wegen seiner Vergangenheit und der fehlenden Beziehungen gestaltete sich die Eingliederung schwierig. So begann er seiner eigenen Vergangenheit nachzuspüren, versuchte Weggefährten ausfindig zu machen, um wieder anknüpfen zu können. Seine Suche nach Karl Wörmann, der sein Schicksal mit entschieden hatte, führte anfangs zu keinem Ergebnis. Er schien in Deutschland nicht mehr auffindbar zu sein. Der größte Lump war einfach weg.

Von irgendetwas mussten Auguste und er aber leben, und so heuerte er als Matrose auf dem schwedischen Bergungsschiff JUMBO an. Die Wrackbeseitigung war in jenen Zeiten eine lebensgefährliche Arbeit. Zudem musste sich Johannes eingestehen, in seinem Leben auf das falsche Pferd gesetzt zu haben, denn die Bevölkerung fühlte sich von Hitler verraten und war entsetzt über das, was er angerichtet hatte. Auch war die Stimmung überwiegend von deutlicher Ablehnung der nationalsozialistischen Ideologie geprägt. Angesichts der Not, des Hungers und der Zerstörung waren die meisten Menschen froh, dass die Zeit der Diktatur vorüber war und man einen Neuanfang starten konnte …

Die Vergangenheit ließ Johannes dagegen nicht aus ihren Klauen. Er musste sich wiederum in Geduld üben. Bis zu dem Tag, an dem er in einer Hamburger Zeitung die Abbildung eines Mannes sah, dessen Konterfei und Name ihm seit 1941 im Gedächtnis haften geblieben war. Auf vibrierende Weise fühlte er sich plötzlich lebendig und aktiv.

Johannes erinnerte sich an die Begegnung in Gotenhafen. Er hatte damals den Eindruck gewonnen, dieser hagere Mann pflege die Liebe zum Minimum. In einem einzigen scharf geschliffenen Wort hatte er die Situation damals erledigt, aber auch einen Menschen. Er fühlte, wie dieser eine Name in jede Ritze seines Lebens eindrang. Unwiderstehlich trieb ihn die Entdeckung dazu, mit ihm in Kontakt zu treten.

Es dauerte, bis ein unverfängliches Treffen arrangiert werden konnte. Mitte 1948 war es dann so weit. Auch sein Gegenüber schien Interesse an Wörmann zu haben. Was für eines, blieb zunächst im Dunkeln. Während dieser Begegnung wurde Johannes klar, dass der Zug schon längst aus der Halle war. Wörmann war aus Deutschland geflüchtet. Man vermutete ihn in Argentinien. Manchmal spielte auch Johannes mit dem Gedanken, nach Südamerika auszuwandern, um dort ebenfalls einen neuen Start zu wagen. Doch dazu benötigte man, wie ihm sein Gegenüber deutlich machte, Verbindungen und nach Ablauf des Jahres auch viel Geld, denn die ›Argentinische Auswanderungszentrale‹ für NS-Größen in der Berner Marktgasse würde geschlossen. Verbindungen und Geld: beides fehlte.

Der Mann, mit dem Johannes sprach, wollte sich jedenfalls darum kümmern, dass er in absehbarer Zeit wieder als Offizier auf einem Schiff eingesetzt werden konnte. Die Chancen dafür stünden nicht schlecht. Nach seinen Informationen brauchten die drei westlichen Siegermächte Deutschland dringend als Verbündeten gegen die Sowjetunion. Die Entnazifizierung würde sich daher rasch überleben, denn für die Amerikaner wäre sie nicht mehr interessant. Persilschein für alle …

Es sollte tatsächlich nicht mehr lange dauern. Der Mann hielt Wort, seine Prognose traf ein. Anfang 1949 heuerte Johannes zwar noch einmal als Matrose auf dem Dampfer ESCHENBURG der Lübeck-Wyburger-Dampfschifffahrts-Gesellschaft an, wurde aber im Jahr darauf, auf Empfehlung seines Schutzherrn, von der Hafenwach-GmbH, Hamburg, eingestellt. Ein Jahr später fuhr er wieder als 1. Offizier auf der MS MICHAEL.

Diese kleine, beinahe vollkommen verschattete Episode in den Nachkriegsjahren zeigte bei Diebitsch dennoch Langzeitwirkung. Nicht immer, aber in regelmäßigen Abständen wühlte der unsympathische Name Wörmann sein Inneres auf. Dem wollte er ein Ende setzen. Die darauf folgenden Jahre waren eine betrübende Hängepartie. Das war die Lage. Das kaum erwartete Kommando über die PAMIR bot vielleicht eine letzte Chance dazu …

Das Taxi hält am Parque Sarmento. Johannes bezahlt den Fahrer und bewegt sich auf die Calle Mandarino zu. Das Schwirren in der Luft rührt von den dürren Blättern der hohen Palmen her. Für seinen Geschmack passen sie nicht zu den monumental hingeklotzten Villen aller nur erdenklichen Stilarten. Manch ein Palais erinnert ihn an maurische Zwingburgen, wie er sie in Spanien gesehen hat. Dazwischen befinden sich Bauten, die südfranzösischen Landschlössern ähneln. Manche Gärten davor haben die Ausmaße eines makellosen englischen Parks mit protzigen Auffahrten, eingesäumt von kleinen Wäldern von Magnolien und Rhododendren.

Sein anvisiertes Ziel liegt hinter einer hohen Umfassungsmauer, die mit schneeweißem Marmor verblendet und teilweise von rankenden Pflanzen begrünt ist. Dahinter ragen Dutzende von Palmen empor. Von der Straße aus sieht man nichts von dem rückseitig gelegenen schlossartigen Gebäude. Auf einer hervorspringenden Bronzetafel sind die Initialen ›J. J.‹ eingraviert.

Johannes ist es längst gewohnt, sich in Geduld zu üben. Vom ersten Klingeln bis zum Augenblick, da ihm die Tür geöffnet wird, vergehen rund zehn Minuten. Ein Hausdiener in rotschwarzer Uniform öffnet. Johannes nennt seinen Namen und sein Anliegen. Der Mann verhält sich, als hätte man seinen Besuch längst erwartet. Als er sich durch den Park auf das prangende Gebäude zu bewegt, beschleicht ihn das Gefühl, beobachtet zu werden. In der Halle wird ihm ein Sessel angeboten. Es vergehen wieder zehn Minuten. Ein zweiter Diener erscheint und fragt Johannes, wer seinen Besuch in Deutschland veranlasst habe. Mit Freundlichkeit und ruhiger Stimme gibt

Johannes Auskunft und teilt seine Wünsche mit. Der Diener wiederholt die Worte. Noch ist es nicht so weit. Er, Diebitsch solle so lange warten, bis der Herr bereit ist, ihn zu empfangen.

Johannes vermeidet den Blick auf die Uhr. Als Juan Jorge ihm in der Bibliothek gegenübersteht, schätzt er das Alter, trotz der hageren Gestalt, auf Mitte fünfzig. Sorgfältig prüft und misst einer den anderen, ob er ihm zu seinem persönlichen Zwecken tauglich sei.

Jorges Gesicht hat etwas von einer indianisch-mongolischen Maske, als wäre das Fettgewebe daraus entfernt. Der Sprachfärbung nach ist er eindeutig Hamburger, sein Name nichts als Tarnung. Neben einem runden, niedrigen Tisch mit einer schweren Platte aus grün-weiß geädertem Marmor nehmen sie Platz. Kubanische Zigarren, amerikanische Zigaretten und französischer Cognac werden vom Diener angeboten.

Schon nach wenigen Sätzen ist Johannes klar, dass Jorge über das Motiv seines Besuches informiert ist. Die Bestätigung folgt auf dem Fuße: »Ihr Besuch, Kapitän, ist mir aus der Heimat avisiert worden. Ich bin im Bilde!« Das Wort Heimat klingt seltsam fremd aus seinem Mund.

»Dann kennen Sie auch meinen Wunsch, meinen Kameraden und Förderer Karl Wörmann wiederzusehen.«

Jorge greift in die Innentasche seines blauen Blazers, zieht ein Papier hervor, entfaltet es, geht nahe heran und beginnt mit seinen kurzsichtigen Augen zu lesen. Um die Spannung zu steigern, lässt er sich Zeit. Das Papier verschwindet wieder in der Innentasche. Auge in Auge sehen sie sich an. »Kamerad und Förderer? Worin hat er sie gefördert?«

Darauf ist Johannes nicht gefasst. Sein Instinkt sagt ihm aber, dass eine ausweichende Antwort auf Jorges Frage falsch wäre: »Ich habe ihm die Position eines ersten Prisenoffiziers auf dem HKS KORMORAN zu verdanken.«

»Sind Sie sich wirklich sicher, dass dieser Einsatz für Sie eine Beförderung gewesen ist?«

»Eigentlich glaube ich immer noch daran. Ich habe überlebt.«

Sein Gegenüber lehnt sich zurück, blickt hoch zur Kassettendecke. »Ich kann Ihre Ausrede verstehen, Kapitän! Danken Sie Gott, dass Sie dieses Himmelfahrtskommando überlebt haben und heute mit der PAMIR Buenos Aires Ehre erweisen können.«

Johannes übergeht die Feststellung und versucht die Initiative zu gewinnen: »Ich nehme an, Herr Wörmann weiß wie Sie von meiner Anwesenheit in Buenos Aires. Hat er über meinen Wunsch Kenntnis erhalten, ihn treffen zu wollen?«

»Bevor ich Ihnen darauf antworte, möchte ich Sie darüber aufklären, dass wir Carlos unendlich viel zu verdanken haben. Wir verehren ihn geradezu. Er hat sich dieses Ansehen hundertfach verdient. Das macht die hartnäckigen Anstrengungen jener zunichte, die gern eine Sicht der Dinge festschreiben würden, die sie sich erst heute zusammenbasteln. Wir lassen uns unser Verständnis über der Dritte Reich nicht durch so etwas verdunkeln.«

»Ich freue mich über das Ansehen, das er hier genießt. Können Sie mir helfen, mit ihm in Kontakt zu treten?«

»Das ist möglich. Doch auf eine andere Weise, als Sie sich das erhoffen. Sie mögen auf der Suche nach einer bestimmten Wahrheit sein. Glauben Sie mir, sie ist ein flüchtiger Gral. Sie werden enttäuscht sein. Ich an Ihrer Stelle würde einen Schlussstrich ziehen und mit dem herrlichen Schiff zurücksegeln in der Gewissheit, eine Heimat zu haben, die wir hier immer vermissen werden.«

Johannes darauf unbeirrt: »Verraten Sie mir, wie ich mit ihm in Kontakt treten kann?«

Jorge holt das Papier wieder hervor, streckt seine Hand empor. »Die Adresse.« Darauf erhebt er sich und drückt einen Klingelknopf. »Benötigen Sie ein Taxi?«

»Bitte!«

Der Diener erscheint. Jorge übergibt ihm das Papier. »Begleiten Sie unseren Herrn Kapitän zum Tor, und händigen Sie ihm dort das Papier aus.« Darauf wendet er sich an Johannes: »Es hat mich gefreut, Ihre Bekanntschaft gemacht zu haben. Das Taxi kommt sofort. Wir wünschen Ihnen eine gute Rückreise.« Mit einer knappen Verneigung entfernt sich Juan Jorge.

Am Tor überreicht der Diener Johannes den Zettel. Während sich der Flügel hinter ihm schließt, entfaltet er das Papier. *Carlos Martinez, Barrio La Recoleta, Cementerio de la Recoleta, entlang der Basilika Nuestra Señora del Pilar, Nummer 13 von Osten.*

Johannes fühlt sich wie vom Blitz getroffen. Fassungslos lässt er den Zettel sinken. »Das Leben liebt wahrhaftig Überraschungen!«, murmelt er. Im selben Moment stoppt das Taxi. Johannes will es wissen. »Cementerio de la Recoleta!«

Der Fahrer mustert Johannes' Uniform. Rasch tauschen sie sich über das Woher und Wohin aus. Als sie sich dem Friedhof nähern, meint der Chauffeur: »Der Stadtteil Recoleta ist einer der teuersten in ganz Buenos Aires. Viele einflussreiche Deutsche leben hier. Auch das Sterben ist hier teuer.«

»Wie teuer?«

Der Fahrer deutet hinüber zu einer Mauer. »Mein Herr, ein Mausoleum dort drüben kostet Tausende von Dollar pro Jahr. Das können sich nur sehr vermögende Verstorbene leisten!«

Johannes erblickt auf dem Platz vor dem Recoleta einen riesigen Baum. Seine Äste gleichen Tentakeln, die bis auf die Terrasse eines angrenzenden Cafés reichen. »Was ist denn das?«

»Ein Gran Gomero, Capitán!«

»Gomero?«

»Gummibaum, Capitán! Großer Gummibaum. Seine Ausdehnung beträgt fünfzig Meter!«

»Halten Sie bitte hier.« Johannes bezahlt, betrachtet den Baum und wandert hinüber zum Friedhof. Das Innere betritt er durch eine Pforte nahe der Kirche. Hunderte von langen Gassen, gesäumt mit Mausoleen, gliedern das Areal. Johannes blickt sich um. Schon die erste Reihe zeigt sich prunkvoll. Über den Pomp der Begräbnisstätten kann man mühelos auf den Reichtum der verstorbenen Besitzer schließen. Es gibt griechische Säulen, englische und italienische Baustile, Pomp und Protz, Marmor und Eisen, Schlichtes und maßlos Kitschiges. Eine Gruft sieht aus wie die Fassade einer Miniaturausgabe des Berliner Doms, andere Mausoleen sind streng mit schwarzem und weißem Marmor verkleidet. Für Johannes ist dieser blendende Totenkult verwirrend. Schließlich orientiert er sich zur Kirche hin, schreitet aufmerksam die Gasse entlang und kontrolliert an jedem Mausoleum die Namen. Etwa in der Mitte der Gasse fällt sein Blick auf einen pomphaften griechischen Miniaturtempel. Über der Säulengalerie sitzt ein überlebensgroßer, aus Stein gemeißelter Mann, und um die Säulen herum zu seinen Füßen trauert, ebenso überlebensgroß, offenbar seine Familie. Auf dem Gesims zerrt ein Engel mit Schwert am Körper des Verblichenen, als wolle er ihn vom Hinabfallen retten. Über dem Marmorsturz des Einganges prangt in goldenen Lettern der Schriftzug: *Sepulcro de la Familia de Carlos Martinez.*

Eine kalte Dusche, ein Fehlschlag! Keine Jahreszahl, kein Todestag! Nur ein falscher Name. Soll das etwa Wörmanns letzte Ruhestätte sein? Ist das der Endpunkt? Die letzte Wegmarkierung auf der Suche nach ihm?

»Lüge! Scheißkerl!«, bricht es aus ihm heraus.

Einige Menschen blicken erstaunt zu ihm hin. Johannes rührt das nicht. Selbst im Tode verschleiert dieser Hund die Wahrheit. Dann blickt er hinauf auf das Gesims. Ein blasser Rauch von Erinnerungen steigt flüchtig auf vor dem verschwimmenden, fremden Namen …

Der Bevollmächtigte der Reederei Zerssen lässt sich seinen Brief an Herrn Dr. Otto Wachs, *Stiftung Pamir und Passat*, Hamburg, vorlegen. Es geht um eine brisante und ernste Angelegenheit: Eine Analyse über den Finanzstatus der Stiftung und die schleppende Bezahlung der Gläubiger. Folgenden Absatz liest er mit großer Aufmerksamkeit:

Wir überreichen Ihnen in der Anlage einen neuen Status, woraus Sie ersehen, dass per Ende Juli 1957 Verbindlichkeiten in Höhe von DM 408 010,75 bestehen. Hiervon datieren Rechnungen noch aus dem Januar 1957 und Leistungen (Hafenkosten, Bunkerrechnungen, Versicherungsprämien etc.) aus den Monaten März und April. Die Aufstellung ist detailliert, sodass Sie ersehen können, in welcher Höhe die Verbindlichkeiten für die einzelnen Posten vorhanden sind. Ferner ist der Kontoausgleich mit den Agenten in Buenos Aires und die für Pamir *angeforderte Akonto-Rimesse für die Hafenunkosten auf der 6. Reise noch nicht erfolgt.*

An Frachten haben wir mit dem Gegenwert der Getreidefracht für SS Pamir *mit Eingang per ca. Mitte September zu rechnen. Wir wissen aber wirklich nicht, wie wir die einzelnen Lieferanten in der Zwischenzeit hinhalten sollen. Wir bekommen täglich Telefonanrufe und schriftliche Mahnungen, und Sie werden zugeben, dass wir auf Dauer die einzelnen Firmen nicht immer abweisen können. Um uns daher in die Lage zu versetzen, den anfragenden Firmen einen ungefähren Termin zu nennen, an dem sie mit einer Bezahlung ihrer Rechnungen rechnen können, wären wir Ihnen dankbar, wenn Sie uns mitteilen würden, wie Sie uns weitere Zahlungen zur Verfügung stellen können.*

Auf der anderen Seite nahmen wir aus den telefonischen Unterhaltungen davon Kenntnis, dass der Eingang der Beiträge der Stifterreedereien nur schleppend ist. Wir möchten annehmen, dass doch eine Möglichkeit besteht, den Einzug dieser Gelder zu beschleunigen, denn wir wissen sonst wirklich nicht mehr, wie wir den an uns gestellten Anforderungen gerecht werden sollen. Hochachtungsvoll …

Schon am Gesichtsausdruck ist zu erkennen, dass Señor Ricardo von der Handelsagentur eine schlechte Nachricht überbringt. Der Streik lähmt den Hafen. Diebitsch fordert eine Lösung. Nach einem knappen, unerfreulichen Wortwechsel tritt der Makler den Rückzug an: »Streik ist Streik! In Argentinien wird nach unseren Regeln gespielt. Capitán, ich wünsche Ihnen einen angenehmen Aufenthalt!« Señor Ricardo verlässt eilig den Salon.

Diebitsch und Köhler sehen sich verwundert an. Der Käpt'n schüttelt den Kopf, sein Erster holt tief Atem. »Angenehmer Aufenthalt? Völlig deplatziert. Der Señor hat offenbar nicht begriffen, was das für uns bedeutet.«

»Hat er definitiv *nicht*. Wir sitzen in der Falle. Die Götter sind unsere Zeugen«, erwidert Diebitsch.

»Der Streik ist doch illegal. Vielleicht schreitet ja das Militär ein und bereitet dem Spuk schnell ein Ende.«

»Prost Mahlzeit! Fehlt nur noch, dass Unruhen ausbrechen!«

Köhler spürt einen ungewohnten Kleinmut. Vor zwei Tagen hatte sich schon abgezeichnet, dass sich der Streik verschärfen wird. Seit gestern ist klar: Nichts geht mehr, die Beladung mit Gerste wurde gestoppt. Für die Offiziere sind das keine Glückstage. Die Lage ist unklar. Schreibtische und Telefone der Reederei in Hamburg sind an diesem Wochenende besetzt. Telegramme jagen hin und her. Erklärungen, Prognosen werden verlangt, doch niemand kann sagen, wie lange sich der Streik noch hinziehen wird. Mit einer Woche Liegezeit hat man gerechnet, darüber hinaus wurde nicht nachgedacht. Finanziell gesehen ist der Streik für Reederei und Stiftung schon jetzt eine Katastrophe …

Es heißt abwarten. Die Mannschaft freut es. Jeden Tag Landgang, das baut auf! Erst ging man in kleinen Gruppen in die Stadt, doch nun gibt es reichlich Einzelgänger, die sich auf die ›Pirsch‹ begeben nach all den hübschen Mädchen, die angeblich in den Parks auf die blonden Deutschen von der PAMIR warten. Als äußerst aussichtsreiches Jagdrevier wird der Platz vor dem Präsidentenpalast, der Casa Rosada, mit angrenzender Grünanlage, dem Parque Colón, gehandelt. Da treffen sich dann alle wieder …

Inzwischen kursieren derart viele ›hundertprozentige‹ Tipps, dass die Auswahl schwerfällt. Am spannendsten, so hat sich herausgestellt, sind private Einladungen.

Tom erzählt von Kindern, die ein zum Piepen komisches Gemisch aus Deutsch und Spanisch sprechen und die Mutter dieser blonden Wuschelköpfe einen noch unverfälschten Schwarzwälder Dialekt. Henry berichtet von Töchtern reicher Eltern, die schon mit vier, fünf Jahren das Reiten erlernten und eigene Pferde besitzen. Meist kommen die Einladungen von honorigen Familien, die lange vor, während oder kurz nach dem Krieg nach Argentinien emigriert sind. Der fassbare Reichtum mancher Millionärsfamilien lässt die jungen Männer aus dem Nachkriegsdeutschland erblassen. Joe hat eine Einladung bis hinauf in den Skiort Bariloche in den Anden bekommen, der in einer idyllischen Region im südlichen Patagonien liegen soll. Vater, Mutter *und* Tochter bemühten sich sehr um ihn.

Dass die Besatzungen von deutschen Segelschiffen eingeladen werden, hat in Argentinien und auch in Brasilien Tradition. Oldsails erzählt, dass schon 1952 Staatspräsident General Péron und seine Frau Evita Offiziere und Mannschaften in die Casa Rosada zu einem Empfang geladen haben, wobei er allen ein Bild mit seiner Widmung überreichen ließ. Eine einmalige Auszeichnung, auf die er noch heute stolz ist.

Unter den Jungs wird inzwischen viel über diese wohlhabenden deutschen Emigranten spekuliert. Heute hat der *Deutsche Club* Matrosen und Kadetten zu einem Tanzabend nach Belgrano, Villa Ballester, eingeladen. Das klingt verheißungsvoll, hat sich doch inzwischen in der ganzen deutschen Kolonie von Buenos Aires herumgesprochen, was für flotte Jungs da über den Teich gekommen sind. Nicht zuletzt hat das ausgezeichnete Auftreten der Mannschaft und des PAMIR-Chors in der Öffentlichkeit und im Rundfunk dazu beigetragen, dass sich die Presse mit positiven Berichten geradezu überschlägt. In den Tagen des Abwartens und der Ungewissheiten freut man sich über jede Einladung. Die Auswahl fällt schwer. Einem an Bord bleibt die Qual der Wahl erspart. Richie muss an Bord bleiben, da er sich kaum bewegen kann. Rheuma. Auch wenn er wollte, in seinem Zustand würde er es nicht einmal bis zur Gangway schaffen.

Diebitsch hat sich, nach mehreren Telefonaten, endlich mit Herbert Thalmeier, einem Freund längst vergangener Tage, verabredet. Monate vor Beginn der Reise intensivierte sich ihr Briefkontakt zwischen Bremen und Buenos Aires. Johannes und Herbert waren 1914 gemeinsam auf der PAMIR gesegelt und überstanden zusammen auch die Jahre der Internierung in La Palma. Dann trennten sich ihre Wege. Erst auf dem Schulschiff DEUTSCHLAND sind sie sich wieder begegnet. Im Krieg kam Herbert auf das Panzerschiff ADMIRAL GRAF SPEE und wurde nach ihrer Selbstversenkung im Dezember 1939 vor Montevideo in der La-Plata-Mündung in Buenos Aires sesshaft.

Da sich Johannes von den massiven Problemen gerädert fühlt, freut er sich darauf, der PAMIR wenigstens für einige Stunden den Rücken kehren zu können. Neben der Freude auf ein Wiedersehen erhofft er sich, nach der Enttäuschung vom vergangenen Mittwoch, mehr Erkenntnisse über eine spezielle Gruppe von deutschen Emigranten, die nach dem Krieg in Argentinien Zuflucht gefunden hat.

Joe hat sich entschieden, wieder allein loszuziehen. Er trägt seine Lederjacke und Jeans. Gerade als er das Deck betritt, verlassen der Kapitän, Buscher und Siemers über die Gangway das

Schiff. Joe steigt auf das Achterdeck. Von dort oben hat er einen besseren Überblick. Auf der Pier wartet ein edles Fahrzeug umringt von Neugierigen: ein Mercedes 300 S Coupé, Luxus-Sport. Diebitsch nähert sich dem Wagen. Ein Chauffeur steigt aus und öffnet devot die Beifahrertür. Ein Herr entsteigt der Limousine. Der Mann geht auf Diebitsch zu. Sie umarmen sich wie Freunde, die sich lange nicht gesehen haben. Johannes steigt in das Luxus-Coupé, während Buscher und Siemers sich ein Taxi nehmen.

Der Alte scheint ja tolle Verbindungen zu haben, denkt sich Joe. Daraufhin blickt er vor zum Bug. Die Decks sind leer bis auf die Männer der Wache. »Den Rest hat die PAMIR wohl schon an Land gespuckt«, sagt er vor sich hin.

Zwei Matrosen verlassen die Mannschaftsmesse. Der eine fragt seinen Freund: »Wer spielt eigentlich heute den Wachoffizier?«

»Fred ist wieder dran.«

»Mensch, klasse, dann ist ja alles in Butter.«

Fred Schmidt genießt bei der Mannschaft Respekt und Ansehen. Der Zweite und der Schriftsteller sind *die* Offiziere an Bord, denen die Jungs uneingeschränkt vertrauen. Joe ist kaum die Gangway hinunter, als er hinter sich eilige Schritte vernimmt. Es ist Buschmann in Zivil. »Na, Joe, wo geht's hin?«

»Wenn ich das schon wüsste, Herr Buschmann. Vielleicht etwas Neues erkunden. Milongas und Tango finde ich Spitze.«

»Hab schon die neue Platte mit dem Tango gehört. Finde ich super! Ich mach dir einen Vorschlag. La Boca ist das interessanteste Viertel von Buenos Aires. Da kenn ich mich aus. Wenn du willst, können wir gemeinsam das Viertel unsicher machen. Übrigens bin ich jenseits der PAMIR für dich der Gunther.« Der Zweite reicht Joe die Hand.

Joe schlägt ein: »Okay, Gunther. Machen wir uns auf die Socken.«

Indes rollt das Mercedes-Coupé vom Hafengelände. Herbert Thalmeier hat die PAMIR in den vergangenen Jahren schon zweimal besichtigt, als sie in Buenos Aires Getreide bunkerte. Aus diesem Grunde schlägt er vor, erst die von Johannes gewünschte Besichtigungstour durch die Stadt zu unternehmen und danach einzukehren. Inzwischen tauschen sie sich über die letzten Neuigkeiten aus. Die Anfahrt zum Regierungssitz, der Casa Rosada, schlägt jedoch fehl, da die Umgebung wegen der Streiks durch das Militär weiträumig abgesperrt ist. Daraufhin gibt Herbert seinem Fahrer die Anweisung, das Zentrum von Buenos Aires anzusteuern. Währenddessen sprechen sie über Stationen ihres Lebens in den Jahren nach dem Krieg. Johannes ist erstaunt über den vorgezeigten Luxus: »Dein privater Chauffeur?«

»Alles hart erarbeitet, mein Lieber!«

»Geht es allen Deutschen so hervorragend wie dir?«

»Ganz ehrlich, Hannes, von tausend Deutschen schaffte es vor und während des Krieges einer, während die übrigen neunhundertneunundneunzig gern wieder nach Deutschland zurückgeschwommen wären, um ihre Pensionsansprüche nicht zu verlieren. Die, die hier wirklich sesshaft geworden sind, kamen schon weit vor den Kriegen nach Argentinien.«

»Und was ist aus den Nazigrößen geworden?«

»Die bilden eine besondere Gruppe. Verschlossen, elitär. Zum großen Teil haben sie auch neue Identitäten angenommen. Neuankömmlinge sind fast alle im Stadtteil Florida untergekommen. Doch die braune Elite von einst hat sich in den Stadtteilen General Belgrano und in Palermo niedergelassen, wo schon viele Deutsche vorher lebten. Manche von ihnen haben darüber hinaus im Skiort San Carlos Bariloche in den Anden ihre Chalets. Dort treffen sich die ›alten Kameraden‹ in speziellen Vereinen. Mit einigen Kameraden kam ich in Kontakt, was daran liegt, dass ich auf der GRAF SPEE gefahren bin. Wenn wir noch Zeit haben, schauen wir uns ein wenig Palermo an. Für heute Abend habe ich vor Ort für uns ein schönes Restaurant ausgesucht.«

»Wunderbar, ich danke dir!« Johannes hat vor, Herbert bei dieser Gelegenheit über Karl zu befragen …

7

Joe und Gunther haben sich ein Taxi gerufen. Auf der Pier treffen sie Max, den Tiroler. Der zahnlose Innsbrucker ist mittlerweile allen Matrosen bekannt. Ein berufsmäßiger Schnorrer, der schon seit acht Jahren in der Hafengegend vegetiert. Max spricht nie viel und noch weniger von sich, hat aber zur richtigen Zeit immer einen heißen Tipp parat und hofft dafür auf das Inkasso einer Pauschale von zwanzig Pesos. Heute geht er leer aus.

Die Fahrt ist kurz. Gunther lässt das Taxi vor einer alten Stahlbrücke halten. Sie führt über den Fluss Riachuelo, der sich dreckig-schwarz in den Rio de la Plata ergießt.

Joe rümpft die Nase, Gunther klärt ihn auf: »Hier befinden wir uns in der unteren Boca, dem ›Conventillo‹, einem Armenviertel. Von früh bis spät stinkt es hier nach Teer, Achselschweiß und Schlachtabfällen.« Dann zeigt er auf die farbigen Häuser. »Die sind aus dem Blech abgewrackter Schiffe erbaut. Dazwischen begegnest du Menschen aller Hautfarben, und Abenteuer gibt es hier vom Feinsten! Dort, weiter unten, am Ende der Straße, hat Domingo seine berühmt-berüchtigte Taverne. Für uns genau das Richtige!«

Joe nickt zustimmend.

Langsam schlendern sie die Avenida Don Pedro de Mendoza entlang. Vor und in den Haustüren stehen Menschen, wie das Schicksal der Armut sie ohne Gnade hat heranwachsen lassen. An verschiedenen Ecken werden politische Reden gehalten, Kokainschieber wollen ihren Stoff verkaufen, und Zuhälter ›frisches Mädchenfleisch‹, wie sie behaupten.

Als sie in die El Caminito einbiegen, zeigt Gunther auf einen flachen Bau, der mit Schiffslack bunt bemalt ist. »In dieser Bude wackeln nicht nur die Wände, auch der Boden bebt. Pass auf, ich deponiere hier einen Betrag, den wir mit Wein und Steaks pulverisieren werden. Das ist bei Domingo so üblich.«

Eine Art Portier, breit und hoch wie die Tür, mit Bartstoppeln, aufrecht stehend wie bei einer Drahtbürste, beäugt die beiden misstrauisch. Eine Gangstervisage wie im schlechtesten Film. Joe sagt einige Halbsätze auf Spanisch, und das Monstrum lässt sie wortlos passieren. Männer mit Hauttönungen zwischen Oliven und Ebenholz stehen und sitzen dicht gedrängt an der Theke. Dazwischen Amüsiermädchen, eingeklemmt und aufgezäumt wie Pfingstkühe. Die Anzahl der Weinkrüge um sie herum spielt offensichtlich keine Rolle mehr. Knusprig braun gebratene Hammel neben Asado, argentinischer Braten, sind in Arbeit. Gläser werden nachgefüllt.

Der Mann mit den wachen Augen, postiert zwischen Grillstation und Weinfässern, muss Domingo sein. Gunther wird von ihm überschwänglich auf Deutsch begrüßt. Joe bemerkt, dass seine linke Hand verstümmelt ist. Unförmige Fleischballen haben sich dort ausgebildet, wo einst seine Finger saßen. Auf beiden Tatzen hat er den Seemanns-Stern tätowiert. Einen Augenblick später begleitet er die beiden auf Schiffsplanken zu einem runden Brettertisch in einer Nische. Gunther drückt ihm ein paar Scheine in die Hand. Domingo dröhnt: »Caballeros, was wünschen Sie? Rum, Whisky, Champagner, Rheinwein?«

»In dieser Reihenfolge bitte!«, antwortet Gunther vergnügt. Domingo entfernt sich. »Egal was er uns kredenzt«, raunt Gunther über den Tisch, »alles Industria Argentina …«

Und wie man in dieser Bude gut und üppig den Magen gefüllt bekommt, darüber gibt das *›bife de lomo completo‹* Auskunft: ein zweihandtellergroßes Steak, das in einer Chili-Pfeffersauce serviert wird. Dazu Paprikagemüse, eine Riesenkartoffel und eine Schüssel mit knackigem, gemischtem Salat. Ein indianisches Mädchen bringt Gläser, einen Krug argentinischen Rotwein und Mineralwasser.

Gunther blickt ihr nach. Sie ist höchsten fünfzehn, sechzehn, schlank und noch ohne Fettansatz, mit kleinen harten Brüsten, quirlig und noch weit entfernt vom Hang zur Bequemlichkeit. Nach langer Abstinenz brodelt bei dem Anblick des Mädchens bei beiden die Lust zum Abenteuer.

Während an der Theke einer der Seeleute ›Rolling Home‹ anstimmt und seiner Favoritin auf dem Schoß die Kinnspitze mit der Zunge streichelt, machen sich Joe und Gunther über den Braten her.

Joe drängt es, eine Frage loszuwerden, die ihn sehr bewegt: »Was ich dich fragen wollte: Als ich bei meinem ersten Ausflug wieder zurückkehrte, hörte ich, dass der Tieftank gelenzt ist. Warum dies? Warum hat man zugelassen, dass er mit Gerste gefüllt wurde?«

Gunther legt Gabel und Messer aus der Hand. »Es geht einigen Herren einfach darum, so viel Getreide wie möglich in die Heimat zu transportieren.«

»Und? Ist das okay mit dem Tieftank?«

»Okay ist das nicht.«

»Erzähl.«

»Relativ einfach, wenn man sich vorstellt, dass ein Schiffsrumpf im freien, ruhigen Wasser nur zwei Kräften ausgesetzt ist: der Auftriebskraft und der Masse Wasser, die der Rumpf verdrängt. Unsere PAMIR nimmt also im ruhigen Wasser immer eine aufrechte Gleichgewichtslage ein, sofern die Gewichte um ihren Schwerpunkt gleich verteilt sind.«

»Und welche Kräfte kommen hinzu, wenn wir der bewegten See ausgesetzt sind?«

»Dann wird es kompliziert. Drehmoment, Verdrängungsschwerpunkt und Gewichtsschwerpunkt verändern sich.«

»Und auf was kommt es dann in erster Linie an?«

»Simpel ausgedrückt, dass der Gewichtsschwerpunkt auch im hoch beladenen Zustand so tief wie möglich liegt. Aus diesem Grunde haben wir ja auch die Royalrahen weggenommen, als wir den Sandballast beim Feuerschiff RECALADA gelöscht haben.«

»Also möglichst weit unter der Wasserlinie?«

»Genau!«

»Okay, mit dem Fluten des Tieftanks lässt sich also der Gewichtsschwerpunkt der PAMIR nach unten verlagern.«

»Wenn sich die Notwendigkeit ergeben sollte.«

»Und wann ergibt sie sich?«

»Das aufrichtende Moment lässt sich berechnen. Dafür gibt es eine Formel. Außerdem werden wir gleich nach dem Auslaufen die Rollperiode messen. Das hast du doch auf der Seemannsschule gelernt.«

»Klar! Und ab wann gilt die PAMIR als instabil?«

»Das Zurückrollen aus der Neigung heraus bis zur aufrechten Schwimmlage sollte bei beladenem Zustand nicht mehr als sechzehn Sekunden dauern.«

»Was ist, wenn die Zeit überschritten wird?«

»Zurück in den Hafen und neu trimmen.«

»Meinst du das im Ernst?«

Gunther blickt vieldeutig. »Am besten wird sein, wir schaufeln die Gerste wieder aus dem Tieftank heraus. Das kostet uns zwar eine weitere Woche Liegezeit, dafür können wir aber durch Fluten der Tanks die Stabilität der PAMIR bei Bedarf verbessern. Das wird unsere Sicherheit bei schwerem Wetter erhöhen, umgekehrt aber den Profit absenken.« Darauf nimmt Gunther Messer und Gabel wieder in die Hand. »Lassen wir die Steaks nicht kalt werden.«

Die Taverne hat sich mittlerweile bis zum Bersten mit Matrosen gefüllt. Alles, was Freigang hat, schwatzt, frotzelt, frisst, säuft, grölt und knutscht, als ob es außer Domingos guter Stube keinen anderen Ort im Hafen gäbe. Die meisten Männer haben vom Alkohol krebsrote Köpfe, die Mädchen werden in ihren Augen immer schöner und die Luft zunehmend schweißiger und dicker. Für die ›Damen‹ allerhöchste Zeit, mit ihren Opfern hinter der spanischen Wand zu verschwinden, entlang eines stockfinsteren Ganges und hinein in eine der Kabinen, wo jeder geile Mann ausgenommen wird wie eine Weihnachtsgans.

Nach drei Stunden werden Lärm und Gestank unerträglich. Der Weinkrug ist geleert. Beiden reicht der Budenzauber.

Domingo reagiert überrascht, als Gunther dem Ausgang zustrebt: »In einer Stunde kommen meine süßesten Schwalben Eva und Domenica! Sehr zu empfehlen.«

Gunther klopft ihm auf die Schulter. »Deine Steaks sind die besten in ganz Buenos Aires!«

»Ihr wollt wirklich nicht? Dann *hasta luego*, Caballeros!«

Der Spaziergang in frischer Luft tut gut. Gunther philosophiert: »Domingos Welt wird nie die unsere sein. Dabei hat sein Lokal in Shanghai, Whitechapel, Genua oder Marseille überall Geschwister.«

»Schön zum Gucken und Genießen. Aber selbst wenn man es wollte, würde man nicht dazugehören. Ich glaube, man muss dazu geboren sein.«

Sie promenieren die Olaverria hinunter. Plötzlich stößt Gunther Joe in die Rippen. »He, dort drüben amüsiert sich Willi mit einer Schönen!«

Joe blickt auf die andere Straßenseite. Dort hält der Funker eine junge Frau mit schlanken Beinen und einem knackigen Po in seinen Armen.

»Ich glaube, der schlief die letzten Tage sogar in seiner Funkbude. Der hat sich etwas Nettes verdient!«

»Willi ist Feinschmecker«, antwortet Gunther. Beide ziehen schmunzelnd weiter.

In den Cafés hocken die Abendgenießer. Ein steinalter, tätowierter Indio aus dem Gran Chaco krächzt um eine milde

Gabe. Joe gibt ihm einige Pesos. Die Hand des Alten fühlt sich an wie sprödes, aufgerissenes Leder. Liebespaare stehen eng beisammen. Als die beiden die Calle Necochea queren, reiht sich eine Tango-Kneipe an die andere. In der Calle mischen sich die Melodien zu einem einzigen Klangbrei. Gunther stupst Joe: »In einer der Kaschemmen wurde angeblich der Tango geboren.«

Joe verspürt den Wunsch, in eine der Kneipen abzutauchen. Gunther ahnt Joes Gedanken: »Wollen wir uns ein wenig allein umsehen, bevor wir uns auf den Rückweg machen? Wir können uns ja in zwei Stunden wieder treffen.«

Joes Gesicht hellt sich auf. Ein Blick auf die Uhr: »Okay, in zwei Stunden!«

Am Eingang zum Club ›Gloria Argentinas‹ bleibt Joe stehen und lauscht der Tangomelodie.

»Entrá no más, no te achiques, si ya estoy casi vengado …« ›Komm nur rein, sei nicht so schüchtern, ist meine Rache doch schon fast gestillt …‹

Magisch zieht es ihn durch die Tür, als würde ihm das pulsierende Leben eine letzte Chance anbieten, um endlich voll hineinzugreifen. Es brodelt und wirbelt von Leibern und gierig suchenden Augen. Im roten Lichtschein tanzen Frauen in geschlitzten Kleidern, tragen Handschuhe, Netzstrümpfe mit Strumpfbändern in schillernden Farben. Manche Caballeros tragen Hüte, nostalgisch wie vor vierzig Jahren.

Ein Paar bewegt sich mit unglaublicher Kreativität, als wären ihre Schritte ein geheimes Alphabet, mit dessen Hilfe sie immer neue erotische Gedichte kreieren. Die Frau trägt ein schwarzes Seidenkleid, das ihr eng wie eine zweite Haut auf dem Körper liegt und jede ihrer Bewegungen zu einem Gedichtband werden lässt.

Joe hat die Nummern des Programms nicht mitgezählt. Wie gebannt blickt er auf die Füße der Tanzenden. Einige Schrittfolgen hat er längst entschlüsselt, geht den Rhythmus mit, vollzieht in Gedanken Führung, Drehung und Richtungswechsel nach. Nicht den Bruchteil einer Sekunde rücken seine Augen vom Podium ab.

Carolina, deutsch-italienischer Abstammung, leidenschaftliche Tangotänzerin, hat Joe im Blick, seit er den Club betreten hat. Für sie gibt es kein Gesetz, keinen Damm, der sie daran hindern könnte, Joe auf das Podium zu ziehen. Wo das Grelle und das Aufgeputzte wie Leim auf manch einer Fangrute klebt, gewinnt Carolina mit Charme und strahlenden Augen die Menschen für sich. Joe glaubt zu träumen. Wie selbstverständlich betritt er an ihrer Seite das Podium und nimmt Aufstellung. Kein Wort. Carolina wiegt sich in seinen Armen ein, beäugt von einem Dutzend Verehrern, die auch hier in der ersten Reihe vor dem Podium sitzen und ihre schlanken Beine mit gierigen Blicken bewundern.

Ihre Hände fassen sich an, nehmen Kontakt auf, begreifen …

Ein Stromkreis schließt sich. Durch ihre gebräunte Haut hindurch glaubt Joe das Pochen ihres Herzens zu spüren. Die Wärme strömt in hoher Atmung aus ihrem jungen Körper. Ihr Atem kreuzt sich, auch ihre Gedanken. Joes Blut beginnt um dieses junge Geschöpf zu kreisen. Keine einzige Bedingung ist an diesen Tanz geknüpft, und doch öffnet sich das Schleusentor der Erotik auf Anhieb …

Der Erlebnisrausch geht über vier Tänze hinweg, umkreist von Lust und Leidenschaft. Die Stimme der jungen Frau dringt an sein Ohr: »Ich heiße Carolina …« Während sie lächelt, bilden sich Grübchen in ihren Wangen.

»Joe. Ich komme aus Hamburg.«

»Du bist ein begnadeter Tänzer. Wann geht dein Schiff zurück nach Deutschland?«

»Vielleicht in vier, fünf oder vielleicht erst in sechs Tagen. Der Streik …«

»Dann bleibt noch viel Zeit für Tango!« Carolinas Blick vermittelt glühende Leidenschaft. Ihre Stimme ist sanft wie Samt:

»Ich spüre noch immer deine Körperführung. Ich habe mich ihr hingegeben. Hast du es gefühlt?«

Joe ist entflammt: »Ja, ich will es immer wieder fühlen. Wann bist du wieder hier?«

»Probier es einfach. Du findest mich!«

Joe steht plötzlich allein am Rand des Podiums, beobachtet den nächsten Tanz. Wer hat diese Himmelstür aufgemacht? Wie konnte ein solcher Engel entschlüpfen? Er will das Erlebte festhalten. Er lässt sich Zeit, schlendert wie in Trance zu dem mit Gunther ausgemachten Treffpunkt.

Joe behält das Erlebte für sich. Sie beschließen, zu Fuß zum Hafen zu bummeln.

Joe blickt hinaus auf den Rio de la Plata. Am Horizont jagen sich die Wolkenfetzen. Als es dunkel ist, geht er an Deck, lehnt sich an den Besanmast und blickt nach oben. Dort segeln ganze Geschwader von Sternen, beladen mit Wünschen, in die Nacht hinaus …

8

Johannes steckt sich eine Zigarre an. Als sie brennt, nimmt er sein Glas Brandy und prostet Herbert zu. »Ich danke dir für deine Einladung!«

»Auf unsere Freundschaft!«, erwidert Herbert.

Johannes blickt sich im Fischrestaurant *La Martona* um. »Schön und gemütlich ist es hier. Der Grillfisch war sehr schmackhaft, der Rote ausgezeichnet, der Brandy harmonisch, ausgereift und edel. Hast du gut ausgewählt. Die PAMIR hab ich glatt vergessen.«

»So muss es sein.«

Johannes zieht genussvoll an seiner Zigarre und verfolgt den weißen Rauch, wie er sich zur Decke hinauf verflüchtigt. »Was mich immer noch bewegt, ist die Geschichte mit Karl. Für mich stellt sich die Zeit dar wie ehedem bei Hofe. Alle fetten Pfründe sind dem Adel vorbehalten, für den Hofdienst brauchst du ein gräfliches Wappen oder eine gute Baronie. Dagegen bringt es ein Bürgerlicher in der Armee kaum weiter als zum Korporal.«

Herbert seufzt: »Was hilft es uns heute? Nichts ist mehr rückgängig zu machen. Wir beide sind um einen großen Teil unseres Lebens betrogen worden.«

Johannes nickt zustimmend. Im Laufe des Abends hat er Herbert von seinem Besuch bei Jorge und dem *Cementerio de la Recoleta* erzählt. Nun rutscht er auf dem Stuhl auf die vordere Kante und stellt Herbert die Frage, die ihm schon den ganzen Abend auf der Zunge brennt: »Was glaubst du? Lebt Wörmann noch?«

»Mit Gewissheit kann ich dir das nicht sagen. Denkbar ist alles. Carlos arbeitete in Buenos Aires, soviel ich mitbekommen habe, von Anfang an unter einer anonymen Hülle, gut verborgen wie das Werk in der Uhr.«

»Warum wird so ein Geheimnis um ihn gemacht?«

»Darüber gibt es nur Vermutungen, und die, die es genau wissen, werden schweigen bis hinein ins Grab.«

»Was vermutest du?«

»Als er hier in Buenos Aires ankam, hatte man für ihn schon einen Posten in der Einwanderungsbehörde reserviert. Jedenfalls arbeitete er bis zum Sturz Pérons in der Casa Rosada. Man sagt, dass er dafür verantwortlich war, dass es im Juli 1949 zu einer allgemeinen Amnestie für Ausländer kam, die illegal eingereist waren. Darunter natürlich viele geflüchtete Nazis. Seitdem wurden keine peinlichen Fragen mehr über die Vergangenheit während des Krieges gestellt. Es gab auch keine Vorbehaltsklauseln für eine Herkunftsüberprüfung, und für Namensänderungen genügte schlicht die Unterschrift in dem entsprechenden Feld. Carlos war schon eine große Nummer.«

»Warum hat Péron die Amnestie genehmigt?«

»Er rechnete offenbar mit einem weiteren Krieg in Europa, mit einer Rückkehr der Nazis an die Macht und mit einem militärischen und wirtschaftlichen Aufstieg Argentiniens. Nebenher ist sicher viel, viel Geld nach Argentinien geflossen. Carlos muss aber auch Ungezählten finanziell geholfen haben, sonst würde man ihn nicht so verehren.«

»Woher stammte das viele Geld?«

»Keine Ahnung. Darüber lässt sich nur spekulieren …«

»Wann, glaubst du, ist er gestorben?«

»Das muss nach dem Sturz Pérons gewesen sein. Da sah ich ihn das letzte Mal. Wir Veteranen der ADMIRAL GRAF SPEE treffen uns jedes Jahr am 20. Dezember zum Todestag unseres Kapitäns Hans Langsdorff. An der Kranzniederlegung nahm er immer teil.«

»Wann wurde Péron gestürzt?«

»Am 21. September 1955. Also habe ich Carlos vor knapp drei Jahren, am 20. Dezember 1954, das letzte Mal gesehen.«

»Und danach gab es keine Todesanzeige, keinen Beerdigungstermin, keine Zeitungsmeldung?«

»Mir ist nichts bekannt. Kann mir aber vorstellen, dass das Militärregime die Hand mit im Spiel hatte.« Herbert nimmt wieder das Glas. »Nimm es nicht so tragisch. Politik beherrscht die Welt. Wir mischen da nicht mit. Außerdem weiß niemand hier, wie es die nächsten Jahre weitergehen wird. In Deutschland hast du es da auf Dauer weitaus besser.«

Johannes zeigt sich unbeirrt: »Er ist nicht tot. Er lebt fett wie die Made im Speck. Ich spüre das!«

Herbert gibt sich einfühlsam: »Sieh mal: Manche Emigranten-Familien sehen im argentinischen ›Garten Gottes‹ oft die Hölle ihres Lebens, obwohl sie schon vorher durch ein Inferno gegangen sind.«

»Das trifft auf Karl sicher nicht zu. Ich garantiere dir, der hat hier sein Eldorado gefunden. Aber lass mal, Herbert, ich habe dich verstanden.«

»Ich glaube, du jagst da einem Phantom nach. Tut mir leid, alter Junge, mehr kann ich nicht für dich tun.«

»Ich danke dir trotzdem.« Johannes blickt auf die Uhr. »Wollen wir?«

»Okay, ich lass die Rechnung kommen.«

Sie starten in die Morgendämmerung, die über dem Stadtteil Palermo liegt. Johannes blickt links und rechts zum Seitenfenster hinaus. Er denkt an die grauen Häuserzeilen der Bremer Neustadt, seinem bescheidenen Zuhause. Dann fällt sein Blick auf die angestrahlten weißen Villen und Palais, die meisten davon bewohnt von Deutschen, und fühlt sich tief betrogen. Er zeigt auf die Gebäude. Seine Stimme klingt gebrochen: »Dahinter verbirgt sich bestes Essen, gute Luft, teuerstes Leben, schwindelerregender Luxus und eine ungefährdete Existenz.«

»Johannes, quäl dich nicht!«

Der Abschied auf der Pier von Herbert ist kurz, aber tief. Enttäuscht trottet Johannes die Gangway empor. Die Meldung der Wachen nimmt er nur von ferne wahr. Einsam und wie erstarrt verweilt er auf dem Hochdeck. Erloschen alle Hoffnungen.

»Auguste, der Traum von Gerechtigkeit, Geld und einem besseren Leben ist ausgeträumt. Meine größte Niederlage.«

Ihm sinkt das Kinn bis auf die Brust. Sein langer Schatten auf den Decksplanken erinnert an einen Finger, der ins Jenseits weist. So steht er lange Zeit vor dem Niedergang – wie ein entseelter Leib, aufrecht vor seiner Gruft …

9 *Montag, 05. August, 05.00 Uhr, an Bord*

Siemers blickt auf die Uhr. Über Buenos Aires liegt noch die Dunkelheit der Nacht. In Hamburg ist es jetzt 9.00 Uhr Vormittag. Zu dieser frühen Stunde herrscht Hochbetrieb in der Funkbude, denn die ersten Telegramme der Reederei sind längst eingegangen. Siemers sortiert die Depeschen nach Eingang. »Der Alte wird sich freuen«, sagt er zu Ingo, der ein Gespür dafür entwickelt hat, wenn sich etwas zuspitzt.

»Auf was?«

»Die Reederei drängt ultimativ auf eine rasche Beladung unseres Schiffes. Das ist brisant. Also muss ich ihn aus den Federn holen.« Willi wedelt mit den Zetteln vor Ingos Nase: »Ein erfrischender Morgengruß aus Hamburg für den Alten! Die Mannschaft, das kann ich dir jetzt schon verraten, wird begeistert sein.«

Ingo verfolgt fasziniert, wie krass es zwischen Hamburg und Buenos Aires hin und her geht. Siemers verlässt die Funkbude. Er befolgt Diebitschs Auftrag, ihn in wichtigen Reedereiangelegenheiten sofort zu wecken. Kurz darauf betritt er den Kapitänssalon. »Siemers! Wichtige Telegramme, Herr Diebitsch!«

Mit Verzögerung knarrt Diebitschs Stimme aus dem Dunkel: »Legen Sie sie auf den Tisch!«

»Letztes Telegramm, Eingang fünf Uhr, soll sofort beantwortet werden.«

»Warten Sie in Ihrer Funkbude!«

Bevor Willi den Salon verlässt, hört er hinter sich seinen Kapitän rufen: »Halt! Nehmen Sie den Zettel vom Schreibtisch, und funken Sie ein FT an die Adresse in die Heimat. Das ist privat!«

»Wird gemacht, Herr Diebitsch!« Willi wirft einen Blick auf den Zettel. »Nicht gefunden!«, liest er sich laut vor. »Was soll denn das?« Er kann sich darauf keinen Reim machen …

Die Lage hat sich verschärft. Wirtschaftlich für die Reederei, arbeitspolitisch für die Hafengewerkschaft von Buenos Aires. Seit drei Tagen ruht die Beladung mit Gerste. Am Donnerstag konnten nur 275 Tonnen in Luke I geschüttet werden. Gestern hat die Regierung den Streik der Hafenarbeiter für illegal erklärt und die Reedereien und Agenturen aufgefordert, mit eigenen Mannschaften oder angeforderten Soldaten den

Ladebetrieb wieder aufzunehmen. Diebitsch setzte die Reederei in Hamburg darüber umgehend in Kenntnis. Kurz darauf hagelt es Telegramme. Diebitsch soll sofort 40 bis 50 Mann Besatzung zum Trimmen abstellen. Der fehlende Rest Gerste sollte unter allen Umständen in den nächsten drei Tagen übernommen werden. Die Kosten laufen davon …

Diebitsch hat aber gesehen, was für eine harte, staubige Arbeit die Beladung für die Menschen bedeutet. Ohne Atemmaske würde sich jeder vernünftige Mensch weigern, in den Bauch der PAMIR hinabzusteigen. Sogar an den Luken fiel das Atmen noch schwer. Die Reederei schlug vor, Diebitsch sollte mit einer Vergütung von neunzig Pfennig pro Stunde die jungen Menschen für das Trimmen gewinnen …

07.00 Uhr. Buschmann, Siemers, Schmidt, Ruppert und Köhler sitzen in der Offiziersmesse beim Frühstück. Gunther setzt abrupt die Kaffeetasse ab. »Dieser gottverdammte Streik! Ohne ihn wären wir schon längst auf der Rückreise.«

»Mal sehen, was sich der Alte einfallen lässt«, erwidert Schmidt.

Köhler blickt zu Siemers und räuspert sich: »Ich habe das Gefühl, wenn die Unlust der Stauer anhält, wird er die Mannschaft für das Trimmen heranziehen.«

Siemers hält sich bedeckt. Er kennt die Telegramme aus Hamburg.

»Was soll die Mannschaft?«, fragt Schmidt ungläubig.

Gunther hat sofort begriffen. »Das ist der blanke Wahn. Die Gerste muss fachmännisch verdichtet und gleichmäßig unter Deck verteilt werden. Die Jungs haben darin null Erfahrung.«

Köhler hält dagegen: »Hör mal, Gunther, eine Schaufel wird doch hoffentlich jeder richtig in die Hand nehmen können.«

»Mensch, Rolf! Es reicht doch schon, dass der Tieftank mit Gerste voll geschüttet wurde. Das Risiko, mit einem völlig instabilen Schiff die Rückreise anzutreten, ist unkalkulierbar und zudem mordsgefährlich!«

»Der Streik kann sich aber noch Wochen hinziehen ...«

»Hör mal, jeder von uns möchte heim. Lieber heute als morgen. Aber nicht um jeden Preis. Wenn ich nur daran denke, dass der Tieftank nicht mehr geflutet werden kann, wird mir schon blümerant.«

»Dann sag dem Alten das ins Gesicht!«

»Das hab ich ihm sofort gesteckt. Wäre schön, wenn du mich darin unterstützen würdest!«

»Ich habe da auch meine Bedenken«, mischt sich Dr. Ruppert ein. »Wie mir der Bootsmann gemeldet hat, haben wir nur wenige Staubmasken an Bord. Ohne Masken kann ich die Arbeit unter Deck aus medizinischen Gründen nicht gutheißen.«

»Wie geht es eigentlich Richie?«, erkundigt sich Buscher beim Doktor.

»Richie ist schlimm dran. Mit seinem Rheumatismus kann er sich kaum noch bewegen. Nach meiner Einschätzung ist er nicht einmal mehr in der Lage, die Rückreise auf der PAMIR anzutreten. Am besten wäre es, man würde ihn mit dem Flugzeug nach Hamburg zurücktransportieren. Die Entscheidung darüber wird der Kapitän heute noch fällen müssen.«

Buscher bekümmert: »Auch das noch. Wer soll die Mannschaften dann rund um die Uhr beaufsichtigen? Wer teilt die Deckarbeiten ein?«

»Neben dem zweiten Bootsmann werden *wir* uns reinhängen müssen«, antwortet Buschmann und fügt schmunzelnd hinzu: »Wenigstens hat den Jungs der Streik gutgetan. Die sind ja wie ausgewechselt, seitdem sie mehr an Land zu finden sind als an Bord.«

Schmidt blickt schelmisch zu Köhler, dessen Gesichtszüge Missfallen ausdrücken. »Ich habe das von Anfang an gefördert, wo es nur ging. Großzügigkeit vor Engstirnigkeit! Auf Übertretungen des Zapfenstreichs und solche Lappalien kleinlich zu reagieren ist in unserer Situation einfach falsch.«

»Richtig! Die Stimmung war doch explosiv«, pflichtet Buscher bei. »Jetzt hat sich alles beruhigt. Die Jungs haben sich ausgetobt.«

Köhler widerspricht schroff: »Das kann ich nicht gutheißen, Herr Schmidt.«

»Das weiß ich. Deswegen sage ich ja, dass Ihr Verhalten falsch ist. Wir bedauern sehr, dass Sie in wichtigen Fragen einfach wegsehen und immer nur die Ansichten eines einzigen Herrn an Bord vertreten, mögen diese uns auch noch so viele Probleme bescheren. Auch bezüglich der Stabilitätsfrage, die unser Freund gerade angesprochen hat, pflegen Sie Ihre Ignoranz.«

Köhler spürt, wie sich ein Senkblei in seiner Magengegend auspendelt. »Das weise ich zurück, Herr Schmidt!«

»Sie können von mir aus alles zurückweisen, aber Tatsachen bleiben Tatsachen. Was sagt denn unser Herr Funker dazu?«

»Die Telegramme werden vom Alten gerade gelesen. Danach wird er sich entscheiden und uns informieren.«

»Er und entscheiden? Das steuert doch die Reederei im fernen Hamburg!«, hält Buschmann dagegen.

Siemers blickt auf die Uhr. »Gleich werden wir mehr erfahren …«

07.30 Uhr. Diebitsch trinkt seinen Kaffee allein. Seine Niedergeschlagenheit hat sich verflüchtigt. Vor ihm liegt ein dreispaltiger Artikel der deutschen Zeitung von Buenos Aires. Ein Porträt über Fred Schmidt. *An Bord der PAMIR: Seemann und Poet dazu. Hinter der blauen, goldbetressten Uniform und der verbeulten weißen Mütze über dem wettergebräunten Gesicht mit den scharfen, Fernblick gewohnten Augen – verbirgt sich der Erfolgsautor Fred Schmidt* … Johannes atmet durch: »Harmlos und blöd! Es hätte schlimmer kommen können«, murmelt er vor sich hin und denkt an die Vorkommnisse während der Hinreise. Ein Blick auf die Uhr. Dienstantritt. Er sortiert die Telegramme.

Wie üblich nehmen die Offiziere ihre Plätze rund um den großen Tisch im Kapitänssalon ein. Diebitschs Haltung verrät Kampfbereitschaft: »Meine Herren, wir haben in dieser Stunde eine wichtige Entscheidung zu treffen. Wer es noch nicht mitbekommen hat, der Streik der Hafenarbeiter wurde gestern von der Regierung Argentiniens als illegal bezeichnet. Wir haben endlich freie Hand und können uns über die Hafengewerkschaft hinwegsetzen, ohne in Schwierigkeiten zu geraten. Sogar das Militär steht bereit, uns bei der Beladung zu helfen. Die Reederei erwartet, dass wir unverzüglich die restliche Gerste an Bord nehmen, denn wir sind schon drei volle Tage im Verzug. Eine weitere Verzögerung wird sie nicht hinnehmen!«

Buschmann blickt zu Köhler. Dieser verhält sich sklavisch. Daraufhin unterbricht er Diebitschs Redefluss: »Was heißt das konkret?«

»Konkret? Bis jetzt sind wir den Ungewissheiten eines Streikes ausgeliefert. Dem machen wir ein Ende, indem wir die Ladung mit eigenen Leuten übernehmen.«

»Herr Diebitsch, ich muss Sie auf etwas aufmerksam machen: Keiner an Bord hat das Trimmen fachgerecht erlernt. Wenn wir vorsätzlich auf erfahrene Stauer verzichten, ist das eine Fahrlässigkeit.«

Diebitsch hält barsch dagegen: »Wie können Sie es wagen, so etwas zu behaupten? Wenn die Mannschaft Sand über Bord schaufeln kann, dann wird sie doch wohl auch in der Lage sein, Gerste unter Deck zu verteilen. Sagen Sie mir, wo Sie den Unterschied sehen? Ich sehe keinen! Zügeln Sie sich also!«

Buschmann zwingt sich zur Sachlichkeit: »Sand hat völlig andere physikalische Eigenschaften als Gerste. Allein Volumen und Dichte, von den Fließeigenschaften ganz abgesehen. Außerdem ist die Gerste staubtrocken. Sie sackt nicht so gut wie feuchte Gerste. Bei der Schüttung kommt es daher auf eine exakte Verteilung und eine möglichst hohe Verdichtung an. Beides muss stimmen. Das können aber weder Sie noch unsere Mannschaft gewährleisten, sondern nur erfahrene Stauer.«

Diebitsch schlägt mit der flachen Hand auf den Tisch: »Ich werde Sie eines anderen belehren! Wir setzen die Beladung unverzüglich fort.« Angekratzt wendet er sich an alle: »Noch etwas: Ich habe bei der Reederei durchgesetzt, dass jeder, der beim Trimmen eingesetzt wird, neunzig Pfennig pro Stunde erhält. Machen Sie den Männern klar, dass sie zehn bis elf Mark pro Tag zusätzlich verdienen können. Ich setze darauf, dass Sie dafür Sorge tragen, dass wir uns keine Kameradenschweine an Bord heranziehen.«

»Einer für alle, alle für einen!«, übersetzt Köhler ergeben.

»So ist es! Dafür lockern wir die ohnehin schon zur Makulatur verkommene Gangwaywache. Die Jungs werden die Gerste gern schaufeln, wenn sie Gelegenheit bekommen, das Geld noch am selben Abend an Land wieder auszugeben.«

»Herr Kapitän! Erst haben wir auf Ihre Anordnung den Tieftank beladen, dann verzichten wir auch noch auf ein fachmännisches Trimmen der Gerste. Ich halte Ihr Vorgehen für unverant…«

Diebitsch schneidet ihm wütend das Wort ab: »Herr Buschmann! Ich verbiete mir Ihre Belehrung. Merken Sie sich das für den Rest der Reise! Ich habe es satt, mich ständig mit Ihnen auseinanderzusetzen. An die Arbeit!« Dann wendet er sich an Köhler: »Ich habe noch etwas mit Ihnen zu besprechen.«

Dr. Ruppert verweilt im Salon. Diebitsch reagiert ärgerlich: »Was gibt's?«

»Es geht um unseren erkrankten Bootsmann Kühl.«

»Schießen Sie los!«

»Sein Rheumatismus lässt jede seiner Bewegungen zur Qual werden. Er bleibt für die nächsten Wochen dienstuntauglich. Ich halte es daher für meine Pflicht, Ihnen vorzuschlagen, rasch über einen Rücktransport nach Hamburg zu entscheiden. Entweder mit einem gut ausgerüsteten Passagierschiff oder mit dem Flugzeug.«

Diebitsch aufbrausend: »Per Flugzeug? Und der verletzte Jungmann wohl gleich dazu. Wenn das so weitergeht, können Sie gleich einen Privatflieger anmieten. Wer soll das bezahlen, verdammt?«

Ruppert eiskalt: »Vielleicht haben wir heute Abend einige weitere Jungmänner zu beklagen, die im Bauch der PAMIR durch den Getreidestaub kaum noch Luft bekommen werden. Ich kann meine Vision ja schon mal ins Tagesjournal eintragen, damit hinterher keiner sagen kann, ich hätte Sie nicht darauf hingewiesen.«

Das hat gesessen. Diebitsch versöhnlich: »Mein lieber Doktor, malen Sie mir den Teufel bitte nicht an die Wand. Wir werden das aufmerksam beobachten. Am besten wird sein, wir klären erst mal die Sache mit Kühl. Lassen Sie uns zu ihm gehen.« Und an Köhler gerichtet: »Warten Sie einen Moment.«

Diebitsch und Ruppert betreten Richies Kajüte. Der alte Bootsmann ist nur noch ein Schatten seiner selbst. Sein Zustand hat sich weiter verschlechtert. Johannes beschleicht ein Gefühl, als müsste er sich auf das Schlimmste gefasst machen. Aufmunternde Worte fließen über seine Lippen. Als Ruppert an der Koje seinen Vorschlag wiederholt, winkt Richie ab. »Nein, nein, Herr Kapitän! Ich schaff das schon. Ich steig in kein Flugzeug, und schon gar nicht geh ich auf ein anderes Schiff. Wenn schon zurück in die Heimat, dann nur auf meiner PAMIR! Und zwar an Deck, Herr Kapitän, und wenn es sein muss, auf allen vieren! Sie ist doch mein Zuhause!«

Diebitsch lächelt verständnisvoll und tätschelt ihm die Hand. »Das kann ich gut verstehen. Wer mit ihren Spanten und Masten verwachsen ist so wie Sie, der kann gar nicht anders!«

Als sie hinaus auf den Gang treten, bittet Diebitsch Dr. Ruppert noch einmal in seinen Salon. »Doktor! Sie haben es mit eigenen Ohren gehört: Der Patient selbst bittet darum, auf der Pamir bleiben zu dürfen. Ich werde seinen Wunsch respektieren und die Reederei über seinen Zustand schriftlich informieren. Ungeschminkt.«

»Herr Diebitsch, ich bin nicht Ihr Zeuge. Der Patient äußerst zwar seine Wünsche, doch ich lehne aus medizinischen Gründen ab, die Verantwortung für seinen Rücktransport auf diesem Schiff zu übernehmen. Sollten Sie anders entscheiden, haben Sie die Folgen zu verantworten.«

»Na schön! Ich habe entschieden! Sorgen Sie für seine Gesundheit. Wie steht es mit dem Bericht des Verletzten?«

»Ich warte noch auf die Diagnose der Klinik. Sie wurde mir für Dienstag zugesagt. Mittwoch geht sie dann an die Reederei.«

»Lässt sich das nicht beschleunigen?«

»Wohl kaum.«

Diebitsch will sich schon Köhler zuwenden, als der Schiffsarzt auf die Staubentwicklung bei der Beladung mit geschütteter Gerste zurückkommt. »Ich möchte Sie fragen, ob wir fünfzig Atemschutzmasken an Bord haben. Wenn nicht, muss ich darauf bestehen, dass zum Schutz der Atemorgane welche besorgt werden.«

»Wollen Sie mich und die Reederei mit solchen Lappalien torpedieren?«

»Ich habe Sie als Ihr Schiffsarzt gefragt, ob wir fünfzig Atemschutzmasken an Bord zur Verfügung haben.«

Diebitsch erwidert erzürnt: »Wie Sie unschwer feststellen können, habe ich sie in meiner Kabine nicht gestapelt. Fragen der Gesundheit fallen in Ihr Fach. Also haben Sie sich auch darum zu kümmern.«

Ruppert verlässt den Salon. Endlich kann Diebitsch sich Köhler widmen. »Wir sollten jetzt schon an die Rückreise denken. Da die Arbeiten im Rumpf entfallen, haben wir jede Menge Zeit, die Schulung der Mannschaften voranzutreiben. Nach meinem Eindruck hapert es vor allem in den theoretischen Fächern wie Schiffs- und Gesetzeskunde, Mathematik und Wetterkunde. Wir benötigen daher einen Wachplan für die Rückreise, der mehr Unterricht vorsieht. Da ich nicht abschätzen kann, wann wir voll beladen sein werden, machen Sie sich am besten sofort an die Ausarbeitung. Geben Sie mir Bescheid, wenn Sie damit fertig sind.«

»Ich mache mich sofort an die Arbeit.«

Diebitsch lässt nach dem 2. Bootsmann rufen und steckt ihm nach einigen Erklärungen einen Zehnmarkschein zu. Lütje hat verstanden …

08.30 Uhr. Die Mannschaft ist angetreten. Diebitsch und seine nautischen Offiziere sind auf dem Hochdeck versammelt. Die Stimmung ist gespannt.

›Krabbenfischer‹ baut sich vor der Mannschaft auf und erklärt die Lage. Plötzlich streckt er die Hand mit dem Zehner nach oben. Sie ist die Hostie, er der Priester. »Das ist euer Tageslohn! Diese zehn Mark und noch eine dazu! Ein stolzer Lohn für ein bisschen Gerste schaufeln.«

Die Hostie wandelt sich in Zustimmung. Die benötigten 43 Jungs sind im Handumdrehen gewonnen. Auch für den nächsten Tag melden sich genügend.

Diebitsch grinst und fühlt sich als Sieger über alle Einwände und Bedenken. Köhler ist erstaunt, wie reibungslos die Sache über die Bühne gegangen ist, Buschmann ist entsetzt, wie die jungen Kerle verschaukelt werden, und Ruppert sagt bedeutungsvoll: »Wir wollen den Morgen nicht vor dem Abend loben.«

17.30 Uhr. Die Befüllung der Laderäume mit Getreide ist für heute abgeschlossen. Das starke Licht der Sonnenbrenner ist in der Staubwolke nur noch als ein matter Fleck zu erkennen. Wie aus einem rauchenden Schlot quellen unaufhörlich Schwebstoffe aus Luke II und III.

Der Schleier ist von hoher Konzentration. Die Stäube darin

sind derart fein, dass man sie mit Nebel verwechseln könnte. Je feiner die Stäube, desto sicherer dringen sie durch Filter, Gaze und Taschentücher, und desto tiefer gehen sie in die Lunge. Die Vielfalt der Zusammensetzung ist ihnen nicht anzusehen. Ein Mikroskop müsste her, um dem Auge diese faszinierende Staub-Welt nahezubringen. Ein Dreck aus Vogelfedern, Proteinen von Insekten, Spinnen und Käfern. Pflanzenreste, vermengt mit Pilzsporen, das Ganze homogen verwirbelt mit puderfeinen Mineralien aus den Anden. An der Pampa-Gerste haftet einfach alles, was die Atemwege und die Lungen der Menschen reizt. Der Staubcocktail überwindet jede Barriere des Atemtraktes. Stundenlange Mundatmung, hohe Atemfrequenz bei schwerer körperlicher Arbeit sind Garanten für den Erwerb hartnäckiger Krankheitssymptome.

Sie kommen rasch zum Tragen. Die Symptomatik setzt an Bord schneller ein, als in jedem Lehrbuch beschrieben. Die Mannschaft klagt über Husten, Kurzatmigkeit, pfeifendes Atmen und Atemnot, Niesen, laufende und verstopfte Nasen, juckende und entzündete rote Augen, Hitzegefühl, Enge in der Brust …

Auch Buschmann, der an der Ladeluke die Aufsicht geführt hat, sucht noch am Abend die Sprechstunde des Schiffsarztes auf. Vor dem Lazarett reiht er sich in die wartende Schlange ein.

Ruppert erteilt Ratschläge zur Linderung der Symptome: »Waschen Sie sich. Das ist gut gegen das Jucken! Augen spülen, Nase schnäuzen und mit Vaseline einreiben. Viel trinken! Normales Durchatmen in frischer Luft, das hilft immer! Linderung braucht seine Zeit.«

Nebenher gibt er Anweisung zur Herstellung von Mullbinden, die man sich zusammen mit einem Taschentuch vor Nase und Mund schnüren kann. Mehr steht nicht zu Verfügung. An Bord mangelt es an schützenden Atemmasken.

Siemers plagen andere Sorgen. Er fühlt sich in seiner Funkbude wie festgenagelt. Die Streiklage ist unübersichtlich, aber es gibt unumstößliche Anweisungen aus Hamburg: Die Beladung muss in dieser Woche abgeschlossen werden, die Reederei verlangt, dass weiterhin die ›richtigen‹ Entscheidungen getroffen werden. Der Kontakt zur Heimat erfordert unter diesen Bedingungen permanente Funkbereitschaft, was zulasten der Proviantverwaltung geht. Siemers hat die Organisation und Kontrolle zwar gut im Griff, doch bei seiner Belastung in der Funkbude bleibt ihm keine Zeit für Buchhalteraufgaben.

Diebitsch sieht sich zum Handeln gezwungen. Zu Koch Eggerstedt, der sich selbst für unersetzlich hält, fehlt ihm das Vertrauen, denn abgesehen von seinen undurchsichtigen Geschäften hält ihn der Käpt'n für faul. Die Proviantverwaltung kann man ihm nicht anvertrauen. Die Entscheidung fällt noch am gleichen Tag. Diebitschs Wahl fällt auf Kuddel. Der Kochsmaat wird zum Proviantmeister ernannt.

Siemers zeigt seit langem wieder ein Lächeln, denn für ihn bedeutet diese Entscheidung eine erhebliche Entlastung und mehr Zeit für Ausflüge in den Stadtteil La Boca. Er träumt von bestimmten langen schlanken Beinen …

10 *Mittwoch, 07. August*

Für heute ist die Schufterei beendet. Die Wetterlage ist sonnig und windstill. Skylights und Bullaugen bleiben wegen des Staubes, der sich wie eine Glocke über die PAMIR gelegt hat, geschlossen. Tom hustet sich im Freien ab. Ihn schmerzt der Brustkorb. Gelblich gefärbter, zäher Schleim behindert die Atmung. Sarkastisch fragt er Jens: »Was macht dein Würfelhusten?«

»Der verlangt nach Kujambelwasser! Gib mir die Kanne rüber.«

Die Kombüse mixt das Getränk selbst zusammen, bestehend aus einheimischem Matetee und Limetten. Vier gekühlte

25-Liter-Kannen sind rotierend im Einsatz. Inzwischen gilt der südamerikanische ›Trank der Götter‹ als gutes Mittel gegen kratzenden Gerstenstaub im Hals.

Tom wendet sich an Joe: »Hast du die Soldaten beobachtet?«

»Klar! Für die ist das Getreidetrimmen reine Sträflingsarbeit. Hast ja gesehen, wegen uns reißen die sich den Arsch nicht auf.«

Das Achterdeck füllt sich rasch mit jungen Männern. Duschen mit dem Deckschlauch ist angesagt. Die Haut juckt zum Verrücktwerden. Die Stunde des Fluchens ist damit eingeläutet. Ein Ritus, der sich erst in den letzten Tagen etabliert hat. Nicht ohne Wut übt man sich in einer Ausdrucksweise, die zur Überraschung aller von der ›Obrigkeit‹ nicht getadelt wird. Man steigert sich in seiner Wortwahl, und jeder versucht den anderen zu übertrumpfen. Die starken und fast immer anrüchigen Feststellungen erschöpfen sich am Ende in einem brüllenden Gelächter. Das beste Ventil, um Frust abzubauen …

Während Tom sich trocken reibt, stellt er die Frage aller Fragen: »Was machen wir heute Nacht?«

»Hast du nichts mitbekommen? Unser Backbord-Shanty-Chor hat heute wieder einen Auftritt. Das garantiert dem Wirt ein volles Haus und uns eine kostenlose Verpflegung!«, erwidert Jens.

»Das ist in dieser Woche dann schon das dritte Mal«, stellt Tom fest.

»Mensch, ist doch – super …« Ein Hustenanfall erstickt Mannis Worte.

»Hoffentlich passiert uns das nicht beim Singen«, meint Tom.

»Bis dahin haben sich meine Lungen von dem Schiet befreit.«

Manni bekommt Schüttelfrost. Er fühlt sich fiebrig. Trotz seines Zustandes rafft er sich auf, einen letzten Brief zu schreiben: *Liebe Eltern, wir mussten in dieser Woche in den Luken arbeiten, da die Schauerleute streikten. Ihr glaubt nicht, was für ein Staub bei solcher Arbeit geschluckt wird! Mit Handtüchern, Mull und Werg und dergleichen mehr vor dem Gesicht – weil wir keine richtigen Staubmasken hatten – haben wir uns einen abgetobt. Meistens bekamen wir zu wenig Luft. Lockerten wir die Tücher, atmeten wir wieder so viel Staub ein, dass man förmlich zu spüren glaubte, wie er sich in der Lunge absetzt. Wenn du aus der Luke herauskommst, mit pfeifender Lunge, hustest du erst einmal ein paar Minuten fast ununterbrochen. Wenn man jetzt in der Messe sitzt, liest oder schreibt, hört man dauernd wen husten. Jeder hat eine halbe Staublunge. Aber wir bekommen ja bald für mindestens zwei Monate frische Luft in Mengen – der Husten wird zu überwinden sein. Macht unter keinen Umständen von dem, was ich hier geschrieben habe, Theater. Das schadet nur. Dafür fahren wir erstens auf einem Schulschiff und zweitens auf einem Schulschiff. Das gehört dazu, an so etwas gewöhnt man sich. Immerhin machen wir, die wir alle abgebrannt sind durch heimliche nächtliche Streifzüge, die Arbeit nicht umsonst. Wir erhalten den Schichtlohn, der für die Kanaken vorgesehen ist. Statt das Geld aufzuheben und vor allen Dingen zu schlafen, sind wir jede Nacht in der Stadt. Leider können wir am Sonnabend nicht nach Villa Ballester, wo wir von einem deutschen Club zu einem großen Ball eingeladen sind. Der Alte will unbedingt auslaufen. Wenn ich das nächste Jahr wieder nach BA komme, bin ich eingeladen vom ersten Chefkoch eines großen deutschen Restaurants und von einem Besitzer eines Hotels in Tigre. Auch ein Deutscher. Hoffentlich klappt es.*

Viele Grüße an alle, die mich haben grüßen lassen, ich habe mich sehr gefreut. Die herzlichsten Grüße natürlich an euch! Hoffentlich sehen wir uns bald gesund wieder! Euer Manni.

Während er sich in die Hängematte legt, macht Joe sich auf, um Carolina zu treffen. Tango ist ein leidenschaftlicher Gedanke, den man tanzen kann, geht es ihm durch den Kopf. Kuddel und Buschmann schließen sich dem Shanty-Chor an. Nach dem erfolgreichen, feucht-fröhlichen ›Liederabend‹ heißt es für die jungen Kerle zurück zum Schiff. Der Heimweg wird im ›altgermanischen Stoßkeil‹ angetreten. Unter Absingen von Seemannsliedern marschiert man die ganze Calle Florida hinunter. Da die Argentinier scheinbar alles ernst nehmen, stoppen Autos und Straßenbahnen, um die Singenden passieren zu lassen. Am Bahnhof Retiro vorbei geht es noch über diverse Zäune, bis man mit ein paar zerrissenen Hosen wieder beim Schiff ankommt.

Kuddel hat sich mittendrin abgesetzt und kehrt frühmorgens allein an Bord zurück. Im linken Arm trägt er ein kleines, lebendiges Wollbündel die Gangway hoch. Die Gangwaywache glotzt auf das, was er im Arm trägt. »Gibt's den zum Frühstück?«

Wettergegerbt wie ein altes Tau und von Natur aus sperrig, baut sich Kuddel vor der Wache auf: »Mehr Respekt, Männer: Das ist Hein Gummi! Unser neuer Passagier.«

Kuddel hat den Pekinesen von einem Züchter geschenkt bekommen, weil er die Normen zur Zuchtverwendung nicht erfüllt hat. An Land hätte dieses Manko sein sicheres Ende bedeutet. Plötzlich rinnt ein Bächlein von Kuddels Arm herab. Er setzt das Wollpaket auf die Deckplanken und raunzt das Hündchen freundschaftlich an. Hein Gummi wuselt tapsig hin und her und erwidert jedes Wort mit einem piepsigen Kläffen.

Die Wache johlt: »Respekt! Respekt!«

Im Kapitänssalon brennt noch Licht. Während Kuddel seine Kabine aufsucht, formuliert Diebitsch seinen Kapitänsbericht Nr. 3 an Dominik: … *über Personalveränderungen bzgl. Offiziersersatzes glaube ich empfehlen zu können, sich um eine ganz neue Besetzung rechtzeitig zu bemühen …*

Darauf fasst er noch Einzelbeurteilungen über seine Offiziere und Unteroffiziere ab. Optimistisch bemerkt er: *Ich glaube, Ihnen bestimmt aus eigener Ernte zu gegebener Zeit eine Stammbesatzung melden zu können.*

Am Ende seines Berichtes sieht er sich veranlasst, einen Hinweis über den Gesundheitszustand der Besatzung zu geben: *An Bord haben wir die Grippe und einige Ausfälle von Offizieren und Mannschaft. Die frische Seeluft wird alle wieder auf die Beine bringen.*

Joe ist zurück. Die Gangwaywache dreht sich einfach um und zeigt ihm den Rücken. Heißt so viel wie: »Nichts gesehen!«

»Tango ist auch ein trauriger Gedanke!«, murmelt Joe, als er in seiner Hängematte schaukelt. Carolina war nicht da. Er fühlt die Rebellion der Leidenschaft. So eng, so fest, so nah war er ihr schon gewesen. Die Enttäuschung, sie lässt sich nicht bekämpfen.

11 *Freitag, 09. August, 18.00 Uhr*

Der Streik der Hafenarbeiter dauert an. Wiederum wird er durch die eigene Besatzung und Soldaten unterlaufen. Auch heute, am Ende der Beladung, arbeitet kein einziger geübter Trimmer unter Deck.

Gestern trimmte eine Gang Soldaten die Gerste, und heute sind sie eingesetzt, um die lose Fracht in Luke I mit drei bis vier Sacklagen abzudecken. Während dieser wichtigen Beladungsphase zeigen sie sich genauso ›unlustig‹ wie die Streikenden, üben sich ebenso in Faulheit und verrichten die ihnen aufgezwungene Arbeit nur widerwillig.

Die Zeit drängt. Morgen früh soll die PAMIR endlich die Heimreise antreten. Luke III und IV werden tagsüber von der eigenen Besatzung in aller Eile mit Gerste bis unter die Lukendeckel gefüllt. Buschmann fragt zwar oft eindringlich, ob dort unten alles eben ist, doch die Sicht ist immer gleich null. Von den Jungs kann niemand beschwören, dass jede Ecke mit Gerste ausgefüllt ist. Die feinen Staubpartikel schweben stundenlang in der Luft und verhindern so eine wirksame Sichtkontrolle. Die Sonnenbrenner helfen auch nicht weiter, denn sie blenden eher das Auge, da der Staub das Licht genauso reflektiert wie dicker Nebel. Die einzig mögliche Prüfung aber, um festzustellen, ob bis unter das Deck ›eben‹ getrimmt ist. Die Sache bleibt unsicher, obwohl gerade das für die Stabilität und Sicherheit eines jeden Schiffes von ausschlaggebender Bedeutung ist.

Am Nachmittag wird das Schüttgut um die Lukenöffnung herum noch mit Gerstensäcken abgedeckt. Ein weiterer Schwachpunkt, da die Schotten nur bis zur Unterkante vom Lukenkranz reichen. Hier besteht die Möglichkeit, dass bei Krängung des Schiffes die Gerste über die ganze Länge hinwegfließen kann. Die Abdeckung mit Säcken ist eine mörderische Arbeit, denn die Füße finden keinen festen Untergrund. Bei jedem Kraftakt versinkt man knietief in der schwimmenden Gerste.

Joe blickt angestrengt durch den dichten Staub. Während der Schufterei glaubt er zu sehen, wie sich innerhalb weniger Stunden an den Rändern der Luke ein Freiraum zwischen Deck und Ladung ausbildet. Die Gerste beginnt zu sacken. Jetzt wären Schieber von Vorteil, ähnlich denen, mit denen man Schnee beiseiteräumt. Mit ihnen könnte man die Freiräume zuschieben. Ihm aber bleiben nur die Hände. Als er Köhler darauf aufmerksam macht, zuckt dieser mit den Schultern.

»Halt die Klappe!«, bekommt Joe stattdessen von einem Matrosen zu hören. »Das ist doch normal, dass die Ladung erst mal sackt! Oder willst du etwa noch mal freiwillig 'reinkriechen?«

Keine Frage, jeder ist froh, dass die Beladung endlich ihren Abschluss findet. Die fehlenden 250 Tonnen sind übernommen. Schluss, aus und vorbei …

Joe lässt sich in der Mitte des Deckhauses auf die Planken nieder. Sein Blick ist auf die Ladeluke gerichtet, die von Matrosen unter Lütjes Aufsicht wasserdicht verschalkt wird. Je länger er über seine Plackerei nachdenkt, umso mehr schwillt ihm der Kamm. Er fühlt sich mies. Hatte er doch dem Gruppendruck nicht standgehalten, trotz innerer Ablehnung, die Schweinearbeit unter Deck zu erledigen. Schnell ist man für immer als ›Kameradenschwein‹ abgestempelt oder wird als ›Schlappschwanz‹ zum Schweigen gebracht. Dabei ist die Hälfte der Besatzung inzwischen mit Husten und Fieber arbeitsunfähig.

Was Joe aber ernsthaft beunruhigt, ist die steigende Nervosität Gunthers. Als verantwortlicher Ladeoffizier stieg er zwar während der ganzen Woche regelmäßig in jede Luke hinab, um die Arbeiten zu kontrollieren, doch hat er überhaupt gesehen, was er kontrollieren wollte? Halb tot vor Atemnot kroch er oft ans Tageslicht, stand mitunter lange an den Luken und überlegte. Oft diskutierte er intensiv mit ›Spökenkieker‹. Warum?

Vor dem Lazarett des Doktors bilden sich schon wieder Schlangen. Die ganze Besatzung leidet unter den höllischen Bedingungen der letzten Tage. Die Nachwehen sind den Lohn nicht wert. Kaum noch jemand hat Lust, sich an Land zu begeben. ›A desgana‹, Unlust, grassiert jetzt unter der Besatzung. Dabei bricht gerade der letzte Abend in Buenos Aires an.

12

Aufbruchstimmung ergreift in diesen Stunden das Schiff. Die Stammbesatzung und Teile der noch arbeitsfähigen Mannschaften bereiten das Auslaufen der Pamir vor. Diebitsch drängt darauf, dass morgen in See gegangen wird.

In der Mannschaftsmesse werden Geschenke seesicher verpackt, Spinde neu organisiert und Seebekleidung zurechtgelegt. Hastig werden Briefe geschrieben, die noch vor der Ankunft der Pamir in Hamburg die Heimat erreichen sollen. Wenn der Tag anbricht, wird keine Zeit mehr dafür sein.

Mittschiffs werden Proviant und Wasser übernommen, die letzten Berichte angefertigt, Zoll- und Maklerdokumente ausgestellt. Diebitsch sitzt an seinem Schreibtisch. Die Gedanken an die Begegnung mit Herbert schmerzen, denn nie konnte er in alle wichtigen Geschehnisse Einblick nehmen, um rechtzeitig zu taktieren wie die Parteifreunde von einst, die jede kleinste Schwingung der Politik registrierten und sich umgehend darauf eingestellt hatten. Sie wussten längst, dass das Reich verloren war, und setzten sich erfolgreich ab.

Es fällt ihm schwer, seine Schwermütigkeit zu überspielen. Die einzige Perspektive, die er für seine Zukunft noch sieht, sind eine zufriedene Reederei und eine gute Beurteilung seines Schiffes und der Mannschaft nach der Heimkehr. Er möchte vermeiden, dass nicht das Gleiche eintritt wie damals auf der XARIFA mit Hans Hass. Da hatte er sich große Hoffnungen auf weitere Film- und Expeditionsreisen gemacht, doch es blieb bei einer einzigen Reise …

Johannes verscheucht die dunklen Gedanken und macht seinen letzten Ladebericht für die Reederei fertig. Eine artige Aufstellung, ausgefertigt auf Planken, die gewissermaßen auf ein Pulvermagazin gelegt sind. Für jeden Tag listet er die Besonderheiten auf und die Menge an Getreide, die übernommen wurde. Insgesamt befinden sich 3780 Tonnen Gerste im Bauch der PAMIR. Am Ende stellt er fest: *Zu den Ladearbeiten ist noch zu bemerken: Besatzung und Soldaten haben gut und schnell gearbeitet. Die Sackladung zum Abdecken und Sichern der Schüttladung wurde unter ständiger Aufsicht der Schiffsleitung seefest gestaut. Getreideschotten wurden nach Vorschrift gesetzt. Beiliegend ein Stauplan.*

Johannes setzt links seine Unterschrift unter das Dokument. Rechts wird Buschmann als Ladungsoffizier unterschreiben.

Als Buschmann den Salon betritt, ist er sich klar darüber, was seine Unterschrift auf dem Bericht bedeutet. Ein letzter Versuch: »Herr Diebitsch, ich möchte erst die Rollperiode messen, bevor ich unterschreibe.«

»Am Ladebericht wird das nichts ändern. Er muss noch vor dem Auslaufen auf den Weg nach Hamburg gebracht werden. Das ist Ihnen doch hoffentlich nichts Neues.«

»Neu nicht, doch ich habe Vorbehalte. Wir haben zwar unser Bestes versucht, doch wir können nicht sicher sein, dass die Ladung fehlerfrei getrimmt wurde. Das kann sich in einem Sturm unter Umständen fatal auswirken.«

Diebitsch reagiert gelassen: »Ich kann Ihre Vorbehalte nicht teilen, doch für mich und Köhler haben Besatzung und Soldaten ordentlich gestaut.« Dann zeigt er auf den Ladebericht und schiebt Buschmann die zweite Seite hin. »Unterschreiben Sie hier für die sachgemäße Übernahme der Gerste und für den Ladeplan. Ihre Bedenken sind an dieser Stelle ohne Bedeutung.«

Buschmann unterschreibt, Diebitsch verwahrt das Dokument.

»Übrigens, Sie hatten die Pflicht, dafür zu sorgen, dass die Beladung der Aufstellung entspricht.«

»Das steht außer Zweifel!«

Diebitsch lächelt innerlich.

Eine Stunde vor Mitternacht liegen die meisten in ihren Hängematten und versuchen Schlaf zu finden. Doch unaufhörlich wird gehustet. Manche krabbeln wieder heraus und begeben sich an Deck, um an der frischen Luft Linderung zu finden. An Schlaf ist bei dieser Unruhe nicht zu denken. Einige kleiden sich lautlos an und verschwinden …

Joe erhebt sich ebenfalls und begibt sich an Deck. Ihn treiben nicht die Schlaflosigkeit und sein Hustenreiz, sondern die Gedanken an Carolina. Die Helligkeit über Buenos Aires und die Vorstellung, sie noch einmal in den Arm nehmen zu können, wirken unwiderstehlich auf ihn ein. Er klettert auf die Back. Ein rätselhaftes Gesicht schwebt vor ihm, das sich am Horizont im hellen Glanz der Lichter auflöst. Wie in Trance bewegt er sich zur Gangway hin.

»Komm bloß rechtzeitig zurück. Beim Hahnenschrei geht's ab nach Hause!«

Joe hebt die Hand zum Zeichen dafür, dass er den Rat beherzigen wird. Die Wache wird in dieser Nacht ihren Ratschlag noch öfter weitergeben.

Das Taxi hält vor dem Club ›Gloria Argentinas‹. Ein magischer Moment. Joe weiß nicht warum, aber er spürt, dass Carolina heute da ist. Er huscht hinein, entdeckt sie auf dem Podium. Die betörende junge Frau wird von einem Mann geführt, der versteht, mit der Palette seiner Figuren Liebe, Zärtlichkeit und auch Aggressionen auszudrücken. Ein Dialog, eine Wahrheit, getanzt mit aller Ernsthaftigkeit ihrer Gefühle. Der Gedanke an Leidenschaft und Sehnsucht, den das Tanzpaar umkreist, lässt Joes Herz stocken. Ihre Einheit und ihr perfekter Tanz stimmen ihn noch einsamer. Dabei ist er gekommen, um Carolina noch einmal zu begegnen, gekommen, um sie selbst im Tanz zu umarmen …

Wenig später ist alles entschieden. Das Paar, eine Verkörperung von Liebe und Leidenschaften, verlässt das Podium und das Gloria.

Joe flieht zurück auf die PAMIR. Als er in seiner Hängematte liegt, ertönt in seinem Kopf der Tango. Eng und intensiv teilt er sich mit Carolina zärtliche Umarmungen im ständigen Spiel von Nähe und Distanz …

Viertes Kapitel

Sturmlegende

Gehe jedem tropischen Orkan aus dem Wege, falls es möglich ist. Um aber nach diesem Grundsatz zu handeln, müssen drei Dinge bekannt sein: der Ort, an dem sich das Zentrum befindet, der Weg, auf dem er fortwandert, und die Geschwindigkeit, mit der er fortschreitet.

L. Schubart
Praktische Orkankunde:
Manövrieren in Stürmen
1942

»Ehe es dunkelt, seid ihr alle in Sicherheit!«

Kapitän Johannes Diebitsch
21.09.1957

Ein schriller Pfiff zerreißt die Morgenstille. Der 2. Bootsmann Lütje, Hüter der Borddisziplin, brüllt aus vollem Hals: »Rise, rise!«

Joe hat sich schon vor dem Wecken aus der Matte gepellt. Carolina geht ihm nicht aus dem Kopf. Der Vorhang der Illusion ist aufgezogen, das Morgenrot dahinter bringt die Ernüchterung. Tom und zwei weitere Kameraden müssen nachträglich geweckt werden, da sie noch im Tiefschlaf liegen. Matrosen, die erst zum Wecken an Bord zurückgekehrt sind, haben Mühe, ihre Augen offen zu halten.

Selbstbewusst wie nie zuvor treten Kadetten und Jungmänner zum Dienst an. Das Band der See und der Kameradschaft, die nur aus dem gegenseitigen Verständnis heraus geboren werden, sind zwischen ihnen erstarkt. Offiziere philosophieren mittschiffs oft über ›Kameradschaft auf See‹, doch sie keimt achtern auf ohne ihr Zutun. Meer und Kapitän werden dagegen wieder hart in das Leben der Mannschaft eingreifen, doch diesmal hat sie eine klare Vorstellung davon, was auf sie zukommt. Kein Vergleich zur Abreise vor Monaten in Hamburg.

Diebitsch kommt zur frühen Morgenstunde in die Messe, in der Hand Köhlers neuen Wachplan. Seine vier Wachoffiziere, die beiden Bordingenieure und Siemers sitzen beim Morgenkaffee. Buschmann wischt sich Schweiß von der Stirn. Er hat Fieber. Köhler und Buscher husten sich abwechselnd den zähen

Schleim von den Bronchien. Eine merkwürdige Stimmung umgibt sie.

»Meine Herren«, beginnt Johannes bedeutungsvoll, »wir haben durch den Streik viel Zeit verloren. Die Reederei legt großen Wert auf eine zügige Rückreise. Wie Sie wissen, haben wir nicht ohne Grund die Zügel im Hafen etwas schleifen lassen, doch damit ist es jetzt vorbei.« Mit den Händen auf dem Rücken geht er schweigend einige Schritte auf und ab. »Bedenken Sie, wir haben Getreide im Rumpf. Die PAMIR wird sich daher in Wind und Wellen anders verhalten. Eine energische, aber auch zugleich vorsichtige Führung der PAMIR ist Voraussetzung dafür, dass wir Zeit aufholen. Seien Sie versichert: Ohne eine straffe Disziplin wird uns das nicht gelingen. Ich verlange daher, dass Sie den Dienstplan effizienter umsetzen, als uns das auf der Hinreise gelungen ist.«

Buscher wirft ein: »Mit Verlaub, Herr Diebitsch, was verstehen Sie unter effizienter?«

»Wir haben jetzt mehr Zeit für die Ausbildung. Das Entrosten und Konservieren der Laderäume haben wir hinter uns. Unsere Aufgabe ist es nun, dafür zu sorgen, dass die Mannschaft nach Abschluss der Reise eine exzellente Besichtigung hinlegt! Wir müssen allen Stiftungsreedern und Geldgebern beweisen, dass der Ausbildungsstand auf unserer PAMIR sehr hoch einzustufen ist.«

»Was hat ein Schulschiff mit unserer PAMIR gemein?«, fragt Buschmann dazwischen.

Diebitsch schießt die Zornesröte ins Gesicht. »Das sollte ein 2. Offizier wissen!«

Buschmann lässt nicht locker: »Ich weiß das wohl, Herr Diebitsch. Ich sehe in der Schiffsführung eines frachtfahrenden Handelsschiffes vom Kaliber einer PAMIR und der schulmäßigen Ausbildung von Kadetten, die am Ende während einer Besichtigung glänzen sollen, einen erheblichen Gegensatz. Die beladene PAMIR und die Reise selbst wird unsere ganze Aufmerksamkeit erfordern. Ein Schulbetrieb wie auf der kleinen DEUTSCHLAND, wo zu Ihrer Zeit drei Mann für jeden Handgriff bereitgestanden haben, ist auf der PAMIR schlichtweg nicht umzusetzen. Das hat schon auf der Hinfahrt nicht geklappt. Die vielen theoretischen Unterrichtsstunden gehen zudem auf Kosten der Praxis.«

»Herr Buschmann, ich verbiete mir Ihren destruktiven Ton!«

»Ich glaube, Sie verwechseln da etwas. Mein Hinweis ist sehr konstruktiv!«

»Ihr Ton ist destruktiv!«

»Das wird mich nicht daran hindern, weiterhin konstruktive Vorschläge zu unterbreiten. Ich möchte in diesem Sinne geklärt wissen, wie trotz Ausfall des 1. Bootsmanns und Erkrankung der halben Stammbesatzung eine effiziente Schiffsführung und daneben noch eine Schulschiffausbildung möglich sein sollen.«

Fred Schmidt zeigt Flagge: »Ich unterstütze voll und ganz die Ansichten von Herrn Buschmann!«

»Das sehe ich genauso!«, pflichtet Buscher bei. Köhler schweigt.

Diebitsch sieht sich einer geschlossenen Front gegenüber. Um einen Eklat zu vermeiden, ignoriert er Buschmanns Forderung nach einer Klärung und verkündet starrköpfig: »Herr Köhler wird Ihnen die neuen Pläne aushändigen. Ich erwarte Ihre uneingeschränkte Unerstützung.«

Ohne eine Antwort abzuwarten, blickt Diebitsch auf die Uhr. »Meine Herren, um sieben Uhr kommt der Schlepper längsseits, und um acht Uhr werden wir ablegen. Ich wünsche eine gute Reise!«

Buschmann überfliegt den neuen Wachplan und ist fassungslos: »Mensch, Rolf, warum tust du uns das an?«

»Ich habe nur meine Pflicht getan.«

»Pflicht? Ich kann es nicht glauben. Sag doch vorher etwas, dann kann man rechtzeitig etwas dagegen unternehmen.«

Buscher steht auf: »Das war's für mich! Nie mehr auf so

einem Schiff und nie mehr unter so einem Kapitän. In alle Ewigkeit!«

Gunther erwidert darauf: »Wenn er das durchzieht, werden alle die Schnauze voll haben und abmustern. Ich bereue, dass ich mich für diese Reise habe breitklopfen lassen.«

»Wieso breitklopfen?«, fragt Schmidt.

»Ich hatte schon vor der Reise gekündigt. Ich habe mit meiner Mitreise Herrn Dominik nur einen Gefallen getan.«

»Interessant. Weiß das der Alte?«

»Ich bin mir sicher.«

»Dann sind wir ja alle bekniet worden, die Reise mitzumachen.«

»Sieht so aus. Aber, wie heißt es so schön: Alles hat irgendwann sein Ende!«

Inzwischen haben sich die Lotsen eingefunden. Der dumpfe Pfeifton des Schleppers erinnert die Offiziere daran, dass sie an Deck müssen und die Herren der Handelsagentur, die zur Verabschiedung erschienen sind, von Bord. Alles was Beine hat, steht auf Poop, Hochdeck oder Back und blickt hinab auf die Pier. Ein buntes Bild bietet sich der Besatzung. Wesentlich mehr Menschen haben sich eingefunden als bei der Ankunft der Bark vor zwei Wochen. Auffallend viele ›Fräuleins‹ befinden sich darunter, die Taschentücher schwenken. Joe, der Brückendienst hat, sucht angestrengt in der Menge nach Carolina, kann sie aber nicht ausmachen, und Diebitsch wird das Gefühl nicht los, dass ein bestimmtes Augenpaar das Ablegmanöver der PAMIR beobachtet …

Der Hafenlotse José Roca und die beiden Flusslotsen Señores Maissonare und Carbone sind an Bord gekommen. Matrosen machen die Schleppleinen klar. Pünktlich um acht Uhr erfolgt das Kommando zum Ablegen. Als die Festmacherleinen eingeholt werden, mischen sich Jubel und Abschiedsschmerz auf der Pier. Die argentinische Flagge wird zum Dippen, dem Flaggengruß, halb niedergeholt und wieder hochgezogen. Doch die Leine vertörnt sich, und sie kann nicht wieder hochgezogen werden. Tom entert wie ein Kletteraffe auf und törnt die Leine aus. Kurz darauf ist sie wieder oben.

Die Schlepper VENGADOR und MARCONI ziehen die PAMIR aus Darsena D hinaus auf die Reede des Rio de la Plata.

»Herr Buschmann, bereiten Sie die Messung der Rollperiode vor«, gibt Diebitsch Befehl.

Gunther spürt, dass sich der nächste Konflikt anbahnt. Er hat sich schon vor der Rückreise intensiv mit Stabilitätsfragen von Traditionsschiffen beschäftigt und auch veranlasst, dass die zur Berechnung der Hebelarmkurven erforderlichen Messdaten aus Tiefgang und Krängungswinkel, den Pantokarenen, an Bord gegeben wurden. Er hofft auf einen vertretbaren Wert, doch der Zweifel nagt in ihm schon seit Tagen.

Zunächst gilt es aber, alle störenden Einflüsse auf den Kränkungsversuch zu vermeiden. Die Voraussetzungen sind ideal. Das Wetter ist heiter, es herrscht weder ein auf- noch ablandiger Wind, und Strömung wie Wellenbewegungen sind zu vernachlässigen. Auch befindet sich kein großes Schiff in der Nähe, das eine Bug- oder Heckwelle verursachen könnte, und eine Grundberührung ist in der Fahrrinne nahezu ausgeschlossen. Die beiden Schlepper stoppen, MARCONI wirft alle Leinen los und kehrt in den Hafen zurück. Die Schleppleinen von VENGADOR kommen lose. Nur die Bewegung der Personen an Bord ist einzuschränken.

Buschmann gibt Rolf-Dieter die zweite Stoppuhr, und Lütje bekommt Anweisung: »Lassen Sie die Mannschaft auf dem Vordeck Steuerbordverschanzung Aufstellung nehmen. Auf mein Signal lassen Sie alle hinüber auf die Backbordseite stürmen und auf Pfiff wieder zurück. Der Vorgang wird so oft wiederholt, wie ich mit meiner Pfeife Signal gebe. Achten Sie auf die Geschlossenheit Ihrer Männer.«

Die PAMIR liegt völlig ruhig. Buschmann gibt Signal. Die angetretene Mannschaft rennt auf die andere Seite. Mehrmals geht das hin und her, bis die PAMIR abwechselnd nach Backbord und Steuerbord zu schwingen beginnt.

Rollperioden werden von einem Umkehrpunkt der Rollbewegung bis zum nächsten gleichsinnigen Umkehrpunkt mit einer Stoppuhr gemessen. Wegen der Unsicherheit in der exakten Beobachtung der Umkehrpunkte lässt Buschmann zwei vollständige Schwingungen erfassen, um die Rollperiode durch entsprechendes Teilen der Gesamtdauer zu berechnen. Das Ergebnis sind zwanzig Sekunden. Eine ernste Warnung!

Alle seine Empfindungen konzentrieren sich auf die Gefahr, die im Bauch der Bark lauert. Für einen echten Seemann ist sein Schiff mehr als nur ein schwimmendes Heim. Das Schiff will in seinen Eigenheiten verstanden werden, und die Schiffsführung muss sich danach ausrichten. Da sich Gunthers Vermutung bestätigt, fühlt er sich auch herausgefordert. Er verschwindet in seiner Kabine.

Inzwischen zieht der Schlepper die PAMIR weiter den Rio de la Plata hinunter, dem Meer entgegen. Wenig später erscheint er mit der berechneten Hebelarmkurve wieder auf dem Hochdeck. Er zeigt die Kurve kurz Rolf-Dieter und sagt mit Entschlossenheit: »So dürfen wir niemals in See gehen!«

»Bieg das dem Alten bei!«

»Das werde ich!«

Diebitsch steht neben dem Ruder, als Buschmann an ihn herantritt. »Ich muss Sie sprechen!«

Diebitsch zeigt zum Kartenhaus. »Nun, wie sieht sie aus?«

»Die Rollperiode ergibt mit dieser Beladung einen Wert von zwanzig Sekunden. Daraus errechnet sich folgende Hebelarmkurve …« Er legt das Blatt auf den Kartentisch.

Diebitsch wirft einen flüchtigen Blick darauf. »Und?«

Buschmann gewinnt sofort den Eindruck, dass Diebitsch sich mit der Interpretation schwertut, und beginnt die Kurve zu erläutern: »Wie Sie am Verlauf der roten Kurve sehen können, ist die Stabilität der PAMIR nicht gewährleistet. Die Stabilitätsgrenze liegt bei nur 37 Grad. Wir laufen also Gefahr, in schwerer See zu kentern. Da der Tieftank auf Ihre Anweisung hin mit Gerste beladen wurde, können wir nicht nachtrimmen. Das rächt sich nun, denn es ist eine physikalische Selbstverständlichkeit, dass ein Fluten der Tanks eine Verbesserung der Stabilität mit sich bringen würde. Da uns die Möglichkeit genommen ist, werden wir im Ernstfall die Stabilitätsgrenze schnell überschreiten. Alles in allem muss ich Sie darauf aufmerksam machen, dass wir in diesem Beladungszustand die Rückreise nicht antreten können.«

Diebitsch fährt aus der Haut: »Sie sind wohl nicht ganz bei Trost!«

Buschmann bewahrt Haltung. »Ich mache Sie noch einmal darauf aufmerksam …«

»Haben Sie bei Ihrer Berechnung überhaupt berücksichtigt, dass sich der Gewichtsschwerpunkt verbessern wird, weil die Ladung noch sacken wird?«

»Das geht in dieser Rechnung natürlich nicht ein, dafür wirft das Nachsacken der Gerste noch ein anderes, sehr gefährliches Problem …«

»Ich will Ihnen mal was sagen, junger Mann«, schneidet ihm Diebitsch das Wort ab, »sechsunddreißig Mal hat diese Sturmlegende von Schiff Kap Hoorn umrundet. Und das gänzlich ohne Tieftank und schlaue Hebelarmkurven! Auf fünf ihrer Reisen hat sie schwere Stürme und sogar einen Hurrikan überstanden, und dann wollen Sie mir weismachen, wir können in diesem Zustand die Rückreise nicht antreten? Ich denke, Ihre Entscheidung, demnächst Ihr Leben an Land weiterzuführen, ist mehr als richtig.«

»Herr Diebitsch, Sie sind ein Ignorant, und Sie gefährden damit Ihre Sturmlegende samt Mannschaft.«

»Ich werde Ihre Unverschämtheit in den Papieren festhalten!«

»Und ich werde das Kurvenblatt in das Journal einkleben!«

Bebend vor Zorn verschwindet Diebitsch im Niedergang. Joe hat trotz aller Nebengeräusche den Disput mitbekommen, ohne gehört zu haben, was genau gesagt wurde. Gunther kommt kreideweiß aus dem Kartenhaus. Gleichzeitig plagt ihn der Hustenreiz. Als sich sein Hustenanfall wieder beruhigt hat, fragt Joe: »Haben Sie Ärger?«

»Ich bin nicht Kassandra, aber es sieht nicht gut aus. Manche Menschen kennen das Übel, ziehen aber keine Konsequenzen daraus.« Gunther blickt sich um. »Komm rein, ich will dir etwas zeigen.« In wenigen Augenblicken hat er Joe anhand der roten Kurve erklärt, worin das Problem besteht. »Die Hebelarmkurve ist nicht allzu gut. Ein Dampfer würde damit nicht auf See gehen.« Darauf klebt er das Blatt in das Schiffstagebuch ein.

»Ich habe Sie die letzten Tage oft an den Ladeluken grübeln sehen. Ich wollte Sie schon gestern fragen, welches Problem Sie wälzen.«

»Lass dir von Spökenkieker erzählen, wie die Kapitäne im letzten Jahrhundert ihre Teeclipper haben stauen lassen. Und dann zieh deine eigenen Schlüsse daraus.«

»Mach ich!«, antwortet Joe und geht wieder auf Wache.

Gunther berät sich mit Rolf-Dieter, dieser wiederum mit Buscher und Schmidt. Nacheinander kommen alle in das Kartenhaus und werfen einen Blick auf die eingeklebte Kurve im Tagesjournal …

Währenddessen herrscht in der Unteroffiziersmesse, dank Hein Gummi, gute Laune. Die sichtbaren Lebenszeichen sind ›Bächlein‹, die er überall hinterlässt, das hohe, piepsige Kläffen und die Schnelligkeit, mit der das Wollknäuel zwischen den Beinen hin und her flitzt. Vielleicht sind es auch nur die Sympathiekundgebungen, die ihn ängstigen. Sein provisorisches ›Körbchen‹ ist das Handwaschbecken in Kuddels Kabine, das sein Herrchen mit einer Decke ausstaffiert hat. Spökenkieker und Oldsails kümmern sich daher sofort um ein ordentliches ›Heim‹ für den winzigen Pekinesen. Kuddel beginnt schon am selben Tag mit der Erziehung von Hein Gummi, damit er lernt, sein ›Geschäft‹ nur an Deck zu verrichten.

Gegen Mittag verabschieden sich Schlepper VENGADOR und der Hafenlotse Roca. Nach Anweisung der beiden Flusslotsen steuert die PAMIR nun unter eigener Maschine den Rio de la Plata hinab, dem Meer entgegen. Nicht einfach, wenn der Kiel sieben Meter tiefer im Wasser liegt. Am Nachmittag tauchen einige Nebelbänke auf. Lampen werden nach Vorschrift gesetzt und zusätzliche Nebelwachen eingeteilt. Um 21.30 Uhr fällt nahe der Tonne 32 der Anker.

2 *Sonntag 11. August, Feuerschiff* RECALADA

Der Geruch von Getreide umgibt die PAMIR. Am intensivsten breitet er sich in der Mannschaftsmesse und im Deckhaus aus. Kuddel wird von der Wache geweckt. Es ist kurz vor vier Uhr morgens. Hein Gummi springt ihm spontan auf den Arm und leckt ihm das Gesicht. Die Morgenbegrüßung wird zum Ritual. Während das Wollknäuel an Deck Gassi geht, kontrolliert Kuddel das Herdfeuer. Nachts wird die ›Feuer-Kontrolle‹ stündlich von der Wache vorgenommen. Bis zur Frühstücksausgabe um halb acht Uhr müssen rund zweihundert Rundstücke und zehn Brote gebacken werden. Da heißt es alle Bullaugen und Schotten schließen, um den Teig schneller gehen zu lassen. Im Ofen wird in zwei Etagen gebacken. Nach dem Ausbacken kommen die Bleche mit den Rundstücken zum Auskühlen auf die Luke, wo sie von einem Kadetten ›bewacht‹ werden.

Um kurz vor fünf Uhr kommt der Befehl zum Ankerhieven. Es ist das letzte Mal, dass die PAMIR ›Anker auf‹ geht.

Der Lotse hat Mühe, das schwer beladene Schiff ohne Grundberührung durch die schmale Fahrrinne zu steuern. Als Nächstes wird das Feuerschiff RECALADA angepeilt, denn dort, am Ende des Rio de la Plata, wird der Lotse von Bord gehen und die PAMIR auf Heimatkurs.

Die Bordroutine greift. Nach dem allgemeinen Wecken

beginnt in der Kombüse die Frühstücksausgabe. Danach laufen für Kuddel die Vorbereitungen für das tägliche Backen von einhundert Broten. Kadetten der Wache helfen in Kombüse und Proviantlast.

Joe hilft Spökenkieker bei der Reparatur eines schweren Blocks, durch den Taue geschoren werden. Das Stück ist alt, hart und mit vielen archaischen Schrammen im Eichenholz versehen. »Hat viel mitgemacht«, bemerkt Joe.

Sofort fallen Spökenkiekers blitzende Augen auf. Seine spitze Nase und seine Falten um den Mund haben etwas Ironisches. »Besser als jedes Stahlgehäuse, mein Junge!«

Joe kommt ohne Umwege auf sein Anliegen: »Ich habe mich gestern mit Herrn Buschmann über …«

»… er hat es mir erzählt. Ich weiß Bescheid.« Darauf legt der Zimmermann bedächtig sein Handwerkszeug aus der Hand. »Alles Leben besteht aus Lösung von Problemen. Wir schaffen es aber auf dieser Reise nicht einmal, unsere größten in den Griff zu kriegen. Also …«, Spökenkieker weist auf die Werkzeugkiste, »… setz dich. Du willst also wissen, über was wir da so grübeln?«

»Ja, ich denke mir, es geht um die Gerste und wie sie gestaut wurde.«

»Gestaut? Nichts, aber auch gar nichts wurde gestaut, mein Junge. Geschüttet, grob geschüttet. Obendrein waren vor Staub alle blind. Im vorigen Jahrhundert hätte jeder Kapitän es abgelehnt, mit einer derartigen Fracht durch gefährliche Klimazonen zu segeln. Das haben die feinen Herren in Hamburg heute bloß vergessen. Ach was, die haben heutzutage gar keine Ahnung mehr davon! Und sollten sie eine haben, dann wird es aus finanziellen Erwägungen heraus ignoriert.«

»Was sollten die Herren denn wissen?«

»Jeder auf dieser Welt hat es eilig. Besonders Kapitäne. Doch trotz der geforderten Eile durfte schon damals die schwierige Kunst des Stauens nicht zu kurz kommen. Am besten lässt sich das mit den Teeclippern von damals erklären. Die mussten so schnell wie möglich durch alle Windsysteme und Klimazonen dieser Erde segeln, wenn sie die erste Pflückung Tee frisch und duftend von Hongkong oder Foochow nach New York oder London transportierten. Jeder falsche Ladetrimm kostete einen Knoten oder mehr an Geschwindigkeit – oder gleich das ganze Schiff. Was war nun die Kunst? Über den Ballast wurde ein Fußboden aus Planken gelegt und fest verfugt. Die kleinen Teekisten wurden von den Kulis kunstfertig Schicht für Schicht gelegt, bis sich die riesigen Laderäume der Teeclipper füllten. Sie nutzten jeden Kubikzentimeter des Laderaums. Alle Kisten wurden mit dem Hammer an ihren Platz geklopft, und an den Rundungen des Schiffsrumpfes wurden kleine »cutty boxes« verwendet, da sie dort besser gestaut werden konnten. Nach jeder neu gelegten Schicht aus Teekisten sah die Oberfläche des Laderaums aus wie ein schönes, neues, ebenes Deck. Die verbleibenden Nischen wurden mit Kieseln gefüllt, um sicherzugehen, dass die Ladung auch bei schwerem Orkan und Seegang keinen Zentimeter verrutschen konnte. Sogar den ›Decksprung‹, die Wölbung, durch die das Wasser vom Deck abläuft, haben sie berücksichtigt. Am Ende wurden die Lukendeckel geschlossen und absolut wasserdicht verschalkt.« Spökenkieker atmet tief durch. »Und nun mein Junge, zieh den Vergleich zu unserer Sorgfalt im Umgang mit der gefährlichen Ladung Gerste. Jedermann, der mit dieser Art von Fracht die Weltmeere durchpflügt, weiß, dass sie bei einem Neigungswinkel von mehr als 20 Grad schon zu schwimmen beginnt. Darüber haben Herr Buschmann und ich gegrübelt.«

Joe fassungslos: »Warum ändern wir das nicht?«

»Gerste darf man nur in Säcken transportieren. Doch das kostet Zeit, erhöht die Kosten, also ignoriert man die erforderliche Sicherheit. In unserem Fall kann man das als grobe Fahrlässigkeit bezeichnen.«

»Was kann passieren?«

»Darüber wird nicht gesprochen. Hoffen wir, dass Rasmus uns dafür nicht bestraft!«

Joe schüttelt verständnislos den Kopf. »Ich bin wie vom Donner gerührt.«

Spökenkieker lenkt ab und lächelt verschmitzt: »Eines, mein Junge, haben die Besatzungen der Teeclipper sicher genossen. Statt des Geruchs von Getreide drang der Duft des Tees aus dem versiegelten Laderaum durch verborgene Ritzen bis ins Deckhaus. Morgens war er sicher am stärksten, und man konnte glauben, man liege auf einem Kissen, das mit Teeblättern gefüllt ist.«

Gegen 12.00 Uhr kommt Montevideo in Sicht. Kurz vor dem Mittagessen lässt Diebitsch seine Offiziere zu einer Besprechung im Salon antreten. Sein Gesicht wirkt kantig, seine Haltung verrät einen starken Willen zur Durchsetzung.

»Nun meine Herren«, eröffnet er in gewohnt knarrendem Ton, »ich habe Sie rufen lassen, um keinen Zweifel daran zu lassen, was ich von Ihnen auf der Rückreise erwarte. Das besondere Augenmerk liegt dabei auf der guten Ausbildung unserer Kadetten. Wie schon angekündigt, erwarte ich, dass sie bei der Besichtigung in Hamburg hervorragend abschneiden. Mobilisieren Sie also ihren Lernwillen. Machen Sie den Jungmännern klar: Wenn sie ein Jahr lang die heroischen Härten des Dienstes auf einem Windjammer gespürt haben, bekommen sie in ihren Seesack den zivilen Großadmiralsstab schneller hineingelegt als die Janmaaten von den Dampfern. Seeoffiziere mit Segelschifferfahrung haben bessere Chancen, gute Kapitänsposten zu erhalten, als ihre Altersgenossen, die nur mit Dampf oder Dieselöl gefahren sind. Die Exerzitien des Meeres und auf der PAMIR formen den Charakter des Nautikers am besten, was von Bedeutung ist, wenn er später selbst die Ausbildung des Nachwuchses übernehmen soll.«

Fred Schmidt hebt die Hand, da er das Wort wünscht.

»Meine Herren«, sagt Diebitsch unwillig, »ich möchte mit

Ihnen über den Punkt nicht mehr diskutieren. Sie haben meiner Anordnung Folge zu leisten.«

Damit entlässt er seine Offiziere. Auf dem Deck fragt Gunther Fred, was er denn sagen wollte.

»Ich wollte die Bedeutung seiner markigen Erklärungen relativieren, denn er vermittelt uns ein völlig falsches Bild.«

»Wie falsch?«

»Von den rund 2500 jungen Männern, die jährlich die lange Ausbildung zum Steuermann oder Kapitän beginnen, haben im vergangenen Jahr nur insgesamt 200 Gelegenheit gehabt, im schmucken Kadettendress auf der Pamir oder Passat zu fahren. Mehr als neunzig Prozent des Nachwuchses absolvieren ihre Ausbildung ausschließlich auf Dampfern. Darunter befinden sich schon rein statistisch gesehen die Besten.«

»Fred, ich glaube, es macht keinen Sinn, seinen Starrsinn zu bekämpfen.«

»Da muss ich dir beipflichten. Augen zu und durch!«

Exakt um 14.12 Uhr liegt das Feuerschiff querab, und der Lotse verlässt das Schiff. Zwei Stunden intensiver Arbeit liegen hinter der Mannschaft, die Hunderte von Leinen und zweiunddreißig Segel klargemacht haben.

Die Windstärke beträgt vier bis fünf aus SSW. Alle Segel werden gesetzt. Die Pamir rollt in der Dünung. Köhler befiehlt Kurs 72 Grad. Die Pamir wird an den Wind gebracht. Die gewaltigen, voll im Wind stehenden Segel stabilisieren das Schiff und ziehen es majestätisch, ruhig, ohne Rollen und Stampfen durch das Wasser. Der Motor wird abgestellt. Trotz ihrer Beladung macht die Bark sieben bis acht Knoten.

Die besondere Stille ist wieder zurückgekehrt. Joe auf dem Hochdeck befällt das Gefühl der Isolation. Die Reise durch den Südatlantik, Kurs Nord, beginnt …

Fernando Gomez, Copilot bei der PANAIR DO BRAZIL, stellt sich auf einen Routine-Flug ein. Bis Rio de Janeiro sind es noch gut 4500 Kilometer. Plötzlich fängt das Flugzeug an zu vibrieren. Die Turbulenzen werden stärker. Der Kapitän lässt durchsagen: »Die Passagiere sollen sich anschnallen. Eine dieser Störungen aus der Sahara!«

Turbulenzen sind zu dieser Jahreszeit und in diesen Breitengraden nichts Ungewöhnliches, denn sie werden durch eine Instabilität im östlichen Starkwindband über Afrika hervorgerufen. Diese Störungen, *Easterly Waves* genannt, entstehen durch Temperaturunterschiede über dem westlichen Nordafrika, den extrem hohen Temperaturen über der Sahara und den deutlich tieferen Werten am Golf von Guinea. Sollte eine dieser Störungen über die Kapverden hinaus auf den Atlantik ziehen, können sie sich in dieser Jahreszeit zu tropischen Stürmen entwickeln, da der Atlantik aufgrund seiner hohen Wassertemperatur und Verdunstung ein idealer Energielieferant ist.

Fernando Gomez blickt aus dem Seitenfenster in Richtung Westen. Querab entdeckt er eine spiralförmige Wolkenformation, die ihn an eine Diskusscheibe in Form der Zahl 6 erinnert. »He! Sieh mal nach Westen. Wir sind Zeugen der Entstehung eines Wirbelsturms!«

Der Flugkapitän legt die Maschine ein wenig auf die Steuerbordseite, um besser sehen zu können. Der Diskus hat einen geschätzten Durchmesser von gut einhundert Kilometern. In der Wolkendecke ist kein Auge zu entdecken. »Sieht ja ganz nett aus. Sollte daraus ein Kapverden-Hurrikan werden, dann liegt Mutter Wetterküche in ihren Geburtswehen.« Kurz darauf wird er seiner Verantwortung gerecht und entschließt sich, das faszinierende Wolkengebilde per Funk zu melden. »Wie lautet unsere Position?«

Fernando nennt die genauen Längen- und Breitengrade. Der Kapitän meldet kurz darauf der Flugkontrolle die Sichtung eines tropischen Sturms. Die Meldung geht noch in derselben Stunde an die Wetterwarnzentrale San Juan, Puerto Rico. Die Warnzentrale ist eine Einrichtung des U.S. Weather Bureau. Die Seefunkstelle, das National Hurrican Research Center in West Palm Beach auf Florida ist ebenso informiert wie die Hurrikan-Warnzentrale des U. S. Weather Bureau in Washington D.C. und die spezielle Sendestelle Washington-NSS. Im Rahmen ihrer übergeordneten und großräumigen Wettersendungen wird Washington-NSS später die Schifffahrt viermal täglich vor dem Hurrikan warnen.

San Juan sendet noch am selben Tag die erste Warnmeldung an die internationale Schifffahrt. In den kommenden Tagen werden Puerto Rico und das U.S. Weather Bureau die ersten achtzehn Warnmeldungen für das Seegebiet der PAMIR verbreiten.

Diese hat gerade unter Maschine den Äquator überquert und befindet sich etwa sechshundert Seemeilen südlich der Kapverden in den Kalmenzonen, in der Mitte zwischen dem afrikanischen und südamerikanischen Kontinent, im Empfangsbereich der Warnzentrale von San Juan und Florida. Von der Existenz eines tropischen Sturms, sechshundert Seemeilen nördlicher, erfährt auf dem Schiff keiner etwas.

Und wenn, die Nachricht wäre für Diebitsch, der durch den Nordatlantik dem ›alten Seglerweg‹ folgt, nicht beunruhigend gewesen, denn die Zugbahnen der tropischen Wirbelstürme verlaufen meist parabelförmig. Auf der nördlichen Halbkugel ziehen die Tiefdruckwirbel zu Beginn in nordwestliche Richtung und drehen danach in höheren Breiten häufig nach Nordosten ab. Fast die gleiche Parabel zeigt der ›alte Seglerweg‹, der vom Südatlantik herauf, westlich an den Azoren vorbei, nach England führt. Beunruhigen müsste ihn aber die Tatsache, dass die Orkan-Saison im September ihren Höhepunkt erreicht hat, die Pamir unfachmännisch beladen ist und eine Fracht im Bauch transportiert, die bei starker Krängung zu fließen beginnt.

Täglich wirft der Kapitän im Kartenhaus einen Blick auf die Seekarte. Die Kenntnis, in eine Wetterzone einzulaufen, in der die Pamir jederzeit in einen tropischen Orkan geraten kann, müsste ihn dringend veranlassen, Siemers anzuweisen, alle verfügbaren Wettermeldungen abzuhören. Gerade Diebitsch, der selbst davon spricht, er kenne Schubarts *Praktische Orkankunde: Manövrieren in Stürmen* auswendig, müsste demnach wissen, wie man einen Orkan vermeidet:

1. durch abhören der Sturmwarnungen,
2. durch abhören der Wetterberichte und zeichnen von Bord-Wetterkarten und
3. durch Funkverkehr zwischen Schiffen untereinander …

Nichts dergleichen passiert an Bord der Pamir. Dabei wäre es nur natürlich, *allen* Funkwettermeldungen höchste Priorität einzuräumen, zumal bei einer durch Unerfahrene getrimmten Getreideladung und Gerste im Ballastwassertank. Allein durch die falsche Beladung könnte ein tropischer Sturm schon ausreichen, der mächtigen Viermastbark gefährlich zu werden.

Diebitsch wird seiner Verantwortung nicht gerecht. Siemers bekommt keine Anweisung, die ›Schubarts‹ Forderungen erfüllen. Was helfen die bedruckten Seiten im Schapp der Kapitänskajüte?

Oldsails dagegen hat sich bei den Kadetten den Ruf eines genialen Erzählers erworben. Am Abend scharen sie sich auf der Back um ihn und lauschen seinen Geschichten, die von der großen Zeit der Segelschiffe berichten. Unter ihnen auch Joe und Tom. Bedächtig steckt Oldsails seine Pfeife in Brand …

»Jungs, ich glaube der Bibel, weil in der Geschichte vom Paradies das Meer nicht erwähnt wird. Die Bibel weiß warum. Das Meer ist Mühe und Plage und ein Revier des Übels. Ihr habt schon einen Zipfel des Übels in der Hand gehalten. Was in eurer Erinnerung haften bleiben wird, sind vor allem diese Bösartigkeiten des Meeres. Denkt an meine Worte!

Ich bin schon vor fünfzig Jahren um die Welt gefahren. Da kannte ich noch die P-Liner, die damals alle unter der Flagge der Hamburger Reederei F. Laeisz fuhren. Viel Glück aber war den Seglern, die das stolze ›P‹ vorneweg in ihrem Namen führten, nicht beschieden. Da war das berühmte Fünfmastschiff PREUSSEN. Der Stolz der Deutschen war schon drei Jahre vor unserer PAMIR auf den Meeren unterwegs. Die schaffte die Strecke von Chile bis zum englischen Kanal mit ihrer Salpeterladung in unglaublichen 69 Tagen. Strandete aber nach einer Kollision mit einem Dampfer bei Dover und ging total verloren. Gott hilft dem Seemann in der Not, doch steuern können muss er selber …

Oder die PINNAS. Sie war 1929 unterwegs von Hamburg nach Chile. Aber sie kam nur bis Kap Hoorn, weil ein Orkan sie regelrecht zerlegte. Bei Diego Ramirez lief sie auf Strand. Gott sei's gedankt, 25 Mann konnten gerettet werden. Kurz darauf erfasste sie eine Bö und versenkte sie auf ewiglich. Nicht besser erging es der PETSCHILI. Ein gewaltiger Nordsturm erwischte sie eines Nachts auf der Reede von Valparaiso. Durch die Gewalt der Böen rissen beide Ankerketten. Das Schiff geriet ins Treiben, und schon eine halbe Stunde später legte sie sich quer zum steinigen Strand. Dabei wurde sie durch die anlaufende See höher und höher auf die Felsen geworfen, bis nur noch ein Trümmerfeld von ihr übrig blieb. Sie teilte ihr Schicksal in dieser Nacht noch mit 33 weiteren Schiffen.«

Die jungen Kerle hängen gebannt an Oldsails Lippen. Dieser zieht genüsslich an seiner Pfeife und fährt fort: »Ja, Jungs, es sind die Stunden des Scheiterns in dieser Welt, die den Blick auf die Seefahrt lenken. Zusammenstöße, Strandungen, Untergänge in Stürmen und Feuer sind die häufigsten Ursachen von Schiffsunglücken. So verbrannte die schöne POTOSI von Laeisz durch Selbstentzündung ihrer Kohleladung, und die PLANET trieb 1901 hilf- und steuerlos wochenlang auf See, weil die Besatzung mit Skorbut daniederlag. Doch auch der Krieg forderte Tribut. So flog die PARNASS durch einen feindlichen Torpedotreffer samt Besatzung in die Luft, die PELLWORM erwischte es im Hamburger Hafen, die PRIWALL wurde an Chile verschenkt und ging dort später in Flammen auf. Nur die PADUA scheint es geschafft zu haben. Sie läuft jetzt bei den Russen unter dem Namen KRUZENSTERN.«

Wiederum legt er eine Pause ein und nuckelt an seiner Pfeife. »Wenn ich mich recht entsinne, gingen, als ich noch so jung war wie ihr, jedes Jahr bis zu 130 Segelschiffe verloren, das heißt etwa fünf Prozent aller Segelschiffe dieser Erde soffen ab. Und auch die meisten der schönen Schiffe von Laeisz haben keine zwanzig Jahre durchgehalten. Da macht unsere PAMIR schon eine Ausnahme. Zweiundfünfzig Jahre segelt sie schon auf den Weltmeeren herum. Mir scheint, sie hat sieben Leben wie eine Katze.«

4 *Samstag, 07. September, Hurrikan-Warnzentrale Washington-NSS*

Jack Harper hat Wochenenddienst. Sein Assistent betritt das Büro mit einem roten Blatt Papier in der Hand. Das Rot signalisiert Dringlichkeit. Noch in der Tür stehend, verkündet er: »He, Jack, das Baby ist erwachsen geworden!«

Jack präzisiert die abgenutzte Phrase: »Unser tropischer Orkan von den Kapverden?«

»Exakt, Hurrikan C!« Sein Assistent reicht ihm das rote Blatt über den Schreibtisch. Eine Meldung des Aufklärungsflugzeugs vom Typ SC-54, der U. S. Air Force, stationiert auf dem Flughafen von San Juan, von 07.32 Uhr. Die Funknachricht fixiert das Zentrum des Hurrikans bei 17° 30' N, 42° 60' W. Vermerkt ist die Beobachtung einer annähernd kreisrunden Wolkenscheibe mit einer Ausdehnung von gut 90 Seemeilen und einem ausgeprägten Auge in der Mitte. Sie bewegt sich mit einer Marschgeschwindigkeit von durchschnittlich acht bis zehn Knoten nach WNW. Die gemessene Windgeschwindigkeit beim Durchfliegen des Augenwalls betrug 110 Knoten.

Da die Windgeschwindigkeit, ohne Böen, 64 Knoten überschreitet, spricht man auf dem Atlantik und dem Nordostpazifik von einem Hurrikan.

»Respekt, ein neuer Rekord! Wir haben noch nie so weit östlich im tropischen Atlantik einen Hurrikan aufgespürt«, erwidert Jack stolz. Daraufhin zieht er eine Liste aus seinem Schreibtisch. Die Tabelle trägt die Bezeichnung: *Namen tropischer Wirbelstürme – Nordhalbkugel.*

»Hurrikan C ist schon der dritte in diesem Jahr. Hurrikan C? Wir werden den ruppigen Kerl in eine junge Frau verwandeln und sie auf den wunderschönen Namen ›*Carrie*‹ taufen.« Jack gibt Anweisung. »Ebenso wie San Juan, Florida und das U. S. Weather Bureau werden auch wir die Warnungen vor *Carrie* ab sofort ausstrahlen.«

»Okay!«

»Miami wird *Carrie* in den nächsten Tagen durch Hurrikan-Aufklärer intensiv verfolgen, und wir werden sicherstellen, dass da draußen jeder Kapitän anhand seiner Wetterkarten die Zugbahn verfolgen kann.«

Meldungen von Washington-NSS werden von Kapitänen als die wichtigsten und zuverlässigsten angesehen.

5 *Dienstag, 10. September 1957, PAMIR Position: 16° 37′ N, 29° 10′ W*

Die PAMIR hat die Kalmenzone am Äquator vor drei Tagen verlassen. Der Mallungengürtel, in dem sie sich jetzt befindet, gilt als die Brutstätte der tropischen Orkane. Vor knapp sechs Tagen hat sie die Zugbahn der tropischen Depression, die sich inzwischen zum ›*Carrie*‹ entwickelt hat, gekreuzt. Über das verpasste Rendezvous ist man an Bord ahnungslos. Der Hurrikan folgt in diesen Tagen der Zugbahn seiner Gattungsfamilie und steht mit seinem Zentrum nordwestlich der PAMIR. Rund 1000 Seemeilen liegen dazwischen. Die Gefahr hat sich scheinbar hinter den Horizont verzogen. Aber in elf Tagen wird es zu einer Begegnung kommen.

Siemers, der gerade seine Funkwachzeit absitzt, empfängt einen Funkspruch der Reederei: *Meldet Bedarf aller Grade.* Die Reederei will wissen, wer und wie viele Besatzungsmitglieder auf der PAMIR bleiben oder abmustern.

Willis Funkbude ist inzwischen der beliebteste Treffpunkt für alle, die sich über Stimmung und Ereignisse an Bord austauschen wollen. Der Dienst läuft nur noch nach Vorschrift. Diebitschs Ehrgeiz, Schulschiffbetrieb und die Besonderheiten eines frachtfahrenden Segelschiffes in Einklang zu bringen, ist gescheitert. Fast alle Offiziere und ein Großteil der Stammbesatzung werden mit ihren Ankündigungen ernst machen und abmustern. Davon ist Siemers überzeugt.

Pflichtgemäß legt er das FT, das Funktelegramm, seinem Kapitän vor. Die Stimmung ist unterkühlt. Man redet nicht mehr viel miteinander, weder oben auf dem Hochdeck noch im Kapitänssalon. Diebitsch scheint isoliert. Seine harten, entschlossenen Züge werden sich bis Hamburg nicht mehr aufhellen, denkt Siemers.

»Morgen werden wir die Anfrage beantworten«, reagiert Diebitsch gelassen. Auch er muss noch einmal die Gretchenfrage an seine Offiziere stellen. Das kann er nicht delegieren. »Wie sieht es mit Ihnen aus?«

»Ich bleibe, wenn ich von den Verwaltungsaufgaben eines Zahlmeisters entbunden werde.«

»Gut! Besprechen Sie das mit der Reederei.« Diebitsch setzt hinter seinen Namen ein Häkchen.

Siemers fühlt sich nach wie vor mit seinen zusätzlichen Aufgaben überlastet. Die Heuerabrechnungen nerven ihn ohne Ende. Die große Besatzung überfordert seine kaufmännischen und buchhalterischen Fähigkeiten. Eigentlich ist ›Buchhaltung‹ auch nicht Teil seiner Funkausbildung. Der Berg an Papier wird nicht weniger. Außerdem nagt in ihm die Vorstellung, er könnte einen Fehlbestand erwirtschaften. Da ist es nur ein schwacher Trost, dass Diebitsch ihn wenigstens von der Proviantabrechnung befreit hat.

Während seiner Funkwachzeiten von 0.00 – 02.00 Uhr, 12.00 – 14.00 Uhr, 16.00 – 18.00 Uhr und 20.00 – 22.00 Uhr versucht er sich durch das Zahlenwerk zu wühlen. Seine Art auf diese Überlastung zu reagieren ist Passivität während und auch außerhalb der Pflichtzeiten. Er sieht nicht ein, während der Funkwachzeiten Wetterberichte und andere für die Schifffahrt wichtige Nachrichten aufzunehmen. Niemand hält ihn an, sich rundherum zu informieren. Auch von Diebitsch ergeht keine gesonderte Anweisung …

Es ist allerdings unter Funkern üblich, das Ohr draußen zu haben und sich mit anderen Funkern über Wind, Wetter sowie über Gott und die Welt auszutauschen. Für die große Mehrheit seiner Gilde eine Selbstverständlichkeit.

Zwischen Diebitsch und seinen Offizieren ist die Stimmung gespannt. Ein lähmendes Desinteresse scheint die Verantwortlichen auf dem Schiff erfasst zu haben. Unter Eggers sind täglich zwei Wetterkarten gezeichnet worden. Dazu benötigt man aber die neuesten Meldungen. Die Empfangseinrichtungen sind betriebsklar. Private Telegramme bestätigen, dass keine funktechnischen Störungen vorliegen. Für Diebitsch ist ›Wetter‹ in diesen dramatischen Tagen aber kein Thema. Völlig unverständlich, da er doch in Buenos Aires auf eine schnelle Beladung und Rückreise gedrängt hatte, um den Zeitverlust aufzuholen. Dazu braucht die PAMIR aber guten und stetigen Wind.

Nicht ein einziges Mal lässt sich Kapitän Diebitsch in jenen Tagen eine aussagefähige Wetterkarte vorlegen. *Carrie* wäre sonst das absolute Thema Nummer eins an Bord. Die Existenz der Dame bleibt also im Dunkeln. Ein Leben im Alarmzustand wäre sonst schlagartig geboren, denn jeder wüsste, dass die Gefahr da draußen lauert. Die Funkbude wäre belagert, Siemers' ›Papierkram‹ vergessen. Aber die tägliche, so außerordentlich wichtige Wetteranalyse für die sichere Führung der kolossalen Viermastbark fehlt. Damit ist die viel beschworene ›Verantwortung‹ für Besatzung und Schiff Makulatur.

Seit Urzeiten beobachten Menschen an Land das Wetter, damit sie sich auf drohenden Sturm, Gewitter und Regengüsse rechtzeitig einstellen können. Sie lauschen den Wetterberichten, verschließen beizeiten Fenster und Türen und räumen die Gartenstühle beiseite. Handlungen mit Instinkt. Auch an Bord würde dieser Instinkt greifen. Niemand bräuchte dazu ein Kapitänspatent!

Die Erkenntnis wird nicht geboren, der Respekt vor *Carrie* findet einfach keinen Zugang an Bord. Die Tage, die Kommunikation an Bord, ein Rätsel. Nur tödliche Versäumnisse. Dazu knausert Rasmus auch noch mit dem Wind, als wolle er alle an Bord einschläfern. Erst die Flaute der äquatorialen Zone und jetzt auch noch der schwache Passat. Der ersehnte Nordost-Wind weht nur mit zwei, drei Windstärken. Nach wie vor werden jeden Abend die Royalsegel, der Außenklüver, die Stagsegel, der Ober-Besan und das Besan-Toppsegel weggenommen. Die Auffassung setzt sich durch, dass der Kapitän dies mehr aus eigener Unsicherheit als aus Sicherheit für die Besatzung anordnet.

»Statt den Schwanz einzuziehen, sollte er lieber günstige Windverhältnisse zur Realisierung einer schnellen und sicheren Reise nutzen«, spricht man offen untereinander.

An Deck genießt inzwischen die Freiwache das herrliche Wetter. Alle Segel sind zwar ›voll beim Winde‹, doch nichts scheint vorwärtszudrängen. Die PAMIR dümpelt. Die mausgraue Pyramide von Segel wartet Tag für Tag darauf, ordentlich gebläht zu werden. Das ergraute Tuch ist leichter, nimmt den Wind besser an und nutzt ihn somit effektiver. Leichtes und bequemes ›Happy Sailing‹, da in dieser Region die Rahen selten gebrasst und Segel eingeholt werden müssen. Wenige Tage nur noch, dann wird es wieder Arbeit geben, denn das Tuch wird wieder gegen die Schlechtwettersegel getauscht.

Köhler schiebt auf dem Hochdeck Wache. Der Horizont ist frei von Zirren, die einen Wetterumschwung andeuten könnten. Ein Himmel betupft mit weißen Wattewölkchen und ungewöhnlich durchsichtiger Luft. Nur eine schwache Dünung von Westnordwest, die über die Grenzen des Sturmgebietes von *Carrie* hinausgeeilt ist, durchmisst die Weite des Nordatlantiks und klatscht unbemerkt an die Backbordseite der langsam dahinziehenden PAMIR.

6 *Mittwoch, 11. September, PAMIR Position: 18° 1' N, 30° W*

Für die Mannschaft verläuft das Leben in diesen Tagen in einem arbeitsreichen und doch beinahe gemächlichen Rhythmus. Wer nicht Wache schiebt, repariert und konserviert, tauscht verschlissene Teile aus, erlernt bei Oldsails das Ausbessern des Außenklüvers mit Segelhandschuh und dreikantiger Segelnadel oder übt unter Aufsicht von Bootsmann Lütje, einen Drahtstropp zu spleißen. Arbeiten ohne Anfang und Ende.

Hein Gummi, der Pekinese, hat sich inzwischen, wenn auch widerwillig, an sein ›Heim‹ gewöhnt, das von Oldsails und Spökenkieker gezimmert wurde. Wenn Kuddel aber die Kabine verlässt, wird das Handwaschbecken wieder zu seinem bevorzugten Ruheplatz. An das Bordleben hat sich das kleine Hündchen schnell gewöhnt. Bei Manövern an Deck hat es spitzbekommen, dass es besser für sein Überleben ist, nicht zwischen den Beinen der Matrosen kläffend herumzutoben. Neben Kuddel ist Murphy, der Maschinen-Assistent, sein ausgesprochener Freund. Das liegt wohl an der Putzwolle, die im Latz seines Overalls versteckt ist und die Hein Gummi zu tollen Spielen animiert.

Joe faulenzt derweil auf dem Achterdeck und beobachtet abwechselnd die fliegenden Fische, wie sie über die Wellen flitzen, und den schwankenden Dom der mausgrauen Segel turmhoch über sich. Er wird am Abend wieder einmal seine Rockplatten abspielen, was die Stimmung in der Messe aufputschen wird. Seine Tangoplatte hat er seit der Abreise aus Buenos Aires nicht mehr aufgelegt. Zu traurig sind die Erinnerungen. Andere an Deck spielen Karten oder schmökern in Büchern, alten Zeitungen und abgegriffenen Tarzan-Heften.

Obwohl jetzt jeder ausreichend Zeit hat, bleiben die Gespräche zwischen dem Kiez-Rudel eher oberflächlich. Die Gedanken kreisen abwechselnd um das Zuhause, die Menschen, die man liebt, und um die eigene Zukunft. Manni interessiert sich plötzlich für Politik und will vom Funker wissen, ob er das Wahlergebnis zum deutschen Bundestag am kommenden Sonntag abfragen wird.

Es ist kurz vor 14.00 Uhr, als Manni in der Funkbude aufkreuzt. Siemers ist auf dem Weg in den Kapitänssalon, sodass Manni seine Frage nicht los wird. Kaum dass er wieder das Deck betritt, eilt Siemers zurück. Er meldet den Bedarf aller Grade an die Reederei: *Bedarf absolut 5 Nautiker, 2 Ingenieure, 1 Assistent, 1 Zweiter Ingenieur, 1 Zweiter Bootsmann, 3 Matrosen, 2 Leichtmatrosen, 27 neue Jungen, bedingt 1 Koch, 1 Schlachter, 1 Bäcker, 1 Messesteward – Ende*

Zur selben Zeit gerät der Dampfer CASTORP der Lübeck-Linie AG trotz großer Entfernung zu *Carrie* in eine gewaltige Dünung, die das Schiff einer starken Rollbewegung aussetzt. Stunden zuvor hat ihr Funker die Hurrikan-Warnung von Washington-NSS aufgefangen …

Carrie dreht nun mehr als 1000 Meilen westlich der PAMIR.

Zur selben Stunde startet eine Hurricane-Hunter-Maschine von San Juan aus in Richtung Osten zu einem weiteren Rendezvous mit *Carrie*. Bob, ein Army-Fluglehrer, hält den Steuerknüppel fest umklammert. Er hat sich freiwillig für diesen Job gemeldet. Der Flug wird zur Schinderei. Stundenlang durchgerüttelt und unter ohrenbetäubendem Lärm werden sie mehrmals in das Herz des Sturmes fliegen. Für Bob sind es Cowboy-Momente, wie ein wilder Ritt auf einem ungezähmten Hengst, für seinen Copiloten ist es dagegen wie Rock 'n' Roll.

Carrie hat mittlerweile seine Richtung geändert und bewegt sich auf Kurs NNW. Der Flugkapitän bemerkt, dass die schweren Gewitter im Windsystem ernorm zugenommen haben. Er spürt die ungeheuren Kräfte, die auf das Flugzeug wirken.

»Das Ding hebt ab!«, ruft er seinem Copiloten zu. Einen Durchflug auf geringer Höhe hält er für zu gefährlich. Er beschließt, ihn erst auf 2000 Meter zu wagen. Nach heftigsten Turbulenzen gibt er das Zeichen zum Abwurf der Sonden. Das Ergebnis jagt der Besatzung Schauer der Ehrfurcht über den Rücken: 140 Knoten Windgeschwindigkeit bietet *Carrie* jetzt auf, was umgerechnet rund 260 Kilometern pro Stunde entspricht. Damit wird *Carrie* von Washington-NSS zum stärksten Hurrikan des Jahres eingestuft. Nach zwölf Stunden hartem Einsatz landet Bob die Maschine wieder sicher auf der Basis.

Am selben Tag verlässt das deutsche Motorschiff ANITA den Hafen von New Orleans mit Ziel Antwerpen. Der Kapitän hat seit seinem Auslaufen Kenntnis über *Carries* Standort, Windstärke und Zugrichtung der Sturmbahn. Am Ende wird die permanente Überprüfung der Zugbahn die ANITA vor einem Desaster retten.

7 *Montag, 16. September, Hurrikan-Warnzentrale Washington-NSS*

In den Büroräumen der Hurrikan-Warnzentrale Washington-NSS hat manch einer von Jack Harpers Mitarbeitern nur noch eine abstrakte Vorstellung über Wettermonster. Keiner von ihnen hat je einen Hurrikan erlebt, und doch glauben sie alles über die unsichtbare Gewalt zu wissen. Sie kennen sich aus mit Messdaten, Formeln, Gleichungen und logischen Konstruktionen, um das meteorologische Chaos besser zu verstehen. An Pinnwänden prangen Titelblätter mit martialischen Schlagzeilen, die kaum dazu taugen, die Vorstellung darüber zu verbessern: *Der Killersturm!*, *Inferno über der Karibik!* oder *Millionen sind betroffen!*

Luftaufnahmen von niedergewalzten Orten und Fotos, die einen Cocktail aus geknickten Palmen, mastlosen Schiffen, zerlegten Bretterbuden und deformierten Autos zeigen, zieren Gänge. Nostalgische Erinnerungen an Serien von Warnungen und geschlagener Schlachten.

Die Raummitte wird von einem inselartigen Tisch eingenommen, darauf Telefone, Karten, Klemmbretter und viel Papier. An der Wand befindet sich eine vier Meter lange Karte des Nordatlantiks – die Welt der Hurrikane. Die Zugbahn von *Carrie* wird darauf mit Magnetstreifen simuliert. Die Linie erscheint in unterschiedlichen Farben. Die grüne Linie zeigt die Phase der tropischen Depression bei den Kapverden, gefolgt von einem gelb gefärbten Abschnitt als Kennzeichnung eines tropischen Sturms, und schließlich die rote Linie der Hurrikan-Phase. An diesem Montag endet die Linie nordöstlich der Bermudas.

Jack befindet sich gerade in der Morgenbesprechung mit seinen Mitarbeitern. Er tritt an die Karte heran und legt einen Zeigestab auf die Linie. Die Verlängerung der Linie zeigt exakt auf Washington. »Das ist es, was mir Sorgen macht!«

»Hoffentlich biegt das Biest bald nach Norden ab«, bemerkt sein Assistent.

»*Carrie* pokert noch ein wenig mit uns. Was für Daten liegen vor?«

»Maximale Windgeschwindigkeit 100 Knoten, Zugrichtung WNW, Marschgeschwindigkeit 11 Knoten.«

»Hübsches Fräulein!« Jack tippt auf das Seegebiet nahe den Bermudas. »Wehe, es befindet sich noch ein Schiff in dieser Region.«

Ein Mitarbeiter reagiert entrüstet: »Wer unsere Warnungen bis heute nicht mitbekommen hat, sollte sein Patent zurückgeben!«

Die Frau neben ihm schaut auf: »Wir haben in den letzten 48 Stunden aus dieser Region keine einzige Schiffswettermeldung erhalten. Ein sicheres Zeichen dafür, dass durch unsere Serie von Warnmeldungen die Orkanbahn inzwischen von allen Schiffen geräumt wurde.«

»Das will ich hoffen«, erwidert Jack.

Eine ganze Reihe deutscher Motorschiffe haben im Seegebiet die Warnmeldungen abgehört und sind *Carrie* inzwischen ausgewichen. MS KURT BASTIAN lief gleich zweimal die Bermudas an, um ein Zusammentreffen zu vermeiden. Die MS REINHART lässt *Carrie* im Westen des Schiffes passieren und MS SPARRENBERG auf der Ostseite, im Abstand von gut 300 Seemeilen. Alle Kapitäne veranlassen, dass bestimmungsgemäß Warnungen durch eigene Funksprüche über *Carrie* verbreitet werden.

Harper startet die morgendliche ›Supervision‹: »Eure Meinungen sind gefragt. Wie wird sich *Carrie* in den nächsten zwei Tagen verhalten?«

Die Prognosen seiner Mitarbeiter ähneln dem Wechselspiel von Hoch- und Tiefdruckgebieten. Ein wissendes Lächeln huscht über Jacks Gesicht. »Ich prophezeie, dass *Carrie* in den nächsten 24 Stunden ihre Zugbahn ändern wird, um endlich, wie ihre Geschwister auch, nach Norden abzubiegen!«

»Irrtum ausgeschlossen?«, insistiert sein Assistent.

»Die Möglichkeit eines Irrtums lässt sich durch die Beobachtungen der Vergangenheit minimieren. Der relativen Unsicherheit stelle ich die Sicherheit von Erfahrungssätzen eines Jahrhunderts entgegen. Trotzdem müssen wir *Carrie* dicht beschatten, denn sollte sie ihren Weg fortsetzen, klopft sie spätestens in drei Tagen an unsere Tür.«

Mittags wird für die Viermastbark die Position 24° 10' N, 38° 12' W in das Tagesjournal eingetragen. Die Distanz *Carrie* – PAMIR ist in jener Stunde mit rund 1300 Seemeilen beruhigend. Würden die Schiffs-Offiziere die Zugbahn des Wirbelsturms verfolgen, hätten sie aber spätestens in 48 Stunden pures Adrenalin im Blut.

Indessen bewegt sich die Viermastbark auf dem alten Seglerweg, abseits der Hauptschifffahrtsstraßen, Richtung Norden. Aufgrund der Windverhältnisse steuert sie einen Generalkurs um Nordwest.

Wachwechsel! Fred Schmidt zeichnet im Beisein von Buschmann im Tagesjournal seine Eintragungen ab. Gunther fragt nach: »Was für einen Kurs steuern wir?«

»Nordwest! Mehr als 320 Grad Kompasskurs sind auch heute nicht drin!«

»Dann holen wir ja weiter nach Westen aus.«

»Was sollen wir machen? Wir haben nur zwei bis drei Beaufort Wind, und dieser Schwächling macht uns auch noch Ärger, weil er manchmal nördlicher einfällt, als uns lieb ist.«

Gunther darauf resignierend: »Mist! Was uns fehlt, sind genaue Wetterdaten auf einer Karte. Vielleicht ist der Wind östlich der Azoren günstiger.«

Schmidt erwidert brummig: »Ich hätte den Funker schon längst angewiesen, mal ordentlich in die Wetterberichte reinzuhorchen.«

»Der macht nur das Nötigste. Ich kann's nicht ändern.«

8 *Mittwoch, 18. September, Hurrikan-Warnzentrale Washington-NSS,* PAMIR *Position: 27° 20' N, 42° 10' W*

Jack Harper hat recht behalten. Der dicke, weiße, mit seinen spiralförmigen Armen rotierende Wolkenteppich, in dessen Mitte kein vollkommenes Auge mehr prangt, hat seine Richtung extrem geändert.

Carrie, die am Tag zuvor ihre westlichste Position erreicht hat, bewegt sich zwar vom Festland weg, doch ihre Zugbahn weist plötzlich direkt nach Osten, Richtung Azoren, und nicht wie vorhergesagt nach NNO. Normalerweise ziehen Kapverden-Hurrikane in respektablem Abstand entlang der amerikanischen Ostküste bis hinauf nach Neufundland, biegen dann nach NO ab, bis sie als Sturmtiefs in Europa ankommen. Eine derartige scharfe Kurve aber, wie *Carrie* sie skizziert, hat es in der Hurrikan-Geschichte, seit Zugbahnen aufgezeichnet werden, selten gegeben. Was aber nicht heißt, dass niemals ein Hurrikan ostwärts kurvt und sich bei den Azoren sehen lässt.

Jack verfällt ins Grübeln: Gibt es definierbare Einflüsse, die Zugbahnen steuern? Wie viele Variablen gilt es zu berücksichtigen? Hunderte, Tausende?

Dabei stellt er sich eine einfache Waage vor, auf deren Schalen gleich viel Sand ruht und sich somit im Gleichgewicht befindet. Die Last ist austariert und messbar, doch es reicht ein einziges Sandkorn, der Zufall vielleicht, um die Waage in die eine oder andere Richtung kippen zu lassen.

Doch das Sandkorn kommt geflogen …

Jack fordert von einem seiner Mitarbeiter noch in derselben Stunde eine Analyse über die Großwetterlage des Nordatlantiks.

Auch Portishead Radio am Bristolkanal sendet bereits seit gestern die Position des Wirbels und eine Zugbahnanalyse über *Carrie*. Zusammen mit der Meldung für den kommenden Tag würde man auf der PAMIR durch Auswertung und Extrapolation der Daten mühelos den bevorstehenden Kollisionspunkt mit dem Orkan bestimmen können. Doch an Bord der Bark fehlt es an Wachsamkeit.

Carrie hat ihren Kurs entscheidend geändert. Die Distanz hat sich um satte 350 Seemeilen auf rund 1000 Seemeilen verringert. An die Möglichkeit des Auftauchens eines Hurrikans in dieser Seegegend wird an Bord weder gedacht, noch sichert man sich gegen eine solche ›Überraschung‹ ab. Behält *Carrie* aber ihre Zugbahn bei, wird es unweigerlich zur schicksalhaften Begegnung kommen, denn der Kurs der PAMIR bildet gewissermaßen die Sehne des eigentümlichen Bogens, den *Carrie* jetzt beschreibt.

Noch ist es nicht zu spät. Aber die PAMIR steuert aufgrund der Windverhältnisse beharrlich einen Kurs von 350 Grad. Der Treffpunkt mit *Carrie* scheint abgemacht.

Washington-NSS sendet innerhalb von 24 Stunden vier Warnmeldungen, in der die dramatische Veränderung der Zugrichtung unmissverständlich zum Ausdruck kommt: *0.35 Uhr Nordost, 06.00 Uhr Nordost, 12.35 Ostnordost, 18.00 Uhr Ost. Die vorausgesagte Windgeschwindigkeit beträgt 75 Knoten.*

Von den inzwischen schon 43 gegebenen Warnungen durch Puerto Rico, Florida, Washington D. C. und von den viermal täglich ausgestrahlten Warnungen der Sendestelle Washington-NSS wird keine einzige von Siemers registriert. Der extreme Schwenk des Wirbelsturms bleibt daher unbemerkt. Bei paradiesisch schönem Wetter, schwachem Wind und Motorunterstützung gleitet die Bark langsam auf Kollisionskurs mit *Carrie* dahin. Der Adrenalinschub bleibt aus, die Alarmstimmung auch. Sorglosigkeit regiert Mittschiff, Back und Poop.

In Alarmstimmung befindet sich dagegen Kapitän Sewenig des Motorschiffes ANITA. Seit der Reise von New Orleans nach Antwerpen ist er über *Carrie* und deren Zugbahn durch Warnmeldungen informiert. Am Sonntag, 15. September, hatte er sich ihr bis auf 500 Seemeilen genähert. Um jedem Risiko aus dem Wege zu gehen, ließ er Südostkurs steuern, und als *Carrie* den Bahnscheitel nach Norden bildete, ließ er wieder Kurs Ost steuern. Gestern dann Ostnordost, da die ›Dame‹ folgsam weiter nach Norden zog. Doch als Sewenig von ihrem Schwenk nach Osten erfährt, und das mit einer Zuggeschwindigkeit von 15 Knoten, handelt er sofort. Die ›Dame‹ ist zu schnell für MS Anita geworden. Sie tobt auf ihn zu. An eine erfolgreiche Flucht ist nicht mehr zu denken.

Sewenig befiehlt, alle vorgesehenen Sicherheitsmaßnahmen sofort in Angriff zu nehmen. Vor allem gilt es, einen Wassereinbruch zu vermeiden. Daher werden Drucklüfter entfernt, elektrische Lüfter und andere Öffnungen gut gedichtet und mit Persenningen überzogen. Die Luken, Schotten und Bullaugen sturmfest verschlossen und gegen Seeschlag, besonders gegen auf Deck stürzende Brecher, gesichert. Schiff und Besatzung sind auf die schweren Stunden gut vorbereitet.

In Unkenntnis der drohenden Wetterlage wird dagegen auf der Pamir, bei wolkenlosem Himmel und tiefblauem, kaum bewegten Atlantik, das Schiften der restlichen Segel angeordnet. Die leichten Passatsegel werden durch Schwerwettersegel ersetzt. Joe, Tom, Manni, Jens und Henry sind mit Matrosen der Stammbesatzung damit beschäftigt, das Groß-Untermarssegel abzuschlagen und mithilfe von Taljen an Deck hinabzufieren. Es ist von der Quadratmeterzahl das zweitgrößte Segel der Pamir. Das leichte Passatsegel kann gefaltet werden, wird durch die Segellastluke gehievt und im Zwischendeck eingelagert. Im Gegenzug wird von dort das passende Schwerwettersegel auf die Schulter genommen. Das Tuch ist zu starr, um gefaltet werden zu können. Aufgerollt zu einem sperrigen Schlauch, wird das Segel vom Kiez-Rudel und drei Matrosen geschultert und zum nahen Großmast geschleppt. Daraufhin gehen die jungen Kerle in den Mast und bewegen sich hinaus auf die Rah. Mit allen möglichen gymnastischen Verrenkungen wird das gerollte Segel an den Gordings zur Rah aufgeheißt und längs der Rah befestigt. Die akrobatische Einlage wird von Tom vom Fockmast aus fotografiert. Daheim werden sie Augen machen. Der Doktor filmt die Szene vom Deck aus.

Als die Jungs mit der Plackerei fertig sind, blickt Joe zum Heck. Die Antriebsschraube hinterlässt einen Schaumstreifen auf der Oberfläche, als wäre er mit dem Lineal gezogen. »Noch wenige Tage, Tom, dann sind wir an den Azoren vorbei. In der Gegend gibt's dann endlich Wind.«

Tom geht nicht darauf ein, sondern ruft aufgeregt: »He! Schau da vorn! Das gibt's nicht. Ein Tanker!«

Tatsächlich. Was für ein Zufall in diesen Breiten. Es ist die Esso Bolivar. Deutlich erkennbar, dass sie ihren Kurs ändert, um die Pamir wohl aus nächster Nähe zu passieren. Das macht fast jedes Schiff, denn eine berühmte Viermastbark von der Schönheit einer Pamir ist auf den Weltmeeren rar geworden.

Joe blickt auf seine Uhr. Bordzeit 13.30 Uhr.

»Flagge fertig machen zum Dippen!«, tönt auf dem Hochdeck Buschmanns Stimme.

Der Tankerkapitän lässt bei der Annährung Vorsicht walten, da sich die Schiffe bei einem Wasserkorridor von mehr als einer Meile passieren.

Beide dippen ihre Flagge zum Gruß. Die Männer auf den Rahen winken. Schade, dass die Pamir in dieser Stunde nur Vor-, Stag- und Besansegel führt. Mit voll stehenden Segelpyramiden, in majestätischer Schönheit, wird sich die Pamir nie mehr präsentieren.

In der Funkbude herrscht hartnäckiges Schweigen. Kapitän Robrecht von der Esso Bolivar geht davon aus, dass die Funker untereinander schon längst in Kontakt getreten sind, denn es ist üblich, dass sie sich mit den in der Nähe befindlichen Schiffen über Wind und Wetter verständigen. Ja, es ist sogar Pflicht und gehört zur Routine, dass Funker der im Südamerikadienst fahrenden Schiffe Informationen über Großwetterlage, Barometerstand, Windstärke und Windrichtung an den

Funkkollegen auf Segelschulschiffen weitergeben. Dafür werden selbst Kursänderungen und Zeitverluste in Kauf genommen.

Doch das sonderbare, schicksalsvolle Verhalten Siemers', das schon bei der Geburt des Wirbelsturms zutage trat, setzt sich unaufhörlich fort. Der Funker der Esso BOLIVAR will mit seinem Kollegen Informationen über *Carrie* austauschen, denn der Kurs der PAMIR scheint ihm riskant. Der Mann auf der Esso wundert sich über das Schweigen auf der anderen Seite. Er nimmt an, dass Kapitän und Funker über den von Westen herantobenden Orkan im Bilde sind. Gleichwohl hätte er gern gewusst, was die Besatzung tun will, um der Bedrohung zu entkommen.

Der lange Schatten des Schweigens verlängert sich erneut, denn alle Bemühungen der BOLIVAR, mit Siemers in Kontakt zu treten, scheitern. So oft er auch auf die Taste drückt, der Kollege auf dem Segler bewegt seinen Zeigefinger nicht. Siemers bleibt seiner Passivität treu und tritt sogar die gebotene und traditionelle Höflichkeit unter Funkern mit Füßen, denn es gehört zum guten Ton, Kontakt aufzunehmen, wenn sich ihre Schiffe in der Einsamkeit der Weltmeere begegnen.

Eine Stunde Zeit ist dem ›Master next God‹ der PAMIR gegeben, doch er verzichtet endgültig auf die rettende Botschaft. Ohne ein Wort zu wechseln, passieren die Schiffe einander. Fröhliches Winken auf Distanz ist alles, was von der Begegnung bleibt. Bei Kapitän Diebitsch, der auf dem Hochdeck das Schauspiel verfolgt, flackert nicht die kleinste Beunruhigung auf.

16.00 Uhr. Washington-NSS sendet die *Carrie*-Warnung über den Atlantik: … *roving towards the east – during the next 12 to 24 hours …*

Joe und seine Freunde schießen Fotos von der Esso BOLIVAR und sehen dem Ende des Dienstes mit Freuden entgegen. Am Großmast sind die Segel bis auf das Großsegel gewechselt.

Morgen wird das Schiften an allen Masten abgeschlossen sein. Das schöne, milde Wetter lädt ein, einen weiteren Abend an Deck zu verbringen. Rock 'n' Roll ist angesagt …

Es dämmert. Richie betritt das Deck. Nicht allein, denn er muss von einem Leichtmatrosen gestützt werden, da seine Gelenke schrecklich schmerzen. Er, der alte Seemann, der schon viele Stürme überstanden hat, steht unsicher auf den Beinen. Mühsam hebt Richie den Kopf, blickt hinauf zum Flögel, dem Windsack auf dem Topp des Kreuzmastes, der die Windrichtung anzeigt. Seine Überraschung kann er nicht verbergen. Es ist fast windstill. Kein gutes Zeichen, geht es ihm durch den Kopf. »Wie die Stille vor dem Sturm!«, murmelt er vor sich hin, behält aber seine Beobachtung für sich.

Gegen 18.00 Uhr Bordzeit, die Esso Bolivar ist längst außer Sichtweite, wird von Köhler eine Richtungsänderung der Dünung bemerkt. Sie kommt aus dem Norden. Köhler lässt 5 Grad steuern, um sie im spitzen Winkel von zwei Strich Backbord zu nehmen. Damit erzielt er eine Verminderung der Stampfbewegung. Über die Ursache kann er nur spekulieren. Im Charakter transportieren Dünungen immer die Botschaft des freundlichen Warnens. Köhler macht sich keine weiteren Gedanken. Für ihn weist diese Dünung auf ein atlantisches Tief im Nordosten hin. So hofft er, wie alle anderen auch, auf die längst überfällige Änderung der Windrichtung, um endlich zügig voranzukommen.

Vor Sonnenuntergang setzt Joe seinen Plattenspieler in Gang. Die Bordroutine wird wohltuend unterbrochen. Die beliebteste Platte der Kadetten wird von ihm angesagt: »Freunde der Winde, der Wellen und der Meere! Unser Idol wird gleich unsere steifen, bis zum Kragen zugeknöpften Uniformmännchen vom Hochdeck fegen! Boys of the proud Pamir! Here are The Comets and Bill Haley with their song: Rock around the clock!«

Ein unbeschreibliches Gejohle bricht sich Bahn. Joe setzt die Nadel auf die Scheibe, schnappt sich einen Schrubber und tut so, als ob er einer Gitarre Rockakkorde entlocken würde. Die ersten Takte von ›Rock around the clock‹ elektrisieren die Jungs, als hätten sie ihre Finger in eine Steckdose gesteckt. Während Joe ekstatisch-furios, federnd im Takt der rockigen Rhythmik, über die Poop fegt, wippen die anderen mit ihren Beinen, klatschen im Takt und mimen Bill Haley. Spontan werden akrobatische Tanzeinlagen zelebriert und wie wild abgerockt. Schlagartig ist eine Stimmung geboren, die das ungebrochene Lebensgefühl der Jugend beflügelt …

Oldsails gönnt den Jungs ihre Party. Umgekehrt hätten sie nichts dagegen, wenn er mitmachen würde. Meisterhaft, urteilssicher, bewandert, bewährt – so sehen ihn alle an Bord. Sein Wirken im Stillen, darauf fußt ein wesentlicher Teil seiner Autorität. Er erklimmt die Back und blickt in Richtung Westen. Das Wetter gibt auch ihm Rätsel auf. Die Sicht war ihm am Nachmittag für diese Jahreszeit und in diesen Breiten zu klar erschienen. Auch jetzt ist sie fantastisch. Ein unbestimmtes Gefühl sagt ihm seit zwei Tagen, dass mit dem Wetter etwas nicht stimmt. Obwohl sich die PAMIR durch die Schönwetterzone des Atlantiks schiebt, ist ihm das ›Traumwetter‹ nicht geheuer. Derart ruhig und windarm hat er diese Seegegend noch nie erlebt …

21.30 Uhr. Über dem Atlantik ist Nacht. Das deutsche Motorschiff GRIESHEIM fährt zwischen dem nahenden Hurrikan und der PAMIR Richtung Süden. Der Kapitän hat alle Informationen von Washington-NSS verfolgt. Alarmiert von den Meldungen, hat er im Verlaufe des Tages alle Hurrikanmerkmale registriert. Zwischen Schiff und Sturmzentrum lagen am frühen Morgen nur noch 600 Seemeilen. Seine Wetterbeobachtungen notiert er am Abend in das Logbuch: *Außergewöhnlich gute Sicht, streifige, zerzauste Zirruswolken, langsam fallendes Barometer, Herumgehen des Windes von Nord nach Südwest und Süd, nachmittags dann Einsetzen von Regenschauern und Böen, drohend strahlende Sonne!*

Kapitän Diebitsch ist zur späten Stunde noch einmal auf das Hochdeck gekommen. Buscher ist als Wachoffizier eingeteilt. Er befindet sich mit Gunther im Gespräch. Als sie Diebitsch entdecken, verstummt ihr Gespräch, und sie wechseln auf die Backbordseite.

Johannes hebt den Kopf, als würde er draußen auf See etwas wittern. Er geht auf seine Offiziere zu und meint: »Es bewegt sich was in der Atmosphäre. Wir werden endlich Wind bekommen.«

»Hoffentlich den richtigen!«, antwortet Buscher.

Diebitsch unerschütterlich: »Verlassen Sie sich drauf.«

Buschmann legt den Finger in die Wunde. »Ohne Wetterkarte wird es schwierig, Vorhersagen zu treffen.«

»Wetterkarten? Außer einem typischen Azorenhoch werden Sie nichts darauf finden. Die vergangene Woche ist Ihnen doch hoffentlich Beweis genug! Jedes Tief ist uns willkommen.«

Daraufhin wendet er sich ab und macht es sich im Kartenhaus bequem. Washington-NSS funkt um 00.35 Uhr MGZ die erste *Carrie*-Warnung des beginnenden Tages: *Marschgeschwindigkeit Ost 14 Knoten, Zugrichtung Ost, maximale Windgeschwindigkeit 75 Knoten.*

Die Bordzeit PAMIR ist 22.35 Uhr. In der feuchtfröhlichen Stimmung der Mannschaftsmesse spiegelt sich noch einmal der schöne Tag, der zudem Hoffnung auf eine steife Brise verspricht.

Diebitsch ist auf seinem Lieblingsplatz eingeschlafen …

9 *Donnerstag, 19. September,* PAMIR *Position: 29° 55' N, 41° 19' W*

03.00 Uhr Bordzeit. Johannes träumt. Er glaubt ein unentwegtes Donnern zu hören. Seine Magdeburger Spielkameraden aus der Turmschanzenstraße von einst riefen ihm zu, er solle zu ihnen kommen und hinabschauen auf das Flussbett der alten

Elbe. Der Wind blies ihm einen kalten, salzigen Nebel ins Gesicht. Über bebenden Boden bewegte er sich auf die steile Uferböschung zu. Sein alter Kinderspielplatz war ihm plötzlich fremd. Alles hatte sich verändert. Ein ohrenbetäubendes Tosen war flussabwärts zu hören. Auf der Uferböschung, kurz vor dem Abbruch, drängten sich die Menschen. Nur die Mutigsten wagten sich bis an die Kante vor und blickten entsetzt in die Tiefe. Der vertraue Ort war ihm plötzlich unheimlich. Alle starrten hinab auf das brodelnde Wasser der Elbe.

Johannes wagte sich nach vorn. Das ruhige Altwasser in der Senke hatte sich in eine reißende Flut verwandelt. Es war schlammig, voller Treibgut, durchsetzt von entwurzelten Bäumen, Sträuchern, toten Fischen und anderem Aas. Das Donnern kam näher. Die Angst fuhr allen in die Glieder. Der Wasserstrom hatte sich umgekehrt, die Elbe floss rückwärts. Eine gigantische Welle walzte tosend heran. In der Biegung donnerte das Wasser mit voller Wucht auf den Gegenhang und fräste die steile Böschung ab. Ein großes Stück Ufer verschwand in den Fluten. Im nächsten Moment wurden die Schutzmauern überspült. In Sekundenschnelle verschwanden Teile Magdeburgs im Wasser.

Vor Johannes' Augen bildete sich der Trichter eines monströsen Strudels aus, der sich prompt auf die Uferböschung zubewegte. Schleunigst versuchte er vor der tödlichen Gefahr zu fliehen. Doch er trat nur auf der Stelle. Der Boden unter ihm brach weg, unversehens geriet er ins Stolpern, rutschte über die Klippe …

Schweißgebadet schreckt Johannes hoch. Sein Puls rast. Er hat Mühe, sich in den ersten Sekunden zu orientieren. Alles um ihn herum ist ruhig. Erlöst vom Albtraum, atmet er tief durch, erhebt sich und tritt auf das Hochdeck hinaus.

Der Dieselmotor dröhnt. Da er noch immer mitläuft, bedeutet dies, dass sein Schiff ohne diese Unterstützung ein Etmal von weniger als 100 Seemeilen versegeln würde. Würde das Etmal höher ausfallen, müsste man den Motor nach seiner Kapitäns-Order ausschalten.

Diebitsch tritt an Schmidt heran. Er hat heute die ›Hundewache‹. »Was für einen Kurs steuern wir?«

»20°! Der Wind aus Westnordwest ist nach wie vor schwach. Scheint aber langsam nach West zu drehen.«

»Verdammtes Hoch!« Diebitsch blickt noch kurz auf den Barometerstand. Er ist nahezu unverändert. Er begibt sich in seine Kabine. Ein schicksalsschwerer Tag ist angebrochen ...

10

08.00 Uhr Bordzeit. Das Motorschiff BRANDENSTEIN des Norddeutschen Lloyd liegt gestoppt auf Position 29° 55' N, 41° 19' W. Eine Reparatur der Maschine ist die Ursache, denn ein gerissener Kolben muss ausgetauscht werden.

Kapitän Jäger steht auf der Brücke und blickt auf das glatte Wasser. In der seidenblauen See spiegelt sich die gleißende Morgensonne. Immer wieder blickt er auf die Uhr. Der Motorschaden macht ihn nervös. Er weiß, dass von Westen Unheil naht. Unvermutet wird seine Aufmerksamkeit auf den Horizont gelenkt. Südöstlich der BRANDENSTEIN schieben sich Masten über die Kimm. Flugs greift er zum Fernglas. Ein Viermaster! Das Schiff führt nur Stagsegel.

Sein 1. Offizier greift ebenfalls zum Glas. Kapitän Jäger ist überzeugt: »Das muss die PAMIR sein!«

Sein Erster bestätigt: »Sie ist es.«

»Welchen Kurs steuert sie?«

»Nordnordost!«

Kapitän Jäger gibt seinem Funker Anweisung: »Nehmen Sie Kontakt auf.«

An Bord der BRANDENSTEIN hat man alle NSS-Warnungen ohne Schwierigkeiten empfangen und macht sich, wie tags zuvor die ESSO BOLIVAR, Sorgen um den deutschen Traditionssegler. Die Distanz zu *Carrie* beträgt nur noch 605 Seemeilen. Der Funker auf dem Motorschiff versucht in regelmäßigem Abstand Funkkontakt zu Siemers herzustellen. Es gelingt ihm nicht. Die PAMIR passiert in knapp acht Seemeilen die dümpelnde BRANDENSTEIN.

11 *Hurrikan-Warnzentrale Washington-NSS*

Washington-NSS funkt um 06.00 Uhr MGZ die zweite *Carrie*-Warnung des Tages über den Atlantik: *Marschgeschwindigkeit 15 Knoten, Zugrichtung Ost, vorausgesagte maximale Windgeschwindigkeit: 75 Knoten.*

Zu Dienstbeginn trifft sich Jack Harper mit seiner Gruppe im Lagezentrum. Die Analyse über die Großwetterlage des Nordatlantiks steht im Mittelpunkt der Frühbesprechung. Sie ist dringend erforderlich, denn *Carrie* schlägt Kapriolen. Je unberechenbarer sich die meteorologischen Gegebenheiten darstellen, desto intensiver muss Analyse betrieben werden.

Was Jacks Aufmerksamkeit beansprucht, sind *Carries* extreme Bewegungen in den vergangenen Tagen. Besonders aber die Zugrichtung mit der Tendenz nach Südost während der letzten Stunden. Er als Hurrikanexperte lebt zwar für solche Schauspiele, doch bei allen seinen Überlegungen versetzt er sich immer in die Situation eines Kapitäns, der angesichts der überraschenden Veränderung eine Entscheidung treffen muss, die schlichtweg über Tod oder Leben entscheidet.

Jacks Assistent hat über die große Nordatlantikkarte eine Folie gelegt und beginnt darauf die Großwetterlage zu skizzieren. »Wir haben ein umfangreiches Tiefdruckgebiet, das sich zwischen der Biskaya und Neufundland erstreckt. Außerdem befindet sich westlich dieser Störung, exakt über Neufundland, ein starkes Hoch. Das Aufklärungsflugzeug hat uns heute Morgen für *Carrie* diese Position gemeldet.« Daraufhin zeichnet er die aktuelle Lage von *Carrie* auf die Folie. Das Orkanzentrum platziert er durch ein rotes ›X‹ auf 36° N, 55° W. »Östlich des Wirbels und südlich der Azoren liegt ein Hoch, das sich aber abschwächt und ostwärts abziehen wird …«

Jack unterbricht: »Was zeigt uns diese Konstellation?«

»Sie zeigt, dass *Carrie* wohl weiter nach Osten ziehen wird«, antwortet prompt eine Frau aus dem Team.

»Doch was zwingt *Carrie* auf diese ungewöhnliche Zugbahn? Normal drehen diese Wirbel doch nach Nordosten ab. Was macht dich da so sicher?«

In der Gruppe wird gerätselt. Jack erhöht den Druck: »Was glaubt ihr, sollen wir den Skippern und Kapitänen da draußen sagen? Die, die sich jetzt plötzlich auf *Carries* Zugbahn befinden, wollen eine Antwort! Wohin wird *Carrie* in den nächsten 24 Stunden ziehen? Sollen die Schiffe nach Süden oder Norden ausweichen?«

Sein Assistent verkündet: »Ich denke, es liegt an dem Hoch über Neufundland.«

Jack hebt den Daumen: »Treffer!« Dann geht er zur Karte und lässt seinen Zeigestab über Neufundland kreisen. »Dieses Hoch hier ist verantwortlich für *Carries* Kapriolen. Der starke Hochdruckkern steuert unseren Hurrikan auf der Vorderseite des Biscaya-Tiefs nach Osten. Das Ganze wird unterstützt durch das Hoch südöstlich der Azoren. Es ergibt sich eine Rinne, in der sich *Carrie* nach Nordosten fräsen wird.« Daraufhin fordert er eine andere Mitarbeiterin auf, Aufzeichnungen von Hurrikan-Zugbahnen der letzten fünfzig Jahre zu verteilen, so wie sie in jenen Jahren in der zweiten Septemberhälfte stattgefunden haben.

Die Gruppe verteilt sich rund um den Tisch. Die meisten Bahnen darauf zeigen den bekannten Verlauf. Jack lenkt die Aufmerksamkeit auf zwei Bahnen. »Die beiden, die über den 50° und 40° westlicher Länge nach Osten ziehen, verdienen unsere besondere Aufmerksamkeit.« Sie sind leicht zu erkennen, da sie von den übrigen Bahnen erheblich abweichen. »Solche Ausnahmen sind dann möglich, wenn wir eine Hoch-Tief-Hoch-Konstellation vorfinden, wie sie unsere Analyse für das Seegebiet südwestlich der Azoren gerade ergeben hat.«

»Die Prognose heißt Zugrichtung Ost!«, wiederholt sich die Frau.

»Auch für morgen?«, fragt Jack nach.

»Auch für morgen!«

Harper blickt auf die Uhr. »Unsere Aufklärer sind unterwegs. Wir werden gleich die neuesten Daten bekommen.« Jack erhebt sich und begibt sich zur Atlantikkarte. In diesem Moment betritt seine Sekretärin das Lagezentrum und reicht Jack einen Zettel. Darauf sind die neuesten Daten über *Carrie* notiert. Ein Blick darauf reicht ihm. »Das habe ich mir fast gedacht!«

Sein Stab blickt erwartungsvoll. Jack hatte diese Entwicklung vorausgesehen. »Eine völlig unwahrscheinlich anmutende Änderung der Orkanbahn. *Carrie* bewegt sich in diesem Moment Ostsüdost!«

Erst blickt die Gruppe ungläubig, dann entbrennt eine heiße Diskussion über die neue Entwicklung. Inzwischen überträgt Jack *Carries* Zugbahn auf die Folie. Als sich die Gemüter wieder beruhigt haben, legt er einen Zeigestab auf die Bahn. Die verlängerte Linie zielt auf die Westküste Afrikas und führt zwischen Dakar und Port Etienne in den Kontinent hinein.

»Kann das sein?«

Die Meinung ist einhellig. »Nein!«

Noch nie ist ein Hurrikan an seinen Ursprungsort zurückgekehrt.

Jack zieht ein Fazit: »Also, das Hoch im Südosten schließt auf jeden Fall einen weiteren Ostsüdostkurs aus, und damit bestätigt sich die Erfahrung: Alle Atlantik-Hurrikane sind im Verlauf ihrer Reise nach Norden abgezogen.« Und schmunzelnd fügt er hinzu: »Kein Einziger hat sich zurück zu seiner Geburtstätte nach Afrika verirrt. Auch *Carrie* wird da keine Ausnahme machen. Die brennende Frage aber ist, wann wird unsere ›Dame‹ in Richtung Norden drehen?«

Sein Assistent antwortet: »Bei dieser Konstellation wird unser Wirbel morgen wieder auf Ost und übermorgen endgültig auf Nordostkurs gehen.«

Jack nickt: »Das sehe ich auch so!«

12.35 Uhr MGZ. Washington-NSS meldet für *Carrie*: *Position: 33° N, 48° W, Luftdruck 985 Millibar, Windgeschwindigkeit 75 Knoten, Zugrichtung Ostsüdost, Marschgeschwindigkeit 17–18 Knoten.*

Die 24-Stunden-Prognose platziert den Orkan für Freitag also erst einmal weiter nach Südosten, später nach Osten.

12

14.00 Uhr Bordzeit. Der Tag der möglichen Weichenstellung ist zur Hälfte vorüber. Nur wenn man jedes Jahr erfolgreich Stürmen auf See ausweicht, ist die Angst davor nicht mehr jeden Tag präsent. An Bord der PAMIR fehlt sie dagegen komplett. Ahnungslosigkeit so weit das Auge reicht. Es kommt zwar selten vor, dass dieses Seegebiet von einem Hurrikan getroffen wird, doch das heißt nicht, dass man auf Wettermeldungen verzichten kann …

Noch ist die Falle nicht zugeschnappt. Diebitschs blinder Fleck liegt in der Tatsache begründet, dass er niemals eine Wetterkarte von *Carries* Zugbahn zu Gesicht bekommen hat. Weil er seinem Funker keine Order gibt und diese oft nur auf Anweisung des Kapitäns handeln dürfen, fehlt jeder Druck, der eine Entscheidung erzwingt. Ein Mysterium, warum Diebitsch keine Wetterkarten und Wettermeldungen von Siemers einfordert. Umgekehrt schöpft Siemers seine Möglichkeiten bei

Weitem nicht aus, denn während seiner Pflichthörzeiten hätte er alles in Erfahrung bringen können …

Jeder Nautiker, der sich mit Wetterfragen beschäftigt, weiß, dass nördlich des 30. Breitengrades Wetterstörungen aus westlicher Richtung heranwandern. Es ist daher eine Selbstverständlichkeit, die Atlantikwetterberichte von Washington-NSS abzuhören, die zudem auf mehreren Frequenzen mit guter Hörbarkeit ausgestrahlt werden. Alle Schiffe in der Gegend haben sie empfangen und tun es weiterhin …

Diebitsch müsste sich an diesem Donnerstag nur ein einziges Mal eine Funknachricht von Washington-NSS, Horta, Portishead oder Saint Lys vorlegen lassen. Schnell würde er sich samt seinen Offizieren für den logischen Weg entscheiden und mit der PAMIR nach Südsüdost ablaufen. Denn je südlicher ein Wirbelsturm auf dem Atlantik wandert, umso zwingender die Logik, dass er nach Nordosten abziehen wird. *Carries* ungewöhnliche Zugbahn verstärkt diese These geradezu.

Die Besatzung der Viermastbark aber ist weiterhin ahnungslos. Wind und Wetter sind noch traumhaft schön. Die restlichen Passat-Segel sind gegen Schwerwettersegel ausgewechselt. Die PAMIR trägt jetzt ihr Totenkleid.

Ruhig zieht das Schiff mit Unterstützung der Maschinenkraft seine Bahn durch den Atlantik mit Kurs Nordnordost. Kein Gedanke daran, dass die Apokalypse schon ihre Fühler über den Horizont hinweg nach ihr auszustrecken beginnt.

Im Hinblick auf *Carrie* ist man auch in Hamburg unbesorgt. Kein warnender Funkspruch geht am Ballindamm von der Bark ein. Umgekehrt werden von dort auch keine Warnungen auf der PAMIR empfangen.

In der Funkbude quält sich Siemers derweil mit seiner Buchhaltung. Diebitsch hat in Buenos Aires eine gute Beurteilung über ihn an die Reederei geschickt. Er ist mit ihm und seiner Arbeit zufrieden. Umgekehrt will Willi Siemers unter allen Umständen Fehler in seiner Abrechnung vermeiden, wie sie seinem Vorgänger passiert sind. Besonders die Heuer-Abrechnung belastet ihn, zumal die Wartezeit in Buenos Aires die Reederei viel Geld gekostet hat. Immer wieder rechnet er die Zahlenkolonnen durch, prüft Belege und erstellt für sich Hilfslisten. Besonders ärgerlich für ihn und für die ›Funkergilde‹ generell ist aber die Gängelei durch die Schiffsleitung. Außerhalb der Funkwachzeiten und ohne Genehmigung des Kapitäns dürfen keine eigenen Funkaktivitäten unternommen werden. Überlastung mit Verwaltungsarbeiten einerseits und verschärfte ›Funkdisziplin‹ andererseits. Eine Zwickmühle!

Bei seinem Problem ist ihm auch sein Freund Ingo, der Schlachter, keine Hilfe. Dafür hält er Willi bei Laune, unterhält ihn zuweilen und versorgt ihn noch besser aus der Kombüse. Das lindert vieles. Ihre dicke Freundschaft ist inzwischen auf dem ganzen Schiff bekannt.

Die Funkerei ist in diesen Tagen jedenfalls vergessen. Sie stört nur Willis ›Buchhaltung‹.

Ingo kommt mit Häppchen. Er kennt inzwischen die Funkroutine und die Pflichten seines Freundes.

»Was ist mit der Positionsmeldung nach Hamburg? Die letzte haben wir vor drei Tagen gefunkt«, will er von Willi wissen.

Darauf Willi ironisch: »Immer piano – morgen ist auch noch ein Tag …«

»Ich mein ja nur. Ein wenig Kontakt halten mit anderen Schiffen wär vielleicht nicht schlecht …« Ingo mag es, hinaus in die Welt zu lauschen. Eine willkommene Abwechslung in der Bordroutine. Außerdem gibt es dann viel in der Kombüse und der Messe zu erzählen.

»Hör mal zu. Du musst das so sehn: Jeder in der Reederei glaubt doch, Funker wären die Klatschtanten der Meere, hätten nichts Besseres zu tun, als den lieben langen Tag mit anderen Funkern über Gott, Papst und Puff zu quatschen. Außerdem brauch ich für alles eine Genehmigung vom Alten. Soll ich dafür betteln, dass ich die Taste drücken darf? Nein! Da musst du ein Zeichen setzen.«

»Ich versteh ja, dass du sauer bist.«

»Mein Vorgänger ist unter dem Schreibkram fast zusammengebrochen. Ich schwör dir, das passiert mir nicht. Dienst ist Dienst, aber nebenbei noch Funkkontakt mit allen möglichen Stellen und Schiffen aufrechtzuerhalten, nee, nicht mit mir! Auch wenn der Alte die Morsetaste für die Esso und die Brandenstein freigegeben hat.«

»Und? Hat dich der Alte danach gefragt?«

»Natürlich hat er mich gefragt, was die anderen Funker auf der Esso oder Brandenstein so berichten.«

»Und?«

»Keine Zeit zum Quasseln, hab ich ihm gesagt. Da tat er ganz erstaunt. Und alle anderen mit ihm.«

»Das hat er nicht erwartet.«

»Nee! Aber besser, ich mach mich rar, als wenn ich ihm ein Ohr abgekaut hätte. Er kennt nämlich meine Meinung dazu. Deswegen lässt er mich auch in Ruhe.«

»Du meinst wegen deiner Abmusterung?«

»Klar! Ich geh erst wieder auf so ein Schulschiff, wenn ich offiziell und für immer von diesem Kram hier entbunden werde. Dann können die alles von mir verlangen, was die Funkerei so hergibt.« Willi macht eine Pause und lässt sich die Wursthäppchen schmecken. »Sieh mal. Wenn ich jetzt allen erzählen würde, mit wem ich funke, über was und überhaupt, widerspricht sich das völlig. Deswegen rufe ich auch keine Wetterdaten ab, und du brauchst auch keine Wetterkarten zu zeichnen, obwohl ich weiß, dass du das bei Eggers immer gern getan hast. Aber würde ich das alles so einfach nebenher machen, dann könnte ich viel erzählen, von wegen Überlastung und so. Ich absolviere meine Wachzeiten, bin dann auf Empfang, nehme alles an, was von der Reederei reinkommt, sende alles, was der Käpt'n und meine Offizierskollegen von mir verlangen und – basta!«

Ingo zeigt Verständnis für das Verhalten seines Freundes, wenn es ihm auch schwerfällt, denn auf die Frage der Kombüsenmannschaft: »Was gibt's denn Neues in der Welt?«, kann er immer nur mit einem Achselzucken antworten.

Genau das ist aber des Dramas Kern. Es fehlen die entscheidenden Informationen. Die Zugbahn eines Hurrikans voraus zu bestimmen ist nicht schwer, wenn die Verteilung der Hoch- und Tiefdruckgebilde bekannt sind. Nur wie – ohne Wetterfunk?

Statt auf Südost- oder Südkurs zu gehen oder beigedreht abzuwarten wie beim Pampero vor Buenos Aires, setzt die PAMIR unbeirrt ihren Nordkurs fort. Der Abstand zu *Carries* Sturmzentrum beträgt nur noch 540 Seemeilen.

Als die Sonne in die unheilvolle See versinkt, ahnt nach wie vor niemand das Herannahen des Hurrikans.

Washington-NSS meldet um 22.00 Uhr MGZ für *Carrie* aufgrund der Luftaufklärung immer noch Ostsüdostkurs. Würde der Wirbelsturm die nächsten 12 oder 24 Stunden seine Zugrichtung beibehalten, könnte die PAMIR ungetrübten Wissens nach Norden weitersegeln. *Carrie* würde südlich in relativ sicherem Abstand ihr Kielwasser kreuzen …

13 *Freitag, 20. September, MS ANITA, Position 34° 8' N, 45° 3' W*

Washington-NSS meldet um 10.00 MGZ eine Verlagerung der Bahnrichtung von *Carrie* wieder mehr in östlicher Richtung: *… moving towards east southeast at 12 kn – the storm is expected to continue moving about the same speed and turn more to east during the next 12 hours – this is still a dangerous storm …*

Eine knappe Stunde später blickt Kapitän Sewenig in höchster Anspannung auf die Zeiger der Borduhr. Es ist 10.45 Uhr. Orkanböen setzen ein. Schlag auf Schlag verschärft sich die Situation. Der Sturm legt los, beginnt die Gischt ohne Unterbrechung über das Vordeck der kleinen ANITA zu fegen. Gewaltige Seen rollen heran. *Carrie* erprobt mit voller Wucht ihre Kraft an den Stahlwänden des Frachters. Sewenig rechnet damit, dass ihr Zentrum 60 Seemeilen südlich an ihm vorbeibrausen wird. Nahe genug. Zu nah, um genau zu sein.

Sewenig steht selbst am Ruder und brüllt: »Maschine auf halbe Kraft!«

Die schweren Orkanböen drehen links, und Sewenig muss versuchen, die See querein steuerbord zu nehmen. Mit Mühe kann er sein Schiff in dieser Lage halten.

Die Anspannung, die Angst vor dem Verderben, verändern den Menschen in Sekundenschnelle. Er und seine Offiziere beobachten mit Bangen den Windmesser und das Barometer. Fünfzehn Minuten später ist der Teufel los. Zehn bis fünfzehn Meter hohe Brecher krachen gegen die Steuerbordseite und setzen das Deck ununterbrochen unter Wasser. »Windstärke, Barometer!«

Sein Erster brüllt zurück: »Wind 80 Knoten! Barometerstand jetzt 995 Millibar!«

Das sind 13 bis 14 Windstärken nach der erweiterten Beaufort-Skala. Sewenig und seinen Männern ist die Beaufort-Skala in diesen Stunden egal, denn sie bangen darum, das Inferno lebend zu überstehen. Das Schiff erbebt unter den gewaltigen Schlägen der Brecher. Die Sicht ist gleich null. Die See muss kochen, denn die Luft ist voller Schaum und Gischt. Ab und zu hat er freien Blick auf das Vordeck, wenn die grünlichen Wasserberge den Bug in den Himmel heben, sodass das Wasser wieder ablaufen kann. Er und seine Männer haben in ihrer gesamten Seefahrtzeit noch nie einen derartigen Orkan abgewettert …

Die Männer der ANITA sind auf Position. Bis zur Mittagszeit wird Sewenig kein Wassereinbruch gemeldet. Trotzdem sagt ihm sein Instinkt, dass die Persenning von Luke III der Schwachpunkt auf dem ganzen Schiff ist. Durch die Gischt sieht er sie für einen kurzen Moment flattern. Ein tödlicher Angriffspunkt für Orkanböen und Seeschlag. Sollte das schwere, ursprünglich gut verschalkte Tuch weggerissen werden, würden die Sturzseen die Abdeckbretter zerschlagen oder herausschwemmen. Wassereinbruch in den Laderaum wäre die Folge. Die ANITA wäre rettungslos dem Untergang geweiht.

Sewenig deutet auf das Vordeck: »Wir müssen Luke III mit Netzbrook sichern!«, brüllt er seinem Ersten ins Ohr. Er meint damit ein Geflecht, dessen Tauwerk mit Draht verstärkt ist und für das Heben von Lasten an Bord benutzt wird.

Um seinen Männern einen gewissen Schutz vor dem gewaltigen Seegang zu geben, muss er die ANITA mit dem Heck in den Wind drehen. Erst dann wird es möglich sein, das Netz über der Luke zu befestigen. Ein Manöver mit hohem Risiko, denn er muss die Maschine bei diesem Kunstgriff rückwärtslaufen lassen. Während die Matrosen auf dem Vordeck unter Lebensgefahr Schwerstarbeit leisten, gefährden überkommende Seen die Poop und die Mannschaftslogis. Haushohe Brecher und Seeschlag drohen das Heck kurz und klein zu schlagen.

MS ANITA liegt bei Weitem nicht so gut, als wenn Wind und Seen quer kommen. Sewenig schickt Stoßgebete zum Himmel. Minuten, in denen ein Mann ergraut …

Die Sicherung der Luke III gelingt. Endlich kann er das Schiff wieder in die alte Lage zurückdrehen. Ein schwieriges Unterfangen. Der Druck auf das Ruder ist derart groß, dass die Ruderkupplung slippt. Erst als der Schaden behoben ist, gelingt es ihm, sein Schiff wieder in die alte Position zu drehen.

Das Orkanzentrum ist inzwischen südlich vorbeigerast. Gegen 16.00 Uhr meldet der Erste ein Abflauen des Sturms. Sechs Stunden später weht *Carrie* ›nur noch‹ mit neun bis zehn Windstärken. Das Barometer beginnt wieder zu steigen.

Die vorbildliche Sicherung der ANITA gegen Wassereinbruch und Seeschlag, dazu die gut gestaute Ladung samt günstiger Ladungsverteilung sicherten allen das Überleben. Das gewaltige Naturereignis wird sich an anderer Stelle wiederholen, aber unter denkbar schlechteren Voraussetzungen …

14 Pamir *Position: 32° 58' N, 40° 48' W*

Orkane zeigen das Bestreben, aus Tropengebieten herauszukommen, um in gemäßigten Zonen ihren Weg fortzusetzen. Ein geradliniger Weg ist ihnen oft durch Hochdruckgebiete verstellt. *Carrie* wird daher, wie alle ihre Geschwister auch, am Rande eines Hochdruckgebietes entlang Nordost ziehen.

Frühmorgens hört Richie in seiner Koje das Getrappel von zahlreichen Füßen über Laufbrücken und Planken. Ein gutes Zeichen, denkt er sich und lächelt. Der Befehl muss ergangen sein, alle Segel zu setzen. Stunden zuvor schon hatte er an der Bewegung des Schiffes gespürt, dass Wind aufkommt. Eine Erlösung für die Besatzung. Die wochenlang anhaltende Flaute scheint endlich vorüber. Die Mannschaften entern freudig erregt die Masten empor und klettern hinaus auf die Rahen. Alsbald steht der Dom aus Royals, Bram-, Mars-, Klüver-, Stag- und Besansegeln prall und voll. Eine Prachtentfaltung, die sich in die Erinnerung eingräbt und alle Bitternisse an Bord verzeiht. Gerade unter der jungen Besatzung.

Die Segel sind vierkantgebrasst, was heißt, dass die Rahen genau quer zum Wind stehen. Vibrationen durchlaufen den Rumpf. Der Wind weht mit vier bis fünf Beaufort. Man sieht es an der Bugwelle: Durch den enormen Pressdruck des Windes nimmt die Pamir mächtig Fahrt auf. Alles an Deck strahlt und blickt tief bewegt hinauf zu der geblähten Pracht. Die reinste Poesie. Doch der schöne Schein trügt. *Carrie* hat die Regie über die bevorstehenden Stunden endgültig übernommen …

Hein Gummi flitzt neugierig und kläffend auf das Vordeck. So viel Aufregung unter den Männern macht neugierig. Darauf saust er gleich wieder zurück, den Gang des Deckhauses entlang zum Achterdeck, als würde er dort etwas verpassen. Dabei blickt er sich ängstlich um, denn ein unbeabsichtigter Tritt eines Matrosen vor zwei Tagen lehrte ihn, vorsichtig zu sein.

Nach vier Tagen Sendepause gibt Siemers an die Reederei die neue Position der Pamir bekannt.

Oldsails besucht Richie in aller Frühe in seiner Kajüte, in der Hand zwei große Tassen Kaffee. Auf Anraten des Bordarztes muss sich der Bootsmann schonen. Den alten Richie schmerzen nach wie vor die Gelenke. Als sie zusammen ihren Kaffee schlürfen, spürt Richie ein Missbehagen seines Freundes. »Was ist los?«, fragt er gerade heraus.

»Ich beobachte in immer kürzeren Abständen das Barometer.«

»Es fällt. Ich hab's gehört.« Dann weiten sich seine Augen: »Wind, mein Lieber, das heißt Wind! Wir werden alle froh sein, wenn wir diese Reise hinter uns haben.«

»Klar, ich versteh dich! Aber ich habe mir gestern Abend lange den Horizont angesehen. Es gab da komische Farben. Außerdem dreht der Wind für mich viel zu schnell.«

»Wie schnell?«

»Während der Nacht von Nordwest auf West, und jetzt kommt er aus südlicher Richtung. Außerdem fällt das Barometer stetig.«

»Was glaubt du denn?«

»Verlass dich drauf, da dreht sich was.«

»Die Anhaltspunkte sind vielleicht noch etwas dürftig, aber ich habe das auch bemerkt.«

»Richie, da lauert was hinter dem Horizont. Ich spür das!«

»Erzähl das Buschmann!«

»Der hat beim Alten schon rumgemeckert wegen den fehlenden Wetterkarten. Ich habe den Eindruck, der ist froh, wenn für ihn in zwei Wochen das alles hier vorbei ist.«

»Nicht nur er«, erwidert Richie. Dann klopft er Oldsails auf die Schulter. »Mach dir keine Sorgen, unsere Sturmlegende hat schon viele Orkane ausgesegelt.«

»Da haben auch erfahrene Kapitäne das Kommando gehabt.« Daraufhin erhebt er sich: »Ich muss wieder an Deck. Wir haben alle Segel an den Masten.«

»Halt mich auf dem Laufenden!«

»Mach ich!« Oldsails begibt sich auf die Back. Aufmerksam beobachtet er die See. Sie zeigt kein einheitliches Wellenbild. Er hat den Eindruck, die Wogen laufen völlig durcheinander, überlagern sich, als ob sie von allen Seiten auf die PAMIR zu- und gleichzeitig weglaufen würden. Oldsails ahnt nicht, dass *Carries* Sturmzentrum nur noch 385 Seemeilen entfernt ist.

Die einzige Chance, um dem Desaster jetzt noch zu entkommen: ein sicherer Abstand vom Orkanzentrum! Das wäre durchaus möglich, vorausgesetzt, *Carrie* bliebe auf ihrer Zugbahn Richtung Ostsüdost ...

Wer an Bord erkennt aber den Ernst der Stunde? Niemand! Keiner der Offiziere reagiert auf das drohende Unheil! Von einer bewussten Flucht vor dem heranrasenden Hurrikan kann keine Rede sein. Unruhe, Alarmstimmung, Vorbereitungen, das große Schiff sturmfest zu machen? Fehlanzeige! Im Gegenteil, die Euphorie über den idealen Wind steckt sie alle an. Er verheißt vor allem eine schnellere Reise Richtung Heimat.

Um 11.00 Uhr Bordzeit bittet Buscher Siemers, eine private Nachricht nach Düsseldorf zu telegrafieren: *34° N, 41° W – ankunft etwa 14 tage – hoffe euch gesund wiederzusehen – geld mitbringen nach hamburg – herzlichst dein hans.*

Und Siemers eifert seinem Offizierskollegen nach und schickt eins an seine Familie hinterher: *bin trotz hitze gesund und munter – lebt ihr noch – zustand bethel – herzlichst dein willi.*

12.00 Uhr Bordzeit. Buschmann, der von allen Offizieren am längsten auf der PAMIR fährt, hört davon, kreuzt ebenfalls in der Funkbude auf und lässt seine unbefangene Freude über den guten Wind in das FT an seine Familie einfließen: *telegramm erhalten – große freude – noch lächerliche 14 tage – ebenfalls o.k. – laufen gute fahrt – grüße jungens und familie – alles liebe dein gunther.*

Während die drei optimistischen Telegramme von Norddeich Radio empfangen und an die Familien weitergeleitet werden, nimmt der Wind im Seegebiet kontinuierlich zu. Er weht nun aus Südsüdost und treibt die PAMIR mit anflutender Stärke über die Wellen.

Um 13.00 Uhr Bordzeit meldet Washington-NSS: … *will more east about 13 kn next 12 to 24 hours – this is still a dangerous storm …*

Die Lage spitzt sich zu. Nicht genug damit, das *Carrie* bis auf 310 Seemeilen herangekommen ist, jetzt beginnt sie auch noch konsequent auf den ›logischen‹ Weg einzuschwenken.

Doch Diebitsch kriechen die Sorgen nicht an Bord. Er freut sich wie alle anderen über den Wind, der sie endlich zügig heimwärts treibt. Weder ahnt noch weiß er, dass er sich mit der Viermastbark auf einer ausweglosen Flucht befindet, sonst würde er als ›vorsichtiger‹ Kapitän, dem es auf die Sicherheit der Besatzung ankommt, unverzüglich beginnen, alle erforderlichen Sicherheitsmaßnahmen anzuordnen.

Unter den Jungs ist die gute Laune ungebrochen. Der Wachplan ist mit dem Segelwechsel auf das Zweiwachensystem umgestellt worden und wird ab Mitternacht greifen. Der Unterricht ist für heute gestrichen, denn es gibt viel an Deck zu tun. Bei voller Besegelung kann jederzeit ein Manöver angeordnet werden. Trotzdem genießen sie die herrlichen Stunden an Deck.

Joe gerät gegenüber Manni ins Schwärmen. »Spürst du die Luftbewegung, das herrliche Auf und Ab?«

»Ein einziger Traum. Das musst du erlebt haben.«

»Dabei sind wir jetzt Teil dieser Windmaschinerie. So langsam haben wir den Durchblick, wann oder wie wir was zu machen haben.«

»Trotzdem glaub ich, dass die Ausbildungszeit auf einem Motorschiff mehr bringt als auf so einem Segler. Auch wenn sie dir ein halbes Jahr Ausbildungszeit schenken.«

»Kann schon sein. Ich werde sehen, dass ich auf einen modernen Tanker komme. Suezkanal, Arabien, das wär's.«

Manni klopft ihm auf die Schulter: »Ich seh dich schon mit goldenen Streifen an den Ärmeln.«

Um die Masten ranken sich die Fantasien, was man in Hamburg so alles anstellen wird. Andere sind dabei, ihre Spinde neu zu sortieren, denn wie die PAMIR, so stellt sich manch einer schon auf das ›Nordatlantikwetter‹ ein. Noch haben Luft und Wasser 27 Grad Celsius, doch zur Sicherheit werden schon mal die warmen Sachen bereitgelegt …

In diesen sorglosen Stunden wirft das Schicksal ein entscheidendes Gewicht in die Schale. Die Waage neigt sich endgültig gegen die PAMIR und ihre Besatzung, denn die um 15.00 Uhr Bordzeit verbreitete NSS-Warnung gibt für *Carrie* die Zugrichtung ›Nordost‹ bekannt.

Jack Harper hat mit seiner Prognose am Ende richtiggelegen. Die PAMIR steuert somit direkt auf *Carries* Rennbahn zu.

In dieser Phase hat die Viermastbark bereits den äußeren Rand der Windbahn des Hurrikans erreicht.

»Endlich, endlich, sie fliegt!«, ruft ein Leichtmatrose vor Begeisterung auf der Back. Das Schiff zieht immer noch mit der größtmöglichen Besegelung gen Norden. Ein grandioses Schauspiel, wenn man vorn auf dem Vorschiff steht und die Bewegung von Schiff und Wellen hautnah erlebt.

Die Erregung ist allen anzusehen. Manch ein Jungmann bringt den Mund nicht mehr zu, wenn der Bug im stetigen Rhythmus das Wasser zerteilt, die Wogen links und rechts der

Bordwände meterhoch zur Seite weichen und dabei wild aufschäumen. Der Wind legt unmerklich zu, bläst konstant aus Südsüdost zwischen Stärke fünf und sechs. Die Pamir steuert weiterhin vierkantgebrasst nach Norden, da der Wind ideal zwei Strich Steuerbord achtern einfällt.

Diebitsch erscheint auf dem Hochdeck. Er blickt sich um. »Windstärke?«, fragt er Köhler.

»Im Moment sechs. 1005 Millibar, weiter sinkend.«

»Typisches Tief«, sagt Diebitsch einsilbig.

Köhler will dazu nichts sagen, hat doch sein Kapitän oft genug erzählt, wie intensiv er sich mit Wetter- und Orkankunde auseinandergesetzt hat. Köhler beobachtet ihn.

Johannes blickt unentwegt nach Westen. Der bis dahin klare Horizont hat sich mit einem zarten Schleier verhüllt. Die Sonne verblasst und zeigt einen Hof. Es ist das letzte Mal, dass sich die Sonne auf den feuchten Planken der Pamir spiegelt. Auch die Poesie weicht mit dem Sonnenlicht. In weniger als einer halben Stunde hat sich dann der ganze Himmel in ein tristes Mausgrau verwandelt.

Köhler blickt hinauf zur Segelpyramide über ihren Köpfen. Wie von fern bemerkt er: »Wir machen neun bis zehn Knoten!«

»Gut so! Das bringt uns vorwärts.« Auch Diebitsch spürt das Vibrieren des Rumpfes am ganzen Leib. Kein Gedanke daran, dass sich die Gerstenfracht bei diesem Seegang wie auf einem Rüttler weiter verdichtet. Es findet auch keine Kontrolle im Laderaum statt. Niemand kann sagen, ob sich in den letzten Wochen der Freiraum zwischen Deck und Ladung vergrößert hat. Spielräume können aber zur tödlichen Gefahr werden. Besonders wenn das Schiff in Wellen und Sturm stark überholt …

Gegen 16.00 Uhr ordnet Diebitsch an, Vor-, Groß- und Kreuz-Royal wegzunehmen. Einer nach dem anderen der Jungs entert auf, nicht ohne das unentbehrliche Geschrei. Die Wachen wetteifern untereinander. Die Stimmung in den Masten schlägt noch höhere Wellen als die See, denn man fühlt sich nach den windschwachen Wochen ein wenig eingerostet. Schön, dass es etwas im Mast zu tun gibt, was den angehenden Seemann fordert.

Joe ist mit aufgeentert. Oben auf der Groß-Royalrah fühlt er sich zwischen Himmel und See schwebend. Abenteuer pur. Auch glaubt er den Wind in den Wanten singen zu hören und spürt ihn wesentlich stärker auf der Haut als an Deck. Bei sechs Windstärken ein Gefühl zwischen Lust und Bangen.

Der Rundblick ist grandios. Die See ringsum ist mit Schaumkronen übersät. In der Mastspitze erkennt man auch, wie schlank und schmal doch der Rumpf der PAMIR ist. Er wirkt ähnlich einem lang gezogenen Schuh.

Das schlagende Tuch wird gebändigt und unter Mühen festgemacht. Aber es macht allen riesigen Spaß, und schon das ist die Anstrengung wert. Als sich Joe aus dem Topp des Großmastes verabschiedet, kann er nicht wissen, dass die Groß-Royal nie wieder von Menschenhand losgeworfen werden wird.

Trotz der weggenommenen Segel verliert das Schiff kaum an Fahrt. Das Grau am Himmel wirkt jetzt ernüchternd. Der schöne Nachmittag ist endgültig vorüber. Als Joe an Deck steht, fegt die erste Gischtwolke über das Vordeck.

Manni greift nach seinem Arm. Sein Gesicht zeigt höchste Wachsamkeit. »Was hältst du von dem plötzlichen Wetterumschwung? Ist das normal?«

»Was ist auf See schon normal?«

18.00 Uhr Bordzeit. Wachwechsel. Der Wind weht jetzt mit Stärke sieben aus Südsüdost. Die PAMIR schießt mit vierkantgebrassten Rahen durch die See der Dämmerung entgegen. Der Seegang hat merklich zugenommen. Dreißig Minuten später werden auf Befehl auch die Oberbramsegel weggenommen.

Dunkelheit senkt sich nun auf die aufgepeitschte See. Die Bark prescht dahin, als ob sie wüsste, um was es geht. Elf Knoten Fahrt hat sie drauf. Sie ist für derartiges Wetter gebaut, was ihre Schlechtwetterqualitäten zum Tragen bringt.

21.00 Uhr. Die ersten Regenschauer fegen über die Decks. Der Winddruck nimmt zu. Da auch einige Böen darunter sind, entschließt sich Diebitsch, auch die Unterbramsegel wegzunehmen.

Die Kräfte in den Armen reichen kaum aus, die Arbeit zu bewältigen. Das Bangen schwingt mit. Wer jetzt von den Rahen fällt, ist rettungslos verloren. Der Wind legt noch einmal zu. Das Ruderrad wird doppelt besetzt. Die hölzernen Spaken sind feucht. Da heißt es zupacken. Schwerstarbeit wird geleistet, um das Schiff auf Kurs zu halten.

Die verbliebenen Segel werden jetzt von einem starken, raumen Wind gebläht, der schräg vom Heck einfällt. Ideal für Segelschiffe, die Speed machen wollen. Prompt kommt der Befehl: »Segel auf den zweiten Knoten brassen!« Der enorme Pressdruck steigert die Fahrt der PAMIR nochmals trotz Beladung auf zwölf Knoten.

Um 21.35 Uhr Bordzeit gibt Washington-NSS aufgrund einer neuen Flugzeugaufklärung eine Verschiebung des Sturmzentrums 78 Seemeilen nördlicher an, als zuvor gemeldet. Die Warnung, sofern man sie denn an Bord registrieren würde, fällt mehr als deutlich aus: ... *moving slightly north to east* ... Sie hätte eine deutliche Blutdrucksteigerung bewirkt ...

Da *Carries* Position nun etwas nördlicher liegt, als zuvor vermutet, beträgt der Abstand zwischen Schiff und Hurrikan-Zentrum nur noch 190 Seemeilen.

Gegen 22.00 Uhr beginnt die PAMIR in den Wellen zu arbeiten. Die Dunkelheit verbirgt die See. Buschmann auf dem Hochdeck hat aber eine Vorstellung von den lang gestreckten Wogen, die aussehen wie anrollende zerklüftete Gebirgsketten. Noch ist Rhythmus im Schiff, wird das ewige Spiel des Hebens, Senkens und des Schlingerns nur ab und zu von einem harten Stampfen unterbrochen. Die Rollbewegung wird von der Besatzung mit den Füßen ausgeglichen, was an Land den berühmten Seemannsgang zur Folge hat.

Buschmann hat das Gefühl, mit der PAMIR durch die Nacht zu rasen. »Dreizehn Knoten!«, tönt es vom Ruderstand. Das ist für ein beladenes Schiff Höchstgeschwindigkeit. Hinter dem Heck brodelt die fluoreszierende See. Gleich darauf erhebt sich eine gewaltige schwarze Wasserwand, die, so glaubt man, jeden Moment auf die Poop donnern wird. Im letzten Moment wird das Achterdeck aber hochgestemmt, während die pechschwarze Riesenwoge an beiden Bordwänden entlangläuft, bis sie sich in der stürmischen Nacht verliert. Für einen Moment hat man das Gefühl, die Bark surft die Welle hinab, was im Bauch ein Kribbeln verursacht. Auf der Poop ist es noch trocken. In der Dunkelheit ist kaum zu erkennen, dass sich dort ein Teil der Besatzung versammelt hat, um das Schauspiel der nächtlichen Brassfahrt zu bestaunen.

Gunther winkt Joe zu sich, der sich das grandiose Schauspiel auf dem Laufgang zwischen Hochdeck und Poop ansieht. Er lächelt entspannt, obwohl ihm nicht danach ist.

»Na, Joe? Eindrucksvoll, was?«

»Eine irre Nacht! Wie eine andere Welt.« Dann zeigt er zum Heck: »Was ist mit den Wasserbergen? Ich habe den Eindruck, die werden zunehmend steiler und nehmen uns ordentlich Huckepack. Ist das okay?«

»Gut beobachtet, Joe. Es ist okay. Wir haben offenbar ein dickes Tief im Westen stehen.«

Joe bohrt weiter: »Wie steht es bei dem Seegang mit unserer Gerstenfracht?«

Die Frage hat Gunther nicht erwartet, obwohl das genau der Punkt ist, der sein Gehirn martert. Er entschließt sich, die Sache zu bagatellisieren: »Was soll schon sein? Bis jetzt denke ich, ist alles in bester Ordnung.«

»Seit gut einer Stunde schieben wir 'ne ordentliche Lage. Manche Wogen lassen uns ganz schön nach Backbord krängen.«

»Das mit der Lage geht okay! Wir haben schließlich auf den zweiten Knoten angebrasst.«

»Dann bin ich ja beruhigt.«

Carries äußerste Windbahn kreist in rund 110 Meilen Entfernung mit 33 Knoten um ihr Zentrum. Das Schiff befindet sich inzwischen in diesem Wirkungsbereich. In der Nähe des Zentrums wird mehr als die doppelte Windstärke gemessen. Die Bark krängt jetzt immer häufiger nach Lee, um dem Wind- und Wasserdruck nachzugeben. In diesen Momenten beginnt in den Laderäumen die Gerste langsam und unbemerkt auf die Backbordseite zu fließen. Sie folgt der Schwerkraft, hin zum tiefsten Punkt.

15 *Samstag, 21. September, Pamir Position: 35° 57' N, 40° 20' W*

01.00 Uhr Bordzeit. Joe und Manni gehen Ruderwache. Der neue Tag ist noch jung. Nur wenige werden ihn überleben.

Buscher meldet dem Kapitän: »Kurs Nord! Windstärke acht! Richtung Südost zu Ost! Barometer 996 Millibar, weiter fallend! Rahen auf den zweiten Knoten gebrasst!«

Diebitsch prüft die Windrichtung und die Segelstellung. Es stehen immer noch die sechs Ober- und Untermarssegel, die Fock, der Innenklüver, das Vor-, Groß- und Kreuz-Stengestagsegel und das Besan-Stagsegel. Zwölf an der Zahl …

»Sollte der Wind aus Ostsüdost kommen, lassen Sie auf den dritten Knoten anbrassen.«

Dieser Befehl ist ein klares Zeichen völliger Unkenntnis über das Sturmfeld von *Carrie*, in das man hineingeschlittert ist. Die Gnade dieses Wissens findet auch zu dieser Stunde weder im Kapitänssalon noch in der Funkbude Einlass. Was hilft es da, wenn Diebitsch über Orkantaktik zwar genügend schwadronierte, aber alles versäumte, um im Ernstfall danach handeln zu können?

Die Wettererscheinungen eines nahenden Hurrikans sind nicht zu übersehen. Zu der hohen, stärker werdenden Windsee gesellt sich eine aus dem Südwesten anrennende Dünung. Stark, haushoch und grob.

Der Glaube an ein normales ›Tief‹ müsste einem spätestens jetzt den Schlaf rauben, damit wenigstens die Anzahl der Segel reduziert wird und der Befehl ergeht, sofort den Verschlusszustand herzustellen, ähnlich den Maßnahmen wie auf der MS Anita.

Aber Diebitsch und seine Offiziere glauben immer noch an einen ›guten Wind‹. Der Abstand zum Sturmzentrum beträgt zu dieser Stunde nur noch 105 Seemeilen. *Carrie* wird schnell reifen und an Stärke gewinnen. Ihre Windbahnen kreisen, entgegengesetzt den Zeigern einer Uhr, in spiraligen Bahnen. Die Windstärke nimmt mit der Annäherung an das Zentrum zu.

»Goode Wach!«, verabschiedet sich Diebitsch von Buscher mit der traditionsreichen Floskel. Völlig unbekümmert. »Wenn was im Wege steht, wecken Sie mich!«

»Goode Ruh, Kaptein!«, erwidert Buscher, als wäre es eine ganz normale Nacht.

Um 03.00 Bordzeit meldet Washington-NSS: *Windstärke 70 Knoten, Zugrichtung etwas nördlicher als Ost, Marschgeschwindigkeit des Zentrums 13 Knoten.*

Joe und Manni werden am Ruder abgelöst. Hände, Arme und Schultern schmerzen von der Kraftanstrengung. Joe zeigt nach Lee. Dort hat sich eine Gischtbahn von zwei Schiffsbreiten gebildet, die auch in der Dunkelheit gut zu erkennen ist. Die Pardunen singen und brummen, während man ihre Vibrationen an den Fußsohlen spürt. Joe sagt zu Manni: »Wir fliegen mehr, als dass wir segeln. Hätten wir Tag, dann könnten wir fantastische Bilder machen.«

»Nee, danke! Für mich ist das Orgelkonzert da oben eine eindringliche Warnung.«

Buscher steht allein mit ›seinem Talent‹ im Kartenhaus und überprüft den Kurs. Irgendjemand hat in ungleichen Kreisen flüchtig ein Tief westlich des Kurses der Pamir in die Seekarte eingezeichnet. Ein fetter Pfeil zeigt nach Norden. »Wenn etwas im Wege steht …«, hat ihm sein Kapitän gesagt. Er fühlt, es steht eine ganze Menge im Wege.

Buschmann treibt die Unruhe auf das Hochdeck. Er sieht seinen Offizierskollegen im Kartenhaus und geht hinein. »Das pfeift ja ordentlich. Wie sieht's aus?«

»Der Wind aus Südost nimmt weiter zu. Wir haben jetzt Stärke acht. Barometerstand 996, weiter fallend.«

»Der Press auf die Segel ist zu groß. Das seh ich an der Schräglage. Wir sollten reduzieren. Fock- und Obermarssegel gehören eingepackt.«

»Der Alte ist aber mit allem sehr zufrieden. Sieh mal, 12 Knoten sind doch super!«

Gunther zeigt dagegen auf den Krängungsmesser. »Super Lage!« Und sarkastisch fügt er hinzu: »Schade nur, dass sich ab einer bestimmten Schräglage die Gerste ebenfalls supergenau auf den Weg nach Backbord begibt!«

Buscher blickt ihn zweifelnd an. »Meinst du das im Ernst?«

»Schau doch nach!«

»Bei dem Sturm?«

»Um Sicherheit zu haben, müssten wir den Ladezustand kontrollieren.«

»Geschenkt! Viel zu gefährlich!«

»Siehst du. Gerade weil wir bei dem Wetter schlecht die Luken öffnen können, müssten wir der Sicherheit Vorrang einräumen.«

»Mensch, Gunther, du und ich waren doch unten und haben gesehen, dass bis unter die Luken alles befüllt ist.«

»Wir haben nur gesehen, was wir sehen konnten. Aber wir haben nicht in die entfernten Winkel, Ecken und Zwischenräume gucken können. Die Laderäume sind ›fast‹ vollständig gefüllt. Aber auch nur ›fast‹. Besonders im Tieftank hat es erhebliche Schwierigkeiten gegeben. In dem elf Meter langen Ding konntest du doch nur gebückt herumkriechen. Die Jungs, die versucht haben, Getreide reinzuschaufeln, sind darin fast erstickt. Der Alte weiß das alles. Bis zur Stunde hat er alles bagatellisiert. Ich habe mir oft genug den Mund verbrannt.«

»Was nun?«

»Machen wir weiter so. Super Fahrt, schnelle Reise! In zwei Wochen ist für mich eh alles vorbei. Nach mir die Sintflut.«

Bevor Gunther das Hochdeck verlässt, wirft er noch einmal einen Blick auf das Barometer. Keine Täuschung: 994 Millibar. »Verdammt! Das wächst sich zu einem Orkan aus!« Sein Entschluss ist gefasst. Flugs steigt er die Treppe hinunter, reißt die Tür zur Funkbude auf. Sie ist unbesetzt.

Siemers hat seine Funkwachzeit von 00.00 Uhr bis 02.00 Uhr bereits eine Stunde hinter sich. Die Funkwarnung von Washington-NSS um 03.00 Uhr Bordzeit wird daher regelmäßig verpasst. Auch die Meldungen von 09.35 und 15.00 Uhr werden außerhalb seiner Funkwache ausgestrahlt. Wenigstens die von 21.35 Uhr hätte er hören müssen, tut es aber nicht. Warum auch? Bis zu diesem 21. September, 03.00 Uhr morgens, hat er nie Washington-NSS abgehört. Die nächste reguläre Funkwache wird er erst von 12.00 Uhr bis 14.00 Uhr absitzen. ›Dienst nach Vorschrift‹! Anders geht es nicht, um die berechtigten Ansprüche der Funkoffiziere eines Tages durchzusetzen. Dafür will er alles tun …

Gunther klopft an seine Kajüttür und öffnet sie: »Willi! Los, raus aus der Koje!«

Willi wird aus dem Tiefschlaf gerissen. »Was ist los?«

»Häng dein Ohr in den Äther. Wir bekommen dicke Probleme mit dem Wetter!«

»Sag das dem Alten!«

»Verdammte Schei…!«

Gunther betritt den Salon. Seine Stimme ist schneidend: »Herr Diebitsch! Buschmann hier. Wir bekommen dicke Probleme mit dem Wetter. 994 Millibar. Das Barometer fällt weiter. Es muss ein Orkan im Anzug sein! Wir tragen zu viel Segel!

Um sicherzugehen, brauchen wir dringend Wettermeldungen. Siemers soll sein Ohr in den Äther hängen. Er wartet auf Ihre Anordnungen.« Ohne eine Antwort abzuwarten, schlägt er die Salontür hinter sich zu.

04.00 Uhr. Die Ruderglocke schlägt acht Glasen. Wachwechsel! Etwas ist anders an diesem Morgen. Der sonst so helle, durchdringende Ton der Glocke klingt verweht und wird überlagert durch ein Ächzen, Knarren und Stöhnen. Das Schiff arbeitet in den Wellen. Manchmal glaubt man, Töne einer Harfe zu hören, wenn Böen durch die Takelage wehen. Das Ritual ist jeden Morgen das Gleiche. Die Männer führen die Befehle im Laufschritt aus. Auch die Meldungen des Ausguckpostens, das Getrampel über Deck und Laufbrücken klingen wie von fern, sind aber auch in jener Stunde in den Kojen mittschiffs nicht zu überhören.

Fred Schmidt löst Buschmann und Buscher ab. Der ›überzählige‹ Erste führt die Wache von 04.00 bis 08.00 Uhr. Alle, die abgelöst werden, freuen sich auf ihre Hängematten. Die Jungs der Steuerbordwache haben Mühe, aufrecht zum Achterdeck zu kommen, während ihnen die Kameraden der Backbordwache entgegenkommen. Die meisten ohne Ölzeug! Für eine Schwerwetterbekleidung gibt es keine Anweisung. Die Jungs, die gerade ihren Wachdienst antreten, haben Mühe, ihr Gleichgewicht auf dem tanzenden Deck zu finden. Die Gischtbahn in Lee leuchtet gespenstisch über die Verschanzung.

Zum Wachwechsel wird auch Kuddel routinemäßig vom ›Läufer‹ der Wache geweckt. Die Tür wird aufgerissen: »Rise, rise …! Machen gute Fahrt!« Daraufhin lupft er Hein Gummi in des Bäckers Koje: »Der gebärdet sich ja heute wie ein Verrückter!«

Kuddel hat unruhig geschlafen. Während der Brassmanöver drangen Befehle und das rhythmische ›Hau-Ruck‹ durch jede Ritze. Beim Dichtholen der Taue geht es um den letzten Zentimeter. Er schenkt sich noch etwas Zeit, um zu sich zu kommen. Währenddessen kann er sich der ›Liebesbezeugungen‹ des kleinen Pekinesen kaum erwehren. Dabei gibt der kleine Hund komische Töne von sich, die Kuddel in dieser Tonlage noch nie von ihm vernommen hat. Dann ist es so weit: raus aus der Koje, es gilt schließlich wieder frisches Brot und Rundstücke zu backen. Doch der Bäcker und Kochsmaat steht an diesem Tage nicht einfach auf, sondern hangelt sich mehr aus der Koje. Die Schräglage der PAMIR hat eine derartige Neigung erreicht, dass er sich nicht mehr freistehend anziehen kann. Ohne Genaueres zu wissen ist eines klar: Oben muss einiges los sein. Die Schräglage findet er aber nicht beunruhigend, denn die See hält immer wieder Überraschungen parat. Dafür sind die Flautentage endlich vorüber und das nervtötende, langsame Dahinschleichen unter Maschine mit dem ewigen Dieselgestank.

In diesem Augenblick legt sich die PAMIR in einer Bö hart über. Kuddel denkt an seine Töpfe, Pfannen und den bereits aufgesetzten Wasserkessel. Er stolpert in die Kombüse, und Hein Gummi springt ständig an ihm hoch. Als er ihn schimpft, verstummt das kleine Hundchen und robbt in tiefster Gangart hinter ihm her. Während Kuddel Schlingerleisten am Herd anbringt und Töpfe sichert, sitzt Hein Gummi auf den Hinterbeinen im Steuerbordgang und platziert seinen Kopf, abgelegt auf den Vorderpfoten, auf dem Kombüsensüll. Ein lautloses Beobachten, mit großen schwarzen Kulleraugen. Er scheint zu wissen, dass er während der Bäckerarbeiten keine größeren Aufmerksamkeiten erwarten kann. Was für Hein Gummi in dieser Stunde zählt, ist die Nähe zu Herrchen.

Kuddel macht sich an die Arbeit. Hilfe gibt es genug an diesem Morgen. Manch einer der Freiwache macht sich lustbetont in der Kombüse nützlich. Artistische Einlagen beim Brötchenbacken und Braten von Spiegeleiern sind bei so einem Wind immer gefordert. Dabei wird gelacht, gescherzt, und nebenbei werden obskure Wetten über Stunden-, Wachen- und Tages-Etmale abgeschlossen. Der angebotene Wetteinsatz gleicht dem Warenangebot eines Basars.

Kaum jemand denkt in diesem Moment aber an die Achillesferse der PAMIR, an die großen Freiräume oberhalb des Holzschotts in den Luken. Es reichen 30 Grad Neigung, und schon fließen erhebliche Mengen loser Gerste nach Backbord.

Joe und die anderen Kameraden müssen akrobatisches Geschick aufbieten, um in die Hängematten zu kommen. Keiner von ihnen hat sich groß umgezogen, denn jede Minute Schlaf ist kostbar. Vielleicht ahnen sie auch, dass sie schon bald zum Bergen der restlichen Segel wieder an Deck gerufen werden.

Joe beobachtet die Bewegung des Schiffes und die der Hängematten, wie sie das Hin und Her auspendeln. Ein gespenstisches Bild. Der Rumpf behält aber eine gewisse Schräglage bei, was sicher am Winddruck liegt, geht es Joe durch den Kopf. Er stellt sich vor, wie der Bug der PAMIR pausenlos die Wellen zerschlägt, erinnert sich an die Bedenken Spökenkiekers und Oldsails, die des Öfteren etwas von rostigen Stahlplatten erzählten, die in den letzten Jahren ausgetauscht werden mussten. Ihm ist klar, dass die Seetüchtigkeit der PAMIR sich bei Weitem nicht nur auf Takelage, Masten und Deckaufbauten beschränkt. Es kommt vor allem auch auf das an, was man nicht zu Gesicht bekommt, und dazu gehört eben auch die Außenhaut.

Seine Gedanken kreisen um die Gerstenladung. Richtet sich das Schiff wieder auf, wenn es zu weit krängt? Sind die Deckaufbauten und Luken stark genug, um schwere Brecher oder Sturzseen zu überstehen? Niemand kann sagen, wie lange der Sturm anhalten wird. Wird er sich noch verstärken? Wie sind die Wetteraussichten für die nächsten Tage? Viele offene Fragen.

Während Joe in einen Halbschlaf fällt, macht sich Diebitsch auf den Weg zu Siemers. Auch Johannes hatte erhebliche Probleme, sich anzukleiden. Obwohl er sich erneut über Buschmanns Verhalten maßlos ärgert, geben ihm seine Worte zu denken. Das rasch fallende Barometer gibt den Anstoß zu handeln. Natürlich kennt er einige Wahrheiten aus Schubarts Orkankunde, hat er sie ja oft und gern in Erzählungen eingeflochten, um Kompetenz in Wetterfragen zu zeigen. Allzu gern hätte er sich aber vor der Abreise in Hamburg mittels eines Wetterkunde-Lehrgangs noch ein wenig fitter gemacht, doch dafür blieb am Ende keine Zeit. Langsam kriecht in ihm die Angst hoch, dass er möglicherweise versäumt hat, sich rechtzeitig Gewissheit über die Großwetterlage des Atlantiks zu verschaffen.

Als Siemers antritt, gibt er Anweisung: »Horchen Sie rein. Ich will wissen, was uns da draußen erwartet!«

06.00 Uhr. Der Sturm hat Stärke neun erreicht und bläst nun aus Ostsüdost. Schmidt lässt, wie von Diebitsch vorgegeben, auf den dritten Knoten anbrassen. In dieser Situation ein krasser Fehler, denn damit verstärkt sich die Schräglage. Aber nicht nur das, denn wäre man über Hurrikan *Carrie* im Bilde, wüsste man um die rasche Zunahme der Windgeschwindigkeit in den nächsten drei Stunden. Die logische Folge wäre die längst überfällige Reduzierung der Segel und die unverzügliche Herstellung des absoluten Verschlusszustandes des Schiffes. Denn es heißt: Wenn sich ein Schiff einem gefährlichen Sturmgebiet nähert, dann müssen alle Öffnungen, die das Schiff an Deck und seitlich aufweist, derart verschlossen werden, dass kein überkommendes Wasser in das Schiffsinnere eindringen kann. Menschen an Land handeln nicht anders, denn wenn sich ein Sturm oder Unwetter ihren Häusern nähert, wird die Wäsche von der Leine genommen, Dachluken, Fenster und Türen fest verschlossen.

Fred Schmidt ruft Bootsmann Lütje zu sich und gibt die üblichen Routineanweisungen für Starkwind: »Lassen Sie achtern ›Leichenfänger‹ anbringen, an Backbord Strecktaue spannen und sonst alles an Deck klarmachen!« Mit Leichenfänger meint er eine Art Fangnetz, das verhindern soll, dass achtern jemand über Bord gespült wird, falls die See einsteigt.

Lütje führt die Routinemaßnahmen aus. Die Bullaugen aber bleiben unverschlossen. Vor allem die der Mannschaftslogis achtern Backbord! Durch die offen stehenden Bulleyes schwappt schon das Wasser, da die PAMIR nach Lee krängt …

Inzwischen hat auch Ingo, der Metzger, seinen Dienst angetreten, um die morgendlichen Arbeiten in der Kombüse zu unterstützen.

06.30 Uhr. Diebitsch betritt über die Treppe das Kartenhaus. Dort trifft er in der Morgendämmerung auf Schmidt. Die Sicht ist schlecht. Er kann gerade noch das Vorschiff erkennen.

»Ganz schön was los! Schiebt ja ordentlich Lage, unsere Kleine.«

»Wir sollten noch mehr Segel setzen. Das kann sie gut vertragen.«

Diebitsch stutzt: »Noch mehr …?«

»Wir haben ordentlich Wind aus Ost. Und weil wir gerade von einem Tief getroffen werden, könnten wir mit mehr Segel noch schneller nach Norden ablaufen.«

»Sie sind mir ja ein Mutiger, Herr Schmidt! Bei dieser Windstärke ist es kein Zuckerschlecken auf den Rahen. Viel zu gefährlich! Auf welchem Knoten ist gebrasst?«

»Ich habe gerade auf den dritten brassen lassen.«

»Dann lässt sich Ihr Wunsch ja erfüllen. Lassen Sie auf den vierten anbrassen! Und dann weiter Kurs Nord!«

Die Stimme Schmidts mischt sich mit dem Brausen des Sturms. Das Manöver an den Brassen fordert unter den herrschenden Bedingungen den ›ganzen Mann‹.

Mit dieser Anweisung sind die Rahen maximal längs zum Kiel gegen den Wind gestellt, sodass sie mit der Fahrtrichtung des Schiffes fast eine Linie bilden. Damit trifft aber auch der Sturm mit voller Wucht die steif stehenden Segel. Der ›4. Knoten‹ macht sofort Probleme unter Deck. Kuddel hat, Gott sei's gedankt, in weiser Voraussicht am Herd der Kombüse schon zuvor Schlingerleisten angebracht, damit die Kochtöpfe nicht vom Herd fliegen. Das reicht aber nicht mehr. Der Inhalt der kleineren Töpfe muss bei der Schräglage in größere umgefüllt werden, da sie überzuschwappen drohen. »Eisenringe schräg setzen, Eisenkeile unter die Töpfe schieben …« Kuddel hat den Eindruck, dass seine Vorsichtsmaßnahmen, kaum dass sie abgeschlossen sind, bereits überholt sind.

Henry ist an diesem Morgen als Backschafter in der Mannschaftsmesse eingeteilt und damit zuständig für das Auftragen von Tellern und Tassen. Der ›4. Knoten‹ wird für ihn zum Desaster. Alles, was Henry aufgebackt hat, fliegt im nächsten Moment von den Tischen und verdichtet sich zu einem Scherbenhaufen …

Diebitsch glaubt indessen, dass er sich immer weiter von dem ›Tief‹ nach Norden hin entfernt und der Sturm ihm endlich eine schnelle Reise ermöglicht.

Doch die Irrtümer pflanzen sich fort, die Problemlage wird völlig verkannt. Das Barometer fällt weiter, und der Wind nimmt zu, was heißt, dass das dicke Ende erst im Anzug ist. In diesem Fall müsste die Schiffsleitung die Segelfläche unter allen Umständen auf Sturmbesegelung verkleinern, sodass die Pamir mit ihrer gefährlichen Ladung dem Orkan widerstehen kann. Man bewegt sich auch nicht von einem ›Tief‹ fort, man steckt bald mittendrin.

Noch hat keiner die Worte ›tropischer Orkan‹, ›Wirbelsturm‹, oder gar ›Hurrikan‹ ausgesprochen. Aber auf die erste richtige Orkanbö wird die Pamir mit einer extremen Schräglage reagieren, da man ›hart am Wind‹ segelt, die Segel nicht mehr nachgeben können und die Schoten dichtgeholt sind. Zudem verlangsamt sich gerade ihre Fahrt durch den seitlich einfallenden Wind und den zunehmenden Seegang, der das Schiff abzubremsen beginnt.

08.00 Uhr. Wachwechsel. Ein Teil der Mannschaft kommt ohne Ölzeug an Deck. Sie werden zurück in die Mannschaftslogis geschickt, um Schwerwetterzeug anzuziehen. Das Orkanzentrum ist nur noch 80 Seemeilen entfernt.

Buschmann hat es in seiner Kajüte nicht ausgehalten. Er schlürft seinen Kaffee in der Offiziersmesse. Auch wenn ihm wegen der Ladung mulmig ist, glaubt er daran, dass schon alles gut gehen wird. Doch er ahnt nicht, dass das Überleben in jenen Stunden nur noch von einem Schutzengel abhängt.

Exakt eine halbe Stunde später lauschen Kuddel und Ingo einem vertrauten ›Gezwitscher‹. Es kommt aus der Funkbude. Ungewöhnlich, denn Willis Funkbereitschaft beginnt erst in vier Stunden. Ungewöhnlich auch, dass er um diese Zeit in die Welt lauscht.

Ingo ist neugierig: »Ich seh mal nach. Bin gleich zurück!«

Clever gedacht, denn Warnungen vor eventuellen Wetterumschwüngen ersparen auch der Kombüse eine Menge Arbeit und Ärger. Ingo ist erstaunt, denn Willi sitzt angespannt am Empfangsgerät. Sein Gesicht zeigt panische Züge. Seine Rechte notiert mit …

Bedrohliche Nachrichten schockieren. Siemers, kreidebleich auf seinem Stuhl sitzend, feuert den Bleistift in die Ecke. Starr blickt er auf das Papier vor sich. Nebenbei wischt er sich die Schweißperlen von der Stirn. Er will nicht glauben, was er da mitnotiert hat. Im entferntesten Winkel seines Gehirns sucht er prompt nach einer Rechtfertigung. Es nützt nichts. Die Erkenntnis, lebensrettende Wettermeldungen versäumt zu haben, hat etwas Vernichtendes. Sein Glaube, dass draußen ein ›guter Wind‹ weht, der eine schnelle Reise garantiert, ist erbarmungslos zerstört. Die Bestürzung darüber lässt seine Hand zittern. Ingo hat sich über Willis Schulter gebeugt, liest und eilt zurück. Siemers fühlt sich in seiner Funkbude wie in einem Grab.

08.40 Uhr. Der Schlachter stürzt atemlos in die Kombüse und brüllt: »Ein Hurrikan ist gemeldet!« Für einen kurzen Moment herrscht Schweigen. Das Wort ›Hurrikan‹ schlägt auf den Magen. »Der Willi sagt, wir sollen Schlingerleisten anlegen und alles gut festmachen.« Und etwas gedämpfter: »Wir werden wahrscheinlich mitten reinrauschen.«

Der Koch reagiert besonnen und zeigt zum Herd: »Die Töpfe sind längst fest.«

»Soll's ja nur ausrichten. Der Hurrikan kommt von den Bermudas. Die Ausläufer werden uns erwischen …«

Diebitsch ist in die Funkkabine geeilt. Er beißt die Zähne zusammen. Man hört es deutlich am Knirschen. Das Pech klebt an seinen Sohlen. Ohne sichtbare Erregung prüft er das, was Siemers von der Funkstelle Portishead aufgefangen hat. Die Warnmeldung wurde 11.30 Uhr MGZ ausgestrahlt, was 08.30 Bordzeit entspricht. Als wenn ihn nichts überraschen könnte, reagiert er nach außen hin ruhig: »Hören Sie andere Stationen ab! Wir brauchen eine Bestätigung und genauere Angaben. Nehmen Sie Kontakt mit anderen Schiffen auf.«

Siemers grabscht nach seinen Unterlagen. Mit einem Griff hat er das, was er sucht. Es sind die Funkzeiten von Horta auf den Azoren und die von Washington-NSS. Sein Finger gleitet die Zeittabelle entlang. »Beide senden Bordzeit 09.35 Uhr!«

»Abhören! Meldungen sofort hochgeben!«

Diebitsch eilt zurück ins Kartenhaus. Er und seine nautischen Offiziere brüten über die Position von *Carrie* und über die eigene. Sie ist bei diesem miesen Wetter nicht genau zu ermitteln. Diebitsch zeichnet einen Kreis, teilt ihn mit Strichen von West nach Ost, von Nord nach Süd und tippt optimistisch auf die rechte obere Hälfte: »Wie es aussieht, kommen wir noch in das ›befahrbare Viertel‹.« Er meint das nordöstliche Viertel des Kreises, in dem – nach der Theorie – die Windstärke lange nicht so stark sein soll wie im südöstlichen, dem ›gefährlichen Viertel‹.

Buschmann kompromisslos: »Wir müssen endlich die Segel reduzieren! Sofort!«

»Nein, das wäre ein Fehler. Wir müssen so schnell wie möglich nach Norden ausweichen. Jede Meile, die wir uns vom Zentrum entfernen, ist Gold wert!«, erwidert Schmidt.

09.20 Uhr. Die PAMIR wird von der ersten schweren Orkanbö getroffen. Prompt legt sie sich für einen Moment noch weiter auf die Seite. Plötzlich ein Kanonenschlag. Diebitsch kneift die Augen zusammen und blickt vor zur Back. Vom Innenklüver sind nur noch Fetzen zu sehen.

Buscher wendet sich an Diebitsch. Ein Kloß steckt ihm im Hals: »Soll der Funker eine Meldung an andere Schiffe absetzen?«

Diebitsch winkt ärgerlich ab. »Erst die Obermarssegel wegnehmen!«

Buschmann denkt an das Getreide und den Schüttwinkel von 25 bis 30 Grad, bei dem die Gerste garantiert fließt. Die PAMIR hat sich mit ihrer Schräglage dem Winkel schon seit Stunden angenähert und ihn bei einfallenden Böen sogar überschritten. Gunther verbeißt sich aber jede Bemerkung.

Diebitsch spielt auf Zeit. »Wir bekommen in Kürze neue Meldungen, danach werden wir sehen.«

Köhler und Buscher sehen sich verständnislos an.

09.35 Uhr. Siemers nimmt die erste Hurrikan-Warnung von Washington-NSS auf: *Position Carrie, 35° N, 40° W, vorausgesagte maximale Windgeschwindigkeit 70 Knoten, Zugrichtung etwas nördlicher als Ost 70°, Marschgeschwindigkeit des Zentrums 13 Knoten.*

Diebitsch wird der Boden unter den Füßen weggezogen. Seine Hände krallen sich am Kartentisch fest. »Scheiße! Das gibt's doch nicht! Idiot!«, übt er stumm Selbstkritik an sich. Er fühlt, ein Fallbeil hängt an einem seidenen Faden über seinem Kopf. Ein Nerv in seinem Gesicht beginnt zu zucken.

Verkniffen blickt er auf das Barometer. »Ich darf das Schiff nicht verlieren!«, flüstert er vor sich hin. Schließlich drückt er den Alarmknopf.

Die elektrische Schnarre tönt durch Gänge, Messe, Logis, dringt in alle Winkel des Schiffes. Drei lange Töne, siebenmal wiederholt. Das Signal zum ›All-hands-Manöver‹! Ein derartiger Befehl wurde zu Übungszwecken zwar schon oft gegeben, doch niemand von der Stammbesatzung kann sich erinnern, jemals die Alarmglocke an Bord gehört zu haben.

Ingo hetzt zwischen Kombüse und Funkbude hin und her. Bleich im Gesicht, berichtet er: »Wenn wir so weiterlaufen, geraten wir wahrscheinlich direkt in das Zentrum eines Hurrikans.« Darauf verschwindet er wieder in der Funkbude.

Die Mannschaften hangeln sich auf das Oberdeck. Manch einer im Trainingsanzug! Das Wort ›Hurrikan‹ macht die Runde. Richie, der schlecht laufen und keinen Handgriff mehr tun kann, aber immer noch ›Aufsicht‹ führt, wird durch einen Jungmann in die Unteroffiziersmesse gebracht. Dort hilft er dem alten, kranken Mann in einen Pullover. Ein Brausen und Tosen umgibt das Schiff. Die Schräglage hat zugenommen. Unter dem Druck der Böen legt sich die Bark über 30 Grad auf die Backbordseite. Brecher steigen über die Leeverschanzung ein, donnern über das Vordeck.

Auf dem Hochdeck wird erst jetzt an den ›Verschlusszustand‹ gedacht. Zu spät. Eine Reihe von Bulleyes stehen offen! In die achtern gelegenen Mannschaftskammern der Backbordseite strömt bereits Wasser ein. Waschhaus und die Toiletten werden gleichzeitig überflutet.

Tom und seine Kameraden führen den Befehl aus, die Bulleyes zu schließen und eiserne Blenden davorzuschrauben. Bis zur Brusthöhe im Wasser, waten sie von einer Kammer zur anderen. Es gelingt nicht bei allen, sie dicht zu bekommen. Trotz der vorgeschraubten Blenden dringt teilweise weiter Wasser ein. Es sickert durch Leckstellen des Poopdecks. Unter den Planken rostet auch hier seit Jahren der Stahl still vor sich hin …

10.00 Uhr. Auf dem Hochdeck werden auf der Luvseite Strecktaue gespannt. Matrosen der Stammbesatzung, Jungmänner und Kadetten versuchen die noch stehenden Segel aufzugeien. Vor allem das riesige Focksegel. Fred Schmidt ist unter denen, die mit den Matrosen aufentern …

Joe und das Kiez-Rudel kämpfen währenddessen mit den Geitauen des Obermars- und Untermarssegels am Großmast. Doch der Sturm ist einfach schon zu stark. Das Kommando »Klar bei Obermarsfallen …« dringt bei dem Geheul des Orkans kaum noch durch. Das Loswerfen hat fast keinen Effekt. Die Rahen lassen sich durch den enormen Winddruck nicht mehr wegfieren.

An Deck krallen sich die Kameraden an den Gordings fest und werden durch die Kraft des Orkans daran hochgezogen. Vergeblich! Auch an den Fallwinschen wird Kraft vergeudet, sie laufen nicht mehr. Plötzlich zeigen sich lange Risse im Segel. Das wild schlagende, knatternde Tuch droht die Matrosen oben auf der Rah von den Fußperden zu reißen. Sie werden von Diebitsch zurückgepfiffen. Zu gefährlich erscheint ihm der Einsatz in den Masten.

Am Fockmast läuft es nicht besser. Auch das Focksegel zeigt schon Risse. Diebitsch bläst auch hier das Manöver ab und pfeift die Männer zurück.

Explosionsartig werden kurz darauf Fetzen aus den Marssegeln gerissen, und wenige Sekunden darauf fliegen wie nach Böllerschlägen zwei der Stagsegel aus den Lieken. Als hätte die Orkanfaust kunstvoll Streifen aus den Segeln geschnitten, wehen knatternd Tuchreste wie flammende Fahnen an den Rahen. Das Barometer zeigt mit 990 Millibar den tiefsten Stand.

Weitere schwere Orkanböen treffen Aufbauten und Takelage. Die restlichen Obermars- und Untermarssegel explodieren mit einem ohrenbetäubenden Knallen zu Fetzen. Auch das Focksegel. In welcher Reihenfolge, kann niemand mehr feststellen. Die Reste der Segel können nur noch mit Messern abgeschnitten werden …

Der Blick hinaus auf das Vordeck bringt auch in der Kombüse das Inferno näher. Man hört das Bersten der Segel. Hinter dem Rücken wird ein Teil der Töpfe trotz Schlingerleiste herauskatapultiert, eiserne Herdringe gleich hinterher. Kuddel und der Koch werden wie Spielbälle bis zum Niedergang zum Hochdeck geschleudert.

Eine Gischtfontäne schießt durch die immer noch offenen Bulleyes. Sie spritzt bis zum Herd und auf den glühenden Koks. Eine zischende Dampfwolke erinnert an eine mögliche Explosionsgefahr. Die Bulleyes werden endlich verschlossen, das Feuer gelöscht. Durch Suppen- und Essensreste ist der Boden glitschig geworden. Ein Kunststück, sich darauf zu bewegen. Der Koch bemerkt jetzt erst, dass er sich mit heißer Suppe den rechten Fuß verbrüht hat. Unter hohem akrobatischen Geschick wird das Schlingergestell neu verschalkt. Ebenso das Backbordschott, damit kein Wasser in den Kombüsengang eintreten kann. Damit ist die Arbeit in der Kombüse getan. Der Koch will den Doktor aufsuchen, und Kuddel will sich hinauf zum Hochdeck hangeln.

Im Gang stolpert er über Hein Gummi, den er vergessen hatte. Er nimmt das verängstigte Hündchen auf den Arm, schwankt in seine Kammer, nimmt sein Kopfkissen, legt es in das Handwaschbecken und bettet Hein Gummi darauf. Dort scheint sich der Pekinese sicher und geborgen zu fühlen, denn er rollt sich sofort zusammen und schließt die Augen.

Kurz darauf ist Kuddel auf dem Hochdeck. Ein neuer Befehl dringt an seine Ohren: »Schmeiß los die Schoten, Obermarssegel!«

Auch das hat man an Bord noch nie gehört. Die Tampen werden losgeworfen, die Schotketten rauschen aus. Peitschenartig schlagen sie hin und her. Entlang der Wanten und Pardunen trifft Metall auf Metall. Funken stieben, als hätte jemand die Schleifmaschine angesetzt. Ein Lärm, als würden Schalen des Zorns aufbrechen.

Matrosen der Stammbesatzung unter Führung von Buschmann begeben sich wiederum zum Fockmast und entern von der Luvseite her in den Vortopp auf. Alle blicken gebannt nach oben. Dort turnen die Männer unter Lebensgefahr hinaus auf die schräg stehenden Rahen und schneiden mit Messern die zerfetzten Segel ab.

Alle blicken gebannt. Diebitsch hofft. Wird sich die PAMIR wieder aufrichten? Wird die Leeverschanzung aus dem Wasser kommen?

Sie richtet sich auf, aber vielleicht nur drei bis vier Grad. Viel weniger als erhofft. Die Schlagseite bleibt mit über 30 Grad bedrohlich. Niemand kommt aber auf die Idee, zu überprüfen, ob die Ladung übergegangen ist. Das wäre ohne Probleme über den Proviantraum möglich …

Kaum sind sie in der Unterkunft verschwunden, zerschlagen überkommende Brecher die Niedergänge der Poop und die an der Achterkante zum Hochdeck. Weitere schwere Brecher zerschlagen das hölzerne Backbordschott zur Poop, als bestünde es aus morschen Brettern. Das hölzerne Schott hätte mit einer eisernen Schutztür gesichert werden können. Zu spät! Vorn an Deck, unter der Back, wird durch die Wucht der Brecher die Tür vom Lampenspind zertrümmert und gleich darauf das Rettungsboot Nr. 6 aus der Halterung gerissen.

Diebitsch gibt Befehl: »Unterbesan setzen!« Er will die PAMIR wenigstens steuerfähig halten. Matrosen, Schmidt und Buschmann machen sich daran.

Die Schlagseite nimmt zu. Siemers in seiner Funkbude klemmt sich und seinen Stuhl fest. Er wartet gefasst auf Anweisungen des Kapitäns. Ingo steht im Gang des Hochdecks unweit der Funkbude und horcht am Sprechrohr, durch das vom Kartenhaus aus Anweisungen an Siemers gegeben werden können. Buschmann und seine Offizierskollegen erfassen die drohende Gefahr und drängen auf einen Notruf!

Der Befehl wird gegeben. Mehr Pokerspiel als konsequentes Handeln. Diebitsch entschließt sich, kein SOS funken zu lassen, sondern lediglich eine Dringlichkeitsmeldung.

10.36 Uhr. Ingo überbringt Willi den Befehl: »Du sollst eine XXX-Meldung rausgeben!«

Das funktelegrafische Dringlichkeitszeichen besteht aus der dreimaligen Aussendung der Gruppe ›XXX‹. Die Sendung hat Vorrang vor allen anderen Sendungen außer Notsendungen. Sie ist also schwächer als das funktelegrafische Notzeichen ›SOS‹. Willi betätigt die Morsetaste.

... *XXX – fourmastbark pamir drifting in heavy hurricane without sails 35.57 n 40.20 w – please ships in vicinity give position – answer 480 khz* ...

Knapp zehn Minuten später meldet sich das US-amerikanische Schiff PENN TRADER und gibt seine Position durch. Sollte Diebitsch es wünschen, könnte das US-Schiff in knapp zwölf Stunden bei der PAMIR eintreffen ...

Siemers bestätigt den Empfang der Antwort mit einem O. K.

Buschmann und seine Männer haben es aufgegeben, den Unterbesan zu setzen. Der Pressdruck der Orkanböen ist zu groß. Sie versuchen stattdessen, zwei Bootspersenninge in das Luvwant anzubringen. Eine Verzweiflungstat ohne erkennbaren Nutzen. Genauso wenig nützt die Eimerkette, die über das Kartenhaus bis hinunter in den Niedergang des Offiziersganges auf der Backbordseite gebildet wird, um das eingedrungene Wasser auszuschöpfen.

Durch einen der Lüfter Backbordseite Hochdeck dringt angeblich Seewasser ein. Das kann aber nicht die gewaltigen Mengen erklären, denn die Offizierskammern und der Backbordgang laufen voll. Auch unter den Planken des Kapitänssalons sickert Wasser. Wo das viele Wasser herkommt, bleibt für die Besatzung ein Rätsel. Über weitere unverschlossene Lüfter? Offene Bulleyes? Niemand weiß von dem durchgerosteten Stahl unter den Planken des Hochdecks. Und nicht nur dort.

Durch zahlreiche andere Roststellen strömt das Wasser unaufhörlich in die Aufbauten mittschiffs.

Kapitän Eggers hat am 21. Februar 1957 aus Montevideo einen Kapitänsbericht an Stiftung und Reederei gesandt. Darin beanstandet er den ›sehr‹ starken Rostfraß mittschiffs. Inspektor Dominik informiert drei Tage später in seinem Schreiben die Chefs von Reederei und Stiftung über diesen gravierenden Mangel: *Das Hochdeck leckt an den verschiedensten Stellen stark. Teilweise gehen die Decksplanken bei Regen direkt hoch. Grund: Das unter dem Holzdeck liegende Stahldeck ist sehr stark korrodiert, und das Holzdeck selbst ist von unten wegen der stets unter dem Holz stehenden Feuchtigkeit stark angegangen, sodass durch Einziehen einzelner neuer Planken und durch Kalfatern das Deck nicht mehr dichtzubekommen ist. Wegen der sehr hohen Kosten wurde bei den Klassearbeiten von der Erneuerung des Hochdecks Abstand genommen. Wie der Bericht des Kapitäns zeigt, wird diese Arbeit jetzt aber anscheinend akut.*

Zu spät! Denn jetzt verschlechtert sich durch das einströmende Wasser das Auftriebsmoment der Aufbauten rapide. Die PAMIR muss kentern, sobald der Auftrieb der Aufbauten durch eindringendes Wasser aufgehoben wird. Das fatale Ergebnis einer unterlassenen, aber dringend notwendigen Reparaturarbeit vor der Ausreise nach Buenos Aires …

Buschmann behält den Krängungsmesser im Kartenhaus im Auge. Er steht am Anschlag. Gleich darauf brüllt er Diebitsch zu: »40 Grad! Am Anschlag!«

Auf der schwimmenden Ausbildungsstätte der deutschen Handelsmarine spüren Joe und seine Freunde zum ersten Mal massive Gefahr. Andere verhalten sich, als ob sie die Situation nicht ernst nehmen würden. Manche schießen noch Fotos, der Bordarzt versucht das Geschehen mit seiner Kamera zu filmen! Zu Hause werden sie Augen machen! Sie ahnen nicht, dass kostbare Zeit für ihre Rettung ungenutzt verrinnt …

11.00 Uhr Bordzeit. Diebitsch hat, wie seine Offiziere auch, noch nie einen Hurrikan abgewettert. Er scheint die dramatische Gesamtlage immer noch ignorieren zu wollen: »Siemers soll SOS mit der Bitte um Kontaktaufnahme funken!«

Siemers funkt zwar mit dem Notzeichen voran, doch ›Master next God‹ bittet nicht um sofortige und ›uneingeschränkte Hilfe‹, sondern um eine ›Kontaktaufnahme‹ der Schiffe, die sich in der Gegend befinden:

... SOS – here german fourmastbark pamir at position 35.57 n 40.20 w – all sails lost – lopside 35 degrees – still gaining – ships in vicinity please communicate – master ...

Eine Minute später hat sich Diebitsch besonnen. Siemers schickt auf Anordnung ein neues FT in den Äther. Endlich, in einem gravierenden Punkt ändert er den Text:

... SOS – here broken fourmastbark pamir in heavy seas in position 35.57 n 40.20 w – please take course and proceed to us ...

Die Welt und die anderen Schiffe in der Seegegend erfahren erst jetzt, dass die PAMIR ›Wasser macht‹ und ihr Kapitän darum bittet, Kurs auf das Schiff zu nehmen.

PENN TRADER antwortet Siemers sofort, und dieser funkt zurück: *please take course and proceed to us – master.*

11.04 Uhr funkt Siemers erneut seinen SOS-Ruf.

Darauf meldet sich 11.12 Uhr die TANK DUKE, bestätigt den SOS-Ruf, gibt ihre Position durch und macht deutlich: *... halte mich bereit nach Order von dkef ...* ›DKEF‹ ist das Kurzzeichen der PAMIR.

Kuddel auf dem Hochdeck beobachtet, wie Diebitsch einen Kadetten als ›Läufer‹ einsetzt. Dieser hangelt sich auf der extremen Schräge vom Kartenhaus aufs Deck und wieder zurück, um Diebitschs Befehle in das Sprachrohr zu brüllen und umgekehrt neue Funknachrichten seinem Kapitän zu übermitteln.

Joe, Manni, Henry und Tom haben sich auf der Luvseite des Hochdecks hinter der Verschanzung auf Höhe des Großmastes niedergekauert, zur Sicherheit die Hand am Strecktau festgekrallt. Die Sicht durch die Gischt reicht nur bis zum Bug. Manni blickt abwechselnd hinunter zur Leeseite und zur Poop.

»Die See läuft unten durch!«, brüllt er Joe ins Ohr.

Dieser nickt. Ein Blick über die Verschanzung in Lee lehrt einen das Grauen. Die gewaltige Orkansee läuft querein steuerbord, presst sich unter dem Rumpf durch und verursacht in Lee ein Brodeln, Schäumen und Tosen. Ein Zustand wie unterhalb einer Staustufe, die ihre Schleusen wegen Hochwasser offen hält. Der starke Press lässt den Rumpf erzittern. Dumpfe Töne dringen ans Ohr, als würden im Innern Trommeln geschlagen. Das Deck kippt immer mehr, aber stetig nach Lee. Es steht inzwischen derart steil, dass sich die Brecher jetzt an der hoch herausragenden Steuerbordseite brechen. Kaum einer der Wellenberge fegt über die Verschanzung. Grau und Furcht einflößend rollen sie heran und schlagen in Joes Rücken donnernd auf die Stahlplatten der Außenhaut. Im selben Moment stampft die PAMIR schwer unter dem Anprall. Die heulenden, kreischenden Orkanböen gehen über die schützende Luvreling hinweg und verursachen in den Wanten und Verstagungen der Masten ein Pfeifen und Kreischen in allen Tonlagen.

Ingo stemmt sich im Deckhaus gegen die langsame, aber stetig zunehmende Schräglage an der Wand ab. Wenig beruhigend wirken die eingehenden Meldungen der Schiffe auf ihn, obwohl manche schon Kurs auf die PAMIR genommen haben.

11.15 Uhr. Die PRESIDENT TAYLOR meldet sich. Sie wird zwölf Stunden bis zur PAMIR benötigen, PENN TRADER kann die 70 Seemeilen Distanz in schwerer See vielleicht in zehn Stunden bewältigen. Hoffnung auf ein gutes Ende keimt auf.

11.26 Uhr meldet sich die CRISTAL BELL. Sie ist mit 14 Knoten schnell unterwegs. Der Funker teilt Siemers mit, dass sie in gut 24 Stunden eintreffen kann, doch Diebitsch gibt Siemers Befehl, darauf zu antworten: *sie können die reise fortsetzen – brauche ihre hilfe nicht – danke …*

Diebitsch sieht seines und das Leben der Besatzung offenbar noch immer nicht ernsthaft in Gefahr, denn um 11.35 Uhr sendet der Funker der TANK DUKE ein FT mit dem Inhalt: *halten uns noch in bereitschaft* ... Das Adverb ›noch‹ dokumentiert, dass Diebitsch die Realitäten verkennt. Kostbare Minuten, Stunden werden vergeudet, die Leben retten können ...

11.42 Uhr und 11.50 Uhr werden beide Schiffe vertröstet: *FT erhalten – bitte bereithalten – warten.*

Die PAMIR legt sich noch weiter über. Das Backborddeck steht jetzt bis an das Süll der Ladeluken unter Wasser, und die Leenocken der Unterrahen schneiden nun ständig durch Brecher und Wellenberge. Fast die gesamte Besatzung kauert jetzt unterhalb der Steuerbordschanzung, während die Offiziere im und um das Kartenhaus Halt suchen.

Joe beobachtet, dass plötzlich einer der drei Rudergänger durch Pfiffe und Winken auf sich aufmerksam macht. Er will etwas von Spökenkieker.

Der Zimmermann kauert einige Plätze weiter unter der Luvverschanzung. Sofort rutscht er zum Ruder hinunter. Die Hand des Rudergängers zeigt auf die Segellastluke. Sie ist vom schäumenden Wasser überspült. Unverzüglich lässt sich Spökenkieker an einem Tampen weiter nach Lee gleiten, bis er bei der Luke Halt findet. Der zweite Zimmermann hangelt sich ebenfalls zu der Luke. Beide verschwinden zeitweise völlig unter dem tosenden Wasser. Als sich die Luvseite des Hochdecks für einen kurzen Augenblick ein wenig aus den Wellen hebt, springt die Gefahr ins Auge. Die Abdeckpersenning hat sich gelöst. Ein Keil der Verschalkung hat den Brechern nicht standgehalten.

Hilfe tut Not. Joe und Tom lassen sich sofort an einem Tampen bis zur Luke hinab und helfen mit, ein zusätzliches Tau zu spannen. Mit einer Hand an der Leine, mit der anderen Wilfrieds Hosenbund greifend, versucht Spökenkieker mit die Luke wieder vollständig zu verschalken.

Diebitsch erscheint der Einsatz zu riskant. Mit seiner Trillerpfeife und eindeutiger Gestik gibt er Befehl, den selbstlosen Einsatz abzubrechen. Doch seine Pfeife wird weder gehört noch sein Gestikulieren gesehen. Als er einen Matrosen befiehlt, seinen Befehl direkt an den Ort des Geschehens zu überbringen, ist die heroische Tat vollbracht. Joe und Tom hangeln sich mit letzter Kraft wieder hoch unter die Luvverschanzung. Völlig erschöpft und Salzwasser spuckend kauern sie sich nieder. Spökenkieker macht am Kartenhaus Meldung …

Die ›Eimerkette‹ im Offiziergang, hoch zum Kartenhaus, ist inzwischen von Diebitsch aufgelöst worden. Der Wassereinbruch erweist sich als nicht beherrschbar. Entkräftet suchen sich die Jungs auf dem Hochdeck einen Platz, der einigermaßen sicheren Halt bietet.

Hunderte Gedanken fliegen Joe durch den Kopf. Keiner davon hat Bestand, lässt sich weiterspinnen. Die Situation scheint irreal, ja grotesk! Der Sturm heult ungebrochen, die Brecher donnern gegen die hoch aufragende Steuerbordseite, und in Lee kocht und tost die See. Joe hat den Eindruck, die Neigung des Decks in Richtung Vertikale geht weiter. Eher einer Wand gleichend, die in den Himmel wächst, als ein Deck unter seinen Füßen. Langsam gewinnt er die Gewissheit, dass nichts Irdisches diesen Wasserlawinen etwas entgegensetzen kann. Kaum ein Wort wird gewechselt. Jeder beobachtet jeden. Jeder ist mit seinen Ängsten allein. Manche halten weltentrückt die Augen geschlossen. Ausharren ist das Einzige, worauf es jetzt ankommt. Für wie lange?

Unerwartet kommt Bewegung in die Reihen. Ein Befehl wird von Mund zu Mund weitergegeben. »Schwimmwesten anlegen!«

Die Schwimmwestenkiste befindet sich auf dem ›Judentempel‹ des Vortopps. Spökenkieker und Kuddel übernehmen die Verteilung. Es ist inzwischen lebensgefährlich, sich auch nur einen Meter vom Hochdeck zu entfernen. Die Gefahr ist groß, von einem Brecher in die brodelnde See gewaschen zu werden.

Sie schaffen es. Die Korkwesten werden bis auf das Hochdeck weitergereicht. Gegen den Winddruck und mit nur einer freien Hand gerät das Anlegen zum Kraftakt.

Als Kuddel wieder auf das Hochdeck krabbelt, schreit ihm einer ins Ohr: »Eigentlich ist jetzt Mittagszeit!«

Eine indirekte Aufforderung, Furage zu holen …

Auf seinem Weg in die Kombüse sieht er Siemers in der Funkbude festgeklemmt an seinem Platz sitzen. Ingo stemmt sich an der Wand ab. Wieder oben an Deck, kommt das Brot zur Verteilung.

Im selben Augenblick gibt Diebitsch die funktelegrafische Notmeldung frei. Von der katastrophalen Lage an Bord erfährt die Welt nur zwei Minuten später, um 11.52 Uhr: … *please proceed to us immediately – master …*

Zwei Minuten darauf, um 11.54 Uhr, schickt Siemers die funktelegrafische Aufforderung ›an alle‹ in den Äther:

… *SOS – SOS – SOS – de dkef – rush to us – german fourmastbark broken – pamir danger of sinking – master …*

Eine Minute später antwortet PRESIDENT TAYLOR Siemers, den SOS-Ruf erhalten zu haben.

11.57 Uhr funkt Siemers erneut ›an alle‹ Funkstellen: … *now speed – ship is making water – danger of sinking …*

PRESIDENT TAYLOR bestätigt auch diesen Funkspruch.

»Was sagt das Barometer?«, schreit Diebitsch Köhler an.

»992 Millibar steigend!«

Das Zentrum des Orkans scheint sich in unmittelbarer Nähe südlich der PAMIR ausgetobt zu haben.

Diebitsch wendet sich an Joe, Tom und die anderen Jungs, die nahe dem Kartenhaus kauern. Seine Stimme klingt gezwungen, und was er sagt, scheint sich in der wehenden Gischt zu verlieren: »Ehe es dunkelt, seid ihr alle in Sicherheit!«

Das Schiff treibt inzwischen mit mehr als 40 Grad Schlagseite. Kuddel erhält von Diebitsch Anweisung, Zigaretten und harte Getränke zu holen. Er steigt hinab in den Kühlraum. Das Geräuschinferno ist dort unten zwar gedämpft, dafür dringt ein unheimliches Ächzen und Stöhnen an seine Ohren. Ein qualvoller Gesang …

Er ist wie vom Blitz getroffen. Er vernimmt das Brodeln von Wasser, und der Strahl seiner Taschenlampe wird reflektiert von einer schwappenden Brühe. Sie reicht bis an den Türgriff des Kühlraums. Für ihn schwer zu begreifen, da sich die Proviantträume auf der höher gelegenen Steuerbordseite befinden. Warum steht hier Wasser? Da lässt sich nichts mehr herausholen, also nichts wie weg!

Oben im Gang fällt ihm Hein Gummi ein. Kuddel öffnet die Tür zu seiner Kabine. Der Pekinese liegt noch immer zusammengerollt im Handwaschbecken auf seinem bestickten Kissen. Absolut orkansicher! »Hallo, Hein!« Der Pekinese blickt verstört. Kuddel nimmt sich einen Pulli aus dem Schapp, schiebt Zigaretten und eine Flasche Gordon's Gin darunter und sagt: »Tschüss, Hein!«

Das Hündchen maunzt, als wollte es sagen: »Ich warte hier auf dich …«

Inzwischen haben Willi und Ingo ihre Funkbude verlassen, kriechen aus dem Kartenhaus und kauern sich mit dem Rücken zur Wand. Kuddel macht über den Wassereinbruch in den Provianträumen Meldung bei Diebitsch. Seine Antwort: ein Zucken um die Mundwinkel. Er ahnt, dass er bald um sein Leben kämpfen muss. Der Gedanke erscheint ihm unerträglich. Er entlässt Kuddel mit gesenktem Blick.

Die Flasche kreist, und einige stecken sich im Kartenhaus und im Schutz der Leeverschanzung Zigaretten an. Dies gelingt nur, weil es nicht regnet. Trotzdem, ein Wunder bei diesem Orkan …

Ein Kaventsmann von Brecher trifft die Steuerbordseite der PAMIR. Er lässt ihren Rumpf samt Spanten erbeben. Joe blickt sich um, sucht in den Mienen der Offiziere nach Zuversicht. Die extreme Schlagseite deutet eher auf eine Kenterung hin. Wie lange wird sich die PAMIR in dieser misslichen Lage noch über Wasser halten können?

»Die Gerste ist endgültig übergegangen!«, brüllt er Manni ins Ohr, als könnte die Wahrheit Erlösung bringen. Joe erkennt Gunther am Kartenhaus. Er scheint jede Bewegung des Rumpfes zu analysieren. Vielleicht achtet er auch auf die Wellenberge, die das Vordeck mit einem unaufhörlichen Donnern unter sich begraben. Diebitsch steht etwas erhöht auf dem eisernen Schäkel eines Brassblocks, den Blick auf den Bug gerichtet, den er in den grün schäumenden Wasserbergen nur vermuten kann. Vielleicht hofft er, dass seine Haltung Panik verhindert …

Das brodelnde, kochende Wasser in Lee kriecht näher. Das Hochdeck wird bereits bis zum Fuß des Kartenhauses von Wasser umspült.

Die Schlagseite muss schon mehr als 50 Grad betragen.

Wieder kommt in die Menschen oberhalb des Kartenhauses Bewegung. Eine rettende Idee? Joe und seine Freunde beobachten, wie Matrosen der Stammbesatzung hektisch die Laschungen des Schlauchboots auf dem Dach des Kartenhauses und die der Rettungsboote losmachen. An die Rettungsboote auf der Steuerbordseite, hoch über ihren Köpfen, reicht niemand mehr heran.

Diebitsch legt als Letzter die Korkschwimmweste an. Kuddel und Spökenkieker helfen ihm dabei. Angsterfüllt beobachtet Manni, wie sich Diebitsch in die Weste zwängt. »Wir gehen unter!«, brüllt er vor Entsetzen.

13.30 Uhr. Das Unvorstellbare tritt ein. Ein Zittern läuft durch den Rumpf. Dann ein Ruck. Die PAMIR legt sich ganz auf die Seite.

Gunther ahnt: Das ist das Ende! Dann springt er in die grünweißlich schäumende See zwischen Groß- und Kreuzmast.

Kuddel lässt sich an einer Gording in die tosende See ab. Kurz darauf stürzt neben ihm ein Körper ins Wasser. Auf den Wellen tanzt eine weiße Schirmmütze. Gleich daneben taucht Diebitsch auf, hebt die rechte Hand aus der Gischt und brüllt mit letzter Kraft: »Weg vom Schiff! Weg …!«

Schreie durchdringen das Tosen des Orkans. Verzweifelt klammern sich Joe und seine Freunde an den Strecktauen fest. Unter ihnen der tosende, schäumende Abgrund. Zwischen Pardunen, Wanten und Verstagungen springen Kadetten neben- und hintereinander in Gruppen ins brodelnde Wasser. Manche bleiben an den Stahlseilen der Mastverstagungen hängen, plumpsen wie leblos ins Wasser. Viele kommen nicht weg vom Schiff, behindern sich gegenseitig. Das Sterben beginnt. Ein tödlicher Sprung, fühlt Joe und brüllt: »Wartet! Wartet!«

Die Taue sind nass. Die Kräfte schwinden. Panik erfasst die Freunde. Manni muss als Erster loslassen. Darauf folgen Tom und Henry. Joe riskiert einen Blick nach unten. In Lee ist das Wasser zwar etwas beruhigt, doch Wellenberge erreichen seine Füße, dann gähnt wieder ein Abgrund von mehr als zehn, zwölf Metern. Leiber knallen wie leblose Puppen an das steil aufragende Deck. Einer nach dem anderen verschwindet in der kochenden See.

Der Hurrikan greift die Menschen an, trennt sie, reißt sie in die Tiefe. Dort unten, wo jetzt jeder Einzelne verzweifelt um sein Leben kämpft, droht auch Joe das Ende.

Sein Blick geht nach oben. Sie wird sich ganz auf die Seite legen!, schießt es ihm durch den Kopf. Mach, dass du dort raufkommst!

Zwei Meter neben ihm hängt eine weitere Leine. Sie ist am Schanzkleid befestigt. Mit einer gewaltigen Kraftanstrengung zieht er sich an ihr hinauf zur Steuerbordreling. Als er oben ist, passiert es. Die Pamir legt sich vollends auf die Backbordseite. Köpfe, Leiber, Leinen, Holzteile werden von den

Aufbauten des Hochdecks unter Wasser gedrückt. Hätte Joe nur einen Augenblick gezögert, dann wäre das sein Ende gewesen …

Es scheint, als ob das Schiff jetzt mit den Masten im rechten Winkel auf den Wellenbergen treibt. Die Rahen und Mastspitzen beginnen jedoch darin zu verschwinden. Joe ahnt, dass die PAMIR vollends durchkentern wird. Brecher donnern jetzt gegen den Schiffsboden. Riesige Gischtfontänen prasseln auf ihn nieder. Joe begreift seine Chance. Auf allen vieren kriecht er auf der ebenen Seitenwand weiter bis zu der Stelle, wo die Rundung der Steuerbordseite in den Schiffsboden übergeht. Dort legt er sich flach auf den Stahl, um Wind und Wellen keine große Angriffsfläche zu bieten. Er muss verhindern, von der See nach Lee, in das Gewirr aus Leinen, Verstagungen und Trümmerstücken, gespült zu werden. Aus dem Höllengrund gäbe es kein Entrinnen mehr.

Das Vibrieren des Rumpfes überträgt sich auf Joes Körper, begleitet von einem unheimlichen Stöhnen, Ächzen und Zischen, als ob in seiner unmittelbaren Nähe durch hohen Druck Luft zwischen den rostigen Stahlplatten entweichen will. An mehreren Stellen quillt eine Art gelber Brei durch die Risse der Stahlplatten. Die PAMIR liegt mit den Elementen im Todeskampf …

Trotzdem fühlt Joe Stille. Das infernalische Kreischen des Hurrikans in der Takelage ist verstummt. Seine Ohren sind mit Taubheit geschlagen. Er schließt für einen Moment die Augen. Das Auf und Ab des Rumpfes könnte der Bewegung eines Wales entsprechen, der bedächtig durch die Fluten pflügt. Joe wünscht sich aus diesem Albtraum zu erwachen. Halb besinnungslos vernimmt er, wie unter ihm durch Raumlüfter, Luken, Niedergänge und Aufbauten Wasser einströmt, das die Luft unter hohem Druck nach außen presst.

Plötzlich ist er hellwach. Der Seitenwand beginnt sich abwärts zu neigen. »Verdammt …!«

Während die Pamir durchkentert, hangelt sich Joe wieselflink auf den Schiffsboden, der zum Deck wird. Schnell balanciert er zum Heck, dorthin, wo die Antriebswelle der Schiffsschraube aus dem Rumpf ragt. Sie wird vom Sturm angetrieben wie das Rad einer Windmühle. Er klammert sich an den Stahlbügel, durch den die Schraube vor Grundberührungen geschützt wird, merkt nicht, wie scharfkantige Muscheln die Haut seiner Hand aufritzen. Sein Blick fällt auf seine Armbanduhr. Ein Konfirmationsgeschenk seines Onkels. Immer sorgsam behandelt. Wasser ist in das Gehäuse eingedrungen. Die Zeiger sind bei 13.13 Uhr stehen geblieben!

Wo sind die anderen? Joe dreht sich um. Schwere Brecher schießen über den Rumpf hinweg. Das tosende, bleigraue Meer verschlingt alles. Seine Kameraden sind vom Schiffsboden verschwunden. Gischt hüllt ihn wieder ein …

Wie vom Blitz getroffen fährt Joe zusammen. Ein ohrenbetäubender Knall erschüttert ihn bis ins Mark. Der Rumpf scheint zu bersten. Joe reißt die Augen auf. Mit einem infernalischen Pfeifton und Zischen, als ob der Kessel einer Dampflok birst, schießt etwa mittschiffs, Achterkante Hochdeck, eine turmhohe, gelblich eingefärbte Fontäne in den Himmel. Eine Eruption aus verwirbelter Gerste, Staub und Wasser. Sie muss unter einem gewaltigen Druck dem Rumpf entweichen, da selbst Orkanböen sie nicht verwehen können! Im selben Moment sackt der Bug weg. Der vordere Teil des Rumpfes ist nun nicht mehr auszumachen. Die Pamir beginnt in dieser Wasserwüste zu versinken.

Runter vom Rumpf!, schießt es Joe durch den Kopf. Angsterfüllt blickt er sich um, versucht die Gischt zu durchdringen. Seine Augen weiten sich: Der graugrüne Rücken einer Monstersee walzt auf ihn zu. Bei diesem Koloss wird es kein Halten geben. Der Wasserberg prallt mit ungeheurer Gewalt auf den Rumpf. Joe holt tief Luft, lässt los …

Der Kaventsmann erfasst ihn mit Wucht, reißt ihn mit sich,

lässt seinen Körper im brechenden Kamm mehrmals überschlagen und zieht ihn schließlich in die strudelnde Tiefe. Joe wird von der Gewalt der Walze für eine kleine Ewigkeit unter Wasser gedrückt.

Wie damals, als er in einen Strudel an einem Wehr geraten war. Als Zehnjähriger. Auch da hatte er nicht die Nerven verloren. Er vermeidet es, blind und unkontrolliert mit Armen und Beinen um sich zu schlagen, um wieder nach oben zu kommen. Schon spürt er, wie sich die Fangarme der mächtigen Walze lockern und wie ihn die nächste Woge, ähnlich einem Korken, emportreibt. Schließlich hebt sich sein Kopf aus der kochenden See. Luft! Luft!

Gischt schlägt ihm ins Gesicht. Er gibt acht, kein Salzwasser zu schlucken. Eine weitere Woge stemmt ihn empor, trägt ihn weiter. Schwerelos.

Als er aus dem nächsten Wellental nach oben gespült wird, sieht er wieder die Fontäne. Der Kaventsmann hat ihn gut einhundert Meter weit mitgerissen. Plötzlich sackt die Fontäne in sich zusammen. Er sieht noch ein letztes Mal die Schraube und das Heck, bevor es für immer in den Fluten verschwindet. Die PAMIR sinkt auf Position 35° 57' N, 40° 20' W.

Das grausame Gefühl, allein und verloren in dieser Wasserwüste zu treiben, verursacht in Joe panische Angst. Verdammt, es müssen doch Kameraden in der Nähe sein! Er brüllt die Namen der anderen, aber das Tosen des Sturms überlagert alles. Wo sind die Rettungsboote? Das Schlauchboot müsste doch in der Nähe treiben …

Die Gedanken werden unter einer mächtigen Woge ertränkt. Getroffen von einem gewaltigen, brechenden Wellenkamm, wird Joe erneut in einen Abgrund geschleudert. Instinktiv zieht er die Beine an die Brust, umklammert sie und vollführt mehrere Saltos. Diesmal kommt er schneller wieder an die Oberfläche. Beobachte die Wogen, und kontrolliere deine Bewegungen, rät ihm sein Instinkt.

Die anrollende See scheint sich gerade etwas zu beruhigen. In den Wellentälern ist es fast windstill, und die Konturen der Wellenberge erscheinen in einem drohenden, fahlen Licht. Graugrün ist die See ringsum, grau der Himmel über ihm. Rhythmisch folgen nacheinander Wellental-Woge-Wellental-Woge …

Plötzlich entfährt ihm ein Jubelschrei: »Heeeeeeja!«

Etwa drei, vier Wassergebirgszüge weiter glaubt er einige Köpfe und schwimmende Gegenstände gesehen zu haben. Vor Freude unaufmerksam, wird Joe im selben Moment erneut von einem Brecher mitgerissen. Schon geht es wieder abwärts. Ihm ist, als würde ihm der Kopf abgerissen. Diesmal schlägt die Korkschwimmweste gegen sein Kinn, reibt wie verrückt an Hals und Kinnspitze, während er in der Wasserwalze erneut Purzelbäume schlägt. Ein Strudel zieht ihn in die Tiefe. Der Druck auf die Ohren ist unerträglich. Sein Ende scheint gekommen, doch im letzten Augenblick geht es wie im Fahrstuhl wieder aufwärts. Sein Kopf kommt endlich über Wasser. Joe spuckt aus, hustet, seine Lungen saugen sich voll Luft. Wenig später hat er seinen Körper wieder unter Kontrolle …

Wütend über sich selbst, dreht er sich auf den Rücken, um die gigantischen Seen, die pausenlos anlaufen, im Blickfeld zu haben. Oben auf den Kämmen treffen Orkanböen das Gesicht wie Prankenhiebe, Gischtfetzen fühlen sich an wie Nadelstiche. Gegen die übermächtige Gewalt der Brecher kann er zwar nichts ausrichten, doch er muss die Wellen beobachten, um vor Überraschungen gefeit zu sein. Jede von ihnen kann den Tod bedeuten.

An Bord der PAMIR waren die meisten Kameraden von Stürmen fasziniert, und manche machten den Eindruck, als besäßen sie ein fast enzyklopädisches Wissen darüber. Sie erzählten von teuflischen Wellen, die unerwartet auftauchen, Schiffe und Besatzungen überraschen, und berauschten sich an den Katastrophen. Die Realität ist jedoch viel grausamer. »An langen Fahrten und großen Wellen wachsen Seeleute«, sagt man. Joe denkt: Nein danke!

Eine Serie gleichmäßiger Wogen rollt heran. Ein Schauer von Freude und Hoffnung durchfließt ihn. Wieder erblickt er Köpfe. Auf dem Kamm der nächsten Woge fängt er an zu kraulen. Wie ein Torpedo schießt er vor der Woge in das Wellental und wird am tiefsten Punkt von den gigantischen Wassermassen eingeholt und begraben. Ohne eine einzige Schwimmbewegung wird er wieder nach oben katapultiert. Der Rücken schmerzt entsetzlich. Die Wassermassen hätten ihn fast erschlagen. Mördersee!

Bei der nächsten Woge macht Joe die Schwimmbewegung erst, nachdem der steilste Punkt der Woge unter ihm hindurchgegangen ist. Dann heißt es wieder Hocke einnehmen, Luft anhalten, einige Saltos schlagen, abwarten und nach oben treiben lassen, Kopf wieder aus dem Wasser strecken …

Auf dem nächsten Wellengipfel angekommen, stellt sich die Situation aber völlig anders dar. Die Kameraden schwimmen jetzt offenbar hinter ihm. Es klappt nicht. Jede anrollende Welle verhält sich anders. Eine Orientierung in dem Gebirge aus Wogen ist fast unmöglich. Joe versucht nochmals, sich mit Schreien und Handzeichen bemerkbar zu machen. Verdammt, sie müssten ihn doch sehen!

Auf dem Kamm einer riesenhaften Woge glaubt er zu sehen, dass einer der beiden Männer die Hand hebt. Kurz darauf trennt sie nur noch ein Wellental. Drei Wogen später hat er sie wieder aus den Augen verloren, zwei wilde Wellenritte später befindet er sich gut dreißig Meter entfernt von ihnen in ein und demselben Wellental. Unter Aufbietung aller Kräfte krault er in Richtung der beiden Männer. Wieder reißt ihn eine Welle fort. Als er auftaucht, blickt er auf eine bleigraue, leere Wasserwüste …

Der nächste Brecher schüttelt ihn erneut brutal durch. Als er nach oben kommt, sieht er, wie die beiden Männer jetzt auf ein großes, flaches Holzstück zuschwimmen. Der Form nach ist es das Fragment einer zerschmetterten Tür. Ein Kamerad hängt an einer Leine. Auch er kämpft um jeden Meter. Beide mussten ihr Floß offensichtlich loslassen und wurden abgetrieben. Nur ein einziges Wellental trennt sie jetzt noch voneinander. Für Joe zum Greifen nah …

Erneut verliert er sie aus den Augen.

»Du musst dorthin! Schwimm in diese Richtung!«, brüllt er, um sich selbst anzufeuern. Angetrieben durch Todesangst, beginnt er um sein Leben zu kraulen. Die nächste Woge hebt ihn an. Gott sei's gedankt, ihr Kamm bricht nicht. Ein Kamerad winkt. Jetzt treiben sie plötzlich auf ihn zu …

Noch wenige Züge. Ein Berg aus Wasser walzt heran. Als er aus der Tiefe wieder auftaucht, schwimmt Tom neben ihm. Er hält eine Leine in seiner Linken. Ohne ein Wort zeigt er ihm das Ende des Tampens. Auch Joe klammert sich an die beschädigte Tür. Vor Stunden noch hat sie irgendeinen der Niedergänge verschlossen. An ihr ist mit einer weiteren Leine ein Rettungsring befestigt. An diesen hat sich Henry geklammert …

Die beiden langen Leinen sind durch ein Loch in der Tür gezogen und verknotet, sodass sie nicht verloren gehen können. Zwei weitere sind ebenfalls durch das klaffende Loch geschlungen und durch Knoten gesichert. Joe fragt: »Sind wir die Einzigen …?«

Die Antwort Toms dringt nur bruchstückhaft an sein Ohr: »Vorhin – zu viert – schwere Brecher – weg …«

Tom deutet auf eine der Leinen. Joe versteht und schnappt sich eine. Sie muss sehr lang sein, denn das Ende ist nicht gleich zu greifen. Henry kommt nah an sein Ohr heran: »Wenn ein Brecher – weg von Tür – Tampen festhalten …«

Schon der nächste Ritt reißt sie wieder auseinander. Die Leine rutscht durch Joes Hand, als hätte er Schmierseife an den Händen. Schließlich kann er sie doch festhalten. Mit der Leine in der Hand kann er keine Saltos schlagen, daher wird sein

Körper schmerzhaft durchgeschüttelt. Wieder aufgetaucht, zieht er sich mühsam heran. Seine Leine hat sich mit der von Tom verheddert. Die Tür hat sich offenbar mehrmals in der brechenden See überschlagen. Endlich ist auch Henry wieder herangekommen. Sein Gesicht ist schmerzverzerrt …

Erneut beginnt eine Talfahrt. Die Freunde verständigen sich durch Handzeichen. Joe lässt die Tür los, zieht die Beine an. Doch diesmal haben sie Glück. Jede Minute, in der sie sich am Holz festklammern können, schöpfen sie Kraft. Ein Rhythmus, der schnell erlernt wird. Gelegentlich kommt es zur Bildung von Riesenwellen, die mehr als zehn Meter betragen. Steile Wogen, die kaskadengleich in sich zusammenstürzen, während der Orkan brodelnden weißen Schaum fortweht. Obwohl sie sich schon Stunden im Wasser befinden, empfinden sie keine Kälte. Der Wind ist kühl, doch das Wasser wärmt. Es mag um die sechsundzwanzig Grad haben.

Sie zählen nicht, wie oft sie loslassen, sich wieder heranarbeiten müssen, wissen nicht, wie viele Stunden sie schon in der kochenden See treiben. Das Meer scheint bewegter, wilder zu sein als noch vor einigen Stunden. Kreuzseen bilden sich. Kollidierende Wellenzüge mit brodelnden Kämmen türmen sich auf. Das Wasser schnellt empor, sinkt ebenso rasch wieder weg, schafft Mulden, bildet hoch oben Klippen, die als Wasserlawinen herabstürzen. Es fehlen jeglicher Rhythmus und jegliche Gesetzmäßigkeit.

Doch das Schlimmste ist der Salzgeschmack im Mund. Die Männer spucken unaufhörlich, um die Schleimhäute davon frei zu bekommen. Die Lippen brennen. Durst macht sich bemerkbar. Entsetzlicher Durst, und kein einziger Schluck Süßwasser ist verfügbar …

Der Gedanke an die herannahende Nacht macht ihnen Angst. Noch mehr, dass ihnen nichts anderes übrig bleibt, als sich treiben zu lassen und für Rettung zu beten. Wie viele Kameraden mögen noch in dieser Hölle treiben? Vielleicht noch unter fürchterlicheren Bedingungen als man selbst. Und es wird schlimmer kommen, je stärker die Dämmerung heraufzieht.

In Abständen machen sie sich gegenseitig Mut. Tom prustet: »Sie werden uns rausholen. Ganz sicher!«

»Ja, es sind ja einige Schiffe unterwegs. Vielleicht dauert es nur noch eine Stunde!«, krächzt Henry zurück.

»Bald strecken wir in einer trockenen Koje unsere Füße aus …«

Plötzlich deutet Henry in die Richtung, aus der der Orkan bläst. Joe und Tom erblicken gleichzeitig einen größeren, dunklen Gegenstand, der auf den Wellen tanzt. Sofort haben alle drei begriffen und schreien vor Freude.

»Das Schlauchboot!«

»Los, hin!«, schreit Tom spontan.

Die Antwort wird von einer rabiaten Kreuzsee gegeben, von der sie erbarmungslos unter Wasser gedrückt werden. Als sie wieder auftauchen und sich an die rettende Holztür herangekämpft haben, ist das Schlauchboot verschwunden. Jeder wähnt es in einer anderen Himmelsrichtung.

»Abwarten! Wir müssen abwarten …«, keucht Joe.

»… und Kräfte sparen …«, ergänzt Henry gequält.

Joe bemerkt, dass Henry Schmerzen plagen. Seine linke Schulter scheint lädiert. Er vermeidet es, ihn zu fragen. Angestrengt halten sie Ausschau. Ein Freudenschrei: »Dort schwimmt es!«

Jetzt haben auch die Freunde das Schlauchboot wieder entdeckt.

»Es treibt direkt auf uns zu!«, brüllt Tom. »Wir müssen es einfangen!«

»Ich versuche es!«, ruft Joe. »Tom, du folgst mir!«

Zwei Wellentäler trennen ihn noch vom Gummiboot. Im richtigen Moment löst sich Joe von der Tür, lässt die Leine aus der Hand gleiten und krault auf das Boot zu. Tom tut es ihm gleich.

Joe hätte keinen Moment zögern dürfen. Als er nah genug heran ist, entdeckt er Haltegurte und Leinen, die in Schleifen außen an den Wülsten angebracht sind. Der erste Versuch muss gelingen …

Das Glück steht ihm zur Seite. Erst bekommt er eine, dann eine zweite Halteschlaufe zu fassen. Tom folgt seinem Beispiel. Als das Schlauchboot querab zur Holztür treibt, folgt auch Henry, an einer Leine den Rettungsring hinter sich herziehend. Als er dran ist und sich gegenüber von Joe und Tom in eine Halteschlaufe krallt, werden sie von einer haushohen Woge erfasst. Das Schlauchboot bleibt erst wie auf einem Steilhang kleben, bevor der mächtige, brechende Wellenkamm es mit sich fortreißt. Eine rasende Talfahrt ist die Folge. Wer jetzt loslässt, wird nicht mehr herankommen. Arme und Schultern schmerzen teuflisch, als die Fahrt im Wellental abrupt gestoppt wird. Kaum tanzt das Boot etwas ruhiger auf den Wellen, versucht Joe mit äußerster Anstrengung, sich in das Schlauchboot zu stemmen. Die klobige Korkschwimmweste entpuppt sich dabei als Hindernis. Dennoch gelingt es ihm. Knietief schwappt das Wasser im Boot.

Tom versucht es ebenfalls, bleibt aber mit seiner Korkweste an einer Schlaufe hängen. Joe greift beherzt zu und zieht Tom ins Boot. Gemeinsam helfen sie Henry, der sich mit letzter Kraft durch die Wassermassen gekämpft hat. Allein hätte er es nie geschafft. Der Rettungsring dagegen ist verloren.

Joe sieht einen mächtigen Wellenberg herankommen.

»Festhalten und flach hinlegen!«

Wie von einer Riesenfaust angeboxt, droht sich das Schlauchboot zu überschlagen. Von Dingi und See begraben, hätte dies für die Jungs das Ende sein können. Im letzten Moment jedoch kippt es zurück, stabilisiert sich in dem Inferno. Joe sucht hektisch die Paddel, doch die komplette Ausrüstung ist futsch. Wenigstens ist der Boden verstärkt und hat einen angedeuteten Luftkiel. Der großvolumige Schlauch ringsum verhindert leidlich das seitliche Schwanken.

Henry liegt apathisch und völlig erschöpft in der Plicht. Seine rechte Hand umfasst eine der Griffschlaufen, während seine linke kraftlos herabhängt. Die Augen geschlossen, erträgt er offensichtlich nur schwer seine Schmerzen. Die nächste Welle füllt das Boot fast bis zum Rand. Henry wird davon völlig überrascht. Seewasser gerät in Lunge und Magen. Ein entsetzliches Würgen ist die Folge, gepaart mit einem krampfartigen Abhusten. Joe klopft ihm auf den Rücken. Henry schreit vor Schmerz. Es steht nicht gut um ihn. Tom bittet Gott um Hilfe …

Joe macht sich Sorgen um die Sicherheit auf dieser labilen Insel aus Gummi. Er stößt Tom an. »Achte auf die Wellen! Immer Gewicht verlagern, damit wir nicht umgeworfen werden.«

Daraufhin verteilen sie sich. Dort, wo das Schlauchboot eine Art Bug bildet, kauert Joe, Henry liegt quer zur Mitte, und Tom hockt quasi am Heck. In ihren Fäusten halten sie die Schlaufen fest umschlossen.

Jetzt spürt auch Joe, wie erschöpft er ist. Am liebsten würde er die Augen schließen und einschlafen. Ein tödliches Wagnis. Als die nächste See sie nach oben trägt, blickt er rundum. Wasser, nichts als graugrünes Wasser …

Eine Weile geht alles gut. Die Brecher sind gnädig. Dafür kriecht die Kälte in ihnen hoch. Im Wasser treibend war nichts davon zu spüren. Doch jetzt kühlt der Sturm die Körper aus, und jede Böe lässt das Boot um sich selbst kreisen. Manchmal hat Joe den Eindruck, sie fallen einen Wasserfall hinab, um gleich darauf wieder an der nächsten Wasserwand emporzujagen. Der Orkan treibt das Schlauchboot rasant vor sich her. Sie entfernen sich rasch von der Untergangsstelle der PAMIR. Dorthin sind aber die Rettungsschiffe unterwegs …

Beunruhigt teilt er seine Beobachtung Tom mit. Keine Antwort. Während Joe noch grübelt, schlägt das Schicksal erbarmungslos zu. Eine kolossale, steile See walzt heran, türmt sich kurz vor dem Schlauchboot auf, während sich der Wellenkamm bricht. Das Schlauchboot stellt sich senkrecht. Der Sturm bekommt die Unterseite zu fassen und schlägt das Boot um, wirbelt es wie ein Spielzeug durch die Luft. Die drei werden in hohem Bogen in das Wellental geschleudert. Keiner der Jungs kann sich festhalten. Tonnen von Wasser stürzen über ihnen zusammen. Die brutalste Welle, seit sie im aufgewühlten Meer treiben. Es dauert eine Ewigkeit, bis Joe wieder an die Oberfläche kommt. Sein Körper schmerzt ungeheuer. Er realisiert, dass er aus dem Schlauchboot katapultiert wurde. Panik! Wo ist das Boot?

»Hierher!«, dringt ein Schrei an seine Ohren. Joe vollführt eine Wende. Ein Wunder! Das Schlauchboot treibt unweit im selben Wellental, und in ihm sitzt Tom. Er hatte maßloses Glück. Erst rausgeschleudert, findet er sich wieder in ihm. Er kann es selbst kaum fassen. Tom gestikuliert wild: »Schnell! Schnell ...!«

Joe ignoriert die Schmerzen, krault um sein Leben und erreicht endlich das Dingi. Seine Hand fasst nach dem rettenden Haltegriff. Erneut beginnt eine Berg- und Talfahrt. Joe kann sich festhalten. Diesmal geht es gut. Spuckend und prustend gelingt es ihm, mit Toms Hilfe ins Boot zu kommen.

»Henry? Wo ist Henry?«, fragt Joe entsetzt. Beide blicken sich um. Nichts ist von ihrem Kumpel zu sehen. Sie brüllen seinen Namen. Auf dem nächsten Wellengipfel sucht Joe rechts und Tom links vom Dingi das Meer ab. Ohne Erfolg. Mit der Zeit wird klar: Sie haben ihren Freund und Kameraden Henry für immer verloren ...

Joe erinnert sich an die letzten Worte des Kapitäns: »Ehe es dunkelt, seid ihr alle in Sicherheit!« Der blanke Hohn!

Sie fragen sich: In welche Richtung und wie weit sind wir wohl inzwischen abgetrieben, und wie spät mag es sein?

Die Richtung ist schnell ausgemacht. Im Norden und Osten hat sich der Horizont inzwischen rabenschwarz eingefärbt, im Westen und Süden hingegen ist er noch hellgrau. Das Dingi treibt mehr in südliche Richtung ab. Kurs ist damit nicht zu halten. Man kann sich darin nur ausruhen und treiben lassen.

»Sechs Stunden wird es her sein, seit unsere PAMIR untergegangen ist«, spekuliert Tom.

»Dann kann es nicht mehr lange dauern …«, erwidert Joe. Tom zweifelt: »Wie wollen die uns finden, wenn erst dunkle Nacht herrscht?«

»Die haben Scheinwerfer. Die reichen meilenweit«, versichert Joe hoffnungsvoll. »Außerdem ist das Schlauchboot hundert Mal größer als ein Kopf, der mehr unter als über Wasser steckt, wenn wir in der See treiben würden.« Daraufhin kauert er sich zusammen, beide Hände in die Haltegriffe gekrallt. Das Wasser im Schlauchboot reicht ihnen bis zum Nabel.

»Wie machen wir es in der Nacht?«, fragt Tom.

»Ich weiß nicht …«

»Wenn wir beide einschlafen, können wir uns nicht bemerkbar machen, sollte ein Schiff in unsere Nähe kommen.«

»Wir können uns ja abwechseln …«

»Okay. Sag mir, wenn du schlafen möchtest.«

»Sag ich …«

Die See ist nach wie vor ein Hexenkessel, stürmisch und schaumbedeckt, und das Schlauchboot verhält sich wie eine Schiffschaukel in den Wogen. Zwei- bis dreimal drohen sie umzukippen, doch es geht gerade noch gut. Währenddessen senkt sich die Nacht über das tobende Meer.

Joes Gedanken kreisen um die Brutalität der Natur. Seine Haut ist runzelig, der Durst zunehmend quälend, die Kräfte schwinden. Dazu nichts als Meerwasser! Viel hat er schlucken müssen. Er weiß, dass zu viel den Tod herbeiführt. Was ist, wenn sie nicht gefunden werden? Wird der Durst ein quälendes Ende bedeuten?

Der Herbst ist die Zeit des Todes und der Winter sein Schlaf, geht es ihm durch den Kopf. Tod ist ein langer Schlaf. Schlaf ist beruhigend, erholsam, erquickend – manchmal sogar abenteuerlich. Im Schlaf fühlt man sich frei – auch frei von Angst.

Tom sinniert über die Zeit. Für ihn ist sie noch längst nicht reif, um abzutreten. Für die PAMIR ist sie nun abgelaufen. Für ihn ist sie immer noch ein prägendes Abenteuer. Er will um sein Leben kämpfen. Den Durst verdrängt er. Die Zeit wird die Rettung bringen und die Wunden heilen. Darin ist er sich sicher …

Joe legt seinen Kopf auf die Gummiwulst und blickt empor zum Himmel. Die Wolkendecke reißt hier und da auf, und Sterne funkeln. Wieder droht ein Brecher sie aus dem Boot zu kippen. Bange Sekunden, in denen die Nerven zum Zerreißen gespannt sind. Wie oft noch? Nach der überstandenen Situation wirkt sich die Erschöpfung umso bedrohlicher aus. Das Schlafbedürfnis wächst. Nur die Angst hält sie wach. Sie fürchten, nachts wieder herauskatapultiert zu werden. Würden sie danach noch die Kraft haben, zurück in das Schlauchboot zu kommen? Kälte und Salzwasser haben beiden erheblich zugesetzt. Die Haut juckt. Die Hoffnung schwindet von Minute zu Minute.

Um nicht einzuschlafen, richtet sich Joe ein wenig auf und wartet auf eine Woge, die sie nach oben trägt. Die Gischt des Meeres leuchtet und hellt die Dunkelheit auf. Als er sich das Wasser aus dem Gesicht wischt, erhaschen seine Augen einen Lichtpunkt in der Ferne. Eine Täuschung? Joe sagt nichts, sondern wartet auf die nächste Welle. Da! Da ist er wieder …

Noch einmal wartet er ab. Wieder im Wellental, fordert er von Tom: »Schau in diese Richtung! Was siehst du?«

»Ein Licht! He, da ist ein Licht! Das muss ein Dampfer sein!« Tom fällt Joe um den Hals. »Ich wusste es! Sie kommen. Die Rettung! Juchuuuuu! Joe, wir sind gerettet!«

Joe dämpft die Erwartung: »Es wird aber in der Dunkelheit extrem schwer sein, uns auszumachen.«

»Aber wir wissen jetzt, sie suchen nach uns!«

»Super! Und das ganz in unserer Nähe.«

»Das überstehen wir! Spätestens in der Morgendämmerung haben die uns rausgeholt.«

Joe denkt an Henry und daran, wie schnell der Tod zuschlagen kann. Im Schlauchboot befindet sich keine Taschenlampe, kein Feuer, kein Signalhorn, keine Trillerpfeife, einfach nichts, womit man auf sich aufmerksam machen könnte.

Gebannt blicken sie in die Richtung des Lichtpunktes. Nach einigen Berg- und Talfahrten wachsen Gewissheit, Freude und Hoffnung. Das Topplicht eines größeren Schiffes kommt immer näher …

»Ein Wunder! Ein Wunder!«, schreit sich Joe die Seele aus dem Leib.

Tom kniet und ruft: »Gott im Himmel, ich danke dir!«

Nach wenigen Minuten sehen sie einen Suchscheinwerfer, der nervös hin und her pendelt. Joe und Tom jubeln erneut, schreien vor Freude, bis ihre Stimmen versagen …

Der dunkle Rumpf des Schiffes wirkt schemenhaft. Jetzt wird deutlich, was für ein Seegang herrscht. Der Bug des großen Schiffes wird regelmäßig von haushohen Wellen getroffen, die in riesigen Gischtfontänen vom Sturm verblasen werden. Der Dampfer selbst, hell erleuchtet, rollt extrem in der schweren See …

Der Scheinwerfer auf der Brücke zielt jetzt in ihre Richtung. Obwohl gefährlich, steht Joe auf und winkt mit beiden Armen, während Tom mit Freudenschreien versucht, gegen den Wind anzubrüllen. »Hierher! Hier! Wir sind hier!« Das Licht des Scheinwerfers zielt zu kurz. Ernüchterung. Der Dampfer passiert das Schlauchboot in knapp einer Seemeile. Die Lichter entfernen sich …

Tom sinkt nieder und trommelt vor Enttäuschung mit beiden Fäusten auf die Gummiwulst. Die Hoffnung auf eine schnelle Rettung verschwindet genauso schnell wie die Positionslichter des Dampfers.

»Festhalten!«, brüllt Joe. In der Dunkelheit sieht er ein steiles, schwarzes Monster anrollen. Alles geht rasend schnell. Das Boot hebt an der brechenden Wellenkante wieder ab. Doch diesmal mobilisiert die konkrete Hoffnung auf eine baldige Rettung alle Kräfte. Das Schlauchboot wird zum Spielball der Elemente, segelt regelrecht in die Tiefe, jedoch ohne umzuschlagen. Dafür werden Boot und Besatzung im Wellental von Wassermassen regelrecht begraben. Der Brustkorb schmerzt, die Handgelenke werden verdreht, die Sehnen am Arm gezerrt, die Rippen geprellt. Es dauert, bis das Dingi wie ein Delfin nach oben schießt wie eine makabre Zirkusnummer.

Tom spürt einen vernichtenden Schmerz in seinen Lungen. Untergetaucht fürchtete er zu ersticken, und durch den Atemzwang saugte er Seewasser ein. Joe klopft auf seinen Rücken, während sein Freund unter Krämpfen das Seewasser aus seinen Lungen prustet. Tom japst, ringt um Luft, würgt entsetzlich …

Schließlich verliert er die Besinnung. Joe zieht Tom an sich heran. Er müsste ihn bei der Hüfte packen und hochziehen, doch die Balance wäre nicht zu halten und Toms Kopf würde im schwappenden Wasser hängen. Joe versucht erneut, mit Rückenklopfen und dosierten Schlägen ins Gesicht Tom zu reanimieren. Schließlich öffnet Tom die Augen. Er gewinnt das Bewusstsein zurück, beginnt erneut unter Krämpfen das Seewasser auszuhusten …

Joe zieht den völlig Erschöpften zu sich heran, sodass Toms Kopf an seiner Schulter liegt. Sein Atem pfeift, Wasser rasselt in seinen Lungen. Sanft streichelt Joe seine Wangen. Sein Freund ist bei allen beliebt gewesen. Hilfsbereit, aufgeschlossen, zog er nie über andere her und hatte Ehre im Leib. Auf diese Art hat er immer die Achtung und Anerkennung seiner Kameraden gehabt. Doch vom Kapitän als ›Pfannkuchen‹ bezeichnet zu werden verletzte seine Ehre. Das hat er Diebitsch nie verziehen und wollte in Hamburg an oberster Stelle wegen dieser Beleidigung ordentlich Wind machen.

Ein harter Windstoß stoppt plötzlich die Talfahrt. Es scheint, als hätte der Wind gedreht. Das Schlauchboot tanzt ein paar Mal hin und her, dreht sich schließlich im Kreis. Joe weiß nicht, wie lange er Tom schon im Arm hält, als der sich überraschend von ihm löst. Er beginnt zu röcheln, spuckt, würgt und hustet grässlich. Dann presst er heraus: »Wasser! Gib mir Wasser!«

»Tom! He, Tom – aufwachen!«

»Wasser …«

»Wir haben keins! Du musst durchhalten.«

»Wasser – Wasser …«

Joe kann ihn nicht beruhigen. Schon beugt sich Tom nieder. Es sieht so aus, als wollte er Seewasser trinken. Joe reißt ihn hoch und gibt ihm eine Ohrfeige. »Bist du verrückt? Wir müssen durchhalten! Du hast doch auch das Schiff gesehen …«

»Wasser …«

Joe weiß, dass die größte Gefahr beim Trinken von Salzwasser im Vertrocknen liegt. Den Wahnsinn, der einen angeblich überkommt, wenn man einsam auf dem Meer treibt, gibt es nicht, dagegen macht das Trinken von Meerwasser in der Tat wahnsinnig. Um einen Liter Meerwasser zu verarbeiten, braucht der Körper zwei Liter Süßwasser. Ansonsten entzieht das Salz dem Körper Wasser bis zum Delirium …

Joe umklammert Tom erneut. In seinen Armen beginnt er zu fantasieren. »Du hast den Regen vergessen – mach ernst damit – die Rettung – die Rettung – wir kommen zum Glauben – Waffen des Lichts – Christus besitzt keine Macht …« Dann verstummt er.

Mit steifen Armen hält Joe Tom fest. Die Kälte macht ihm immer mehr zu schaffen. Der Wind, die nasse Kleidung, das Wasser im Dingi, alles eisig. Dazu die Müdigkeit. Regelmäßig hält er Ausschau, um sich wach zu halten. Einmal glaubt er einen rötlichen Lichtschein am Horizont zu sehen. Doch bei der nächsten Welle, die ihn nach oben trägt, ist der Schein verschwunden. Tom liegt still da – zu still. Joe macht einen Arm frei und fährt sich über das Kinn. Ein brennender Schmerz lässt ihn innehalten. Die starre Korkweste hat an dieser Stelle die Haut abgescheuert …

Wenigstens hat sich der Wellengang ein wenig beruhigt, und auch der Wind hat etwas nachgelassen, dennoch treibt er das Schlauchboot vor sich her. Die Nacht schleicht dafür nur langsam dahin. Etwas zuversichtlicher schließt Joe für einen Moment die Augen …

Als er sie wieder öffnet, entdeckt er einen orangefarbenen Streifen am Horizont, der von olivfarbenen Wolken unterbrochen wird. Er muss tief geschlafen haben. Der Morgen findet beide – ohne die erhoffte Rettung – entkräftet im Schlauchboot. Der Mund ist trocken, als hätte der Körper die Speichelproduktion eingestellt. Triefnass, die Haut aufgeweicht und schrumpelig, frierend, die Lippen aufgeplatzt, steif die Glieder, durstig und verzagt, blinzelt Joe dem neuen Tag entgegen. Dann tätschelt er Toms aschfahles Gesicht. »Moin, moin, alter Kumpel! Neuer Tag – neues Glück!«

Keine Antwort! Panisch zieht er ihn hoch und legt den Kopf auf die Gummiwulst. Seine Hand klatscht Tom ins Gesicht.

»Tom!« Der Aufschrei erstickt in seiner Kehle.

Schon kniet er neben ihm, schüttelt ihn durch. »Wach auf!«

Toms Kopf sinkt reglos auf die Brust. Joe sucht seinen Puls …

Nichts!

»Warum?«, brüllt er ihn unter Tränen an. »Warum, zum Teufel, hast du schlappgemacht?« Von einem Weinkrampf geschüttelt, wiegt Joe Toms Leichnam in den Armen. Er ist am Ende.

Als er sich halbwegs gefangen hat, geht sein Blick ausdruckslos zum Himmel. Dort steht die Sonne wie hinter einem Milchglas am Horizont. Er schließt die Augen. Sie brennen vom Salz, das krustig in den Augenbrauen klebt. Er rubbelt sich das Salz aus dem Gesicht. Die Lippen, dick geschwollen, schmerzen wie wahnsinnig, wenn sie mit Salzwasser in Berührung kommen. Dann öffnet er wieder die Augen und blickt apathisch um sich. Wut und Entsetzen mischen sich.

Als er auf den Leichnam von Tom blickt, macht er eine Entdeckung. Das Schlauchboot hängt dort, wo das imaginäre Heck ist, tiefer im Wasser, obwohl er und Tom vorn am Bug sitzen. Rasch krabbelt er zur anderen Seite und entdeckt die Ursache. Dort, wo die Nähte vom Wasser umspült werden, perlt etwas empor. Das Boot verliert Luft. Aus den beiden hinteren Kammern ist inzwischen mehr als die Hälfte entwichen …

Joe bleibt keine Wahl. Nach Stunden entschließt er sich, den Leichnam seines Freundes dem Meer zu übergeben. Er streift ihm die Korkweste ab und zieht ihn zum Heck. Dort hebt er die Füße über die Wulst, die jetzt vom Wasser überspült wird. Joe kniet daneben und spricht ein Vaterunser. Langsam lässt er den Leichnam ins Meer gleiten. Den Anblick erträgt er nicht. Trotz der aufgehenden Sonne taucht seine Seele in die tiefe Dunkelheit …

Der quälende Durst bringt ihn in die Realität zurück. Joe klopft sich auf die Schenkel, um sich Mut zu machen: »Sie werden mich finden! Sie werden mich finden!«, sagt er mehrmals vor sich hin.

Ein großer dunkler Schatten, knapp unter der Oberfläche, lässt ihn hellwach werden. Der Schatten umkreist das Boot, das nur noch leidlich schwimmfähig ist. Der Schatten …? Ein riesiger Hai! Seine Rückenfinne durchschneidet ab und zu den Wasserspiegel.

Joes Herz schlägt bis zum Hals. »Hau ab!« Das Biest bleibt unbeeindruckt. Gemächlich zieht das Ungetüm seine Kreise. Wird er angreifen? Der Gedanke daran macht Joe wahnsinnig. Jedes andere Ende, bloß nicht durch einen Hai.

Vor Verzweiflung klatscht er mit der flachen Hand mehrmals auf den Wasserspiegel, produziert schrille Pfeiftöne mit den Fingern. Nach einigen Minuten ist der Spuk vorüber. Der Hai scheint das Weite gesucht zu haben.

Wo bleiben nur die Schiffe? Sie müssten doch längst an der Untergangsstelle eingetroffen sein! Wieder hält er Ausschau. Seine Augen fixieren den Horizont. Was ist das? Er streckt sich, würde am liebsten hochspringen. Eine Rauchfahne? Es ist eine! Sie muss aus dem Schornstein eines Dampfers aufsteigen. Das Gefühl der Freude kehrt zurück. Sie währt nicht lange. Die Rauchfahne verschwindet wieder am Horizont. Tausend Gedanken schlagen Purzelbäume in Joes Kopf. Sie haben sicher einen Plan. Sie werden die See nach Suchgebieten einteilen und die Areale systematisch abfahren. Der Dampfer wird wiederkommen. Aber wann? Wenn der verdammte Durst nicht wäre …

Die Zunge klebt geschwollen am Gaumen. Das geregelte Verhältnis von Wasser und Salz im Körper beginnt zu kippen. Joe überlegt, wann er das letzte Mal etwas getrunken hat. Es war Tee am Vorabend des Untergangs. Zu wenig und bald achtundvierzig Stunden her …

Joe blickt zum Himmel. Regen? Regen könnte ihn retten. Aber es ist keiner in Sicht. Fliegende Fische zeigen sich im Rudel, doch kein einziger verirrt sich in sein Boot. Man könnte das Fleisch der Fische lutschen …

Kaum, dass er den Gedanken zu Ende gesponnen hat, vernimmt er ein Brummen am Himmel. Es ist das unverwechselbare Geräusch von Flugzeugmotoren. Die Wolkenbänke werfen dunkle Schatten auf das Wasser und lassen Horizont und Meer ineinanderfließen. Fieberhaft sucht Joe den Horizont ab. Da ist es! Das Flugzeug fliegt extrem tief über der Meeresoberfläche. Aber viel zu weit von ihm entfernt. Doch das kann seine Hochstimmung nicht trüben. Die Rettung kann nicht mehr lange auf sich warten lassen. Sicher sind sie gerade dabei, einen Großteil der Besatzung aufzufischen. Das wird ein Hallo geben, wenn man sich an Bord eines schmucken Dampfers wiedersieht …

Joe kauert sich wieder hin. Seine Augen suchen die Umgebung des langsam sinkenden Schlauchbootes ab. Der Hai ist nicht mehr aufgetaucht, doch das Boot verliert immer mehr an Luft. Auch durch die Nähte der anderen Kammern entweicht Luft. Langsam zwar, aber stetig. Spätestens in der kommenden Nacht wird es kritisch werden.

Wieder und wieder wandert sein Blick über den Horizont. Wie spät mag es sein? Die Sonne ist nicht mehr zu sehen, denn der Himmel hat sich wieder mit einem Grau überzogen. Die Sicht wird zusätzlich durch Dunst über dem Wasser erschwert. An manchen Stellen in der Ferne wird es überraschend hell. Einige Lichtstrahlen blitzen wie Scheinwerferkegel durch die tief hängenden Wolken. Gemessen am Einfallswinkel dürfte es Spätnachmittag sein. Die nächsten Stunden werden bitter, die Nacht naht …

Ihn quälen Zweifel. War es ein Fehler, in das Schlauchboot zu wechseln? Hat der Orkan es nicht zu weit abgetrieben, außerhalb des Suchgebietes? Dann ruft ihm sein Gedächtnis wieder die Bilder des Grauens in Erinnerung, wie seine Kameraden in Gruppen in das Wasser springen und verzweifelt versuchen vom Rumpf der PAMIR wegzukommen. Schließlich die Kenterung. Joe schließt die Augen. Es ist kein Träumen und kein Wachen.

Unversehens wird es dunkel. Er fühlt, dass ihn völlige Einsamkeit umgibt. Die Kälte nimmt er nicht mehr wahr. Der Durst bringt ihn um den Verstand. Kann man überleben, wenn man sein eigenes Blut und seinen Urin trinkt? Wirre Träume begleiten seinen Dämmerzustand. Er träumt, von Schiffen umgeben zu sein, die untereinander konkurrieren, wer ihn an Bord nehmen darf. Der Abstecher ins Traumreich wird sein Verhängnis. Ein Rettungsschiff fährt in das Planquadrat ein. Nahe genug, um ihn zu entdecken, wenn er sich aufrichten würde. Doch der graue Gummi des Schlauchbootes, das dunkle Hemd, die salzverkrusteten Haare, nichts reflektiert das Scheinwerferlicht. In der kabbeligen See ist er perfekt getarnt. Halb schon untergetaucht, werden Joe und der Rest seines Schlauchbootes eins mit dem graugrünen Meer.

In den Morgenstunden öffnet Joe die Augen. Das Schlauchboot schwebt nur noch unter ihm. Er sitzt bis zur Brust im Wasser, der Kopf wird von der Korkweste gestützt. Benommen lauscht er der Stimme, die zu ihm spricht. Stumm nickt er zum Zeichen seines Einverständnisses, löst die Bänder seiner Korkweste und streckt die Hand aus. Ein Lächeln umspielt seinen Mund, als Poseidon zu ihm spricht: »Folge mir, dem wahren Gott des Meeres, Bruder des Zeus, und besuche mich in meinem kristallenen Palast in der Tiefe, in den du eingeladen bist.«

Während meiner Recherche über Hintergründe und Ursachen, die zur Kenterung der PAMIR am 21. September 1957 führten, stieß ich im Juni 2006 auf Akten, die aus der Anwaltskanzlei der Rechtsvertreter der ehemaligen Korrespondentreederei Zerssen & Co. sowie der *Stiftung PAMIR und PASSAT* stammen. Protokolle, Kapitänsberichte und Briefe beweisen, dass die 6. Reise der PAMIR unter hohem Risiko für Schiff und Besatzung stattfand. Die Verantwortlichen wussten es besser und schwiegen. Reederei und Stiftung hatten aber bereits vor der letzten Fahrt Kenntnis über mangelnde Kompetenz der Schiffsführung und über gravierende Mängel am Schiff. Die vorliegenden Unterlagen waren auch nicht Gegenstand der Seeamtsverhandlung in Lübeck im Januar 1958.

Intern zirkulierte eine ausführliche Analyse über die kritische Personalsituation, die Eignung der Offiziere und über die massiven Probleme bei der Rekrutierung derselben, die man sich *›von der Straße aufsuchen müsste‹*.

Dokumentiert sind gravierende Rostschäden sowie Lecks der Mittschiffs-Aufbauten und massiver Rostbefall der Laderäume, die als ›Werftarbeiten‹ gelten und vor der Reise hätten dringend durchgeführt werden müssen. Der Wassereinbruch mittschiffs und der damit einhergehende Verlust des Auftriebs war nach Überzeugung des Seeamtes unter anderem für den Untergang verantwortlich.

Bilanzen und Schriftstücke über den Finanzstatus der Stiftung, ebenso interne Briefe, lassen den Schluss zu, dass die hohen Verbindlichkeiten verhinderten, dass dringend erforderliche Werftarbeiten vor der schicksalhaften Reise durchgeführt wurden.

Die finanzielle Schieflage wurde 1956 durch Streichung des Zuschusses von 65 000 DM der Hansestadt Bremen eingeleitet. Begründet wurde die Streichung damit, dass man anlässlich der Leistungskontrolle der Kadetten und Jungmänner den Eindruck gewann, *›die Jungen würden auf der PAMIR und PASSAT nur Rost klopfen lernen‹*! Höhepunkt der finanziellen Krise waren die Kündigungen von insgesamt elf von einundvierzig Stiftungsreedern im Juni 1957. Sie wurden genau zu dem Zeitpunkt von den Reedereien eingereicht, als sich die PAMIR auf dem Weg in ihren Untergang befand. Jede zusätzliche Tonne Gerste musste demnach willkommen sein. Auch die im Tieftank …

Unbekannt ist auch die Tatsache, dass nach Kapitäns-Order Nr. 21 vom 21. Februar 1957 für die Schiffsführung von PAMIR und PASSAT die Verpflichtung bestand, in Sonderfällen Funkabkürzungen zu benutzen. Begründung: *Im Klartext gegebene Funkmeldungen in besonderen Fällen bergen stets die Gefahr in sich, dass die Presse ohne unser Wissen Meldungen bringt, die unnötige Unruhe in der Öffentlichkeit stiften. Wir ordnen daher an, dass im Funkverkehr in besonderen Fällen die unten aufgeführten Funkabkürzungen angewandt werden.*

Drei Beispiele von insgesamt sechsundzwanzig: **laccr** = *Ladung übergegangen*, **laccs** = *Schlagseite*, **lacct** = *Schiff ist leck.*

Dass die PAMIR am 21. September 1957 die Zugbahn des Hurrikans *Carrie* kreuzte, lag an der völligen Unkenntnis an Bord über die Existenz eines tropischen Sturms im betreffenden Seegebiet. Kapitän Diebitsch gab keinen Befehl, Wetterkarten zeichnen zu lassen. Sein Funker war durch Verwaltungsaufgaben überlastet. Darüber hinaus muss angenommen werden, dass der übliche Informationsaustausch über Wetterdaten an Bord der PAMIR nicht stattfand. Jeder Skipper weiß, dass die Kenntnis eines herannahenden Sturms sofort für eine Alarmstimmung an Bord sorgt. Bei Kenntnis über das Nahen eines Hurrikans hätte jeder an Bord einen erhöhten Adrenalinspiegel im Blut gehabt.

Hurrikan *Carrie* zog auch nicht ›überraschend‹ heran und ›überfiel‹ die PAMIR nicht. *Carrie* vagabundierte schon seit zwei Wochen auf dem Atlantik umher, und das Geschehen lief auch nicht ›rasend‹, sondern eher im Zeitlupentempo ab. Die Schiffsführung hatte alle Zeit der Welt, um sich gehörig darauf vorzubereiten und ein sicheres Ausweichen nach Südosten einzuleiten. Nichts geschah. Am Ende waren nicht einmal die Segel geborgen, geschweige die Bulleyes verschlossen und die Schotten dichtgemacht.

Die PAMIR hätte unter diesen Bedingungen diese Reise nie antreten dürfen. Der Rumpf und das Mittschiff der PAMIR waren stark von Korrosion befallen. Eine bankrotte Stiftung, unsachgemäß geschüttete Gersten-Fracht, eine mehr als fragliche Auswahl des Kapitäns, unerfahrene nautische Offiziere, teilweise Überalterung der Stammbesatzung und der Mangel an gut ausgebildeten Matrosen schafften die Voraussetzungen für das Desaster. Die inkompetente Schiffsführung segelte mit einer unerfahrenen Kadettencrew die PAMIR konsequent in den Hurrikan.

Die Kenterung der PAMIR ist daher der Endpunkt von Fehlern, die allesamt im Vorfeld hätten vermieden werden können. Während der Seeamtsverhandlung führten Gutachter das Wort, die die Schuldfrage nicht zu klären hatten. Diskutanten mit Diplomen und Zertifikaten aus den Lagern der Reeder, der Funkergilde, von Meteorologen und Juristen.

Ein zivilgerichtliches Verfahren hätte mehr Licht ins Dunkel getragen. Die Angehörigen der Toten und die Überlebenden hätten ein Anrecht darauf gehabt. Stattdessen kreisen die Schuldzuweisungen seit 50 Jahren.

Von den 86 Besatzungsmitgliedern blieben 80 auf See. Durch eine beispiellose Rettungsaktion der internationalen Schifffahrt konnten nur sechs Besatzungsmitglieder gerettet werden …

Ich habe in den letzten 15 Jahren viele Menschen gesprochen, die sich mit dem Untergang der Pamir befasst haben. Ihre Ansichten und Einschätzungen waren mir eine große Hilfe.

Mein besonderer Dank gilt ›Kuddel‹ Karl-Otto Dummer, Überlebender der Pamir-Besatzung. Über fünf Jahre hinweg haben wir uns regelmäßig über Details der Reise und Hintergründe, die zum Untergang geführt haben, ausgetauscht. Äußerst wichtig waren für mich seine Ausarbeitungen und Charakterisierungen zu einzelnen Besatzungsmitgliedern, über den Bordalltag, seine persönlichen Erlebnisse und über die Dramatik seines Überlebens. In dieser Zeit sind wir Freunde geworden.

Dank auch an Herrn Alexander Sachse, Historisches Forschungsinstitut Facts & Files in Berlin (www.factsandfiles.com), der wiederum die Basisrecherche für das vorliegende Buch professionell erarbeitet hat. Besonders über die Vita von Kapitän Johannes Diebitsch und anderen wichtigen Personen, die sein Leben kreuzten. Dank auch für die umfangreichen Archivarbeiten und langwierigen Anfragen bei Berufsgenossenschaften und der Wehramtsstelle Berlin.

Herrn Rechtsanwalt Eckard Nachtwey, Bremen, danke ich für die Beratung und Überprüfung des Buch-Manuskripts im Hinblick auf eine mögliche Verletzung von Persönlichkeitsrechten. Ebenso für die Überprüfung der Verwendung von

Brief-, Protokoll- und Finanzdokumenten im Zusammenhang einer Verwendung/ Veröffentlichung in Fachartikeln.

Meinen Freunden Eibo Hinrichs, ehemaliger Funker, Kapitän Dieter Hartenfels, Kapitän Uwe Geißler und Horst F. Müller für die vielen vertiefenden Gespräche rund um die Pamir und für die Überlassung weiterführender Literatur.

Und schließlich ein besonderes Danke an meine Ehefrau Heidi als Erstleserin für ihre Vorschläge, Korrekturen und Ergänzungen. Ohne ihre Liebe und das harmonische Umfeld wäre dieses Buch, das an vielen Orten entstanden ist, nicht denkbar.

Dem Inhalt des Buches geht eine breite Recherche voraus. Zeitabläufe, Funksprüche und Berichte der Überlebenden sind inzwischen in zahlreichen Büchern und Zeitschriften veröffentlicht und zitiert. Das Buch hält sich an die dokumentierten Fakten.

Hintergründe und eine Reihe von Schlussfolgerungen in diesem Buch basieren jedoch auf noch nicht veröffentlichten Brief-, Protokoll- und Finanzdokumenten. Die Quellen möchte ich hiermit bekannt geben:

Staatsarchiv Bremen, »Stiftung Pamir und Passat«,
Signatur: 7,5288

7,5288–1	Allgemeiner Schriftwechsel der Stiftung
7,5288–5	Korrespondenz mit der Reederei Zerssen & Co.
7,5288–7	Rundschreiben, Mitgliederversammlungen, Vorstandsprotokolle
7,5288–13	Bilanzunterlagen
7,5288–17	Versicherungen »Pamir« und »Passat«
7,5288–18	Steuerangelegenheiten »Stiftung Pamir und Passat«
7,5288–29	Korrespondenz, die den Untergang betrifft
7,5288–34	Allgemeine Korrespondenz
7,5288–44	Schriftwechsel Untergang Pamir
7,5288–46	Korrespondenz mit den Angehörigen

7,5288–51–56 Stenografischer Bericht über die Verhandlungstage in Lübeck
7,5288–58 Vorbereitung zur Berufungs- und Beschwerdebegründung

Veröffentlichte Dokumente unter
http://www.pamir-sturmlegende.de
http://soyener.de

Landesarchiv Schleswig-Holstein, Bestand: Seeamt Lübeck – Untergang der Pamir/Nr. 316
Sichtung und Auswertung durch Facts & Files, Historisches Forschungsinstitut Berlin

Basisliteratur

Brennecke J./Dummer K-O.: Viermastbark Pamir – Ihr Schicksal im Zentrum des Hurrikans »Carrie«, Ullstein, Herford 1986
Burmester H.: Mit der Pamir um Kap Horn, Stalling, Hamburg 1974
Detmers Th./Brennecke J.: Hilfskreuzer Kormoran, Moewig, Herford 1959
Dummer, K.-O.: Viermastbark Pamir, Convent Verlag, Hamburg 2001
Goñi, U.: Odessa – Die wahre Geschichte, Fluchthilfe für NS-Kriegsverbrecher, Assoziation, Berlin 2006
Götz, A.: Hitlers Volksstaat, S. Fischer, Frankfurt 2005
Hauser, H.: Die letzten Segelschiffe – Einhundertzehn Tage auf der Pamir, Ullstein, Berlin 1958
Hechtel, D.: Zur Geschichte der Kommunikation auf See. Das Ende der Einsamkeit. Convent Verlag, Hamburg 2005
Jebens, H.: Passat im Novembersturm, Koehler, Herford 1977
Jensen, J.: Das Schicksal der Pamir, Europa Verlag, Hamburg 2002

Kuckuk, P.: Die Ostasienschnelldampfer Scharnhorst, Potsdam und Gneisenau des NDL, Hauschild, Bremen 2005

Lipinsky-Gottersdorf, H.: Die letzte Reise der Pamir, Herbig, München-Berlin 1970

Schubart, L.: Praktische Orkankunde: Manövrieren in Stürmen, Mittler & Sohn, Berlin 1942

Seeamt Lübeck/BM für Verkehr: Der Untergang des Segelschulschiffes Pamir, 1958

Vörsmann-Haack, L.: Seemannschaft für Großsegler, Pietsch, Stuttgart 1992

Wiese, E.: Pamir – Die Lebensgeschichte eines Segelschiffes, Koehler, Hamburg 1997

Willner, H.: Pamir – Ihr Untergang und die Irrtümer des Seeamtes, Koehler, Hamburg 1991

Nützliche Websites zur Pamir

http://www.gerdgruendler.de/Pamir-Untergang.html
http://www.seefunknetz.de/dkef.htm
http://www.ss-passat.com/
http://www.bshamburg.de/
http://www.janmaat.de/pamir.htm

abwettern
einen Sturm auf See durch geeignete Maßnahmen überstehen

achteraus
hinter dem Schiff

achtern
vorgesetzter Begriff für alle Teile des Rumpfes, des stehenden und laufendes Gutes sowie die Segel, die den hinteren Teil des Schiffes betreffen, z. B. Achterschiff, Achtersteven, Achterliek

All hands on deck
Kommando mit der Bedeutung »Alle Mann an Deck«, wenn augenblicklich ein Manöver mit allen zur Verfügung stehenden Mannschaftsmitgliedern gefahren werden soll

am Wind segeln
mit dem Wind schräg von vorn segeln

anbrassen
Rahen aus der Querrichtung brassen; speziell: holen der Leebrassen

Ankerboje, die
kleiner Schwimmkörper, der mit dem Bojereep am Anker befestigt ist und dessen Position auf Grund angibt

Anker lichten
Anker aus dem Grund hieven

anluven
das Schiff mit dem Bug zum Wind hin drehen, Gegenteil von abfallen

Aufbau, der
Bau oberhalb des Freiborddecks, der von Bord zu Bord reicht, z.B. Back, Poop, Brücke, Hochdeck, Deckhaus

aufbrassen
holen der Luvbrassen

auffieren
fieren, das Nachlassen einer Leine, einer Leine Lose geben

auffrischen
das Zunehmen des Windes an Stärke

aufklaren, das Deck
an Deck Ordnung machen, z.B. bei einem Manöver alle Leinen aufschießen

Back, die
von Bordwand zu Bordwand reichender Aufbau auf dem Vorschiff, meist für Lager und Werkstatträume

back
zurück; ein Segel steht back, wenn der Wind von der falschen Seite in das Segel fällt

backbord
links auf dem Schiff mit der Blickrichtung nach vorn

backbrassen
das Holen der Luvbrassen, bis der Wind von vorn in die Rahsegel fällt

Backhalse
Manöver unter Segeln, um das Schiff auf den anderen Bug zu legen; Kombination aus Wende und Halse

Bändsel
kurzes, dünnes Stück Tauwerk

beidrehen
Segelschiff unter kleinen Segeln so legen, dass es den Wind schräg von vorn bekommt und nach Lee abtreibt, ohne Fahrt voraus zu machen

belegen
kreuzweises Herumführen einer Leine um einen Poller, eine Belegklampe oder einen Belegnagel

bergen der Segel
wegnehmen und beschlagen der Segel

Besanmast, der
letzter Mast auf den Barken, Barkentinen und Brigantinen; trägt Gaffelsegel

Besanschot, die
Talje zum Dichtholen und Fieren des Besanbaumes; der Kapitän gibt für ein gelungenes Manöver einen aus; Besanschot an!

Beschlagzeising, der
kurze Leine zum Festmachen der gepackten Segel an der Rah, dem Mast o. ä.

Block, der
Gehäuse mit einer oder mehreren drehbar gelagerten Scheiben zur Führung von Ketten oder Tauwerk, Einteilung nach der Zahl der Scheiben, der Form des Gehäuses oder der Verwendung

Bö, die
plötzlicher Windstoß

Bootsmann, der
Besatzungsmitglied, dem die Aufsicht über die Takelage, die Anker und die Boote zugeteilt ist; Decksoffizier

Bram-
vorgesetzter Begriff für Teile des stehenden und laufenden Gutes sowie der Segel

Brasse, die
Leine an der Rahnock, mit der die Rah gebrasst, d. h. horizontal vor und zurückbewegt werden kann

Brasswinde, die
Winde zum gleichzeitigen Brassen der unteren drei Rahen

Brise, die
leichter Wind

Bulleye, das
rundes, wasserdicht schließendes Seitenfenster im Rumpf oder Aufbau eines Schiffes, Sicherung von innen durch Seeschlagblende (auch Bullauge)

Deck, das
Deckenkonstruktion zum oberen Abschluss des gesamten Schiffrumpfes oder einzelner Räume

Deckhaus
Aufbau, in dem sich die nautische Führung des Schiffes befindet; Aufenthaltsort des Wachoffiziers; von hier werden gewöhnlich alle Manöver kommandiert, da das Hochdeck gute Sicht über das ganze Schiff bietet

Eule fangen, eine
das durch den Wind gehen eines beim Wind segelnden Schiffes

Fall, das
jedes Tau, das zum Aufziehen und Herunterlassen von Segeln, Rahen, Booten usw. dient

fieren
einem unter Zug stehenden Ende Lose geben

Flaute, die
Windstille

Fock, die
Untersegel am Fockmast von rahgetakelten Schiffen

Fock-
vorgesetzter Begriff für Teile des stehenden und laufenden Gutes, die mit Fock bzw. Fockmast in Verbindung stehen

Fockmast, der
erster Mast von vorn auf mehrmastigen Schiffen

Fußperd, das
unter der Rah verlaufendes starkes Drahttau, auf dem man während der Arbeit an den Segeln steht (auch Fußpferd)

Gangway, die
Zugang zum Schiff vom Kai oder von einem Boot (auch Landungssteg)

Gast, der
angehängte Bezeichnung für eine Person, die an Bord eine bestimmte Funktion ausübt

Geitau, das
Leine zum Hochholen der Schothörner der Rahsegel an die Rah beim Aufgeien

Gording, die
Leine zum Aufholen des Segels an die Rah beim Aufgeien

Groß-
vorgesetzter Begriff für Teile des stehenden und laufenden Gutes sowie der Segel, die mit dem Großmast in Verbindung stehen

Großsegel, das
Untersegel des Großmastes

Gut, das
gesamtes Tauwerk eines Schiffes; man unterscheidet stehendes Gut (Wanten, Stagen, Pardunen usw.), das im täglichen Schiffsbetrieb nicht bewegt wird, und laufendes Gut (Schoten,

Geitaue, Gordinge, Falle usw.), das zur Bedienung der Segel, Spieren dient und deshalb bewegt wird

halber Wind
Wind, der quer auf das Schiff trifft

Halse, die
Segelmanöver, bei dem das Schiff mit dem Heck durch den Wind geht

Heck, das
achterster Teil eines Schiffes

hieven
mit Kraftübertragung holen, eine Last heben

Hundewache, die
Wache zwischen Mitternacht und 4 Uhr

kentern
das Umschlagen eines Schiffes

Klardeck machen
das Deck aufräumen, z. B. die Leinen aufschießen, damit sie für erneute Manöver bereit sind

Kombüse, die
Küche auf dem Schiff

Kreuzmast, der
letzter rahgetakelter Mast eines Segelschiffes, somit letzter Mast auf Vollschiffen

Kurs, der
Richtung, die ein Schiff fährt

labsalben
Tauwerk zum Schutz gegen Witterungseinflüsse mit Teer bestreichen

Last, die
Vorratsraum für Proviant, Tauwerk, Farben, Lampen usw.

Leck, das
Beschädigung der Außenhaut eines Schiffes, sodass Wasser eintritt

Lee, Leeseite, die
dem Wind abgewandte Seite des Schiffes; Gegenteil von Luv

Liek, das
Pl.: die Lieken; Kante eines Segels, je nach Lage Unterscheidung von Unter-, Ober-, Seiten-, Vor-, Achter-, Baum-, Gaffel-, Rahliek

Lose, die
ein nicht unter Kraft stehender Teil einer Leine

Luke, die
Öffnung im Deck eines Schiffes, zum Teil als Auf- und Niedergang benutzt

Luv, Luvseite, die
dem Wind zugewandte Seite des Schiffes; Gegenteil von Lee

Mars-
vorgesetzter Begriff für Teile des stehenden und laufendes Gutes

mittschiffs
in der Mitte des Schiffes auf seiner Längsachse; dort steht auch das Deckhaus

Nagelbank, die
horizontal angebrachte Holzbohle, seltener Eisenschiene mit Löchern zum Hineinstecken der Belegnägel

Niedergang, der
Treppe zwischen zwei Decks

Pardune, die
Abspannung einer Stenge nach seitlich achtern

Poop, die
Heckaufbau von Schiffen

Rah, die
Rundholz, das mit seiner Mitte horizontal und drehbar vor einem Mast oder einer Stenge befestigt ist und ein Rahsegel trägt

Rahsegel, das
mit seinem Oberliek an der Rah befestigtes, viereckiges Segel

raumer Wind
Wind schräg von achtern

Rigg, das
gesamte Takelage eines Segelschiffes

Royalrah, die
Rah, oberhalb der Bramrah, auf vielen Schiffen die oberste Rah

Royalsegel, das
Rahsegel an der Royalrah

Schiften
Segelwechsel, Leicht- gegen Schwerwettersegel; auch Schratsegel von einer auf die andere Seite bringen

Schott, das
wasserdichte Wand im Schiffsrumpf

Seemannschaft, die
Sammelbegriff für alle Kenntnisse und Fertigkeiten, die für Seeleute und Schiffsführer erforderlich sind; praktischer Teil der Schifffahrtskunde

Shanty, das
Arbeitslieder der Matrosen, während schwerer Manöver an Bord, wie das Heißen, Brassen der Rahen, das Ankerlichten, das Bedienen von Pumpen; der gleichmäßige Krafteinsatz aller war das Ziel

Stagsegel, das
Segel, das an einer Stag gefahren wird

Sturmbesan, der
kleines, aus besonders starkem Tuch angefertigtes Besansegel

Talje, die
Flaschenzug

Topp, der
das oberste Ende eines Mastes oder der den Mast verlängernden Stenge

Toppsgast, der
zuständiger Matrose, der die Verantwortung für die Arbeiten im Mast trägt

vierkant brassen
Rahen quer zur Längsschiffsrichtung brassen

vor dem Wind segeln
das Segeln mit dem Wind aus achterlichen Richtungen

Wache, die
Zeitraum, während dessen ein Teil der Mannschaft auf Deck ist und Dienst tut

Want, die
Tau zur seitlichen Abspannung der Masten und Stengen

Webeleinen, die
kurze Enden aus Tauwerk, mit denen die Wanten in gleichmäßigen Abständen verbunden werden, um die Möglichkeit des Aufenterns zu schaffen

Wende, die
Segelmanöver, bei dem das Schiff mit dem Bug durch den Wind geht

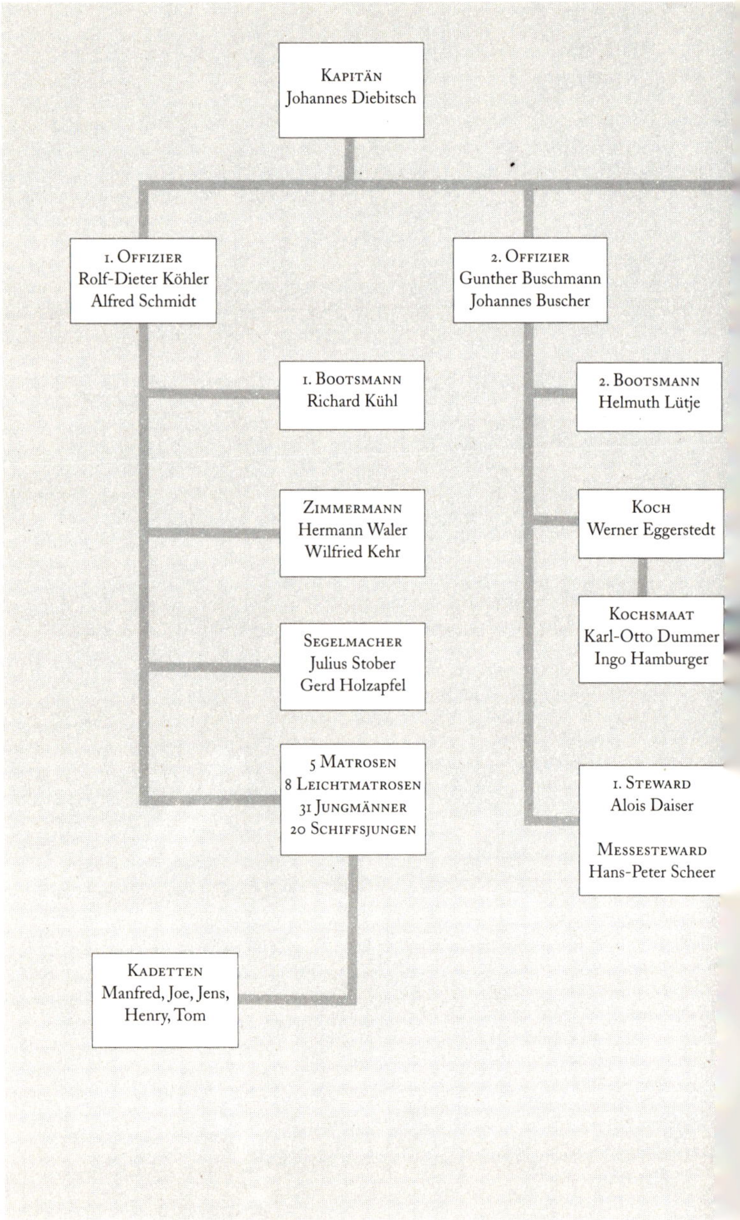
Kapitän
Johannes Diebitsch
1. Offizier
Rolf-Dieter Köhler
Alfred Schmidt
2. Offizier
Gunther Buschmann
Johannes Buscher
1. Bootsmann
Richard Kühl
2. Bootsmann
Helmuth Lütje
Zimmermann
Hermann Waler
Wilfried Kehr
Koch
Werner Eggerstedt
Kochsmaat
Karl-Otto Dummer
Ingo Hamburger
Segelmacher
Julius Stober
Gerd Holzapfel
5 Matrosen
8 Leichtmatrosen
31 Jungmänner
20 Schiffsjungen
1. Steward
Alois Daiser
Messesteward
Hans-Peter Scheer
Kadetten
Manfred, Joe, Jens,
Henry, Tom

Besatzung der Pamir
21. September 1957

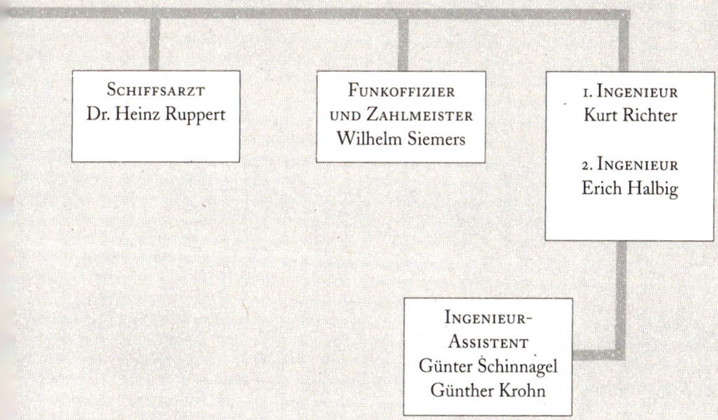

Das Abenteuer geht weiter:
Die Fortsetzung der beliebten Seefahrersaga

Frank Adam
UNTER DER FLAGGE
DER FREIHEIT
Historischer Roman
416 Seiten
ISBN 978-3-404-15869-0

Sven Larsson erhält nach seinen Erfolgen als Kaperkapitän das Kommando über die Sloop *Enterprise*. Mit List und Tücke kämpft er für die junge amerikanische Flotte gegen die Briten. Er erobert Nassau und verteidigt den Delaware. Seine Siege machen ihn reich und berühmt. Als Belohnung vertraut man ihm die Fregatte *Liberty* an. Mit ihr soll er auf dem Atlantik den Feinden trotzen. Nun liegt das Schicksal einer neuen Nation allein in seiner Hand.

Bastei Lübbe Taschenbuch

Richard Sharpe ist zurück!
Die lang erwartete Vorgeschichte
zu Cornwells Kultserie!

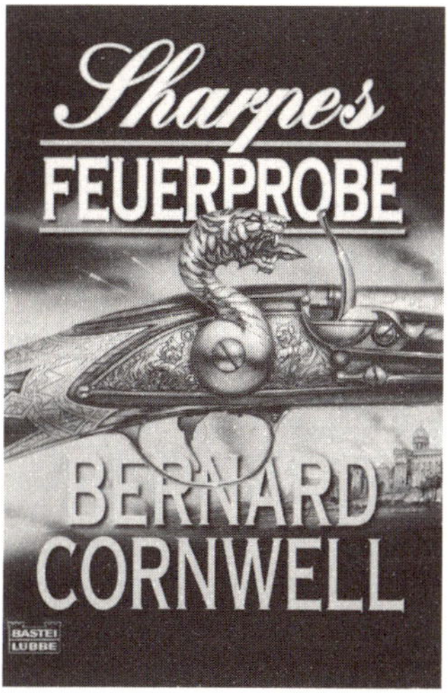

Bernard Cornwell
SHARPES FEUERPROBE
Roman
480 Seiten
ISBN 978-3-404-15862-1

Indien, 1799 – die Belagerung von Seringapatam. Richard Sharpe soll einen gefangenen Offizier aus den Fängen des »Tigers von Maisur« befreien, einem indischen Despoten, dessen Inselfestung von der britischen Armee belagert wird. Doch Sharpe muss feststellen, dass ihm aus den eigenen Reihen mindestens genauso viel Gefahr droht wie von den Feinden Englands.

Bastei Lübbe Taschenbuch

WWW.LESEJURY.DE

WERDEN SIE LESEJURYMITGLIED!

Lesen Sie unter www.lesejury.de die exklusiven Leseproben ausgewählter Taschenbücher

Bewerten Sie die Bücher anhand der Leseproben

Gewinnen Sie tolle Überraschungen